D1833326

लुक लेरुथ

लुक लेरुथ लेखक और गणितज्ञ हैं। उन्होंने भारतीय सांख्यिकी संस्थान, नई दिल्ली से अर्थशास्त्र में पी-एच.डी. की है। उनकी प्रकाशित पुस्तकों में *ला मशीन मैजिक* शामिल है, जो जंतर मन्तर के निर्माण के दौरान जयपुर की कहानी है। लेरुथ बेल्जियम, भारत, अमेरिका, फ़िजी, गैबॉन, घाना और फ़िलीपींस में रहे हैं। उन्होंने ओडिशा की अंग्रेज़ी शिक्षिका सुमिता (रेखा) से शादी की, जिनका 2013 में निधन हो गया। यह किताब उनकी ही याद में लिखी गई है।

ज्यां द्रेज़

ज्यां द्रेज़ राँची विश्वविद्यालय के अर्थशास्त्र विभाग में विज़िटिंग प्रोफ़ेसर हैं। वह पिछले चालीस वर्षों में भारत में दूर-दूर तक घूमे, रहे और काम किया। उन्होंने भारत के विशेष सन्दर्भ में विकास अर्थशास्त्र और सार्वजनिक नीति में प्रभावशाली योगदान दिया है। उनकी हाल की पुस्तकों में *भारत और उसके विरोधाभास* (अमर्त्य सेन के साथ) और *झोलावाला अर्थशास्त्र* शामिल हैं। द्रेज़ सामाजिक और आर्थिक अधिकारों के लिए विभिन्न अभियानों में भी सक्रिय हैं।

अभिषेक श्रीवास्तव

अभिषेक श्रीवास्तव की पैदाइश उत्तर प्रदेश के ग़ाज़ीपुर ज़िला में हुई। प्रारम्भिक दस साल के दौरान मीडिया से जुड़े रहे। फ़िलहाल अनुवाद के सहारे आजीविका। लघु-पत्रिकाओं और छोटी वेबसाइटों के सहारे पत्रकारिता। राजकमल प्रकाशन से इनके अनुवाद में अरुणा रॉय की दस्तावेज़ी किताब 'RTI कैसे आई!' और जॉर्ज ऑरवेल का क्लासिक उपन्यास '1984' प्रकाशित। 'कच्छ कथा' उनकी पहली मुकम्मल किताब है।

लाइन पार

लुक लेरुथ संग **ज्यां द्रेज़**

अनुवाद

अभिषेक श्रीवास्तव

राजकमल पेपरबैक्स

मूल कृति *Rumble in a Village* का अनुवाद; पहली बार अंग्रेज़ी में
Aleph Book Company द्वारा 2020 में प्रकाशित

राजकमल पेपरबैक्स में
पहला संस्करण : 2025

राजकमल पेपरबैक्स : उत्कृष्ट साहित्य के जनसुलभ संस्करण

राजकमल प्रकाशन प्रा. लि.
1-बी, नेताजी सुभाष मार्ग, दरियागंज
नई दिल्ली-110 002
द्वारा प्रकाशित

शाखाएँ : अशोक राजपथ, साइंस कॉलेज के सामने, पटना-800 006
पहली मंजिल, दरबारी बिल्डिंग, महात्मा गांधी मार्ग, प्रयागराज-211 001
1, अनमोल सोराबजी सन्तुक लेन, धोबी तलाव, मरीन लाइंस, मुम्बई-400 002

वेबसाइट : www.rajkamalprakashan.com
ई-मेल : info@rajkamalprakashan.com

विकास कंप्यूटर एंड प्रिंटर्स
ट्रॉनिका सिटी-201 102
द्वारा मुद्रित

मूल्य : ₹450

LINE PAAR
Novel by Luc Leruth with Jean Drèze
Translated by Abhishek Srivastava

ISBN : 978-93-6086-354-8

रेखा की पावन स्मृति में

पालनपुर के हमारे सभी दोस्तों को

मुस्कान और आँसू के बीच जो थोड़ी-सी जगह होती है, मुझे सबसे अच्छा वही लगता है।

—टूट्स थीलेमान्स
बेल्जियम के जैज़ संगीतकार

क्रम

हिन्दी संस्करण की प्रस्तावना

मुझे बहुत ख़ुशी है कि राजकमल प्रकाशन इस उपन्यास को 'लाइन पार' के नाम से प्रकाशित कर रहा है। लुक लेरुथ द्वारा लिखित इस उपन्यास की प्रेरणा एक डायरी है जो मैंने उत्तर प्रदेश के एक छोटे-से गाँव पालनपुर में रहते समय लिखी थी। यह उपन्यास मूल रूप से अंग्रेजी में 'रंबल इन ए विलेज' के नाम से प्रकाशित हुआ था।

'लाइन पार' शीर्षक पालनपुर के सामने चलने वाली रेलवे लाइन से प्रेरित है। यदि आप रेलवे प्लेटफ़ॉर्म से गाँव की ओर देखते हैं तो वह लाइन पार है। लेकिन लाइन पार का एक और अर्थ भी है।

जब कोई रेलगाड़ी पालनपुर से गुज़रती तो ऐसा लगता है कि गाँव थोड़ा हिल रहा है। उसी तरह, मैंने पाया कि जब भारत स्वतंत्र हुआ और पालनपुर में आर्थिक विकास होने लगा, तब गाँव का समाज हिलने लगा। एक तरफ़ उत्पीड़ित लोग (दलित, महिला, मज़दूर, ग़रीब) शोषण से बचने की कोशिश करने लगे, और दूसरी तरफ़ दबंग वर्ग गाँव के समाज पर अपनी पकड़ बनाए रखने की कोशिश करता रहा। लाइन पार, उत्पीड़ित समूहों द्वारा पारम्परिक सामाजिक सीमाओं को पार करने के संघर्ष की एक छवि है।

यह रेखा अलग-अलग लोगों के लिए अलग प्रकार की है। जैसे महिलाओं के लिए पितृसत्ता हो सकती है, दलितों के लिए जाति-व्यवस्था हो सकती है, ग़रीब लोगों के लिए आर्थिक शोषण आदि। कुछ लोग, जैसे दलित महिलाएँ, अनेक बन्धनों से मुक्त होने के लिए संघर्ष कर रहे हैं। यह कहना मुश्किल है कि उनका संघर्ष सफल हुआ, लेकिन संघर्ष की शुरुआत ज़रूर हो चुकी है। और इन मामलों में पालनपुर को भारत के लघु चित्र के रूप में देखा जा सकता है।

यह किताब गम्भीर और मज़ेदार दोनों ही है। पालनपुर में कई लोगों का जीवन बहुत कठिन है। लेकिन इन कठिनाइयों के बावजूद वह ज़िन्दगी में (और ज़िन्दगी पर) हँसना नहीं भूले। उसी तरह, मुझे उम्मीद है कि यह किताब आपको समय-समय पर हँसाएगी। लेकिन हमारा असली उद्देश्य पालनपुर के द्वारा भारतीय समाज के बारे में सीखना है।

हम इस उपन्यास के अनुवाद के लिए अभिषेक श्रीवास्तव के आभारी हैं। मेरी हिन्दी इतनी अच्छी नहीं है कि मैं पूरी किताब पढ़ सकूँ, लेकिन मैंने चुनिंदा अध्याय पढ़े और अनुवाद मुझे बहुत पसन्द आया। कई बार मुझे लगा कि हिन्दी अनुवाद मूल से बेहतर है। पालनपुर के लोग हिन्दी में बात करते हैं, इसलिए संवाद अंग्रेज़ी की तुलना में हिन्दी में बेहतर लगते हैं।

हम पुस्तक की प्रूफ़-रीडिंग के लिए व्योम अनिल के भी आभारी हैं। मोहित सुनेजा को एक कल्पनाशील कवर के लिए बधाई।

अन्त में, हम पालनपुर के लोगों के प्रति उनकी मित्रता और सहयोग के लिए आभारी हैं। ऐसा लग सकता है कि हम उनसे बहुत दूर हैं। लेकिन मनुष्य चाहे तो उस दूरी को नज़रअन्दाज़ कर एक-दूसरे की ओर दोस्ती का हाथ बढ़ाने के लिए स्वतंत्र है। जब मैं गाँव में रहा करता था, पालनपुर के लोगों ने मुझे ऐसा महसूस कराया कि मैं उन्हीं के परिवार का सदस्य हूँ। मैं उन्हें हमेशा याद रखूँगा।

राँची
12 अक्टूबर, 2024

—ज्यां द्रेज़

भूमिका

नाम सुनकर ही पहली बार में लगता है कि पालनपुर कोई सुस्त-सी जगह होगी। मैं हिमाचल प्रदेश के हिल स्टेशन पालमपुर या गुजरात में बनासकांठा ज़िले के मुख्यालय की बात नहीं कर रहा। ये वाला पालनपुर पश्चिमी उत्तर प्रदेश के मुरादाबाद ज़िले का एक अनजान-सा गाँव है। कम शब्दों में समझाना हो तो कह सकते हैं कि पालनपुर एक छोटे से रेलवे स्टेशन जरगाँव के किनारे बसा मिट्टी के झोंपड़ों और कुछेक कच्चे मकानों का समूह है। जरगाँव थोड़ा बड़ा गाँव है जो यहाँ से तीन किलोमीटर दूर है।

आम दिनों में पालनपुर की ज़िन्दगी बहुत शान्त रहती है। किसान खेतों में व्यस्त होते हैं, औरतें बच्चों और मवेशियों में, बच्चे यहाँ-वहाँ खेलते रहते हैं। बाक़ी लोग कामधाम के सिलसिले में सबसे क़रीबी क़स्बे चन्दौसी जाते हैं। कुछ लोग रेलवे की पटरियों के पास अब भी ताश खेलते या चाय के ठीहों पर जमे हुए मिल जाएँगे। यहाँ न अख़बार आता है, न खेल-कूद के साधन हैं, न सांस्कृतिक जुटान होते हैं और न ही प्रेम-प्रसंग। रोमांच, सौन्दर्य, सुख, आराम और उम्मीद नाम की चीज़ें यहाँ सूर्योदय, किसी ख़ास डिश या किसी अच्छे चुटकुले का मुँह जोहती रहती है।

समय हालाँकि अपने साथ कुछ अलग लेकर आता है। मसलन, शादी-ब्याह, पर्व-त्योहार, चुनाव, मेहमान और यहाँ तक कि बदमाश बन्दरों की ख़ुराफ़ातें भी इस गाँव के दैनिक जीवन में जान डालने का काम भी कर जाती हैं। कभी-कभार कबड्डी का खेल या घुमन्तू नटों के करतब लोगों को आकर्षित करने के काम आते हैं। यह एकरसता अक्सर किसी झगड़े, किसी रंजिश, डकैती, अफ़वाह, हादसे और हाँ, किसी दुस्साहसिक प्रेम-प्रसंग से टूट जाती है। वैसे, बीती पीढ़ियों के दौरान यह गाँव महत्त्वपूर्ण बदलावों का गवाह रहा है और आज़ाद भारत के ऐतिहासिक रूपान्तरण का अक्स यहाँ देखा जा सकता है।

मैं 1983-84 के बीच पालनपुर में रहा था। उस दौरान छोटी-बड़ी चीज़ों के बारे में लिखे विस्तृत नोट्स मैंने सँभालकर रखे हुए थे। तब मैंने भारतीय सांख्यिकी

संस्थान से अर्थशास्त्र में अपनी पी-एच.डी. पूरी की ही थी और एक शोध परियोजना का हिस्सा बनकर पालनपुर में फ़ील्ड सर्वे करने गया था। वहाँ मैं एक साल तक रहा। कभी-कभार चन्दौसी, मुरादाबाद और आसपास के गाँवों के संक्षिप्त दौरे के अलावा आम तौर से मैं पालनपुर के बाहर नहीं जाता था। सर्वे टीम में एनके शर्मा और एसएस त्यागी जैसे तीक्ष्ण प्रेक्षक और हमारे सहयोगी ओम प्रकाश भी शामिल थे, जो स्थानीय ज्ञान का कोष थे। सर्वे कार्य से गाँव के बारे में काफ़ी कुछ जानने-समझने के अलावा मैं पालनपुर के सामाजिक जीवन का हिस्सा भी बना। कई दोस्त बनाए, कुछ दुश्मन भी और आम तौर पर सभी को जान गया था। मैंने शौक़िया वहाँ एक छोटी-सी ज़मीन पर खेती करने की कोशिश भी की और शुरू में कामयाब भी होता दिखा (एक प्रतिष्ठित कृषि विश्वविद्यालय से मैंने उम्दा क़िस्म के बीज ख़रीदे थे), बाद में लेकिन ख़राब मानसून के चलते खेती बरबाद हो गई। ख़ाली समय में मैं अपने नोट्स अपडेट करता था।

कई साल बाद मैंने ये नोट्स और यादें अपने दोस्त लुक लेरुथ से साझा कीं, जो एक प्रतिष्ठित लेखक हैं और जिन्हें भारत का ठीक-ठाक अनुभव भी है। वे भी मेरी तरह भारतीय सांख्यिकी संस्थान से प्रशिक्षित हैं और अपनी भारतीय प्रेमिका से विवाहित हैं। वे भी बीच-बीच में पालनपुर कुछ समय के लिए आते रहे थे। यह उनकी ही उर्वर कल्पना थी कि उन्हें मेरे नोट्स के भीतर एक उपन्यास की सामग्री और प्रेरणाएँ छुपी दिखीं। शुरुआत में इस बात पर मुझे थोड़ा सन्देह था, पर इस किताब के अन्त तक पहुँचने पर इसका पाठक मुझे ग़लत साबित कर देगा, ऐसी मुझे उम्मीद है।

पचास साल पहले लिखे गए उपन्यास 'राग दरबारी' की तर्ज पर 'लाइन पार' भी हल्के-फुल्के तरीक़े से ग्रामीण जीवन के स्याह पक्षों को उजागर करता है, जैसे ईर्ष्या, साजिश, भ्रष्टाचार, हिंसा इत्यादि। ये सभी आयाम बहुत वास्तविक हैं। कुल मिलाकर कह सकते हैं कि पालनपुर का सामाजिक जीवन वर्ग, जाति और लैंगिक विभाजनों का एक दलदल है। वहाँ रहते वक़्त मैंने डॉक्टर आंबेडकर को नहीं पढ़ा था, लेकिन बाद के वर्षों में पालनपुर का दौरा करते हुए अक्सर मेरे मन में 4 नवम्बर, 1948 को संविधान सभा में दिये उनके भाषण की यह पंक्ति कौंधती थी : "ग्रामीण समुदाय के प्रति भारतीय बौद्धिकों का प्रेम हद से ज़्यादा शोचनीय है। भदेसपन की गर्त और अज्ञान, संकीर्णता व साम्प्रदायिकता के अँधेरे कुएँ के सिवाय गाँव और है ही क्या?"

बेशक इस सिक्के का दूसरा पहलू भी है। जैसा कि हर जगह होता है, पालनपुर में भी प्रेम, करुणा, दोस्तियाँ और बहुत कुछ हैं। व्यक्तिगत स्तर पर मेरा मानना है कि इन भावनाओं की वहाँ बाक़ी जगहों के मुक़ाबले कोई कमी नहीं है, लेकिन इनके विकसित होने के लिहाज से वहाँ का सामाजिक वातावरण अनुकूल

नहीं है। जैसे, प्रेम को ही लें। एक स्तर पर देखें तो प्रेम भारतीय युवाओं में एक सनक की तरह सामने आता है। लोकप्रिय गाने प्रेम के अलावा शायद ही किसी और विषय पर होते हों। भविष्य का कोई इतिहासकार यदि आज के हिन्दुस्तान को लोकप्रिय गीतों और फ़िल्मों के माध्यम से समझने की कोशिश करेगा, तो वह शायद इसी नतीजे पर पहुँचेगा कि हर तरफ़ प्यार और रूमानियत का ही बोलबाला था। हक़ीक़त हालाँकि ठीक उलटी है, कम-से-कम पालनपुर में। नौजवान लड़के-लड़कियाँ भले ही प्रेमगीत सुनते हैं और मन में किसी प्रेमी के सपने सँजोते हैं पर बदले में प्यार का मिलना व्यवहार में तक़रीबन शून्य है। पालनपुर के तंग समाज में, जहाँ हर किसी की हर दूसरे पर निगाह रहती है, प्यार जैसा रोमांच काफ़ी जोख़िम भरा साबित हो सकता है। अगर वह सार्वजनिक हो गया तो उसकी प्रतिक्रिया बहुत तीव्र और बर्बर हो सकती है (ख़ासकर तब जब लड़का और लड़की अलग जाति से आते हों)। यहाँ शादी-ब्याह जैसी चीज़ें कारोबारी धन्धे की तरह होती हैं जहाँ शादी के दिन ही रिश्तों में खटास आ जाती है। सामान्य शादियों में सम्भव है कि कुछ दम्पती एक-दूसरे के प्रति परस्पर सम्मान और सहजता का भाव विकसित कर ले जाएँ लेकिन हक़ीक़त यही है कि पालनपुर में एक नई-नवेली दुल्हन एक प्रतिष्ठावान घरेलू नौकरानी का पर्याय होती है।

बहुत कुछ हालाँकि देखनेवाले की दृष्टि पर भी निर्भर करता है। पालनपुर यदि कभी-कभार थोड़ा सख़्त और कठोर जान पड़ता है, तो लन्दन या वोल्वरहैम्पटन की अँधेरी बस्तियों का भी ऐसा ही हाल है। मैं जब पालनपुर में था तो मुझे लगता था कि यह जगह उत्साहजनक है। तपेदिक के चलते मुझे जब असमय गाँव छोड़ना पड़ा तो मैं दुखी हुआ। अगर आपका मिज़ाज सही है और मन में जिज्ञासा है तो आपका समय वहाँ अच्छा कटेगा। इसके बावजूद पालनपुर में ख़ुशमिज़ाज और ख़ुशक़िस्मत लोगों के मिलने पर मुझे सन्देह है (फिर भी कुछ तो हैं ही, ख़ासकर वह एक जिसे इस उपन्यास ने अमर बना दिया है)। ऐसे लोगों को अगर तपेदिक हो जाए तो बचकर नया जीवन शुरू करने के बजाय उनके मरने की सम्भावना ही ज़्यादा है।

और फिर ग़रीबी की चक्की, जो दिन-रात पीसती रहती है। 1983-84 में पालनपुर भारतीय मानकों के लिहाज से असाधारण रूप से ग़रीब नहीं था, फिर भी पर्याप्त ग़रीब था। पालनपुर के निर्धनतम परिवार अस्तित्व के सीमान्त पर जीते थे। उन्हें पता नहीं होता था कि कल उन्हें खाने को मिलेगा या नहीं या जाड़े में तन ढकने के लिए कम्बल नसीब होगा या नहीं। यह बात हँसी में नहीं उड़ाई जा सकती।

जाति अनिवार्य रूप से इस उपन्यास को बाँधनेवाला सूत्र है। पालनपुर में हर कोई एक-दूसरे की जाति जानता है और उसके प्रति सचेत भी है। जाति से आप जन्म होते ही हमेशा के लिए बँध जाते हैं। पालनपुर जैसे गाँवों में जाति की चक्की

कितना महीन पीसती है, इस बात को समझने के लिए एक साल का प्रवास पर्याप्त नहीं है। फिर भी कुछ आयाम किसी भी प्रेक्षक को फ़ौरन पकड़ में आ सकते हैं। जैसे, जाति व्यवस्था का क्रूर और विद्रूप चेहरा—जो कि स्वाभाविक सी बात है लेकिन बताना इसलिए ज़रूरी है क्योंकि अब भी कई लोग जाति को 'समाज को व्यवस्थित तरीक़े से चलाने' की एक प्रणाली मानते हैं—जैसा कि उत्तर प्रदेश के मौजूदा मुख्यमंत्री ने एनडीटीवी को दिये एक साक्षात्कार में खुलकर कहा भी। एक और प्रकाशित होनेवाला आयाम है पालनपुर की दो प्रभु जातियों* ठाकुरों और मुरावों के बीच, तथा सामान्यत: विभिन्न जाति समूहों के बीच नैतिकता, मूल्यों और मानकों की व्यापक बहुलता। किसी बॉलीवुड की फ़िल्म की तरह ये विपर्यय इस उपन्यास में थोड़ा उभारकर सामने रखे गए हैं लेकिन उनका सत्त्व कोई परिकथा नहीं, ठोस हक़ीक़त है।

समय के साथ हालाँकि ये सब कुछ बदल भी रहा है। इस उपन्यास का मुख्य कथानक 1984 में घटता है क्योंकि प्रेक्षण भी उसी समय का है। आज चालीस साल बाद वह जगह कई तरह से काफ़ी अलग है। पहले के मुक़ाबले आज की तारीख़ में पालनपुर का जीवन उतना सख़्त नहीं रह गया है। टीवी, स्कूटर, मोबाइल आदि का प्रभाव है कि अब जीवन उतना एकरस और बन्द भी नहीं है। फिर भी कुछ पुराने रोग क़ायम हैं, जैसे सामाजिक विभाजन और औरतों की ज़िन्दगी, जो कमोबेश पूर्ववत हैं। फिर भी, कम-से-कम युवा पीढ़ी के लिए यहाँ कुछ उम्मीद है।

यह भी बताया जाना ज़रूरी है कि पालनपुर में सामाजिक जीवन के जो लक्षण हैं, वे पूरे भारत में सामान्य नहीं हैं बल्कि काफ़ी भिन्नताएँ मौजूद हैं। हाल के वर्षों में मैं झारखंड स्थित राँची के बाहरी इलाक़ों में आदिवासी रिहाइशों के बीच रहा हूँ। पालनपुर के साथ इस इलाक़े का विपर्यय साफ़ दिखता है। पालनपुर से उलट, इस आदिवासी रिहाइश में अपेक्षाकृत समानता की संस्कृति है। यहाँ प्राकृतिक सौन्दर्य है और जीवन काफ़ी सुखमय है। लोग अक्सर एक-दूसरे की मदद करते हैं, महिलाएँ मुक्त होकर विचरण करती हैं और पर्व-त्योहार पर हर कोई एक गोले में साथ मिलकर नाचता है। स्वतंत्रता, समानता और बन्धुत्व की ऐसी चमक भारत के कई अन्य क्षेत्रों और समुदायों में पाई जा सकती है—पालनपुर में जिसका नितान्त अभाव है। एक पाठक ने हमें बताया कि इस किताब को पढ़ते वक़्त उन्हें बिहार के अपने पैतृक

---

* 'प्रभु जाति' का प्रयोग प्राय: भारतीय समाजशास्त्र में उस जाति के सन्दर्भ में किया जाता है, यदि हो तो, जो किसी गाँव या क्षेत्र में संख्याबल में ज़्यादा हो और साथ ही आर्थिक और राजनीतिक ताक़त के मामले में भी वर्चस्वशाली हो। पालनपुर में ठाकुर प्रभु जाति हुआ करती थी, लेकिन 1983-84 में मेरे प्रवास के दौरान ठाकुरों और मुरावों के बीच वर्चस्व का संघर्ष चल रहा था। मुरावों की बढ़ती आर्थिक और राजनीतिक ताक़त तत्कालीन ग्रामीण भारत में अन्य पिछड़ी जातियों (ओबीसी) के उभार का लक्षण थी।

गाँव की अच्छी-बुरी स्मृतियाँ वापस आ गईं। यानी 'लाइन पार' की प्रासंगिकता तो व्यापक है लेकिन यह अन्दाज़ा लगाना मुश्किल है कि इसकी पहुँच कहाँ तक है।

जो घटनाएँ और किरदार इस उपन्यास की प्रेरणा हैं, उन्हें गल्प में कुछ तरह से ढाला गया है कि उनकी पहचान सम्भव नहीं है। इसलिए तथ्य को गल्प से अलगाने की कोई भी कोशिश व्यर्थ की कवायद साबित होगी। विशेष रूप से सूत्रधार अनिल के विचारों और हरकतों का मुझसे कोई लेना-देना नहीं है। राइफ़ल और गाड़ी को छोड़िए, मुझे तो कैमरों के बारे में भी बहुत कम ज्ञान है और निश्चित रूप से मेरी ऐसी कोई महिला मित्र कभी नहीं रही जो ध्यान के लिए आध्यात्मिक सत्रों में जाती रही हो। यदि आप एक सुधी पाठक हैं, तो वास्तव में किसी-न-किसी जीवित व्यक्ति के साथ इस किरदार का साम्य आसानी से बैठा लेंगे। बाक़ी, जैसे आप किसी परतदार प्राचीन ग्रंथ को पढ़ते हैं, इस कहानी को भी वैसे ही पढ़ें। यही इसे पढ़ने का सबसे बढ़िया तरीक़ा भी है।

—ज्यां द्रेज़

प्रवेश

पालनपुर, 1984 की एक रात, 11 बजे के आसपास

राजेन्द्र प्रताप सिंह भाग रहे थे। राह में पड़नेवाले गड्ढों, पत्थरों, सँकरी गलियों में सोते हुए कुत्तों और इधर-उधर बिखरी हुई तमाम बाधाओं को पार करके जितना तेज़ हो सकता था वे भागे जा रहे थे। सामने अचानक पानी से भरा हुआ एक गड्ढा आया। अँधियारी रात के बावजूद उन्हें वह दिख गया। बचने के लिए उन्होंने एक छलाँग मारी और उसे फाँदकर दूसरी ओर क़दम रखा ही था कि सामनेवाली दीवार से निकला हुआ लोहे का एक टुकड़ा उनके माथे में कच्च से धँस गया। चोट गहरी थी। ख़ून जख़्म से भलभलाकर तत्काल निकल पड़ा। फिर भी वे नहीं रुके। भागते ही रहे। वे लोग उनके पीछे पड़े थे—वे, चाहे जो भी रहे हों। राजेन्द्र बाबू का लक्ष्य अपने घर तक पहुँचना था। बस एक और मोड़, फिर आगे एक छोटी-सी सीधी गली। इतने में किसी कोने से अँधेरे को चीरते हुए एक कुत्ता अचानक उनके ऊपर भौंकते हुए झपटा। उन्होंने उसे एक लात मारी और रफ़्तार बढ़ाने की कोशिश की। एक हाथ से वे माथे के ज़ख़्म को दबाए हुए थे क्योंकि ख़ून बहकर आँखों तक आ चुका था। वे चाहते तो ठहरकर पीछे का जायज़ा ले सकते थे पर इस बीच कई कुत्ते अचानक से भौंकने लग गए थे। इनकी आवाज़ से बेचैन होकर कुछ मवेशी भी अपना पगहा तुड़ाने में जुट गए थे। वे अगले मोड़ पर बाएँ मुड़े। घबराहट में जेब से एक चाबी निकाली और रहस्यमय तरीक़े से पहली ही कोशिश में ताला खोल दिया। भहराते हुए वे भीतर घुसे और दरवाज़ा बन्द कर लिया। फिर उसी दरवाज़े के सहारे टिककर बाहर की आवाज़ को भाँपने की कोशिश करने लगे। कुत्तों के भौंकने की मद्धम पड़ती आवाज़ के अलावा और कुछ भी सुनाई नहीं दे रहा था। जब धौंकनी थोड़ी धीमी पड़ी, तब उन्हें सिर पर लगे ज़ख़्म का ख़याल आया। शीशा देखने के लिए वे अपने कमरे में गए। वैसे तो सारे कमरे उनके ही थे। माता-पिता के स्वर्ग सिधारने के बाद उनके भाई नरेश प्रताप सिंह 1947 में देश छोड़कर प्रतिष्ठा और सुविधा का जीवन जीने के लिए विदेश चले गए थे। तब से पूरा घर उन्हीं का

था। ज़मींदारी उन्मूलन के बाद राजेन्द्र प्रताप ने ख़र्च चलाने के लिए जरगाँव वाला घर बेच दिया था। एक ज़माने में वह बड़ा शानदार और आलीशान मकान हुआ करता था। फिर धीरे-धीरे करके उन्होंने अपनी छिटपुट जायदाद भी बेच डाली। बस पालनपुर के इसी मकान को बचा रखा था और यहीं बस गए थे। जिस जगह पर यह मकान था वह इतनी आकर्षक नहीं थी कि ज़्यादा ख़रीदारों की नज़र उस पर ठहरती। राजेन्द्र बाबू यहाँ अकेले ही रहते थे, पहले से बेहतर जीवन जी रहे थे पर नया फ़र्नीचर ख़रीदने की ओर उन्होंने कभी ध्यान नहीं दिया था।

ज़ख़्म में सहसा सुई चुभने जैसा तीखा दर्द हुआ। वे उसकी तीमारदारी में लग गए। उन्होंने घाव को पानी से धोकर उसके ऊपर एक गीला कपड़ा बाँध दिया। देखने में वह बहुत भद्दा लग रहा था। उन्हें जितना आता था उतना तो उन्होंने उसे साफ़ कर ही दिया था। वे झुँझलाकर बोले : अगर वह नीतू यहाँ होती तो इस मौक़े पर काम आती।

यह बात पूरी तरह ठीक नहीं थी। नीतू उनकी बहुत वफ़ादार नौकरानी थी। इनकी मचाई गन्दगी को हमेशा साफ़ कर देती थी। कभी अनियमित तनख़्वाह की शिकायत भी नहीं की थी और राजेन्द्र बाबू के मुँह से निकलनेवाली भद्दी टिप्पणियों पर भी शायद ही कभी कोई एतराज़ जताया हो।

बुरा हो दीवार में गड़े उस लोहे का। उन्हें वह कभी दिखा ही नहीं था। हो सकता है वो लोहा मोरचा खाया हुआ रहा हो। ये सोचकर उन्होंने बोतल से थोड़ी-सी व्हिस्की ली। यही एक चीज़ थी जो घर में इफ़रात से मौजूद थी। व्हिस्की में एक कपड़े को भिगोकर उन्होंने घाव पर छुआ दिया। छनछनाहट के चलते मुँह से निकलनेवाली चीत्कार को वे भीतर ही दबा गए। उन्होंने फिर शीशे में देखा। घाव काफ़ी गहरा था, हालाँकि उतना संगीन नहीं दिखता था। इस बात से आश्वस्त होकर उन्होंने व्हिस्की के दो घूँट मारे। फिर थोड़ी और ली। बहुत उम्दा शराब तो नहीं थी, पर कम-से-कम मिलावटी नहीं थी।

अब जाकर राजेन्द्र प्रताप ने एक गहरी साँस ली। दर्द और शराब ने मिलकर उनके दिमाग़ में ऊर्जा भर दी थी। अब वे समूचे घटनाक्रम पर ग़ौर करने लगे कि उनके साथ हुआ क्या था। दरअसल, गोली बस इंच भर की दूरी से निकल गई थी। एकदम कान के पास उन्हें उसकी आवाज़ सुनाई दी थी। अच्छा निशाना था! उनके पीछे कई आदमी पड़े हुए थे। लेकिन इन्हें भेजा किसने था? किसी को भी रियायत देना फ़िलहाल ठीक नहीं था।

हो सकता है लूट का मामला रहा हो। मन में यह बात आते ही राजेन्द्र बाबू ग़ुस्से से भर गए। उन्होंने तो अपना वाजिब हिस्सा ही लिया था, सरदार ने क्या कहा वो अलग बात है। सरदार! वो अपने आप को समझता क्या है? कहीं कोऑपरेटिव वाली लघु योजना का मामला तो नहीं है ये? या फिर...

इस ख़याल पर उन्होंने अपने कन्धे उचका दिये। यह बात तो वे बड़े अच्छे से जानते थे कि इतने सारे अवैध धन्धों में लिप्त होने के चलते उनकी जान को ख़तरा तो है। यहाँ तक कि जो धन्धे वे क़ानूनी तरीक़े से चलाते हैं उनमें भी वे किसी ग़रीब-गुरबा का फ़ायदा ही उठाते हैं। पालनपुर में तो ऐसे कई हैं। क्या जाने किसी ने बदले की भावना से...। कहीं ऐसा तो नहीं कि जिन लड़कियों का उन्होंने शोषण किया है उन्हीं में से किसी का कोई भाई या बाप बदला लेने की जुर्रत कर रहा हो? लगता तो नहीं था, पर इस गाँव के लोगों के दिमाग़ का कोई भरोसा नहीं है। कभी-कभार वे गरमा जाते हैं। उन्होंने सभी सम्भावनाओं पर विचार कर लिया था। अबकी मामला बहुत क़रीबी था, पर उन्हें लगा कि वे बड़ी आसानी से बच के निकल आए हैं। कहीं इसका मतलब ये तो नहीं कि जो लोग उनके पीछे पड़े थे वे वास्तव में उन्हें जान से मारना नहीं चाहते हों। या उन्हें इस गाँव के बारे में ही जानकारी ही न हो? मुमकिन है। तब तो उन्हें यह भी पता नहीं होगा कि लूट का माल कहाँ छुपाया गया है। सब कुछ अपनी जगह पर है या नहीं, यह पक्का करने के लिए कल एक बार ठिकाना देखना होगा। कहीं किसी ने घर के भीतर उनके माल छुपाने की जगह के बारे में ताड़ तो नहीं लिया? इस मामले में वे बहुत सतर्क रहते थे, फिर भी इसका पता करना कोई मुश्किल काम नहीं था। यह सोचते ही उन्हें झटका लगा। वे सामनेवाले गलियारे में देखने लगे। वहाँ एक बकरा बँधा हुआ था। उसके इर्द-गिर्द तमाम कूड़ा-कचरा फैला हुआ था और उससे दुर्गंध आ रही थी। जली हुई बीड़ी के टुकड़े, टूटे हुए कप, गँदला चिरकुट, दो डिब्बा पेंट और बाक़ी टूटे-फूटे सामान गलियारे में जिधर दिख रहे थे, वे उठकर उस कोने में गए। फिर धीरे-धीरे वे बड़े वाले कमरे में गए जहाँ दहेज वाला एक पुराना सन्दूक़ पड़ा था। बीच में एक छोटा-सा दरवाज़ा था। उन्होंने उसे खोला और अपने घुटने फ़र्श पर टिकाकर तक़रीबन रेंगते हुए सन्दूक़ के पास पहुँचे। फिर घुटनों के बल पर शरीर को मोड़ते हुए अपना दायाँ हाथ वे सन्दूक़ में बने एक छेद तक ले गए, जो अदृश्य था। उन्होंने उसे खोला। सब कुछ सही-सलामत था। अनछुआ। इसका मतलब कि दूसरे ठिकानों पर भी अब तक कोई नहीं पहुँच पाया है। राजेन्द्र प्रताप इस ख़याल पर मुस्करा दिये कि इतना सारा धन तक़रीबन सामने पड़ा हुआ है फिर भी किसी की नज़र नहीं गई।

हल्का सा बेदम महसूस करते ही वे उठ खड़े हुए। घाव से ख़ून दोबारा निकलने लगा था और दर्द दे रहा था। उन्होंने सोचा कि व्हिस्की के दो घूँट लगाकर वे अब चुपचाप सो जाएँगे। तभी उन्हें ज़ोर की आवाज़ सुनाई दी और दरवाज़ा भड़ाक से खुल गया। इसके बाद एक के बाद एक लोहा खड़कने की एकदम साफ़ आवाज़ आई। कोई भी बता सकता था कि राइफ़ल लोड की गई है। वे हौले से पीछे मुड़े। सामनेवाले ने धीरे से कहा, "बस इतना बता दो कि वो कहाँ है...।"

दुनाली उनके सीने पर थी, लेकिन उन्हें डर नहीं लग रहा था। पहले तो वे चौंके थे, पर अब उन्हें ग़ुस्सा आ रहा था। अचानक ग़ुस्सा फूट पड़ा। वे राइफ़ल की तरफ़ चिल्लाते हुए लपके, "मादर...तुम्हारी इतनी हिम्मत!"

उनकी बात पूरी भी नहीं हुई थी कि अचानक हुए इस हमले से घबराकर बन्दूक़धारी ने घोड़ा खींच दिया। फिर उसने राइफ़ल दोबारा लोड की और दूसरी गोली दाग़ी। राजेन्द्र प्रताप के कुरते पर बड़े-बड़े दो लाल दाग़ उभर आए। बन्दूक़धारी को तुरन्त अपनी ग़लती का अहसास हो गया कि अब वह सवाल किससे पूछेगा। अपने आख़िरी पलों में राजेन्द्र बाबू को लगा था कि इन दो नये घावों को साफ़ करना में बहुत मुश्किल होगा। इसके बाद सब कुछ अँधेरे में डूब गया।

पीछे से एक हाथ सन्दूक़ की ओर आगे बढ़ा। उसने भीतर टटोला और जो कुछ मिला समेट लिया। उसमें बहुत कुछ नहीं था। बेचैनी में पूरे घर की तलाशी ली गई पर कुछ भी बरामद नहीं हुआ। हताशा में राजेन्द्र प्रताप की लाश को एक लात मारी गई। फिर उसमें तीसरी गोली उतार दी गई। इसके बाद हत्यारे चम्पत हो गए।

पालनपुर में कई लोगों ने गोली की आवाज़ सुनी थी लेकिन कोई अपनी जगह से टस-से-मस नहीं हुआ था। राजेन्द्र प्रताप ने भी मदद के लिए किसी को आवाज़ नहीं लगाई थी। फिर भी, कोई तो था जिसने ये सब होते हुए देखा था। एक पतली-सी परछाईं हत्यारों का पीछा करते हुए गाँव की चौहद्दी तक गई थी। उसे किसी ने नहीं देखा था। पालनपुर में आम तौर से ऐसी परछाइयों की परवाह नहीं की जाती थी।

खंड 1

अध्याय 1

लन्दन, कुछ दिनों बाद

"अनिल! तुम्हारा फ़ोन!"

मैंने बहुत पहले यह तय कर लिया था कि जिसे भी मुझसे बात करनी होगी उसे मेरा एक्सटेंशन नम्बर तो पता ही होगा। अगर नहीं पता तो इसका मतलब है कि उसे मुझसे कोई ज़रूरी बात भी नहीं करनी। वैसे भी मैं किसी जटिल हिसाब-किताब में फँसा हुआ था और इसमें ख़लल नहीं चाहता था। अजीब बात है कि कम्प्यूटर आया तो था बैंकरों और दूसरों की ज़िन्दगी को आसान बनाने के लिए पर मामला उलटा ही पड़ गया। अब हम जैसे बैंकरों को ऐसे काम करने को कहा जाता है जिनके बारे में माना जाता है कि कम्प्यूटर तो वे काम कर ही लेगा। ख़ासकर कम्प्यूटर न जाननेवाले जो बॉस होते हैं, उनके मन में एक धारणा रहती है कि किसी भी अतिरिक्त काम में बस पाँच मिनट लगेंगे। मेरे पास जो हल्का भूरा और कुछ सन्तरी-सा टैंडबर्ग कम्प्यूटर है, बहुत आधुनिक है। इसके बावजूद मुझे उसमें नम्बर भरने पड़ते हैं और बार-बार देखना पड़ता है कि वो जो लिख रहा है वह सही है या नहीं।

"अनिल! फ़ोन है!"

यह तो पहला क़दम है। फिर दूसरा क़दम यह होता है कि मैंने जो प्रिंट लिया है वह वही हो जो मुझे बॉस को दिखाना है। अब ज़रूरी नहीं कि जो आपको स्क्रीन पर दिख रहा है काग़ज़ पर भी वही छपकर निकल आवे। यही दिक़्क़त है। कम्प्यूटर अक्सर इसमें अपने मन से कुछ-न-कुछ गड़बड़ कर देता है। क़ायदे से तो ऐसा तब होता है कि जब आपकी उँगलियों ने ही कोई ग़लत की दबा दी हो पर मुझे कम्प्यूटर को दोषी ठहराने में थोड़ा सन्तोष मिलता है। ख़ासकर तब...

"अनिल!!!"

लगता है इससे पिंड छुड़ाना मुश्किल होगा। स्क्रीन पर देखते हुए मैंने फ़ोन उठा लिया।

"अनिल सिंह बोल रहा हूँ।"

तमाम खड़खड़ खड़खड़ के बाद काफ़ी दूर से आती हुई एक आवाज़ सुनाई दी..."सिंह साहब बोल रहे हैं? नरेश प्रताप सिंह और मीना सिंह के बेटे?"

"हाँ जी, स्वर्गीय श्रीमती मीना सिंह और स्वर्गीय श्री नरेश सिंह का सुपुत्र, बताइए।"

और ज़्यादा खड़खड़ाहट हुई।

"हेल्लो? सुनाई नहीं दिया...।"

"मैं ही हूँ, बोलिए।"

"हम कुमार बोल रहे हैं, अशोक कुमार...हेल्लो?"

"हाँ, हाँ, ठीक है, पर अपना परिचय तो दीजिए? मतलब...क्या सेवा कर सकता हूँ आपकी?"

"...आपका जवाब नहीं आया था न।"

"माफ़ करिएगा, मैं समझा नहीं आप किस बारे में बात कर रहे हैं।"

उस पार से एक लम्बी साँस छोड़ने की आवाज़ आई, फिर वह व्यक्ति बोलने लगा। "हम चन्दौसी से अधिवक्ता अशोक कुमार बोल रहे हैं। आपको हमने एक तार भेजा था लेकिन अब तक आपका कोई जवाब नहीं आया।" आवाज़ में थोड़ी उलाहना थी।

मुझे तुरन्त याद आया कि ऐसा कुछ था तो, खड़खड़ खड़खड़ और उधर से आ रही "हेल्लो, हेल्लो, आवाज़ आ रही है मेरी?" की आवाज़ को मैंने थोड़ा अनसुना किया। एक टेलिग्राम आया था इंडिया से मेरे पास पर मैंने बहुत ध्यान नहीं दिया था।

"हाँ, हाँ, याद आ रहा है। थोड़ा फिर से याद दिलाएँगे किस बारे में था?"

"हम भारत से फ़ोन कर रहे हैं और इसमें बहुत पैसा लगता है," अशोक कुमार ने ऐसी आवाज़ में कहा जिसमें किसी की पुरानी पीड़ा मौजूद थी।

"इसीलिए तो कह रहा हूँ कि जल्दी से बताइए क्या मामला है।"

"हाँ, लेकिन कन्फ़र्म तो हो जाए पहले कि आप ही हैं। हेल्लो?"

मैं झुँझला गया, "हाँ भाई, मैं ही हूँ। बताइए क्या कर सकता हूँ आपके लिए?"

"श्री राजेन्द्र प्रताप सिंह आपके चाचा हैं न। उत्तर प्रदेश के मुरादाबाद में पालनपुर में रहते थे। मैं उन्हीं का वकील हूँ। उनका देहान्त हो गया है। आप ख़ानदान के इकलौते वारिस हैं। आप ऐसा करिए चन्दौसी आ जाइए, विरासत पर बात करनी है।"

पहले तो लगा कि ये मज़ाक़ है, फिर याद पड़ा कि पालनपुर नाम से तो मैं परिचित हूँ। उधर अशोक कुमार लगातार चिल्लाए जा रहे थे, "हेल्लो? हेल्लो?" मेरी ख़ामोशी से शायद उन्हें लगा होगा कि मौत की ख़बर सुनकर मैं सदमे में आ गया। उनका फ़ोन बिल लगातार बढ़ता जा रहा था। मैंने सोचा कि मामले को

थोड़ा और विस्तार से समझने की ज़रूरत है। इसके लिए वकील का ख़र्चा क्यों करवाया जाए?

"आप अपना नम्बर दे सकते हैं? मैं आपको वापस कॉल करता हूँ।"

बैंक में काम करने के नाते लोगों से फ़ोन नम्बर माँगना मेरी आदत है पर जब वे बताते हैं तो मैं लिखता नहीं हूँ क्योंकि पलटकर फ़ोन करने का मेरा कोई इरादा नहीं होता। अबकी मामला थोड़ा अलग था। अशोक कुमार एक-एक अंक मुझे साफ़-साफ़ बताने के चक्कर में अपना बिल बढ़ाते जा रहे थे। पूरा नम्बर बताने के बाद ऐसा लगा जैसे उन्होंने राहत की साँस ली हो, कोई पावन धर्म निभा दिया हो और अब आश्वस्त हो गए हैं कि अगली बार उनको फ़ोन नहीं करना पड़ेगा।

मैंने फ़ोन रखा और सोचने लगा।

मैं इतना जानता था कि मेरे पिता पालनपुर नाम के एक गाँव में ही पले-बढ़े थे। बाक़ी ज़्यादा कुछ नहीं पता था। वैसे भी, कुछ ही लोगों को पता होगा। यह गाँव उत्तर भारत के राज्य उत्तर प्रदेश में एक छोटी-सी सुदूर जगह है जिसमें ऐसा कुछ ख़ास नहीं है। मुझे बताया गया था कि तीन या चार साल की उम्र में मैं वहाँ गया था एक बार, लेकिन मुझे कुछ भी याद नहीं है। अगर कुछ ख़ास होता तो शायद याद रह भी जाता। मेरी याददाश्त हमेशा से अच्छी थी, भले ही कुछ चीज़ों को लेकर ही।

मेरे माता-पिता को हालाँकि पालनपुर की वह यात्रा हमेशा सालती रही। उन्होंने एकाध बार मुझे बताने की कोशिश भी की थी। ईमानदारी से कहूँ तो उस वक़्त मैं तमाम चीज़ों में व्यस्त था, ख़ासकर लड़कियों के चक्कर में, फिर अपने जेडएक्स 81 को प्रोग्राम करने में और पढ़ाई-लिखाई भी थी। इसलिए मैं परिवार के क़िस्से-कहानियों में ज़्यादा दिमाग़ नहीं लगाता था। फिर भी इतना पता है कि अंग्रेज़ जब 1947 में भारत छोड़ रहे थे तब मेरे पिता भी उन्हीं के साथ यहाँ चले आए। जाने कौन सा पारिवारिक कारण रहा होगा। कुछ रहस्यमय ही था चूँकि मुझसे इस बारे में कभी खुलकर बात नहीं की गई। इतना तो मैं पक्का कह सकता हूँ, भले ही उनकी बातें मैं नहीं सुनता था। अब चाहे जो रहा हो, पिताजी की कहानी यह है कि वे जवानी में ही पालनपुर से बरेली चले आए थे, फिर किसी तरह भारत से भी निकल लिए। मेरे ख़याल से उस वक़्त इंग्लैंड में ईमानदार अकाउंटेंटों के लिए नौकरियाँ होती होंगी। यहाँ लन्दन में उनकी मुलाक़ात मेरी माँ मीना सिंह से हुई। माँ का परिवार तो दूसरे विश्वयुद्ध से पहले ही लन्दन आ चुका था। फिर दोनों ने शादी कर ली। हल्का सा याद पड़ता है कि पिताजी के एक भाई हुआ करते थे, शायद वही चाचा जो अभी-अभी गुज़रे हैं। कुल मिलाकर ख़ानदान के नाम पर मैं इतना ही जानता हूँ। मेरे माता-पिता साल-भर पहले ही एक कार हादसे में चल बसे। अब पालनपुर हो या परिवार के साथ पिताजी की दिक़्क़त या मरहूम चाचा राजेन्द्र प्रताप सिंह, किसी के बारे में कुछ भी बतानेवाला कोई नहीं रहा। अब अफ़सोस होता है

कि मैंने उस वक़्त ध्यान से सब क्यों नहीं सुना।

माँ ने बताया था कि साठ के दशक में जब वे लोग गाँव गए थे, तब वहाँ से लौटकर पिताजी ने अपने पुराने रेमिंग्टन टाइपराइटर पर पालनपुर के बारे में कुछ नोट्स टाइप किये थे। शायद कोई कहानी थी उन किरदारों के ऊपर जिन्हें वे अपने छुटपन में जानते थे या जिनके बारे में उन्होंने सुन रखा था। मेरे ख़याल से इसे एक उपन्यास होना था। अन्दाज़ा ही है, क्योंकि लगता नहीं उन्होंने उस पर बहुत काम किया था, कम-से-कम हाल के वर्षों में तो नहीं ही। निश्चय ही उन्होंने इसे पूरा नहीं किया था। यह अधूरी किताब कहीं-न-कहीं तो अपार्टमेंट में रखी ही होगी। मैंने तय किया कि अशोक कुमार को कॉल करने से पहले उसे खोजकर एक नज़र मार ली जाए।

मेरा फ़ोन फिर बजा। अक्सर मुझे लगता है कि फ़ोन की घंटी से मैं अन्दाज़ा लगा लेता हूँ कि कौन कॉल कर रहा है। ये वाली घंटी थोड़ा नरम और हल्की थी, पर इसमें एक दृढ़ता थी। दोपहर भी हो रही थी, पक्का उसी की...

छूटते ही मैंने कहा, "हलो पैट।"

"अरे, कैसे जाना मैं हूँ?"

"रिंगटोन बड़ी मुलायम थी।"

"सो क्यूट...।"

"वो तो मैं हूँ, मुझे पता है।"

"वो भी एक बैंकर," उसने मुझे दुरुस्त किया।

पैट एक समाजकर्मी है और सांस्कृतिक नृत्यशास्त्र की अध्येता है। वो आम तौर से बैंकवालों को पसन्द नहीं करती और कई मौक़ों पर मुझसे ऐसा कह भी चुकी है कि बस मैं अपवाद हूँ। उसका पहला नाम जेन है, लेकिन सत्तर के दशक के हिप्पियों की तर्ज पर उसने अपना तखल्लुस रख लिया है पैटचूली। पैटचूली से पैट बन गया। दूसरे बैंकरों की तुलना में पता नहीं मैं क्यूट हूँ या नहीं पर पैट बेशक है। उसके बाल लम्बे काले घुँघराले हैं। उन्हें वह एक हेडबैंड से बाँध के रखती है जिसमें मौसमी फूल लगे होते हैं। उनकी ख़ूबसूरती एक चौड़ी सी हैट से और बढ़ जाती है जिसे वो मौसम-बेमौसम कभी भी पहन लेती है। बाक़ी के बाल अपनी मर्ज़ी से इधर-उधर लहराते हुए ख़ासे आकर्षक लगते हैं। वह लम्बे नेकलेस पहनती है जो किसी भी चीज़ के बने हो सकते हैं बशर्ते वे आकार में बड़ी हों। जब वे चलती हैं, वे खनकते हैं। उसमें एक शान्ति का चिह्न भी लगा है। कलाई और पैरों में भी ऐसा ही कुछ पहनती है। पैट अक्सर भारत की लम्बी रंग-बिरंगी स्कर्ट पहनती है जिनमें छोटे-छोटे काँच के टुकड़े जड़े होते हैं। उसके ऊपर एक साधारण सा ब्लाउज़ और उसके ऊपर शॉल। उसकी शॉल अक्सर काली होती है। मुझे लगता है उसकी बूढ़ी दादी गुज़रने से पहले उसके लिए ये शॉलें छोड़ गई थीं।

वह आँखों पर मोटे और गोल चश्मे पहनती है, जिनसे दूर तक साफ़ देखा जा सके। उसकी ख़ूबसूरती में इससे इज़ाफ़ा ही होता है। कई लोगों ने ध्यान दिया है कि जब वह दूर किसी चीज़ को देखती है तो चश्मे के ऊपर से देखती है। चूँकि चश्मे के काँच बड़े हैं तो ऐसा करना थोड़ा मुश्किल होता होगा पर जब भी वह ऐसा करती है तो और प्यारी दिखती है। ऐसे चश्मे जेनिस जॉप्लिन और योको ओनो भी पहना करते थे, इसलिए इससे कोई फ़र्क़ नहीं पड़ता कि वह कमज़ोर नज़र के चलते इसे पहनती होगी या नहीं।

भारत या शायद नेपाल जाना, पैट का सपना है। बैंकर होने के बावजूद मुझमें उसकी दिलचस्पी को शायद इससे समझा जा सके।

उसने पूछा, "सेंट पॉल्स के पास हरे कृष्णा में लंच करें?"

आम तौर से मेरे सहकर्मी यहाँ लंच करने नहीं जाते, लेकिन पैट मांसाहारी ढाबे में कभी नहीं खाती। कभी-कभार वह काग़ज़ में करीने से लिपटी विनेगर में डूबी फिश और चिप्स खा लेती है, लेकिन तभी जब मैं इसरार करूँ।

उसका जवाब जानते हुए भी मैंने एक ठेठ मांसाहारी की तरह उससे पूछा, "हैमबर्गर नहीं खाओगी?"

"बेकार की बात मत करो, हरे कृष्णा पर मिलते हैं साढ़े बारह बजे।"

मुझे हैमबर्गर पसन्द हैं, पर पैट उससे ज़्यादा। जब पैट नहीं मिलती है या फिर हफ़्ते में कई बार मिल लेती है तब मैं अपने सहकर्मियों के साथ हैमबर्गर खा लेता हूँ।

मैं वापस हिसाब-किताब में जुट गया, लेकिन दिमाग़ में भारत जाने की बात ही चल रही थी। ऐसा लग रहा था कि यह वास्तविक नहीं है। इससे ज़्यादा मुझे यह बात अजीब लग रही थी कि पालनपुर जैसे एक नामालूम से गाँव में मेरी कोई विरासत भी हो सकती है। शायद एक छोटा-सा ख़ाली मकान होगा जिसमें पानी तक नहीं आता होगा और ज़मीन का एक टुकड़ा होगा। इस सबका कोई मतलब नहीं है क्योंकि मैं भारत की मुद्रा यहाँ नहीं ला सकता। हो सकता है कुछ नकली गहने भी हों। फिर क्या करना वहाँ जाकर? मेरे सामने रखे कम्प्यूटर की स्क्रीन लगातार मुझसे पूछ रही थी कि क्या मैं अगला हिसाब करना चाहता हूँ पर मेरे दिमाग़ में बहुत गहरे यही सब चल रहा था।

"अनिल, हैमबर्गर खाओगे?"

"नहीं, आज नहीं। आज पैट के साथ लंच है," मैंने जवाब दिया। फिर अचानक अहसास हुआ कि पौने एक बज चुका है। मैंने झटके से अपना कैमरा बैग उठाया और निकल लिया। अपना कैमरा मैं हमेशा साथ रखता हूँ, क्या जाने कहाँ क्या मिल जाए।

"पागल हो गए हो क्या? तुम बिलकुल जाओगे। और मैं भी तुम्हारे साथ चलूँगी।"

मैंने बताया था न कि पैट बहुत प्यारी है। वो जब ग़ुस्सा या दुखी होती है तो और प्यारी लगती है। उसने जैसे मेरे ऊपर हथौड़ा दे मारा यह कहकर कि भारत जाने का मौक़ा नहीं गँवाना चाहिए। और ये तो मेरी, अनिल की, पारिवारिक ज़िम्मेदारी निभाने का मामला है जिसे गम्भीरता से लेना चाहिए। यह मेरे लिए अच्छा कर्म साबित होगा।

मैंने एतराज़ जताया कि मेरी वरासत से जितना पैसा मिलेगा वो मेरे आने-जाने के टिकट से कुछ ज़्यादा नहीं होगा। उसने इस बात को तिरस्कारपूर्वक नज़रअन्दाज़ कर दिया। अपने दाएँ हाथ से उसने पूरी तसल्ली से दाल और चावल को आपस में मिलाया और उसका एक निवाला अपने मुँह के हवाले किया। मैं हमेशा उससे चम्मच इस्तेमाल करने को कहता हूँ। उसने चम्मच की ओर हिकारत से देखा, फिर बोली :

"अपने अनुभव-जगत को फैलाने, इनसानों के बारे में अपना ज्ञान बढ़ाने, दूसरी संस्कृति के बारे में सीखने के एक अवसर से कोई पढ़ा-लिखा आदमी इनकार कैसे कर सकता है? वो भी, तुम्हारी अपनी संस्कृति!"

मुझे लगता है कि बैंक में काम करनेवाला आदमी इनसान के बारे में बहुत कुछ समझता है, लेकिन उसकी दलील में दम था : क्या जाने भारत के आदमी का स्वभाव अलग होता हो? अब मुझे क्या पता? वैसे, पैट के बारे में एक बात मुझे खिझाती थी : भारतीय उपमहाद्वीप के बारे में उसका सैद्धान्तिक ज्ञान। मैं जानता हूँ उसने काफ़ी कुछ पढ़ रखा है : हिमालय के बारे में, साधुओं के बारे में, भारत की जाति व्यवस्था, यहाँ तक कि वेदों को भी, और भगवान जाने क्या-क्या! जब उसकी ओर से बहुत हो गया, तब मैंने कहा कि मेरे भीतर भारत का ख़ून है। मैंने यह भी जोड़ा कि चार साल की उम्र में मैं पालनपुर जा चुका हूँ, आठ साल की उम्र में मैंने ताजमहल देखा था—मुझे याद है—और अक्सर मैं अपनी माँ को दुख की घड़ी में घर में पूजा करते हुए देखता था। यहाँ तक कि अभी दो साल पहले ही दिल्ली में दो घंटे के लिए रुका भी था।

कोई फ़र्क़ नहीं पड़ा। पैट, जिसने आज तक भारत में क़दम तक नहीं रखा, इस बात को लेकर अडिग है कि वह भारत को मुझसे ज़्यादा जानती है। हक़ीक़त यह है कि हम दोनों में से कोई भी बहुत कुछ नहीं जानता।

एक बैंकर की संकुचित दुनिया पर उसके हमले को नज़रअन्दाज़ करते हुए मैंने पक्का फ़ैसला सुनाया, "जो भी हो, मेरे पास वक़्त नहीं है। ऑफ़िस में नये कम्प्यूटरों के साथ मुझे बहुत काम करना है। और वैसे भी वो जगह, पालनपुर, बहुत बोरिंग जान पड़ती है, और...।"

नये कम्प्यूटरों और ऊब की बात को एक तरफ़ बुहारते हुए पैट ने कहा, "तुमने

बताया था कि बैंक में तुम्हारी काफ़ी छुट्टियाँ बची हुई हैं। जहाँ तक बोरियत का सवाल है तो कुछ दिन पहले यही बात तुम नौकरी के लिए भी कह रहे थे। फिर मेरे पास तो भारत जाने की एक ठोस वजह है ही, तो तुम बोर बिलकुल भी नहीं होगे।"

मैं सवालिया नज़रों से उसे देखता रहा और पूरी कोशिश की कि इसका मतलब मेरी हाँ न लगाया जाए।

तब जाकर पैट ने एक राज खोला, "मैंने ग्रामीण भारत पर एंथ्रोपोलॉजी में पी-एच.डी. करने का फ़ैसला किया है। मैं दिल्ली में एक प्रोफ़ेसर से सम्पर्क में भी हूँ। डॉ. सुब्रमण्य फ़िलहाल नाम है उनका, इस विषय के बड़े विद्वान हैं और मुझे पक्का भरोसा है कि तुम्हारे गाँव जाने से मुझे इसमें बहुत मदद मिलेगी।"

अपने हथियार डालते हुए मैंने लस्सी निपटाई और मामले को टालने के इरादे से कहा, "चलो ठीक है, रात में बात करते हैं।"

"येस! मज़ा आ गया। मिलते हैं मेरे घर सात बजे," उसने ताली पीटी। साथ में उसके कंगन और नेकलेस भी झनक उठे।

मुझे बिल चुकाने के लिए बैठा छोड़कर पैट उठ गई। जाते-जाते उसने एक बड़ी सी मुस्कान के साथ मुझे चूमा। फिर अपनी डच-स्टाइल काली साइकिल पर ख़ुद को सँभालते हुए उसने हाथ हिलाया और चिल्लाई, "भूलना नहीं! आज रात, मेरे यहाँ।"

मैंने अपना निकॉन एफ बाहर निकाला और साइकिल से जाती हुई उसकी कुछ तसवीरें उतार लीं। यह कैमरा मेरे पिता का था। कितनी चालाक लड़की है। वह जानती है कि अपने यहाँ बुलाकर मुझे मना ही लेगी। विम्बलडन में मैं जिस फ़्लैट में रहता हूँ, वह माता-पिता के गुज़रने के बाद मुझे विरासत में मिला था। काफ़ी लम्बा-चौड़ा और रोशनीदार मकान था, एक मामूली बैंकर के लिहाज से काफ़ी बड़ा पर मैं इसलिए टिक गया क्योंकि माता-पिता ने एक बढ़िया बीमा करवा रखा था जिसकी मदद से उसे रेहन से छुड़ाया जा सका। उसके टैक्स, बिल, आदि ख़र्चों के लिए मेरी तनख़्वाह काफ़ी थी।

पैट आर्सेनल में एक तंग जगह में रहती है। उसके घर में भारत के भगवानों की तमाम तसवीरें भरी पड़ी हैं। उसके यहाँ अगरबत्ती की ख़ुशबू आती है। वह हर तरह का संगीत सुनती है, ज़्यादातर ध्यान-गीत, लेकिन हरमन्स हर्मिट्स, स्कॉट मैकिंजी, मुंगो जेरी और बीटल्स भी उसे पसन्द हैं। वह उनके गीतों को गिटार पर बजाना पसन्द करती है। उसके यहाँ मैं अक्सर रातें बिताता हूँ। एक वजह तो ख़ुद पैट ही है। दूसरी वजह यह है कि उसका फ़्लैट पिकाडिली लाइन पर पड़ता है। बाक़ी रातें या सप्ताहान्त जो मैं विम्बलडन के अपने फ़्लैट में गुज़ारता हूँ, उसकी वजह पैट के साधना सत्र और अगरबत्तियों की महक है। ख़ासकर सप्ताहान्त में वह किसी सुदूर जगह पर आध्यात्मिक साधना करने जाती है, जहाँ खाने में कुछ

आलू और थोड़ी-सी क्रीम दी जाती है। एक बार मुझे भी वह एक सत्र में खींच ले गई थी। मैंने सहज ही कुछ टिप्पणियाँ कर दी थीं जो दूसरे साधकों को नागवार गुज़री थीं। पैट ने भड़ककर कहा था कि अब वह मुझे कभी साथ नहीं लाएगी। जो वाक़ई बहुत बुरा था। अगले सप्ताहान्त मैं विम्बलडन में 'मैन एट वर्क', 'फिल कॉलिंस' या 'आई लैस इन ग़ाज़ा' सुन रहा था और इस बात को लेकर दुखी महसूस कर रहा था कि पैट दुनिया को मेरे नज़रिये से नहीं देख पा रही थी। थोरेस टर्नटेबल, कार्डन साइटेशन 16 और दो टैनॉय ऑटोग्राफ़ स्पीकर्स से बने अपने शानदार म्यूज़िक सिस्टम पर 'यू कांट हरी लव' को सुनते हुए गहन चिन्तन कर रहा था। मेरे पिता का शानदार म्यूज़िक सिस्टम।

उस दोपहर काम में मेरा मन नहीं लगा। बेशक मेरा काम उबाऊ था। फिर भी, काम तो काम था। मैंने कुछ हिसाब-किताब किया और खिड़की से बाहर देखता रहा। मेरी ख़ुशक़िस्मती थी कि मुझे बैठने को जो जगह दी गई थी वहाँ एक छोटी-सी खिड़की थी जिससे आसमान का एक टुकड़ा दिखता था। मेरे भीतर के चित्रकार को हालाँकि उसने कभी नहीं जगाया, हालाँकि उसका आकार-प्रकार कैमरे के व्यूफाइंडर जितना ही रहा होगा। बाहर देखने को बहुत कुछ नहीं था : कभी-कभार कोई हवाई जहाज़, पर उस दिन काले बादल घुमड़ आए थे। बारिश होनेवाली थी।

कम्प्यूटर से बीप की आवाज़ आई। मुझे समीक्षा के लिए एक केस दिया गया था जिसमें एक व्यक्ति एस्टन मार्टिन ख़रीदने के लिए क़र्ज़ लेना चाहता था। मुझे लगा कि ये ठीक नहीं होगा क्योंकि वह आदमी तक़रीबन दिवालिया हो चुका था लेकिन बैंक उधार का अपना खाता बढ़ाना चाहता था। लम्बी साँस छोड़कर मैंने क़र्ज़ को मंज़ूरी दी और फिर हिसाब-किताब में जुट गया। इन पंक्तियों को लिखते वक़्त मैं दुखी मन से याद कर रहा हूँ कि उस दौर में एक सेकंड हैंड एस्टन मार्टिन। या फरारी या ई-टाइप—बहुत सस्ती मिलती थीं।

जहाँ तक पालनपुर का सवाल था, एक बात मेरे मन में साफ़ हो चुकी थी कि निकट भविष्य में भारत यात्रा की योजना का पलड़ा पैसों के लिहाज से अब उलटी ओर झुक रहा था। पैट की पी-एच.डी. के लिए यह बहुत बुरा था, पर वह तो अकेले कभी भी वहाँ जाकर अपना रिसर्च कर सकती थी।

मैं दफ़्तर से बाहर आया तो शाम के छह बज चुके थे। सड़क पार करते हुए पानी बरसने लगा। विचित्र बात है : नौकरी उबाऊ और आना-जाना भीगते हुए। मैं पास एक पोर्च के नीचे खड़ा हो गया। वह ताज ट्रैवेल नाम की एक एजेंसी निकली। शुरू में तो मैंने वहाँ लिखे पर ध्यान नहीं दिया बल्कि एक तरबतर हो चुके मध्यम कद के एक भारतीय आदमी की शीशे में आती परछाईं को दूर जाता देखता रहा, जब तक वह प्रेत की तरह ग़ायब नहीं हो गया। क्या यह अतिरिक्त ऊब का असर था? फिर मुझे अहसास हुआ कि मेरे चश्मे पर दरअसल भाप जम गई

है। मैंने उसे साफ़ किया और क्योंकि दूर का कुछ दिख नहीं रहा था, अपने ठीक सामने एक लुभावने विज्ञापन पर निगाह जमा दी : वह ताड़ के पेड़ों से घिरे धूप में नहाए केरल के एक ख़ूबसूरत तट की तसवीर थी। मैंने कपड़ों पर से पानी झाड़ा और सोचने लगा कि पालनपुर भले केरल में नहीं है, लेकिन एस्टन मार्टिन वाले केस की तरह भारत यात्रा के ख़िलाफ़ अपनी दलील पर दोबारा सोचा जा सकता है। बारिश के चलते मैं कुछ हल्के दिमाग़ के साथ भीतर घुस गया। घंटे-भर बाद बाहर आया। बारिश बन्द हो चुकी थी। दिमाग़ हल्का था और मैं अपनी यात्रा की कल्पना कर रहा था।

कहने की ज़रूरत नहीं है कि पैट के साथ वह शाम शानदार बीती। मेरे पिता के लिखे नोट्स को लेकर वह बहुत उत्साहित थी। उसने तय किया कि हमें समय गँवाए बग़ैर विम्बलडन जाकर उन्हें तलाशना चाहिए। खोजा तो पता चला कि वह काग़ज़ों का एक अव्यवस्थित पुलिन्दा था। हाथ से लिखे गए बमुश्किल पढ़े जा सकनेवाले एक परिचय के अलावा बाक़ी सब कुछ टाइप किया हुआ था। मैंने सरसरी निगाह मारी और यहाँ-वहाँ से कुछ वाक्य पढ़े। मेरे चेहरे पर मुस्कान तैर गई। पिता की लिखावट को मैं पहचानता था और मुझे कई बार बताया गया था कि मेरी लिखावट भी उनके जैसी है।

यह देखकर आश्चर्य हुआ कि एक छोटे से गाँव की कहानी ने इतने सारे पन्ने घेर लिए थे। पैट भी अचरज में थी। दुनिया-भर के ऐसे नाम और शब्द, जो मैंने कभी नहीं सुने थे। दास्तान एक ऐसी जगह की, जहाँ दिन लम्बे और सुस्त होते हैं और बीच-बीच में हिंसा की वारदातें अप्रत्याशित रूप से भड़क उठती हैं। ये नोट्स उम्मीद है पालनपुर के अतीत को काफ़ी कुछ सामने ला पाएँ। इतिहास की विद्यार्थी रही मेरी माँ कहती थी कि अतीत के सहारे वर्तमान और भविष्य दोनों को काफ़ी हद तक समझा जा सकता है। मेरे कुछ दोस्त जो शेयर बाज़ार से जुड़े हैं, वे इस बात से ज़रूर सहमत होते।

"ये मुझे दे सकते हो क्या, प्लीज़?" पैट ने पूछा।

मैं तो वैसे भी ना नहीं कहता, या कह देता?

मैंने फ़ाइल बन्द की और कहा कि वह इन्हें सवेरे ले जाए। इस बात पर वह न केवल ख़ुश हुई बल्कि अपनी ख़ुशी ज़ाहिर भी की जिससे हम दोनों को सन्तोष मिला।

ऐसे सन्तोष के मामलों में मैं पर्याप्त शिक्षित हूँ कि कभी पीठ फेरकर सो नहीं जाता लेकिन पैट ने ऐसा ही किया पर मुझे बुरा नहीं लगा। मैं जगा हुआ था, तो सोचने लगा। माना कि मैं पालनपुर जाकर वहाँ कुछ वक़्त बिताता भी हूँ, तो उस समय का अधिकतम उपयोग कैसे कर पाऊँगा? मेरी निगाह पैट से लेकर पूरे कमरे को छान गई। मेज़ पर निकॉन एफ रखा हुआ था। सोती हुई पैट की तसवीरें खींचकर मैंने रील

ख़त्म कर दी। फ़ोटोग्राफ़ी के बारे में हर चीज़ मुझे बहुत पसन्द है। निकॉन एफ या लैका एम 5 से खेलना कितना सुखद है। फिर सही लेंस का चुनाव, सही कोण को पकड़ना, प्रकाश का विश्लेषण और अगर कोई मॉडल सामने हो तो उससे बातचीत। पैट सो रही थी लेकिन उसके साथ उस सत्र को मैंने एक संवाद ही माना। मैं आम तौर से ब्लैक एंड व्हाइट तसवीरें ही लेता हूँ, वो भी ख़ासकर इलफर्ड रोल्स से। उसकी फ़िल्म को तैयार करना, उसे प्रिंट करना और अन्त में उसे डेवलपर में उभरते हुए देखना बेहद सन्तोष देता है। बाद में ट्रे आदि को धोना पड़ता है लेकिन कुछ देर तो तसवीरों को पानी में ही रहना होता है। मैंने अक्सर एक कॉफ़ी टेबल बुक बनाने के बारे में सोचा है लेकिन मेरे पास कोई विषय नहीं रहा। हो सकता है 'अपनी जड़ों की ओर लौटने' जैसे विचार के लिए पालनपुर जाना काम आ जाए। सम्भव है पैट सही कह रही हो कि शायद यह मेरे जीवन के लिए कोई बड़ा उद्देश्य ही खोल दे? ज़्यादा लड़कियाँ नहीं, न अधिक पैसा, बल्कि बेहतर तसवीरें। जॉन लेनन जैसे लोगों को वहीं से प्रेरणा मिली थी। ठीक पालनपुर में नहीं, पर वहीं कहीं। मसलन, मौज के लिए मैं उत्तर प्रदेश के विशाल खेतों में काम करनेवाला एक साधारण किसान बन सकता हूँ। इससे किताब में और जान आ जाएगी। क्या यह टैंडबर्ग कम्प्यूटर में डाटा भरने से भी बुरा होगा? कोशिश करके देखा जा सकता है, मैंने सोचा अगर कुछ नहीं हो सका तो बैंक मुझे वापस ले ही लेगा। इसके अलावा, पैट की ये बात भी सही थी कि मुझे अपनी जड़ों की खोज के लिए भी ख़ुद को थोड़ा समय देना चाहिए। बल्कि कहना चाहिए कि उन्हें खोद निकालने के लिए। सारा मामला इच्छाशक्ति और थोड़ा व्यवस्थित होने का था। फिर कुछ महीने बाद जब मैं अपने सच्चे आत्म को पाकर ताज़ादम होकर लौटूँगा, तब मेरी ज़िन्दगी का फ़लसफ़ा कुछ और गहरा होगा। साथ में बेहतरीन तसवीरों का पहाड़ भी। कह सकते हैं कि यह यात्रा मेरे लिए ऋणमुक्ति का काम करेगी।

पैट की दलीलों के सामने घुटने टेककर और बेहतर मौसम की उम्मीद में मैंने कुछ दिनों बाद ही अपनी किताब की योजना पर काम शुरू कर दिया। ताज ट्रैवेल से मैंने वाया मुम्बई, दिल्ली की एक टिकट ख़रीदी जो सस्ती थी। फिर मैंने अशोक कुमार को फ़ोन करके बताया कि अगले महीने आ रहा हूँ। मेरे आने की ख़बर सुनकर वकील साहब न तो बहुत ख़ुश हुए, न ही उन्हें कोई आश्चर्य हुआ। शायद उन्हें लग रहा होगा कि यही तो मुझे करना था। मैंने उनका पता पूछकर लिखा। यह भी ठीक-ठाक चुनौती भरा काम था।

फिर मैंने पूछा, "वैसे, चाचाजी मरे कैसे?"

हड़बड़ाते हुए उन्होंने कहा, "हम बताए नहीं थे क्या आपको? कोई उनकी हत्या कर दिया था घर में ही, पर चिन्ता की बात नहीं है। पुलिस जाँच करके पकड़ ली है अपराधी को।"

चौंकते हुए मैंने पूछा, जैसे कि उससे कोई फ़र्क़ पड़ने जा रहा हो, "कोई गाँव का ही था क्या?"

थोड़ा अचकचाते हुए वे बोले, "सफ़ाई वाली औरत थी, दलित। पुलिस का कहना है कि कड़ी पूछताछ में सब उगल दी है।"

कुछ देर मैं शान्त रहा, फिर एक व्यावहारिक सवाल मेरे मन में आया, "पालनपुर पहुँचना कैसे होगा मुझे?"

"दिल्ली से बरेली एक्सप्रेस ले के पहले चन्दौसी आइए। फिर आपको एक लोकल ट्रेन से कुछ दूर जरगाँव स्टेशन आना होगा। ये ट्रेन पालनपुर से गुज़रती तो है पर रुकती नहीं है।"

मैंने फ़ोन रख दिया। लगता है पालनपुर की यात्रा उतनी उबाऊ नहीं होगी जैसी सोचकर मैं डर रहा था। ऑफ़िस की खिड़की से दिखनेवाला आसमान का काला टुकड़ा और बोझिल लगने लगा। मैंने हिन्दी की क्लास में दाख़िला लेने का फ़ैसला किया। यह तेज़ गति का एक कोर्स था जिसे करने के बाद मुझे भरोसा हो गया कि माँ-बाप से सीखी हिन्दी मैं भूला नहीं था। ऋणमुक्ति के मेरे सफ़र में यह पहली अच्छी ख़बर थी।

तीन हफ़्ते गुज़र गए। एक दिन मैं अपना निकॉन एफ 3, निकोरमैट एफटी 2, तमाम लेंस और ढेर सारे इल्फर्ड के रोल लेकर हीथ्रो की ओर निकल पड़ा। लेकिन मैं अकेले ही जा रहा था। पैट को अपनी थीसिस का कुछ काम आ गया था। उसे बाद में आना था। नई दिल्ली के बीचोबीच सोशल रिसर्च सेंटर फॉर रूरल इंडिया में प्रोफ़ेसर सुब्रमण्य सुब्रमनियन के साथ उसे रुकने की बात भी करनी थी। प्रोफ़ेसर उसके साथ पालनपुर आना चाहते थे इसलिए वह बहुत उत्साहित थी। एक दिव्य मुस्कान के साथ उसने मेरे पिता के नोट्स लौटा दिये थे। उन्हें सरसरी तौर पर देखने का ही समय उसे मिल सका था पर उसका कहना था कि ये बहुत दिलचस्प हैं और पूरी कहानी 1869 तक पीछे जाती है।

उसने मुझसे गुज़ारिश की, "जब चाचा के घर जाना तो उनके बिस्तर के पास ज़रूर खोजना।"

सफ़ाई को लेकर पैट बहुत सख़्त थी। पालनपुर में साफ़-सफ़ाई की स्थिति पर मैंने सन्देह में कन्धे उचका दिये।

नोट्स के बदले मैंने वे तसवीरें उसे दीं जो उस रात उसकी सोते हुए मैंने ली थीं। पैट ने उन्हें देखा, फिर सिर उठाकर मुझे देखा और मुस्कराहट में उसके होंठ धीरे-धीरे फैलते चले गए। फिर उसने अपने कंगन खनकाते हुए हाथ हिलाकर मुझे विदा किया। मैं चल दिया। वो साथ नहीं थी, पर इतने लम्बे सफ़र में कम-से-कम इन नोट्स को तो मैं पढ़ ही लूँगा। हाथ से लिखा परिचय मैंने एक किनारे रखा और पहला अध्याय पढ़ना शुरू किया।

अध्याय 2

पालनपुर

अंग्रेज़ी राज से पहले भारत में जो भी संचार साधन थे, पालनपुर उन सबसे काफ़ी लम्बे समय तक कटा रहा। वहाँ पर किसी को इसकी बहुत चिन्ता भी नहीं थी। शुरुआत में वहाँ थोड़े ही परिवार थे जो शायद ही कभी पालनपुर से बाहर निकलते होंगे। बाहरी जगहों को वहाँ परदेस समझा जाता था। इसलिए अव्वल तो बाहर जाने में उनकी कोई दिलचस्पी नहीं थी, फिर वे इसे ख़तरनाक भी मानते थे। बाहर के जो लोग पालनपुर को थोड़ा-बहुत जानते थे, उनकी धारणा भी यहाँ के बारे में ऐसी ही थी। अवध और आगरे को मिलाकर बनाए गए संयुक्त प्रान्त के तमाम और गाँवों की तरह ही पालनपुर भी इस स्थिति में फँसा रह जाता। अस्सी के दशक में फ़ोन के आने तक दुनिया इस गाँव को आसानी से भुलाए रख सकती थी।

पर पालनपुर की क़िस्मत में कुछ बड़ा लिखा था। गदर की पहली लड़ाई के तुरन्त बाद सन् 1859 में कुछ अप्रत्याशित क़िस्म के बदलाव होने लगे। पालनपुर के दक्षिण-पूर्व में बरेली नाम का एक बड़ा शहर है। वहाँ फ़ौज की पूर्वी कमान की सातवीं डिवीजन की एक ब्रिगेड का मुख्यालय होता था। आज भी बरेली एक मिलिटरी कैंटोनमेंट है। भारतीय फ़ौज के कमांडर इन चीफ़ ने शहर के दंगों को रोकने का फ़ैसला किया। इसका रास्ता उसने यह निकाला कि बरेली को जल्द से जल्द भारतीय रेलवे के साथ जोड़ दिया जाए, जिसका विस्तार बहुत तेज़ी से हो रहा था।

अंग्रेज़ी राज के ताज में बरेली का काँटा 1810 से ही गड़ा हुआ था जब अंग्रेज़ों ने करों को बढ़ाया था और ईस्ट इंडिया कम्पनी का बकाया कम करने के लिए नये कर लगाए गए थे। स्थानीय लोगों को यह बात नागवार गुज़री। वे करों और सार्वजनिक सेवाओं के बीच का रिश्ता नहीं समझ सके। शुरू में तो अंग्रेज़ों को लगा कि उस वक़्त वहाँ फैला असन्तोष, फिर बाद में 1837 और 1842 का घटनाक्रम वास्तव में अमन-चैन के लिए उतना ख़तरा नहीं था। गड़बड़ी फैलानेवालों को सज़ा देने का जब हिसाब-किताब लगाया तो फ़ौजी कमांडर के पसीने छूट

गए। तब जाकर उसने दो अहम फ़ैसले किये : कि ऐसे लोगों की तत्काल पहचान करके उन्हें गोपनीय सूची में डाला जाए और दूसरा, फ़ौजी कार्रवाई के ख़िलाफ़ दी जा रही दलीलों का विरोध न किया जाए, जो कहती थीं कि अभी घबराने की कोई बात नहीं है।

असहजता के इस माहौल में अगले कुछ साल तक किसी तरह सन्तुलन क़ायम रहा, लेकिन 1857 में बिगड़ गया। ईस्ट इंडिया कम्पनी की फ़ौज में शामिल भारतीयों ने जिन्हें 'सिपाही' कहा जाता था, बगावत कर दी। ये अपने साथ किये जानेवाले असमान बरताव और इससे जुड़ी शिकायतों को अनसुना किये जाने से क्षुब्ध थे। मसलन, नस्ली भेदभाव से जुड़े अन्याय, ग़ैर-बराबरी आदि पर अंग्रेज़ मालिकान अपने कान में रुई डाल लेते थे, वह उन्हें समझ ही नहीं आता था। इन्हें लगता था कि फ़ौज में नस्ल आधारित इंसाफ़ और बराबरी एकदम निष्पक्ष ढंग से क़ायम है।

अंग्रेज़ों ने तय किया कि अंग्रेज़ी सभ्यता के जो भी फ़ायदे हैं उन्हें ज़रूरत पड़े तो फ़ौजी ज़ोर-ज़बर के साथ लोगों पर थोपा जाए, भले ही वे उन्हें पूरी तरह न समझते हों। उनकी दलील थी कि ये अधकपारी लोग अन्त में जब इसके फ़ायदे देखेंगे तो उनके शुक्रगुज़ार ही होंगे। इसमें कुछ वक़्त लगा और शुरुआत में इस योजना का जो लागत अनुमान लगाया गया था, वह बगावत के चलते काफ़ी बढ़ गया। इसकी मुख्य वजह यह रही कि ब्रिटेन और अंग्रेज़ी साम्राज्य की दूसरी जगहों से फ़ौजी बुलाए जाने थे, ताकि उनकी वफ़ादारी सुनिश्चित की जा सके। इसकी शायद ज़रूरत नहीं थी क्योंकि गुरखों और ख़ासकर सिक्खों को जब ख़बर हुई कि सिपाहियों को दंड दिया जाना है तो वे सहर्ष अपनी सेवाएँ देने को तैयार हो गए। पंजाब के युद्धों में काफ़ी कुछ झेल चुके सिक्ख बिना किसी अतिरिक्त वेतन के ज़्यादा-से-ज़्यादा सिपाहियों का सिर कलम करने को तैयार थे। फिर भी, कुछ ठीक कहा ही जा सकता है। इसलिए ख़र्चे के मामले में ग़लती हुई।

बरेली में बगावत ने एक दिलचस्प मोड़ ले लिया। कई मुगल बादशाहों के दरबारी रह चुके मशहूर पख्तून हाफ़िज़ रहमत ख़ाँ के पोते शहजादा ख़ान बहादुर ख़ान ने वहाँ अपनी सरकार बना ली। सदियों पुरानी परम्परा के मुताबिक़ उन्होंने अपने ख़ुद के सिक्के ढालने का फ़ैसला किया। ख़ान बहादुर ख़ान इतने महत्त्वाकांक्षी थे कि उन्होंने ऐसे दूसरे इलाक़ाई रजवाड़ों के लिए भी सिक्के ढालने की पेशकश कर दी जो अपना स्वतंत्र राज चलाने को उत्सुक थे। इसकी तरफ़ अंग्रेज़ों का ध्यान बरेली की बगावत से पहले तक नहीं गया था। उन्हें अपने रुपये की ताक़त पर बहुत भरोसा था, लेकिन मौद्रिक अर्थव्यवस्था में उनके हाथ तंग थे। कुल मिलाकर उनकी प्राथमिकता में यह मामला था ही नहीं। वही सिक्के आज की तारीख़ में बहुमूल्य हो चुके हैं और ब्रिटेन व बाक़ी दुनिया के मुद्राशास्त्री उस लापरवाही का लाभ उठा रहे हैं।

बगावत के बाद जब अमन-चैन क़ायम हुआ तो उसकी समीक्षा के लिए एक आयोग बैठा। एक अर्थशास्त्री ने दलील दी कि शहर के लोगों के आज़ादी के नावाजिब चस्के की जड़ में पुराने शासकों की सोने-चाँदी के सिक्के ढालने की आदत है। उसकी राय थी कि आगे कोई दंगा न हो इसके लिए सबसे पहले ज़रूरी है कि दोषी को फाँसी देकर एक नजीर पेश की जाए। इस राय से आयोग पर्याप्त सहमत था। उसने एक स्वर में तत्काल इस प्रस्ताव का अनुमोदन कर डाला। अदालत में मुक़दमा चला और ख़ान बहादुर ख़ान को 1860 में फाँसी पर चढ़ा दिया गया। जैसी कि उम्मीद थी, बरेली में सिक्के ढालने का कारोबार वहीं थम गया और इलाक़े के बाग़ी तेवर अगले कई वर्षों के लिए ठंडे पड़ गए।

आयोग ने फ़ैसला किया कि बरेली को कई रेल लाइनों के संगम के रूप में विकसित किया जाए। शहर में सारी आर्थिक गतिविधियाँ खेतीबाड़ी और साधारण आभूषण व काँच के सामानों के उत्पादन तक सीमित थीं। ऐसे में यह फ़ैसला बरेली के लिए बहुत बड़ी चीज़ था। कमांडर का मानना था कि रेल लाइनें बन जाने के बाद वफ़ादार फ़ौजियों को यहाँ लाया जा सकेगा जो बरेली ब्रिगेड के सिपाहियों की जगह लेंगे और बरेली ब्रिगेड के सिपाहियों के राजद्रोही होने का शक हुआ तो उनके ख़िलाफ़ लड़ेंगे भी। फिर कमांडर ने एक घिसा-पिटा जुमला कहा : इतनी सारी ट्रेनों से स्थानीय लोग अंग्रेज़ी राज का लाभ उठा सकेंगे। आयोग के सदस्यों ने पहली दलील को नज़रअन्दाज़ करते हुए दूसरी दलील को विस्तार से सम्बोधित किया। उन्होंने गर्व के साथ निष्कर्ष दिया कि इन रेल पटरियों के माध्यम से ब्रिटेन दूसरों को सभ्य बनाने के अपने महान लक्ष्य की ओर आगे बढ़ पाएगा। बाक़ी के मन में इसके ठीक उलट एक और अहसास चल रहा था कि ज़रूरत पड़ी तो अंग्रेज़ इन्हीं पटरियों के सहारे वापस भी भाग सकेंगे, हालाँकि किसी ने यह कहा नहीं। कुछ चीज़ें अनकही ही बेहतर होती हैं।

भारत में रेल का नेटवर्क बनाने की महत्त्वाकांक्षी योजना ने एक ऐसा गहरा निशान छोड़ा है जो जल्दी ही बड़े पैमाने पर दिखाई देनेवाला था। मुरादाबाद और बरेली के बीच वाया चन्दौसी बिछी रेल लाइन इसका एक अंश है। इसका एक छोटा-सा असर पालनपुर पर भी पड़ा क्योंकि रेल को इस गाँव से होकर गुजरना था।

पालनपुर, 1869-72

लन्दन, कलकत्ता और दूसरी अहम जगहों पर अहम लोगों द्वारा बनाई गई रणनीतिक योजनाओं का असर मामूली से गाँव पालनपुर पर भी हो सकता है, इसके शुरुआती संकेत निगाह से तक़रीबन ओझल ही रहे। यह घटना

बहुत पुरानी है पर आज भी जानी-पहचानी-सी लगेगी। हुआ यों कि पालनपुर का एक जवान लड़का उदयवीर सिंह अपने घर से भाग गया। उसने गाँव की एक लड़की लैला के साथ कुछ ऐसा-वैसा कर दिया था, जिसके डर से उसे भागना पड़ा। भागकर वह चन्दौसी पहुँचा। वहाँ उसे अहसास हुआ कि जीने के लिए कुछ करना भी होता है। जैसा कि हर जगह जवान लड़कों के साथ होता है, इसे भी अपने किये के परिणाम का ठीक-ठीक अन्दाज़ा नहीं था। भारी डर और पीड़ा के बीच उसे निर्धन शहरी जीवन के दुखों का पता चला। कोई उसे लात मार के भगाए तो ज़्यादातर लोग उसे धोखा देकर लूट लें। एक-एक दाने के लिए उसे लड़ना पड़ रहा था। झुग्गियों में ज़िन्दगी की बदहाली को देख वह बहुत व्यथित था। उसे अहसास हुआ कि इतने कष्ट सहने से बेहतर है कि माँ-बाप की मार खा ली जाए। उसने लौटने का फ़ैसला किया। उसे उम्मीद थी कि घर जाकर जब वह ख़ूब चिल्ला-चिल्ला कर माफ़ी माँगेगा तो इतने समय बाद आए अपने बेटे को देखकर माँ-बाप थोड़ा नरम पड़ जाएँगे और पिटाई हल्की ही रहेगी। बदक़िस्मती से उदयवीर के माँ-बाप ऐसे थे जो बच्चे को अनुशासित करने में कोई कोताही बरतना नहीं जानते थे। इसलिए उसकी वापसी पर परिवार को मिली राहत देर तक नहीं टिक सकी। उसका चीख़ना-चिल्लाना भी काम नहीं आया। माँ-बाप ने उसकी क़ायदे से मरम्मत की। चन्दौसी की सड़कों पर संकटों के सामने अपनी देह ढीठ बना चुके लड़के ने सब कुछ चुपचाप झेल लिया।

मामला सुलटने के बाद उदयवीर ने सोचा कि परदेस में जुटाए अपने ज्ञान को दूसरों से साझा किया जाए। उसने ट्रेन कहे जानेवाले लोहे के उस शैतान की कहानियाँ सुनाईं जो आवाज़ करता है, धुआँ छोड़ता है और ग़ज़ब की तेज़ रफ़्तार से दौड़ता है। अभी यह मशीन चन्दौसी नहीं पहुँची थी लेकिन जल्द ही आनेवाली थी। फिर उदयवीर ने बताया कि यह डरावनी ट्रेनें पालनपुर भी आएँगी और आगे भी जाएँगी।

उदयवीर के पिता महेश इस कहानी को सुनकर अपने बेटे को विस्मय से देखने लगे। उन्होंने सोचा कि कहीं उनकी पिटाई के चलते इसका दिमाग़ तो ख़राब नहीं हो गया है। उन्होंने उदयवीर को चेताया कि ऐसी हवाई कहानियाँ यहाँ न फैलाए। माँ की राय थी कि लड़के की शादी जल्द से जल्द कर देनी चाहिए, सम्भव हो तो उसी लड़की से जिसे उदयवीर ने छुआ है। इससे सारी समस्याएँ एक झटके में हल हो जानी थीं। महेश अपनी पत्नी से सहमत हो गए। ऐसा पहली बार था कि किसी काम की पूरी ज़िम्मेदारी वे पत्नी को सौंपने के हक़ में थे।

जैसा कि अक्सर उन बातों के साथ होता है जिन्हें कहा नहीं जाना

चाहिए, ट्रेन वाली बात भी पालनपुर और आसपास के गाँवों में तेज़ी से फैली, वो भी ट्रेन की गति से कहीं तेज़। शुरू में तो गाँव के लोग बहुत उत्साहित हुए। धुक-धुक करनेवाला, धुआँ छोड़नेवाला, लोहे का शैतान, धुएँ के बादल—सुनने में यह सब कुछ उन घिसे-पिटे क़िस्सों से तो कहीं ज़्यादा उत्साहवर्द्धक था जो 'हरि अनन्त हरि कथा अनन्ता' की तर्ज पर सर्दियों और गर्मियों की लम्बी शामों में यहाँ चलते थे। ऐसी पुरानी कहानियाँ एकाध दर्जन बार तो उत्साह पैदा करती थीं, फिर अपना नयापन खो देती थीं। मसलन, किसी बछड़े के तालाब में गिरने की कहानी से लेकर एक छोटे से साँप से डर जानेवाले बन्दर तक यहाँ तमाम प्रसंग थे। तालाब वाली कहानी लोगों की पसन्दीदा थी जिसमें अब भी कुछ जान थी। साँप वाली कहानी में कई मोड़ थे। उस साँप को गाँव वाले कई बार 'जान से मार' चुके थे, लेकिन अन्त में गाँव का एक नौजवान ही उसे बाक़ायदे मारता है। पहली बार साँप को मारने के बाद गाँव वाले ख़ुद को बहुत साहसी मान बैठे थे, पर हँसी का पात्र हमेशा बन्दर ही बनता था।

धुक-धुक करनेवाली लोहे की मशीनों से क्या कोई नया उत्साह जगा? अफ़सोस, कि समन्दर पार एक विशाल और समृद्ध धरती की शानदार कहानियाँ सुनानेवाला गाँव का अपना क्रिस्टोफर कोलम्बस कुछ समय बाद ख़ुद हँसी का पात्र बन गया। लोगों ने उस पर यक़ीन करना बन्द कर दिया। उदयवीर को जब इसका अहसास हुआ कि लोग उस पर सन्देह करने लगे हैं, तो उसकी ट्रेन का आकार बड़ा हो गया और उससे धुआँ भी ज़्यादा निकलने लगा। गाड़ी की रफ़्तार भी बढ़ गई। वह और ज़ोर देकर यह सब सुनाने लगा। जब ट्रेन दस हाथियों के जितना बड़ी हो गई और इतना तेज़ दौड़ने लगी कि दिखाई देना ही बन्द हो गई, तब जाकर सभा विसर्जित हुई। कहानी का धुर्रा उड़ गया और कथावाचक का धुआँ। सब उदयवीर पर हँसने लगे। इस तरह पालनपुर में रेलवे की पहली कथा का अन्त हुआ।

ऐसी असामान्य स्थितियों में भी महेश अपने बेटे की शादी लैला से करा पाने में कामयाब हुए। किसी तरह बवाल तो टल गया, लेकिन एकरसता क़ायम रही क्योंकि क़िस्सों के पुराने भंडार में नई कहानी का टोटा पड़ चुका था।

शादी के दो महीने बाद महेश बुख़ार में गुज़र गए। उनका इलाज नहीं हो सका, उन तमाम पालनपुरियों की तरह जो उनसे पहले इलाज के अभाव में मर चुके थे और बरसों से लगातार मरते ही जा रहे थे। किसी की इसमें दिलचस्पी भी नहीं थी। यहाँ हर कोई ज़िन्दा रहने में व्यस्त था। अफ़सोस की बात ये रही कि उदयवीर की कहानियों का सच महेश जीते-जी नहीं

देख पाए। उनकी मौत के कुछ हफ़्ते बाद ही वह मौक़ा आया, और ऐसे धमाकेदार तरीक़े से आया कि हर कोई उदयवीर की कहानियों में अन्ततः विश्वास करने लगा।

यह सब बड़ी मासूमियत से शुरू हुआ। उदयवीर उस वक़्त अपने घर के सामने जाड़ों की गुनगुनी धूप में बैठा बीड़ी पी रहा था। आसपास कुछ कुत्ते भी ज़मीन पर लेटे गरमाहट ले रहे थे। हवा सुस्त थी। शान्त सुबह थी और करने को कुछ ख़ास था नहीं। उदयवीर की आँखें खेत की ओर थीं जहाँ गेहूँ की फ़सल धीरे-धीरे बड़ी हो रही थी, हालाँकि बीच-बीच में कई ऐसे हिस्से थे जिनमें कोई फ़सल नहीं थी। उसके बाएँ हाथ पर एक तालाब था। तालाब के पास कई पेड़ उगे हुए थे। दाईं तरफ़ और छोटे-छोटे पौधे थे जिन्हें पगडंडी के साथ रोपा गया था। एक बड़ा सा आम का पेड़ भी था जो दिन की गर्मी में किसानों को अच्छी छाँव देता था। उसके तले बैठकर किसान सुस्ताते थे, चौपड़ खेलते थे, बीड़ी पीते थे या बतियाते थे। उसी पेड़ के नीचे एक नाऊ आकर बैठता था, जो बड़े करीने से अपने चमचमाते औज़ारों को नीचे सजाकर पहले धीरे-धीरे उन्हें धार देता, फिर एक-एक करके लोगों की मूँछ, दाढ़ी और बाल बनाता था। यही वह समय होता जब वह आस-पड़ोस के गाँवों, जैसे पीपली या जरगाँव की बातें दूसरों को बताता और उनसे ज़रूरी सूचनाएँ लेता था। नाऊ चूँकि दूर-दराज तक घूमते रहते हैं इसलिए उन्हें बहुत सी जानकारियाँ होती हैं। इसी पेड़ पर कुछ बन्दर भी बसते थे, जो पालनपुर की शाश्वत दुश्वारियों में एक थे। गाँव वाले उनसे इतना परेशान हो चुके थे कि उन्हें दूर तक दौड़ा लेते थे।

उस दिन उदयवीर औरतों के बारे में, ख़ासकर अपनी पत्नी के बारे में सोच रहा था। लैला गर्भवती थी। शायद लड़का हो। मतलब शायद, बहुत मुमकिन है। उसका नाम वह अशोक रखेगा। लैला ने हालाँकि उसे पहले ही चेताया था कि ज़्यादा उम्मीद न रखे, क्योंकि लड़की भी हो सकती है। उदयवीर ने साफ़ कर दिया था कि वह ऐसे बुरे ख़यालों पर दिमाग़ लगाने के मूड में नहीं है। वैसे तो वह वैज्ञानिक या दार्शनिक विचारों को नहीं जानता था लेकिन मन की ताक़त पर बहुत भरोसा रखता था। उसे लगता था कि जैसा सोचो वैसा हो सकता है। उसे यह जानकर आश्चर्य हुआ कि इस तरह की बात कुछ महान विद्वानों ने पवित्र ग्रंथों में भी की है।

उदयवीर बहुत कल्पना करने का आदी नहीं था, ख़ासकर ट्रेन वाले कांड के बाद, हालाँकि गाँव वालों को उसकी कहानी माननी पड़ी थी। हाँ, अशोक के जन्म को लेकर उसके मन में कुछ कल्पनाएँ बेशक थीं। जैसे, उसने एक सुन्दर भविष्य के बारे में सोच रखा था जब उसका बेटा खेतों में

उसकी मदद करेगा और उसके बूढ़े होने तक ज़्यादा-से-ज़्यादा मेहनत करेगा। फिर वह एकदम साधु की तरह जीवन बिताएगा और उसका आज्ञाकारी बेटा उसकी सेवा करेगा। बेशक, लैला भी तब तक हो सकती है। ख़ुद अपने बाप की सेवा करने के मामले में उदयवीर भले कंजूस था पर इससे उसके सपने पर कोई फ़र्क़ नहीं पड़ता था। चढ़ते सूरज और बीड़ी के साथ में उसका दिमाग़ एक अलग ही दिशा में चल पड़ा। वह सोचने लगा कि अशोक बड़ा होकर फ़ौज में जाएगा। आख़िर हर ठाकुर का यही सपना था—सबसे बड़ी उपलब्धि यही थी। उसके चेहरे पर मुस्कान आ गई। फिर उसने सोचा कि लड़का ठीक-ठाक पढ़ा-लिखा होगा, प्रशिक्षित होगा और सबसे बड़ी बात कि कृतज्ञ भी होगा। फिर हर महीने उसे जो वेतन मिलेगा, उसका कुछ हिस्सा घर पर भी भेजेगा। बड़ी बात यह है कि अशोक बाक़ायदे क्वार्टर में सोएगा, वर्दी में रहेगा और ख़ानदानी कामयाबी की चमकदार निशानी यानी एक राइफ़ल अपने कन्धे पर ले के चलेगा।

इस ख़याल पर उदयवीर ने अपनी देह तान दी, थोड़ा और आराम की मुद्रा में पसरा और अपने दिमाग़ की सुई उसने अपने अजन्मे बच्चे पर टिका दी, जिसे भविष्य में फ़ौजी बनना था।

उस वक़्त लैला अपने घर के कामों में व्यस्त थी। उदयवीर की उसमें कोई ज़रूरत नहीं थी। वह चाहता तो सुबह का बाक़ी वक़्त भी वहीं बैठे हुए काट सकता था लेकिन उसके ख़यालों में एक कुत्ते के भौंकने ने ख़लल डाल दी। उसके पीछे और कुत्तों के भौंकने की आवाज़ आई। यह भौंकना अजीब और असामान्य था, जैसे कुत्ते ग़ुस्सा कम और डरे हुए ज़्यादा हों। उदयवीर तुरन्त ताड़ गया कि मामला कुछ अलग है। हो सकता है नीलगाय हो। ये भुक्खड़ नीलगाय महामारी की तरह यहाँ फैली थीं। उदयवीर ने कान लगाकर ध्यान से सुना। कुत्ते अचानक खड़े हो गए। पालनपुर के कुत्ते जब किसी आसन्न ख़तरे या कुछ खाने की उम्मीद के बग़ैर बेवजह खड़े हो जाएँ तो यह बहुत चिन्ता की बात हो सकती है। कुत्ते और तेज़ भौंकने लगे पर साथ ही धीरे-धीरे एक और आवाज़ बढ़ती गई, जो अकरौली जानेवाले रास्ते की तरफ़ से आ रही थी। सामने पेड़ होने के कारण कुछ दिखाई भी नहीं दे रहा था। कुत्ते भौंकते-भौंकते एक कच्चे मकान की ओट में धीरे-धीरे छुपने लग गए थे गोया उन्हें पूरा भरोसा हो कि उसकी कमज़ोर दीवारों में उन्हें बचा ले जाने की ताक़त है। अब पक्का था कि यह नीलगाय नहीं है। उदयवीर को अब कई घोड़ों की टाप एक साथ सुनाई देने लगी। कुछ आवाज़ें भी उसके साथ आ रही थीं। और फिर वे प्रकट हुए।

इस दृश्य के लिए मैं तैयार नहीं था। बम्बई के हवाई अड्डे पर ग़ज़ब की अफरा-तफ़री थी। बाहर तो और बुरा हाल था। तमाम क़िस्म के लोग मुझसे मुद्रा बदलने, टैक्सी और होटल के लिए पूछ रहे थे मैंने सबको ना कहा, चूँकि बाहर आने से पहले ही मैं एक सरकारी काउंटर से मुद्रा बदल चुका था, मुझे सरकारी बस लेनी थी और मैं एक अच्छे से होटल को जानता था। पता नहीं कैसे मैं उन सबकी भारी मार्केटिंग और उस भीड़ से बचकर निकला। तभी अचानक मेरे सामने एक बस आकर रुकी। उसका आगे वाला दरवाज़ा भड़ाक से खुला और ड्राइवर चिल्लाया, "डोमेस्टिक एयरपोर्ट? आपको डोमेस्टिक एयरपोर्ट जाना है?"

बस पुरानी लेकिन सरकारी लग रही थी। मैंने सिर हिलाया और भीतर हो लिया यह सोचकर कि कम-से-कम मैं इंडियन एयरलाइंस की अपनी अगली फ़्लाइट समय पर पकड़ सकूँगा। सफ़ेद बालों वाले एक हिन्दुस्तानी बुज़ुर्ग और पैट जैसी दिखनेवाली एक लड़की के बीचोबीच मुझे सँकरी-सी एक सीट नज़र आई। गोदी में अपना बैग रख के मैं बैठ गया और बाहर का नज़ारा देखने की कोशिश करने लगा। मैंने कैमरा बाहर नहीं निकाला। भोर के तीन बज रहे थे, तसवीर उतारने के लिहाज से बहुत अँधेरा था।

डोमेस्टिक एयरपोर्ट पर सब कुछ सुगम रहा। विमान हमेशा की तरह देरी से था लेकिन उससे क्या फ़र्क़ पड़ता है। मैंने दो रात दिल्ली में ठहरने की योजना बनाई थी। मैंने सुन रखा था कि भारत में अतिरिक्त समय लेकर चलना ठीक रहता है। जल्द ही पता चलनेवाला था कि पालनपुर में यह और ज़रूरी था।

मुझे पता नहीं था कि दिल्ली में पालम एयरपोर्ट से कनॉट प्लेस की दूरी कितनी है, जहाँ वाइएमसीए के यूथ हॉस्टल में मैंने रुकने के लिए कमरा बुक किया था। इसलिए दिल्ली पहुँचते ही मैंने कुछ रोमांचक करने का सोचा। मैंने टैक्सी या बस के बजाय तिपहिया लिया। पैसे कितने लगने थे, इसका कोई अन्दाज़ा नहीं था। ऐसा लगा कि ड्राइवर मुझे ले जाने को तैयार है। पहले तो उसने काफ़ी तेज़ी से सीट की ओर इशारा किया, लेकिन सिर ऐसे हिलाया जैसे मना कर रहा हो। मैं अगले रिक्शे की तरफ़ बढ़ गया। फिर वही हरकत। मुझे इस बात को समझने में थोड़ा वक़्त लगा कि भारत के लोग अपना सिर ऊपर-नीचे हिलाने के बजाय दाएँ-बाएँ हिलाते हैं। इस हरकत में हाँ और ना के बीच का फ़र्क़ बहुत मामूली होता है। आख़िर में एक बन्दा मिला जिससे बात पक्की हो गई क्योंकि उसकी गरदन अकड़ी हुई थी।

मुझे बताते हुए ख़ुशी हो रही है कि हम सुरक्षित पहुँच गए, हालाँकि कई बार मेरा सिर छत से लड़ा और रास्ते-भर मैं मौत के ख़ौफ़ में रहा। वाइएमसीए

में चेक-इन करने के बाद मैंने कमरे में अपना सामान सहेजा और तय किया कि शहर को खँगाला जाए। लेकिन उससे पहले मुझे चन्दौसी के लिए ट्रेन का टिकट करवाना था।

रेलवे के बुकिंग दफ़्तर में पहुँचते ही मैं ज़बरदस्त भीड़ के बीच घिर गया। लोग एक दीवार में बनी हुई छोटी-सी खिड़की पर टूटे पड़े थे, जिसकी सलाखों के पीछे एक आदमी एकदम शान्त बैठा हुआ था जैसे किसी जेल के भीतर हो। वो टिकट बेच रहा था और इधर लम्बी क़तार लगी हुई थी। क़तार भी वैसी नहीं जैसी हम लन्दन के बस स्टैंड पर देखते हैं। यह एक बेतरतीब भीड़ थी। उस खिड़की तक पहुँचने के लिए थोड़ा ज़ोर लगाना पड़ेगा, जब यह बात मुझे समझ में आई तब जाकर मेरा नम्बर आया। मैंने चीख़कर अपना नाम बताया, पैसे दिये और भीड़ ने मुझे परे धकेल दिया। खिड़की पर पहुँचने की धक्का-मुक्की कर रहे ग्राहकों के हाथों ने मेरा टिकट मुझ तक पहुँचाया। उस काग़ज़ के टुकड़े पर लिखा था, 'पुरानी दिल्ली रेलवे स्टेशन-चन्दौसी रेलवे स्टेशन', बरेली एक्सप्रेस, प्रस्थान का सम्भावित समय दो दिन बाद सुबह 5.30 बजे। मेरा नाम पढ़ने में नहीं आ रहा था। कोच नम्बर और सीट नम्बर भी पढ़ने में नहीं आ रहे थे। भीड़ में से किसी ने भरोसा दिलाया कि मेरे नाम के आगे कोच नम्बर 15 और सीट नम्बर 37 लिखा हुआ है।

इस कामयाबी से उछलते हुए मैं कनॉट प्लेस घूमने निकल गया। इसे सीपी भी कहते हैं। मुझे बहुत जल्द भीड़ में अपना रास्ता बनाना और भीड़ की धारा से अलग अपनी दिशा में चलना आ गया था। सीपी में घूमते हुए सहज ही जाने किस भरोसे के चलते मुझे निरूला मिल गया। वहाँ बर्गर मिलता है। वहीं कुछ सैलानियों के साथ बातचीत हुई और उनके साथ मैं पुरानी दिल्ली की सैर पर चल दिया। उन्होंने एक अजीबोग़रीब रंग-बिरंगी गाड़ी की थी जिसका आगे का हिस्सा पुरानी हार्ले डेविडसन के जैसा था और पीछे वाला हिस्सा बिना छत वाली छोटी बस जैसा। ड्राइवर ने एक रस्सी खींचकर इंजन चालू किया, जैसा घास काटनेवाली पुरानी मशीनों में होता था। पटपट की गहरी आवाज़ के साथ गाड़ी खुल गई, जिसे सुनकर कोई भी हार्ले डेविडसन वाला जल-भुन जाता। गाड़ी चली तो बीच-बीच में उसके सिलिंडर के भीतर धमाका-सा होता रहा जिससे एक बार को सब हिल जाते थे। हम लोगों ने लाल क़िला और जामा मस्जिद घूमे। इन इमारतों की वास्तुकला और यहाँ का शान्त वातावरण अचम्भित करनेवाला था। कुछ देर के लिए मैं चाँदनी चौक भी गया और वहाँ हाथ से बने फ़िल्मी पोस्टरों की तसवीरें लीं। वहाँ भीड़ ऐसी थी कि किसी का दम घुट जाए। लाल क़िले पर बोतलबन्द पानी बिक रहा था। उसका दुकानदार नई दिखनेवाली बोतल का ढक्कन बहुत कलाबाज़ी के साथ खोलता और चुपचाप पीछे खड़े अपने आदमी को पकड़ा देता था। उसका

एक और आदमी प्यासे ग्राहकों से ख़ाली बोतलें इकट्ठा कर रहा था। पीछे खड़ा आदमी एक बैरल से ख़ाली बोतलों में पानी भरता और पुराने ढक्कन से कस देता। बोतल इस तरह नई बन जाती और उसे बेच दिया जाता था। यह सब देखकर मैंने बोतल नहीं ख़रीदी।

पहले ही दिन काम भर की दिल्ली देख लेने के बाद शाम को मैंने सोचा कि थोड़ा आराम कर लिया जाए। बर्कोस नाम की जगह पर मैंने चाइनीज खाना खाया चूँकि मेरे ख़याल से यह हमेशा सुरक्षित होता है। खाने के बाद मैं टहलते हुए वाइएमसीए गया और पढ़ते-पढ़ते सो गया।

पालनपुर, 1872

कम-से-कम दर्जन-भर लोग रहे होंगे। उनकी अगुवाई दो लम्बे गोरे कर रहे थे। वे दोनों जिन घोड़ों पर बैठे थे उनका आकार काफ़ी बड़ा था। ऐसे घोड़े पालनपुर में कभी नहीं देखे गए। इनके पीछे कुछ हिन्दुस्तानी घुड़सवार थे। वे भी महत्त्वपूर्ण लोग होंगे क्योंकि वे भी घोड़ों पर थे। उनके घोड़े आकार में छोटे थे। इनके पीछे राइफ़लधारी पैदल सैनिक थे। इस दृश्य को देखकर एक सेकंड के लिए तो उदयवीर भ्रम में पड़ गया कि कहीं यह बीस साल बाद अशोक वाला उसका सपना तो नहीं है। लेकिन कुत्तों की आवाज़ और घोड़े तो असली थे। तन्द्रा टूटी तो उसने बीड़ी फेंक दी और सोचने लगा कि खड़े होकर आगन्तुकों का अभिनन्दन करे या नहीं। फिर उसने यह ख़याल टाल दिया। चन्दौसी से भागकर वापस गाँव आने के बाद से उसके मन में एक भय था। इसलिए दो गोरों की अगुवाई में बड़े-बड़े घोड़ों पर सवार इतने सारे लोगों के आने का मतलब कोई गम्भीर संकट भी हो सकता है। उसने तय किया कि चुप मार के बैठा रहेगा, हो सकता है ये लोग उसे अनदेखा करके आगे बढ़ जाएँ। वह एकदम शान्त होकर नाक की सीध में एकटक देखने लगा ताकि उनसे नज़र न मिले।

तरकीब काम नहीं आई। बदक़िस्मती से वह दल उदयवीर के ठीक सामने आकर रुका। उसे समझ ही नहीं आया कि क्या किया जाए इसलिए वह सामने ही देखता रहा, हालाँकि अब वह उन्हें न देखने का नाटक नहीं कर सकता था। गोरे एक-दूसरे से बातें कर रहे थे। आदमी सफ़र में बहुत कुछ सीख जाता है, उदयवीर इसका सबूत था जिसने चन्दौसी में रहते हुए अंग्रेज़ी के कुछ शब्द सीखे थे। उसे भले उनकी बातें समझ में नहीं आ रही थीं पर इतना पता था कि वे अंग्रेज़ी में बात कर रहे हैं।

तभी एक हिन्दुस्तानी घोड़े से नीचे उतरा और उदयवीर के पास आया। वह एक इंजीनियर था जो दोनों अंग्रेज़ों की मदद कर रहा था क्योंकि ये गोरे उतने पढ़े-लिखे नहीं थे। पालनपुर जैसे कई गाँवों में वह जा चुका था। उसे इस दल के उद्देश्य को स्थानीय लोगों को समझाने की ज़िम्मेदारी सौंपी गई थी। आदमी ठिंगना था लेकिन उसकी आँखें बहुत तेज़ थीं और मुस्कान दोस्ताना। उसने अपने सामने खड़े शख़्स का आकलन किया और बिलकुल सही नतीजा निकाला कि वह शरमा रहा है। तब उसने नरम आवाज़ में कहा, "नमस्ते!"

उदयवीर की आँखों के लिए यह बड़ी राहत थी, जो अब दर्द करने लगी थीं। उसने पलक झपकाई और उस आदमी को देखा। फिर मुस्कराया। यह स्थिति जटिल हो सकती थी, पर अपनी समूची हिम्मत जुटा के वह सामनेवाले को प्रभावित करने के लिए बोला, "वॉट, यू टू?" (क्या, आप भी?)

गाँववालों से व्यवहार के मामले में बरसों का तजुर्बेदार इंजीनियर सन्न रह गया, पर जैसा झटका दोनों गोरों में छोटे वाले को लगा उसके मुक़ाबले यह कुछ नहीं था। उचकते हुए गोरे ने कहा, "तुम्हें तो अंग्रेज़ी आती है?"

उदयवीर यह साबित कर पाता कि उसे अंग्रेज़ी नहीं आती इससे पहले ही दूसरा गोरा बोल पड़ा, "वाक़ई? यह तो शानदार है, क्या ख़याल है आपका लेफ़्टिनेंट?"

लाल चेहरे और नीली आँखों वाला वह गोरा ऑक्सफ़र्ड-कैम्ब्रिज की परिष्कृत ज़बान में बोल रहा था जो उदयवीर के सिर के ऊपर से निकल गई। उसकी नज़र तो अंग्रेज़ की शानदार मूँछों पर थी जिसके बाल यहाँ-वहाँ पक रहे थे। उसकी मूँछ ऊपरी होंठ के साथ-साथ चलते हुए गलमुच्छों में बदल जाती और उसके बाल दाढ़ी के साथ सहज ही घुल-मिल जाते थे। उदयवीर इससे ज़बरदस्त प्रभावित हुआ क्योंकि उसकी मूँछ-दाढ़ी में वह बात नहीं थी।

थोड़ा गर्व से भरते हुए नौजवान लेफ़्टिनेंट बोला, "मैं आपको भरोसा दिलाता हूँ कि यह मामला ख़ास है, कर्नल।" आख़िर वही था जिसने उदयवीर की अंग्रेज़ी की ओर इशारा किया था।

कर्नल ने कहा, "मैं तो हमेशा से आश्वस्त था कि तुम्हारे भीतर अटपटे ढंग से बोली जानेवाली अंग्रेज़ी को समझने की सलाहियत है, लेफ़्टिनेंट। मैं तो समझ ही नहीं पाता कि ये लोग क्या बोलते हैं, वे भी जो ब्रिटेन से पढ़कर आए हैं।"

"तो मैं सवाल का जवाब दूँ, सर?" उत्साह में नौजवान लेफ़्टिनेंट ने पूछा।

"सवाल? हाँ-हाँ, बिलकुल, लेकिन थोड़ा धीरे बोलना," कर्नल ने उदार होकर उसे बोलने को अधिकृत किया।

लेफ़्टिनेंट उदयवीर के क़रीब आया। उदयवीर अब अपने दिखावे पर पछता रहा था। उसने मुस्कराना और पलकें झपकाना बन्द किया। उसकी निगाह लेफ़्टिनेंट की मूँछें पर जा टिकी। करीने से काटी गई उसकी मूँछें कर्नल के मुक़ाबले कम असरदार थीं, पर गझिन थीं। वह दाढ़ी और गलमुच्छों दोनों से जुड़ी हुई थी। ललछौंह थी, या हो सकता है हिना का असर हो। उदयवीर अंग्रेज़ों के लाल बालों से परिचित नहीं था तो इधर-उधर के अन्दाज़े लगा रहा था। मिनट-भर के लिए उसे डर लगा कि कहीं उसके शरीर की जाँच न की जाए क्योंकि उसे पता था ऐसा होता है। जब नौजवान गोरा सामने आकर रुका और एक गर्वीले फ़ौजी की तरह तनकर खड़ा हो गया, तब जाकर उसे थोड़ी राहत मिली। उसे लगा कि एक दिन अशोक भी ऐसे ही खड़ा होगा। लेफ़्टिनेंट ने आसपास का माहौल भाँपा, उसके बाद अपना लम्बा भाषण शुरू किया जिसमें उनके अभियान से जुड़ी सारी बातें शामिल थीं। उसने एक भी बिन्दु नहीं छोड़ा—अभियान की पृष्ठभूमि से लेकर उसका उद्देश्य, मौजूदा हालात और वे तमाम शानदार सम्भावनाएँ जो पालनपुर के लिए जल्द ही खुलनेवाली थीं। उसने बात शुरू की, "मेरे दोस्त, हम यहाँ ब्रिटेन के राजा और भारत के सम्राट हिज मैजेस्टी किंग एडवर्ड सप्तम की तरफ़ से आए हैं जिन्होंने ईस्ट रेलवे कम्पनी को इस देश में रेलमार्ग बनाने का आदेश दिया है। हम लोग इसी ताक़तवर कम्पनी के नुमाइंदे हैं और हमारी टीम मुरादाबाद से बरेली के खंड की प्रभारी है।"

अपने काम के गौरव और भविष्य में अपनी टीम की सम्भावित उपलब्धियों के उत्साह से लबरेज नौजवान लगातार बोलता गया। वह अब उदयवीर की ओर नहीं देख रहा था। उसकी निगाह सूरज की ओर थी और ख़यालों में इस कटे हुए ग़रीब इलाक़े के शुभ्र आकाश पर काले धुएँ के बादल बनाता एक स्टीम इंजन था। तमाम ज़रूरी सूचनाओं के साथ उसने कुछ अनावश्यक बातें भी कीं। उदयवीर को अंग्रेज़ी समझ में आती तो उसे पता चलता कि अंग्रेज़ क्या कह रहा है—कि कैसे पटरी बिछने के बाद ब्रिटेन के स्टीम इंजन उद्योग से चुने गए उत्कृष्ट उत्पाद उस पर दौड़ेंगे; उसे अचम्भा होता यह जानकर कि लीड्स की शार्प, स्टीवर्ट एंड कम्पनी के बनाए ये इंजन कितने अत्याधुनिक हैं—"येस, लीड्स माइ मैन"—वही जगह जहाँ दुनिया के सबसे बेहतरीन इंजन बनाए जाते हैं; कि ये मशीनें 4-6-0 क़िस्म की होंगी जिनमें तीन ड्राइविंग एक्सिल लगे होंगे—"नो लेस, आइ अश्योर यू"—और ये अत्यधिक गति से चलने के हिसाब से बनाए

जाएँगे। यह सुनकर उसकी ख़ुशी की सीमा न रहती कि इतनी तेज़ रफ़्तार से चलनेवाली ट्रेनें ब्रेक लगाते ही एक झटके में रुक भी सकती हैं। अंग्रेज़ कह रहा था कि ब्रिटिश साम्राज्य ने इस ग़रीब धरती के लिए इतना कुछ किया है और वह चाहे तो और उदारता दिखाते हुए डबल बोगी और डबल बॉयलर इंजन भी दे सकता है। "कैन यू इमेजिन दैट?" (क्या तुम सोच सकते हो?)

लेफ़्टिनेंट बोलते-बोलते ठहर गया। उसे शक हुआ कि साम्राज्य की उदारता कुछ ज़्यादा ही हो गई है और सामनेवाले को समझ में नहीं आ रही है। फिर उसने सोचा कि यह तो स्वाभाविक ही है, समझने में वक़्त लगेगा। भाषण और थोड़ी देर जारी रहा। आकाश में चढ़ चुके सूरज के चलते गोरे का चेहरा लाल हो चुका था। उसने अपने माथे से पसीना पोंछा और अपना भाषण समेटते हुए गर्व से बोला, "ये शहरी नेमतें, तकनीक के शानदार वरदान, पहिये पर चलनेवाले ये हीरे, बहुत जल्द लोगों से, भोजन से और तमाम क़िस्म के सामानों से भरे ढेर सारे डिब्बे खींचते हुए नज़र आएँगे। इससे ग्रामीण और शहरी लोगों के लिए सम्भावनाओं के तमाम दरवाज़े खुल जाएँगे। शुक्र मनाओ इंग्लैंड की उदारता का कि यह धरती फलेगी-फूलेगी... और यह सब कुछ इस धरती के हित में होगा! और तुम्हारे भी!" उसने उदयवीर को देखे बग़ैर उसकी तरफ़ इशारा करके कहा, "तुम्हारे भी!"

पल-भर की ख़ामोशी के बाद कर्नल चीख़ा, "शानदार, शानदार, बेहतरीन भाषण था!"

लेफ़्टिनेंट ने जवाब दिया, "शुक्रिया सर, अपने महान उद्देश्य के लिए सदैव तत्पर रहूँगा।" उसका चेहरा और लाल हो चुका था।

एक पल उन्होंने एक-दूसरे को देखा और गर्व-भाव से भर गए कि वे इस भव्य कल्याणकारी योजना के वास्तुकार हैं। फिर नौजवान लेफ़्टिनेंट ने आगे की ओर झुककर उदयवीर को देखा, इस उम्मीद में कि उसके इस स्थानीय श्रोता की आँखों में वही चमक है या नहीं जो उसने अभी कर्नल की आँखों में देखी है।

ऐसा कुछ भी नहीं था। इसके उलट, उदयवीर की विस्फारित आँखें सूख चुकी थीं। उसको हालाँकि इस मौक़े की अहमियत का अन्दाज़ा तो लग चुका था और यह भी कि वह ख़ुद इस मामले से कहीं-न-कहीं जुड़ा है। उसे कुछ तो प्रतिक्रिया देनी ही थी। कोई ऐसी बात जो विनम्र भी हो, क्योंकि इनका भरोसा नहीं है। उसने कुछ टूटा-फूटा जोड़ने की कोशिश की और अपने दिमाग़ को खँगाला कि क्या कहा जा सकता है। उसे अंग्रेज़ को ख़ुश करना था! अन्त में उसे कुछ समझ में आया। एक निश्छल मुस्कान के साथ प्रश्नवाचक की तरह उसकी ज़बान से बस एक शब्द फूटा :

"जी?"

इस जवाब से केवल एक ही आदमी सन्तुष्ट हो सका—हिन्दुस्तानी इंजीनियर। उसे लगा कि इतने घुमाव-फिराव के बाद अन्ततः मामला पटरी पर आ गया है। उसने अपनी हँसी को बमुश्किल रोकते हुए अपने अंग्रेज़ मालिकान से कहा कि अंग्रेज़ी में जो इतनी शानदार सूचना दी गई है उसे वह हिन्दी में देना चाहेगा। अंग्रेज़ अफ़सर ने सहमति में सिर हिला दिया।

दुनिया-भर में औपनिवेशिक सत्ताएँ इस एक बात पर हमेशा हैरान होती रही हैं कि उनके ग़ुलाम लोग अपने मालिकान की आधुनिक तकनीकों के बग़ैर ही कैसे रहस्यमय तरीक़ों से अपने इच्छित नतीजे हासिल कर लेते हैं। मसलन, उस समय पालनपुर और आसपास के गाँवों में हर आदमी को ख़बर हो चुकी थी कि कुछ हिन्दुस्तानी लोगों के साथ दो गोरे गाँव में आए हैं और उनमें से एक गोरा उदयवीर से अंग्रेज़ी में बात कर रहा है। इस सूचना का पहला हिस्सा तो बिलकुल सही था और जिस रफ़्तार से यह ख़बर फैली वह भी शानदार थी चूँकि वहाँ टेलीफ़ोन नहीं थे। रही उदयवीर की अंग्रेज़ी जाननेवाली बात, तो बेशक यह उतनी सटीक नहीं थी पर इससे उसकी बदनाम छवि को दुरुस्त करने में ज़रूर थोड़ी मदद मिली।

आसपास के कई गाँववाले पालनपुर में जमावड़ा लगा चुके थे। संकोच के मारे वे इधर-उधर छुपे हुए थे। उदयवीर के सामने अंग्रेज़ लेफ़्टिनेंट की जगह जब हिन्दुस्तानी ने ली, तब जाकर वे आत्मविश्वास के साथ धीरे-धीरे अपनी ओट से निकलकर बाहर आने लगे। अजीब बात थी कि इनमें सभी पुरुष थे। इससे भी अजीब बात यह हुई थी कि औरतों को जब पता चला कि पालनपुर में कुछ चल रहा है और उनके मर्द वहाँ जा रहे हैं, तब उन्हें भी लगा कि वहाँ चलकर गर्भवती लैला को देख आना चाहिए। उधर पुरुषों को पूरा भरोसा था कि उनकी औरतें जान नहीं पाएँगी कि वे क्या करने पालनपुर गए हैं—और वैसे भी वहाँ औरतों का कोई काम नहीं था—पर वे यह देखकर हैरान थे कि पालनपुर जानेवालों में ठीक-ठाक संख्या में जोड़े भी थे। ऐसे प्रसंग अब भी हमें चौंकाते हैं और ऐसा अकेले भारत में नहीं होता।

इस तरह हुआ ये कि भारतीय इंजीनियर ने जब लेफ़्टिनेंट के भाषण को समझाना शुरू किया, उस वक़्त उसके सामने पुरुषों का एक ठीक-ठाक समूह आ चुका था। इनके अलावा उसके श्रोताओं में वे तमाम अदृश्य औरतें भी थीं जो उदयवीर के घर की छोटी-सी खिड़की से इस हुजूम को देख रही थीं। यह अपने-आपमें एक अजीब बात थी कि उतनी छोटी खिड़की से इतनी सारी आँखें उस जमावड़े पर कैसे लगी हुई थीं। कालान्तर

में ऐसे और अजूबे होने थे। मसलन, बहुत बाद में ब्रिटेन के ट्रेन इंजीनियर यह जानकर हैरत में पड़नेवाले थे कि पचास अंग्रेज़ सवारियों की क्षमता वाले डिब्बे में कैसे दो सौ भारतीय समा सकते हैं। या फिर और बाद में, यूके की मौरिस मोटर्स कम्पनी निस्संकोच यह दावा कर सकती थी कि भारत में जब हिन्दुस्तान मोटर्स ने उसकी अम्बेसडर कार को बनाना शुरू किया तो पाँच सवारियों वाली इस गाड़ी में बड़े आराम से चौदह लोग सफ़र करते थे।

अध्याय 3

उत्तर प्रदेश में किसी जगह, 1984

समन्दर अशान्त है। मुझे जहाज़ से सफ़र नहीं करना चाहिए था। मैं कसकर रेलिंग पकड़े हुए हूँ फिर भी रह-रहकर उछल जा रहा हूँ। यह बहुत कष्टकर है। ज्वार के चलते मेरा चेहरा पूरी तरह भीग चुका है। फिर भी मैंने तय किया है कि हिलूँगा नहीं, यहीं रहूँगा। तभी कैप्टन दौड़ता हुआ आता है और मुझे पकड़ लेता है। मैं छुड़ाना चाहता हूँ लेकिन वह जबरन पूछे जा रहा है, "आपकी शादी हो गई है?"

मैं आँखें खोलता हूँ। सम्भ्रमित है।

कैप्टन भारी डील-डौल वाला आदमी है। उसकी मूँछें घनी हैं और कपड़े झक्क सफ़ेद। गलियारे के एक तरफ़ आमने-सामने लगी दो छोटी कुर्सियों में से एक पर मैं उसके ठीक सामने बैठा हुआ था। गलियारे के दूसरी ओर मुख्य बर्थ है। वो आदमी उदार मुस्कान के साथ मेरी ओर देख रहा है। गाड़ी की गति के कारण डिब्बे के हिलने से उसकी देह इधर-उधर डोल रही है, लेकिन सिर अद्भुत ढंग से स्थिर है।

थोड़ी देर तक मैं उसे देखता रहा। तब जाकर याद आया कि मैं जहाज़ में नहीं हूँ। मैंने सुबह साढ़े पाँच बजे पुरानी दिल्ली रेलवे स्टेशन से बरेली एक्सप्रेस पकड़ी थी। टैक्सीवाले ने मुझे चेताया था : सँभल के, यहाँ पाकेटमार बहुत हैं। मुझे तो एक भी नहीं दिखा, हो सकता है इसलिए कि मैंने अपना सामान कस के पकड़ा हुआ था और अगर कोई भी सटता हुआ नज़र आता तो मैं तेज़ी से दूर हो जाता था। धीरे-धीरे मुझे साँस आई और मैं भी वही करने लगा जो बाक़ी लोग कर रहे थे—ट्रेन का इन्तज़ार और बड़े-बड़े स्टीम इंजनों के पीछे लगे पुराने डिब्बों के भीतर सैकड़ों पार्सल डालते-निकालते लोगों के मनोरंजक दृश्य का दर्शन। मैंने अपना एफ़-3 निकाला और 18 एमएम वाले सुपर शार्प वाइड एंगल निकन लेंस से तसवीरें उतारने लगा। भीड़-भाड़ वाले किसी भी स्टेशन के लिए यह लेंस सबसे उपयुक्त होता है।

तसवीरें उतार ही रहा था कि एक ख़ाली ट्रेन धीरे-धीरे आकर प्लेटफ़ॉर्म पर रुकी। और तब मुझे भारत के चमत्कारों में से एक के दर्शन हुए। उसके कोच नम्बर 15 पर एक काग़ज़ चिपका था। जिस पर मेरा वही नाम लिखा हुआ था जो मैंने दिया था और मेरा सीट नम्बर वास्तव में 37 था। सरकारी कोट वाला एक आदमी सवारियों के टिकट जाँच रहा था। उसने काग़ज़ में मेरा नाम खोजा। मेरे नाम के आगे सीट नम्बर 37 लिखा हुआ था। मेरी उम्र भी सही लिखी थी, लेकिन उसमें साढ़े ग्यारह साल के बच्चों की अच्छी-ख़ासी संख्या देखकर मैं चौंक पड़ा। बाद में पता चला कि बारह साल से नीचे के बच्चों का टिकट रियायती था।

ट्रेन चली तो लोग धीरे-धीरे व्यवस्थित होने लगे और मुझे नींद आ गई। झपकी टूटी तो मैंने सहज ही कैमरे के बैग की तरफ़ हाथ बढ़ाया। वह वहीं था जहाँ मैंने रखा था। बाक़ी सामान भी अपनी जगह पर था। शायद यह मूर्खतापूर्ण हरकत रही होगी।

"तो आप शादीशुदा हैं?" कैप्टन ने फिर वही सवाल दाग़ा। कोई दस जोड़ी आँखें मुझे ही घूर रही थीं।

"अरे, नहीं-नहीं," थोड़ा संकोच के साथ मुस्कराते हुए मैंने सच बोल दिया।

फिर मैं तसवीर उतारने का नाटक करने लगा, इस उम्मीद में कि अब कोई सवाल नहीं करेगा या शायद विषय बदल जाए। अचानक मेरे मुँह पर छपाक से पानी गिरा। कैमरे पर भी।

तेज़ी से मैंने कैमरा पीछे हटाया और पूछा, "बारिश हो रही है क्या?"

उस आदमी और बाक़ी सबको भी मेरा सवाल मज़ाक़िया लगा।

मैं खीज गया। मैंने समझने की कोशिश की कि इसमें हँसनेवाली ऐसी क्या बात थी। पता चला कि आगे की सीट वाले खिड़की से पानी बाहर फेंक रहे थे। ट्रेन की रफ़्तार के चलते पानी पीछे मेरी खिड़की से अन्दर आ गया था। अब पता नहीं पानी था या कुछ और, पर रूमाल से चेहरा और कैमरा साफ़ करने के बाद मैं खिड़की से थोड़ा दूर हट के बैठ गया।

थोड़ी देर शान्ति रही फिर एक औरत ने चिल्लाकर पूछा, "तुम्हारी शादी क्यों नहीं हुई?"

आदमी ने भी समर्थन में सिर हिलाया।

सवाल उसी विषय पर अटका पड़ा था। मैंने मुस्कराते हुए जवाब दिया कि शादी के लिए अब तक कोई सही लड़की नहीं मिली है। मन-ही-मन मैंने पैट से इसके लिए माफ़ी माँगी।

"और कितने साल के हो गए हो?"

मैंने जब अपनी उम्र पचीस साल बताई तो कम्पार्टमेंट में किसी को भरोसा ही नहीं हुआ। इस पर बाक़ायदे बहस छिड़ गई। मुझे ऐसा महसूस हुआ कि कुछ लोग मेरे लिए लड़की खोजने के काम में जुट गए हैं। वो मुच्छड़ आदमी जो थोड़ा

अक्खड़ क़िस्म का था, मुझसे सहानुभूति जताने लगा। उसने बहस को बीच में ही काटते हुए फिर सवाल किया :

"आप क्या काम करते हैं?"

मैं जवाब देता इससे पहले उसने अपना काम-धन्धा विस्तार से बता दिया। वह भारतीय थलसेना में कैप्टन था, ज़िन्दगी-भर बरेली में तैनात रहा और अब रिटायर हो चुका है। अब वह इस इलाक़े में काम करनेवाली सरकारी एजेंसियों के लिए परामर्श का काम करता है।

मैंने धैर्य के साथ उसे सुना, सतर्कता के साथ मुस्कराया और उसकी बातचीत में फँसने के बजाय अपने पिता के लिखे काग़ज़ों में डूब गया।

पालनपुर, 1872

इंजीनियर ने अपने वादे के मुताबिक़ सारी बात हिन्दी में समझाई। ये कहना कि इससे उसकी बात समझ में आ गई होगी, अतिशयोक्ति होगी। ऐसा नहीं है कि पालनपुर के लोग सुस्त दिमाग़ के थे, लेकिन उस इलाक़े में मनोरंजन एक दुर्लभ चीज़ थी और यह एक ऐसी असामान्य परिघटना थी जिसका वे पूरा आनन्द लेना चाहते थे। दूसरे, उन्हें रेलवे के बारे में बस उतनी ही जानकारी थी जितना उदयवीर ने बताया था इसलिए वे हर चीज़ साफ़-साफ़ चाहते थे। इसीलिए लोगों ने दुनिया-भर के सवाल इंजीनियर से पूछ डाले। इंजीनियर के मुताबिक़ सारे सवाल प्रासंगिक नहीं थे।

सबसे मुश्किल काम उन लोगों को ये समझाना था कि ट्रेन पर चढ़ने के लिए उन्हें पैसे चुकाने होंगे। यह बहुत निराशा की बात थी और इस पर ख़ूब बहस हुई। लोगों को लग रहा था कि ट्रेन पर चढ़ने के लिए अंग्रेज़ उन्हें पैसे देंगे। ऐसा था नहीं। इस पर गाँववालों ने सफ़ाई माँगी। इंजीनियर ने बहुत सब्र के साथ समझाया कि ट्रेन से वे लोग मुरादाबाद या चन्दौसी अपने जानकारों से मिलने जा सकते हैं। इसका भी हुजूम पर कोई ख़ास असर नहीं हुआ। कुछ ही लोग थे जिनके जाननेवाले दूर मुरादाबाद में थे। जिनके थे उनसे कभी-कभार ही मिलने जाते थे। किसानों को अपना माल बेचने के लिए या बीज और औज़ार ख़रीदने के लिए ज़रूरी चन्दौसी जाना होता था। कभी-कभार पुरानी कड़ाही या कोई घिस चुका बरतन बदलने की ज़रूरत आ जाती थी। पर इस सबके लिए क्या ट्रेन की ज़रूरत है? जहाँ तक सामान आदि ले जाने की बात थी, गाँववालों की राय थी कि ऐसे ख़तरनाक सफ़र में कौन अपना बहुमूल्य माल-असबाब दाँव पर लगाएगा।

इसके बावजूद लोगों को लगा कि इंजीनियर थोड़ा हताश और खीजा हुआ है, लिहाजा उसके दिलासे के लिए लोगों ने अपनी झूठी सहमति दे दी। वास्तव में उसका कहा लोगों को समझ में नहीं आया था और आज की तारीख़ में भी कई पालनपुरिये ऐसे हैं जिन्हें पैसे देकर ट्रेन पर चढ़नेवाली बात हजम नहीं होती।

यूपी, 1984

"तो, क्या काम करते हैं आप?" मेरा पड़ोसी इस सवाल का जवाब पाने को एकदम लालायित था और प्यार से मुस्करा रहा था। बाक़ी सवारियों का समर्थन उसे हासिल था।

मैंने सोचा कि इस छोटी लड़ाई को हार जाना ही बेहतर है, शायद इससे मुझे बाद में, जब मेरी निजता के हनन पर उतारू इन लोगों की कमज़ोरियाँ मुझे पता चल जाएँगी, बड़ा युद्ध जीतने में मदद मिले। इसलिए मैंने बता दिया कि मैं बैंक में काम करता हूँ। सवारियों को लगा कि लन्दन के बैंक में काम करना कोई अलग ही चीज़ है। फिर उन्होंने दुनिया-भर के सवाल दाग़ दिये। मैंने ज़्यादातर का जवाब दिया। फिर मैंने यह भी बताया कि मैं अपने कैमरे के सहारे अपनी जड़ों को तलाशने आया हूँ जिस पर शायद बाद में कोई किताब भी लिखूँ। कुछ सवारियों ने पूछा कि क्या मैं अपना कैमरा बेच सकता हूँ। एक ने तो 200 रुपये की पेशकश भी कर डाली। ख़ुद को अपमानित दिखाने का यह सही मौक़ा था। मैंने उसका इस्तेमाल किया और फिर से अपने काग़ज़ों में डूब गया, जैसे कि मैं बहुत व्यस्त हूँ।

पालनपुर, 1872

रेलवे पटरी जिस रास्ते से गुज़रनी थी, उस पर उतनी बहस नहीं हुई। इंजीनियर एक बात पर दृढ़ था : कि पटरी उदयवीर के मकान से होकर जाएगी। बात ख़त्म।

शुरू में उदयवीर को लगा कि यह कोई गर्व करने लायक़ बात है पर इंजीनियर को अपनी ओर सपाट निगाह से देखते हुए उसे थोड़ा अचरज हुआ। फिर उसे अहसास हुआ कि तब तो उसका घर ही नहीं रहेगा। उसने हल्के से यह मुद्दा उठाया। इंजीनियर ने ज़ोर देते हुए कहा कि इससे बचना मुश्किल है क्योंकि मामला उस जगह पर ज़मीन की ऊँचाई का है। उसने

हालाँकि हल्की मुस्कराहट के साथ बताया कि घर तोड़ने के लिए उदयवीर को अपनी जेब से ख़र्चा नहीं करना होगा, बल्कि जिलाधिकारी के यहाँ आवेदन करके वह मुआवज़ा भी पा सकता है। उदयवीर इससे सन्तुष्ट नहीं हुआ। उसकी दलील थी कि उसके मकान से जाने के बजाय ट्रेन पहले ही दाएँ मुड़ जाए, फिर दो बार तीखा बायाँ मोड़ लेकर निकल ले। इस तरह मकान बच जाएगा। इंजीनियर इस बात पर राजी नहीं हो सका। उसने साफ़ शब्दों में कह दिया कि ट्रेन बहुत ताक़तवर और तेज़ ज़रूर होती है लेकिन अचानक दाएँ या बाएँ नहीं मुड़ सकती। ये किसी मगरमच्छ के जैसी होती है। इसलिए मकान को तो जाना ही होगा।

उदयवीर दुखी था। उसने इस विशाल योजना के बारे में सोचा, जो पूरे भारत का मामला था, जिसमें दो अंग्रेज़ जैसे बड़े लोग शामिल थे और साथ ही बरेली और मुरादाबाद जैसी बड़ी जगहें भी शामिल थीं। कुल मिलाकर इस ट्रेन का सब कुछ एक जोड़ी पटरी पर टिका होता है जो अगल-बग़ल होती हैं। फिर ऐसा क्या है कि इतनी सँकरी पटरियाँ उसी के मकान को बरबाद करने पर तुली हैं, पड़ोसियों के नहीं? उदयवीर इतना तो समझ रहा था कि कुछ मकान बेशक गिराए जाने होंगे ताकि इतनी सारी पटरियों के लिए जगह बन सके, लेकिन उसका मकान क्यों? यह बात उसने अपने एक पड़ोसी को समझाई और उससे कहा कि वह पटरियों का रास्ता बदलने की विनती कर दे। पड़ोसी ने इससे इनकार कर दिया। बाक़ी लोगों ने भी उससे सहानुभूति नहीं दिखाई। वे सब इसी बात से ख़ुश थे कि उदयवीर का घर टूट रहा है, उनका नहीं।

उदयवीर अकेला पड़ चुका था। उसने सोचा कि यही योजना अगर दूसरे लोग बनाते तब भी क्या उसका घर इसकी ज़द में आता? इस सवाल से किसी को कोई मतलब नहीं था।

यूपी, 1984

"पानी चाहिए?" ये वही औरत थी जिसने आगे वाली खिड़की से मेरे ऊपर पानी फेंका था। इस बार वह अपने मटके की ओर इशारा करके मुझसे पानी पूछ रही थी। मैंने मना कर दिया। बरेली एक्सप्रेस में इस तरह के सवालों की गुंजाइश अनन्त थी। मैंने किसी को केले के लिए मना किया, किसी को चाय के लिए, एक को रोटी-सब्ज़ी और एक को केवल रोटी के लिए, और मेरे पास ताश खेलने का भी एक न्योता आया था जिसे इनकार करना पड़ा। अन्त में मैंने अपना फ़ोल्डर ही

बन्द कर दिया, लेकिन मेरे प्रतिद्वंद्वियों के पास कमज़ोर पड़ने की एक भी वजह नहीं थी। सामने बैठे फ़ौजी को लगा कि आख़िर जीत उसकी हुई है। उसने अपनी बीड़ी सुलगा ली। मैंने भी उदयवीर को सम्भावनाओं के सहारे नतीजे पर पहुँचने के लिए छोड़कर अपना सिगार जला लिया। कैप्टन ने अपनी बीड़ी फेंकी तो मैंने उन्हें सिगार की पेशक़श की। उन्होंने सहर्ष स्वीकार कर लिया। उनकी फेंकी हुई बीड़ी सम्भवत: दूसरी खिड़की से वापस ट्रेन के भीतर आ गई होगी। कैप्टन ने फिर सवाल दाग़ा, "और आप ये पढ़ क्या रहे हैं?"

"मने, आप जानना चाहते हैं कि मैं क्या पढ़ने की कोशिश कर रहा था?"

कैप्टन को तंज समझ ही नहीं आया। उन्होंने "हाँ, हाँ" कह के सिर हिला दिया।

मैंने अपने पिता की कहानी उन्हें विस्तार से बता दी और पलटकर उन्हीं से सवाल करने का फ़ैसला किया ताकि ज़्यादा-से-ज़्यादा जानकारी जुटाई जा सके।

"अभी हाल में पालनपुर में एक हत्या हुई थी, आपको पता है? कोई राजेन्द्र प्रताप सिंह नाम का आदमी था?"

मेरे सवाल पर लोगों में खुसुर-फुसुर शुरू हो गई। मुझे लगा कि निशाना सही जगह पर जा के लगा है, लेकिन जल्द ही मुझे अहसास हो गया कि यह सवाल पूछकर मैंने ठीक नहीं किया है। ज़्यादातर सवारियाँ किसी-न-किसी को जानती थीं जिसे इस घटना का पता था या जिसने कुछ देखा था। बाक़ी लोगों को दूसरे गाँवों में हुई हत्याओं की ख़बर थी। कई ने माना कि उन्हें इस बारे में कुछ भी पता नहीं है पर वे इस बारे में अटकलबाज़ी करने को उत्साहित दिखे। कुल मिलाकर हर कोई इस बारे में बात करने लगा और मुझ पर से सबका ध्यान हट गया। कैप्टन मौन हो गए थे और मुझे भेदक नज़रों से देख रहे थे। पता नहीं उनके दिमाग़ में क्या चल रहा था, पर चूँकि वे कुछ बोल नहीं रहे थे तो मैंने चुपचाप अपना फ़ोल्डर खोला और चन्दौसी तक कमोबेश आराम से पढ़ता गया। आख़िरकार, मेरा यह फ़ैसला शायद सही था।

पालनपुर, 1872

उदयवीर ने अन्त में ख़ुद को दिलासा देने के लिए एक आधारभूत फ़लसफ़े का सहारा लिया। उसने सोचा कि दोबारा मकान बनाने में उसे बहुत समय नहीं लगेगा। थोड़ा व्यावहारिक होते हुए उसने इस पर भी विचार किया कि जिलाधिकारी से कुछ मुआवज़ा मिल सकता है।

फिर इंजीनियर ने बताना शुरू किया कि ट्रेन कैसी होती है। अब जाकर उदयवीर के गर्व का क्षण आया। चन्दौसी से लौटने पर उसने गाँववालों

को जो भी बताया था, सब सही निकला। वह हीरो बन गया। इंजीनियर ने बताया कि यह शानदार मशीन बहुत विशाल होगी, धुकधुक की आवाज़ करेगी और बहुत तेज़ दौड़ेगी। उसने आकार-प्रकार समझाने के लिए अपनी आँखें बड़ी कर लीं और हाथ दोनों ओर फैला दिये।

"कितना तेज़ चलेगा यह दैत्य? घोड़े की तरह?"

"उससे भी तेज़!"

"बिजली की तरह?"

इंजीनियर मुस्करा दिया।

"आवाज़ की गति से," पूरी गम्भीरता से उसने जवाब दिया, यह जानते हुए कि लीड्स की शार्प, स्टीवर्ट एंड कम्पनी के बने 2-6-0 इंजन डबल बॉयलर के साथ भी ध्वनि की गति के मुक़ाबले बहुत धीमे होते हैं।

"क्या ट्रेन के आगे बढ़ने के बाद पटरी को पीछे से उखाड़कर आगे बिछाया जाता है ताकि ट्रेन चलती रह सके?" यह सवाल कई लोगों ने पूछा। उनको विश्वास ही नहीं था कि देश-भर में बिछाई जानेवाली पटरियों के लिए पर्याप्त स्टील उपलब्ध होगा। हिन्दुस्तानी इंजीनियर इस सवाल पर थोड़ा दुखी होकर सोचने लगा और इस परिभाषा पर पहुँचा कि अचल सम्पत्तियाँ वे होती हैं जिन्हें स्थानान्तरित नहीं किया जा सकता। इसलिए अंग्रेज़ों को कम-से-कम कुछ औज़ार तो अपने पीछे छोड़ जाने होंगे जिनका इस्तेमाल वे यहाँ के लोगों के शोषण के लिए करते हैं। हो सकता है कि इन्हीं औज़ारों का इस्तेमाल बाद में विकास करने के लिए हो? ये सब हालाँकि गम्भीर बातें थीं जिन्हें हिन्दी में कहने से भी बचा जाता था।

इसके बजाय उसने कुछ व्यावहारिक मसले गिनाए। उसने कहा कि ट्रेनों के लिए पटरी के किनारे पक्के मकान चाहिए होंगे। इस मकान को स्टेशन कहा जाता है। कुछ साल में ये बन जाएँगे। इस बीच ट्रेन में बहुत सारा पानी और कोयला चाहिए होता है। इसके लिए दो बड़े पीपे बनाए जाएँगे आम के बड़े पेड़ के पास। गाँववालों ने बड़ी श्रद्धा से पेड़ की ओर देखा और सटीक सवाल पूछा :

"उससे आम के स्वाद पर कोई फ़र्क़ पड़ेगा?"

"बिलकुल भी नहीं," इंजीनियर ने झूठ बोल दिया।

उस समय तो लोगों ने उस पर भरोसा कर लिया लेकिन कुछ महीनों बाद आम के स्वाद में धुएँ की महक आने लगी। यानी औद्योगिक प्रदूषण भारत में अपने पैर पसारना शुरू कर चुका था।

दोनों अंग्रेज़ों के खाँसने की आवाज़ आई। अंग्रेज़ी संस्कृति से परिचित भारतीय इंजीनियर तुरन्त समझ गया कि यह उनके अधीर होने का संकेत

है। इसके बावजूद उसने बड़े धैर्य से मुरादाबाद और चन्दौसी के बीच वाले स्टेशनों के नाम बताए। उन शुरुआती दिनों में भी अंग्रेज़ स्टेशनों और टाइम टेबल को लेकर बहुत संजीदा थे। इंजीनियर जानता था कि वे बीच में उसे नहीं टोकेंगे।

बात ख़त्म करने के बाद इंजीनियर अपने अंग्रेज़ मालिकान की तरफ़ मुड़ा। लेफ़्टिनेंट ने तब तक अपनी मशीन लगाकर कुछ गणना कर ली थी। अपने ज़बरदस्त भाषण पर आई ख़राब प्रतिक्रिया से शायद वह इतना तनाव में आ गया था कि उसने ग़लत हिसाब लगा लिया। नक़्शा देखते हुए उसने इंजीनियर को बताया कि वे अभी जरगाँव में खड़े हैं। उसने अगर अपनी मशीन को सही से पढ़ा होता तो उसकी पेंसिल नक़्शे में किसी ख़ाली जगह पर जाकर टिकती चूँकि पालनपुर तब तक नक़्शे में कहीं नहीं था। इंजीनियर को शक हुआ कि क्या वाक़ई वे जरगाँव में हैं। उसने आसपास पूछा। इस पर लोग बहस करने लगे। पालनपुर के लोगों के भीतर तीन किलोमीटर दूर पड़नेवाले जरगाँव के प्रति कभी बहुत सहानुभूति नहीं रही थी, लेकिन तब तक वे इस निष्कर्ष पर पहुँच चुके थे कि हो सकता है ट्रेन का यह धन्धा उन्हें कुछ लाभ ही पहुँचा दे। अपने मकान की चिन्ता में डूबे उदयवीर को छोड़कर बाक़ी सबने बहुत निर्दोष भाव से जवाब दिया, "हाँ।" दोनों अंग्रेज़ अब तक दो बार खाँस चुके थे। ज़रूरी नहीं है कि इंजीनियर गाँववालों के जवाब से मूर्ख बन गया हो लेकिन उसके ऊपर समय का दबाव था। इसलिए उसने आम के पेड़ पर बड़े-बड़े सफ़ेद अक्षरों में लिख दिया 'जरगाँव।' आज भी स्टेशन इसी नाम से जाना जाता है।

आख़िरकार दल लौट गया। बाद में हिन्दुस्तानी इंजीनियर को सही गणना नहीं करने और अभियान दल का समय ख़राब करने के लिए फटकार सुननी पड़ी।

यूपी, 1984

मैंने ऊपर देखा। ट्रेन एक स्टेशन पर रुक गई थी। प्लेटफ़ॉर्म पर कुछ हल्ला-गुल्ला मचा हुआ था। पता चला कि अगले वाले डिब्बे से किसी ग़रीब आदमी को उसकी गठरी सहित बाहर फेंक दिया गया था। सामान के नाम पर एकाध बर्तन, मटका और कुछ कपड़े थे। मटका ज़मीन पर पड़ते ही फूट गया और उसका पानी बहने लगा। मैंने कैमरे की ओर हाथ बढ़ाया, फिर कुछ सोचकर रहने दिया।

कैप्टन ने उत्साहित होकर कहा, "वो बिना टिकट के सफ़र कर रहा था।"

"उसके लिए आप बाहर उठाकर फेंक देंगे?" ग़ुस्से में मैंने एतराज़ जताया।

"सही कह रहे हैं," ट्रेन चलते ही उसने कहा, "लेकिन दलित कोई ग़लती करता है तो उसे बाक़ी के मुक़ाबले अक्सर ज़्यादा कड़ी सज़ा दी जाती है।"

फिर उसने अपनी आँखें मूँद लीं। मैं भी नोट्स पढ़ने लगा।

पालनपुर, 1872

दो अंग्रेज़ों और उनके भारतीय दल के दौरे के कुछ ही हफ़्ते बाद छोटे-छोटे पत्थरों से लदी कई बैलगाड़ियाँ गाँव में पहुँचीं जिन्हें दो मज़बूत बैल खींच रहे थे। जहाँ तक नज़र जाती थी बैलगाड़ियों की क़तार दिखाई दे रही थी। सूरज की तेज़ धूप में पसीना छोड़ते कुछ मजबूत देह वाले आदमी बेज़ुबान जानवरों की मदद के लिए बैलगाड़ियों को धक्का लगा रहे थे। साथ में कुछ औरतें लाइन से चल रही थीं। एक निरीक्षक के संकेत पर एक बैलगाड़ी पहले किनारे लगती। फिर आदमी अपने फावड़ों से बड़ी-बड़ी बाल्टियों में पत्थर भरते। फिर औरतें एक-दूसरे की मदद करते हुए बाल्टी को सिर पर रखतीं और आश्चर्यजनक रूप से क़दमों से वहाँ जातीं जहाँ पटरियाँ बिछाई जानी थीं और पत्थर गिरा के वापस बैलगाड़ी तक लौट आतीं। हवा में लहराती उनकी साड़ियों के चटख दिव्य रंग इस काली हक़ीक़त के बरअक्स एक विपर्यय पैदा कर रहे थे। बैलगाड़ी ख़ाली होते ही पीछे हट जाती, फिर और पत्थर लादकर उसी क़तार के अन्त में जा लगतीं। एक कठिन नृत्य जैसा यह दृश्य इतनी सहजता से घट रहा था गोया किसी उस्ताद निर्देशक ने मनुष्यों और पशुओं का दर्द छुपाने के लिए कड़ी मेहनत की हो। इस मंच पर से परदा हालाँकि रह-रहकर उघड़ जाता, जब कोई थका हुआ बैल घुटनों के बल ज़मीन पर लुढ़क जा रहा था। इससे नाराज़ होकर गाड़ीवान बार-बार उस बेज़ुबान की पीठ पर चाबुक मारता था। पूँछ के पास जहाँ चाबुक पड़ रहा था वहाँ लगातार मार पड़ने से कई निशान उभर आए थे और उनसे खून रिस रहा था। तेज़-तेज़ साँस लेते बैल मार खाकर दोबारा खड़े हो जाते और दर्द सहते हुए धीरे-धीरे आगे बढ़ने लगते। खड़ा नहीं हो पाता तो वह मर जाता और उसकी जगह दूसरी बैलगाड़ियाँ आ जातीं। जानवरों के साथ किया जा रहा बरताव आदमियों और औरतों को लगातार दिया जानेवाला एक सबक़ था कि अगर उन्होंने एक बार भी अपनी कमज़ोरी दिखाई तो उनका भी यही हाल होगा। यह क्रूरता नहीं थी, सबक था। इसमें आदमी और पशु दोनों की नियति एक थी। दोनों की पीड़ा एक थी। दोनों ही किसी

तरह जीने की कोशिश कर रहे थे। कुछ इस कोशिश में गिर भी जा रहे थे।

लोगों के जानमाल और पैसे के लिहाज़ से रेलवे का निर्माण एक महँगा काम था। बाद में जब अंग्रेज़ों ने यह दावा किया कि उन्होंने अपने ग़ुलाम देश को एक विशाल रेलवे नेटवर्क तोहफ़े में दिया है, उस वक़्त अपना ख़ून-पसीना बहाकर उसे बनानेवाले ग़ुलामों के चेहरे पर बस एक कड़वी मुस्कराहट थी।

~

बचे हुए बैल, आदमी और औरत जब अपने खेत रहे साथियों को पीछे छोड़ गाँव से गए, तब तक वहाँ की तसवीर पूरी तरह बदल चुकी थी। उदयवीर का घर गिराया जा चुका था, पहले उसे चेतावनी दी गई थी फिर भी वह सदमे में था। कुछ और गाँववाले जिनके घर बिना किसी चेतावनी के गिरा दिये गए थे, वे और ज़्यादा सदमे में थे। उन्हें अफ़सोस था कि उन्होंने क्यों नहीं उदयवीर के हक़ में बात की जब उसने योजना पर एतराज़ जताया था। इसके बावजूद कोई भी ज़िलाधिकारी के पास शिकायत दर्ज करवाने नहीं गया।

आख़िरकार वो दिन आ ही गया जब पालनपुर के लोगों ने पहली बार एक शानदार ट्रेन का दर्शन किया। वह ट्रेन अपनी ही पटरी और बीम से भरी हुई एक बोगी को लेकर आई थी। उसके साथ-साथ बहुत सारे लोग पैदल चल रहे थे। इस बार सब मर्द ही थे। पहले समूह का काम भारी बीमों को सही जगह पर रखवाने का था। लकड़ी की इन बीमों को कीड़ों और बारिश से बचाने के लिए कोलतार से ढका गया था। दूसरे समूह के हर आदमी के हाथ में धातु की एक हुक थी। निरीक्षक के पहले संकेत पर वे सभी अपनी हुक एक ही रेल के नीचे रख देते, फिर दूसरे संकेत पर वे एक साथ उसे उठाते थे। फिर वे छोटे-छोटे तेज़ क़दमों से पीठ एकदम सीधी रखते हुए उसे अगली ख़ाली जगह पर ले जाते। रेल को बहुत सतर्कता से वे बीम के ऊपर टिकाते और पहली रेल की सीध में रख देते। कुछ मज़दूर उसे पहली वाली रेल के एक तरफ़ बाँध रहे थे तो बाक़ी उसे बीम के साथ जोड़ रहे थे।

खेतों में काम करनेवालों का शरीर ज़रूर मजबूत होता है लेकिन रोज़-रोज़ भारी रेल उठानेवाले मज़दूर और तगड़े हो जाते हैं। रेलवे के निर्माण कार्य में छुपे इस पहलू को पकड़ पाना औरतों के लिए स्वाभाविक रूप से सम्भव नहीं था, इस पर टिप्पणी तो दूर की बात है। विवाहित औरतें अपने पतियों की तारीफ़ करतीं जबकि कुँवारी लड़कियाँ इस इन्तज़ार में थीं कि उनके माता-पिता कोई क़ायदे का लड़का उनके लिए खोज दें। रास्ते में

किसी मज़दूर के सामने अगर कोई औरत या लड़की पड़ जाती, तो वह शर्म के मारे अपनी हथेली से चेहरा छुपा लेती थी। ऐसा कहते हैं कि चेहरा छुपाते समय कुछ औरतें दो उँगलियों के बीच से सामनेवाले को देख लेती थीं, हालाँकि यह बात कभी साबित नहीं की जा सकी। इसके बावजूद नौ महीने के बाद पालनपुर की जन्म-दर में अचानक उछाल दर्ज किया। सम्भव है कि आँकड़ों में ही कुछ गड़बड़ हुई हो।

बहरहाल, रेल का इंजन पहली बार देखते ही सबने मन बना लिया था कि ऐसी चीज़ की सवारी तो हरगिज़ नहीं करनी, वो भी आवाज़ की रफ़्तार पर! वे नहीं जानते थे कि आनेवाले समय में उन्हीं में से ज़्यादातर लोग न सिर्फ़ आठ मील प्रति घंटे की रफ़्तार से भागती ट्रेन की छत पर बैठकर सफ़र करेंगे बल्कि उससे छलाँग लगाने के भी उस्ताद बन जाएँगे।

अपनी आँखों के सामने इतनी बड़ी तकनीकी क्रान्ति का गवाह बन रहे लोगों के व्यवहार में उसके अनुकूल थोड़ा बदलाव लाने की ज़रूरत महसूस की जा रही थी। इस दिशा में यह किया गया कि बाक़ायदा सशस्त्र सैनिकों ने लोगों को समझाना शुरू किया कि जो कोई भी रेलवे की सम्पत्ति को चुराएगा उसे गोली मार दी जाएगी। इस मामले में आसपास के शहरों की घटनाओं का ख़ूब प्रचार किया गया। परिणामस्वरूप चोरी की घटनाएँ यदा-कदा एकाध बोरा कोयले तक सीमित हो गईं। पालनपुरिये सोचते थे कि यह नियम-क़ानून केवल अचल सम्पत्तियों पर लागू है जिन्हें हिलाना वैसे भी बहुत मुश्किल था। एकाध हादसे भी हुए, जिससे गाँववालों को सबक़ मिला कि ट्रेन के आने पर नज़र रखी जानी चाहिए। कई बार तो कुछ शराबियों को आख़िरी मौक़े पर उनके दोस्तों ने बनाया, पर जिनके दोस्त वहाँ नहीं थे उनकी बुरी गति हुई। कुछ कुत्तों और भैंसों को भी चोटें आईं। इससे पता चलता है कि लीड्स की शार्प, स्टीवर्ट एंड कम्पनी के बनाए 4-6-0 मार्का इंजन केवल किंवदंती नहीं थे।

मेरे एक पूर्वज थे अवनेन्द्र प्रताप सिंह। उनके एक गुर्गे ने तो बाक़ायदा अपना घोड़ा दौड़ा दिया यह दिखाने के लिए कि वह ट्रेन से तेज़ दौड़ता है। बाद में हालाँकि उनकी बहुत जगहँसाई हुई। यह शख़्स बदमिज़ाज क़िस्म का था इसलिए लोगों ने घोड़े के बजाय ट्रेन पर दाँव लगाया। गाँववालों की सहमति से उदयवीर को उसके पिता की मौत के बाद गाँव का मुखिया बनाया जा चुका था। सब इस बात पर राज़ी हुए कि दौड़ को हरी झंडी उदयवीर दिखाएगा। ट्रेन की आवाज़ में घोड़े की आवाज़ आसानी से दब गई और मशीन तथा एक जानवर में रेस शुरू हो गई। अपने-अपने संचालकों के इशारे पर दोनों ही अपनी अधिकतम गति से भागे। शुरू के बीच में वाक़ई

ट्रेन की रफ़्तार सुस्त जान पड़ी। एक बार कुछ दूरी तय करने पर ऐसा लगा कि घोड़ा रुक गया है और ट्रेन की गति तेज़ होती जा रही है। जल्द ही साफ़ हो गया कि जीत ट्रेन की हुई है। थोड़ी देर में दोनों आँखों से ओझल हो गए लेकिन ट्रेन की सीटी से समझ आया कि दौड़ में वही जीती है।

कुछ देर बाद वह गुर्गा वापस आया और शेख़ी बघारने लगा कि उसका घोड़ा ट्रेन के धुएँ के चलते खाँसने लगा और गिर गया वरना जीत जाता। घोड़े की हालत वाक़ई ख़राब थी। घुड़सवार के लिए तो नहीं लेकिन घोड़े के लिए सबको बहुत अफ़सोस हुआ। मेरे पूर्वज ने मौक़े पर ही अपने गुर्गे को इसके लिए दंड दिया। पालनपुरिये इससे बहुत सन्तुष्ट हुए। इस घटना के बावजूद न उस गुर्गे का मिज़ाज सुधरा न ही तकनीकी प्रगति की रफ़्तार धीमी हुई।

धीरे-धीरे गाँववाले, उनके मवेशी, कुत्ते और ट्रेन का सह-अस्तित्व क़ायम हो गया। सभी एक-दूसरे के साथ सद्‌भाव में रहने लगे। पालनपुर के लिए ट्रेन का हाँफना और धुआँ छोड़ना अब परिचित-सा हो चला था। लोग अब उससे अपने दिन का पहर नापने लगे। हर बार ट्रेन अलग सवारियों को लेकर आती तो कुछ नये क़िस्से भी साथ आते। इसीलिए हर बार कोई ट्रेन जब पालनपुर आती, आम के पेड़ के पास भीड़ जुट जाती थी। कोई कुछ बेच रहा होता कोई कुछ ख़रीदने या जानने के लिए खड़ा होता तो कुछ लोग बस नज़ारा देखने जाते और बाद में उस पर गप लड़ाते।

गाँव पर इसका आर्थिक असर तत्काल पड़ना शुरू हो चुका था। मुसाफ़िरों को गरम नाश्ता, चाय या केला चाहिए होता था। एक बार एक अंग्रेज़ निरीक्षक को मुर्ग़े की तलब लगी। कहते हैं कि उसके लिए वह इतना पैसा देने को तैयार था जितना पालनपुर में किसी ने कभी नहीं सुना था। कुछ लोग शॉल या चक्कू ख़रीदना चाहते थे। माल और सेवाओं की माँग बढ़ती जा रही थी। चीज़ें महँगी भी होती जा रही थीं और उनकी आमद भी बढ़ रही थी। पालनपुर के लोग माँग के हिसाब से ज़रूरत पूरी करना बहुत तेज़ी से सीख रहे थे।

लोगों को महसूस हुआ कि गाँव से गुज़रनेवाली ट्रेन जो समृद्धि लाती है वह गाँव में ही रह जाती है। उन्होंने यह भी देखा कि ट्रेन से आनेवाले लोग हमेशा आगे नहीं जाते थे। कुछ ऐसे भी होते थे जो वहाँ धन्धे की गुंजाइश देखकर पैसा लगाते थे और वहीं बस जाते थे। इन्हीं में हुआ करते थे वे ठाकुर परिवार, जो फ़ौज से छुट्टी पाकर उस ज़मीन पर बसने आते जिसे अंग्रेज़ों के निर्देश पर ज़मींदार उन्हें देता। बोगी की सीढ़ियों से पैर पटकते हुए ठाकुर नीचे उतरते और ठहरकर अपनी मूँछों पर ताव देते। फिर धीरे से वे अपनी राइफ़ल उतारते। इसके पीछे बाक़ी ग़ैर-ज़रूरी माल असबाब

उतारा जाता। फिर दहाड़ती हुई आवाज़ में वे कुली को पुकारते थे, जैसे कि उन्हें हुक्म देने और उसकी तामील करवाने की पुरानी आदत हो। एक बार सारा सामान उतर जाए, फिर पीछे परिवार उतरता था। उदयवीर इन रिटायर फ़ौजियों का हमेशा स्वागत करता था और कभी-कभार उनको चाय भी पिलाता था। बाक़ी आगन्तुकों के साथ वह ऐसा कभी नहीं करता था।

कुछ दलित—ख़ासकर चमार—भी वहाँ रह गए थे जिन्होंने पटरियाँ बिछाने में मदद की थी। ज़मींदार की ज़मीन जोतनेवाले मुराव लोगों ने प्रवासियों की बढ़ती भीड़ के मद्देनज़र अपने कुछ रिश्तेदारों को वहाँ बुला लिया था। इस तरह गाँव बड़ा होता चला गया, पर उसका ढाँचा पहले के जैसा ही रहा। मूल काम खेतीबाड़ी का ही था जो बाक़ी आर्थिक गतिविधियों को मदद करती थी। खेती मुख्यत: ठाकुरों की थी, उनमें से ज़्यादातर ज़मीर के मालिक थे। मुराव लोग पेशे से खेतिहर थे। दलित ज़रूरत पड़ने पर दूसरों के काम करते थे। बाक़ी के छिटपुट काम धोबी, धीमर, तेली, नाई, बढ़ई और कुम्हारों के ज़िम्मे थे। कुछ मुसलमान भी पालनपुर में आ बसे थे। उन्होंने वहाँ एक छोटी-सी मस्जिद बना ली थी और अपने हिन्दू पड़ोसियों के साथ मिल-जुलकर अमन-चैन से रहते थे।

धीरे-धीरे लेकिन लगातार हो रही यह बढ़त कुछ बदनामियाँ भी साथ लेकर आई। ऐसा नहीं है कि यूपी के ग्रामीण इलाक़ों के मर्द, औरतें, नौजवान या बूढ़े दूसरी जगहों के मुक़ाबले कोई ज़्यादा गुणी थे। लेकिन पुराने दिनों में यह सम्भव नहीं था कि किसी के साथ किसी का प्रेम-प्रसंग हो और वो पकड़ा न जाए। दीवारें इतनी झीनी थीं कि हर किसी को पता रहता था कि उसके पड़ोसी के यहाँ क्या चल रहा है। किसी भी असामान्य हरकत पर कुत्ते भौंकने लग जाते थे और लोगों को हमेशा गप करने के लिए मसाले की तलाश रहती थी। ऐसे में जिस्मानी प्रसंग हमेशा पकड़े जाते थे। समय के साथ जैसे-जैसे भटकाव के मौक़े बढ़े, पापियों की संख्या भी बढ़ती गई। इसके अलावा, ट्रेन चोरों-डकैतों के भागने के लिए भी एक आसान माध्यम साबित हुई। इस तरह पालनपुर में जुर्म आम हो गया। कुल मिलाकर कह सकते हैं कि गाँव अब आधुनिक युग में प्रवेश कर रहा था।

एक आदमी इस सबसे ख़ास तौर पर ख़ुश था। वैसे तो उनके पास पालनपुर के आसपास के कई गाँवों की ज़मींदारी थी, पर मेरे पूर्वज अवनेन्द्र प्रताप सिंह अपनी ज़मीन का पूरा दोहन करने के लिए हमेशा संघर्ष करते रहते थे। उनकी ज़मीन पर मुरावों के परिवार बसे हुए थे। उनकी संख्या ज़्यादा नहीं थी। ट्रेन खेतिहर कामगारों को लेकर आती थी। इससे इलाक़े की उत्पादकता में बढ़त हुई।

इस वरदान का एक पहलू और था। अवनेन्द्र प्रताप को कोई बेटा नहीं था, केवल दो बेटियाँ थीं—गायत्री और सावित्री। उनकी सम्पत्ति और धन-दौलत में जो इज़ाफ़ा हुआ था उसके लिए वे ईश्वर के शुक्रगुज़ार थे। अब उनके लिए बेटियों को ब्याहना आसान हो गया था। गायत्री की शादी गवेन्द्र सिंह और सावित्री की राजेन्द्र सिंह के साथ हुई। दोनों ही शादियाँ 1885 की गर्मियों में हुईं। दोनों बेटियों को ज़मीन का बड़ा हिस्सा मिला।

चन्दौसी स्टेशन, 1984

ट्रेन जब चन्दौसी प्लेटफ़ॉर्म पर आकर धीमी हुई, उस समय भी चर्चा हत्या पर ही चल रही थी। जरगाँव स्टेशन बीच में पड़ा था पर मैंने ध्यान नहीं दिया। मैंने सामान सहेजना शुरू किया तो लोगों को अन्दाज़ा हो गया कि मैं उतरनेवाला हूँ। वे सब फ़ोटो खिंचवाना चाह रहे थे, जबकि मैं कभी उन्हें वे तसवीरें भेज नहीं पाता। ऐसा लगता है कि विदेशी बैंक में मेरी नौकरी की बात जानने के बाद हर सवारी मेरा रिश्ता पक्का करने में लग गई थी। मैंने ऐसी कई पेशक़श ठुकराईं। इनमें एक कॉन्वेंट की पढ़ी हुई गोरी जवान लड़की का रिश्ता भी था। एक और गोरी व शिक्षित लड़की थी जिसकी ख़ूबी यह थी कि उसके चाचा आईएएस अफ़सर थे। एक के बाप के पास स्कूटर था तो दूसरी के घर में गैस कनेक्शन नहीं था पर जल्द लगने की उम्मीद थी। एक रिश्ता ऐसी लड़की का आया जिसके स्तन इतने बड़े थे कि डीडी आकार की ब्रा में समा जाते। बाक़ायदे सबूत के साथ मेरे सामने उसका प्रदर्शन तक किया गया, जिसे देखकर औरतों ने जलन से मुँह बिचका लिया तो कुछ आदमी मदहोशी जैसा महसूस करने लगे। एक लड़की का भाई दिल्ली में नौकरी करता था। एक लड़की की आँखें हरी थीं तो दूसरी के पास ग्रीनकार्ड था। ऐसे ही कई रिश्तों की पेशकश आई थी, पर शुक्र है अन्तत: प्लेटफ़ॉर्म पर मैं कुँवारा ही उतरा।

जाते-जाते कैप्टन ने हाथ हिलाकर कहा, "आपके चाचा की हत्या के बारे में मैंने सुना है। जल्द ही मुलाक़ात होगी बन्धु। फिर मिलेंगे, लेकिन तुम चौकस रहना।"

कितनी सही बात कही थी उन्होंने!

अध्याय 4

चन्दौसी, 1984

अशोक कुमार के दफ़्तर का पता लगाना मेरे सफ़र की पहली वास्तविक चुनौती साबित हुआ। मेरे पास उनका एक पता तो था पर मैंने स्टेशन पर लोगों से जब मदद माँगी तो किसी के पास कोई सटीक जवाब नहीं था। निराश होकर मैंने सोचा कि सीधे वकील के पते वाले पोस्ट ऑफ़िस में चला जाए। मैंने एक रिक्शा किया। एक अन्दाज़े से मैंने तीन घंटे के लिए रिक्शेवाले से साथ रहने की बात कर ली क्योंकि वकील से मुलाक़ात के बाद मुझे स्टेशन वापस भी आना था। इसके बाद वहाँ से मुरादाबाद की ओर जानेवाली ट्रेन फिर से पकड़नी थी, जो जरगाँव में रुकती थी। अशोक कुमार ने ऐसा ही करने को कहा था। पालनपुर का स्टेशन ही जरगाँव कहलाता था, यह बात भी वे बता चुके थे और मैंने पिताजी के काग़ज़ों में भी यह पढ़ा था। स्टेशन के एक कर्मचारी ने भी इस बात की पुष्टि की थी।

पोस्ट ऑफ़िस में एक उत्साही कनिष्ठ कर्मचारी मिला। पता पढ़ते ही उसने ठिकाना पहचान लिया। वह मुझे समझा ही रहा था कि उसका अधिकारी बीच में कुछ इस तरह से टपक पड़ा जैसे कि विदेश से आए प्रतिष्ठित मेहमान को सीधे अधिकारी से बात करनी चाहिए। यह पहली बार नहीं हुआ था कि भारत में लोग मेरे एक भी शब्द कहने से पहले अपने आप ही समझ जाते थे कि मैं एनआरआई हूँ जबकि मेरा नाम और रूपरंग एकदम साधारण हिन्दुस्तानी जैसा है। इस बात पर मुझे ग़ुस्सा आया। मैंने फिर से कर्मचारी के पास जाने की कोशिश की, लेकिन अधिकारी उससे बात ही न करने दे। उसने बीच में आकर क़ब्ज़ा कर लिया था। वैसे, जल्द ही समझ आ गया कि उसे वकील के ठिकाने का कोई अन्दाज़ा नहीं है। मैंने मौक़ा देख के पैट को एक तार भेज दिया और कर्मचारी से कहा कि मेरे नाम का कोई भी सन्देश आवे तो थोड़ा ध्यान से सहेजकर रखे। उसके बॉस ने इसका वादा किया।

मुझे अचानक भूख लग आई थी। ट्रेन दोपहर से कुछ पहले ही पहुँच गई थी।

और अब एक बज रहा था। कुछ खाने का समय था। रिक्शे से आते हुए मेरी नज़र एक चाय की दुकान पर पड़ी थी जो वकील के दफ़्तर की तरफ़ ही थी—मतलब, कर्मचारी ने जैसा रास्ता समझाया था उसके हिसाब से मुझे यही लगा था। वह कल्लू हलवाई की दुकान थी, काफ़ी साफ़-सुथरी, जिस पर क्रीमबेल आइसक्रीम बेचने के लाइसेंस का विज्ञापन लगा था। इससे अन्दाज़ा हुआ कि दुकान ठीक-ठाक ही होगी। मैंने दो समोसे, कुछ बर्फ़ी और चाय मँगवाई। चमत्कारिक जो लड़का चाय लेकर आया वो वकील को जानता था। पता चला कि वकील साहब अक्सर वहाँ चाय पीने आते हैं। चायवाले लड़के ने रिक्शेवाले को सारा रास्ता समझा दिया। अच्छी बात यह रही कि उसके बीच दुकानदार नहीं टपका। थोड़ी जान में जान आई, फिर मैंने आराम से नाश्ता किया। मेरे ठीक सामने चन्दौसी में आई एक नई फ़िल्म का विज्ञापन लगा हुआ था। तसवीर में गुलाबी साड़ी पहने एक हृष्ट-पुष्ट नायिका कई लड़कियों के बीच हिमालय की फूल भरी वादियों में नाचती दिख रही थी और बग़ल में नायक खड़ा उसे देख रहा था।

अशोक कुमार के दफ़्तर हम बिना किसी हुज्जत के आराम से पहुँच गए। मैंने पता किया कि वे हैं या नहीं और ख़बर दी कि मैं आया हूँ। रिक्शेवाले को मैंने इन्तज़ार करने को कहा। अभी तीन घंटे पूरे नहीं हुए थे।

वकील से मेरा परिचय बढ़िया रहा। वो आदमी ठीक-ठाक था, बस थोड़ा-सा दिखावा करनेवाला और सुस्त था। मैं जब भीतर घुसा तो वह एक ख़ाली डेस्क पर बैठा चाय पी रहा था। उसे मेरे आने की उम्मीद थी, क्योंकि मेरी फ़ाइल उसकी डेस्क से क़रीब तीन फुट दूर एक मेज़ पर रखी हुई थी। अशोक कुमार ने हाथ बढ़ाकर हौले से घंटी बजाई—"डिंग।" डेस्क पर रखी ऐसी घंटियाँ आदमी के ओहदे को दिखाती हैं। घंटी ने उनके भीतर आत्मविश्वास पैदा कर दिया। भले ही हल्के से बजाई गई थी, लेकिन वकील साहब को पता था कि बग़ैर देरी किये उसकी तामील होगी। और ऐसा ही हुआ। एक चपरासी तत्काल भीतर भागा हुआ आया। उसने विनम्रतापूर्वक मालिक का आदेश लिया और हवा में आदतन हिलते उनके हाथ का सही-सही इशारा समझ गया, गोया ढेर सारी अँगूठियों के बोझ तले हाथ थक चुका हो। अगले ही पल फ़ोल्डर मेज़ से वकील की डेस्क पर पहुँच गया।

अशोक कुमार ने मुझसे काग़ज़ों के एक पुलिंदे पर दस्तख़त करवाए, फिर अपना दस्तख़त किया, सब पर मुहर मारी, एक नज़र सब कुछ देखा और सन्तुष्ट हो गए। फिर उन्होंने दूसरा फ़ोल्डर खोला। इसे मँगवाने के लिए भी घंटी बजाई गई थी। उस फ़ोल्डर में कुछ नक़्शे और रिकॉर्ड थे जिनमें बहुत सटीक तरीक़े से मेरी ज़मीन-जायदाद को दर्शाया गया था। एक रूखे-से कपड़े पर बना पालनपुर का नक़्शा कई दशक पुराना रहा होगा जिस पर हर ज़मीन के हर टुकड़े के लिए एक संख्या दर्ज थी। ये संख्याएँ एक रजिस्टर में भी दर्ज थीं, जिनके सामने एक और अंक किसी दूसरे

रजिस्टर की पेज संख्या को दर्शाता था जिसमें ज़मीन के मालिक का नाम और उसका सटीक क्षेत्रफल दर्ज था। ये किताबें लगातार अद्यतन की जाती हैं। अशोक कुमार ने समझाया कि इसमें मेरे चाचा की जगह अब मेरा नाम डाला जाएगा। मुझे बाद में पता चला कि पूरे भारत की सम्पत्ति का ब्योरा ऐसे ही काग़ज़ात में क़ैद है। मेरे लिए यह चौंकानेवाली बात थी। मेरे चाचा की सम्पत्ति के रूप में मोटे तौर पर एक मकान था, जो काफ़ी बड़ा जान पड़ता था। इसके अलावा ज़मीन का एक टुकड़ा भी था, लेकिन वह काफ़ी छोटा दिखता था।

मोटे और गोल काँच का चश्मा नाक पर चढ़ाते हुए वकील ने बताया, "कुछ बीघा होगी। अब जो है, यही बचा है।"

दुनिया-भर के वकीलों के बीच जो आदत आम है, यहाँ भी वह देखने को मिली जब उन्होंने पूछा, "आप ज़मीन बेचना चाहेंगे? वैसे भी इतनी बड़ी तो है नहीं कि किसी काम लाई जा सके, हम ख़रीदार खोज देंगे आपके लिए...।"

चश्मे के पीछे से उनकी भूरी आँखें मुझे बहुत मासूमियत से देख रही थीं।

मैंने मुस्कराकर जवाब दिया, "अभी मेरे लिए यह कहना थोड़ा जल्दबाज़ी होगी।"

ज़ाहिर है, मैं मोलभाव करने के मूड में था और इतना तो पता ही था कि जाने से पहले मुझे यह ज़मीन वैसे भी बेचनी ही है। मैंने वकील से अपनी प्रस्तावित कॉफ़ी टेबल बुक का ज़िक्र किया। मुझे लगता था कि एक छोटे से ज़मीन के टुकड़े पर अगर खेती में हाथ आज़माया जाए तो इससे मुझे पालनपुर को समझने में मदद मिलेगी और मेरी तसवीरें भी बेहतर आएँगी।

अशोक कुमार को इस बात से निराशा हुई। उन्हें यह बात ही पकड़ में नहीं आ रही थी कि उत्तर प्रदेश के ग़रीब किसानों के बीच काम करने से कोई दिलचस्प किताब भी बन सकती है। साफ़ था कि वे पालनपुर में खेती करने को कोई करने लायक काम नहीं मानते थे। उन्होंने कई नज़रिये से मेरी योजना को खँगाला, फिर अपने हाथों से अजीब मुद्रा बनाई, जिसका अर्थ यह निकलता था कि विदेशी लोग भी जाने कैसी-कैसी बातें करते हैं। कुछ अफ़सोस के साथ नक़्शे पर चिह्नित कुछ बीघा ज़मीन को देखा, और फिर मेरी तरफ़ देखने लगे। मेरे मन में एक सवाल था, मैंने पूछ दिया, "ये बताइए, आप कह रहे थे कि ये ज़मीन इतनी बड़ी नहीं है कि इससे गुज़ारा हो सके। अब मैं तो फ़ोटोग्राफ़र आदमी हूँ तो मेरे लिए ये सब मायने नहीं रखता पर चाचा इस ज़मीन से कैसे काम चलाते थे?"

अशोक कुमार ने चश्मा उतारा और थोड़ा सकुचाहट के साथ खाँसते हुए बोले, "मेरे ख़याल से आपके चाचा का कुछ और धन्धा भी था...लेकिन हमने बस सुना है, पक्का नहीं कह सकते...।"

उन्होंने इस बात पर ज़ोर दिया कि चाचा के ऊपर कोई क़र्ज़ा नहीं था। पालनपुर में यह एक उपलब्धि जैसा था। उलटे कुछ लोग चाचा के क़र्ज़दार थे। इसका हिसाब-

किताब कहीं लिखा है। वो काग़ज़ घर में ही कहीं पड़ा होगा। वकील के पास ऐसा कोई काग़ज़ नहीं था। चाहे जो हो, उन्होंने हिदायत दी कि मुझे उनके घर में बहुत फ़र्नीचर या सुविधाओं की उम्मीद नहीं करनी चाहिए। "असल में, राजेन्द्र प्रताप इस बात के लिए मशहूर थे कि—आगे कहते हुए वह फिर से सकुचाए—पैसा-वैसा होने के बाद भी उनका घर हमेशा ख़ाली-सा ही रहा। बहुत साधारण जीवन जीते थे।"

मैंने जिज्ञासावश पूछा, "तो ये पैसा वो रखते कहाँ थे? बैंक में?"

"कौन जाने? लोग तो कहते हैं कि उनके पास सोना-चाँदी, गहने, नकदी और एक बढ़िया राइफ़ल भी थी," हवा में हाथों से अजीब हरकत करते हुए अशोक कुमार बोले।

फिर उन्होंने एक फ़ौरी सवाल पूछा, "आप रुकेंगे कहाँ?"

"ज़ाहिर है, अपने घर पर। चाबी तो होगी न आपके पास?"

अशोक कुमार दयालुता से मुस्कराते हुए बोले, "आपको तो बताए ही थे कि आपके मरहूम चाचा की हत्या हुई थी...उन्हें तीन गोली लगी थी। लोगों को गाँव में गोली चलने की आवाज़ सुनाई दी थी, घर के भीतर नहीं, इसलिए आपके चाचा पक्का बच गए थे क्योंकि वो तब तक घर आ चुके थे।"

इतना कहकर वे एक पल के लिए रुके, "...तो घर की चाबी पुलिस अधीक्षक के पास है।"

"मुझे तो लगा था कि हत्यारा पकड़ा जा चुका है।"

"हाँ, हाँ," वकील ने फिर संकोच के साथ कहा, "लेकिन बेहतर होगा कि आप पहले पुलिस के पास जाकर पूरा मामला समझ लें। आपको सीधे पुलिस अधीक्षक से बात करनी चाहिए। यही ठीक रहेगा। उनका नाम बीकेएस है। फिर भी अगर चाबी मिलने में कोई दिक़्क़त आती है और आप पालनपुर जाना ही चाहते हैं, तो गाँव में घुसते ही एक बीज केन्द्र है। वहाँ आप ठहर सकते हैं। चौकीदार आपको वहाँ रुकवा देगा, उसको अन्दाज़ा है। इसी बहाने उसकी कुछ कमाई हो जाती है। ग़रीब आदमी है बेचारा। तनख़्वाह समय से नहीं मिलती है। आपको चलना है तो पुलिस से मिलकर वापस यहाँ आ जाइए, हम आपको अकरौली तक अपने स्कूटर से छोड़ देंगे, पालनपुर का रास्ता वहीं से जाता है। ट्रेन लेने की ज़रूरत नहीं पड़ेगी।"

मैंने वकील का शुक्रिया अदा किया। आदमी वाक़ई मददगार था, पर थाने जाने का ख़याल मुझे ठीक नहीं लग रहा था। मैंने सोचा जाते-जाते वकील से हत्याकांड के बारे में थोड़ा और जानकारी ले ली जाए। वकील ने बहुत साफ़-साफ़ नहीं बताया पर मुझे अन्दाज़ा था कि पुलिस अधीक्षक बीकेएस से बात करना इतना आसान नहीं होगा। वो थोड़ा हरामी क़िस्म का आदमी लग रहा था।

फिर मुझे लगा कि जब अपनी ज़मीन पर नज़र गड़ाए वकील को मैंने पढ़ा दिया तो पुलिसवालों से निपट ही लूँगा। मैंने रिक्शा लिया और चल दिया।

थाना वहाँ से बहुत दूर नहीं था। उसके आसपास का दृश्य बहुत सुन्दर था। थाना एक बड़े से बरगद के पेड़ के नीचे था। उसके सामने एक विशाल हवेली थी। बाद में किसी ने बताया कि यह एक ताक़तवर ज़मींदार की जायदाद थी। रिक्शे से उतरते ही तुरन्त अन्दाज़ा हो गया कि यहाँ पुलिसिया हरकत के नाम पर कुछ ख़ास नहीं होता है। एक वर्दीधारी पुलिसवाला वहीं ऊँघ रहा था। उसने मुझे पहले अनिश्चित भाव से देखा। मेरे दरयाफ़्त करने पर वह खड़ा हो गया। उसे पता ही नहीं था कि क्या करना है। पहले उसने अपनी नाक खुजाई, फिर अपने पीछे 'यहाँ थूकना मना है' लिखी हुई दीवार पर पान थूका और बोला, साहब अभी नहीं हैं। उसने यह भी बताया कि पहले से मुलाक़ात तय करके ही उनसे मिला जा सकता है।" मैंने कहा ठीक है, "तो कल के लिए मुलाक़ात का समय तय कर दें।"

उसने अपने बाल ठीक किये, टेलीफ़ोन की ओर देखा, फिर मेरी तरफ़ देखा और बहुत सोचकर अन्त में एक शानदार जवाब दिया कि साहब जिस तारीख़ और समय को ठीक समझेंगे, मुलाक़ात उसी समय पर हो सकती है। वैसे भी, साहब बुधवार को दफ़्तर नहीं आते हैं और बाक़ी दिन भी 11 बजे के बाद ही आते हैं। मुझे समझ में आ चुका था कि बीकेएस हरामी ही नहीं, आलसी भी है।

मैं थाने के टेलीफ़ोन को घूरता रहा। थोड़ी देर को तो वह संकोच में पड़ा रहा, फिर अचानक हरकत में आया और फ़ोन घुमा दिया।

संजोग से बीकेएस ने फ़ोन उठा लिया। पुलिसवाला उधर से आई आवाज़ पर असहज हो गया और किसी तरह उसने मेरे वहाँ होने की बात समझाई। मैंने उसे मुस्कराते हुए आश्वस्त किया और कहा कि सीधे मैं ही अधीक्षक से बात कर लेता हूँ। उसकी जान में जान आई। उसने फ़ोन मुझे पकड़ा दिया।

बीकेएस की आवाज़ अप्रिय और हुक्म देनेवाले अन्दाज़ में थी, जैसे गरज रहा हो। कुल मिलाकर उसने इतना ही कहा कि घर की चाबी मुझे कुछ दिन बाद ही मिल सकती है। वैसे तो सारे सबूत जुटाए जा चुके हैं और मुजरिम जेल की सलाखों के पीछे है, लेकिन प्रक्रिया के पालन के लिए यह ज़रूरी है कि चाबी अभी न दी जाए। उसने ख़ेद जताते हुए कहा कि मैं अभी सीधे पालनपुर नहीं जा सकता। बीज केन्द्र में रात बिताने की योजना मैं उसे बताता, इससे पहले ही उसने अपने मातहत को फ़ोन पकड़ाने का आदेश दे दिया।

इस बीच सिपाही फिर से बैठ गया था। मेरे फ़ोन पकड़ाते ही वह सावधान की मुद्रा में खड़ा हो गया। बीकेएस ने चिल्लाते हुए उसे कुछ आदेश दिये जिन्हें उसने ससम्मान सुना। फ़ोन रखने पर वह इतना तनाव में आ गया था कि वापस बैठना ही भूल गया। इस चक्कर में मेरा नाम रजिस्टर में दर्ज करने में उसे बड़ी दिक़्क़त हुई। किसी तरह उसने नाम लिखा और तीन दिन बाद दोपहर में मिलने का वक़्त दिया।

मैं रिक्शे पर बैठकर थाने से निकलने को ही था कि एक छरहरा और शर्मीला

नौजवान अपना सिर झुकाए थाने में घुसा। वह दरवाज़े से अपनी देह टिकाकर बाहर ही खड़ा हो गया, जैसे उसे पता हो कि अन्दर जाना ठीक नहीं है। पता नहीं उसने क्या कहा, मुझे वास्तव में कुछ समझ नहीं आया पर दरबान उसे पहले से जानता रहा होगा क्योंकि उसका हाव-भाव दोस्ताना नहीं लग रहा था। अचानक वह अपनी कुर्सी से उछला, लाठी उठाई और उस ग़रीब के पिछवाड़े पर दो-तीन लाठी जमा दी। मार खाते ही लड़का भाग खड़ा हुआ। मैं दंग रह गया, पर मैं करता भी क्या। मुझे क्या हक़ बनता था बीच में कुछ बोलने का? पुलिसवाला मेरी तरफ़ मुड़ा। उसने मुस्कराते हुए मुझे देखा और हिकारत से बुदबुदाया, "चमार था साला।"

मैं इस घटना से थोड़ा हिल गया था इसलिए वहाँ से चुपचाप खिसक लिया। वापस वकील के दफ़्तर आकर मैंने रिक्शेवाले को छोड़ दिया। पिटाई वाली बात सुनकर अशोक कुमार क्षुब्ध थे।

"भारत में आजकल सबका मन बहुत बढ़ गया है। औरों की ही तरह कुछ दलित भी जब हद से बाहर चले जाते हैं तो उन्हें ठीक करना पड़ता है, पर इनके साथ अक्सर कुछ ज़्यादा ही बुरा बर्ताव होता है।"

"हाँ, बहुत भयावह था," मैंने कहा, "उस लड़के को काफ़ी चोट आई होगी। वो शरीर से मज़बूत नहीं था। ये तो वाक़ई उत्पीड़न है।"

"बस देखने में ही पतले लगते हैं सब," ख़ुद मोटी काया वाले वकील ने रहस्यमय ढंग से मेरी हाँ में हाँ मिलाते हुए कहा, "दुख की बात तो है ही, लेकिन आश्चर्य भी होता है कि कैसे ये सब फिर भी बच जाते हैं जबकि अक्सर इनकी पिटाई होती है, जैसा हम कह रहे थे। इन लोगों पर दोष लगाना आसान होता है न। या फिर हो सकता है कि कोई कुछ जानना चाहता हो।"

"मैं समझा नहीं आपकी बात," मैंने स्वीकार किया।

अचानक अशोक कुमार अपने डेस्क पर रखे काग़ज़ के ढेर में कुछ हेरने लगे। फिर उन्होंने पूछा कि क्या पालनपुर जाने की मेरी योजना अभी भी है। मैं जानता था कि जिच करने का कोई फ़ायदा नहीं है, इसलिए मैंने उन्हें अपनी योजना बताई और मुझे साथ ले जाने के लिए उनका धन्यवाद किया। हम लोग निकलने को तैयार हो गए। हैरतअंगेज़ ढंग से हम दोनों के अलावा मेरा पूरा सामान भी उनके बजाज स्कूटर पर आसानी से फिट हो गया। अशोक कुमार स्कूटर पर एकदम तनकर बैठ गए और राह में पड़नेवाली गायों, साँड़ों, बकरियों, रिक्शों, पैदल यात्रियों, ट्रकों, बसों, गड्ढों और तमाम अन्य रुकावटों से बड़ी कुशलता के साथ बचते हुए आगे बढ़ते रहे। बीच में हम लोग जब पेट्रोल लेने के लिए रुके तो वे सिगरेट पीते रहे जबकि बड़े साफ़ अक्षरों में वहाँ के हर एक पम्प पर सुरक्षा चेतावनी लिखी हुई थी : 'धूम्रपान करने के लिए धन्यवाद।' चूँकि पेट्रोल पम्प वाले ख़ुद वहाँ खड़े होकर धुआँ उड़ा रहे थे इसलिए मेरे बोलने का कोई मतलब नहीं बनता था।

अशोक कुमार ने सुरक्षित तरीक़े से मुझे अकरौली में उतार दिया। भव्य मुद्रा में उन्होंने मुझे पालनपुर जानेवाली कच्ची सड़क दिखाई, जो खेतों से होकर पालनपुर जाती थी। फिर उन्होंने मुझे अपना ख़याल रखने को कहा, भरोसा दिलाया कि ज़रूरत पड़ने पर वे हमेशा उपलब्ध रहेंगे और याद दिलाया कि तीन दिन बाद जब मैं चाबी लेने आऊँ तो बाक़ी के काग़ज़ात उनसे ले जाऊँ। उनसे दोबारा मुलाक़ात तो होनी ही थी। उन्होंने सिगरेट जलाई, पहले की ही तरह एकदम सीधे तनकर बैठे और हौले से निकल लिए।

मैंने अपने सूटकेस एक के ऊपर एक रखकर बैठने का जुगाड़ बनाया। पालनपुर की ओर बढ़ने से पहले मैंने सोचा कि कुछ देर बैठकर एक सरसरी निगाह पूरे इलाक़े पर दौड़ा ली जाए। मैंने आसपास नज़र घुमाई। मुरादाबाद और चन्दौसी के बीच मुख्य सड़क से थोड़ा हटकर स्थित अकरौली बहुत विकसित इलाक़ा नहीं लगा। मकान साफ़-सुथरे नहीं थे। आसपास खेल रहे कुछ बच्चे कुपोषित दिख रहे थे। चूँकि वकील ने बताया था कि पालनपुर की हालत और भी ख़राब है तो मुझे थोड़ी घबराहट होने लगी। धीरे-धीरे मेरे आसपास भीड़ इकट्ठा होने लगी और मुझसे तरह-तरह के सवाल करने लगी। मैंने शादी से जुड़े सवालों का कोई जवाब नहीं दिया और अपने फ़ोटोग्राफ़ी वाले प्रोजेक्ट पर ही बात करता रहा। टैमरॉन लेंस लगे अपने एफ 3 कैमरे को मैंने गले में लटकाया और थोड़ी देर के लिए वैसा ही लटकता रहने दिया ताकि लोगों की नज़र उस पर चली जाए। इसने वाक़ई लोगों में दिलचस्पी पैदा कर दी। कुछ लोगों को लगा था कि मैं अकरौली में ही रुकने जा रहा हूँ। मैंने उनसे बातचीत की और अकरौली में नहीं, पालनपुर में अपने ठहरने की योजना बताई। मिली-जुली प्रतिक्रियाएँ आईं। लोगों ने बताया कि इन इलाक़ों में किसानों की हालत बहुत ख़राब है, उनके थोड़ा-बहुत विकसित अकरौली के मुक़ाबले भी ख़राब। कुछ लोगों ने पैसे लूटने के लिए सरकार को दोषी ठहराया। मैंने उन्हें समझाने की कोशिश की कि सरकार कई तरीक़ों से मदद कर रही है पर गाँववाले मानते थे कि अधिकारियों ने उनके लिए कुछ ख़ास नहीं किया है। लन्दन में रहनेवाले मेरे साथी इस बात को ज़रूर समझ पाएँगे। अकरौली के लोगों को सरकारी अधिकारियों का दर्शन शायद ही कभी होता था क्योंकि ये अफ़सर मुरादाबाद या चन्दौसी की अपनी आरामगाहों में पड़े रहना पसन्द करते थे। जब मुख्य मार्ग पर बसे अकरौली का ये हाल था तो इसकी सम्भावना नहीं के बराबर ही थी कि पालनपुर में ज़िला प्रशासन के लोग मुझे परेशान करेंगे। लोग आपस में बात कर रहे थे, इस बीच मैंने अपने 135 एमएम से तसवीरें लेनी शुरू कर दीं। यह एक अच्छा लेंस है जो सामनेवाले को ज़बरन दख़लन्दाज़ी का आभास नहीं कराता। मैंने उनसे वादा किया कि ये तसवीरें बनकर आने के बाद में उन्हें दूँगा।

फ़ोटो लेने में मज़ा आ रहा था लेकिन सूरज ढलने लगा था। मुझे अब यहाँ से चलना चाहिए था।

मेरी ज़िन्दगी में बाबू का प्रवेश यहीं पर होता है। काली चमड़ी और छड़ी जैसी पतली टाँगों वाला वह जीव अजीब धूसर रंग के फटे कपड़े पहने एक जर्जर हो चुकी साइकिल से जा रहा था। वह चुपचाप गुज़र जाता और किसी का ध्यान भी नहीं जाता। वास्तव में वह भी इसी कोशिश में था, लेकिन पालनपुर वाली कच्ची सड़क के एकदम किनारे से मुड़ने की कोशिश में वह एक पत्थर से टकराकर गिर गया। मैं उसे बचाने के लिए दौड़ पड़ा। बाक़ी सब वहीं खड़े रहे। उसे चोट लग गई थी। उसकी पीठ पर कुछ और भी ज़ख़्म थे जो शायद पहले के रहे होंगे। मैंने लोगों से मदद माँगी, पर लोग कटने लगे। किसी को कोई मतलब ही नहीं था। वह आदमी इतना हल्का था कि मैंने जब उसे ऊपर खींचा तो उसके पैर हवा में लहरा गए।

"आप ठीक हैं?" मैंने घबराकर पूछा।

उसने कोई जवाब नहीं दिया। वह मेरी तरफ़ देख भी नहीं रहा था। बस अपनी साइकिल को थामे शान्त खड़ा था। साइकिल मैंने ही उठाकर खड़ी की थी।

"आपको डॉक्टर के पास जाना चाहिए। अभी आप कहाँ जा रहे हैं?"

उसके मुँह से एक शब्द निकला, "पालनपुर।"

"मैं आपके साथ चल रहा हूँ। आप साइकिल नहीं चला पाएँगे, चोट लगी है। अगर आपको दिक़्क़त न हो तो मैं अपना सामान आपकी साइकिल पर लाद देता हूँ। मैं इसके पैसे चुका दूँगा।"

"जी," थोड़ा संकोच के साथ मेरी ओर देखे बग़ैर वो बोला।

मुड़कर देखा तो जनता जा चुकी थी। मैंने अपना सामान उठाकर साइकिल पर रखा और हम चल पड़े।

मेरे इस नये दोस्त ने अपना नाम इतनी धीमी आवाज़ में बताया कि मुझे उसे दुहराने को कहना पड़ा : बाबूराम। मैं उसे बाबू ही कहूँगा। देखने में तो वह नौजवान था। उसका शर्मीला चेहरा थोड़ा जाना-पहचाना लगता था। शायद मैंने उसे कहीं देखा था, पर कहाँ? फिर जाकर याद आया। ये तो वही लड़का है जिसे थाने में मार पड़ी थी। उसकी पीठ के ज़ख़्म का कारण अब समझ में आया।

"मैंने शायद तुम्हें थाने में देखा था।"

बाबू असहज लगा। वह कुछ नहीं बोला। मैं भी कोशिश करता रहा,

'तुम्हें किसी से मिलना है; लगता है।'

उसने हल्के से अपना सिर हिलाया, लगा कि चुप्पी की दीवार अब टूट जाएगी। उसे हिम्मत बँधाने के लिए मैं मुस्करा दिया,

"देखो, तुम मुझसे बात नहीं करना चाहते तो कोई बात नहीं। मैं भी कुछ नहीं कहूँगा।"

बाबू दबाव में आ गया। थोड़ी देर बाद वो बोला, "आप ही के कारण सब हुआ है।"

वो कुछ और बोलता तो समझ में आ जाता, लेकिन ऐसे जवाब के लिए मैं तैयार नहीं था।

"क्या मतलब?" भौचक्का होते हुए मैंने कहा, "मैं तो अभी-अभी आया हूँ।"

"मतलब आप नहीं, आपके चाचा," उसने ख़ुद को सुधारा।

"राजेन्द्र प्रताप सिंह?" मैंने नाम तो ऐसे पूछा जैसे मेरा कोई दूसरा चाचा भी था।

उसने ज़ोर देकर कहा, "हाँ, मेरी माँ उनको नहीं मारी हैं।"

इस असामान्य जवाब पर मैं मिनट-भर को सोच में पड़ गया।

"मतलब पुलिस ने जिसे गिरफ़्तार किया है और जो अभी चन्दौसी थाने में बन्द है, वो तुम्हारी माँ हैं?"

"जी।"

"क्या नाम है उनका?"

"नीतू।"

"और तुम उनसे मिलने गए थे थाने?"

बाबू को शायद लगा कि मैं मोटी बुद्धि का आदमी हूँ। आख़िर और किस वजह से वो थाने गया रहा होगा? मुझे तुरन्त अहसास हुआ कि पालनपुर पहुँचने से पहले अपने बारे में बनी ख़राब राय को ठीक करना बहुत ज़रूरी है। पर अपने चाचा के हत्यारे के बेटे से आदमी कहे भी तो क्या?

मैंने पूछा, "तुम्हें कैसे पता कि तुम्हारी माँ ने क़त्ल नहीं किया है?"

"उस रात वो घर पर थीं। मेरी बूढ़ी चाची भी।"

"तुमने पुलिस को ये बात बताई?"

इस सवाल से मेरी छवि पर कोई फ़र्क़ नहीं पड़ा। बाबू और हताश हो गया। उसने पुलिस को सब बताया था।

"कोई तो कारण होगा पुलिस के पास नीतू पर...मने, तुम्हारी माँ पर, शक करने का?"

"ये आसान है न...और आपके चाचा उनके साथ ग़लत करते थे।"

मुझे उसकी बात को समझने में थोड़ा वक़्त लगा। अगर ऐसा है, तब तो मेरे चाचा को जेल में होना चाहिए था, इस पीड़ित औरत को नहीं। फिर जाकर समझ में आया कि हो सकता है पुलिस ने सोचा हो कि बदला लिया गया है। मैं इसी बात को पकड़े रहा।

बाबू मुझे सुनता रहा। वह मेरी बात से सहमत था। फिर उसने अपने हाथ खड़े करते हुए कहा, "और इसलिए भी क्योंकि ऐसा करना आसान है, और वो लोग कुछ जानना चाहते हैं।"

इसी तरह की बात पहले मैंने वकील के मुँह से सुनी थी। ऐसे में समझदारी यही थी कि अपनी बची-खुची इज़्ज़त बचाए रखने के लिए चुप मार जाऊँ। मैंने और सवाल नहीं पूछे। मामले की तह तक जाने के लिए मुझे और वक़्त चाहिए था।

थोड़ी देर हम दोनों चुपचाप चलते रहे। वकील ने बताया था कि अकरौली और जरगाँव के बीच पालनपुर से होकर जानेवाली सड़क पर निर्माण कार्य चल रहा है। वहाँ काम तो चलता दिख नहीं रहा था पर किसी-न-किसी दिन यह सड़क पक्की ज़रूर होनी थी। मुझे लगा कि क्यों न सड़क पर ही उससे बात की जाए, सुरक्षित रहेगा। बाबू ने बताया कि सड़क बनानेवाले मज़दूर भूरी गाँव से आए थे जिन्हें किसी ठेकेदार ने काम पर रखा था। उन्हें पीस रेट पर दिहाड़ी मिलती है। एक खंडी मिट्टी खोदने का पाँच रुपया। वहाँ कोई भी चाहे तो काम पा सकता है। मैंने पूछा क्या उसने कभी कोशिश की है वहाँ काम माँगने की। उसने तनकर जवाब दिया कि वहाँ मज़दूरी बहुत कम है, इसीलिए तो ठेकेदार इतना अमीर बन गया है। उसने बताया कि पालनपुर में खेती से उसकी अच्छी कमाई हो जाती है। फिर उसने सिर उठाकर मेरी तरफ़ देखा शायद यह जानने के लिए कि मैं प्रभावित हुआ हूँ या नहीं। मैं उसकी नज़र को ताड़ गया। मेरे पास बैंक में जो दुकानदार आते हैं वे जब अपने पैसों के हिसाब-किताब बख़ान करते हैं तो मेरी ओर इसी तरह से देखते हैं और उसी साँस में लगे हाथ लोन की माँग कर देते हैं। मैंने भी बाबू की तरफ़ मुस्कराकर देखा पर कोई टिप्पणी नहीं की।

हमारी बातचीत के बीच में ही पीछे से तेज़-तेज़ से किसी के साँस लेने की आवाज़ आई। देखा तो एक बैलगाड़ी पीछे दिखी जो क़रीब आ रही थी। उस पर कुछ लदा नहीं था। गाड़ीवान ने मेरी ओर ध्यान न देते हुए बाबू से मेरे बारे में पूछा। जिज्ञासा शान्त होने पर उसने मुझे सामान सहित बैलगाड़ी में बैठने का न्योता दिया। बाबू को उसने नहीं बुलाया क्योंकि वह मुराव बिरादरी का था। बाबू ने भी उससे इसकी कोई उम्मीद नहीं की थी। पता चला कि पालनपुर में दो जातियाँ प्रमुख थीं, मुराव और ठाकुर। उसका नाम किशन लाल था। देखने में वह बहुत मेहनती लगता था। अपने बैलों से भी वह ऐसी ही मेहनत की उम्मीद करता था। काफ़ी कुशलता से वह उन्हें उस कच्चे रास्ते पर बिना धीमे हुए हाँके जा रहा था। वह बहुत पढ़ा-लिखा नहीं था पर अपनी खेतीबाड़ी के बारे में ख़ूब बातें उसने की। बीच में मैंने उसे टोका,

"पालनपुर में रहना आपको अच्छा लगता है?"

किशन लाल ने कन्धे उचका दिये। आदमी पालनपुर में रहे या कहीं और, उसे काम तो करना ही पड़ता है। कर्म ही जीवन है। जगह से फ़र्क़ नहीं पड़ता। उसने यह भी कहा कि ग़रीब हो चाहे अमीर, सुखी कोई नहीं है। ग़रीब आदमी झेलता है और अमीर आदमी जलन पैदा करता है। अन्तर ये है कि कुछ अमीर लोग इतने

चतुर होते हैं कि अपनी अमीरी छुपा लेते हैं। ग़रीब आदमी कुछ छुपा नहीं पाता। मैं अपने धन्धे के बारे में सोचने लगा जहाँ ग़रीब लोग अपनी ग़रीबी को छुपाते फिरते हैं। लन्दन और पालनपुर के लोगों में यह बड़ा फ़र्क़ है।

गाँव पहुँचते ही लोगों के हुजूम ने हमें घेर लिया। जो भी चल सकता था, वहाँ पहुँच गया था। एक ने मुझे अपने छप्पर में रुकने का न्योता दिया। मैंने उसे बहुत-बहुत शुक्रिया कहा और तैयार हो गया। फिर उसे लगा कि उसने कुछ ज़्यादा ही उदारता दिखा दी है, तो काफ़ी तेज़ी से वह बोला कि छप्पर में एक साँप है इसलिए मुझे सतर्क रहना होगा।

मुझे साँपों से कोई ख़ास लगाव नहीं था इसलिए मैंने उसे राहत देते हुए बीज केन्द्र में ही रुकने का फ़ैसला किया।

किशन लाल तुरन्त राज़ी हो गए, "हाँ, बीज केन्द्र। अंग्रेज़ वहाँ रुक चुके हैं। आपको उधर आराम रहेगा। गोविन्दी को भी अंग्रेज़ों की सेवा करने की आदत है।"

"कौन अंग्रेज़ आए थे?" मैंने थोड़ी दिलचस्पी दिखाते हुए पूछा।

इस सवाल पर लोग आपस में खुसुर-फुसुर करने लगे। किसी को पक्का नहीं पता था कि कौन आया था। बातचीत से समझ आया कि शायद ब्रिटेन के लोग थे, या हो सकता है उनमें से कुछ वहाँ के रहे हों। और आ भी कहाँ से सकते हैं? वे अजीबोग़रीब क़िस्म के सवाल करते, फिर ख़ुद ही उसके जवाब एक फ़ॉर्म में भर देते थे। वे लोग अच्छे थे, पर विचित्र थे। कुछ तो पालनपुर आकर ही परम आनन्दित थे जबकि कुछ ऐसे थे जिनके चेहरे पर शिकन तक नहीं आई।

किशन लाल बोले, "वे लोग अक्सर कटाई के सीजन में गाँव आकर रुकते थे और हमारा समय ख़राब करते थे।"

मुझे समझ आ गया कि वे सब शोधार्थी रहे होंगे। हम लोग बीज केन्द्र पर गए जो गाँव के मुहाने पर ही था, जैसा कि वकील ने बताया था।

यहीं मेरी मुलाक़ात गोविन्दी से हुई। वह बीज केन्द्र के बूढ़े पुराने चौकीदार थे। उनका दावा था कि वे सौ साल के आसपास के हैं लेकिन ऐसा नहीं था। उनकी बेटी के अनुसार वे साठ के आसपास के रहे होंगे। सौ साल के आदमी की बेटी होना उसे गवारा नहीं रहा होगा। परिवार में कुल छह लोग थे : ख़ुद गोविन्दी और उनकी पत्नी, बेटी, दामाद प्रेम और इनके दो बच्चे। गोविन्दी को 150 रुपये की मासिक पगार मिलती थी लेकिन तभी जब पैसा आता था। वकील ने सही कहा था कि इसकी तनख़्वाह अनियमित है। उनकी पत्नी मवेशियों की देखरेख करती थीं। उस वक़्त घर का इकलौता कमाऊ जीव गोविन्दी ही थे लेकिन उनका कहना था कि कटाई के सीजन में प्रेम को चीनी मिल में काम मिल जाएगा। मेरा आना इस लिहाज़ से उनके लिए अच्छा ही रहा : मिल वाली नौकरी मिलने तक कम-से-कम

कुछ कमाई हो जाएगी उनकी। मुझे अन्दाज़ा नहीं था कि वे मुझसे कितने पैसों की उम्मीद कर रहे हैं, इसलिए मैं मुस्करा दिया।

अपने कमरे में जाने से पहले गोविन्दी ने मुझे बीजों से भरे बोरे दिखाए जो नीचे वाले कमरे में एक के ऊपर एक रखे हुए थे। देखने से समझ आया कि अभी ताज़ा आमद ही है और इसे कुछ हफ़्तों में गाँव में बाँटा जाना है। उनका काम इन्हीं बोरों की निगरानी करना था। फिर वे मुझे पहली मंज़िल पर मेरे कमरे में ले गए। उन्होंने बताया कि अंग्रेज़ यहीं रुके थे और भरोसा दिलाया कि उन्हें यहाँ कोई दिक़्क़त नहीं हुई थी। सम्भव है। बहरहाल, अपने उस कमरे तक पहुँचने के लिए मुझे जो सीढ़ी चढ़नी थी वह बहुत ख़तरनाक थी। उसमें कुछ पायदान ग़ायब थे। इसके अलावा सबसे ऊपर वाला पायदान तक़रीबन सड़ चुका था, सो मुझे सीधे फ़र्श पर पैर रखना पड़ता था जहाँ एक बड़ा सा गड्ढा था। इसके बाद ध्यान रखना होता कि चौखटे से मेरा सिर न लड़ जाए। हो सकता है सदियों पहले वहाँ कोई दरवाज़ा रहा हो। इसके बाद सरकते हुए मुझे दूसरी जगह पर जाना होता था जहाँ की ज़मीन अब तक धँसी नहीं थी। तब जाकर मैं अपने बिस्तर तक पहुँचता। बिस्तर के नाम पर एक पुरानी चारपाई थी जो बमुश्किल टिकी हुई थी। गोविन्दी के पिता शायद अपने जवानी के दिनों में इस पर लेटते थे।

देर हो चुकी थी लेकिन शाम का मौसम सुहाना था। हवा चल रही थी। मैं थका नहीं था। मैंने अपने टू इन वन पर हिन्दुस्तानी गाना बजा दिया। रेशमी आवाज़ की धनी रेशमा को सुनने के बाद दिल्ली में मैंने उनके कुछ कैसेट और नई बैटरियाँ ख़रीदी थीं। अपने पिता के काग़ज़ों को पढ़ने के लिए इससे बेहतर माहौल नहीं बन सकता था।

अध्याय 5

पालनपुर, 1906-1908

उदयवीर ने अपने बेटे अशोक को हिसाब-किताब का ज्ञान देने की कभी फ़िक्र नहीं की थी। उधर अशोक की माँ लैला ने शायद ही कभी घर से बाहर क़दम रखा होगा। इसलिए ख़ुशक़िस्मती कहिए कि उसे इस बात का अन्दाज़ा ही नहीं था कि उसका पति लगान भी वसूलता था। इसके अलावा, बेटे अशोक को वह ज़रूरत से कुछ ज़्यादा बचाकर रखती थी। लिहाज़ा राजकाज के मामलों में अशोक स्वाभाविक रूप से सीधा था। कुल जमा स्थिति यह थी कि गाँव के मुखिया को जितना चतुर होना चाहिए, अशोक वैसा नहीं था। कुछ हद तक यह बात बहुत मायने भी नहीं रखती थी क्योंकि ज़्यादातर पालनपुरिये मेरे परदादा गवेन्द्र सिंह की ज़मीन जोतते थे। कई उनके क़र्ज़दार भी थे। इन किसानों की अज्ञानता का फ़ायदा उठाकर गवेन्द्र सिंह ही उनका सारा बहीखाता रखते थे। शुरुआत में तो गाँववालों को इस बात से राहत महसूस हुई कि इतने जटिल हिसाब-किताब से उन्हें मुक्ति मिल गई है। यह बात स्वाभाविक ही जान पड़ती थी कि जिस आदमी को पढ़ना और हिसाब लगाना आता है बहीखाता सँभाले तो बेहतर। जिसका काम उसी को साजे। ग्रामीण भारत में अब भी लोकतांत्रिक पद्धति 'चेक एंड बैलेंस' की अहमियत को समझा जाना बाक़ी था। मेरे परदादा इसी का फ़ायदा उठाकर किसानों की अज्ञानता का दोहन करने में माहिर थे।

कुछ लोगों को बेशक अन्दाज़ा हो गया था कि वे काफ़ी लम्बे समय से अपना क़र्ज़ लगातार चुकाते जा रहे हैं। उन्होंने यदा-कदा इस पर एतराज़ भी जताया। क़र्ज़दार किसान जब भी इसकी शिकायत करते, ज़मींदार तुरन्त एक बड़े से बक्से से कुछ रहस्यमय काग़ज़ात निकालकर उनके मुँह पर मार देता था और इससे ख़ुद को सही साबित करता था। फिर ज़्यादातर किसान पीछे हट जाते। अगर कोई फिर भी अड़ा रहता तो उसके घर पर

ज़मींदार के गुर्गे भेज दिये जाते थे। वे अपने मालिक का एहसान मनवाने के लिए उस किसान को अपने ढंग से राज़ी कर लेते थे।

पालनपुर, पीपली और दूसरी जगहों के पुराने ज़मींदार रहे अवनेन्द्र प्रताप सिंह ने अपने दौर में अपना पद और रसूख अंग्रेज़ों द्वारा की गई एक बहुविवादित नीलामी को जीतकर अर्जित किया था। अंग्रेज़ विकेन्द्रीकरण में गहरा यक़ीन रखते थे। उन्होंने इस इलाक़े को गाँवों के समूह के हिसाब से बाँट दिया था। नीलामी का सिद्धान्त बहुत सामान्य था : ज़मीन जोतनेवाले किसानों से सबसे ज़्यादा लगान कौन वसूल सकता है। यह विशुद्ध प्रतिस्पर्धी तरीक़ा था। अंग्रेज़ों को इसके नतीजों से बड़ी राहत मिली। चूँकि किसानों का शोषण रोकने के लिए क़ानून मौजूद थे लिहाजा इस तरीक़े को बहुत निष्पक्ष और प्रभावी माना गया। इस तरह से ज़मींदारों द्वारा लगान वसूली के लिए अपनाए जानेवाले अनैतिक तरीक़ों के ऊपर एक कपटपूर्ण परदा डाल दिया गया। चीज़ें अब इतनी आसान हो गई थीं कि कुल मिलाकर एक अनुबन्ध से ही सारी चीज़ें तय होती थीं जिस पर बस दस्तख़त होने चाहिए। अगर किसान ख़ुद अपना दस्तख़त न कर सके, जैसा कि अक्सर ही होता था, तब उसके अँगूठे का निशान या काटे की मुहर से काम चलाया जाता था। अपनी तमाम कमियों के बावजूद अपने दौर में अवनेन्द्र प्रताप सिंह मोटे तौर पर समझदार आदमी थे जो किसानों की अक्सर मदद किया करते थे। इस चक्कर में कई बार अंग्रेज़ों से उनकी ठनी लेकिन उनके मन में यह बात साफ़ थी कि उन्हें इज़्ज़त गाँववालों से चाहिए, अंग्रेज़ों से नहीं।

बेटियों की शादी करने के बाद ज़मीन उन्होंने अपने दोनों दामादों के बीच बाँट दी और आराम से बैठकर सब कुछ पर नज़र रखने लगे। जल्द ही यह साफ़ हो गया कि गवेन्द्र भले क्रूर थे लेकिन मेहनती आदमी थे और अपनी पत्नी गायत्री का अच्छा ख़याल रखते थे। साथ ही यह भी साफ़ हो गया कि राजेन्द्र शराब के लती थे जो ग़ुस्से के आवेग में अपनी पत्नी सावित्री की पिटाई करते थे। सावित्री कई बार पिटाई से तंग आकर अपने पिता के घर लौट चुकी थीं। अवनेन्द्र प्रताप ने मरते समय गवेन्द्र को अपना उत्तराधिकारी बनाया। इस पर राजेन्द्र ग़ुस्सा हो गए और पिता पर हाथ उठाने की कोशिश की। गवेन्द्र शरीर से मज़बूत थे, वे राजेन्द्र पर बीस पड़ गए। बीच में दख़ल देते हुए गवेन्द्र ने राजेन्द्र को दो-चार घूँसे मारे और ठीक-ठाक पैसे देकर उन्हें शान्त कराते हुए रफ़ा-दफ़ा किया। ग़ुस्से और अपमान से उबल रहे राजेन्द्र ने अच्छी-ख़ासी रकम शराब में डुबो दी और घर वापस पहुँचे। ये तो ग़नीमत है कि राजेन्द्र को घर की चौखट पर ही नींद आ गई वरना उस रात पत्नी की बुरी गति होती। राजेन्द्र फिर कभी नहीं उठे। जो कुछ भी पैसा

राजेन्द्र के पास बचा था उसे सावित्री ने अपनी अंटी में बाँधा और अपने जेठ के पास सहारा माँगने पहुँच गईं। गवेन्द्र ने उनका ख़याल रखने का वचन दिया, ख़ासकर इसलिए क्योंकि उस वक़्त वो पेट से थीं। उन्हें पहले भी बच्चे हुए थे लेकिन सब मर गए थे। गवेन्द्र को पता था कि सावित्री के पास पैसे हैं, सो उन्होंने कहा कि वहाँ रहने के लिए उन्हें किराया चुकाना होगा। जल्द ही सावित्री को एक बेटा पैदा हुआ। उसका नाम उन्होंने सिपाही रखा। साल-भर बाद सावित्री के पैसे ख़त्म हो गए। गवेन्द्र ने पालनपुर के अपने छोटे से एक कच्चे मकान में उन्हें रहने का सहारा दिया। समय के साथ वह मकान झरता चला गया। सावित्री की बदक़िस्मती कि सिपाही भी अपने बाप जैसा निकला। उसका मिज़ाज और चरित्र दोनों बाप पर गए। गाँववाले उसे बुरा आदमी मानते थे।

गाँव की सारी ज़मीन ज़मींदार की नहीं थी। जैसे अशोक को अपने पिता से एक ज़मीन मिली थी जो उसी की थी। उसके पिता उदयवीर ज़मींदार की ओर से लगान वसूलते थे और इस काम में वे बहुत चतुर थे। कुछ पैसे वे अपने लिए बचा लेते थे। ज़मींदार ने उस ओर से जानबूझकर अपनी आँख मूँद रखी थी।

कुछ और किसानों के पास भी अपनी छोटी कास्ट थीं लेकिन सभी के साथ हारी-बीमारी, बेटी की शादी जैसी चीज़ों के कारण पैसे की तंगी चलती ही रहती थी। बेचारगी में इन्होंने एक सूदख़ोर से क़र्ज़ा उठा लिया था जिसे वे भर नहीं पाए। मजबूरन इन्हें ज़मींदार की शरण में जाना पड़ा। जल्द ही उन्हें समझ आ गया कि अपने ससुर के मुक़ाबले हिसाब-किताब के मामले में गवेन्द्र कहीं ज़्यादा कठोर हैं। शुरुआत में तो गवेन्द्र उनसे बहुत प्यार से बात करते थे। उन्हें वे याद दिलाते कि कैसे अवनेन्द्र प्रताप सिंह हमेशा मदद के लिए तैयार रहते थे, लेकिन अब समय बदल चुका है और वह ख़ुद भी बदल चुके हैं। बहुत कमख़र्ची वाला साधारण जीवन जीनेवाले गवेन्द्र की भी कुछ अपनी मुश्किलात थीं। इसके उलट सूदख़ोर से क़र्ज़ा लेने के मामले में किसान एकदम बेपरवाह रहते थे। सूदख़ोर वैसे भी सारे हरामी थे।

फिर वो किसान ज़मींदार के सामने गिड़गिड़ाकर कहता कि उसे उनकी दयालुता का अन्दाज़ा नहीं था।

भड़का हुआ ज़मींदार चिल्लाता, "तुम्हें पहले से पता होना चाहिए था। मैंने कभी किसी की मदद से मना किया है क्या?"

"बजा फ़रमाते हैं," यह कहते हुए किसान ख़ुद पर ही अचरज करता कि ये बात उसके दिमाग़ में पहले क्यों नहीं आई, फिर वह कहता, "एक बार और मदद कर दीजिए।"

उसके दुख से दुखी होते हुए ज़मींदार थोड़ा संकोच के साथ सहानुभूति जताते और इस बात पर ज़ोर देते कि ख़ास उसी के लिए वे मदद करने को तैयार हुए हैं। ज़ाहिर है इसकी कुछ क़ीमत भी होगी और दयालु ज़मींदार को अपने हिसाब-किताब पर नज़र रखनी होगी ताकि उसकी दयालुता से दूसरों को भी लाभ मिल सके।

"कितनी ज़मीन है तुम्हारी?"

इस सवाल के थोड़ी देर बाद किसान लौट जाता। सूदख़ोर का चढ़ा क़र्ज़ा चुक जाता है और अब वह गवेन्द्र सिंह का क़र्ज़दार बन चुका होता, कहीं ज़्यादा क़र्ज़े के साथ। बरसों बाद किसी दिन कड़ी धूप में, दर्द से टूटती अपनी कमर के बावजूद उसके खेत में ज़बरन बैलों को जोतते हुए जो अब उसके नहीं रहे, वह एक पल को जब सुस्ताने बैठता तब उसे इस बात का अहसास होता कि कैसे एक बेटी की शादी ने उसे ज़मींदार का ग़ुलाम बना डाला। इस दुश्चक्र से बाहर निकलने का अब कोई रास्ता भी नहीं है, लिहाज़ा ऐसे ख़याल को वह जीभ चटकाकर हवा में उड़ा देता। बैल इस आवाज़ को सुनकर सधे क़दमों और मन्द गति से फिर चल पड़ते।

चूँकि ज़्यादातर ज़मीन ज़मींदार की थी और अधिकतर किसान किसी-न-किसी रूप में उसी के लिए काम करते थे, लिहाज़ा गाँव के मुखिया की भूमिका लगान वसूलने के अलावा कुल मिलाकर आम के पेड़ के नीचे बुज़ुर्ग पंचों के साथ बैठक करनी थी। इन बैठकों में बातें चलती जातीं और हुक्का घूमता रहता। वे शायद ही कभी किसी अहम फ़ैसले पर पहुँचते हों पर बातचीत लम्बी चलती थी क्योंकि किसी को भी किसी चीज़ की जल्दी नहीं होती थी। पुराने दिनों में अवनेन्द्र प्रताप पंचायत के बाद गाँव के मुखिया से सीधे पूछते थे कि क्या फ़ैसला हुआ है। कभी-कभार वे ख़ुद भी इनमें हिस्सा लेते थे। उन्हें किसानों की बातों में वास्तव में दिलचस्पी थी। नये राज में कोई फ़ैसला इसलिए लिया जाता था क्योंकि गवेन्द्र सिंह ने पहले ही वह फ़ैसला सुना दिया होता था। वह बस अशोक को हुक्म देते थे कि इसे पंचों से मनवा ले : फ़ैसलों के बारे में गाँव को सूचित करने का यह एक कूटनीतिक तरीक़ा था।

सन् 1906 में फ़सल अच्छी हुई थी। लगान भी आसानी से वसूल हो गया था। छिटपुट विरोध हुए, पर कोई बड़ी घटना सामने नहीं आई। गाँव के मुखिया के रूप में नौजवान अशोक को इसमें कोई दिक़्क़त नहीं आई। उसने अपना हिस्सा ईमानदारी से लिया और उतनी ही ईमानदारी से बाक़ी हिस्सा ज़मींदार को सौंप दिया। अशोक को जितनी जानकारी थी, उसके मुताबिक़ उस पैसे में से ज़मींदार अपना हिस्सा अपने पास रखता और बाक़ी हिस्सा

अंग्रेज़ों को जाता था। यह सब किस अनुपात में होता था, गाँव के सीधे-सादे नौजवान मुखिया ने इसकी कभी परवाह ही नहीं की। उसने बस अपना काम ईमानदारी से किया और यह मानकर चला कि दूसरे भी वही करते होंगे।

इसके अगले साल फ़सल फिर अच्छी हुई। इसके अलावा पालनपुर को सुदूर बंगाल में हुई एक घटना से भी अप्रत्याशित लाभ मिला। कलकत्ता में रेलवे के कर्मचारी हड़ताल पर चले गए थे और रेल पटरियाँ अचानक थम गई थीं। बरेली में इसका सीधा असर पड़ा क्योंकि ट्रेनों को चलाने का कोई मतलब नहीं था जब उन्हें बीच में ही अटक जाना था। इसके चलते चन्दौसी और मुरादाबाद के स्टेशनों पर बहुत भीड़ थी और एक-दो ट्रेनें पालनपुर में भी अटक गई थीं। उस समय तक पालनपुर के लोगों को ट्रेन की सवारियों के साथ मोलभाव करने की चतुराई आ चुकी थी। बुरा पहलू यह था कि वे मालगाड़ियों से चोरी करना भी सीख गए थे। कुल मिलाकर पालनपुर के लिए यह साल अच्छा साबित हुआ। सभी बिना किसी विरोध के अपना लगान देने को तैयार हो गए। अशोक ने 1906 की तरह इस बार भी लगान वसूल किया, अपना हिस्सा अपने पास रखा और बाक़ी ज़मींदार को सौंप दिया।

अबकी ज़मींदार पिछले साल जितना ख़ुश नहीं हुआ। अच्छी फ़सल और अटकी हुई ट्रेनों के इर्द-गिर्द लगे जमावड़े का उसे पता था। उसने उम्मीद की थी कि साल-भर में अशोक धन्धा सीख गया होगा। लोगों को दूसरों पर उसी चीज़ का शक होता है जो वे ख़ुद करते हैं। ज़मींदार की आदत अंग्रेज़ मालिकान को अनुबन्ध में तय अनुपात के मुताबिक़ लगान का हिस्सा देने से पहले उसमें अंटी मार लेने की थी। उसे लगा कि अशोक ने भी उसके साथ यही किया है। पक्का है कि मुखिया ने ज़्यादा लगान वसूला होगा लेकिन दिखाया कम है।

गवेन्द्र ने अपने गुर्गों को पालनपुर भेजा ताकि वे किसानों से बात करके सही ख़बर दे सकें। इस काम को गोपनीय तरीक़े से किया जाना था क्योंकि यदि ज़मींदार के साथ वास्तव में धोखा हुआ है, तो यह बात किसी भी तरह बाहर नहीं निकलनी चाहिए थी। धोखा देनेवालों को धोखा खाना क़तई पसन्द नहीं होता। उसके गुर्गे अप्रत्याशित सूचना लेकर जरगाँव लौटे। वो यह थी कि मुखिया ने बिलकुल उतना ही लगान वसूला है जितना हर किसान से वसूलना तय था।

"उसने अच्छी फ़सल का फ़ायदा नहीं उठाया?" ज़मींदार के स्वर में तल्ख़ी थी कुछ-कुछ व्यंग्य भी।

इस सवाल पर गुर्गे ठठाकर हँस पड़े। उन्हें लगा कि ख़राब हिसाब-

किताब रखने के लिए ज़मींदार उन्हें अशोक को कड़ी से कड़ी सज़ा देने के लिए कहेगा, पर ज़मींदार ने अपने हाथ उठाकर उनके उत्साह को ठंडा कर दिया और बोला :

"तुम, और तुम," दो गुर्गों की ओर उसने इशारा किया, "उसको सबक़ सिखाओ, लेकिन ज़्यादा तेज़ नहीं मारना है। हड्डी नहीं टूटनी चाहिए। और उसे समझाओ कि इससे क्या उम्मीद की जाती है।"

दोनों गुर्गों ने सही मौक़े का इन्तज़ार किया और अपना काम अच्छे से निपटाया। इस काम को करके उन्हें सन्तोष मिला। थोड़ा खिजानेवाला काम था, पर मस्त था। किसी उपलब्धि की तरह वे इसकी ख़बर लेकर वापस पहुँचे।

जहाँ तक अशोक की बात थी, पिटाई के कई दिन बाद तक उसकी चमड़ी पर काले-नीले दाग़ पड़े रहे। उसे दर्द से ज़्यादा इस बात का आश्चर्य था कि आख़िर उसे मारा क्यों गया। उसे समझ ही नहीं आ रहा था कि मामला क्या है। उसने सोचने की कोशिश भी की, पर सोचने का वह बहुत आदी नहीं था इसलिए यही मान बैठा कि ज़मींदार के आदमियों से कोई ग़लती हुई होगी। उसका आश्चर्य अब गुस्से में बदल गया। उसने ज़मींदार से इसकी शिकायत करने का फ़ैसला किया।

अगली सुबह उठते ही वह ज़मींदार के यहाँ निकल गया। हाथ-पैरों के दर्द ने उसे जितनी इजाज़त दी, वह उतना तेज़ चला दर्द के कारण। उसे जरगाँव की दूरी पालनपुर से बहुत ज़्यादा लग रही थी। ज़मींदार की हवेली पर पहुँचते ही उसके क़दम थम गए और उसे अपने दुस्साहस पर अचरज हुआ। इसके बावजूद उसने दरवाज़े पर बहुत सख़्त आवाज़ में पुकारा। गाँव का मुखिया होने के नाते उसे बहुत सम्मान के साथ भीतर बुलाया गया। इन चीज़ों का ज़मींदार बहुत ध्यान रखता था। उत्साहित होते हुए अशोक जब भीतर घुसा, तो उसने देखा कि हर कोई उसे देखकर कुछ ज़्यादा ही मुस्करा रहा था पर उसे कुछ भी समझ में नहीं आया।

उसे इन्तज़ार करने को कहा गया। वह इन्तज़ार करता रहा। काफ़ी देर बाद मेरे परदादा अन्ततः प्रकट हुए और यह कहते हुए ख़ेद जताया कि उन्हें अभी-अभी उसके आने की ख़बर दी गई है। उन्होंने बड़ी चिन्ता जताते हुए उसकी चोटों के बारे में भी पूछा। अशोक ने भरोसा दिलाया कि कुछ ख़ास नहीं बस ऐसे ही है, जल्द ठीक हो जाएगा। अशोक ने अपने साथ हुई वारदात की पूरी कहानी ज़मींदार को सुना दी। गवेन्द्र ने उसे आश्वस्त किया कि वे अपने आदमियों को इसकी सज़ा देंगे। अशोक को थोड़ी राहत महसूस हुई। फिर गवेन्द्र ने उस साल वसूले गए लगान के बारे में अशोक

से कई सवाल पूछे और थोड़ा कड़ाई बरतने की हिदायत भी दी। बात तो सही है कि दो साल से फ़सल अच्छी हो रही थी और किसानों को रेलवे की हड़ताल से फ़ायदा भी हुआ था, बातचीत में अचानक आए इस मोड़ से अशोक चौंक गया पर वह क़सम खाने लगा कि उसने तो एकदम सही हिसाब दिया था। ज़मींदार ने उसे दिलासा देने की मुद्रा बनाई। वह जानता था कि अशोक सही कह रहा है। फिर भी, गाँव वालों के ऊपर थोड़ा दबाव तो बनाना ही चाहिए, ज़मींदार ने इसरार किया। किसान आसानी से लगान चुका सकते हैं, मामला बस सही लहजे और तरीक़े का है। ज़मींदार ने अशोक से उम्मीद जताई कि वह उसे भविष्य में निराश नहीं करेगा।

अशोक ने सपाट ढंग से जवाब दिया, "हाँ जी।"

ज़मींदार बोले, "आपके ऊपर जो बीती है उसका मुझे बहुत बुरा लग रहा है। रुकिये, इसका तुरन्त इलाज करते हैं।"

इतना कहते ही उन्होंने अपने दो गुर्गों को उँगली के इशारे से बुलाया और कहा कि गाँव के मुखिया को मारकर दोनों ने बहुत ग़लत किया है, इसके लिए उन्हें जेल भी हो सकती है—अशोक के चेहरे पर इस बात से मुस्कराहट आई ही थी कि ज़मींदार ने आगे कहा—लेकिन इसकी ज़रूरत नहीं है क्योंकि अशोक की ही तरह वे दोनों भी अच्छे इनसान हैं और अपनी ग़लतियों का अहसास करने में सक्षम हैं। ज़मींदार का कहना था कि उन दोनों को अपनी ख़ुशक़िस्मती माननी चाहिए कि इलाक़े के दो सबसे अहम लोग ज़मींदार और मुखिया उन्हें माफ़ करने को तैयार हैं।

अशोक के चेहरे से मुस्कराहट उड़ गई। फिर भी उसने ज़मींदार की हाँ में हाँ मिलाई। उसने पालनपुर लौटने से पहले उनका शुक्रिया अदा किया, पर वापसी में वह थोड़ा खीजा हुआ और भ्रमित था।

उसकी पत्नी ज़्यादा समझदार थी। उसने अशोक को ढाढ़स बँधाते हुए इस बात की ओर उसका ध्यान दिलाया कि अपने माता-पिता के जीवनस्तर को बनाए रखने के लिहाज़ से उसने पर्याप्त कमाई नहीं की है। उसका निष्कर्ष था कि उदयवीर लगान वसूली में कहीं ज़्यादा असरदार रहे होंगे। उसने अशोक को याद दिलाया कि उसने पत्नी को हमेशा ख़ुश रखने का वादा किया था। फिर ज़ोर देकर उसने अशोक के किये कुछ और वादे याद दिलाए जिन्हें वह भूल चुका था और जो अब तक अधूरे हैं।

अशोक सन्न रह गया। उसने सारे गिले-शिकवे अलग करते हुए असली मुद्दे पर ध्यान लगाने का फ़ैसला किया। दिक़्क़त यह थी कि वह पालनपुर के लोगों पर लगान नहीं बढ़ाना चाहता था। फिर, मारपीट से भी परेशान था। उस पर से पत्नी के ऐसे भाषण भी उसे रास नहीं आते थे। फिर उसने तय

किया कि अब वह धन्धे में ज़्यादा चालाक बनेगा, ज़्यादा लगान वसूलेगा और ऊपरी आय का हिस्सा भी ज़मींदार से साझा करेगा।

दो दिन बाद जब उसके ज़ख़्म भर गए और उसे भरोसा हो गया कि गाँववालों के सामने वह बिना शर्मिंदगी के जा सकता है, तब वह गाँव में निकला। उसने बहुत सफ़ाई के साथ लोगों से कहा कि वह लगान को बढ़ाना चाहता है, जैसा उसके पिता के दौर में होता था। लोगों के बीच इसकी प्रतिक्रिया बहुत अच्छी नहीं थी पर उतनी नकारात्मक भी नहीं थी क्योंकि किसान अब भी अच्छी फ़सल का लाभ ले रहे थे और उदयवीर के लगान वसूली के भ्रष्ट तरीक़े अब अतीत की बात हो चुकी थी। आज भी भारत के गाँवों में रियायत बहुत दी जाती है जो उस दौर में तो और ज़्यादा थी। जहाँ तक पालनपुरियों का सवाल था, अगला मानसून अभी बहुत दूर था।

अगले साल किसानों ने थोड़ा आनाकानी की, काफ़ी अनुनय-विनय किया पर लगान चुकाया। भ्रष्टाचार का पहला सबक़ अशोक सीख चुका था। दूसरा सबक़ उसने दो साल बाद सीखा...

पालनपुर, 1984

चीख़-चिल्लाहट की आवाज़ों से मेरी नींद खुल गई। कुछ तो चल रहा था। मैंने टू इन वन बन्द किया और घड़ी देखी। रात का एक बज रहा था। तभी मैंने बहुत तेज़-तेज़ दरवाज़ा पीटने की आवाज़ सुनी।

मैंने ध्यान लगाकर सुना। बीज केन्द्र के बड़े से दरवाज़े के बाहर कुछ लोग चिल्ला रहे थे। बीच-बीच में गोविन्दी की लाचारी से भरी आवाज़ सुनाई दे जाती थी पर समझ नहीं आ रहा था कि वह क्या कह रहे हैं। मैंने अपनी टॉर्च जलाई और नीचे गया। मैंने देखा कि वह बूढ़ा चौकीदार बाहर खड़े कुछ लोगों से बहुत विनम्रता के साथ बहस कर रहा है और वे लोग भीतर आने पर अड़े हुए हैं। वह बार-बार कह रहा था कि भीतर एक विदेशी है लेकिन वो लोग उसकी बात नहीं मान रहे थे। मैंने बूढ़े को आवाज़ दी। डर और बेचैनी में उसने कई बार दुहराया, "डकैत, डकैत।"

इसी वक़्त मेरे दिमाग़ में एक शानदार ख़याल कौंधा। मैंने आवाज़ दी, "अरे लोगो, इधर आओ, दरवाज़े पर कुछ लुटेरे खड़े हैं।"

मैंने पाया कि दरवाज़े के उस पार थोड़ी हलचल हुई और कुछ लोग फुसफुसाकर बात करने लगे। दरवाज़ा पीटना जारी रहा। मैं तेज़ी से भागकर ऊपर गया, गड्ढे में गिरते-गिरते बचा, अपना टू इन वन उठाया, उसमें एक कैसेट डाला जो पैट ने

मुझे ले जाने को कहा था और भागते हुए नीचे आया। गोविन्दीं काँप रहे थे, और दरवाज़ा भी। वो लोग अब भी चिल्ला रहे थे। मैं पलटकर चिल्लाया, "अरे देखो, लगता है हमारे लिए आए हैं।"

फिर मैंने पूरी आवाज़ बढ़ाकर कैसेट चला दिया। पैट के एक आध्यात्मिक सत्र में कुछ चीख़ने-चिल्लानेवाले लोगों के बीच झगड़े की आवाज़ उस पर गूँज उठी। मैंने अन्दाज़ा लगाया कि डकैतों को कुछ समझ नहीं आएगा और वे मान लेंगे कि भीतर बहुत सारे लोग हैं। पैट के सत्र मुझे बिलकुल भी समझ में नहीं आते थे लेकिन इतना अन्दाज़ा था कि इनसान इंग्लैंड का हो चाहे यूपी का, उसका मूल स्वभाव एक ही होता है। डकैत भाग गए। वैसे ही जैसे मैं पैट के सत्र से भाग निकला था। गोविन्दी को कुछ समझ में नहीं आया। वह मुझे घूरने लगे। उन्होंने बोरे के भंडार की ओर इशारा किया, "डकैत थे, बीज चुराना चाहते थे।"

वे अपनी चारपाई पर जाकर सुस्ताने लगे। मैं भी अपने बिस्तर पर चला गया लेकिन मैंने पिताजी के नोट्स दोबारा नहीं खोले। मेरे वंशवृक्ष की प्रतिष्ठा पर उस शाम एक और दाग़ नहीं लगना चाहिए था, भले ही मैंने पहले इसकी कोई परवाह न की हो। मुझे यह भी समझ में आया कि पारदर्शिता और ज्ञान के फ़ायदे कभी-कभार भ्रामक भी हो सकते हैं। कम-से-कम इतना तो समझ में आ गया कि पिताजी गाँव छोड़कर क्यों गए होंगे। मैंने फूँककर मोमबत्ती बुझाई और दर्द के साथ चारपाई पर करवट बदली। हवा में धूल के चलते बीच-बीच में मुझे आनेवाले छींक के दौरों के अलावा उस रात कोई और घटना नहीं घटी।

अध्याय 6

पालनपुर, 1984

अगली सुबह मेरी नींद खुली तो समझने में थोड़ा वक़्त लग गया कि मैं कहाँ हूँ। आँख के सामने सिर के ठीक ऊपर सीलन के धब्बों भरी मटमैली छत थी। शरीर दर्द कर रहा था। मेरी पीठ और हाथों पर चारपाई की रस्सियों के निशान थे और गरदन अकड़ी हुई थी। उस दिन मैंने सबसे पहले ये क़सम खाई कि ज़िन्दगी में कभी भी चारपाई पर नहीं सोऊँगा। ख़ुशी के साथ बताना चाहूँगा कि पालनपुर से लौटने के बाद मैं ख़ुद से किये जिन कुछेक वादों पर अडिग रहा, यह उनमें से एक है। किसी तरह उस चारपाई से मैं उठा। रात-भर शरीर में जगह-जगह कीड़ों ने काटा था। वहाँ पहले मैंने खुजली की। यह सोचकर कि मुझे जो दिक़्क़त हुई है उसे ज़ाहिर नहीं करना है और सकारात्मक बने रहना है, मैं नीचे की जोखिम भरी यात्रा पर निकला।

मिट्टी के एक छोटे से चूल्हे के सामने उकड़ूँ बैठी गोविन्दी की बेटी ने आहट पाते ही तेज़ी से अपने सिर पर साड़ी का पल्लू डाल लिया। शानदार बात यह लगी कि चूल्हे में आग जलाए रखने के लिए सूखे गन्ने का एक गट्ठर झोंकते हुए बीच में अचानक बड़ी तेज़ी से उसने यह किया था। चूल्हे पर एक पुरानी-सी पतीली में चाय उबल रही थी। उसमें उसने दूध मिलाया और चाय तैयार थी। फिर उसने एक गिलास में चाय भरी और दूसरे के सहारे चाय को अच्छे से मिलाया। मुझे यह तरीक़ा आता था, लेकिन जिस तरीक़े से वह एक से दूसरे गिलास में और वापस पहले में चाय को डालकर मिला रही थी, उसमें एक लय थी। दीवार के छेद से भीतर आ रही सूरज की किरणें इस दृश्य को और भव्य व ख़ूबसूरत बना रही थीं। मैंने तुरन्त कैमरा निकाला और कुछ तसवीरें ले लीं। मेरी ओर देखे बिना उसने एक गिलास मेरी ओर बढ़ाया। एक हाथ से साड़ी को सँभालना और दूसरे से गिलास थमाना थोड़ा मुश्किल काम था। उसने बड़ी सफ़ाई से ऐसा किया था, फिर भी पल-भर के लिए पल्लू सरक ही गया।

चूल्हे के पास थोड़ा-सा आटा माँड़कर रखा हुआ था। उसने मुट्ठी में एक लोई ली, उसे एक बड़े से पत्थर पर रखा और बेलन के सहारे उसकी एक चपटी रोटी बना दी। फिर उसने दोनों हथेलियों की थाप से उसे बड़ा किया और तवे पर धर दिया। जल्द ही वह रोटी गुब्बारे की तरह फूल गई। अब इसमें ऐसा ख़ास क्या था कि मैं उसे इतने ग़ौर से देख रहा था? मेरी माँ तो अक्सर घर पर चपाती बनाया करती थी। फ़र्क़ रोशनी और माहौल का था। उस पर से रोटी की सोंधी गंध, जो मेरे ख़याल से कहीं बेहतर थी। अफ़सोस, कि कैमरा ख़ुशबू को क़ैद नहीं कर सकता। मैंने चन्दौसी में केले लिये थे, उसमें से एक बचा हुआ था। रोटी, केला और चाय एकदम सही नाश्ता था। मैंने सब कुछ एक प्लेट में रखा और टैमरॉन के छोटे वाले टेलीलेंस के साथ अपना निक्कोरमैट एफटी 2 लेकर लोहे के गेट के सामने बैठ गया।

मैं चाय का पहला घूँट लेने ही वाला था कि गोविन्दी आ गए। उन्होंने हाथों से एक मुद्रा बनाई, जिसका स्पष्ट अर्थ यह था कि इन सब सेवाओं के बदले मुझे पैसे चुकाने होंगे। इसमें कोई दिक़्क़त नहीं थी। मैंने तुरन्त तीन रुपया निकालकर उन्हें पकड़ा दिया। बूढ़ा आदमी इसी में सन्तुष्ट हो गया।

गाँव में जब मैं पहुँचा था तो थोड़ा तनाव में था और दिमाग़ बँटा हुआ था, इसलिए आसपास के नज़ारों पर मेरा ध्यान ही नहीं गया था। यह सुबह पालनपुर को देखने-समझने के लिए एकदम ठीक थी।

मौसम हल्का गुनगुना था हालाँकि उत्तर दिशा से हवा बह रही थी। खेतों के ऊपर अब भी कुहरा छाया था, जिसमें सूरज की हल्की पीली रोशनी आकर घुल-मिल जा रही थी। हवा कुहरे को धक्का देकर हटाती तो आँखों के सामने एक सपाट दृश्य उभर आता, जिस पर उस वक़्त मेरे लिए बहुत कुछ कहना मुमकिन नहीं था, हालाँकि मन थोड़ा रूमानी बेशक हो रहा था। मैंने कुछ तसवीरें लीं, फिर लगा कि पालनपुर का मतलब तो यहाँ के लोग हैं। ठीक सामने दो औरतें चमकदार साड़ी में गुज़र रही थीं। मैंने कैमरा उनके ऊपर फोकस कर दिया। शानदार तसवीर थी। ये औरतें सिर पर मिट्टी का मटका रखे बात करते हुए जा रही थीं। उनकी चाल सधी हुई थी, जैसे न पैरों के नीचे गड्ढे हों न सिर पर मटकी। ऐसा करके आज़माना चाहिए एक बार, आपको वाक़ई उपलब्धि जैसा महसूस होगा। उनकी नज़र मेरे ऊपर पड़ी। पल-भर के लिए उन्होंने मेरी ओर देखा, फिर आपस में खिखियाते हुए चल दीं। थोड़ी दूर कुछ किसान अपनी बैलगाड़ियों से खेतों में जा रहे थे और कुछ दूसरे चरी काट रहे थे और वहीं उनकी भैंसें चर रही थीं। पालनपुर का एक मतलब ट्रेन भी था। यह बीज केन्द्र जहाँ मैं ठहरा हुआ था, रेल पटरी के क़रीब ही था। वास्तव में पालनपुर की कोई भी चीज़ पटरी से बहुत दूर नहीं थी। उठने के बाद से मैं दो बार ट्रेन की आवाज़ सुन चुका था। अब तीसरी ट्रेन आ रही थी। पहले आवाज़ आई, फिर धुआँ। यह ट्रेन चन्दौसी से आ रही थी। पुराना भाप वाला

इंजन था जिसके पीछे कुछ डिब्बे लगे हुए थे। मेरे ठीक सामने यह ट्रेन पालनपुर में बिना रुके ख़रामा-ख़रामा मुरादाबाद की ओर निकल गई। खिड़की के किनारे बैठी कुछ सवारियों के चेहरे सूरज की रोशनी में चमक रहे थे, मैंने उन्हें कैमरे में क़ैद कर लिया।

कुल मिलाकर यह माहौल मुझे बहुत शान्त और सौम्य लगा। ऐसी जगह पर आख़िर मेरे चाचा की कोई कैसे गोली मारकर हत्या कर सकता है? विश्वास नहीं होता था। इस नज़ारे के बीच बीती रात हुआ डकैतों का हमला भी बेमेल जान पड़ता था। इसमें कोई शक नहीं कि पालनपुर विरोधाभासों वाली जगह है। कभी-कभार जो रोमांचक भी हो सकती है। यहाँ ख़तरनाक बातें हो सकती हैं। इसीलिए पहली नज़र में यह जगह जैसी लगी थी, इसमें उससे कहीं ज़्यादा दिलचस्प चीज़ें छुपी हुई थीं।

इस ख़याल से मन-ही-मन आश्वस्त होते हुए मैं एक कप और चाय माँगने के लिए भीतर गया। लौटकर देखा तो मेरी प्लेट से रोटी और केला ग़ायब! ओह, याद आया कि बन्दरों को लेकर मुझे हिदायत दी गई थी। मुझे सावधान रहना चाहिए था। बहरहाल, बुरा हुआ।

अब कुछ नहीं किया जा सकता था। ज़रूरी यह था कि विचारों में कोई ख़लल न पड़ने पाए, लिहाज़ा मैंने सोचा कि आज सिगार से ही काम चलाया जाए। मैंने अपने हमसफ़र सिगारकेस से छोटी वाली रोमियो जूलियेटा निकाली। इतना तो तय था कि पालनपुर में मेरी दिलचस्पी अपनी जगह, लेकिन उससे अनावश्यक और अवास्तविक उम्मीदें पाल लेना दूसरी बात है। एक तो विदेशी जगह, दूसरे जहाँ हत्याएँ होती हों, वहाँ पर एक शहराती बैंकर को ग्रामीण फ़ोटोग्राफ़र बनने के लिए कुछ बुनियादी शर्तें पूरी करनी होंगी। मैं ऐसा कर सकता था, मुझे भरोसा था। मैंने एक कश खींचा। पैट सही कहती थी कि मामला बुनियादी रूप से लोगों का ही होता है और उनमें मैं भी शामिल हूँ। और लोगों को समझना मुश्किल होता है।

कैमरे को इधर-उधर घुमाकर मैं सही एंगिल पकड़ने की कोशिश में था कि मैंने देखा बाबू आ रहा है। वह केले के साथ रोटी खा रहा था। अजीब संयोग! बन्दरों पर बेजा मैंने शक कर लिया, लेकिन फिर सोचा कि बेमतलब उससे कुछ पूछने से क्या फ़ायदा। वह मेरे ठीक सामने आकर खड़ा हो गया। उसकी आँखें ज़मीन पर गड़ी हुई थीं और वह बहुत संकोच में था, जैसे चोरी करने पर पकड़े जानेवाले किसी आदमी का होता है। उसे सहज करने के लिए मैं मुस्कराया और पूछा क्या चाहिए। उसका जवाब साफ़ नहीं था पर इतना समझ आया कि उसे कुछ काम चाहिए था। मेरा नाश्ता चुराने के बावजूद लड़का मुझे वह ठीक लगा। उसे साथ रखने के लिए किसी काग़ज़ी औपचारिकता की भी ज़रूरत नहीं थी।

तो मैंने उसे उसका पहला काम सौंपा। उसे मुझे मेरे चाचा के घर ले चलना था। फिर मुझे मेरे खेत दिखाने थे। पर पहले हम लोग रेलवे स्टेशन घूमने चलेंगे।

"चलो।"

जल्द ही हम दो के अलावा और लोग भी साथ आते गए और हुजूम सा बन गया। मुझे शक था कि बाक़ी लोग बाबू को अनदेखा ही करेंगे। यही हुआ, इसीलिए उसको साथ रखने का इरादा मेरे मन में और पक्का हो गया। स्टेशन के नाम पर एक छोटी-सी मामूली इमारत थी। मैंने थोड़ा चक्कर लगाया। कुछ एक लोग वहाँ सिर को शॉल से ढके बैठे हुए थे जबकि सूरज चढ़ चुका था। वे अगल-बग़ल की पटरियों पर पत्ते खेल रहे थे। बाक़ी लोग उन्हें खेलता देख रहे थे। उनमें से कुछ को लगा कि खेल को देखने से ज़्यादा मनोरंजन मेरे साथ होगा। वे उधर से मेरे पास आ गए। फिर पूरा समूह मेरे चाचा के घर की ओर चल पड़ा। रास्ते में एक दीवार में छोटी-सी मुकिया दिखी जिस पर लिखा था, "टी शॉप।" उस पर ताला लगा था। आगे एक गुलाबी रंग का मन्दिर पड़ा। वो भी बन्द था। लोगों ने बताया कि जरगाँव से एक पंडित कभी-कभार आकर वहाँ पूजा-अर्चना करता है और वहीं सोता है, हालाँकि गाँव में मेरे प्रवास के दौरान मन्दिर के मुक़ाबले लगातार रहस्यमय बनी रही वह चाय की दुकान कहीं ज़्यादा खुलती दिखी, जबकि उसके खुलने का समय तो छोड़िए दिन तक पक्का नहीं था। मैंने किसी तरह वहाँ की तसवीरें लीं। फ़्रेम में केवल दस बच्चे और पाँच जवान थे।

आख़िरकार हम चाचा के घर पहुँचे।

अब मुझे लगता है कि पहले ही इस मकान की कल्पना मुझे कर लेनी चाहिए थी कि यह कैसा होगा। एक शाम पहले मैं शायद इस गुमान में था कि यह अब भी कम-से-कम ऐसी स्थिति में है जिसे ठोंक-पीटकर दुरुस्त किया जा सकता है। बस थोड़ा झाड़ने-बुहारने, हथौड़ी-छेनी-कील की ज़रूरत होगी रहने के लिए। ऐसा कुछ भी नहीं निकला। उस सुबह की इस खोज ने पूरी कहानी को सिर के बल उलट दिया। मकान के इर्द-गिर्द जंगली घास खड़ी थी। देखने से लगता था कि लम्बे समय से किसी ने इसकी ओर ध्यान ही नहीं दिया है। छत में कुछ छेद हुए पड़े थे और मुख्य दरवाज़ा भी दरका हुआ था। दरवाज़े पर एक बड़ा सा ताला लटक रहा था जो शारीरिक रूप से किसी के प्रवेश को रोकने के लिए था जबकि उसे घेरते हुए लगाई गई पुलिस की रिबन की भी यही कोशिश थी, अलबत्ता मनोवैज्ञानिक। मैंने मकान का एक चक्कर मारा। देखा किशन लाल अपने खेतों में काम कर रहे हैं। मुझे देखते ही उन्होंने दूर से हाथ हिलाया। मैंने पाया कि घर का पीछे वाला हिस्सा भी अच्छी हालत में नहीं था। अचानक किशन लाल मेरे पीछे मुस्कराते हुए प्रकट हो गए। मुस्कराते हुए बोले, "बहुत काम था पर हम सोचे कि आपसे मिल लिया जाए। घर में थोड़ा काम करवाना होगा, बाक़ी ठीक है। आप इसे अभी रखेंगे न?"

"इसीलिए आप हँस रहे हैं क्या?" थोड़ा खीजकर मैंने पूछा।

उन्होंने बाबू की ओर इशारा किया और बोले, "अरे नहीं, आप पुराने ज़मींदार

के अमीर भतीजे हैं न! अब आप आ गए हैं तो पुराने दिनों की रौनक वापस आएगी, मकान की भी।"

मैंने गहरी साँस छोड़ते हुए कहा, "ज़मींदारी बहुत पहले ख़त्म हो गई और मेरे चाचा कुछ साल ही ज़मींदार रह पाए थे। वैसे भी, लोगों को यह याद दिलाने की ज़रूरत ही क्या है कि मेरे बाबा ज़मींदार थे?"

"हम क्या जानें, लोगों से ही पूछ लीजिए।" किशन लाल ने सपाट जवाब दिया।

मैंने पूछा। भीड़ में एक बूढ़ा आदमी था एक आँख वाला, जो यूरोप में जंग लड़ चुका था। उसका चेहरा दिलचस्प था, जंग में मार खाये सिपाही वाला था। वो भी अपनी तसवीर उतरवाना चाह रहा था। बाक़ी लोग इस बात से बिदके हुए थे क्योंकि अपनी शक़्ल-सूरत वे उससे बेहतर मानते थे। बात तो सही थी। सबके सब उसके फ्रेम में घुस आए। उन्हें हटाने में बड़ी मशक़्क़त करनी पड़ी। कुछ एक तसवीरें उतार लेने के बाद हम लोग बैठकर बात करने लगे।

पूर्व फ़ौजी का मानना था कि ज़मींदारों का दौर अच्छा था। उस समय क़ानून व्यवस्था ठीक थी और लोग भी ज़्यादा ख़ुश थे। कभी-कभार यहाँ ट्रेन रुकती थी जब अंग्रेज़ अफ़सरों को मेरे दादा के साथ शिकार पर जाना होता था क्योंकि वे इस इलाक़े के रसूख़दार आदमी थे। एक बार उस बूढ़े ने उन्हें नीलगाय का शिकार करने में मदद की थी और अंग्रेज़ों ने ख़ुश होकर उसे कुछ सिक्के दिये थे। किशन लाल से वह बूढ़ा थोड़ा बिदका हुआ था और ज़मींदार के ख़ानदान से होने के चलते मेरा लिहाज़ कर रहा था। बड़ी मुश्किल से उसने माना कि ज़मींदारी का एक बुरा पक्ष भी था, कि वे किसानों का इतना शोषण करते थे कि उन्हें भुखमरी के कगार पर धकेल देते थे। भीड़ में एक और आदमी इस बात से सहमत था। उसने बताया कि ज़मींदार कभी-कभार किसानों को कुआँ खोदने से भी रोक देते थे। आजकल तो सिंचाई आ गई है, फिर भी मोटे तौर पर लोगों की यही राय थी कि उन दिनों में आदमी ज़्यादा महफ़ूज़ था।

बाबू को लगा कि इतने सारे लोगों के बीच उसे भी कुछ बोल देना चाहिए। उसने अपनी राय ज़ाहिर की, कि पहले के मुक़ाबले आजकल सम्भावनाएँ कहीं ज़्यादा हैं। जैसे, आज ही उसे एक बढ़िया नौकरी पर रखा गया है। मुझे यह बात समझने में एकाध सेकंड लग गया अब समझ आया कि उसे नौकरी देनेवाला तो मैं ही हूँ। मतलब बाबू अपनी क़िस्मत को मेरे साथ नत्थी करने के चक्कर में था।

बाबू बोलते जा रहा था। मैंने सोचा कि घर में जाने की स्थिति तो है नहीं इसलिए यहाँ बहुत देर ठहरने का कोई मतलब भी नहीं बनता है। तभी घर के भीतर से कुछ आवाज़ आई।

चौंककर मैंने पूछा, "अन्दर बकरी फँसी हुई है क्या?"

किशन लाल बोले, "हाँ, बकरी नहीं बकरा। चिन्ता मत कीजिए, वो ठीक है।

वो खुले में आ जाए तब ज़्यादा चिन्ता की बात होती है। बहुत हरामी बकरा है।"

बाबू ने जोड़ा, "बहुत मज़बूत बकरा है। उसे दीवार में बने छेद से ही खिलाना ठीक रहता है। आपके चाचा की मौत के बाद से मैं ही इसे खिला रहा हूँ।"

मुझे लगा कि बाबू जितना दिखता है उससे कहीं ज़्यादा छुपा हुआ है। बकरे का तो क्या ही किया जा सकता था, सो मैंने किशन लाल से कहा कि चाचा के खेतों तक हमारे साथ चलें। पहले तो वे संकोच में पड़ गए। उनके खेतों का काम अधूरा पड़ा हुआ था, पर अन्त में राज़ी हो गए। मेरे चाचा के खेत गाँव के दूसरे छोर पर जरगाँव की तरफ़ जानेवाले रास्ते पर थे। वहाँ जाने पर पालनपुर को थोड़ा और देख लेने का मौक़ा मिला। पूरे गाँव में सौ-एक घर रहे होंगे, जिनमें ज़्यादातर मिट्टी के थे। ईंटों से बने कुछ पक्के मकान भी थे जो आम तौर से पैसे वाले ठाकुर काश्तकार परिवारों के थे। सबके साथ हालाँकि ऐसा नहीं था। इनमें से कुछ परिवार अतीत में रसूख़दार रहे होंगे लेकिन अब क़र्ज़ में फँस चुके थे। मेरे चाचा वाले मकान की ही तरह उन मकानों की भी बदहाल छत और दीवारें देखकर इसका अन्दाज़ा लगता था, हालाँकि वकील के मुताबिक़ चाचा के ऊपर कोई क़र्ज़ नहीं था।

सामान्य क़िस्म के घर थे, एकदम सपाट। किसी-किसी पक्के मकान के दरवाज़े नक़्क़ाशीदार भी थे और चटख रंगों में रँगे हुए थे। धुएँ से उनकी दीवारें कुछ हिस्सों में काली पड़ चुकी थीं पर रंगीन हिस्सों को मिलाकर देखने पर बहुत शानदार दिखती थीं। मैंने और तसवीरें लीं। इन दरवाज़ों के पार एक बड़ा सा आँगन होता था जहाँ लोगों की असल सम्पत्ति यानी भैंसें और बैलगाड़ी दिन के वक़्त रखी जाती थीं। आम तौर से घर के दो हिस्से होते थे या दो कमरे, जिनमें एक पीछे वाला होता था जिसमें बाहरी लोगों का प्रवेश वर्जित था। इसमें घर की औरतें रहती थीं। यहीं वे बिना घूँघट के रह सकती थीं। खिड़की के नाम पर दीवार में कुछ छेद थे। आँगन का दरवाज़ा खुलते ही आगे वाला कमरा पड़ता था। जाड़ों में मवेशियों को भीतर ही रखा जाता था। इनकी गर्मी से लोगों को भी राहत रहती थी। यहाँ जाड़ा हो, गर्मी या बरसात, सब जम के पड़ते थे। हिमालय यहाँ से बहुत दूर था पर नेपाल से उत्तर-पूर्व की दिशा में सर्दियों में जो हवा आती थी वह हाँड़ कँपा देने के लिए काफ़ी थी। साड़ी के ऊपर भारी शॉल या कंबल की कई तहें भी बहुत काम न आतीं। ठंडी रातों में अलाव या कौड़ा जलाकर आदमी किसी तरह ज़िन्दा रहता था। इससे केवल हाथ को ही गरमाहट मिलती और इस चक्कर में अक्सर लोगों के हाथ जल जाते थे। एक-दो फ़ीट दूर तो उसका कोई असर ही नहीं होता था।

अपने प्रवास के दौरान मैंने महसूस किया कि पालनपुर में ज़िन्दगी मौसम की लय और जीवन-मरण के चक्र के अनुसार चलती है। यहाँ के लोगों ने उसी के हिसाब से अपनी चाल को साध लिया था। रोज़मर्रा की गतिविधियाँ बहुत धीमी गति से चलती थीं। हर काम के लिए समय तय था। मर्दों और औरतों के काम भी तय

थे। मर्द आम तौर से खेतों में काम करते या फिर अपने-अपने ढंग से अपना मन बहलाते थे। औरतें घर पर ही रहती थीं क्योंकि उनके मर्दों को उनकी इज़्ज़त की बहुत चिन्ता थी। औरतों को घर की साफ़-सफ़ाई, खाना पकाने, बच्चों की देखभाल और मवेशियों की देखरेख का काम सौंपा गया था। ज़्यादातर औरतों को जलावन की लकड़ी और पानी लाने के लिए बाहर जाने की छूट दी जाती थी, लेकिन सही जगह और समय के हिसाब से। हाल के वर्षों में कुछ मर्द थोड़ा उदार हो चले थे। वे अपनी पत्नी को रेलवे स्टेशन के पास लगनेवाले साप्ताहिक हाट-बाज़ार तक जाने देते थे लेकिन उनकी मर्दाना नज़र पूरी तरह सतर्क रहती थी। हम लोग इस मसले पर जब चर्चा कर रहे थे उस वक़्त कुछ मर्दों के चेहरे पर उभरा कठोर भाव इसकी तसदीक कर रहा था।

मेरे दिमाग़ में आया कि पैट को अगर मैं बाहर से लकड़ी और पानी लाने की छूट दे भी दूँ, तब भी उसे एक कमरे में बन्द रखना बड़ा कठिन होगा। फिर, पालनपुर में न तो डिस्को है न ही कोई लाइब्रेरी। हाँ, एक हत्या का केस बेशक है जिसे हल करने में मन लगाया जा सकता है। कुछ तसवीरें भी ली जा सकती हैं। इतने में तो अपना मनोरंजन हो ही जाएगा।

अपने इस नये वातावरण के बारे में ज़्यादा-से-ज़्यादा सीखने-समझने की ललक में मैंने नकारात्मक बातों को किनारे रख दिया, ताकि बेमतलब समय न ख़राब हो। और मैंने ठीक ही किया अपने इर्द-गिर्द के लोगों के दिमाग़ी खुलेपन और विचारशीलता से मैं प्रभावित था। उनकी कड़ी मेहनत से तो था ही।

रास्ते में एक हरा-भरा खेत नज़र आया। वो किशन लाल का था। उसे देखना बहुत सुखद था, एक ऐसे आदमी के लिए भी जिसका कृषि का ज्ञान बस किताबी हो। गेहूँ की बालियाँ अभी हरी थीं पर काफ़ी मोटी, गझिन और खरपतवार से मुक्त। गहरा हरा गन्ना भी अपने वैभव के साथ हमारे ऊपर झुका हुआ था। अपनी रहट के पास किशन लाल ने सीधी क्यारियों में कई स्वास्थ्यकर सब्ज़ियाँ उगा रखी थीं। वह पुदीने की खेती के साथ भी प्रयोग कर रहा था। हाल ही में रेडियो पर उसके बारे में सुनने के बाद पुदीना लाए।

मुझे यह जानकर आश्चर्य हुआ कि उसकी ज़मीन के दो चक बहुत दूरी पर हैं। इसी बात से चकबन्दी पर एक उलझी-सी चर्चा छिड़ गई। कुछ लोगों का मानना था कि उनके साथ धोखा हुआ है। किशन लाल उलटा यह मानते थे कि शिकायत वही करते हैं जो मेहनत नहीं करते और मेहनत करनेवालों से पीछे रह जाते हैं। उन्होंने खेती-किसानी के बारे में मुझे बहुत सी बातें बताईं और फ़सलों की बुआई-कटाई के मौसम गिनवाए। आधुनिक खेती की बुनियादी बातें तो किशन लाल को पता थीं पर मुझे उसमें सुधार की गुंजाइश फिर भी लगी। मैंने यहाँ आने से पहले खेती पर दो किताबें पढ़ी थीं : 'ऐन इंटिग्रेटेड एंड एनकम्पासिंग अप्रोच

टु एग्रीकल्चर एंड फ़ार्मिंग इन इंडिया इन द ट्वेंटिएथ सेंचुरी' और 'द आर्ट एंड साइंस ऑफ़ एग्रीकल्चरल टेक्नोलॉजी : मेथडोलॉजिकल आस्पेक्ट्स ऑफ़ इंडियन फार्मिंग'। दोनों ही किताबें अन्तरराष्ट्रीय विद्वानों ने लिखी थीं। मसलन, मैंने किशन लाल को बताया कि ज़रूरी नहीं कि बुआई के समय यूरिया डाली ही जाए। उन किताबों के अनुसार आज से दस साल पहले ऐसा चलन नहीं था। किशन लाल ने किताबों को ख़ारिज कर दिया। उनके हिसाब से किसानों का ज्ञान पिछले सालों में बहुत बढ़ चुका है और वे जानते हैं कि वे क्या कर रहे हैं। उनके खेतों को देखकर यह बात सही लगती थी। पालनपुर में मैं जितने भी दिन रहा, खेतीबाड़ी को लेकर उनकी समझदारी से प्रभावित होता रहा। मेरी किताबों पर वे बहुत भारी पड़े।

जल्द ही हम लोग मेरे खेत पर पहुँच गए। मेरे घर की जो हालत थी सो थी, खेत उससे भी गए-गुज़रे थे। इसे भी ठोंक-पीटकर दुरुस्त करना नामुमकिन था। देखकर बहुत निराशा हुई। फिर भी, मैंने चुनौती स्वीकार की। मैंने तय किया कि मैं खेतीबाड़ी के औज़ार ख़रीदूँगा और काम शुरू करूँगा। मेरे ऊपर शायद तरस खाते हुए किशन लाल ने मुझे दोपहर के खाने का न्योता दे दिया। उनका घर भी कच्चा था लेकिन साफ़-सुथरा था। घर की औरतों ने चावल, दाल, सब्ज़ी और रोटी परोसी। खाना अच्छा था। बूढ़ी महिला काफ़ी खुलकर और समझदारी वाली बातें कर रही थी। पता नहीं वह विवाहित थी या विधवा। बाक़ी, किशन लाल की पत्नी और बहन चुपचाप खाना पका रही थीं। खाने में बहुत आनन्द आया। शाम को मेरे पास कुछ ख़ास करने को नहीं था, सो किशन लाल ने रात का न्योता भी दे डाला। मैं तो गद्गद हो गया।

उसकी छवि मेरे मन में अच्छी बन गई थी। मैंने उससे पूछा कि क्या वह मेरा मकान और खेत ठीक करने में बाबू के साथ मेरी मदद करेगा। थोड़ी देर सोचने के बाद उसने हाँ कर दी, लेकिन इस शर्त पर कि मैं जिन लोगों को काम के लिए चुनूँगा उनसे वो ख़ुद काम करवाएगा बाबू समेत। बाबू को इससे कोई दिक़्क़त नहीं थी। किशन लाल चाहता था कि सब कुछ अच्छे से निपट जाए। इससे अच्छी बात मेरे लिए और क्या हो सकती थी भला! पालनपुरिया किशन लाल का मेरी किताबी ज़िन्दगी में इस तरह से आना उस ग्रीक बौद्धिक की ज़िन्दगी में ज़ोरबा के अवतरण से कम नहीं था।

कोई पाँच बजे के आसपास मैं बीज केन्द्र पर पहुँचा। वहाँ गोविन्दी तीन आदमियों से घिरे खड़े थे। उनमें दो पुलिसवाले थे जो उन्हें डाँट रहे थे। पता चला कि बीती रात कोई ट्रेन डकैती की घटना हुई थी। डकैत ट्रेन से कोयले, चावल और मटर के बोरे चुरा ले गए थे। इसकी पड़ताल के दौरान पुलिसवालों को ख़बर लगी थी कि बीज केन्द्र में भी पिछली रात कुछ डकैत आए थे। इसी सिलसिले में वे प्रत्यक्षदर्शियों से पूछताछ करने यहाँ पहुँचे थे। उन्हें बीज केन्द्र और उसके बग़ल वाली एक

खँडहर इमारत के बीच झाड़ियों में छुपे कोयले का बोरा देखकर शक़ हो गया था। वह खँडहर कभी गाँव का स्कूल हुआ करता था। पुलिसवालों को चूँकि बाक़ी चोरी गया कोयला बरामद नहीं हुआ, न ही डकैत उनके हाथ लगे, तो वे गोविन्दी को ही डाँटने लगे। बाबू ने बताया था कि पुलिस अक्सर बदमाशों को ढूँढ़ने के बजाय कमज़ोर आदमी को पकड़ लेती है। क़ानून व्यवस्था की यह स्थिति अकेले मुरादाबाद, यूपी या भारत तक सीमित नहीं है। हर जगह यही होता है। फिर भी मुझे लगा कि कुछ ज़्यादा ही हो रहा है, मैंने हस्तक्षेप किया। मैंने अपना आँखों देखा हुआ सब कुछ बता दिया। गोविन्दी के बयान से यह पूरी तरह मेल खा रहा था इसलिए पुलिसवाले थोड़ा शान्त हो गए। उन्होंने बताया कि जिस चोर को वे खोज रहे हैं वो पालनपुर का ही है और वे उसे अच्छे से जानते हैं, लेकिन वह भाग गया है। उन्होंने बीज केन्द्र में घटी घटना मेरे बच जाने को मेरी क़िस्मत बताया और मुझे गाँव छोड़ देने की हिदायत दी। मैंने कहा कि ऐसा मेरा कोई इरादा नहीं है क्योंकि दो दिन बाद उनके पुलिस अधीक्षक बीकेएस से चाबी मिलते ही मैं अपने चाचा के मकान में चला जाऊँगा। पुलिसवाले थोड़ा सकुचाए, फिर उन्होंने चाय माँगी। गोविन्दी की बेटी तुरन्त चाय बनाकर ले आई। सिगरेट जलाकर वे एक कोने में बैठ गए। तीसरा शख़्स अपने काम में जुटा रहा।

वह बीज केन्द्र का लेखपाल था। वह भी गोविन्दी पर ही चिल्ला रहा था। हिसाब-किताब के लफड़े से वैसे तो मेरा कोई सीधा लेना-देना नहीं था पर जानना तो बनता ही था कि माजरा क्या है। बाबू इस बीच थोड़ी दूर खड़ा होकर सब देख रहा था। मैं उसके पास गया।

बाबू से पता चला कि दूर का मेरा कोई चचेरा भाई राम सिंह, जो एकदम गया-बीता शराबी-कबाबी और जुआरी है, जी हाँ अच्छे-अच्छे परिवारों में भी ऐसा होता है। उसने बीज केन्द्र की चौकीदारी का काम पाने के लिए बड़े लोगों को भारी रिश्वत खिलाई थी। उसी पैसे की गर्मी लेखपाल गोविन्दी पर निकाल रहा था। उसे गोविन्दी को काम से हटाने का कोई बहाना चाहिए था। वह बार-बार सरकारी काग़ज़ों की ओर इशारा कर रहा था। गोविन्दी अनपढ़ थे, उन्हें कुछ समझ में नहीं आ रहा था। हो सकता है वहाँ मेरे होने का असर रहा हो, कि थोड़ी देर बाद लेखपाल पुलिसवालों के पास बैठकर चाय पीने लगा और ट्रेन के आने की आहट पाकर उन्हीं के साथ निकल लिया।

उस दिन भावनात्मक उद्रेक लिए काफ़ी कुछ हो चुका था। रात के खाने का वक़्त आ चुका था। मैंने सोचा बाबू को भी साथ ले चला जाए पर याद आया कि किशन लाल ने उसे न्योता नहीं दिया था। इसलिए मैं रुक गया। इसके बजाय मैंने उसे कहा कि दो दिन बाद वह मेरे साथ चन्दौसी चले। मैं उसका टिकट भी करवा दूँगा और खाना भी खिलाऊँगा। बाबू सहर्ष तैयार हो गया और बोला कि अगर उसे

मन भर खाने की छूट मिले जिससे उसका पेट भरकर एकदम गोल हो जाए, तो उसे मज़ा आएगा। बैंकर होने के नाते हम लोग तमाम तरह की ख़्वाहिशों से दो-चार होते हैं। इस लड़के की ख़्वाहिश तो फिर भी समझी जा सकती थी जो अक्सर ख़ाली पेट सोने को मजबूर होता है। कम-से-कम उन लन्दनवालों से तो यह बेहतर ही है जो बेंटली कार के होते हुए लैम्बोर्गीनी की इच्छा पालते हैं। मैं भी तैयार हो गया, देखते हैं इसका पेट फूल के कितना बड़ा हो सकता है।

किशन लाल के घर रोटी और चना मसाला खाते हुए बाहर गाँव में कुछ औरतों के गाने की आवाज़ सुनाई दी। उत्सुकतावश मैंने उससे वहाँ ले चलने को कहा। औरतों से थोड़ा और निकटता बनाने और तसवीरें खींचने का यह अच्छा मौक़ा था। अचानक प्रकट हुए बाबू ने चुपके से मुझे बताया कि वह साथ तो चलेगा लेकिन सामने नहीं जाएगा। मैंने चौंकते हुए पूछा—क्यों?

"मेरी शादी होनेवाली है, इसलिए मैं औरतों के बारे में जानना चाहता हूँ।"

"ओऽऽऽ, तुम्हारा लगन हो गया," मैं उत्साह से चीख़ा, "बधाई हो।"

"अभी नहीं, पर अब हमारे पास बढ़िया नौकरी है न, तो बीवी भी आ ही जाएगी।"

मैंने गहरी साँस ली, "मेरे कहने का मतलब है कि सामने क्यों नहीं आओगे, पीछे क्यों रहोगे?"

उसने कन्धे उचका दिये। उसे उसकी जगह पता थी। किशन लाल बोले कि वहाँ गाँव की बहुत सी बहुएँ होंगी पर मुझे कोई दिक़्क़त नहीं होगी क्योंकि मैं परदेसी हूँ।

हमारे पहुँचने पर वहाँ हल्की सी खुसुर-फुसुर ज़रूर हुई, पर ढोलक की मदमस्त थाप पर उनका गाना जारी रहा। वहाँ बैठने के लिए कोई जगह नहीं थी। कुछ औरतें एक बड़े से पत्थर पर बैठी हुई थीं, हम लोग उन्हीं के बीच चले गए। यह थोड़ा-साहस भरा क़दम था, लेकिन उसे स्वीकार किया गया और उन्होंने हमें बैठने के लिए कहा और जगह दी। वहीं चारपाई पर एक आदमी लेटा हुआ था। उसने भी औरतों के बीच हमारे होने पर कोई एतराज़ नहीं जताया, न ही हमें चारपाई पर आने का कोई न्योता दिया। इस बीच बाबू जाने कहाँ ग़ायब हो गया था। मैं जानता था कि वो यहीं कहीं से छुपकर देख रहा होगा और स्त्रियों के बारे में अपने विवाहित जीवन के लिए ज़रूरी सबक़ ले रहा होगा। कुछ ख़ुशगवार बच्चों ने हमें घेर लिया। बहुत मज़ा आया। मेरे बग़ल में बैठी एक बूढ़ी औरत गाना नहीं गा रही थी। उससे बहुत खुलकर बातचीत और हँसी-मज़ाक़ हुआ। फिर मैंने कुछ तसवीरें लीं और उन्हें जल्द ही उनको देने का वादा किया। यह बात सबको अच्छी लगी। इसी बहाने कुछ गाँववालों का दिल मैंने जीत लिया था। माहौल का फ़ायदा उठाते हुए मैंने लगे हाथ चाचा की हत्या का मसला वहीं उठा दिया। हर कोई इस बात पर सहमत था कि उस रात घर के भीतर से तीन गोली चलने की आवाज़ आई थी। पड़ोसियों ने ऐसा बताया था। दो गोली एक के बाद एक चली, तीसरी अलग से

बाद में। नीतू के अपराधी होने के पुलिसिया फ़ैसले से कम ही लोग सहमत दिखे। किसी को कोई अन्दाज़ा नहीं था कि हुआ होगा। पता नहीं क्या सच था, क्योंकि ऐसा लगता था कि वे कुछ जानते हुए भी बताने से हिचकिचा रहे हैं। मैंने बात बदल दी। थोड़ा आराम से इस पर सोचना होगा।

गाने-बजाने के बाद बाबू के साथ मैं वापस बीज केन्द्र चला आया। बाबू को बड़ा मज़ा आया था। वह औरतों के मामले में अपनी पसन्द-नापसन्द पर बात करने लगा। उसे हृष्ट-पुष्ट लड़कियाँ पसन्द थीं, मने ठीक-ठाक मोटी। मैंने बात बदलते हुए पूछा कि क्या उसे दो जोड़ी पैडल वाली साइकिल का कुछ पता है कि चन्दौसी में कहाँ मिलेगी। मेरे मन में था कि पैट आ जाए तो उसी से घूमना बेहतर रहेगा। बाबू ने एक अच्छी दुकान पर ले जाने का वादा किया। प्रसन्नतापूर्वक फिर मैं पिताजी के काग़ज़ों में खो गया।

पालनपुर, 1909

झक सफ़ेद कुर्ता और चमकदार लाल पगड़ी पहने अशोक अपने गन्ने के खेत में बैलगाड़ी हाँक रहा था। कम-से-कम पाँच बीघा खेत रहा होगा जिसमें गन्ना खड़ा था। उसकी कटाई चल रही थी। वह बैलगाड़ी के ऊपर खड़ा था और कई मज़दूर उसकी मदद कर रहे थे। वे बड़ी लय के साथ गन्ना काट-काटकर बैलगाड़ी के ऊपर फेंक रहे थे जिसमें पहले ही बड़ा ढेर लदा पड़ा था। अशोक की नज़र चारों ओर थी। उसका होना ही वहाँ काम करवाने के लिए काफ़ी था। हर कोई मेहनत से जुटा हुआ था। यहाँ तक कि पक्षी भी इस काम में अपनी तेज़ आवाज़ से कुछ योगदान दे रहे थे। अशोक ख़ुश लग रहा था। उसने अपनी घनी मूँछों पर ताव दिया और शान से चारों ओर देखा। पीछे से उसे एक खिलखिलाहट सुनाई दी। उसने मुड़कर देखा। लेकिन वहाँ कुछ नहीं था। फिर उसे नज़र आया कि गन्ने के खेतों में एक नीली आकृति हौले-हौले चली जा रही है। वह आगे जाकर ग़ायब हो गई। अशोक उमग के मुस्कराया। हँसी की आवाज़ें और तेज़ हो गईं। आकृति फिर से उभरी। वह उससे बहुत दूर नहीं थी। एक ख़ूबसूरत लड़की जो निश्चय ही उसके व्यक्तित्व से प्रभावित थी। वह खेतों में छुपती और बैलगाड़ी के थोड़ा और क़रीब आकर सामने निकलती। गन्ने काटनेवाले चापड़ की आवाज़ के साथ चिड़ियों की चहचहाहट एक साझा लय पैदा कर रही थी। ऐसा लग रहा था कि खेतों में कई अदृश्य तबलावादक सामूहिक वादन कर रहे हों। लड़की मस्त होकर नाचने लगी। ज़ाहिर है, अशोक को दिखाने के लिए ही। वह बला की ख़ूबसूरत थी!

उसके पैरों की पायल और कलाइयों के कंगन भी हल्के-हल्के बज रहे थे। अशोक के मन में यह ख़याल ही नहीं आया कि वह वहाँ क्या कर रही है। अशोक के खेतों में इस लड़की के होने की कोई वजह नहीं थी, पर उसे आश्चर्य नहीं हुआ। लड़की ने हल्के से उसे हाथ हिलाकर इशारा किया। अशोक ने भी हाथ हिलाया। लड़की ने उसे आवाज़ दी। कैसी भारी और कर्कश आवाज़ थी! उसने एक और आवाज़ लगाई। अचानक अशोक की नींद खुल गई। आवाज़ तो बेशक कर्कश ही थी लेकिन किसी लड़की की नहीं, गवेन्द्र के मुराव पहलवान भुपाल की जो ज़मींदार के लिए उलटे-सीधे काम करता था। नया-नया आया था और एकदम नौजवान था। उसकी लम्बाई भी ज़्यादा नहीं थी लेकिन देखने में वह ख़तरनाक, ताक़तवर और निर्दयी जान पड़ता था। उसे उसी की बिरादरी ने लात मारकर बाहर निकाल दिया था क्योंकि एक झगड़े के दौरान उसने सामनेवाले को इतनी बुरी तरह से मारा था कि उसे बहुत चोट आई और वह विकलांग हो गया। भुपाल की माँ मुराव बिरादरी की थी लेकिन बाप के बारे में कयास थे कि वह रेलवे का कोई मज़दूर था जो कुछ समय के लिए गाँव में रहा था। पक्काकोई नहीं जानता था।

अशोक ने आँखें खोलीं और न चाहते हुए भी उसे घर में बुला लिया। वह जानता था कि भुपाल के आने का सीधा सा मतलब है कोई संकट, पर माजरा क्या है यह अन्दाज़ा लगाना मुश्किल था। कुछ-न-कुछ गम्भीर ज़रूर होगा वरना वह जरगाँव से यहाँ नहीं आता। अशोक की पिटाई को तो अब दो साल हो चुके थे। उसने अपनी ज़बान रखते हुए ज़्यादा पैसा भी इकट्ठा किया और ज़मींदार के साथ बराबर बाँटा भी है। उसे तो लगता था कि ज़मींदार उससे ख़ुश रहता है। फिर और क्या चाहिए उसे?

अशोक के अभिवादन में गर्मजोशी नहीं थी। भुपाल ने इस बात को अनदेखा किया और मुस्कराया। वह अशोक के बग़ल में ही बैठ गया और दोनों बीड़ी पीने लगे। भुपाल ने एक गिलास पानी माँगा। अशोक ने मटके से ढालकर दे दिया। थोड़ी देर दोनों के बीच असहज क़िस्म की चुप्पी रही। फिर मुखिया ने ढलते सूरज का ज़िक्र किया इस उम्मीद में कि शायद भुपाल चला जाए। भुपाल को इशारा समझ ही नहीं आया। अशोक ने और पानी-बीड़ी के लिए पूछा। शायद, रास्ते के लिए? भुपाल आराम से पड़ा रहा। फिर बेचैन होकर अशोक ने कहा कि उसे खेतों में कुछ काम है। यह बहाना फिसड्डी था क्योंकि साल के उस सीजन में खेतों में बहुत काम होता नहीं था।

अन्ततः भुपाल मुद्दे पर आया। उसने बताया कि जल्द ही ट्रेन के लिए एक स्टेशन बननेवाला है। स्टेशन का मतलब एक पक्का मकान जहाँ वो मशीन आकर रुकेगी, लेकिन एक सामान्य मकान से यह बड़ा होगा। जैसे

मुरादाबाद या चन्दौसी के स्टेशन हैं। या हो सकता है उनसे छोटा भी हो, पर ज़्यादा नहीं। थोड़ी देर भुपाल ठहर गया ताकि बात मुखिया के भेजे में घुसे।

यह वास्तव में एक शानदार ख़बर थी। पालनपुर के लोग अब तक ट्रेन के आदी हो चुके थे लेकिन अब भी उसे बहुत सम्मान की नज़र से देखते थे। बड़े लोगों के लिए वेटिंग रूम यानी ख़ास मेहमानों के लिए एक ख़ास कमरे के बनने का मतलब अशोक को यह समझ आया कि पालनपुर आनेवाले लोग भी अब ज़्यादा रसूख़ वाले होंगे। उसे लगा यह तो अच्छी बात है। वह बोला,

"अच्छा है कि बड़े लोग यहाँ आकर ठहरें।"

"सही बात है," मुराव ने कहा, और इस बात को खींचकर दो शुरुआती और अहम मेहमानों तक ले गया। इनमें एक हेमिंग नाम का अंग्रेज़ होगा जो काम शुरू होने तक यहीं ठहरेगा। चूँकि स्टेशन अभी बनना है तो वह तम्बू में रुकेगा।

"अच्छा, धर्मशाला में नहीं?" अशोक ने पूछा।

भुपाल ने थोड़ी देर जर्जर धर्मशाला की इमारत की कल्पना की और उसके सवाल को अनसुना करते हुए बोला :

"...और हम लोगों को इस आदमी का ख़याल रखना होगा...उसकी ज़रूरतें पूरी करनी होंगी।"

अशोक ने सिर हिलाया, "जी।"

"हमें उनको दिखाना होगा कि हम लोग उनकी इज़्ज़त करते हैं। आख़िर यह इमारत हमारे गाँव की पहचान बनने जा रही है। और ज़मींदार तो उनसे मिलेंगे ही...।"

"जी," अशोक ने फिर हुँकारी भरी। उसकी निगाहें उस ज़मीन पर थीं जहाँ उस भव्य इमारत को बनना था।

"...लेकिन ये मामला ज़मींदार के बस का नहीं है।"

अशोक ने बिना समझे ही अपना हाथ हवा में हिलाया गोया बात को पकड़ रहा हो, पर आख़िरी वाक्य पर वह चौंक उठा, "दरअसल इस काम को मुखिया को ही देखना पड़ेगा।"

अशोक से एतराज़ करते नहीं बना क्योंकि उसे वाक़ई समझ में नहीं आया था।

"ठीक है," उसने एवें ही सहमति जता दी।

बीड़ी के धुएँ से छनकर आती रोशनी में भुपाल ने क़ातर मुस्कान के साथ कहा, "मुखिया मने आप।"

"अच्छा?" ज़िम्मेदारी का अन्दाज़ा हुए बग़ैर ही अशोक ने उत्साह में कहा।

"हाँ, आप इस हेमिंग का स्वागत करेंगे और उसकी सारी ज़रूरतों का ख़याल रखेंगे," भुपाल को लगा कि अब सीधे बोल ही देना चाहिए।

अशोक लटपटाते हुए फिर बोला, "अच्छा?" शायद उसे बात की गम्भीरता का अन्दाज़ा हो रहा था।

"देखिए, वो गोरा है, उसकी ज़रूरतें कुछ ख़ास तरह की हैं।"

तुरन्त वादे के लहजे में अशोक बोला, "हम लोग सबसे अच्छा खाना बनाकर उन्हें खिलाएँगे।" फिर उसने थोड़ा संकोच के साथ जोड़ा, "हालाँकि आप जानते हैं यह साल ठीक नहीं गया है और हमारे पास उतना कुछ नहीं है...।"

भुपाल ने ख़राब साल वाली बात एक ओर बुहार दी और बोला, "बिलकुल, आपसे यही उम्मीद की जाती है कि आप अच्छे भोजन का इन्तज़ाम करें लेकिन गोरे की कुछ और ज़रूरतें भी हैं...।"

"अच्छा!" फिर अन्दाज़ा लगाते हुए अशोक ने हामी भरी।

मुराव ने ज़ोर देकर कहा, "थोड़ा माल-वाल वाली ज़रूरत।"

"जी," अशोक ने बिना सोचे-विचारे सिर हिला दिया।

साँस छोड़ते हुए भुपाल सपाट ढंग से बोला, "उसे यहाँ हर रात अपने बिस्तर में एक औरत चाहिए।"

"अच्छा," अशोक को बात समझ में आ रही थी।

अशोक इस माँग से हतप्रभ था। उसने सोचा ही नहीं था कि गोरों की शारीरिक ज़रूरतें भी हो सकती हैं और इसका अन्दाज़ा तो उसे बिलकुल भी नहीं था कि ऐसे काम के लिए गाँव के मुखिया को कहा जाएगा। भुपाल यह काम क्यों नही कर सकता? वैसे भी वह मुरादाबाद का चक्कर लगाने के लिए बदनाम है। वहाँ एक वेश्या उसकी प्रेमिका थी। उस औरत को भुपाल को सन्तुष्ट करने और उसके एक से ज़्यादा रिश्तों को बरदाश्त करने का अच्छा-ख़ासा तजुर्बा हो गया था।

"अरे!"

"जी," भुपाल बोला, "गाँव की औरत चाहिए, ख़ूबसूरत हो।"

अशोक के दिमाग़ में तुरन्त सावित्री का ख़याल आया। वैसे तो वह ज़मींदार की भाभी थी लेकिन बड़ी ग़रीबी में जीवन काट रही थी। ऐसी अफ़वाह थी कि कभी-कभार पैसे लेकर उसने ऐसे कुछ काम किये हैं...

"और हाँ, सावित्री बिलकुल नहीं," भुपाल ने तेज़ी से इस बात को जोड़ा। उसने पकड़ लिया था। भुपाल जिस क़िस्म के काम करता था, उसे अच्छे से पता था कि पालनपुर का आदमी क्या और कैसे सोचता है।

"वह पुरानी और भद्दी हो चुकी है," उसने यह नहीं कहा कि ज़मींदार

को यह रास नहीं आएगा, यह बात कही जानेवाली नहीं थी।

"तब कौन?" अशोक ने उचककर पूछा।

भुपाल ने लम्बी साँस ली। वह जानता था कि इसका जवाब क्या है पर वह ख़ुद अशोक के मुँह से सुनना चाह रहा था। उसने संकेत दिया, "गोरों को चमड़ी के रंग से मतलब नहीं होता।"

अशोक ने मुंडी हिलाई। उसे हमेशा से लगता था कि ये गोरे अजीबोग़रीब होते हैं।

फिर भुपाल ने एक और संकेत दिया, "और वे थोड़ा पतली-छरहरी काया पसन्द करते हैं।"

ये गोरे वाक़ई अजीब होते हैं—यही सोचते हुए अशोक ने फिर से सिर हिलाया और बोला, "आप चन्दौसी से किसी औरत को नहीं ला सकते?" ऐसे मामलों में भुपाल के ठीक-ठाक ज्ञान की ओर इशारा करने की मंशा से वो बोला।

भुपाल यह नहीं चाहता था। उसने बात को वहीं काटा, "बहुत महँगा पड़ेगा। आप ख़र्च करने को तैयार हों तो बात और है।"

घबराते हुए अशोक ने ना की मुद्रा में हाथ हिला दिया। अब भी वह सदमे में ही था। तभी उसके दिमाग़ में एक ख़याल कौंधा, "दुखी कैसी रहेगी?"

"हाँ," राहत की साँस लेते हुए भुपाल ने हरी झंडी दिखा दी।

दुखी धन्धेवाली नहीं थी, पर जाति से चमार थी। वह साँवली भी थी पर भुपाल पहले ही कह चुका था कि इससे गोरे को कोई फ़र्क़ नहीं पड़ता। इन सब बातों को एक तरफ़ रख दें, तो दुखी के नैन-नक़्श वाक़ई आकर्षक थे, भले कोई आदमी मुँह पर न कहे। उसे उन जगहों पर नहाने की मनाही थी जहाँ अन्य जाति की औरतें नहाया करती थीं। इसलिए वह गाँव से दूर कहीं नहाने जाती थी। गाँव के लोग उस वक़्त अक्सर वहाँ एक-दूसरे से टकरा जाया करते थे। यह अपने-आपमें हँसी वाली बात ही थी कि बिना किसी कारण के इतने सारे आदमी उतनी दूर चले जाते थे। जिस तरह से वे सब एक-दूसरे से वहाँ संयोगवश होने का स्वाँग रचते, यह भी काफ़ी मनोरंजक था। ऐसे में वे एक-दूसरे को यह दर्शाने की कोशिश करते कि उन्हें तो अन्दाज़ा ही नहीं है कि आसपास भीगे कपड़ों में लिपटी कोई छरहरी देह भी मौजूद है। एक-दूसरे से चुपके-चुपके दुआ-सलाम करते हुए ऐसे लोगों को देखकर किसी के भी चेहरे पर बरबस मुस्कान आ सकती थी। वे सबसे अच्छे नज़ारे के चक्कर में इधर-उधर मँडराते रहते और जितनी देर तक सम्भव हो पाता वहाँ रुके रहते। हक़ीक़त यह है कि यह सारा प्रसंग मनोरंजक नहीं, दुखद था। दुखी को इन सब हरकतों की ख़बर रहती थी।

कभी-कभार तो वह इन्हें भद्दी-भद्दी गालियाँ भी देती थी और आजिज़ आकर अपनी पीठ उनकी ओर कर लेती थी। इसी बहाने मर्दों को देह का दूसरा हिस्सा देखने का सुख मिल जाता था। वह चिल्ला-चिल्लाकर उन्हें बेइज़्ज़त करती थी लेकिन औरतों की गालियों पर अक्सर हिकारत में मर्द मुँह बिचका लेते थे और अपशब्दों के प्रयोग को लेकर ख़ुद को सन्त साबित करने लग जाते थे। वे मिलकर पीड़ित औरत को लानत भेजते और कहते कि एक चमार से और क्या उम्मीद की जा सकती है।

भुपाल उठ खड़ा हुआ, "ठीक है फिर, उसी से तय करिए। ज़्यादा पैसे देने की ज़रूरत नहीं है।" जाते-जाते वो बोला, "गोरे के पास पैसा है, वो अपनी तरफ़ से कुछ-न-कुछ दे ही देगा। फिर भी, ये रखिए।" उसने उदारतापूर्वक अपनी अंटी से पाँच रुपये निकाले।

अशोक ने चुपचाप पैसा ले लिया और चारपाई के सिरहाने छुपा दिया। रात के वक़्त क़ीमती चीज़ें दूर नहीं छोड़नी चाहिए।

"ध्यान रहे कुछ गड़बड़ नहीं होनी चाहिए, ज़मींदार ने आप पर भरोसा जताया है।"

अशोक कुछ कहता, इससे पहले ही भुपाल मरहम लगाने के अन्दाज़ में बोल पड़ा, "ज़मींदार आपके पास पड़ा अपना हिस्सा माँगने के चक्कर में थे लेकिन वह भले आदमी हैं और उन्हें पता है कि आप जल्द ही बाप बननेवाले हैं। सब कुछ ठीक रहा तो वो आपको पैसे चुकाने की मोहलत भी दे सकते हैं और हो सकता है बकाया माफ़ भी कर दें। कुछ और चाहिए तो खुल के बोल दीजिए।"

अशोक अभिभूत सा मुराव को उसके घोड़े पर जरगाँव की ओर जाते हुए देखता रहा। इस आदमी के लिए उसकी घृणा नाक़ाबिले बरदाश्त थी। इसकी असल वजह वह ठकुराना ठसक थी जो उसके घोड़े पर बैठते ही अशोक को चुभती थी। वैसे तो वह घोड़ा कमज़ोर था, उसके पैर भी मुड़े हुए थे और मुराव की राइफ़ल भी ज़ंग खाई हुई थी, फिर भी वह घोड़े पर बैठा एक फ़ौजी जैसा दिखता था। अशोक को गाँव के मुरावों के प्रति थोड़ी सहानुभूति हो आई जिन्हें भुपाल फूटी आँख नहीं सुहाता था। उन्होंने उसे बिरादरी से निकालकर एकदम सही किया था। एक पल के लिए उसके मन में हत्या का विचार कौंधा पर भीतर से वह हिंसक आदमी नहीं था। इसलिए उसने चुपचाप एक बीड़ी सुलगाई और सोचने लगा। काम बहुत टेढ़ा था और अकेले उसके अपने बस का नहीं था। वह छत से नीचे उतरकर घर के भीतर चला गया।

अध्याय 7

पालनपुर, 1984

अगले दिन मैं गाँव में घूमकर लोगों से गप करता रहा। मैंने तसवीरें भी खींचीं। धीरे-धीरे मैं पालनपुरियों और उनकी ज़िन्दगी में इतना मसरूफ़ होता जा रहा था कि पिताजी के काग़ज़ात पढ़ने का समय ही नहीं मिल रहा था। उधर बाबू को अगले दिन के खाने की ऐसी तलब थी कि उसने शाम को ही याद दिला दिया कि हमें अगले दिन चन्दौसी जाना है। उस रात ठीक-ठाक नींद आई। एकाध ट्रेनें रात में गुज़रीं पर रुकी नहीं इसलिए उस रात कोई डकैती नहीं हुई। बीच-बीच में कुछ कुत्ते भौंकने लग जाते थे पर मुझे बताया गया था कि इस सीजन में नीलगाएँ बहुत आती हैं। इसलिए मैं अपनी पीठ खुजाते हुए चुपचाप दर्द भरी करवट लेकर फिर सो जाता था। सुबह उठने पर गोविन्दी को तीन रुपये देने के बदले उसकी बेटी से मुझे वही नाश्ता मिला जो कल मिला था। वह आज भी कपड़ों से वैसे ही वैसी थी। अबकी मैंने तुरन्त सब निगल लिया ताकि पिछले दिन की तरह चोरी न हो जाए। फिर तेज़ी से नहा-धोकर मैं इस उम्मीद में बाहर निकला कि मेरा नया कारिन्दा भी समय पर पहुँच चुका होगा।

वो पहुँच चुका था। मैंने स्टेशन पर देखा कि एक बकरी के साथ वह मेरा इन्तज़ार कर रहा है। इतना पूछने का समय नहीं था कि सफ़र में बकरी का क्या काम है, ट्रेन के आने की सीटी बज चुकी थी। पालनपुर में लोग अपने घर पर ट्रेन के आने की सीटी सुनने के बाद ही उसे पकड़ने घर से निकलते हैं। उन्हें कोई जल्दी नहीं होती और ट्रेन छूटने की भी कोई गुंजाइश नहीं होती है यहाँ टिकट ख़रीदना ज़रूरी नहीं माना जाता। इस मामले में मैं सज्जन निकला। मैंने दो टिकट ख़रीदे। भूरी दफ़्ती के बने टिकट। बकरी के लिए टिकट की ज़रूरत नहीं थी। ट्रेन प्लेटफ़ॉर्म पर लग रही थी। एकदम दिल्ली के जैसा नज़ारा था, सिवाय इसके कि जरगाँव स्टेशन पर प्लेटफ़ॉर्म एक भ्रामक चीज़ है। बाक़ी भीड़-भाड़ की हरकत सब दिल्ली जैसी ही थी।

"समोसा, पकौड़ा, चाय, चाय..." की आवाज़ें आ रही थीं।

कुछ लोग ट्रेन में चढ़ रहे थे, कुछ नीचे कूद रहे थे। चाय, नाश्ता, मूँगफली बेचनेवाले जहाँ-तहाँ चिल्ला रहे थे और सवारियाँ खिड़कियों में बनी लोहे की छड़ों के बीच हाथ डाले पैसा देने या सौदा लेने की कोशिश में थीं। कुछ सामान बेचनेवाले इतने साहसी थे कि अपना माल लेकर ट्रेन में चढ़ते और बिना कुछ खोए या तोड़े चमत्कारिक ढंग से दूसरे दरवाज़े से निकल जाते थे। मैंने कैमरा साथ रखा हुआ था। मेरे पीछे-पीछे अपनी बकरी लिये बाबू भी चढ़ा। बैठने के लिए एक छोटी-सी जगह मिल गई। दिल्ली से चलनेवाली बरेली एक्सप्रेस के मुक़ाबले मुरादाबाद-चन्दौसी मेल में कहीं ज़्यादा भीड़ थी लेकिन इसकी सवारियाँ ज़्यादा सहयोगी थीं। पहले ढेर सारा धुआँ निकला, फिर गरम तेल की तेज़ महक आई और ज़बरदस्त झटका लगा। इसके बाद धीरे-धीरे कुछ और झटके लगे जो कम होते गए। गाड़ी चल चुकी थी। हम थोड़ा आगे बढ़े ही होंगे कि अभिवादन की तेज़ आवाज़ आई : "अरे वाह, ये तो मेरे दोस्त बैंकर साहब हैं!"

आवाज़ पहचानी सी लगी। मैंने ऊपर देखा, "अरे, कैप्टन साहब!" मैं चिल्लाया, बिना यह सोचे कि मुझे इतना ख़ुश होना चाहिए या नहीं।

"देखो बन्धु, मैंने कहा था न कि हम फिर मिलेंगे," पूर्व सैनिक ने मिलते ही कहा, "पालनपुर से जा रहे हैं क्या?" इस बीच बाबू बड़ी तेज़ी से अपनी बकरी समेत ग़ायब हो चुका था।

मैंने कैप्टन को बताया कि मैंने अपने फ़ोटोग्राफ़ी वाले प्रोजेक्ट को पूरा करने का सोचा है इसलिए जब तक ज़रूरी होगा यहीं रहूँगा। तब तक आधा कोच जाने कैसे हमारे इर्द-गिर्द ही जुट आया था। सबने एक साथ कैप्टन के मुँह से अविश्वास में निकली वह चीख़ सुनी, "मतलब आप अब भी इस बात पर अड़े हुए हैं कि लन्दन में बैंक की नौकरी करने के बजाय पालनपुर में बैठ के फ़ोटो खींचेंगे?"

सब मेरी तरफ़ देखने लगे, इस उम्मीद में कि मैं नहीं कहूँगा। मैंने उलटा कहा, "एकदम।"

थोड़ी देर के लिए मुरादाबाद-चन्दौसी मेल के उस डिब्बे को साँप सूँघ गया। कैप्टन थोड़ी देर सोचते रहे, फिर उन्होंने बेधक नज़रों से मुझे देखा। वे कुछ बुदबुदाए, जिसका मोटा-मोटी मतलब यह हो सकता था कि यह भी बुरा नहीं है। पता नहीं मुझे और शर्मिंदगी से बचाने के लिए या अपनी ही रौ में, वे अचानक पूछ पड़े, "तब, आपके चाचा को कौन मारा? कुछ पता चला?"

मैंने ईमानदारी से बताया कि कुछ भी नया नहीं पता चला है पर हो सकता है कि नौकरानी ने ही कई गोलियाँ चलाई हों।

कैप्टन ठठाकर हँस पड़े, "आपको पता भी है वो कितने साल की है?"

मुझे पता नहीं था। मैंने बाबू से भी नहीं पूछा था इस बारे में। मैंने अन्दाज़ा लगाते हुए कहा, "शायद पैंतालीस।"

"और आपको लगता है कि यह बूढ़ी औरत आधी रात में अपने मालिक के घर गई होगी, दरवाज़ा तोड़कर खोली होगी, आपके चाचा की बन्दूक़ ली होगी, उसे लोड की होगी और उन्हें कई गोली मारी होगी? क्या उन्हें राइफ़ल मिली?"

"नहीं, मुझे नहीं लगता।"

उन्होंने मेरी तरफ़ तरस खाकर देखा। "और ये सब कांड करके वो राइफ़ल लेकर भाग भी गई और बाद में उसे छुपा भी दी?"

"पुलिस तो यही कह रही है।"

मेरी असहजता को सबने पकड़ लिया था। ट्रेन में चढ़ने के बाद दूसरी बार मैंने ऐसी बेवक़ूफ़ाना बात की थी। कैप्टन ने एक बार फिर अपनी तीख़ी नज़रें मुझ पर गड़ा दीं। आप क्या कहते हैं? आपको लगता है यह उसने किया। एतराज़ जताते हुए मैं खीज में बोल पड़ा :

"मैं वही बता रहा हूँ जो मुझसे कहा गया है लेकिन यह मेरी राय नहीं है। वो मैं आराम से बनाता रहूँगा। फ़िलहाल मैं थाने जा रहा हूँ अपने घर की चाबी लेने और उस औरत से मिलने की कोशिश भी करूँगा। वैसे, आपको कहाँ से अन्दाज़ा हो गया कि मेरे चाचा की बन्दूक़ उसने चुराई थी? हो सकता है वो अपनी बन्दूक़ लेकर आई हो?"

कैप्टन इतनी ज़ोर से हँसा कि लगा ट्रेन पटरी से उतर जाएगी। वह अचम्भे में चीख़ा, "एक तो विधवा, दूजे दलित, और अपनी बन्दूक़! वाह महाराज...।"

इस बात पर पूरा डिब्बा हँस दिया। थोड़ी देर बाद माहौल थोड़ा शान्त हुआ, हालाँकि अब भी डिब्बे में यहाँ-वहाँ लोग मेरी बात का मज़ाक़ बना रहे थे। कैप्टन ने अबकी ठंडे तरीक़े से कहा, "आपको उस औरत से जेल में मिलना चाहिए। अच्छा आइडिया है। कम-से-कम आप कुछ राय बना पाएँगे। वैसे, आपको चौकस रहना चाहिए। आपके साथ जो घटा है फिर से घट सकता है।"

मैं चौंकते हुए बोला, "मतलब? आप किस बारे में बात कर रहे हैं?"

कैप्टन मेरी तरफ़ झुका, "अरे, उस रात आप डकैतों को भगा दिये थे न। बहुत साहस का काम किये, वाक़ई, पर वे लौटकर आ सकते हैं। या हो सकता है कुछ और लोग आपके पीछे पड़ जाएँ।"

"और आपको कैसे मालूम डकैतों वाली बात?" मैंने पूछा।

"लोग बात कर रहे थे। बेहतर है आप अपने ही घर में रहें।"

"हाँ, जानता हूँ। आज शायद चाबी मिल जाए।"

कैप्टन ने मुस्कराते हुए रहस्यमय ढंग से कहा, "आज मिल जाएगी।"

तभी कैप्टन का कोई जाननेवाला उधर आ गया और दोनों बात करने लगे।

बाक़ी के सफ़र के लिए मुझे थोड़ी राहत मिली।

सबेरे क़रीब साढ़े नौ बजे हम लोग चन्दौसी पहुँचे। बीकेएस से तय मुलाक़ात से पहले मेरे पास काफ़ी समय था। कैप्टन अपने दोस्त को ट्रेन में छोड़कर मेरे साथ ही नीचे उतर आया और उसने मुझसे हाथ मिलाया। फिर धीरे से कहा, "थाने में सतर्क रहिएगा। और हाँ, दलितों से आपको बात करनी चाहिए।" आगे उन्होंने जोड़ा, "उनकी कोई नहीं सुनता है। कोई उन पर ध्यान नहीं देता है लेकिन वे सब कुछ पर नज़र रखते हैं।"

मैं थोड़ा घबराते हुए बोला, "लेकिन थाने में मुझे कोई दिक़्क़त तो नहीं होनी चाहिए न?"

"बिलकुल नहीं, फिर भी सतर्क रहने में कोई बुराई नहीं है," कैप्टन ने जवाब दिया।

कैप्टन चला गया। प्लेटफ़ॉर्म से निकलते हुए अन्तिम निकास गेट के पास अपनी बकरी के साथ बाबू खड़ा दिखा। हम लोग मुस्कराते हुए क़स्बे की तरफ़ चल पड़े।

रास्ते में बाबू ने बताया कि आज बाज़ार का दिन है और वो अपनी बकरी बेचने के लिए लाया है। उससे जो पैसे मिलेंगे उसमें से कुछ वह अपनी माँ को दे देगा और बाक़ी अपनी शादी के लिए बचा लेगा। पहले हम लोग साइकिल की एक दुकान पर रुके। वहाँ मुझे एक पुरानी लेकिन सस्ती और मजबूत दो जोड़ी पैडल वाली साइकिल मिल गई। मिस्त्री को उसे कसने में थोड़ा समय लगता और थाने पर जाना भी अभी जल्दी होती, तो इस बीच हम तीनों एक फ़ोटो स्टूडियो में चले गए। मैंने कैमरे की रील धोने के लिए दे दी।

अपने अनुभव से क्षितिज की ओर विस्तृत करने के लिए मैंने सोचा कि क्यों न लगे हाथ बाबू के बकरी बेचने की कला का अनुभव भी ले ही लिया जाए। बकरी बाज़ार कैसे चलता है, यह जानने के लिए तुम्हारे साथ चलूँगी। मैंने उससे पूछा, तो वह ख़ुश हो गया और अपने काम के महत्त्व का अहसास करते हुए मुझे समझाने लगा कि ठगे जाने से बचने के लिए कैसे हमेशा सावधान रहना पड़ता है। उसके लिए ज़रूरी है कि पहले वह बाज़ार का छुपकर एक मुआयना कर आवे। उसने पूछा कि क्या मैं उसकी बकरी को उतनी देर के लिए सँभाल सकता हूँ। बड़ी अजीब बात थी। हम लोग इस समय सब्ज़ी मंडी वाले हिस्से में थे। वहाँ बाबू का इन्तज़ार करते हुए थोड़ा बाज़ार को समझने का भी मौक़ा मिल जाता। यही सोचकर मैं राज़ी हो गया। उसने बकरी की रस्सी मुझे थमाई और चला गया।

मैंने और बकरी ने देखा कि वहाँ कुछ ठेलों पर लोग तरबूज़ बेच रहे थे। वे तरबूज़ के कटे हुए टुकड़ों को तौल के हिसाब से बेच रहे थे जिन्हें फ़ौरन खाया जा सकता था। सब एक-दूसरे के बग़ल में खड़े थे और अपनी हाथगाड़ियों पर तरबूज़ रखे हुए थे। पहला वाला बड़ी ऊर्जा से चिल्ला रहा था, "रुपया डेढ़ किलो, रुपया

डेढ़ किलो।" उसका धन्धा भी अच्छा चल रहा था। दूसरा वाला थोड़ा महँगा था एक रुपया किलो। वह उतना तेज़ भी नहीं चिल्ला रहा था और उसका धन्धा भी पहले वाले जैसा नहीं था। तीसरा वाला तो चिल्ला भी नहीं रहा था। वह चुपचाप अपने ठेले पर बैठा बीड़ी पर बीड़ी फूँके जा रहा था। उसे शायद लग रहा हो कि ग्राहक को तो अपने हिसाब से ही तय करना है, फिर चिल्लाने का क्या फ़ायदा। मुझे प्यास लगी थी। मैंने तीनों का माल चखा। पता चला कि तीसरे वाले का दाम भी एक रुपया किलो है। तीनों के माल में कोई फ़र्क़ समझ नहीं आया। बकरी को भी प्यास लगी थी और उसे फलों से दूर रखना मुश्किल हो रहा था। मैंने उसे तरबूज़ के छिलके दे दिये। उसने भी तीनों के छिलकों के स्वाद में कोई भेद नहीं बरता। क़रीब आधा घंटा मैं वहाँ खड़ा रहा। दूसरे ठेले वाला अपना ठेला लेकर पहले वाले से दूर जाने लगा पर तीसरा वाला वहीं खड़ा रहा। मैंने दूसरे वाले की तरफ़ इशारा करते हुए तीसरे वाले से पूछा, "उसकी तरह आप भी अपना ठेला लेकर दूर क्यों नहीं चले जाते?"

"किसलिए?"

जवाब से मुझे झटका लगा, पर एक अच्छे बैंकर की तरह मैंने सोचा कि धन्धे की बात की जाए, "आपके यहाँ ज़्यादा ग्राहक आएँगे तो कमाई भी ज़्यादा होगी।"

"हमें ज़्यादा पैसा नहीं चाहिए।"

"तब घर जाकर आराम करो।"

उसने पलटकर कहा, "वही तो कर रहे हैं।"

उसके जवाब से मैं प्रभावित हुआ। एक और टुकड़ा उससे लेकर मैंने खाया। पक्का हुआ कि तीनों के स्वाद में कोई अन्तर नहीं है।

ठेलेवाला बोला, "देखे, हम भी आपको दूसरों की तरह दो पीस बेच दिये इतनी देर में पर पैसा हमको ज़्यादा मिला।" इतना कहकर वह फिर ऊँघने लगा।

मैंने हाथ जोड़ लिये। मैं बाज़ार में बढ़िया आलू खोज सकता था। चार आना किलो औसत दाम था लेकिन ताज़ा नहीं दिख रहे थे।

यहाँ सिर्फ़ खाना घरेलू ज़रूरत का हर सामान मिल रहा था। दवाइयाँ भी मिल रही थीं : अजीबोग़रीब रंग की गोलियों से लेकर ज़िन्दा छिपकली तक। खाने के पहले इन्हें शायद तैयार करना होता होगा। दुकानदार बार-बार उन्हें अपने पिंजड़े में वापस लाने की मशक़्क़त कर रहा था। वे मौक़ा देखते ही बाहर निकल जा रही थीं। वहाँ इंजेक्शन भी मिल रहे थे। सबका दाम पाँच रुपया था, चाहे रंग कुछ भी हो। इसमें सुई लगाना भी शामिल था। सब दुकानों पर अच्छी-ख़ासी भीड़ थी। बकरी को दवाइयाँ चबाने और छिपकलियों को डराने से रोकना भी एक काम था। इस बीच मैं यह जानने की फ़िराक़ में था कि ये दवाएँ किस काम आती हैं। इसका शायद कोई मतलब नहीं था। किशन लाल बता रहे थे कि पालनपुर के लोगों को

सरकारी डॉक्टरों पर भरोसा नहीं था क्योंकि एक तो वे महँगे थे, दूसरे ज़रूरी नहीं कि उनकी दवाएँ उतनी कारगर होती हों जितना बाज़ार से लिया गया इंजेक्शन। बात तो सही थी। अगर हिसाब लगाया जाए कि आदमी के किस तरीक़े से बचने की गुंजाइश ज़्यादा है—डॉक्टर को दिखाकर, कोई इंजेक्शन लेकर बिना कुछ किये, तो दूसरी वाली सम्भावना भारी पड़ेगी।

अचानक किसी के पुकारने की आवाज़ आई। वह बाबू था। उसने बताया कि अपने प्रतिस्पर्धियों को देखकर उसने बकरी बेचने की एक जुगत लगाई है। उसने रस्सी पकड़ी और हम मवेशियों के बाज़ार की ओर चल पड़े। वहाँ बहुत भीड़ थी। कम-से-कम हज़ार लोग रहे होंगे।

लोग अपने-अपने जानवर लेकर चुपचाप बैठे हुए थे। ख़रीदारों में मैंने देखा किसान जैसे दिखनेवाले लोग बहुत कम थे। ज़्यादातर पैसेवाले कसाई लग रहे थे जो कई-कई जानवर एक साथ ख़रीद रहे थे। कुछ उन्हें मुरादाबाद ले जाते तो कुछ किसी और शहर। कुछ ख़रीदार अपना छुरा साथ लाए थे। उन्हें वहीं काटकर गोश्त बेचना था।

बाबू की बकरी बेचने की रणनीति एकदम बुनियादी थी। दूसरे बकरीवालों के बीच वह भी बैठ गया। लेकिन योजना सफल होती नहीं लग रही थी। उसने अपनी बकरी का दाम 180 रुपया लगाया। कसाई के यहाँ बकरी के गोश्त की क़ीमत 16 से 18 रुपया किलो थी। मेरा अपना अन्दाज़ा था कि बाबू की बकरी से बारह-तेरह किलो गोश्त निकलेगा। उसकी बकरी दिन में आधा लीटर दूध भी देती थी, हालाँकि कसाई के लिए इसका कोई मतलब न होता। कसाई के मार्जिन और बेचनेवालों की भारी संख्या को ध्यान में रखें तो एक बकरी का 100 से 120 रुपया दाम ठीक जान पड़ता था। इस लिहाज़ से बाबू ने जो दाम रखा था वह काफ़ी ज़्यादा लग रहा था। कोई घंटे-भर में उसे भी इस बात का अहसास हुआ। उसने दाम घटाकर 150 रुपया कर दिया। ख़रीदनेवालों के पास विकल्पों की कोई कमी नहीं थी। वे उसी आकार की बकरियाँ दूसरों से 100-110 रुपये में ख़रीद रहे थे। बेचारे बाबू को कोई भाव ही नहीं दे रहा था। ख़रीदार 100 के ऊपर बढ़ ही नहीं रहे थे।

बाज़ार में पालनपुर के कई किसान दिख रहे थे। वे बैल, भैंस, बकरी आदि बेचने आए थे। एक बकरी 105 रुपये में बिकी।

बाबू की कारोबारी तकनीक से मैं प्रभावित नहीं हुआ। किशन लाल की सलाह मुझे सही लगी कि मुझे अपने बैल ख़रीदने चाहिए। बाबू को वहीं छोड़कर मैं डाकख़ाने चला गया। वहाँ मेरे लिए एक तार आया हुआ था,

> दो हफ़्ते में दिल्ली आगमन। कुछ दिन प्रवास। फिर बरेली एक्सप्रेस। बिस्तर के पास कुछ मिला क्या। प्यार। पैट।

यह तो थोड़ा ज़्यादा था—तार में भी बिस्तर के पास सफ़ाई वाली बात का मैं क्या जवाब देता। मैंने तुरन्त जवाबी तार भेजा,

पालनपुर में तुम्हारा इन्तज़ार। सब ठीक। बिस्तर में कुछ नहीं। तुम्हें भी प्यार। अनिल।

इसके बाद मैं वकील से मिलने चला गया। मुझे देखकर अशोक कुमार ख़ुश हुए लेकिन हमारी मुलाक़ात संक्षिप्त ही रही। उन्होंने कुछ ज़रूरी दिख रहे काग़ज़ात मुझे थमाये और भरोसा दिलाया कि सब कुछ एकदम सही है। उनकी जानकारी के मुताबिक़ अब ताले की सील तोड़ी जा सकती थी और मुझे अपनी सम्पत्ति पर क़ब्ज़ा लेने का पूरा अधिकार था।

थाने जाते वक़्त मैं बाज़ार होते हुए गया जहाँ बाबू अपनी बकरी के साथ अब भी 150 रुपये की आस में बैठा हुआ था। उसने कहा कि बकरी बिकते ही वह मेरे पास आएगा। सौदे के पहले चलने का कोई मतलब नहीं होगा क्योंकि माँ को देने के लिए पैसे नहीं होंगे। मैं उसे वहीं छोड़कर थाने चला गया।

फ़ोन पर पुलिस अधीक्षक बीकेएस की आवाज़ मुझे पसन्द नहीं आई थी। उसे सामने से देखकर भी हिकारत ही हुई। पचास पार का मोटा भद्दा पुलिसवाला, चेहरे पर काला चश्मा चढ़ाए हुए, लेकिन अपनी रिवॉल्वर वाली बेल्ट को खोलकर उसने सामने डेस्क पर रखा हुआ था। इससे दो काम एक साथ सधते थे : एक तो पेट को राहत और दूसरे, सामनेवाले पर अपना रौब गाँठने की सुविधा। उसने बालों में तेल लगा रखा था और मुझसे बात करते हुए उसके लहज़े में भी तेल लगाने जैसा ही आभास हुआ। दूसरों से हालाँकि वह हुक्म बजाने के अन्दाज़ में ही बोल रहा था। वो मेढक की तरह मुस्कराया और समझाने लगा कि पालनपुर सुरक्षित जगह नहीं है क्योंकि यहाँ के ज़्यादातर लोग बुरे हैं; कि अपने चाचा की हत्या से ही इसका अन्दाज़ा मुझे लग जाना चाहिए जिन्हें मामूली सी बात के लिए मार दिया गया। पालनपुर जैसी पिछड़ी जगहों पर ऐसा होना आम बात है, ऐसा कहते हुए उसने सफ़ाई दी कि पुलिस वैसे तो बहुत सक्षम है पर हत्याओं को रोकना मुश्किल काम है। दो रात पहले बीज केन्द्र वाली घटना का हवाला देते हुए उसने मुझे ख़ुशक़िस्मत बताया और कहा कि वहाँ ठहरना कोई समझदारी वाली बात नहीं है। उसे लगा था कि उससे मिलने से पहले तक मैं चन्दौसी में ही ठहरूँगा, पालनपुर नहीं जाऊँगा। अब जो हो गया सो हो गया। उसने यक़ीन जताया कि मुझे अब तक इस बात का अहसास हो गया होगा कि ज़मीन और मकान को बेचकर लन्दन लौट जाना ही समझदारी वाला काम होगा।

पालनपुर पर एक किताब लिखने की मेरी योजना से वह जरा भी प्रभावित नहीं हुआ। पालनपुर की बदनामी पर उससे बहस करना मुश्किल था इसलिए मैंने

चाचा की हत्या की बात को ही जारी रखा और पूछा, "हत्यारा तो आपके थाने में ही बन्द है न?"

"हाँ," उसने भौंकने के लहज़े में जवाब दिया।

मैंने नरमी से कहा, "उससे मैं मिल सकता हूँ क्या? मैंने कभी किसी हत्यारे को नहीं देखा है।"

बीकेएस अचम्भित हुआ, "हाँ-हाँ, क्यों नहीं। वो यहीं पर है, लेकिन...।"

"वो एक महिला है न, क्यों? मेरे ख़याल से उसका नाम नीतू है।"

उसने बहुत तेज़ अट्टहास किया। उसका मुँह खुला तो उसके दयनीय दाँत दिख पड़े, "महिला! कैसी महिला?"

"क्यों, महिला नहीं है?" मैंने चौंककर पूछा।

"महिला कैसे हो सकती है? वो चमार है, चमार। ये लोग कुछ भी कर सकते हैं। कूड़े-कचरे से भी गए-बीते।"

मैंने इस टिप्पणी को अनसुना किया, "लेकिन मेरे चाचा को इसने क्यों मारा होगा?"

बीकेएस फिर गम्भीर हो गया। उसने आँखों पर से चश्मा उतारा। उसकी आँखें कंजी, कंजूस और काली थीं।

वो बोला, "वो हर बात से इनकार कर रही है, लेकिन इतना पक्का है कि उसने पैसे के लिए ये सब किया है। वो शायद इसलिए भी भड़की हुई थी कि वे इसके ऊपर बहुत ध्यान नहीं देते थे या हो सकता है कुछ ज़्यादा ही ध्यान देते हों, हालाँकि मुझे सन्देह है। चाहे जो हो, इस औरत को उनका एहसान मानना चाहिए था लेकिन ये लोग कचरा होते हैं।"

"हत्या कैसे की उसने?"

"उनकी राइफ़ल से, लेकिन हथियार बरामद नहीं हो सका है," ख़ेद के साथ उसने बताया।

उसके पीछे वाली दीवार पर हथियारों की नुमाइश लगी हुई थी। हत्या वाली राइफ़ल बरामद होने की कल्पना से ही उसके मुँह में लार आ जाती होगी कि उसे भी वो वहाँ सजाएगा।

"तो मैं उससे मिल सकता हूँ?"

बीकेएस ने मुझे ग़ौर से देखा, फिर आँखों पर चश्मा चढ़ाते हुए बोला, "वैसे, आप उससे मिलना क्यों चाहते हैं?"

अब उसकी आवाज़ में नरमी थी, लेकिन उसमें एक ख़तरा भी छुपा था।

मैंने बहुत चतुराई से जवाब दिया, "ताकि अपने चाचा के हत्यारे की एक तसवीर तो कम-से-कम अपने मन में बसा सकूँ।"

परिवार के सदस्यों के बीच ऐसा प्यार बीकेएस के लिए एक अनजानी बात

थी। लेकिन उसने बॉलीवुड की फ़िल्मों में यह देखा-सुना था। फिर अंग्रेज़ अजीब लोग होते थे, भले वे भारतीय मूल के ही क्यों न हों। मेरी दलील उसे भा गई।

उसने हुक्म बजाया, "चलिए।"

हम लोग एक गन्दे से गलियारे में घुसे जहाँ कुछ कोठरियों में ऐसे लोग थे जिनके चेहरे घुटे हुए बदमाशों जैसे लग रहे थे। इसके बाद एक बूढ़ी बेचारी-सी औरत का चेहरा दिखा जो गँदले-कुचैले कपड़ों में लिपटी हुई थी। उसे देखकर लगा कि कैप्टन ने ठीक ही कहा था : सम्भव ही नहीं है कि इस औरत ने राइफ़ल लोड की हो, चाचा को गोली मारी हो और बाद में बन्दूक़ छुपा दी हो।

बीकेएस बोला, "चौकस रहिएगा। यह औरत ख़तरनाक हो सकती है।"

उस औरत ने मुँह ऊपर उठाया तो कैप्टन ने उसे एक लाठी जमा दी। उसकी एक आँख काली और बन्द थी। उसकी चमड़ी से रिसा ख़ून सूख चुका था लेकिन होंठ से अब भी ख़ून रिस रहा था।

बीकेएस चिल्लाया, "तुमने जिस आदमी को मारा है ये उनके भतीजे हैं।"

उसके होंठ बमुश्किल हिले, "नहीं!"

बीकेएस हँसा और मुझसे मुख़ातिब हुआ, "मैंने कहा था न, ये अब भी इनकार कर रही है लेकिन हम लोग इससे सच उगलवा ही लेंगे। क्यों, चमाइन कहीं की?"

इतना कह के उसने एक और लाठी उसे मारी। उस औरत के मुँह से दर्द भरी हल्की-सी चीख़ निकल पड़ी। बग़ल की कोठरियों में क़ैद बन्दियों के भी कराहने की आवाज़ आई। बाहर एक पुलिसवाले ने बीकेएस को आवाज़ लगाई। वह मुझे कोठरी के सामने अकेला छोड़कर चला गया।

मैंने धीरे से कहा, "नीतू!"

पहले वह सकुचाई, फिर उसने मुझे देखा। बहुत तेज़ी से मैंने कुछ सिक्के निकाले और उसके पास फेंक दिये।

"तुम्हारे बेटे बाबू ने भेजा है," मैंने कहा, "ये बताओ, तुम्हें पता है कि राइफ़ल और पैसा कहाँ है?"

उसने इनकार में अपना सिर हिलाया और सिक्कों को कोठरी की ज़मीन के नीचे मिट्टी में छुपा दिया। बीकेएस वापस आ रहा था इसलिए और कुछ पूछने का मतलब नहीं था।

ऑफ़िस की तरफ़ वापसी में बीकेएस ने सन्देहपूर्वक पूछा, "कुछ बोली?"

"ना," मैंने मासूमियत से जवाब दिया।

"अगर आपको राइफ़ल मिले तो उसे अफ़सर के पास जमा करवा दीजिएगा," बीकेएस बोला।

"मतलब कहाँ?"

"मेरे पास, और कहाँ?"

“ओ, आपके ही पास।”

“जी, अफ़सर के पास।”

“अच्छा, उनके पास।”

बीकेएस खीज गया। ग़ुस्से से उसने मेरी ओर देखा और उँगली दिखाते हुए बोला, “और कुछ भी आपको अगर मिले, तो आप सीधा मुझे देंगे।” अपनी मेज़ की दराज खोलते हुए उसने कहा, “आपके चाचा के पास कुछ पैसे थे, उसमें से कुछ भी बरामद नहीं हो सका है।”

मैंने ऐसा ही करने का वादा किया। उसने मकान की चाबी मुझे थमा दी।

इसी समझौते पर हमने एक-दूसरे से विदा ली। कैप्टन ने ठीक कहा था, “पुलिस थाना ख़तरनाक जगह है, ख़ासकर दलितों के लिए।”

रास्ते में मैंने साइकिल उठाई और वापस बाज़ार पहुँचा, जो अब तक़रीबन ख़ाली हो चला था। मेरा विशेषज्ञ बकरी-विक्रेता अभी भी अपनी जगह डटा हुआ था और अभी भी डेढ़ सौ माँग रहा था। मुझे देखते ही उसने कहा कि अब वो थक गया है और उसे भूख लगी है। मैंने उसे उसकी माँ का हालचाल बताकर आश्वस्त किया। बात करते हुए हम लोग कल्लू हलवाई के यहाँ पहुँचे, बाबू बकरी को खींचते हुए और मैं साइकिल धकेलते हुए।

बाबू रास्ते-भर मुझे समझाता रहा कि वह बकरी क्यों नहीं बेच पाया। कई कारण थे लेकिन ऐसा आज ही हुआ, हमेशा नहीं होता है। अगली बार वो कामयाब होगा जब माहौल थोड़ा ठीक रहेगा। एक तो आज बेचनेवालों की तादाद बहुत ज़्यादा थी और ख़रीदार कम थे। दूसरे, ख़रीदारों को पता ही नहीं था कि अच्छी बकरी कैसी होती है। यह कहते हुए उसने बेज़ुबान बकरी को ऐसे देखा जैसे उसके आकार से ज़्यादा बड़ा कुछ देख रहा हो।

हलवाई के यहाँ पहुँचते ही खाना देखकर उसकी ज़बान बन्द हो गई और मुँह से लार टपकने लगी। हमने ठीक-ठाक खाना मँगवाया। मैंने दो समोसे खाये, बाबू ने आठ। फिर उसने दाल, सब्ज़ी और दो बटर नान ऑर्डर किये। इसके बाद चार बर्फी और छह गुलाबजामुन का भोग लगाया। जब मैं ठूँसने पर लगा था, और वास्तव में ही अपने पेट को गोल होते देख रहा था, मैंने उसे बता दिया कि उसकी माँ को मैंने उसके नाम से दो रुपये दे दिये थे। एक आधा समोसा बमुश्किल मुँह में ठूँसता हुआ वो बोला कि उसके पास पैसे होते तो वो भी दो रुपया ही देता। उसे और पैसा चाहिए ही नहीं क्योंकि खाना तो पुलिस खिला ही रही है।

मैंने अचानक से पूछ दिया, “तुम जानते हो कि मेरे चाचा को किसने मारा?”

“हम कैसे जानेंगे?” बड़ा-सा कौर भीतर लेते हुए वो बोला।

मैंने इशारा किया, “कुछ तो देखा-सुना होगा ही?”

“हाँ,” उसने हामी भरी, “हम चाहते तो सब कुछ देख-सुन सकते थे...”

"बिलकुल।"

"...लेकिन उस रात हम अपनी माँ और बूढ़ी चाची के साथ घर पर ही थे। इसीलिए हमको पता है कि मेरी माँ ने यह नहीं किया।"

इसका मतलब कि उसकी बात की पुष्टि करनेवाला एक और गवाह मौजूद है। कुछ तो फ़ायदा हुआ ही पूछने का। अब पता नहीं कितना सच बोल रहा है।

जब यह पक्का हो गया कि बाबू से एक भी निवाला नहीं निगला जाएगा, तब जाकर हम लोग साइकिल पर चढ़ के चन्दौसी से निकले। मैं आगे पैडल मार रहा था और बाबू बस बकरी का पगहा पकड़े हुए पीछे निठल्ला बैठा था। उसने कहा कि वो पैडल नहीं मार पाएगा क्योंकि खाने से उसका शरीर भारी हो गया है और मन दुखी।

"क्यों, माँ के लिए?" मैंने सहानुभूति जताते हुए पूछा।

"और, बकरी के लिए। बिकी नहीं न।"

मैंने उससे शिकायती लहज़े में कहा कि अकेले मैं ही पैडल मारे जा रहा हूँ। वो बोला कि अगर मैंने उसे मन से ख़ुश होकर खाना खिलाया है तो पैडल मरवा के उसे बरबाद नहीं करना चाहिए, सेहत के लिए नुक़सानदेह होगा। कुछ देर बाद उसने बकरी को अपनी गोद में रखने का बोला क्योंकि अगर वो ज़्यादा दौड़ेगी तो उसका वज़न और दाम कम हो जाएगा। उससे उसकी शादी की योजना खटाई में पड़ जाएगी। इस बात पर मैं थोड़ा किटकिटाया, तो उसने कहा कि हम अमीर लोग हमेशा जल्दीबाज़ी में रहते हैं और इस चक्कर में ग़लत फ़ैसले ले लेते हैं। बकरी को गोद में रखने के बाद उसने कहा कि अब मैं जैसे चाहूँ साइकिल चला सकता हूँ, तेज़ या धीरे, वे परेशान नहीं करेंगे। मैंने आह भरी जब उसने बकरी को गोद में ले लिया, तो मैं पैडल मारने लगा।

अकरौली से निकलते ही गाँव के मुखिया रामपाल सिंह की बैलगाड़ी दिख गई। वे पचास के लपेटे में रहे होंगे। वह बरौली की गन्ना मिल से लौट रहे थे और एक पीपा गन्ने का रस भरकर ले आए थे। मैं थक चुका था, सोचा कुछ दूर पैदल ही चल लेना चाहिए। रामपाल एक हाथ से बैलों को हाँक रहे थे और दूसरी में राइफ़ल थामे हुए थे। उन्होंने मुझे अपने बग़ल में डनलप के ऊपर आकर बैठने का न्योता दिया, पर बाबू को नहीं। डनलप वहाँ बैलगाड़ियों में लगे टायर के ब्रांड का नाम था। बाबू ने एक हाथ से साइकिल थाम ली और दूसरे से बकरी की रस्सी पकड़ के बैलगाड़ी के पीछे-पीछे चलने लगा।

मैं रामपाल को एकाध बार पालनपुर में देख चुका था। एक बार बन्दूक़ के साथ देखा था। अगली बार वे कुछ बन्दूक़धारियों के साथ नज़र आए थे। वे जात से ठाकुर थे। ये बात मुझे पूछने पर पता चली थी। बाबू और किशन लाल ने बताया था कि रामपाल के पुरखे पैसेवाले लोग थे पर पीढ़ियों से जुआ खेलने के

चक्कर में सब कुछ हारते चले गए। ऐसी अफ़वाहें थीं कि उनके ताल्लुक़ इलाक़े के डकैतों से भी हैं, पर पक्का कोई नहीं कह सकता था। वे इतने सम्पन्न तो थे ही कि अपने घर पर रंग-रोगन करवा सकते थे और कपड़ों की मरम्मत भी करवा लेते थे, हालाँकि कभी वे बहुत पैसे वाले लगते तो कभी उनके पास एकदम पैसे नहीं होते थे। किसी ज़माने में वे असरदार आदमी रहे होंगे, ऐसा उनकी रोबीली मूँछें देखकर समझ आता था। जवानी में वे मुरादाबाद में नौकरी करते थे पर पिता की मौत के बाद उनका भाई फूल सिंह खेतीबाड़ी नहीं सँभाल पाया तो उन्हें सब छोड़-छाड़ के गाँव वापस आना पड़ा। याद पड़ा कि फूल सिंह से तो एक बार मेरी बात हुई थी। उसने मुझे सर साहब कहा था।

रामपाल बातों के मूड में थे। उन्होंने बताया कि उनके भाई फूल सिंह ज़्यादा पढ़-लिख गए हैं। शायद इसीलिए खेतीबाड़ी के मामले में फिसड्डी हैं। फूल सिंह के पास कॉलेज की डिग्री थी और पालनपुर के स्कूल में पढ़ाया करते थे। आजकल वे क्या कर रहे हैं पता नहीं, मैंने पूछा भी नहीं। मुझे पहले से बस इतना ही मालूम था कि फूल सिंह और रामपाल के पिता पीताम्बर को लेकर कुछ रहस्यमय पारिवारिक कहानी रही है, हालाँकि किशन लाल या बाबू ने शर्मिंदगी के चलते मुझे और कुछ नहीं बताया था। रामपाल अपने बेटे हुकुम के बारे में बताने लगे जो एकदम नालायक निकल गया था। अपेक्षा के मुताबिक़ फ़ौज में जाना तो दूर, कुल मिलाकर उसकी पढ़ाई इतने ही काम आई कि वह प्राइमरी स्कूल में मास्टर बन गया। रामपाल ने जैसे हिकारत में तम्बाकू थूका। मौक़ा देख के मैंने विषय बदल दिया।

"आपकी बन्दूक़ बहुत मस्त है।"

रामपाल ने गर्व से अपनी उस क़ीमती चीज़ को देखा।

फिर थोड़ा सपाट ढंग से बोला, "बंन्दूक़ नहीं, इसे राइफ़ल कहते हैं।"

"मेरे चाचा के पास भी यही थी न?"

रामपाल बोले, "उनकी राइफ़ल बहुत शानदार थी। ली-एनफील्ड की थी, एकदम हमारे जैसी। पक्का वो चमार औरत आपके चाचा को मारने के बाद उसे चुरा ले गई होगी।"

मैंने टिप्पणी की, "यह भी तो हो सकता है कि उसने अपनी राइफ़ल से उन्हें मारा हो, अगर उसी ने मारा है तो।"

उन्होंने एकदम कैप्टन की तरह ज़ोर का ठहाका लगाया। इस चक्कर में बैलों की रास ढीली पड़ गई और बैल दाएँ-बाएँ होने लगे। उन्हें सीधे रास्ते पर वापस लाते हुए रामपाल ने वही पुराना निष्कर्ष दिया ज़ो वो दे सकते थे, "चमारों के पास बन्दूक़ नहीं होती है। ये ठाकुरों की शान है," फिर हँसते हुए जोड़ा, "बेशक, मर्दों की।"

इस सम्भावना को कोई भी गम्भीरता से नहीं ले रहा था कि नीतू ने राइफ़ल चलाई होगी, अपनी राइफ़ल का होना तो और दूर की बात ठहरी।

मैंने ख़ुद को थोड़ा भ्रमित दिखाते हुए कहा, "सॉरी, मुझे इस बात का अन्दाज़ा नहीं था।"

रामपाल सदाशयता से मुस्कराए और बोले, "आपको अन्दाज़ा नहीं है, इसलिए बता दे रहे हैं कि चमारों के साथ आपको ज़्यादा समय नहीं गुज़ारना चाहिए," बाबू की ओर देखते हुए वे बोले, "ये लोग ठीक नहीं होते।"

याद आया कि कैप्टन ने बिलकुल उलटी बात कही थी। रामपाल से मैंने आगे कुछ पूछना उचित नहीं समझा, बल्कि उनके जैसे जानकार किसान से खेती के गुर सीखने की दिलचस्पी ज़ाहिर की। इससे एक तो इस इलाक़े में खेती की मेरी जानकारी बढ़ेगी, दूसरे मेरी तसवीरों में थोड़ा होगा 'प्रामाणिकता' भी आएगी। मैंने पूछा कि क्या एक दिन के लिए वे मुझे दिहाड़ी पर रखने को तैयार होंगे?

अपनी मुस्कान को छुपाते हुए उन्होंने मूँछों पर हाथ फेरा और हामी में सिर हिलाया। किसी सीईओ की तरह उन्होंने कहा कि उन्हें तो अच्छे काम करनेवालों की तलाश हमेशा ही रहती है कि मुझे बिलकुल वैसे ही काम करना होगा, जैसे दूसरे करते हैं। सात रुपये मज़दूरी मिलेगी, साथ में एक वक़्त का खाना। आजकल यही रेट चल रहा है। मुझे यह ठीक लगा और मैंने अगले दिन से काम शुरू करने पर सहमति जताई। मैंने उनसे पूछा कि क्या वे भी वहाँ पर रहेंगे। इस पर हँसते हुए बोले, "हम तो ख़ुद कुछ करते नहीं हैं। बस बैलों को राह दिखाते हैं और जब ज़रूरी हो तो हुक्म देते हैं। हम एक गिलास पानी तक अपने हाथ से ले के नहीं पीते। लोग हैं करनेवाले। हाँ, समय-समय पर गन्ने की कटाई में हाथ ज़रूर लगा देते हैं।"

लेकिन वे आलू के खेतों में कभी काम नहीं करते थे। मुझे अचम्भा हुआ कि आलू के खेत में काम करने को छोटा क्यों माना जाता था गन्ने के मुक़ाबले। यही बड़े-छोटे वाली बात मवेशियों के मामले में भी थी। मसलन गाय को लोग प्यार करते थे, बकरियों को झेल लेते थे पर सुअर से नफ़रत करते थे। बहरहाल, इतना पक्का हो चला था कि अगले दिन के लिए मेरे पास एक काम था और इसी बहाने मुझे कुछ सीखने को मिलेगा। ख़ुशी-ख़ुशी मैं बीज केन्द्र की ओर अपना सामान उठाने के लिए भागा। सामान ज़्यादा नहीं था लेकिन चाचा के घर पर कुछ फ़र्नीचर तो होगा ही, इसलिए इतना काफ़ी था। मैंने साइकिल पर सामान लादा और बाबू की मदद से चाचा के मकान पर पहुँचा। मतलब, मेरा मकान! मुझे ख़ुशी थी कि अब जाकर पालनपुर के बीचोबीच रहने का मौक़ा मिलेगा।

मकान पर पहुँचते ही एक चौंकानेवाली बात सामने आई। हमने देखा कि सील तोड़ दी गई थी, ताला भी टूटा पड़ा था और मुख्य द्वार खुला हुआ था। इसका मतलब कोई-न-कोई ताला तोड़कर भीतर घुसा है। भीतर से कोई आवाज़ आई। हम लोग तेज़ी से अन्दर गए। देखा कि एक लड़का ज़मीन से कुछ सामान बटोर रहा था। मुझे देखते ही वह भाग खड़ा हुआ। मैंने उसका पीछा करने की कोशिश

की पर वह एक ऊँची-सी दीवार पर चढ़कर फाँद गया। मैं यह नहीं कर पाया, सो उलटे पाँव लौट गया। वापस मकान में आया तो पाया कि बड़े अच्छे से उसकी तलाशी ली गई है। सब सामान बिखरा पड़ा था : दो चारपाई, एक पुरानी मेज़, दो कुर्सियाँ, एकाध सन्दूक़ और एक चिटका हुआ शीशा। फिर से एक आवाज़ आई। एक गलियारा-सा था, मैंने उसमें झाँककर देखा और एक झटके में कूदकर पीछे हट गया। झाँकते ही उसमें बँधा बकरा मेरी ओर लपका था, फिर अपने कोने में लौट गया था जहाँ कचरे का ढेर पड़ा था। बदबू आ रही थी। पेंट के दो पुराने डिब्बे और एक पतीली सड़ रही थी। लगता था बरसों से उधर कोई झाँकने नहीं गया है। जाता भी क्यों, बकरा किसी को वहाँ नहीं आने देना चाहता था इसलिए हमारी ओर रह-रहकर उचक रहा था। वो तो ग़नीमत थी कि दीवार के साथ वह जिस रस्सी से बँधा था वह मज़बूत दिख रही थी। मैंने बाबू से उसे खिलाने के लिए कुछ लाने को कहा और सोचने लगा कि इस बदबूदार प्राणी से कैसे निजात पाई जाए।

हमने पड़ोसियों से दरवाज़े के बारे में पूछा पर किसी ने कुछ नहीं देखा था। उन्हें इतना ही पता था कि रात में कुछ हुआ होगा क्योंकि सुबह के समय दरवाज़ा पहले से टूटा हुआ मिला था। इसके बावजूद किसी के दिमाग़ में नहीं आया कि मुझे ख़बर कर देता। इतना तो पक्का है कि रात में कुत्ते तभी भौंके होंगे जब यह हुआ था। मैंने ख़ुद उन्हें भौंकते सुना था। वे चोरों पर ही भौंक रहे होंगे। जहाँ तक उस बच्चे का सवाल है, वो मेरे एक नये पड़ोसी चुन्नी का बेटा था। उसने कुछ सामान बेशक उठाया लेकिन वह दरवाज़ा तोड़नेवाला चोर तो नहीं हो सकता था। वैसे भी वह पालनपुर के बाक़ी बच्चों की तरह अधनंगा था तो उसकी जेब में क्या ही मिलता। मैं उसके घर गया तो पता चला कि बेटा घर से भाग गया था। चुन्नी और उसकी पत्नी इसी बात पर रोये जा रहे थे।

मैं वापस घर में गया, एक मोमबत्ती जलाई और दरवाज़े को जितना सम्भव था उतनी मज़बूती से भीतर से बन्द कर दिया ताकि मज़बूत चारपाई पर चैन से लेटकर पिताजी के काग़ज़ दोबारा पढ़ सकूँ। उसमें लिखी कहानी अब पालनपुर की मौजूदा तसवीर के क़रीब आती जा रही थी। मन में सवाल था कि क्या हत्या से जुड़ा कोई सुराग काग़ज़ों में मुझे मिल सकता है?

पालनपुर, 1909

राधा घर के खटराग में व्यस्त थी। वह पेट से थी। अशोक ने अपने बाप की तरह पहले ही फ़ैसला कर लिया था कि लड़का होगा, इसलिए अब बहस की कोई गुंजाइश नहीं थी। राधा किसी काम पर मन नहीं लगा पा रही थी।

कोई समझदार पति होता तो तुरन्त चेत जाता, लेकिन अशोक अपने में ही इतना मसरूफ़ था कि इतनी महीन बातों पर उसका ध्यान नहीं गया। वैसे भी वह उतना समझदार कभी नहीं रहा। इस बात को छुपाते हुए कि वह परेशान है, उसने लम्बी तकरीर शुरू की। राधा ने बीच में ही काटते हुए कहा, "ठीक है, हम दुखी से इस बारे में बात कर लेंगे।" इस जवाब से अशोक को अचम्भा हुआ, पर राहत भी मिल गई।

राधा ने हाथ फैला के कहा, "लाओ, पैसे दो," बिना यह जाने कि कितने पैसे मिले हैं उसने कोई संख्या नहीं गिनाई और आगे बोली, "हम दुखी को मना लेंगे।"

पिटाई के बाद अशोक का दिमाग़ खुल गया था। उसे चीज़ें जल्द समझ में आने लगी थीं। उसने पत्नी के दिमाग़ को पकड़ लिया और शातिर ढंग से बोला, "कैसे पैसे? एक रुपये का तो काम है बस, बाक़ी एक रुपया हम रखेंगे दूसरे कामों के लिए।"

राधा ने कुछ नहीं कहा। बस मुट्ठी में एक रुपया दबाया और सोचा कि अगला रुपया भी पति से निकलवा ही लेगी इससे पहले कि वो उसे यहाँ-वहाँ फूँक आवे।

दुखी को राधा बहुत अच्छे से जानती थी। ऊँची जाति का होने के नाते राधा को अशोक की निगरानी के बग़ैर घर से बाहर क़दम रखने की मनाही थी। यहाँ तक कि कुछ बेहद निजी काम जो निचली जाति की औरतें घर के बाहर करती थीं, राधा को घर पर ही निपटाने पड़ते थे। इस चक्कर में ऐसे कामों के सबूत अच्छे से मिटाने का निचले दर्जे का काम भी करना होता था। इस मामले में राधा के काम दुखी आती थी। दोनों औरतें रोज़ इसी कारण मिलती थीं। दोनों को पता था कि उनकी हैसियत में जो अन्तर है उसे प्रकृति ने धुँधला कर दिया है। सो दोनों मिलकर रोज़ ख़ूब बातें करती थीं।

उधर अशोक इसी बात से ख़ुश था कि उसने चार रुपये बचा लिए हैं और एक रुपये में ही ज़्यादातर काम निपट जाएगा। अब उसे केवल नाच के बारे में सोचना था। उसने राधा से इसका ज़िक्र किया।

"ये तो हो जाएगा, आसान है," राधा ने कहा।

"पर कैसे?" चौंककर अशोक ने पूछा।

राधा ने खुली हथेली ऊपर उठाई। एक रुपया साड़ी के पल्लू में गाँठा जा चुका था और हथेली फिर ख़ाली थी। मन मार के अशोक ने फिर एक रुपया दिया।

राधा ने जवाब दिया, "दुखी नाचेगी और गाँव की औरतें उसका साथ देंगी। बस ज़मींदार से बोलो अपनी बैंड पार्टी बुलवा ले।"

अशोक ने सोचा कि राधा तो वाक़ई चतुर है। ज़मींदार वास्तव में नाच-गाने का बहुत मुरीद था और अक्सर एक बैंड पार्टी बुलवाता था। अपनी उदारता दिखाने के लिए वो जरगाँव और पीपली के लोगों को भी इसका न्योता देता था। कभी-कभार पालनपुर के लोगों को भी बुला लेता था। वह ज़रूर बैंड को बुलवा देता। मुझे याद है कि अपने बचपन में दादा के यहाँ मैंने उस बैंड का गाना सुना था। इसमें पीपली के तीन-चार गवैया-बजैया होते थे। पता नहीं कैसा गाते-बजाते थे, इतना तो याद नहीं पर उन दिनों तो ऐयाशी के नाम पर यही सब हुआ करता था।

अब बचा खाने का मामला। उसे अशोक ख़ुद ही देख लेगा। दूध, सब्ज़ी और लस्सी सारे किसान मिलकर अपनी तरफ़ से दे देंगे। आख़िर गाँव के लिए नया स्टेशन गौरव लेकर आनेवाला है। ज़रूरत पड़ी तो अशोक पालनपुर के भंडार से कुछ निकलवा लेगा। मुर्गे के लिए वह ज़मींदार को बोल देगा।

कुल मिलाकर मामला सलट चुका था और अशोक राहत की साँस लेकर छत पर चला गया। उसे सोचने के लिए थोड़ा वक़्त चाहिए था। काम तो बहुत सारा था लेकिन ऐसा कुछ भी नहीं था जो नहीं हो पाता। उसे बस इस बात का डर था कि अपने पिता की तरह वह इतनी नाज़ुक स्थिति को सँभाल पाने में कामयाब हो पाएगा या नहीं। ऐतिहासिक तथ्यों को पीढ़ी दर पीढ़ी आगे बढ़ाने में पालनपुर जैसे गाँवों की सामूहिक स्मृति हाल-फ़िलहाल के वर्षों तक श्रुति परम्परा पर ही टिकी हुई थी। इस प्रक्रिया को सन्तुलित और वस्तुपरक कहना तो ज़्यादती होगी। कोई भी इन बातों को अगर ध्यान से दर्ज करेगा तो वह क़िस्सा सुनानेवालों द्वारा अतिउत्साह में ली गई छूट को तुरन्त पकड़ लेगा। इसी सामूहिक स्मृति का असर है कि अशोक को अब तक यह बात याद थी कि उसके पिता ने कैसे उन तमाम गोरे लोगों की मेज़बानी की थी जिन्होंने यहाँ रेलवे बनवाई थी। वो इस बात का मुरीद था कि कैसे उसके पिता उदयवीर ने उन्हें सही जगह चुनने में मदद की और गाँव के कल्याण व उत्तरी रेलवे के हित में अपना पक्का मकान तक कुरबान कर दिया। आख़िर वह कैसे भूल सकता था कि उसके पिता ने अंग्रेज़ी में अपनी महारत से पालनपुर आए गोरे मेहमानों को दंग कर दिया था जिससे रेलवे के काम में भी बहुत फ़ायदा हुआ था और मौखिक संवाद में भी।

किसी पुरखे का महान होना आदमी के लिए बहुत भयावह बात होती है। अशोक को डर था कि वह अपने पुरखों के पैमाने पर खरा नहीं उतर पाएगा। क्या उसका दिमाग़ इतना तेज़ काम कर सकेगा कि वह अंग्रेज़ों से

निजी रिश्ता बना सके? यह सोचकर अशोक को जँभाई आ गई। मामला थोड़ा जटिल और डरावना हुआ जाता था। इसलिए सो जाना ही बेहतर था। बिस्तर पर जाने का समय भी हो चुका था।

सुबह जब दुखी रोज़मर्रा के काम के लिए आई तो राधा ने उससे बहुत मीठे स्वर में बात की। हमेशा की तरह दुखी अपने सिर पर पल्ला डाले, आँखें नीची करके सम्मान में कमर झुकाए हुए भीतर घुसी। भीतर आते ही उसने पुराना छोटे वाला सींक का झाड़ू उठाया और काम पर लग गई। पहले सींक वाला झाड़ू मारना था। राधा ने सोचा कि जब वह फूल वाला झाड़ू लगाना शुरू करेगी तब बात करना ठीक होगा। दुखी की चमड़ी काली थी और उसकी चाल-ढाल में विनम्रता थी। राधा ने ध्यान से देखा, उसकी आँखें बड़ी-बड़ी थीं, नाक सीधी और होंठ बहुत सुघड़ थे। इससे पहले कभी इतने ध्यान से उसने दुखी को नहीं देखा था। दुखी को पीछे से झाड़ू लगाता देख राधा को याद आया कि उसने सुन रखा था कि मर्द लोग उसे नहाते देखने जाते हैं। उसने यह भी सुना था कि जब दुखी को लगता था कि कोई देख नहीं रहा उस वक़्त उसकी कमर थोड़ा और नाज़ुक हो जाती थी और वह ज़्यादा लहरा के चलती थी। राधा को लगता था कि यह सही है। बस इसी बात के लिए वह दुखी को पसन्द नहीं करती थी।

थोड़ी देर बाद राधा ने बहुत सरल शब्दों में अपने ढंग से मामला उसे समझाया। कुल मिलाकर इतना ही कि हेमिंग नाम के एक अंग्रेज़ के लिए दुखी को नाचना होगा और अगर वो अच्छा नाचेगी तो उसे तम्बू में भी वह बुलाएगा। उसने दुखी को याद दिलाया कि कैसे उसके ससुर ने शुरुआती दिनों में अंग्रेज़ों की मदद की थी, केवल इसीलिए गोरों ने ज़मींदार के मार्फ़त शादी के लिए उसके पति से सम्पर्क किया है। राधा को इसके बदले ख़ुद कुछ नहीं मिलनेवाला, पर वह दुखी की इतनी फ़िक्र करती है कि बात आते ही तुरन्त उसे उसका ख़याल आया। राधा बस इतनी उम्मीद करेगी कि दुखी इस काम के बदले कुछ पैसे दे, वह भी अभी नहीं। कोई जल्दी नहीं है, आराम से। वो भी गाँव के नाम पर। अभी तो राधा ख़ुद उसे कुछ आना पैसे देगी और इसे भी लौटाने की कोई जल्दी नहीं है। कटाई के बाद आराम से ब्याज के साथ वो लौटा सकती है। उसने यह भी कहा कि अगर दुखी नहीं चाहती तो कोई बात नहीं, बरेली और मुरादाबाद में दूसरी औरतें हैं जो अंग्रेज़ से शादी करने को तैयार हो जाएँगी। चूँकि शादी के लिए पत्नी तलाश रहे गोरों के साथ यह परम्परा रही है इसलिए दुखी को नाचने के लिए तो कम-से-कम हाँ करना ही होगा। इस काम में गाँववाले भी उसकी मदद करेंगे।

दुखी बेवक़ूफ़ नहीं थी, बस ग़रीब थी। उसका पति एक बर्बर आदमी था जो थोड़े दिन पहले ही मारपीट की एक घटना में मारा गया था। मुजरिम पुलिस को चकमा देकर बच निकला था। इसके बाद जाँच टीम में कुल मिलाकर एक कनिष्ठ अफ़सर बच रहा था जो वैसे भी जाँच-पड़ताल में बहुत मेहनत नहीं करता था। अब दुखी को अपने देवर से ब्याह करना था। उसे इससे कोई दिक़्क़त नहीं थी, पर बहुत इच्छा भी नहीं थी। इसीलिए राधा की कहानी पर भीतर से शक होने के बावजूद वह उस पर भरोसा करना चाहती थी। उसने एकाध बार एतराज़ भी जताने की कोशिश की ताकि राधा को उसका सन्देह दूर करने का मौक़ा मिल सके, सारे नहीं पर थोड़े-बहुत ही सही। बस इतना भर जिससे वह अपने छोटे से सपने के साथ जी सके।

राधा को लग गया था कि वह जीत चुकी है। उसने दुखी को आश्वस्त करने के लिए तमाम चिकने-चुपड़े शब्द कहे। एक-दूसरे से अलग होते वक़्त राधा अपने चेहरे पर मुस्कान के साथ थोड़ा आराम से चारपाई पर बैठ गई जबकि दुखी एकदम सीधी कमर के साथ अपने घर की तरफ़ बढ़ चली। मुट्ठी में उसने पैसे को जकड़ रखा था और सामान्य से थोड़ा तेज़ चाल से जा रही थी। ज़्यादा नहीं, मामूली तेज़ चाल। इससे पहले वह इतनी ख़ूबसूरत कभी नहीं लगी थी।

अध्याय 8

पालनपुर, 1984

घर में ज़बरदस्त सफ़ाई किये जाने की ज़रूरत थी, कम-से-कम हर उस जगह पर जहाँ मरकहे बकरे का आतंक नहीं था। बकरे वाली जगह को बाद में देखा जाएगा, जब यह तय करेंगे कि उसके साथ क्या करना है। अपने दोनों रंगरूटों को मैंने बता दिया कि सबसे पहला काम घर की सफ़ाई करना है। किशन लाल ने मुँह पर ही मना कर दिया। मैं हतप्रभ रह गया। उसका कहना था कि उसे कई और ज़रूरी काम करने हैं। ऐसा नहीं कि वह सफ़ाई के काम को गिरा हुआ मानता था। उसका मतलब था कि अगर कुल मिलाकर मेरे पास यही काम है तो इससे बेहतर होगा कि वह अपने खेतों में समय दे। मैंने उससे कोई बहस नहीं की क्योंकि अँधेरा होनेवाला था। उसे मैंने जाने दिया। बाबू साथ में रुक गया। एक कोने में दो पुरानी-धुरानी झाड़ू पड़ी थीं, एक फूल वाली और दूसरी सींक वाली। इन्होंने इस घर में अच्छे दिन देखे थे। बाबू ने बताया कि पहली बार बुहारने के लिए सींक वाली झाड़ू ज़्यादा कारगर होती है। बाद में धूल आदि साफ़ करने में फूल झाड़ू काम आती है। पिताजी के नोट्स में मैंने यह पढ़ रखा था पर जानबूझकर दिखाने की कोशिश की कि मेरे लिए यह नई बात है। बाबू को इससे ख़ुशी मिली।

हम लोग काम में जुट गए। मैंने पाया कि बाबू बहुत मेहनती और एकाग्र था। मतलब, उसने अपनी सारी ऊर्जा लगाकर ऐसी मेहनत की कि धूल हमारे चारों ओर उड़ रही थी और वापस फ़र्श पर आकर पहले से कहीं ज़्यादा तरतीब से बैठ जा रही थी। बड़ा दिलचस्प दृश्य था। मैंने कैमरा निकाला। बाबू को अन्दाज़ा नहीं था कि उसकी भी तसवीर अच्छी आ सकती है। वह फ़र्श पर उकड़ूँ बैठकर तेज़ी से झाड़ू मार रहा था। उसके इर्द-गिर्द धूल के कण उड़ रहे थे जिनमें डूबते सूरज की रोशनी छनकर आ रही थी। यह पालनपुर का प्रतिनिधि दृश्य बन सकता था और मुझे अपने कैमरे पर पूरा भरोसा था कि तसवीर अच्छी आएगी। पर बाबू केवल धूल ही नहीं उड़ा रहा था। कोई भी क़ीमती सामान जो उसे मिलता उसे भी सहेज रहा था।

मैंने देखा कि अपने पाजामे की जेब में उसने सिलाई वाली एक सुई रखी जो टूटी हुई थी। कुछ पुराने काग़ज़ के टुकड़े भी उसने जेब के हवाले किये, एक छोटा-सा रद्दी कपड़ा, एकाध कीलें, पाँच पैसे का एक सिक्का और ऐसी ही कुछ चीज़ें। इसे भी मैंने कैमरे में उतार लिया। थोड़ी देर सोचने के बाद मैंने निकन एफ 3 को कोने में रखा और बिना कुछ बोले अपनी झाड़ू उठा ली।

ठीक उसी वक़्त मुझे लगा कि लगे हाथ बाबू को घर के रखरखाव का कुछ सबक़ भी दे दिया जाए। पैट ने मुझे इस बारे में बहुत कुछ सिखाया था। आख़िर मैं ही अकेला लेक्चर क्यों झेलूँ। वह कोई चमकदार चीज़ चुपके से कोने में खिसका रहा था। मैंने उसे पूरा समय दिया, फिर घर के रखरखाव से जुड़ी बुनियादी बातें बताईं। उसकी इसमें कोई दिलचस्पी नहीं थी फिर भी उसने मुझे सुना और करते हुए देखता रहा।

मैंने बाबू से भी ज़्यादा उत्साह से झाड़ू लगाना शुरू किया। नतीजा हुआ कि और ज़्यादा धूल उड़ने लगी। इसकी तसवीर उतारी जाती तो कभी अच्छी न आती, फिर भी बाबू को मैं अपना निकन थमाने का जोखिम नहीं उठा सकता था। मिट्टी के फ़र्श को बुहारते हुए मुझे धातु का छोटा-सा एक टुकड़ा नज़र आया। यह गोली का खोखा था। मैंने तुरन्त उठा लिया। मुझे याद आया कि...

"बाबू, ऐसा कुछ मिला है क्या तुम्हें भी?" मैंने पूछा।

उसने उसे ऐसी मासूमियत से देखा जिससे चार साल का बच्चा भी बेवक़ूफ़ नहीं बन पाता। मैंने अपना हाथ फैलाकर दिखाया।

साँस छोड़ते हुए उसने अपने पाजामे की जेब टटोली और दूसरा खोखा मुझे थमा दिया। क्या ये खोखे उन्हीं गोलियों के हो सकते हैं जिनसे मेरे चाचा की हत्या हुई थी? इसके अलावा इनकी और क्या व्याख्या बनती है?

ध्यान भटकाए बग़ैर मैं अंग्रेज़ों की सी ईमानदारी के साथ वापस अपने काम में लग गया। थोड़ा और झाड़ू लगाकर मैंने अच्छी वाली फूल झाड़ू उठाई और धूल को बकरे की ओर धकेलने लगा। बकरे को यह पसन्द नहीं आया। उसके पास रखे पेंट के पुराने डिब्बे उठाने की कोई जुगत लगानी थी जिनके इस्तेमाल से घर देखने में ज़्यादा बेहतर लग सकता था। बाबू चारपाई पर बैठकर चुपचाप मुझे देख रहा था और शायद मेरे तरीक़ों से सीख भी रहा था। मैं लगा रहा। और धूल का ढेर लगाने के बाद मैं रुका।

बाबू बहुत प्रभावित नहीं दिख रहा था। मुझे लगा कि वो कुछ बड़ाई करेगा, तो मैंने उसे टोका,

"तब, क्या ख़याल है?"

उसने सिर हिलाया और पूछा, "हम ये सब काग़ज़ घर ले जा सकते हैं? और बाक़ी सामान भी, जो मिला है?"

मुझे हाँ करनी पड़ी। उम्मीद थी कि उसने कुछ तो सीखा ही होगा। बाबू ने जाने के लिए दरवाज़ा खोला। बाहर से आए हवा के झोंके ने सारी धूल फिर से उड़ा दी जो मैंने इतनी मेहनत से इकट्ठा की थी।

उसने मेरी ओर देखा। मैंने उसकी ओर। हम दोनों हँस दिये।

मैंने बकरे की तरफ़ इशारा करते हुए कहा, "बाबू, ये बदबूदार कोना साफ़ करना बनता है भाई।"

वो बकरा कचरे की जैसे रक्षा कर रहा था। बाबू ने सीधे इनकार कर दिया और बोला कि चमार होने का मतलब ये नहीं है कि बकरे की टट्टी साफ़ करूँ। ये बात तो मेरे चाचा को भी समझ में आती होगी, इसीलिए उन्होंने नीतू से कभी उस जगह को साफ़ करने को नहीं बोला होगा। अब चूँकि वो ख़ुद तो साफ़ कर नहीं सकते थे और बकरे को रखना भी चाहते थे इसलिए यह जगह ऐसी ही बनी रही। तो क्या मुझे अपने चाचा से भी ख़राब बरताव करना चाहिए?

मैंने लम्बी साँस लेते हुए तय किया कि इस कोने को फ़िलहाल ऐसे ही छोड़ देते हैं। हालाँकि उसके जाने से पहले मैंने सोचा कि उसे कोई नया काम दे दूँ कि जब तक मैं किशन लाल की मदद से खेती के नये औज़ार ख़रीदकर काम सीखूँ, वो घर का रंग-रोगन कर डाले। बाबू ने इससे भी इनकार कर दिया क्योंकि उसे सर्दी लगने का डर था। मैंने मौजूदा दिहाड़ी में तीन बढ़ा के दस रुपया कर दिया। वो अब भी नहीं माना। उसका कहना था कि इस काम में हुनर लगता है और हफ़्ते भर का समय भी लगेगा। काफ़ी बातचीत के बाद पूरे काम के लिए 60 रुपये में मुश्किल से सौदा पटा। मैंने उसे हिदायत दी कि शुरुआत में पीले पेंट वाले दो डिब्बों से काम चलाए जो बदबूदार कोने में पड़े हैं। बाक़ी मैं बाद में चन्दौसी से ख़रीद लाऊँगा।

आख़िरकार वह चला गया। मैं पिता के काग़ज़ों में खो गया।

पालनपुर, 1909

आख़िर वो बड़ा दिन आ ही गया। ज़मींदार अपना झक सफ़ेद कुर्ता और लाल पगड़ी पहने अपने गुर्गों से घिरे पूरी ठसक के साथ नमूदार हुए। उसके आदमी भी अच्छे कपड़े पहने हुए थे। गवेन्द्र सिंह बाहर से तो मुस्करा रहे थे पर भीतर से डरे हुए थे कि ज़िलाधिकारी से मिले बीस रुपये में से उन्होंने जो दस रुपये भुपाल को सारा इन्तज़ाम करने के लिए दिये थे वे कहीं कम न पड़ जाएँ। सबसे ज़्यादा घबराई हुई थी दुखी, कि गोरा उसका नाच पसन्द करेगा या नहीं। ये बड़े अजीब लोग होते हैं। फिर भी, उसने

नाचने का अभ्यास तो किया ही था। राधा के कहने पर अशोक ने ज़मींदार से जो बैंड बुलाने का अनुरोध किया था उस पर वे मान गए थे। ज़मींदार ने दुखी को अपने यहाँ ही बैंड पर अभ्यास करने को कहा था। उस दौरान गवेन्द्र ने ध्यान से दुखी की चाल-ढाल देखी थी। वे दुखी को नहाता देखते हुए पकड़ा जाना तो गवारा कर नहीं सकते थे। इसलिए इस मौक़े पर उसे देखकर उनके मन में पक्का हो गया था कि उसकी ख़ूबसूरती के बारे में जो बातें चलती हैं वे अफ़वाह नहीं, सच हैं।

अन्तत: ट्रेन आई। हमेशा की तरह पीछे तीन डिब्बे लगे थे। लेकिन एक डिब्बा उनमें अलग-सा था। पालनपुर के लोग तो कल्पना भी नहीं कर सकते थे कि मकान नहीं, एक ट्रेन के कोच में महज़ कुछ लोगों के ऊपर इतना सारा पैसा ख़र्च किया जा सकता है। वो डिब्बा एकदम सफ़ेद था। ग्रीस का एक भी काला दाग़ उस पर नहीं था। उसके ब्रास के हैंडल सूरज की रोशनी में दमक रहे थे। उँगलियों के निशान न उन पर थे न इधर-उधर। खिड़की का काँच भी बहुत साफ़ था। तीन जगहों पर—आगे-पीछे और बीच में—सीढ़ियाँ लगाई गई थीं ताकि सवारियाँ आसानी से उतर सकें।

ट्रेन के ठहरते ही तीन सीढ़ियों के कारण थोड़ी दिक़्क़त पेश आई। ज़मींदार के गुर्गों ने गोरों को ख़ुश करने के लिए बीच वाले दरवाज़े के सामने लाल क़ालीन ले जाकर खोल दिया। अपना पूरा साहस जुटाकर ज़मींदार धीरे-धीरे सधे हुए क़दमों के साथ आगे बढ़ा। वह सोच रहा था कि क़ालीन पर चले या उसे अंग्रेज़ों के लिए छोड़ दे। उसने क़ालीन पर चलने का फ़ैसला किया। ठीक उसी वक़्त दो लहीम-शहीम, पगड़ीधारी, राइफ़लधारी, सिक्ख दरबान पीछे वाले दरवाज़े से बाहर निकले। उनके सामने बेचारे ज़मींदार काफ़ी ग़रीब और ठिंगने जान पड़ते थे। उनके गुर्गों को लगा कि क़ालीन खींचकर उधर ले जानी चाहिए, लेकिन उस पर गवेन्द्र खड़े थे। फिर, उन भयंकर से दिख रहे दरबानों के क़रीब जाने में भी गुर्गों को डर लग रहा था जो पीछे वाले दरवाज़े को दोनों ओर से घेरकर खड़े हो गए थे।

फिर निकला अंग्रेज़। उम्मीद से थोड़ा उलट, वह ठिंगना और मोटा था। कोच के भीतर दरवाज़े के पास खड़े होने के बावजूद वह बाहर ज़मीन पर खड़े दोनों सिक्ख दरबानों की पगड़ी तक भी नहीं आ पा रहा था। वह ये देखकर चौंक गया कि ज़मींदार दूसरे दरवाज़े के सामने सीना ताने खड़ा है। उसने थोड़ा इन्तज़ार किया। कुछ नहीं बदला। झख मार के वह सीढ़ियों से नीचे उतरने लगा। हर क़दम पर उसके शरीर की चर्बी हिल जा रही थी। आख़िरी वाली सीढ़ी उसके छोटे पैरों के हिसाब से कुछ ऊँची थी, लिहाज़ा उसे कूदना पड़ा। पालनपुर की धरती पर क़दम रखते ही उसने चारों ओर

खड़ी भीड़ पर नज़र दौड़ाई। ज़मींदार अचानक हरकत में आए। पीछे की ओर हटते हुए उन्होंने अपने आदमियों को क़ालीन वहाँ ले जाने का हुक्म दिया। क़ालीन के वहाँ पहुँचते ही अंग्रेज़ ने उस पर अपने क़दम रख दिये। उसके जूतों पर धूल पड़ गई और इससे नाराज़ होकर वह उन्हें झाड़ने के लिए नीचे झुका। तब तक ज़मींदार उसके पास पहुँच चुके थे। इस ख़ास मेहमान का अभिवादन करने के इरादे से ज़मींदार उसके पीछे जाकर खड़े हो गए जहाँ से उन्हें बस उसकी पीठ दिख रही थी। थोड़ा सकुचाहट के साथ वे आगे बढ़ और उन्होंने स्वागत सन्देश जारी किया : मैं, ज़मींदार, गाँव की ओर से, मेहमान का स्वागत करने में ख़ुशी महसूस करता हूँ। यह पालनपुर के लिए बड़े गर्व की बात है...आदि-इत्यादि।

पिछवाड़े में कोई ख़ास हलचल नहीं हुई, सिवाय जूते से धूल झाड़ने के क्रम में जितना भी हिला हो।

अंग्रेज़ की ओर से कोई प्रतिक्रिया न आती देख ज़मींदार रुक गए और ऐसी स्थिति में क्या करना चाहिए यह समझने के लिए गाँव के हीरो के बेटे की ओर देखने लगे। अशोक बेशक अपने बाप का ही बेटा था पर उसे इस संकट की भनक ही नहीं लगी। वह अब भी डिब्बे के बीच वाले दरवाज़े के सामने अपलक खड़ा था।

अंग्रेज़ आख़िरकार सीधा हुआ। उसने अपने दाएँ बाज़ू से धूल झाड़ी। फिर दाएँ बाजू के साथ भी उसने वही किया। और फिर जाकर मेज़बान से मुख़ातिब हुआ।

अशोक की ओर से कोई राहत न आती देख ज़मींदार ऊहापोह में पड़ गए। उन्होंने सोचा कि उन्हें भी विदेशी संस्कृति और अच्छे व्यवहार के बारे में अपनी गहरी समझदारी का प्रदर्शन कर ही देना चाहिए। सो वे भी पहले नीचे झुके अपने जूते से धूल झाड़ने, फिर खड़े होकर उन्होंने अपनी बाँह से धूल झाड़ दी।

गोरा भड़क गया, "वॉट द...!"

वह पीछे मुड़ा और ट्रेन में चढ़ गया। "मेरा टेंट तैयार करो! इस आदमी को अगर पेश आने की तमीज़ नहीं है तो इससे या किसी और से कोई बात करने का मतलब नहीं है। और कुछ खाने के लिए ले आओ!"

चीख़ते हुए वह तेज़ी से डिब्बे के भीतर चला गया। भीड़ में खड़े हर आदमी की साँस अटक गई। दरबानों ने जब गाँववालों को वापस जाने को कहा, तब जाकर लोगों में हरकत आई।

लोग छँट गए, हतप्रभ ज़मींदार भी, पर अशोक वहीं खड़ा रहा। सिक्ख दरबान इस असहयोग आन्दोलन से थोड़ा चौंक गए क्योंकि भारत में यह

बहुत चलन में नहीं आया था। उन्हें लगा कि यह आदमी तो उन्हीं के जैसा निर्भीक योद्धा है। उन्हें लगा क्या हिम्मत है, वाह, बहुत ख़ूब! एक अकेले की मौजूदगी हालाँकि कोई ख़तरे वाली बात नहीं थी। ऊपर से दरबानों को यह जानना था कि टेंट कहाँ लगाना है और भोजन का क्या हिसाब-किताब है। इसलिए वे एक बीड़ी लेकर अशोक के पास पहुँचे। अशोक ने पलक झपकाई और काफ़ी कूटनीतिक ढंग से उनसे बातें करने लगा। उसने कहा कि अव्वल तो ज़मींदार साहब की एक ख़ास अंग्रेज़ अफ़सर को अपमानित करने की कोई मंशा नहीं थी। इससे उन पर कोई असर नहीं पड़ा। फिर उसने खाने-पीने की पूरी व्यवस्था विस्तार से समझाई। इससे थोड़ा दिलचस्पी जगी। अन्त में उसने मुख्य आयोजन यानी ख़ूबसूरत दुखी के नाच का ज़िक्र किया। इसकी प्रतिक्रिया तेज़ हुई। एक दरबान ने उत्साह में उससे कहा कि और कुछ बताए। अशोक अक्सर गाँव से दूर तालाब पर दुखी के पीछे जाता था। सो उसने पूरा ब्योरा धर दिया। सबसे वरिष्ठ दरबान ने फ़ैसला किया कि उसके अफ़सर को एक बार और परिस्थिति का मुआयना कर लेना चाहिए। वह तेज़ी से डिब्बे में चढ़ा। कुछ मिनट बाद वह ये ख़बर लेकर लौटा कि अंग्रेज़ अधिकारी ने ज़मींदार को माफ़ करने का बड़ा उदार फ़ैसला लिया है और वह रात के खाने व आयोजन में चलेंगे। उन्होंने उम्मीद जताई है कि खाना और दुखी दोनों ही अच्छे निकलेंगे।

अशोक ख़ुशी-ख़ुशी यह ख़बर लेकर ज़मींदार के पास पहुँचा। अपने ख़राब प्रदर्शन से ख़फ़ा और उसके हुनर से जलते हुए ज़मींदार ने पहले उसे डाँट पिलाई। उन्होंने अशोक को चेताया कि आगे सब कुछ सही से चलना चाहिए वरना...।

अशोक ने कभी प्रशासनिक काम नहीं किया था, इसलिए उसे समझ ही नहीं आया कि जो हुआ है उसके लिए वह कैसे ज़िम्मेदार था। उसने कोशिश की लेकिन फिर छोड़ दिया। उसे बस इतना समझ में आया कि कमज़ोर होने के नाते उसे बेवजह डाँट दिया गया है। इसलिए हर कमज़ोर आदमी की तरह उसने फ़ैसला किया कि वह भी किसी अपने से कमज़ोर पर अपना ग़ुस्सा उतारेगा। उसने गाँव जाकर दुखी को डाँट लगा दी। वह पूरी तैयार हो चुकी थी। अशोक ने कहा कि वह पहले तो अपने कपड़े ठीक करे और रात में उससे कोई ग़लती नहीं होनी चाहिए।

भारत वैसे तो असहयोगों की धरती है पर जब मुसीबत आती है तो सहयोग पैदा करनेवाले एकजुटता के तरीक़े भी यहाँ पर देखने को मिलते हैं। गाँव वालों को लग रहा था कि उनकी इज़्ज़त दाँव पर है। इसलिए दुखी को अगर सही से नाचना है तो उसके लिए सही माहौल बनाना पड़ेगा। उन्होंने

अशोक से एक आपातकालीन बैठक बुलाने को कहा। पहली बार ऐसा कुछ हुआ जो ज़मींदार के दिमाग़ की उपज नहीं था। पूरा गाँव इस बात पर तैयार हो गया कि वे सब दुखी को पूरा सहयोग करेंगे। वे उसे प्रोत्साहित करेंगे और ताली बजाएँगे। औरतें उसके साथ नाचेंगी। हर किसी को जितना सम्भव हो सके इसमें योगदान देना होगा और अच्छे कपड़े पहनकर आना होगा। अशोक इन माँगों से सहमत हो गया और इस समूचे फ़ैसले का श्रेय उसने ख़ुद ले लिया। इस तरह एक उदार लेकिन फ़ैसलों के मामले में सख़्त मुखिया व साहसी संकटमोचक की उसकी नई छवि बनी।

पालनपुर, 1984

मोमबत्तियाँ बुझाने से पहले मैंने दोनों खोखों को ग़ौर से देखा। यह समझ से परे था कि आख़िर पुलिस किस चीज़ की तलाश में थी जब इतना अहम सुराग उससे छूट गया था। इसे लापरवाही से ज़्यादा और क्या कहा जा सकता था। वे शायद नीतू पर सारा दोष मढ़कर ही सन्तुष्ट थे। अपने चाचा की हत्या करनेवाली गोलियों के खोखे हाथ में लिये हुए मुझे थोड़ा असहज-सा महसूस हुआ। अजीब अहसास था। यहाँ तीसरे खोखे के न होने का मतलब यह था कि आख़िरी गोली शायद किसी और ने किसी और राइफ़ल से चलाई हो। जहाँ तक पहले वाली आवाज़ का सवाल है तो हो सकता है किसी दूसरे ने गोली चलाई हो और उसका खोखा गाँव में कहीं पड़ा हो। हमेशा के लिए खो चुका हो। असली राज तीसरी गोली में छुपा था। शुरुआती दो गोलियों के चलने के कुछ देर बाद उसकी आवाज़ आई थी। हो सकता है कि जिसने गोली चलाई थी वह अपने साथ ही वह खोखा ले गया हो। सवाल उठता है कि वह कहाँ होगा? पक्का, उस चोर लड़के के पास। अब यही बचता था कि मैं उस लड़के के लौटने का इन्तज़ार करूँ और उम्मीद रखूँ कि इसमें ज़्यादा वक़्त न लगे।

काफ़ी देर हो चली थी। बकरे को गुडनाइट कह मैं सोने चला गया।

अध्याय 9

पालनपुर, 1984

भोर में नींद खुल गई। रोज़ की तरह बीज केन्द्र पर पहली चाय लेने के बाद मैं रामपाल के खेतों की तरफ़ भागा। उन्होंने काम की देखरेख का ज़िम्मा स्कूली मास्टर रहे अपने बड़े भाई फूल सिंह को सौंपा हुआ था। फूल सिंह ने बड़ी गर्मजोशी से मेरा अभिवादन किया, "नमस्ते, सर साहब।"

मैं गन्ने की कटाई में माहिर कुछ मर्दों और गन्ने से पत्ते हटानेवाले बच्चों के बीच जाकर काम करने लगा। फूल सिंह ने मेरे साथ दिनदहाड़े धोखा किया। मेरे सामने उसने गन्ने का एक ऐसा गट्ठर फेंक दिया जिसमें बमुश्किल कोई पत्ती रही होगी। यह तो पक्षपात था क्योंकि मज़दूरों को दिहाड़ी के रूप में पत्तियाँ भी मिलती हैं। इससे मुझे पालनपुर में श्रमिक सम्बन्धों में भरोसा जगाने में कोई मदद नहीं मिली। मेरे ख़राब काम के लिए मुझे डाँटने में भी फूल सिंह को बहुत आनन्द आ रहा था। इससे मुझे पता चला कि कैसे कुछ लोग जो आपका सम्मान करते हुए दिखते हैं, आपको शारीरिक श्रम करते देखकर या ख़ुद को थोड़ा बेहतर स्थिति में पाकर, भले ही कुछ क्षण के लिए, वैसे आपको परेशान करने लगते हैं।

काम बहुत कठिन था, हालाँकि मेरे पास इसका पहले से कोई अनुभव न होना भी इसके पीछे एक कारण रहा। बैंक में काम करनेवाले आदमी को सिर पर बोझा ढोने की आदत नहीं होती। फूल सिंह ने जब मेरे हिस्से का चारा मेरे सिर पर लादा, तो लगा कि मेरी गरदन ही टूट जाएगी।

दोपहर में खाने के वक़्त मैंने सोचा कि वापस गाँव में चल के तेज़ी से बोरिंग के पानी में एक डुबकी मार ली जाए। बोरिंग में डुबकी लगाना एक ऐसा मौक़ा होता था जब अपना लन्दन में न होना मुझे नहीं अखरता था।

ताज़ादम होकर मैं वापस खेतों में आया और बाक़ी मज़दूरों के साथ खाना खाया। फूल सिंह उस वक़्त घर गया हुआ था। मुझे पता था कि यह खाना दिहाड़ी का ही हिस्सा था। खाने के नाम पर कुछ रोटियाँ थीं, चावल का पहाड़ था और एक-दो प्याज़।

चावल हम जितना चाहे उतना खा सकते थे। इससे लगता था कि रामपाल को अच्छी दिहाड़ी का मतलब अच्छे से समझ आता था। खाना अपने सिर पर बड़ी मुश्किल से लादकर जगपाल ले आया था, रामपाल का सबसे छोटा बेटा जो खाने के बोझ तले लड़खड़ा रहा था।

बातें करने और तसवीरें उतारने के लिए खाने की छुट्टी से बेहतर समय नहीं हो सकता था। लोग ऐसे में खाने में ही जुटे रहते हैं और कैमरे की परवाह नहीं करते। फ़ोटो खींचने के दौरान मैंने अपने चाचा के बारे में कुछ सवाल पूछे। शुरू में तो हर कोई संकोच में चुप रहा, फिर वे बातें करने लगे। उनकी बातों से जल्द ही समझ आ गया कि राजेन्द्र प्रताप की टाँग हर जगह फँसी हुई थी। वे ऐसे शख़्स थे जो पैसा बनानेवाली हर जगह पर घपले में लिप्त थे। इसके अलावा वे शराबी भी थे, कभी-कभार मुरादाबाद के बदनाम मकानों में जाया करते थे। काम भर जुआ भी खेलते थे। इसका मतलब ये है कि अगर उन्होंने पैसा बनाया भी था तो मन भर के उड़ाया भी होगा। लेकिन उन्हें गोली किसने मारी, इस बारे में किसी को कोई जानकारी नहीं थी। इस सवाल पर वे सबके सब चुप मार के भात में सिर गड़ा दिये, तब मुझे लगा कि उन्हें कुछ-न-कुछ तो ज़रूर पता है। जहाँ तक नीतू के सम्भावित मुजरिम होने की बात थी, इस पर सब हँस पड़े थे और कुछ मज़दूरों ने एक दूसरे को इशारा करने के लिए खाँसा भी, जिससे मेरी पहले वाली सोच ही पुष्ट हुई कि उसका इस हत्या से कोई लेना-देना नहीं है। फूल सिंह के वापस आते ही सबने अचानक विषय बदल दिया और दूसरी बातें करने लगे। इससे इतना तो समझ आ गया कि मेरे चाचा के साथ फूल सिंह और रामपाल का कुछ गड़बड़ था। मैंने सोचा कि बाद में सही मौक़ा मिलने पर इसे और खँगाला जाएगा।

तभी एक बन्दर मेरे बग़ल वाले पेड़ से कूदकर आया और मेरे हाथ से रोटी छीन ली। इससे पहले कि मैं कुछ कर पाता वो उछलकर तेज़ी से भाग गया। ऊपर जाकर उसने मेरे ऊपर पेशाब भी कर दिया। हर कोई हँसने लगा। मुझे लगा कि चलो इसी बहाने पालनपुरियों ने मुझे अपना तो माना। एक तरह से कह सकते हैं कि मेरी दीक्षा सम्पन्न हो गई। इससे यह भी समझ आया कि पालनपुरियों को ऐसी चीज़ों पर हँसी आती है।

दोपहर बाद छोटा वाला बेटा जगपाल आया। उसने मुझे बताया कि उसके पिता मुरादाबाद गए हैं और उसकी माँ शकुन्तला को भैंसों के लिए चरी उठवाने में मेरी मदद चाहिए। ऐसा लग रहा था कि मेरे ख़राब काम के चलते फूल सिंह ने ही यह योजना बनाई थी। मैं उसके भतीजे के साथ निकल गया। कटाई के मौसम में खेतों के पीछे ढलते सूरज का नज़ारा बहुत ख़ूबसूरत था। मैंने और जगपाल ने मिलकर खेतों से चरी काटी और इकट्ठा करके ले आए। शकुन्तला जब उसे देखने बाहर आईं तो चमारों के साथ, ख़ासकर बाबू के साथ मेरे रहने को लेकर

मुझे ज्ञान देने लगीं। मैंने उनकी मंशा समझने की कोशिश की पर ज़्यादा कुछ साफ़ नहीं हो सका। समझ आ गया कि मेरा रवैया गाँव के लिए दिक़्क़त पैदा कर रहा है। मुझे इससे कोई मतलब नहीं था। मैंने चुपचाप उन्हें सुना और सूरज ढलने पर वापस अपने काम पर चला गया।

लेकिन पालनपुर में हक़ीक़त की मार बहुत जल्द और बहुत कठोर और कई तरह से पड़ती है। थोड़ी देर बाद जब काम ख़त्म हुआ, तो मैंने देखा कि जगपाल बड़ी मुश्किल से मेंड़ों पर चलते हुए सिर पर चारे का गट्ठर लादे गन्ने के खेतों से होते हुए घर जा रहा है। बार-बार वह मेंड़ से फिसलकर गन्ने में फँस जा रहा था और गन्ने के पत्ते उसकी आँखों के सामने आ-जा रहे थे। गट्ठर भी बहुत भारी था। वह रोने लगा। तब जाकर फूल सिंह ने मुझे उसकी मदद करने की इजाज़त दी। किसी तरह हम घर पहुँचे। इन लड़कों को यहाँ छोटी-सी उम्र में ही सब कुछ सीख लेना पड़ता है। स्कूल जाने की उम्र से पहले ही ये बच्चे अपने छोटे भाई या बहन को गोद में लेकर खिलाते हुए देखे जा सकते हैं।

मैं वापस बीज केन्द्र की ओर निकला। वहाँ मैंने एक मोमबत्ती छोड़ दी थी। उसे लेना था। रास्ते में मैं चाय की दुकान की तरफ़ हो लिया यह देखने के लिए कि वह खुली है या नहीं। वह बन्द थी। बीज केन्द्र भी बन्द था। पता चला कि गोविन्दी चन्दौसी गए हुए हैं। उनकी बेटी या तो वहाँ थी नहीं या उसने मेरे लिए दरवाज़ा खोलना ज़रूरी नहीं समझा। चूँकि इतनी दूर चलकर मैं आ ही गया था तो लगे हाथ पुराने स्कूल के खँडहर भी चला गया।

उस स्कूल के सामने एक परिवार खड़ा था। सब दुखी लग रहे थे। यह भटनागर परिवार था : दो औरतें, एक आदमी और तीन-चार बच्चे। इस बात पर अलग से ध्यान गया कि दोनों औरतें बहुत खुलकर बात कर रही थीं। साफ़ था कि दोनों पढ़ी-लिखी हैं और इस पर उन्हें गर्व है। मैंने जब इस पर टिप्पणी की तो पुरुष ने कहा कि अनपढ़ होकर जीने से मर जाना बेहतर है। इनके लिए जीने का मतलब पढ़ना था, जैसे मुराव किशन लाल के लिए जीने का मतलब था काम। भटनागर परिवार ठीक-ठाक सम्पन्न भी लग रहा था। शायद अपनी शिक्षा और सम्पन्नता के चलते ही वे गाँव से थोड़ा कटे हुए रहते थे, पर उनके चेहरे की उदासी एकदम स्पष्ट थी। उन्होंने बताया कि यहाँ शैक्षणिक सुविधाओं का बहुत बुरा हाल हो चला है। स्कूल बरसों पहले बन्द हो गया था। एक समय था जब सौ से ज़्यादा बच्चे यहाँ पढ़ते थे लेकिन अब बमुश्किल ही कोई आता है क्योंकि अध्यापक ही कभी-कभार आते हैं। मसलन, फूल सिंह को भी अध्यापक ही होना था, लेकिन वह कभी स्कूल नहीं गया, हालाँकि तनख़्वाह वह बाक़ायदा पा रहा था। मैंने इसका कारण पूछा। उनका कहना था कि भ्रष्टाचार मुख्य वजह है, बाक़ी लापरवाही और बार-बार होनेवाली चोरी के चलते भी ऐसा हुआ है। उन्हें और कुछ अन्य परिवारों को छोड़

दें तो बाक़ी पालनपुरियों का शिक्षा के प्रति रवैया बहुत उदासीन था। पहले तो यहाँ कुछ प्रतिबद्ध अध्यापकों की ज़रूरत थी, लेकिन सबसे पहले स्कूल की मरम्मत के लिए सरकार से पैसे की ज़रूरत थी।

मैंने दिलचस्पी लेते हुए पूछा, "और ये पैसा आएगा कैसे?"

उनका कहना था कि फ़ंड के लिए एडीओ यानी प्रशासनिक विकास अधिकारी के यहाँ आवेदन देना होगा। फिर इस प्रक्रिया को शुरू करने के लिए बीडीओ के पास जाना होगा, उसके बाद सीडीओ, ईडीओ और एफडीओ आदि के पास दूसरी मंजूरियाँ लेने के लिए जाना पड़ेगा। वैसे तो हर साल ज़िले में स्कूल भवनों की मरम्मत के लिए बजट में पैसा आता है पर वह कहीं और इस्तेमाल हो जाता है।

मैंने उनसे वादा किया कि जल्द ही मुझे चन्दौसी जाना है, तब मैं एडीओ से इस बारे में पक्का बात करूँगा। भटनागर परिवार को उनके दुख में छोड़कर मैं चला आया।

थोड़ी देर बाद किशन लाल से मेरी एक लम्बी और गरमागरम बहस हो गई। अपने एक बैल की बीमारी से वह एकदम टूटा हुआ था। जिस दिन मैंने उसके यहाँ रात का खाना खाया था उसके बाद से उसकी बीवी भी बीमार थी लेकिन उसे उसकी चिन्ता नहीं थी। यह बात मुझे अजीब लगी तो मैंने उससे बीवी के इलाज को लेकर सवाल-जवाब किये। दरअसल एक दिन पहले ही किशन लाल ने मुझसे दवा ख़रीदने के लिए कुछ पैसे माँगे थे और मैंने दे दिये थे। उसने फिर से पैसे माँगे, इसी बात पर बहस शुरू हुई। पहले दिया पैसा वह किसी अनजान से निजी डॉक्टर के यहाँ फूँक आया था। इस बात के लिए मैंने उसकी खिंचाई की कि वह सरकारी डॉक्टर के पास क्यों नहीं गया। उसने सपाट ढंग से जवाब दिया कि पालनपुर के लोग सरकारी डॉक्टरों के पास नहीं जाते। पालनपुर का 'सिस्टम' ये है कि लोग बीमार पड़ने पर पहले स्थानीय डॉक्टर के पास जाते हैं। वहाँ काम नहीं बनता तो बिलारी या चन्दौसी भी चले जाते हैं। इसमें बहुत पैसा ख़र्च होता है। जब पैसा ख़त्म हो जाता है तो बीमार को भगवान भरोसे छोड़ दिया जाता है। उसने कहा कि मुझे इतनी ही दिक़्क़त है तो पैसा देना ही नहीं चाहिए था, फिर जो होता देखा जाता। मुझे उसके इस अड़ियलपन पर बहुत ग़ुस्सा आया। मुझे पूरा भरोसा था कि मुरादाबाद के ज़िला अस्पताल में उसकी पत्नी की जाँच होती तो उसकी रहस्यमय बीमारी पकड़ में आ जाती और इलाज भी हो जाता। अन्ततः मैंने ख़ुद को शान्त किया। एलएसई के मेरे शिक्षकों ने हमेशा दूसरों के काम को अपना समझने पर ज़ोर दिया था। इसलिए मैं दवाएँ लाने के लिए साइकिल से उस शाम चन्दौसी जाने को राज़ी हो गया। साइकिल का इन्तज़ाम हालाँकि उसे ही करना था क्योंकि मेरी वाली पंचर पड़ी थी। दुर्भाग्य से उस शाम कोई साइकिल नहीं मिली। उधर किशन

लाल का कहना था कि दवाएँ अब काम नहीं कर रही हैं इसलिए चीज़ों को अपनी गति से चलने के लिए छोड़ देना चाहिए।

रात में बिस्तर पर जाने से पहले मैंने थोड़ा पढ़ने की कोशिश की। लेकिन मन में खीज और शरीर में थकान ने इसकी इजाज़त नहीं दी। आधी रात बीती ही होगी कि अचानक मेरी नींद खुल गई। मुझे एक धमाके की आवाज़ सुनाई दी थी। मैं बाहर निकल आया। देखा कि मन्दिर के क़रीब रेल पटरी के बग़ल वाली छोटी-सी झोंपड़ी में आग लगी हुई थी। उस झोंपड़ी के बारे में मुझे कुछ नहीं पता था, लेकिन आश्चर्यजनक रूप से आग की लपटें बहुत भीषण थीं। बाक़ी सारे मकान सुरक्षित थे, इसलिए मैं वापस घर की ओर लौट गया। बाहर और कोई नहीं था, बस कुत्ते थे जिनसे वापसी में निपटना पड़ा।

सुबह मेरी पीठ दर्द कर रही थी। यह दर्द चारपाई के कारण नहीं, काम के चलते हुआ था। चारपाई की तो मुझे आदत पड़ चुकी थी। तभी बाहर दरवाज़ा पीटने और ज़ोर-ज़ोर से चिल्लाने की आवाज़ आई। मुझे लगा कि रात वाली आग से जुड़ा मामला होगा और लोग बात करना चाह रहे होंगे, इसलिए मैं तेज़ी से दरवाज़े की ओर बढ़ा। लेकिन पता चला मामला कुछ और है, वो भी उससे कहीं ज़्यादा नाटकीय। सामने किशन लाल प्रकट हुए। घबराए हुए थे। उनका बीमार बैल मर गया था। मरने की वजह अज्ञात थी। ख़बर बुरी थी क्योंकि हाल ही में और पशुओं की भी मौत हुई थी—हरिओम की भैंस, हीरालाल की भैंस, मन्नू का बैल। दस मिनट बाद ही एक और किसान दौड़ते हुए आया। उसने बताया कि उसका पाड़ा बीमार पड़ गया है। फिर एक और किसान आया, उसका पाड़ा दर्द से कराह रहा था। जाने क्या माजरा था, किसी पशु चिकित्सक को तत्काल बुलाना ज़रूरी था।

थोड़ी देर बाद मैं और किशन लाल डॉक्टर को लेने साइकिल से जरगाँव के लिए निकल पड़े। अजीब बात थी कि पिछली शाम उसकी बीवी की दवा लाने के लिए साइकिल नहीं मिली थी, लेकिन सुबह होते ही चमत्कारिक ढंग से दो-दो साइकिलें बीमार पाड़ों के लिए उपलब्ध हो गई थीं। गाँव के मुखिया रामपाल ने हमें एक चिट्ठी लिखकर दी थी। अजीब धमकी भरी चिट्ठी थी कि डॉक्टर अगर तुरन्त गाँव में नहीं आया तो उसकी शिकायत आला अधिकारियों से की जाएगी। मैंने डॉक्टर को चिट्ठी दिखाई। जैसा कि उम्मीद थी, उसे वह पढ़कर भड़क गया और आने से मना कर दिया। उसने हमें नारायणपुर के पशु चिकित्सालय जाने को कह दिया। हम वहाँ पहुँचे। डॉक्टर ने लक्षणों के बारे में कुछ सवाल किये और कहा कि वह किसी से जरगाँव तक टीका भिजवा देगा। वहाँ से डॉक्टर उसे लेकर पालनपुर जाएगा। वापसी में हम लोग जरगाँव में स्थानीय डॉक्टर के पास गए और उसे हालात की गम्भीरता से अवगत कराया। उसने थोड़ा संकोच के साथ आने

का वादा किया, और दोपहर बाद पहुँच भी गया। उसने पूरे पालनपुर का चक्कर लगाया और 50 पैसे के बदले हर मवेशी को एक टीका लगाया। इस बीच दो जवान भैंसें मर गई थीं। लोग और दुखी हो गए थे। उसी दिन किशन लाल की बीवी भी गुज़र गई, लेकिन पूरे परिवार के ऊपर आए आर्थिक संकट का बायस वह नहीं, बैल की मौत थी।

इसी सबके चक्कर में रात में आग वाली अजीबोग़रीब घटना मेरे दिमाग़ से फिसल गई। मैं खेती के औज़ार लेने भी नहीं जा सका। फिर मैंने सोचा कि बचा-खुचा दिन थोड़ा सवाल-जवाब में गुज़ारा जाए और लगे हाथ लोगों से कुछ हिसाब भी चुका लिया जाए। मैं सीधे रामपाल के यहाँ गया। ज़ाहिर है उसका मूड ख़राब था, पर मैंने जब अपने साथ फूल सिंह के बरताव की शिकायत की तो वह खुलकर हँसने लगा और बोला, "चलिए, हमारे नकारा भाई ने अपना कोई काम तो ठीक से किया है।"

उसकी सहानुभूति जीतने का मेरा दाँव इस तरह ख़ाली गया। मुझे आपसे कुछ और बात भी करनी थी, यह कहते हुए मैंने औचक पूछ दिया, "आपको पता है कि मेरे चाचा को किसने मारा?"

रामपाल की हँसी अचानक थम गई। उसने मुझे ग़ुस्से से घूरते हुए कहा, "नहीं।"

"कल रात आग लगी थी," मैंने बोलना जारी रखा, "वो मन्दिर के बग़ल वाली छोटी-सी झोंपड़ी में, क्या हुआ था? और उस झोंपड़ी का क्या मामला है? कभी-कभार वहाँ कुछ रोशनी सी दिखाई देती थी मुझे।"

उसने सपाट जवाब दिया, "कोई अन्दाज़ा नहीं है। हमारे ख़याल से वहाँ कुछ लोग अपना माल रखते हैं। कुछ ख़ास नहीं। अगर आप इजाज़त दें तो हम कुछ और ज़रूरी काम निपटा लें, जानवरों का। आपको उसकी फ़िक्र नहीं होगी, लेकिन हमें है।"

अचानक उनके लहज़े में आए इस बदलाव से लगा कि आग में कुछ तो काला है। और ये रहस्यमय 'कुछ लोग' कौन हैं जो अपना माल वहाँ रखते हैं? मैं चलने लगा तो देखा कि रामपाल की छोटी वाली बेटी सब सुन रही थी। उसकी उम्र सोलह-सत्रह साल की रही होगी। देखने में लड़के जैसी थी और, चेहरे से सयानी लगती थी। वीणा नाम था। मैं उसे देखकर मुस्कराया। और जवाब में वह भी मुस्कराई।

लौटते हुए मैं उस जली हुई झोंपड़ी के पास गया। लगता है वहाँ कोई नहीं आया था। कुछ काँच के टुकड़े यहाँ-वहाँ बिखरे हुए थे। ऐसा लगता था फूटी हुई बोतल के हैं। हालाँकि बहुत ज़्यादा नहीं, पालनपुर में काम की कोई मामूली-सी चीज़ भी लोग किसी-न-किसी काम में ले आते हैं। मैं चाय की दुकान से होते हुए गुज़रा। चमत्कार! वह खुली हुई थी। वहाँ मैंने एक चाय पी और लोगों की बातचीत

को सुना। हर कोई पशुओं की रहस्यमय बीमारी के बारे में ही बात कर रहा था। आग के बारे में कुछ भी सुनने को नहीं मिला।

चाय के बाद मैं सीधे घर चला आया। उम्मीद थी कि मेरी ग़ैर-मौजूदगी में घर में काम कुछ आगे बढ़ा होगा। देखा तो न ख़ुशी हुई, न ही आश्चर्य। बाबू ने अब तक काम शुरू ही नहीं किया था। मैं उससे बात करने उसके घर की ओर निकल गया। उसकी झोंपड़ी गाँव के उस हिस्से के कोने में थी जहाँ मैं कभी नहीं गया था। यह दलितों का टोला था। पूछने पर बाबू ने दुनिया-भर के कारण गिनवा दिये। जैसे, पहला बहाना यही था कि मेरा घर बहुत ऊँचा है इसलिए वह काम नहीं कर पाया। फिर उसे लगा कि जो मज़दूरी मैंने बोली हैं वह बहुत कम है। चूँकि रँगाई बाहर और भीतर दोनों होनी है इसलिए कम-से-कम सौ रुपया तो बनता है। उसके मुताबिक़ पिछले साल उसने चूनाकली का और बड़ा काम किया था इसलिए उसे इस काम का तजुर्बा है। उसे इस काम का सौ रुपया मिला था जब उसने साठ रुपये लेने से इनकार कर दिया था। लगा कि वह दोबारा मोलभाव करने के चक्कर में है। उसका अन्तिम कारण यह था कि मौसम अब भी ठंडा है और अगर वो बीमार पड़ गया तो और दूसरे काम उसके छूट जाएँगे जो अचानक आ गए हैं और ज़्यादा ज़रूरी हैं। फिर उसने बड़ी धूर्तता से कहा कि अब तक मैं अगर खेती के औज़ार नहीं ख़रीद पाया हूँ तो इसके लिए उसे ज़िम्मेदार नहीं ठहरा सकता। जहाँ तक घर के बदबूदार कोने की सफ़ाई वाली बात है, वह मुझे पहले ही बता चुका था कि वह इसके बारे में सोच रहा है। मैंने सफ़ाई वाले काम को किनारे रखा और उसे समझाया कि रँगाई के काम के लिए मैं और पैसे देने को तैयार हूँ। मन मारकर मैंने सौ रुपये की पेशकश की लेकिन इस शर्त पर कि काम जल्द से जल्द शुरू हो जाना चाहिए। उसने भी मन मारकर हाँ कह दिया।

वहाँ से मैं किशन लाल के घर गया। वह अब भी अपने बैल और बीवी की गमी मना रहा था। हम लोग अगले दिन बाज़ार जाने के लिए राज़ी हुए कि बैल ख़रीद सकें, दो मेरे लिए और एक उसके लिए। घर वापस आकर मैं बिस्तर में पड़ गया और दिन-भर की घटनाओं के बारे में सोचने लगा। फिर पिताजी के नोट्स में खो गया।

अध्याय 10

पालनपुर, 1909

आम के पेड़ के पास वाली जगह को ख़ास मेहमान के सम्मान में तैयार किया जा रहा था। जल्द ही ज़मींदार ख़ुद वहाँ मुआयना करने आए और एक बढ़िया क़ालीन पर विराज गए। उनके गुर्गे उन्हें घेरे खड़े थे। ऐसा नहीं है कि ज़मींदार को अपनी जान का कोई डर था, बल्कि उन्हें लगता था कि गुर्गों के आसपास बने रहने से छोटे-मोटे हादसों की गुंजाइश भी जाती रहेगी। अंग्रेज़ अफ़सर को उसके टेंट से यहाँ तक लाने के लिए उन्होंने अशोक को भेज दिया था।

अशोक यह देखकर हैरत में था कि हेमिंग के रहने के लिए लगाया गया टेंट कितनी जल्दी तैयार हुआ था। इससे ज़्यादा हैरत उसे टेंट का आकार-प्रकार देखकर हुई। टेंट के ठीक सामने एक छोटा-सा छज्जा था, मुलाक़ातियों को धूप या बारिश से बचाने के लिए। यह टेंट नहीं, एकदम ट्रेन की माफ़िक ऐयाशी का सामान था। उसके प्रवेश द्वार पर पहुँचते ही अशोक को थोड़ा संकोच हुआ, पर वे दो सिक्ख दरबान जिनसे उसने पहले दोस्ती गाँठ ली थी उनमें से एक बाहर आ गया। उसके पीछे-पीछे हेमिंग भी बाहर निकला। आम के पेड़ तक पहुँचने के लिए वह गोरा ऐसा बेचैन था कि भहराते हुए अशोक के ऊपर ही चढ़ गया होता। कहाँ तो अशोक को उसे पेड़ तक जाने का रास्ता दिखाना था, उलटे मुखिया जी गोरे के पीछे-पीछे चल रहे थे। रास्ते भर दोनों ने एक-दूसरे से कोई बात नहीं की। इससे दोनों ही असहज होने से बच गए। पेड़ के पास गोरे को अन्दाज़ा था कि उसे कहाँ बैठना है। वह सीधे अपने लिए लगाई गई कुर्सी पर जाकर बैठ गया। कुर्सी पर्याप्त ऊँची थी। उसके मुक़ाबले ज़मीन पर बैठे लोग उससे निचले स्तर पर थे। इस व्यवस्था से अंग्रेज़ ख़ुश हो गया।

हेमिंग अपने साथ अपनी तश्तरी, छुरी, काँटा और एक चम्मच लेकर

आया था। केले के पत्ते पर उँगलियों से खाना खाने में उसे जाने क्यों बहुत डर लगता था। बहरहाल, उसने खाना खाया। खाना उसे पसन्द भी आया। उसने ऐसा कहा भी और गाँववाले यह सुनकर ख़ुश हो गए। आख़िर अशोक की अटपटी माँगों को पूरा करने में गाँववालों ने काफ़ी संघर्ष जो किया था। इस संघर्ष में एक मुर्गा कुरबान हो गया था। उसे एक ऐसे ख़ानसामे ने पकाया जो ख़ुद शाकाहारी था। उसे इसमें बहुत दिक़्क़त आई क्योंकि वह उसे चख नहीं सकता था। बहरहाल, चमत्कारिक रूप से मुर्गा शानदार निकला। सब्ज़ियाँ तो स्वादिष्ट थीं ही और लस्सी भी एकदम ताज़ा थी। ज़मींदार के हुक्म पर उसके आदमियों ने खाना बाँटने के पूरे काम पर नज़र रखी। उन्होंने हिदायत दी थी कि अंग्रेज़ को कोई कमी न पड़ने पाए वरना गाँव की बड़ी बदनामी होगी। गाँववालों ने भी ख़ूब मन लगाकर हर चीज़ का ध्यान रखा। वे जानते थे कि ऐसा करके वे अपना फ़ायदा ही कर रहे हैं।

गाँव से संगीत की एक आवाज़ आ रही थी। जैसा अशोक ने कहा था, बिलकुल उसी के हिसाब से दुखी कुछ औरतों और मर्दों के समूह को लेकर ढोलक, तबला और अन्य गाजे-बाजे के साथ चली आ रही थी। औरतों को उसके साथ नाचना था, और मर्दों को ढोलक और तबला बजाना था। बच्चे भी इस समूह का हिस्सा थे। कुछ के हाथ में मोमबत्तियाँ थीं। कुछ ताली बजा रहे थे। समूह आम के पेड़ के पास पहुँचा। यह एक दुर्लभ पल था। जो गाँव अच्छी चीज़ों के लिए कम और बुरी चीज़ों के लिए ज़्यादा जाना जाता है, आज वहाँ पूरी कायनात एक आयोजन को कामयाब बनाने के लिए एक साथ उपस्थित हो गई थी। हल्की थाप और ताल से शुरू होकर संगीत ज़मींदार के मँगवाए बैंड के वृंद तक बड़ी सहजता से उठा गोया ये सब मिलकर एक ही राग बजा रहे हों। घर से ही बजते हुए बाजों के साथ चल रही दुखी अब तैयार हो चुकी थी। वह तुरन्त हरकत में आ गई। हल्के पैरों से जब वह लचकते हुए खुली जगह के बीचोबीच पहुँची तो उसके पायल छनक उठे। उसके पैरों को पर लग गए थे। वह बहुत तेज़ी से नाचती और अचानक थम जाती। ऐसा लगता था कि काफ़ी ऊपर से नीचे की ओर आते उसके पाँव सीधे ज़मीन से टकराएँगे पर आख़िरी पल में ज़मीन से महज़ इंच भर ऊपर वे ठहर जाते। फिर झम्म से वह पैर को पटकती और पायल बज उठती। क्या शानदार तरीक़े से वह एकदम लय में अपनी भव्य मुद्राओं के साथ पूरी देह को सँभाले हुए इतनी ख़ूबसूरती से नाच रही थी।

वह गोल-गोल घूम रही थी, लहरा रही थी और ताली बजा रही थी। उसकी गति इतनी तेज़ थी कि रह-रहकर उसकी कुर्ती हवा में उठ जाती और उसके मज़बूत पैरों से चिपकी सलवार उभर आती। बस पल-भर की

ही झलक मिलती, लेकिन देखनेवालों की पूरी दिलचस्पी उसी में थी। ज़ाहिर है, अंग्रेज़ की भी। फिर जल्द ही घूमर धीमा होता और कुर्ती वापस नीचे आ जाती। उसके हाथ तेज़ बल्कि बहुत-बहुत तेज़ गति में चल रहे थे। उसकी पूरी भाव-भंगिमा और चाल मादक थी, जो बीच-बीच में थोड़ा उघाड़ के बावजूद बराबर लुभानेवाली थी। उसकी मुद्राएँ तो मंत्रमुग्ध करनेवाली थीं ही पर सबसे ज़्यादा काम उसकी नाचती हुई आँखें कर रही थीं—बाएँ से दाएँ, ऊपर से नीचे, कभी लजीली तो कभी बेशर्म। कुल मिलाकर नाच, रोशनी और आवाज़ को मिलाकर देखें तो दुखी का प्रदर्शन बहुत शानदार रहा।

हेमिंग को खाने में आनन्द तो आया था, लेकिन वह थोड़ा उड़ा हुआ सा था, जैसे बड़े लोग गम्भीर होते समय दिखते हैं। इस अभिनय में वह बड़ा माहिर था। अपनी आदत के मुताबिक़ अपने बरतनों के साथ वह अपनी शराब भी लाया था। स्थानीय लोगों की नाराज़गी से बचते हुए बड़े सतर्क ढंग से वह बीच-बीच में एक घूँट मार ले रहा था। शराब की आदत उसे अपने कठिन काम, मसालेदार खाने, मौसम और अपने घर से दूर होने से निपटने में काम आती थी। उसे अन्दाज़ा था कि पालनपुर में या कहीं और भी उसने शायद कुछ ही लोगों को अपनी इस आदत से नाराज़ किया है। फिर भी, यहाँ छुपाकर पीना ही बेहतर था।

दुखी जब उसके सामने नाचने आई तो उसका पीना कम हो गया और नज़रें लगातार उसके ऊपर ही टिकी रहीं। नाच में उसकी दिलचस्पी बढ़ती गई। नाच के अन्त में उसका मुँह खुला का खुला रह गया और सारी बनावटी गम्भीरता एक झटके में जाती रही। दुखी ख़ूबसूरत तो थी ही, और जैसा कि गवेन्द्र को अन्दाज़ा था कि उसके काले रंग से पीले अंग्रेज़ को कोई दिक़्क़त नहीं होनी थी। हेमिंग को भारत में तैनात हुए कुछ समय हो चला था। वह ऐसी कई पार्टियों में जा चुका था जहाँ हिन्दुस्तानी नृत्य का प्रदर्शन होता था। ऐसे आयोजन अक्सर किसी ख़ास अफ़सर की बड़ी हवेली में रखे जाते जहाँ शराब-कबाब की कोई कमी नहीं होती थी। हेमिंग बहुत पेटू था। उसे केवल खाने-पीने से मतलब रहता था। ऐसे कार्यक्रमों में वह अपनी तश्तरी को खाने की चीज़ों से भर लेता और पूरे मज़े में एक के बाद एक ड्रिंक अपने भीतर उड़ेलता जाता था। पार्टी में प्रदर्शित की जा रही कला से उसका कोई ख़ास सरोकार नहीं होता था। जिन लोगों से उसे बात करना पसन्द था, वे सब भी उसी के जैसे थे। उनके बीच स्थानीय कलाकारों के हुनर पर अपमानजनक ढंग से बातें करना एक फ़ैशन जैसा था। किसी कलाकार का हुनर सामने ज़ाहिर भी होता तब भी उसकी बड़ाई करने के लिए किसी गोरे को बहुत हिम्मत बटोरनी पड़ती थी। बेशक ऐसे

अंग्रेज़ भी थे, पर हेमिंग उनमें से नहीं था। इसीलिए जब यहाँ शान्ति से चुपचाप बैठकर नाच देखने की बाध्यता उसके ऊपर आई, तो उसे जैसे कोई कलात्मक ख़ज़ाना हाथ लग गया। उसे अहसास हुआ कि पहली बार किसी नृत्य के कार्यक्रम ने उसका ध्यान खींचा है। उसे चूँकि ग़ुलामों के गीत-संगीत के तौर-तरीक़ों का कोई अन्दाज़ा नहीं था इसलिए जब नाच ख़त्म हुआ, तब उसे लगा कि इतनी जल्दी ख़त्म हो गया। वह भौचक्का रह गया। अपनी आख़िरी मुद्रा में दुखी ने अपने ख़ूबसूरत पैरों से ज़मीन पर दो थाप मारी और तेज़ी से ग़ायब हो गई।

पालनपुर, 1984

पूरी रात सोने में मुझे दिक़्क़त आई। एक तो गाँव की हाल की घटनाएँ और दूजे पिताजी के काग़ज़, दोनों ने मुझे अवसाद में ला दिया।

सुबह हालाँकि बेहतर महसूस हुआ। आज का दिन बहुत अहम था। बहुत कुछ आज ही तय हो जाना था। मसलन, बाबू आज मकान की रँगाई कर देगा या कम-से-कम हाथ तो लगा ही देगा। मैं चन्दौसी से दो बैल लेकर आऊँगा। शुक्र है कि किशन लाल मेरे इस उद्यम में मुझे राह दिखा रहा है। मैं वहाँ से फ़ोटो भी लेता आऊँगा। शायद पैट का तार भी आया पड़ा हो कि वह भारत कब आ रही है। और एडीओ से गाँव के स्कूल की बात भी करनी है। बहुत काम था और सब आज ही निपटाना था।

ट्रेन सुबह नौ बजे खुली। पालनपुर के कई किसान उसमें चढ़े थे। किशन लाल और मैंने ठाकुरों के एक समूह के बीच बैठने की जगह बनाई। उनमें एक खेम पाल सिंह थे जो कुछ धान बेचने के चक्कर में शहर जा रहे थे। एक गंगा सिंह थे जो अपनी बहन की शादी की तैयारियों में व्यस्त थे। कुमार पाल सिंह को अपने पम्पसेट के लिए एक मिस्त्री की तलाश थी। ऐसे ही कुछ और लोग ट्रेन में थे। ज़्यादातर के पास टिकट था।

"अरे दोस्त!" अचानक कैप्टन की आवाज़ आई, "लग रहा है आपने अपनी नई ज़िन्दगी से ताल्लुक़ बिठा ही लिया है। और, तसवीरें अच्छी आ रही हैं कि नहीं?"

मैंने कोई भावनात्मक प्रतिक्रिया नहीं दी। हक़ीक़त में मैं उन्हें वहाँ पाकर बहुत अचम्भित भी नहीं था। कैप्टन अच्छे मूड में थे। मैंने उन्हें अपने प्रोजेक्ट की प्रगति का हाल बताया। यह भी बताया कि मैं बैल ख़रीदने जा रहा हूँ और यह इस बात का सबूत है कि मैं कितना संजीदा हूँ।

"और कोई नई खोज? चाचा के घर में सफ़ाई तो आपने कर ही दी है।"

मैंने खीजकर जवाब दिया, "पालनपुर से महज़ गुज़रनेवाली एक सवारी के बावजूद लगता है आप बहुत कुछ जानते हैं।"

कैप्टन खुलकर हँस दिये, "मैं लोगों से बात करता रहता हूँ इसीलिए। यक़ीन मानिए आपकी किताब के लिए भी ऐसा करना फ़ायदेमन्द साबित होगा। उस रात लगी आग के बारे में कुछ पता चला? भयावह थी न?"

"मुझे उसके बारे में कुछ भी पता नहीं है। ऐसा लगता था कि उस छोटी-सी झोंपड़ी के लिहाज़ से आग बहुत भीषण थी।"

"हाँ, झोंपड़ी में शायद कुछ ऐसी चीज़ें थीं जिन्होंने अच्छे से आग पकड़ ली," कैप्टन ने इशारा किया, "और क्या वजह हो सकती है।"

"आपको वाक़ई बहुत कुछ मालूम है। काश मैं भी इतना कुछ जानता होता। आपके कहे मुताबिक़ मैं भी लोगों से बहुत बातें करता हूँ। अब लोग मुझसे उतनी बात नहीं करते तो मैं क्या कर सकता हूँ।"

"बेशक, बेशक, लेकिन सही आदमी से सही सवाल करना ही मूल बात है।"

"ये तो अजीब बात हुई," मैंने शिकायती लहज़े में कहा।

कैप्टन ने मुझे थोड़ा राहत देने की सी मुद्रा बनाई। रास्ते भर हम लोग दूसरी चीज़ों के बारे में बात करते रहे, लेकिन मेरे दिमाग़ में लगातार मकान में चली तीन गोलियों की बात घूम रही थी जिनके केवल दो खोखे बरामद हुए थे। पहले चली गोली कोई मायने नहीं रखती थी। मैं सोच रहा था कि क्या कैप्टन पर इस मामले में भरोसा करना चाहिए? फिर मैंने सोचा कि इस बारे में उनसे बात नहीं करनी है। शायद कभी बाद में देखा जाएगा। उन्होंने हालाँकि पिछली बार एक काम की बात कही थी जिस पर मैंने अमल नहीं किया था। वो यह कि मुझे बाबू के अलावा और दलितों के घर भी हो आना चाहिए।

बहरहाल, चन्दौसी पहुँचकर मैं और किशन लाल पहले खेम पाल सिंह के साथ एक चावल के कारोबारी के पास रिक्शे से पहुँचे जिसे एक दलित लड़का खींच रहा था। वो बाबू को अच्छे से जानता था। दोनों दूर के चचेरे भाई थे। उसने बताया कि वह रोज़ स्टेशन आता है और छह रुपया प्रतिदिन के हिसाब से रिक्शा किराए पर चलाता है। चावल व्यापारी एकदम कार्टून जैसे दिखते थे—मोटे थुलथुल और झक सफ़ेद कुर्ता-पाजामा पहने हुए, और जेब में क़लम और मोटी-मोटी बहियाँ थीं।

हम लोग कुछ देर मसाले और सब्ज़ियाँ ख़रीदने के लिए चन्दौसी की व्यस्त सड़कों पर भटकते रहे।

एक किताब की दुकान नज़र आई। वहाँ ठहरकर मैंने इंग्लिश रीडर ख़रीदी, फिर स्कूल को आर्थिक सहायता देने के बारे में बात करने के लिए हम लोग एडीओ के पास चले गए। दुर्भाग्य से वह मुरादाबाद गए हुए थे लेकिन बीडीओ वहाँ मौजूद था। उसके बाल पके हुए थे, अधिकारी जैसी ढब थी और मुस्कराहट

दोस्ताना थी। उसने बताया कि कुछ शर्तों के साथ स्कूल की मरम्मत के लिए फ़ंड मिल सकता है। किशन लाल बैल ख़रीदने के लिए बेकल था। हम लोग बीडीओ के खोखले वादे के साथ निकल लिए क्योंकि किशन लाल को पालनपुर जाकर खेतों में काम करने की जल्दी थी। इसके बावजूद वह एक घड़ीसाज के यहाँ एक रुपये में अपनी घड़ी बनवाने के लिए रुका, तब मैंने कहा कि कुछ चाय-नाश्ता भी कर ही लेते हैं। इसमें मेरे तीन रुपये ख़र्च हो गए। मैंने दो रुपये अस्सी पैसे के कुछ एरोग्राम भी ख़रीदे। मैंने ध्यान दिया कि लन्दन हो चाहे चन्दौसी, शहर में आने पर ख़र्चा काफ़ी हो जाता है। उस सुबह मैंने पचास रुपये ख़र्च किये थे, जिसमें अंग्रेज़ी की किताब के इक्कीस रुपये भी शामिल थे। चन्दौसी में कई जगह पालनपुर के लोग दिखे जो अपने-अपने काम निपटाने में लगे थे। वहाँ पीपली के एक किसान बुद्ध सेन माथुर से भी हमारी मुलाक़ात हुई। उनके बेटे को टिटनस हो गया था। उसका इलाज एक निजी क्लीनिक में चौदह दिन से चल रहा था। हम लोग कुछ देर उसे देखने गए। किशन लाल लगातार परेशान हो रहा था कि समय ख़राब हो रहा है, पर उस लड़के का हाल बुरा था। वह बहुत पतला और कमज़ोर था। दो हफ़्ते पहले उसके पैर में जो लकड़ी का चैला घुसा था, उसे उसने एक कपड़े में लपेटकर अपनी जेब में रखा हुआ था। उसका इलाज बहुत महँगा था लेकिन बच जाने की उम्मीद थी। इससे बड़ी उपलब्धि यहाँ और क्या हो सकती थी भला!

मवेशी बाज़ार जाने के चक्कर में मैंने स्टूडियो जाना रद्द कर दिया। किशन लाल के साथ तीन घंटे खोजाई और मोलाई के बाद जाकर मैं दो सुन्दर बैलों के साथ वापस पालनपुर आया। किशन लाल भी अपना एक बैल लेकर आया। किशन लाल सौदे के मामले में बाबू से ज़्यादा समझदार निकला। यह तय करना मुश्किल था कि बैल ख़रीदे जाएँ या भैंसे। इस मामले में बैल बेहतर विकल्प थे, हालाँकि दो भैंसों का दाम भी मोटा-मोटी उतना ही था लेकिन जुताई में बैल ही काम आते, ख़ासकर गर्मियों के मौसम में, जबकि भैंसे केवल भारी गाड़ी खींचने के काम आते। पालनपुर के किसानों का मानना था कि गाँव में जब से गन्ना एक मुख्य फ़सल के रूप में स्वीकृत हुआ है उसके बाद से ही भैंसों की संख्या बढ़ी है क्योंकि गन्ने को ढोने की ज़रूरत भी तेज़ी से बढ़ी है। मेरे मामले में इस बात की कोई अहमियत नहीं थी।

मवेशी बाज़ार में मोलभाव का तरीक़ा बिलकुल सीधा था। कम-से-कम वैसा तो नहीं था जैसा बाबू ने बताया था। बेचनेवाले अपने जानवरों को लेकर बैठ जाते हैं, चाहे बैल हों, भैंस या गाय, और ख़रीदार आसपास मँडराते हुए माल का जायज़ा लेते रहते हैं। जब उन्हें अपनी पसन्द का पशु दिखता है तो वे दाम पूछते हैं। पशु मालिक दाम को बढ़ा-चढ़ाकर बताता है, मसलन अधिकतम सम्भव दाम से पचास फ़ीसदी

ज़्यादा। दाम बहुत ज़्यादा होने के बावजूद इतना अन्दाज़ा तो लग ही जाता है कि कैसा मोलभाव करना चाहिए और कहाँ तक। ख़रीदार को अगर लगता है कि वह अपनी अंटी में रखे पैसे से नीचे तक दाम को लेकर आ सकता है तो वह जानवर के पास ही जम जाता है। अक्सर वहाँ टहल रहे उसके कुछ दोस्त-मित्र उसकी इस काम में मदद करते हैं। वे जानवर का क़रीब से मुआयना करते हैं और उसके बारे में अपनी नकारात्मक राय देते हैं, जैसे पैर बहुत छोटे हैं, पूँछ बहुत लम्बी है, पीठ उतनी गोल नहीं है, इत्यादि। इसका मतलब कि अब मोलभाव गम्भीर हो चला है। दिन की शुरुआत में पशु विक्रेता बाज़ार का अन्दाज़ा लगाने के लिए बहुत ज़्यादा दाम बोलते हैं। इस दौरान बहुत कम सौदे होते हैं। जैसे-जैसे दिल ढलता जाता है, ज़्यादा महत्त्वाकांक्षी विक्रेता और ख़रीदार ख़ाली हाथ घर लौट जाते हैं। किसान किसी जानवर को ख़रीदने या बेचने से पहले कई बाज़ारों का अन्दाज़ा लेता है। मैंने भी इस काम में बहुत वक़्त बिताया, और कुल पाँच घंटे में विक्रेता को मनाने के बाद मध्यम आकार और मध्यम दाम के दो बैल ख़रीद लिये—एक ललछौंह था, मज़बूत पर पुराना, 627 रुपये में। दूसरा जवान और सफ़ेद था, शायद तीन या चार साल का रहा होगा पर देखने में सुन्दर था। यह 750 रुपये का पड़ा। दाम ज़्यादा नहीं था। पालनपुर के मेरे दोस्तों को वे पसन्द आए। मुझे भी। किशन लाल का बैल 710 रुपये का पड़ा।

पालनपुर लौटते वक़्त मुझे अहसास हुआ कि मैं डाकघर जाना तो भूल ही गया। शायद पैट का तार आया हो। फिर मैंने सोचा कि बाबू को अगले दिन फ़ोटो और तार लेने के लिए शहर भेज दूँगा। घर की रँगाई शुरू करने के बदले में उसके लिए यह किसी इनाम से कम नहीं होगा।

खंड 2

मुरादाबाद, 1984

काठ के बने छोटे से ताँगे में बैठी लाल साड़ी वाली उस महिला को धूप की तपिश से बचाने के लिए छाँव के नाम पर एक घिसा हुआ पुराना कपड़ा तना हुआ था, जो किसी काम का नहीं था। महिला जवान थी पर उसकी साड़ी पुरानी थी। घोड़ा भी बहुत बूढ़ा और दुबला था, लेकिन वह ख़ुशी-ख़ुशी बग्घी को खींचे जा रहा था। उसके गले में कुछ छोटी-छोटी घंटियाँ बँधी हुई थीं, जैसी नाचनेवाली लड़कियाँ अपने पैरों में बाँधती हैं। उसके खुरों की टाप से जो धूल सड़क से उठ रही थी वह एक सुनहरा आभामंडल-सा बना रही थी। एक पुरानी बग्घी को खींचता एक पुराना घोड़ा—यह अपने-आपमें एक सुन्दर दृश्य हो सकता था, लेकिन इसका इल्म न तो उस महिला को था और न ही कोचवान को। सफ़ेद कुर्ता पहने ताँगेवाले ने आँखों पर एक मोटा चश्मा लगा रखा था जिसका एक काँच कोने से टूटा हुआ था। काँच को टूटे कई साल हो चुके थे पर वो उसे ऐसे ही पहनता चला आ रहा था। उसके बग़ल में चाबुक रखी थी लेकिन वह उसका इस्तेमाल नहीं कर रहा था। उसकी कोई ज़रूरत नहीं थी क्योंकि उसका और उसके घोड़े का बरसों पुराना साथ था और उसे बिना किसी ज़्यादती के अपने घोड़े को दौड़ाने का हुनर आ गया था।

उस नौजवान महिला से हालाँकि वह ज़्यादा परिचित नहीं था। हफ़्ते में कोई एकाध बार वह उसके पास आती और यहाँ-वहाँ ले चलने को कहती थी। जब वह पहली बार आई थी तब उसने घोड़े को सहलाया था और घोड़े ने भी प्यार से अपनी थूथन से उसे स्पर्श किया था। महिला के चेहरे पर मुस्कान उभर आई थी। ताँगेवाला अपने बेज़ुबान साथी की भावनाओं पर बहुत भरोसा करता था इसलिए इस नज़ारे ने उसका दिल जीत लिया था।

"क्या नाम है इसका?" महिला ने पूछा था।

"फ़ैज़ान," ताँगेवाले ने जवाब दिया, "और मेरा नाम फ़ैसल है।"

उसे मुरादाबाद शहर के दूसरे छोर पर जाना था। घोड़े के मालिक ने किराया

बताया, महिला ने कोई मोलभाव नहीं किया। वह कभी उससे मोलभाव नहीं करती थी और घोड़ेवाला भी कभी इसका बेजा फ़ायदा नहीं उठाता था। सफ़र के अन्त में वह चुपचाप पैसे देती, फ़ैसल का शुक्रिया अदा करती और फ़ैज़ान को सहलाकर चल देती। कभी ताँगे की ज़रूरत नहीं होती और वो रास्ते में दिख जाता तब भी महिला उसे दुआ-सलाम करती और घोड़े को हमेशा दुलारती थी। कितनी भली और ख़ूबसूरत लड़की है, इसके माँ-बाप को दुआ लगे—ताँगेवाला सोचता। एक नौजवान था जिसकी उस लड़की में दिलचस्पी थी। वैसे तो कई थे उसके पीछे, लेकिन वह केवल इसी को ही भाव देती थी। वह भी इसकी तरह छात्र था। लड़का बेशक भला होगा पर लड़की के जोड़ का नहीं था, ऐसा ताँगेवाले का मानना था, पर उसका इससे क्या लेना-देना।

वह पक्का नहीं जानता था कि दोनों क्या पढ़ते हैं। उसे अगर पढ़ना-लिखना आता तो वह शायद समझ पाता कि उस स्कूल में प्राथमिक स्कूलों के शिक्षकों को प्रशिक्षण दिया जाता था। लेकिन उसे पढ़ना नहीं आता था। एक बार बूढ़े ताँगेवाले के हाथ एक किताब लगी थी। शायद कोई सैलानी छोड़ गया था। उसने वह किताब लड़की को थमा दी थी। लड़की ने इसके लिए बहुत गर्मजोशी से उसका शुक्रिया अदा किया, गोया कोई ख़ज़ाना हाथ लग गया हो।

कुछ दिन पहले ही उसने बूढ़े से पूछा था कि क्या वह उसे पालनपुर तक लेकर चल सकता है। यह सुनकर बूढ़ा चौंक पड़ा था। उसे लगा कि पालनपुर तो एक ऊँघता-सा अजीब क़िस्म का गाँव है, उसे लगा कि वह वहाँ की नहीं है। लड़की दलित थी, इस बात से बूढ़े को कोई फ़र्क़ नहीं पड़ता था लेकिन उसे इतना मालूम था कि पालनपुर जैसी छोटी-सी जगह पर ज़िन्दगी उतनी आसान नहीं होती। शहर में वह लड़की कहीं ज़्यादा महफ़ूज़ रहेगी। इसीलिए उसने दोबारा पूछा कि क्या वह वाक़ई वहाँ जाना चाहती है, चूँकि उसकी जानकारी में तो पालनपुर में किताब नाम की चीज़ किसी के पास होती नहीं, लेकिन लड़की अपनी बात पर टिकी रही, "इसीलिए तो मैं जा रही हूँ वहाँ।" मुस्कराते हुए उसने कहा था।

फिर उसने यह भी पूछा था कि कहीं उसका छोटा-सा सूटकेस और किताबों का डिब्बा घोड़े के लिए ज़्यादा भारी तो नहीं हो जाएगा। बूढ़ा हँस दिया था। तय हुआ कि दो दिन बाद वे वहाँ के लिए निकलेंगे। और अब, वे रेलवे पटरी के साथ-साथ पालनपुर जानेवाली धूल भरी सड़क पर ख़ुशी-ख़ुशी बढ़े जा रहे थे। ताँगेवाला जानता था कि लड़की को धूप लग रही है लेकिन वह इस मामले में कुछ नहीं कर सकता था। लड़की को भी शायद इससे कोई फ़र्क़ नहीं पड़ रहा था।

वह चुपचाप बैठी हुई थी। पीछे बैठकर वह चारों ओर देख रही थी। बीच-बीच में वह हवा से बिखर जा रहे अपने बालों को समेटती थी। उसके चेहरे पर ख़ुशी और संकल्प का भाव था। बूढ़े कोचवान को इतना तो अन्दाज़ा हो चुका था कि लड़की किसी बड़े काम से जा रही है। यह बात सही थी—वह बड़ा काम पालनपुर के बच्चों

को शिक्षित करने का था। उस लड़की का बचपन काफ़ी दुखद बीता था। अपनी परदादी की तरह उसका नाम भी दुखी हो सकता था, लेकिन उसे लगता था कि तमाम लड़के-लड़कियों की क़िस्मत तो उससे भी गई-बीती है क्योंकि उसकी तरह उन्हें किसी अमीर रिश्तेदार का सहारा नहीं मिला। पालनपुर की ग़रीबी के हिसाब से देखें तो उसके चाचा जॉर्ज ठीक-ठाक पैसे वाले आदमी थे और इसी एक बात ने बहुत बड़ा फ़र्क़ पैदा कर दिया था—इसने स्मिता को खिलने का मौक़ा दिया। अकेले पैसे का ही मामला नहीं था। जब वह पैदा हुई थी तब उसके चाचा जॉर्ज ने तय किया था कि इसका नाम ऐसा रखना है जो सकारात्मक हो और शायद इसकी ज़िन्दगी पर कुछ असर डाल सके। इस बात पर किसी को भरोसा नहीं था, उसके माँ-बाप तक को नहीं, लेकिन हमेशा उदार रहे एक बूढ़े चाचा की मामूली सी सदिच्छा से असहमत होने का भी कोई मतलब भी नहीं बनता था। लड़की समझदार निकली। इसलिए चाचा की राय थी कि इसे पढ़ाया जाए। सो, बहुत छोटी-सी उम्र में ही वह मुरादाबाद चली गई जहाँ ट्रेन की ड्राइवरी से रिटायर होने के बाद जॉर्ज बस गए थे। उनके अपने कोई बच्चे नहीं थे क्योंकि वे अविवाहित थे। उनकी तरह के लोग शादी करते भी नहीं थे। स्मिता को उन्होंने अपनी पोती की तरह पाला और उसे पढ़ाया-लिखाया।

एक दिन स्मिता ने कहा कि वह वापस पालनपुर जाना चाहती है। जॉर्ज इस बात पर बहुत दुखी हुए। वह उन्हें छोड़कर एक न एक दिन तो जाएगी ही इतना उन्हें पता था, लेकिन उन्हें लगता था कि वह बरेली या कानपुर जाएगी। और दिल्ली क्यों नहीं? या फिर मुरादाबाद में ही रह जाती? उनके मरने के बाद मकान तो वैसे भी उसी के नाम होना है। इसमें बहुत समय भी नहीं बचा है चूँकि अब उनकी उम्र हो चली थी। इस बात पर स्मिता मुस्करा दी थी। वह कई बार ऐसी योजनाएँ अपने चाचा के मुँह से सुन चुकी थी। इस बात पर उसने देखा था कि चाचा को ख़ुशी मिलती है, पर उसकी ज़िन्दगी यहाँ नहीं कहीं और थी। और यह बात उसे हमेशा से पता थी।

जॉर्ज ने फिर दूसरी जुगत लगाई। साँवली होने के बावजूद स्मिता ख़ूबसूरत थी और उसके लिए अच्छे रिश्ते आ सकते थे। चाचा ने कहा कि वे दहेज देने को तैयार हैं पर स्मिता ने इसका विरोध किया। अपने दुबले-पतले हाथों से चाचा के मज़बूत बाजुओं को सहारा देते हुए उसने दृढ़ता से कहा था कि उन्होंने उसके लिए अब तक जो कुछ किया उसके लिए वह उनकी शुक्रगुज़ार है लेकिन उसकी ज़िन्दगी उसकी अपनी है और उसके अपने कुछ कर्तव्य भी हैं। बरेली में स्कूल शिक्षकों की कोई कमी नहीं, दिल्ली में तो और भी ज़्यादा हैं पर पालनपुर में कोई नहीं है। स्मिता की क़िस्मत है कि उसे ऐसा चाचा मिला। अब अपनी क़िस्मत को वह थोड़ा पालनपुर के बच्चों से बाँटना चाहती है। इस बात पर बड़ी मुश्किल से चाचा जॉर्ज राज़ी हो पाए। वैसे भी वे बूढ़े और बीमार हो चले थे।

पालनपुर क़रीब आ चुका था। स्मिता ने बूढ़े ताँगेवाले से धीरे करने को कहा।

उसने कहा कि उसे लगता है घोड़ा थक गया होगा। बूढ़ा इस बात पर मुस्करा दिया। घोड़ा थका नहीं था, फिर भी बूढ़े ने रफ़्तार धीमी कर दी। उसे लगा कि शायद लड़की बाक़ी सफ़र आराम से करना चाह रही हो। स्मिता न केवल सफ़र का आनन्द उठा रही थी, बल्कि अपने भीतर ताक़त को भी समेट रही थी। वह जानती थी कि आगे ज़िन्दगी कठिन रहनेवाली है।

अचानक यहाँ-वहाँ से निकलकर बच्चों ने ताँगे को घेर लिया। वे उसके साथ दौड़ने और शोर मचाने लगे। वे सब मुस्करा रहे थे। बूढ़े ने उन्हें डाँटना चाहा पर लड़की ने मना कर दिया और बच्चों को देखकर पलटकर मुस्कराई। आख़िर इन्हीं के लिए तो वह यहाँ आई है। तब तक एक अधेड़ व्यक्ति ने बच्चों को डाँट दिया। फिर एक और आदमी आया। उसने भी बच्चों को डाँटा। स्मिता ने मुस्कराना बन्द कर दिया। पालनपुर की हक़ीक़त अब धीरे-धीरे उसके सामने खुलने लगी थी। तभी सड़क किनारे उसकी नज़र एक ऐसे जवान शख़्स पर पड़ी जो थोड़ा हट के था—उसके दिमाग़ में यही शब्द कौंधा—और जिसके बैल पगहा छुड़ाने के चक्कर में उसे नचा रहे थे। स्मिता को देखते ही उसका मुँह खुला का खुला रह गया था और आँखें फटी की फटी। वह जोकर लग रहा था। उसे देखकर स्मिता की हँसी छूट पड़ी।

अध्याय 11

पालनपुर, 1984

चन्दौसी से लाते वक़्त रास्ते में पहली बार ऐसा हुआ कि बैल मेरे हाथ से फिसलकर तक़रीबन भाग ही निकले थे। यहाँ पर ऐसी लड़की? कौन है ये? शायद मैं जड़ हो गया था एक पल के लिए, क्योंकि किशन लाल ने मुझसे पूछा था—"क्या हुआ? ठीक तो है?" उनके बैल अब भी सधी हुई चाल से एकदम सीधे चल रहे थे।

"कौन है ये?" मैंने किसी तरह पूछा।

किशन लाल ने कन्धे उचका दिये। "कौन? ओह, वो लड़की? क्या जाने। होगी किसी की रिश्तेदार।" उसके जवाब का लहज़ा ऐसा था मानो कह रहा हो कि ये जवान लड़की जन्नत से उतरी कोई हूर नहीं, किसी पालनपुरिये की भतीजी-वतीजी होगी।

मैंने ज़ोर देकर पूछा, "आख़िर यहाँ ये किससे मिलने आ सकती है? रामपाल मुखिया से? या शायद हमेशा ग़ायब रहनेवाले पंडित से? देखने में तो अच्छी और सयानी लगती है।"

"काली है," किशन लाल ने ग़ौर किया, "दलित जैसी दिखती है।"

इस बार कन्धे उचकाने की बारी मेरी थी। विस्मित करनेवाले इस नज़ारे से मैं घर पहुँचने तक स्तब्ध रहा। वहाँ पहुँचते ही कड़वी सच्चाई से आँखें दो-चार हुईं—बाबू ने अब तक रँगाई का काम शुरू नहीं किया था। मुझे बहुत तेज़ ग़ुस्सा आया। किशन लाल के साथ तय हुआ कि वह कल मेरे खेत साफ़ करने के लिए इन्हें ले जाएगा। इसके बाद बैलों को बाँधकर मैं और सीधे बाबू के घर की ओर निकल पड़ा।

वह अपनी बूढ़ी चाची के साथ चाय पी रहा था। उन्हें मैंने पहले भी एकाध बार देखा था। उसके आलस पर मैं बेहद खीजा हुआ था पर उसने जब मुझे अपने काम न शुरू करने के पीछे नये कारण गिनवाए तो मैं ढेर ही हो गया। उसने अपनी

बूढ़ी चाची का सहारा लेकर तर्क देना शुरू किया कि अगले महीने होली के बाद उसके पास ढेर सारा पैसा आनेवाला है क्योंकि उस समय बहुत काम होगा—कटाई, मरम्मत और ख़ासकर निर्माण का, चूँकि तब तक ईंटें भी तैयार हो जाएँगी। उसे अच्छी कमाई होगी। अच्छी कमाई मतलब दस रुपये की दिहाड़ी। उसकी चाची का कहना था कि वो भी इतना ही कमाएगी। चूँकि पैसा तो कल आना ही है, इसलिए तब तक बिना दाल या सब्ज़ी के भूखे दिन गुज़ारने के बजाय उसने राशन ख़रीदने के लिए एक सूदख़ोर से पचास रुपये का क़र्ज़ा लेना बेहतर समझा, जिसे कटाई के बाद पचास फ़ीसदी के ब्याज पर उसे लौटाना होगा। उसने बेशर्मी से कहा कि क़र्ज़ा मिलने में उसे बड़ी आसानी रही क्योंकि उसने सूदख़ोर के सामने चौड़े होकर बोल दिया कि उसे एक विदेशी के यहाँ रंग-रोगन का काम मिला है। इसमें हालाँकि थोड़ा समय लगेगा, पर सूदख़ोर मान बैठा कि पैसा तो आएगा ही और किसी तरह बाबू क़र्ज़ा भी चुका ही देगा। इसके अलावा, सबसे बड़ी बात कि उनके बहुत बड़े पैसेवाले परिजन ने भी मदद का वादा किया है। उसकी हर बात पर चाची ने हामी भरी। अब मैं कर ही क्या सकता था?

मैंने लम्बी साँस ली और तय किया कि रँगाई के काम को टाल ही देना बेहतर है। देखते हैं बाबू को कब भूख लगती है। मैंने उससे सीधे कहा कि उसे कल चन्दौसी जाना होगा क्योंकि बैलों के चक्कर में मैं फ़ोटो और तार लेना भूल गया। टिकट और बाक़ी ख़र्चा मैं सुबह दे दूँगा।

वापसी में मैंने देखा कि ताँगा ख़ाली ही गाँव से लौट रहा था। लड़की उसमें नहीं थी। उसका सामान भी नहीं था। इसका मतलब कि वह पालनपुर में ही रुक गई है! और वो भी कई दिन के लिए! मैं दंग रह गया। उसके जैसी ख़ूबसूरती दुर्लभ है। वो पालनपुर में हो या ब्रिटेन के किसी गाँव में हमेशा प्रशंसकों से घिरी रहती। आख़िर पालनपुर में उसका जाननेवाला कौन हो सकता है?

पता लगाने के लिए पर्याप्त सूचनाएँ मेरे पास नहीं थीं, सो मैंने अपना ध्यान उस पर से हटाया। अगर वह कुछ दिन यहाँ है तो आज नहीं तो कल कहीं-न-कहीं टकरा ही जाएगी। फ़िलहाल तो रामपाल सिंह के यहाँ जाने का वक़्त हो चला था। उन्होंने मुझे रात के खाने पर बुलाया था। बैल ख़रीदने के चलते उनकी निगाह में मेरी अहमियत बढ़ गई थी। हो सकता है वह लड़की भी वहीं मिल जाए।

लड़की तो नहीं मिली पर पार्टी में ठीक-ठाक संख्या में लोग थे और सब अच्छे मूड में थे। लिहाज़ा मैं विस्मित करनेवाले उस नज़ारे को तक़रीबन भूल ही गया। कोई घंटे-भर बाद एक अजीब सा शख़्स दरवाज़े पर नमूदार हुआ। आदमी क़द में ठिंगना था, साधु जैसे कपड़े पहना हुआ था और थोड़ा गोल-मटोल था। रामपाल अचानक हरकत में आ गया, इसका मतलब कि यह कोई ख़ास मेहमान था। पता चला कि उसका नाम ब्रह्मचारी है। यह वही पंडित है जिसे गाँव के

मन्दिर की देखभाल का काम दिया गया है लेकिन जो जरगाँव में ही पड़ा रहता है। एक ज़माने में यही पंडित गाँव का स्कूल चलाया करता था। चूँकि फूल सिंह वहाँ पढ़ाता था इसलिए उसके भाई रामपाल के साथ उसका रिश्ता एकदम साफ़ था। इस आदमी को इस बात का रत्ती भर अफ़सोस नहीं था कि इसके कारण स्कूल बरबाद हुआ पड़ा है। उसने रामपाल के प्रणाम को ऐसे स्वीकार किया जैसे कोई राजा अपने ताबेदार का सलाम लेता हो। मैंने सोचा कि क्या लड़की का आना इस आदमी से जुड़ा हो सकता है? कौन जाने, हालाँकि देखने में तो यह आदमी उतना प्रभावशाली नहीं लगता। मुझसे मिलने की बारी आई तो ब्रह्मचारी ने मुझे दिलचस्पी से देखा और कहा कि वह मेरे चाचा को बड़े अच्छे से जानता था। उनके साथ जो हुआ उसका उसे दुख है लेकिन वह उनके संग बिताए अच्छे वक़्त को याद करता रहता है। वे एक रौबीले और सम्पन्न आदमी थे। वैसे तो उसे, यानी ब्रह्मचारी को, माया से कोई मतलब नहीं लेकिन बेचारे राजेन्द्र प्रताप ने बीच-बीच में मन्दिर को कुछ दान देने की इच्छा जताई थी। दान देने से पहले ही काल उन्हें निगल गया। उसने कहा, अगर मुझे पता चले कि उन्होंने धन कहाँ रखा हुआ है तो वह उम्मीद करता है कि मैं उसके पवित्र कार्य के लिए दान करूँगा। एक बार सबका अभिवादन स्वीकार करने के बाद उसने बड़े सन्तोष से चारों ओर देखा और कहा, "आप साधु को जो देंगे, ईश्वर का आशीर्वाद ही होगा।"

रामपाल इस पर थोड़ा भ्रमित दिखे, तब उसने अपनी बात को थोड़ा और खोला, "सद्विचार और पवित्र ग्रंथ मस्तिष्क की ख़ुराक होते हैं, लेकिन ब्राह्मण की देह की कुछ सांसारिक ज़रूरतें भी गूढ़ होती हैं।"

"ओह, भोजन की बात कर रहे हैं!" रामपाल को उसकी बात समझकर ख़ुशी हुई।

ब्राह्मण थोड़ा अपमानित-सा दिखा, लेकिन उसने रामपाल को रोका नहीं। जल्द ही वह मोटा ठिंगना शख़्स एक बड़े से पत्ते के सामने बैठकर उन सांसारिक चीज़ों के पहाड़ को निगलने लगा जो उसके पवित्र मस्तिष्क में सद्विचार को पोषित करने के लिए आवश्यक थे।

ब्रह्मचारी अपने भोजन में तल्लीन था, और इसमें कोई बोलना नहीं चाहता था, सो रामपाल मेरे पास आ गए। उन्होंने बताया कि विद्वान ब्राह्मण दोबारा स्कूल खोलने की योजना बना रहे हैं क्योंकि पालनपुर में शिक्षा का स्तर बहुत ख़राब हो चुका है। मैंने इसका स्वागत करते हुए कहा कि भटनागर परिवार निस्सन्देह इस योजना का पूरी तरह से समर्थन करेगा। रामपाल ने सहमति जताते हुए एक टिप्पणी जोड़ी, "यह स्कूल चुनिंदा ज्ञान देगा। इसमें ग्रंथों का पाठ कराया जाएगा और थोड़ी-सी गणित भी पढ़ाई जाएगी, लेकिन उतनी ही जितना खेतीबाड़ी के लिए ज़रूरी होती है। ज़ाहिर तौर से यह शिक्षा लड़कों के लिए ही होगी, लड़कियों को स्कूल जाने की ज़रूरत नहीं है।"

"पर आपको नहीं लगता कि जितने ज़्यादा बच्चों को पढ़ाया जा सके उतना बेहतर, ख़ासकर लड़कियों के लिए? मेरे ख़याल से क़ानून भी यही कहता है!" मैंने विरोध में कहा।

रामपाल जवाब देते, इससे पहले मुरादाबाद से प्राथमिक शिक्षक की डिग्री लेकर लौटे उनके बेटे हुकुम ने टोक दिया, "मैं भी यही सोचता हूँ।"

मैंने हुकुम को एकाध बार दूर से देखा था, लेकिन इस रात्रिभोज में अब तक वह भीड़ के बीच ग़ायब ही था। लोग इस बात के लिए उसका मज़ाक़ उड़ाते थे कि वह अपने बाप के जैसा नहीं था, बल्कि अपने चाचा फूल सिंह के जैसा था। वो और फूल सिंह दोनों ही इस आरोप पर आगबबूला हो जाते थे।

रामपाल कुछ सेकंड के लिए शान्त रहे, इसके बाद अचानक उनके भीतर एक ज्वालामुखी-सा फूटा। वो तो अपने बेटे को मार ही देते पर शायद मेरे और ब्रह्मचारी के वहाँ होने के चलते उन्होंने ख़ुद को रोक लिया। फिर भी अपने बेटे के पिछवाड़े पर उन्होंने एक लात जमा ही दी। बेटा वहाँ से चला गया। रामपाल की लड़के जैसी दिखनेवाली बेटी वीणा अपने भाई के पीछे-पीछे चली गई। उसकी आँखों में आँसू थे।

ब्राह्मण थोड़ा उखड़ा सा था। बोला, "सांसारिक ज़रूरतें अवश्य मायने नहीं रखती हैं पर उन्हें भी गम्भीरता से ही पूरा किया जाना चाहिए।"

रामपाल अब इतने चिढ़ चुके थे ब्राह्मण से भी बहुत सुनने के मिज़ाज में नहीं थे। उन्होंने घूर के देखा। हर कोई वापस चुपचाप खाने में जुट गया। फिर वे मेरी ओर मुड़े और बोले, "नालायक लड़का है। ज़्यादा पढ़-लिख गया है, तो दिमाग़ में कूड़ा-कचरा भर गया है। कहता है कि चमारों को भी पढ़ने देना चाहिए।"

"क्यों नहीं?"

रामपाल मुखिया से जवाब देते नहीं बना, उन्होंने ज़मीन पर थूका और बोले, "सरकार यहाँ हम ग़रीब किसानों की मदद करने नहीं आती है। फिर हम उसका कहा क्यों मानें, ख़ास कर वो जो हमारे काम का नहीं है वह अगर स्कूल कभी दोबारा खुला, तो उसे हम ब्रह्मचारी के साथ लगा देंगे।"

"क्या हुकुम इस बात के लिए तैयार है?" मैंने मूर्खतापूर्ण सवाल कर दिया।

मुझसे बेकार की बहस करने का रामपाल में धैर्य नहीं था। मैंने इस सवाल को वहीं छोड़ कह दिया और पालनपुर में शिक्षा की सम्भावनाओं पर चिन्ता करने लगा। इस बीच मेहमानों से बातचीत होती रही और मैंने खाना खाया। निकलने से पहले मैं रामपाल को खोज रहा था कि एक बार मिल लूँ। देखा कि ब्रह्मचारी के साथ कोने में वे खड़े कुछ बात कर रहे हैं। दोनों काफ़ी तनाव में थे। खाँटी पालनपुरी शैली में मैं उनके क़रीब यह जानने के लिए पहुँच गया कि क्या चल रहा है। ब्रह्मचारी कह रहा था :

"आप पक्का कह रहे हैं? क्यों? यह तो हमारे हितों के ख़िलाफ़ जाएगा।"

"...अब कोई साझा हित नहीं चलेगा। यह आगजनी जंग का ऐलान है," रामपाल ने जवाब दिया, फिर उनकी नज़र मेरे ऊपर पड़ी।

मासूम दिखते हुए मैंने मुखिया को न्योते के लिए धन्यवाद दिया, ब्रह्मचारी से आशीर्वाद लिया और वहाँ से निकल गया।

बाद में अपनी चारपाई पर लेटे हुए मैंने सोचा कि उनके बीच आख़िर क्या बात हो रही होगी। आगजनी का मतलब तो कुछ रात पहले लगी आग से ही था लेकिन इस बात से ज़्यादा कुछ पकड़ में नहीं आया। एक बात हालाँकि तय थी : ब्रह्मचारी, रामपाल और शायद मेरे चाचा किसी साझे जुर्म के भागी थे। बाक़ी लोग भी शामिल रहे होंगे। अब सवाल उठता है कि कौन सा जुर्म और कौन-कौन? मेरे पास किसी नतीजे पर पहुँचने के लिए पर्याप्त सूचनाएँ नहीं थीं। मैंने सोचा कि पवित्र विचार, शिक्षा नीति या ख़ूबसूरत ताँगेवाली के बजाय किसी और ठोस चीज़ पर ध्यान लगाया जाए। मैं पिताजी के काग़ज़ों को पढ़ने लगा।

पालनपुर, 1909

"वो लड़की कहाँ गई?" अंग्रेज़ ने पूछा।

सवाल अंग्रेज़ी से हिन्दी में तर्जुमा करके ज़मींदार को बताया गया। ज़मींदार को इसी मौक़े का इन्तज़ार था, वे मासूमियत से बोले, "घर गई है पर आप चाहेंगे तो बाद में आपके टेंट में दोबारा आ जाएगी। आपके निजी कार्यक्रम के लिए।"

एक बार को ज़मींदार के दिमाग़ में आया कि इसी नाम पर कुछ पैसे माँग लिए जाएँ, फिर उन्होंने सोचा कि जबरन क़िस्मत आज़माने की ज़रूरत नहीं है। ज़मींदार का यह फ़ैसला ठीक ही था क्योंकि रेलवे के डिप्टी प्रमुख ने हेमिंग को बताया था कि उसके पालनपुर प्रवास का इन्तज़ाम करने के लिए मुरादाबाद में सेक्शन प्रमुख को दो सौ रुपये डीएम के पास पहुँचाने को दिये गए थे। उसने सौ रुपये अपनी जेब में रख के बाक़ी डीएम को बढ़ा दिया था। डीएम ने पचास अपनी जेब में रखे और बाक़ी ज़मींदार को बढ़ा दिया।

ज़मींदार के जवाब से हेमिंग थोड़ा संकोच में पड़ गया। ब्रिटेन में उसने अनुशासित और ईमानदार जीवन जीना सीखा था। उसके माँ-बाप पुराने क़िस्म के गुणों में विश्वास रखनेवाले लोग थे और हेमिंग ने उनसे यही सीखा था। इसलिए औपनिवेशिक सेवाओं में आरामतलबी की आदत को अब तक वह

नहीं अपना सका था। अपने सहकर्मियों के यदा-कदा भ्रष्टाचार को भी वह नीची नज़र से देखता था। जैसे-जैसे समय बीता उसे अपने सहकर्मियों की जीवनशैली से जलन होने लगी। वह थोड़ा डरपोक भी था, इसलिए उनके तौर-तरीक़े अपनाने का साहस तो कभी नहीं कर सकता था। बहरहाल, शारीरिक सुख के लिए वह कभी-कभार ब्रिटेन के ग्रामीण इलाक़ों से नई-नई आई किसी ख़ूबसूरत अंग्रेज़ नौकरानी के साथ रिश्ता बना लेता था। उसने सोचा कि यहाँ पालनपुर में जब सुख अपने आप उसके पास चलकर आ रहा है तो उससे काहे परहेज करना? और पता भी किसको चलेगा, सिवाय कुछ सौ हिन्दुस्तानियों के, जिनकी कोई औक़ात नहीं है। इसलिए उसने हाँ में सिर हिला दिया।

मुखिया अशोक और ज़मींदार को बड़ी राहत मिली। बस एक अहम सवाल बच रहा था : क्या दुखी अपने मिशन के दूसरे अध्याय में पहले की ही तरह शानदार तरीक़े से कामयाब हो पाएगी?

देर रात दुखी शरमाते हुए टेंट पर पहुँची। उसने शाम वाले कपड़े ही पहने हुए थे क्योंकि उससे बेहतर दूसरा जोड़ा उसके पास था ही नहीं। आराम से नहा-धोकर उसने एक टूटे पुराने दाग़दार आईने में देखकर आँखों में काजल लगाया था। यह आईना उसे एक दिन रेलवे पटरी के पास पड़ा मिला था। उसमें देखने पर उसे अपना चेहरा काफ़ी काला लगा, पर सुन्दर लगा। वह मुस्कराई, तो उसके सफ़ेद दाँत घिसे पुराने काँच में चमक उठे। इससे उत्साहित होकर उसने अपनी देह पर ख़ुशबूदार तेल मला और बाक़ी तैयारियाँ की। घर से निकलते वक़्त वह एकदम तैयार थी। बस उसको यह नहीं पता था कि ये तैयारी किस काम के लिए है।

वह जैसे ही टेंट के मुहाने पर पहुँची, उसे समझ आ गया कि उसी का इन्तज़ार हो रहा था। एक दरबान ने तुरन्त परदा उठाकर उसे अन्दर आने को कहा। उसे अगर अपने ख़ूबसूरत दिखने पर थोड़ी भी शंका रही होगी, तो दरबान की आँखों में देखकर दूर हो गई होती पर उसने इस पर ध्यान नहीं दिया और थोड़ा सहमी रही। हेमिंग भी थोड़ा सशंकित ही था। यह जानते हुए भी कि उसे कोई कुछ कहनेवाला नहीं है, उसके भीतर एक अपराधबोध सा अब भी अटका हुआ था। इसके अलावा कुछ मामलों में उसे ज़्यादा तजुर्बा भी नहीं था। मसलन, अंग्रेज़ नौकरानियों के साथ उसके जो भी थोड़े-बहुत प्रसंग हुए थे उनमें उसने ख़ुद को एकदम तटस्थ रखने की कोशिश की थी। यह काम भी आया था चूँकि उन औरतों को इसी बरताव की अपेक्षा भी थी। दुखी के साथ वह असहज महसूस कर रहा था। दुखी ने अगर थोड़ा भी सख़्ती और इनकार से उसे देखा होता तो पक्का वह उसे

लात मारकर बाहर निकाल देता पर दुखी की बड़ी-बड़ी मादक आँखों में भय की झाँक थी जो काजल के प्रभाव में और सघन हो जा रही थी। इससे हेमिंग की हिम्मत बँधी।

सवेरे वह घर लौट गई। दरबानों ने उसे कामुक मुस्कान के साथ विदा किया। दुखी की अगली कुछ रातें अंग्रेज़ के तम्बू में ही बीतीं।

पालनपुर में स्टेशन का काम शुरू हो चुका था और तेज़ी से आगे बढ़ रहा था। हेमिंग के जाने का वक़्त भी आ गया था। चूँकि उसे फिर से आना था, इसलिए विदाई समारोह की कोई ज़रूरत नहीं थी। उदारता के भाववश वह दुखी को दस रुपये देना चाहता था। उसने पैसे स्वीकार कर लिए। एक अँगूठी भी, जो अपनी एक नौकरानी के साथ संक्षिप्त प्रसंग के बाद हेमिंग को दिल्ली के अपने कमरे में एक कोने में पड़ी मिली थी। वह दुखी के भीतर जॉर्ज को छोड़कर लौट रहा था, पैदा होने के बाद जिसकी क़िस्मत में संकर नस्ल का होने के चलते दोनों ही समाजों से दुत्कारा जाना लिखा था।

कुछ महीने बाद काम का जायज़ा लेने के लिए हेमिंग वापस पालनपुर आया। उसने देखा कि स्टेशन के सामने की दीवार पर बाक़ायदा पेंट से 'जरगाँव' लिखा हुआ है। उसने इमारत की गुणवत्ता को जाँचा, एकाध कर्मचारियों को डाँटा-फटकारा और बाक़ी को कुछ नहीं कहा। इसे उसकी सराहना के तौर पर लिया गया। कई महीने अकेले रहने के दौरान वह दुखी को याद करता रहा था। उसने दुखी के बारे में दरयाफ़्त की। वह आई और शरमाते हुए उसने पेट से होने की ख़बर दी। हेमिंग ने कभी भी बाप बनने के बारे में नहीं सोचा था, इसलिए उसे हँसी आ गई। दुखी को इस हँसी का मतलब ही समझ नहीं आया। अब चाहे जो हो, पर हेमिंग को यह बात बुरी नहीं लगी, बल्कि उसे शायद फ़ख़्र ही हुआ।

उसने थोड़ा ठहरकर सोचा। अगर लड़की हुई, तो उसका ख़याल कौन रखेगा? जहाँ तक संकर नस्ल की लड़कियों का मामला है, उनके लिए विकल्प सीमित ही होते हैं। वे सुन्दर होती हैं और इस इलाक़े में सुन्दरता का मानक केवल गोरा होना होता है, लिहाज़ा मामला केवल दहेज का है। वह हो जाए तो उसे पति भी मिल जाएगा।

लड़कों के लिए थोड़ी मुश्किल आती है। अंग्रेज़ों ने इस बारे में थोड़ा समाजशास्त्रीय अध्ययन कर रखा था। अंग्रेज़ों के बीच ऐसे लोगों को स्वीकार किये जाने की कोई वजह नहीं थी—बात सीधी थी कि वे उनके बीच फिट हो पाते थे। विद्वान समाजशास्त्री हालाँकि इस बात से आश्चर्यचकित थे कि हिन्दुस्तानी भी उन्हें अपने समाज में स्वीकार नहीं करते। विज्ञान के लेखों में

इस पर बहुत बहस चली थी। आख़िरकार, इन लड़कों में उच्च नस्ल का ख़ून होता है, लिहाज़ा मान्यता तो यही थी कि इन्हें आभार के साथ स्वीकार कर लिया जाना चाहिए पर आँकड़ों की मानें तो ऐसा बिलकुल नहीं था। ऐसे नौजवान लड़कों को शादी के लिए लड़की नहीं मिलती थी, भले ही वे मामूली दहेज माँगें या दहेज न भी लें। सवाल यह था कि क्या बरतानिया साम्राज्य की सेवा करते हुए इस समस्या को हल किया जा सकता है? अध्ययनों में यह कभी सामने नहीं आया कि ऐसे पुरुषों की मेधा स्थानीय लोगों के मुक़ाबले तीक्ष्ण होती है, पर इस स्वाभाविक बात को साबित करने की ज़रूरत भी नहीं थी। अब चूँकि ये मर्द किसी अन्य स्थानीय औरत या ख़ुदा ख़ैर करे, किसी गोरी महिला से शादी नहीं रचा सकते थे...जबकि साम्राज्य लगातार फैल रहा था और नये उपनिवेशों की लूट से समृद्ध भी हो रहा था, तो इन्हें किसी-न-किसी उपयोग में तो लाना ही था। इस समस्या पर बहुत दिमाग़ खपाने के बाद अंग्रेज़ मालिकान इस शानदार जवाब पर पहुँचे थे कि इन लड़कों को भाप के इंजन के संग ब्याह दिया जाना चाहिए। इस तरह भाप के इंजनों के ड्राइवर भारी संख्या में एंग्लो-इंडियन लोग हुए जिनकी वफ़ादारी अपनी कौम के बजाय अंग्रेज़ों के साथ थी। ऐसे लोग अपने परिवार की देखभाल करने के बजाय अपने सेवाकाल के दौरान ज़िन्दगी-भर अपने इंजन की देखभाल करते थे। इन्हें इंजन के एक-एक बोल्ट का पता होता था और इंजन की हर आवाज़ का अर्थ ये समझते थे। इंजन इनका था और ये इंजन के। यह रिश्ता इतना तगड़ा होता था कि क्या शादियों में होता होगा। किसी ने कभी भी किसी ड्राइवर से अपनी मशीन के साथ बेवफ़ाई की बात नहीं सुनी होगी। दशकों तक भारतीय रेल के तमाम ट्रेन ड्राइवर पालनपुर से ही आते रहे। इस तरह पालनपुर ने न सिर्फ़ अंग्रेज़ मालिकान के इस भव्य यज्ञ में अपना योगदान दिया बल्कि उनके कुछ अफ़सरान को भी सुख बख़्शा जिन्होंने कुछ रातें इस गाँव में गुज़ारीं।

हेमिंग को यह सारी बातें मालूम थीं। सो उसने ब्रिटेन के हित में कुछ करने का निश्चय किया। उसने एक पत्र लिखा और स्वीकार किया कि यह बच्चा उसका है। इससे उसे कोई समस्या भी नहीं होती और बच्चे को इंग्लैंड ले जाने का कोई सवाल भी नहीं उठता। उसने वह चिट्ठी दुखी को दिखाई। दुखी को उसकी कोई बात तो समझ में नहीं आई, बस इतना समझ आ गया कि यह चिट्ठी रेलवे को दिखा देनी है। हेमिंग ब्रिटेन के शाही परिवार का भक्त था, सो उसने इच्छा ज़ाहिर की कि यदि लड़का हुआ तो उसका नाम जॉर्ज रखा जाए। यदि लड़की हुई, तो दुखी जो चाहे वो नाम रख सकती है। दुखी को यह बात समझ में आ गई। उसने बड़े जतन से उस

चिट्ठी को हेमिंग की दी हुई अँगूठी के साथ सहेजकर रख दिया। उसके बच्चे का भविष्य जो इससे नत्थी था!

पालनपुर, 1984

आज के लिए इतना ही काफ़ी था। काग़ज़ों में दर्ज दुखी का शायद बाबू की अम्मा नीतू के साथ कोई रिश्ता हो। मुझे पता करना पड़ेगा, पर फ़िलहाल तो बत्तियाँ बुझा देना ही बेहतर है।

अध्याय 12

पालनपुर, 1984

सुबह उठा तो महसूस हुआ कि पैट से महज़ तीन हफ़्ते की जुदाई अब बरसों के बराबर लगने लगी है। मेरा दिमाग़ ख़राब हो गया है। किसी भी सामान्य-सी सुन्दर लड़की में मुझे रोमिना पावर दिख जा रही है, या फिर लीना ओनिल, डिम्पल कपाड़िया, जोना लमले, शबाना आज़मी, स्मिता पाटील या सुजाना हॅपका। मतलब बिलकुल वे नहीं, उनकी छवि। फिर भी, मैंने उन ख़ूबसूरत आँखों का तसव्वुर किया, उसकी छरहरी काया, उसके तराशे हुए होंठ...बस! मैंने ख़ुद को रोका। जीवन में और भी ज़रूरी काम पड़े हैं। मैं उठा और नाश्ते के नाम पर तेज़ी से एक केला खाया, सफ़ेद और धूसर हो चुकी कैडबरी फ्रूट एंड नट चॉकलेट का एक टुकड़ा निगला और नेस्कैफ़े की बहुत बुरी इंस्टैंट कॉफ़ी को हलक़ से उतारा। काम पर चलने का समय हो चुका था। पहले बैलों को अपने खेतों में ले जाना था जहाँ किशन लाल सफ़ाई करवाने के लिए दिहाड़ी पर लाए गए मज़दूरों के साथ मेरा इन्तज़ार कर रहे थे। उसके बाद मुझे बाबू को खोजकर उसे डाकघर और स्टूडियो जाने के लिए पैसे देने हैं। उसके बाद मैं वापस खेतों पर जाऊँगा और काम करते हुए लोगों की गँवई तसवीरें खींचूँगा।

मैंने बैलों को खोला और अपनी पूरी क्षमता से उन्हें खेतों की ओर लेकर बढ़ चला। कोई तजुर्बेदार किसान मेरी जगह होता तो एकदम सीधा चलता पर अपनी अनुभवहीनता को देखते हुए मैंने भी कोशिश पर्याप्त की थी। मैं उनके पीछे चल रहा था और उनकी धीमी गति से अपनी चाल को साधते हुए बीच-बीच में तसवीरें भी खींच रहा था। तभी किसी औरत के गाने की आवाज़ आई। आवाज़ पुराने खँडहर वाले स्कूल से आ रही थी, जो एकदम अनहोनी-सी बात थी। वह आवाज़ एकदम माणिक की तरह शुद्ध थी। काफ़ी गहरा स्वर था, बॉलीवुड की कुछ फ़िल्मों में सुनी कर्कश आवाज़ों से एकदम उलट। मैंने एक पेड़ के पास बैलों को बाँध दिया और धीरे-धीरे स्कूल की ओर बढ़ा। लड़की गाना बन्द कर चुकी थी। अब वह

बात कर रही थी। अपने घुटनों पर चलते हुए मैं पुरानी दीवार में बने एक छेद से भीतर झाँका, जो शायद कभी खिड़की हुआ करती थी। और तब वह दिखी। मैंने उसे देख लिया। यह वही ताँगेवाली लड़की!

वह किसी से बात कर रही थी। किससे, वह मैं नहीं देख पाया, पर वह बड़ी ईमानदारी से उसे किसी के साथ रहने के मामले में सतर्क रहने की ज़रूरत बता रही थी; कि अकेले चलने के मुक़ाबले कभी-कभी किसी के साथ चलना बेहतर होता है लेकिन उसकी भी अपनी दिक़्क़तें हैं। कुछ ऐसे कठिन समय आते हैं जब इनसान को एक साथी की ज़रूरत पड़ती है। ऐसा साथी उसके मुताबिक़ अच्छा होना चाहिए, फिर भी समस्याएँ तो आती ही रहती हैं।

वह अद्भुत लड़की किससे बात कर रही थी? मैं उस आदमी के केवल पैर देख पा रहा था। बहुत बड़े नहीं थे और साफ़-सुथरे भी नहीं थे। ब्रह्मचारी तो बिलकुल भी नहीं हो सकता, जिसके मैंने पैर कल रात देखे थे। वह शान्त था। कहीं कोई लोकल मजनूँ तो नहीं जो कभी नज़र में ही नहीं आया हो? या फिर ऐसा कोई जो इस अद्भुत मेहमान से मिलने पालनपुर चला आया हो? हो सकता है कि पालनपुर का कोई नौजवान मुरादाबाद या बरेली या फिर दिल्ली में काम करता हो और ट्रेन से आया हो। या फिर पालनपुर का कोई छुपा हुआ बुद्धिजीवी? पैरों के हिसाब से वह हैदराबाद का निजाम तो बिलकुल भी नहीं लग रहा था, इतना तो पक्का है।

वह अद्भुत लड़की बोलती जा रही थी। उसने सभी गुणों की अहमियत पर ज़ोर दिया। उसने जो लड़की पसन्द की है—यह मेरे लिए आश्चर्य की बात थी, पर जो था यही था—उसकी कुछ कमज़ोरियाँ भी हैं। यह तो स्वाभाविक है। हर कोई हर हालात में सही और दृढ़ नहीं रह सकता। असल मामला यह है कि जहाँ एक कमज़ोर पड़े वहाँ दूसरा उसे सँभाल ले।

बात करते हुए वह फ़र्श पर झाड़ू भी लगा रही थी। यह काम जितना आसान था, उसकी अदा उतनी ही अकर्षक थी। अक्सर यह बात मुझे चौंकाती है कि जटिलता के बजाय सहजता में कहीं ज़्यादा आकर्षण होता है। मसलन, पैट कभी-कभार बड़ी प्यारी नाइट ड्रेस ख़रीदकर लाती है जो वह मुझे दिखाना चाहती है, लेकिन मैंने हमेशा ही उसे बिना कपड़ों के या अगर वह कुछ पहनना ही चाहे तो शॉर्ट टी-शर्ट में पसन्द किया है। उसे मेरी यह बात कभी पसन्द नहीं आती, या फिर नापसन्द आने का वह स्वाँग भरती हो।

बात भटक गई। फ़िलहाल मुद्दा यह है कि मेरे सामने खड़ी यह जवान महिला मुझे मंत्रमुग्ध कर रही है।

अब तो टोक ही देना चाहिए। मैं वाक़ई जानना चाह रहा था कि पालनपुर का यह मजनूँ आख़िर है कौन। यह भी ज़रूरी था कि मैं इस हास्यास्पद स्थिति में पकड़ा न जाऊँ।

मैं हिलता, इससे पहले ही उसके सामनेवाला शख़्स उछल पड़ा। बाबू के चिल्लाने की आवाज़ आई, "हम जानते थे वहाँ कोई-न-कोई है। तो आप यहाँ मुझे पैसा देने आए हैं? लेकिन आप छुप क्यों रहे हैं?"

झरोखे के दूसरी ओर टिका हुआ मैं लड़कियों को निहारते किसी शोहदे-जैसा लग रहा था। मैं कर भी तो वही रहा था! शर्मिंदगी में मुस्कराते हुए मैंने ख़ुद को सँभालने की कोशिश की। "नहीं, छुप नहीं रहा था, बस घुटनों पर...कुछ खो गया है...मेरे बैल...।"

बाबू ने ज़ोर देकर कहा, "आपको छुपना नहीं चाहिए। ये आपके बारे में सब जानती हैं। इनका नाम स्मिता है।"

लड़की बोली, "हाँ, मेरे चचेरे भाई ने आपके बारे में सब बता दिया है। कितने भले हैं आप। मेरे ख़याल से आपको पहले मैं कहीं देख चुकी हूँ।"

बैलों को ले आते हुए मेरा हास्यास्पद चेहरा उसको याद था। और बाबू उसका चचेरा भाई! हे भगवान...और मैं इतना भला क्यों हो गया आख़िर? कम-से-कम रँगाई वाले काम के मामले में तो बाबू देख ही चुका है कि मैं कितना ग़ुस्सैल हो सकता हूँ।

लड़की ने कहा, "और मैं आपको भरोसा दिलाती हूँ कि मैंने एकदम सही व्यक्ति को खोजा है।"

"रंग-रोगन के लिए?" भौचक्का होकर मैंने पूछ दिया।

"नहीं," उसे हँसी आ गई, "बाबू के लिए एक अच्छी दुलहन।" मामला अब गँदला हो रहा था। बाबू को शादी करनी थी ये तो मैं जानता था पर इसका मेरी कथित भलाई से क्या लेना-देना?

"और आपको चिन्ता करने की कोई ज़रूरत नहीं है अब," स्मिता ने कहा, "आपकी मदद से इसकी शादी अच्छे से होगी—ज़्यादा ख़र्च नहीं आएगा—और इतने पैसे में तो इसका घर भी बस जाएगा। कितने भले आदमी हैं आप।" उसने दुहराया। "मैं तो पैसे से भी मदद करने को तैयार थी पर एक शिक्षक की तनख़्वाह उतनी ज़्यादा नहीं होती है। हाँ, काम भर की होती है पर उससे पूरी शादी का ख़र्च नहीं निकल सकता। फिर नीतू आंटी भी ग़लत आरोप के चलते जेल में हैं और बाबू पर बहुत बुरी बीती है। इसके बावजूद पिछले हफ़्ते यह उन्हें कुछ पैसे देकर आया है। मुझे इस पर बहुत फ़ख़्र है। बहुत बढ़िया इनसान है।"

ओह, अब समझ में आया। मैं आँखों में बड़ा सा सवालिया निशान लिये बाबू की तरफ़ पलटा। बाबू मेरी आँखों को पढ़ चुका था, लेकिन जानबूझकर मासूम बना रहा।

लड़की बोली, "मुझे वाक़ई बहुत ख़ुशी हो रही है।" शायद उसने मेरी असहज भंगिमा को नहीं पकड़ा था या वह भी जानबूझकर अनदेखा कर रही थी।

मैंने सोचा इसे यहीं दुखी कर दूँ क्या? फिर मैंने एक ऐसे व्यक्ति की तरह प्रतिक्रिया दी जो सार्वजनिक प्रशंसा से शरमाकर बातचीत का मुद्दा ही बदल देता है। "अरे, ये सब तो सामान्य बात है...पर मैं दरअसल इस स्कूल के भविष्य को लेकर सोच रहा हूँ।"

"हाँ, बहुत बुरी स्थिति है। कुछ पैसे की ज़रूरत होगी, लेकिन मुझे पता चला है कि यह काम बहुत मुश्किल है। कोई है जो मेरी मदद कर सकता है इसमें, लेकिन वह ग़रीब है। हालाँकि वह बहुत अच्छा आदमी है, और...।" उसके चेहरे पर लाली आ गई।

"मैं मदद कर सकता हूँ," उसका कष्ट मुझसे देखा नहीं गया और उचककर मैंने बोल दिया।

"सही में? ये तो और भी अच्छी बात होगी।" उसने कहा, और थोड़ा सराहना की नज़र से मेरी तरफ़ देखा।

"लेकिन पहले मैं बाबू से दो मिनट बात कर लूँ।"

अपने कारिन्दे को खींचते हुए मैं बैलों के पास ले गया, "तुमने यह क्यों कहा कि मैं तुम्हारी शादी में मदद करूँगा?" मैंने सीधे पूछा।

उसका जवाब था, "क्योंकि आप करेंगे।"

"पर मैंने तो कभी ऐसा कोई वादा नहीं किया।"

"किये तो, मेरी चचेरी बहन के सामने अभी।"

मैंने लम्बी साँस छोड़ी, "और ये क्या बकवास है कि तुमने अपनी माँ को पैसे दिये हैं? पैसे तो मैंने दिये थे न!"

"अगर मेरे पास पैसा होता तो हम ही देते। और आप ही तो बोले थे कि आप उन्हें यही बताए हैं कि पैसा मेरी तरफ़ से है। नहीं?"

मैंने हथियार डाल दिये और बाबू को बैल लेकर किशन लाल के पास जाने को कहा जो खेतों में इन्तज़ार कर रहा था। चन्दौसी जाने के लिए कुछ पैसे भी दिये। एक बार बैलों को लेकर बाबू मेरी नज़र से ओझल हुआ, तो फिर दिमाग़ से भी निकल गया। मेरे दिमाग़ में तो कोई और ही चल रहा था जिसके पास मुझे जाना था।

स्मिता को अपने घर पर बुलाना पालनपुर के लिहाज़ से उचित नहीं होता। वैसे तो लन्दन में भी ऐसा करना दुस्साहस ही माना जाता। हाँ, पहले क़दम के तौर पर स्कूल के भवन को ठीक करने में उसकी मदद करना एक भला, उपयोगी और विश्वसनीय तरीक़ा हो सकता है। लिहाज़ा, तत्काल उसके साथ स्कूल की सफ़ाई करने और गाँव में शिक्षा का स्तर ऊँचा उठाने के लिए पैसे जुटाने में अपनी मदद की पेशकश मैंने कर डाली। वह थोड़ा सकुचाई, उसने दाएँ-बाएँ देखा, फिर विनम्रता के साथ तैयार हो गई। फिर वो बोली—वादा कीजिए कि आप मेरी मदद तब तक करेंगे जब तक बाबू आपके साथ काम कर रहा है। इतना कहकर वो थोड़ा हँसे।

उसने हड़बड़ाकर जोड़ा, "बाबू बता रहा था कि आप कभी-कभार बहुत सख़्त मालिक बन जाते हैं। वैसे, उसे आपके लिए काम करना पसन्द है पर आप थोड़ा ज़्यादा अपेक्षाएँ रखते हैं। यह अस्वाभाविक भी नहीं है। आप इतने भले जो हैं।"

अब मुझे समझ में आया कि आदमी कभी-कभार किसी का गला क्यों घोंट देता है।

कुल मिलाकर स्थिति यह थी कि जिस वक़्त बाबू मेरी गर्लफ्रेंड पैट का भेजा तार देख रहा था और किशन लाल सात रुपये दिहाड़ी पर मेरे ही पैसे से लाए मज़दूरों के भरोसे मेरे खेत देख रहा था, मैं ख़ुद स्कूल के फ़र्श पर झाड़ू मार रहा था।

इस सबके बीच हालाँकि स्मिता के साथ बिताने को थोड़ा वक़्त तो मुझे मिल ही गया था। बस एक खीज वाली बात थी कि कुछ बच्चे बार-बार बाहर से उचककर देख रहे थे कि भीतर क्या चल रहा है। चूँकि उसे यह बात बुरी नहीं लग रही थी तो मैं भी जबरन मुस्करा दिया था, जिसे उसने इस रूप में लिया कि "आपको भी बच्चे पसन्द हैं न," और काफ़ी उत्साहित हो गई। उस वक़्त एक बच्चे को भगाने के लिए मैं अपनी झाड़ू से गुप्त इशारे कर रहा था।

मैंने उसे बताया कि गाँव के मुखिया भी स्कूल के काम में मदद करने को तैयार हैं और ब्रह्मचारी परामर्शदाता होंगे। स्मिता इस बात पर ज़्यादा उत्साहित नहीं दिखी, "तब तो स्कूल केवल लड़कों के लिए ही होगा और यहाँ सब ज़रूरी चीज़ें पढ़ाई भी नहीं जाएँगी।"

मैंने कहा, "आप लड़कियों पर अलग से ध्यान दे सकती हैं चाहें तो।" मुझे ग़ुस्सा आया कि इसने तुरन्त ही एतराज़ जताने शुरू कर दिया।

"बेहतर होगा कि लड़के और लड़कियाँ साथ पढ़ें, हालाँकि मैं आश्वस्त नहीं हूँ। मुझे कहना तो नहीं चाहिए, पर पहले भी ये ठीक से नहीं चल पाया है...।"

वह रुक गई, शरमाई, और झाड़ू मारने लगी। मैं इन्तज़ार कर रहा था कि वह कुछ और बोले। उसने कुछ नहीं कहा।

मैंने सुझाव दिया, "आप चाहें तो उनके साथ मिलकर काम कर सकती हैं।"

स्मिता ने मुझे देखा। उसकी आँखों में आँसू उमड़ रहे थे। ज़बरदस्ती चेहरे पर हँसी लाते हुए वो बोली, "आपको लगता है कि पंडित यह चाहेगा? हक़ीक़त यह है कि वे लोग पहले ही मुझे नाकाम करना चाहते हैं।"

मैंने कोई जवाब नहीं दिया। "वे लोग" कौन हैं यह पूछने का कोई मतलब नहीं था। शायद वह सही कह रही थी : वो ब्रह्मचारी पंडित और रामपाल कभी भी स्मिता के साथ काम नहीं करेंगे। हो सकता है कि वे उलटे ख़ुराफ़ात ही करें। जैसा बरसों पहले उन्होंने फूल सिंह के सहारे किया था, अबकी हुकुम के बहाने करने की उनकी योजना हो। रामपाल तो इस ओर इशारा कर ही चुके हैं। इसलिए इस पर ज़ोर देने का कोई मतलब नहीं है। हम लोग सफ़ाई करते रहे। कुछ और

बातें पता चलीं। सबसे अहम बात यह कि स्मिता कुँवारी थी। दुखी के साथ उसका रिश्ता तो नोट्स में ही ज़ाहिर हो चुका था। दुखी उसकी परदादी थी। मेरे पिता के काग़ज़ों में स्टीम इंजन के जो ड्राइवर थे जॉर्ज, स्मिता उनके भाई की पोती थी। मेरे पढ़े तक उन काग़ज़ों में जॉर्ज अभी पैदा नहीं हुए थे, लेकिन फ़िलहाल बहुत बूढ़े हो चुके हैं। उन्होंने हमेशा परिवार का ख़याल रखा। स्मिता ग़रीब थी लेकिन फ़िलहाल ठीक स्थिति में है और पालनपुर के बच्चों के लिए कुछ करना चाहती है।

दोपहर के खाने का समय हो रहा था। मैंने कहा कि हम लोग गोविन्दी की बेटी से कुछ पकाने को बोल देते हैं। पैसे मैं दे दूँगा। स्मिता को यह बात पसन्द नहीं आई। उसने कहा कि वह अपनी माँ के साथ खाना पसन्द करेगी। मैंने पूछा कि बाबू के घर में जो बूढ़ी महिला रहती हैं क्या वही उसकी माँ हैं। हाँ, वही हैं। रामकली नाम है।

काम के दौरान स्मिता ने भी मुझसे कई सवाल पूछे थे। सामान्य बात थी। पैट होती तो वो भी यही करती। मुझे हमेशा से लगता रहा है कि महिलाओं में पुरुषों के मुक़ाबले आनुवंशिक विविधता ज़्यादा होती है, पर कुछ चीज़ें ऐसी हैं जो आम तौर से वे सभी करती हैं। मुझे लगता है, पुरुष भी। मसलन, स्मिता अकेली थी, इसी बहाने लगे हाथ मैंने भी बता दिया कि मैं भी अविवाहित हूँ। कोई भी लड़का होता यही करता। वह अचम्भित थी और मेरे परेशान हालत के बारे में ज़्यादा जानने को उत्सुक थी। मैंने बताया कि ऐसे सही साथी को खोजना मुश्किल काम है जो एक ऐसे बैंकर के साथ रह सके जिसका एक कलात्मक पक्ष भी है। इसी बहाने मैंने उसे अपना निकन एफ 3 दिखा दिया और पूछ लिया, "मुझसे फ़ोटो खिंचवाएँगी?"

उसने संकोच में वही बातें कहीं जो कोई और महिला कहती, मैं तैयार नहीं हूँ। मुझे नहा लेना चाहिए पहले, मेरी साड़ी बहुत पुरानी है, मेरे बाल ठीक नहीं हैं, इत्यादि।

"आप जैसी हैं बिलकुल दुरुस्त हैं," मैंने ईमानदारी से उसे आश्वस्त किया, "आप बुरा न मानें तो मैं एक बात कहूँ। आप बहुत ख़ूबसूरत हैं। दरअसल हम फ़ोटोग्राफ़र लोग ऐसे ही बोला करते हैं," अपनी बात को मैंने थोड़ा पेशेवराना बनाने की कोशिश की।

"इतनी साँवली तो हूँ मैं। आपकी बात पर मुझे भरोसा नहीं है।"

"तब तो ठीक ही है," मैंने कहा।

"पर मैं सफ़ाई करती रहूँगी।"

"ये तो और बेहतर है," मैंने आश्वस्त किया, पूरी ईमानदारी के साथ।

वाइड एंगिल लेंस के कारण मुझे अपनी मॉडल के क़रीब आने का बहाना मिला। मैंने उसे दिखाया कि कैमरा कैसे काम करता है। उसे मैंने निकन पकड़ने को भी दिया। वह विस्मित-सी दिखी। एक-दो मौक़े ऐसे भी आए जब हम एक-दूसरे से छू भी गए।

वक़्त बहुत तेज़ी से निकल गया था। मैं उससे लगातार कहता रहा कि वह बहुत ख़ूबसूरत है। थोड़ी देर बाद वह सहज हो गई थी। मैं जानता था तसवीरें अच्छी आई होंगी। अब खाने का समय हो चुका था। हम अपने-अपने घर इस अनकहे वादे के साथ गए कि दोपहर बाद फिर मिलेंगे। बीज केन्द्र पर मैंने खाना खाया। चूँकि मेरे पिता के नोट्स में कहानी उस बिन्दु तक पहुँच चुकी थी जहाँ मैं आज के पालनपुर के साथ रिश्ता जोड़ पा रहा था, तो किशन लाल को देखने जाने के बजाय मैं सीधे घर निकल गया। छत पर बैठकर मैंने काग़ज़ खोले और सिगार सुलगा ली। मेरे टू इन वन पर जेनेसिस का 'सेलिंग इंग्लैंड बाइ द पाउंड' बज रहा था।

पालनपुर, 1910

बीसवीं सदी की शुरुआत में कई ऐसे लोग पैदा हुए जिन्होंने पालनपुर की आबादी को बढ़ाने में अपना योगदान दिया। मेरी कहानी के लिए इनमें से कुछ व्यक्ति ख़ास तौर पर अहम हैं।

सबसे पहला व्यक्ति ठाकुरों से ताल्लुक़ रखता है। राधा ने पहले से अशोक के किये फ़ैसले के मुताबिक़ ही एक लड़के को जन्म दिया। उन दिनों यह दुर्लभ बात थी कि औरतें बिना किसी जटिलता के गर्भ की अवधि को पूरा कर लें, लेकिन राधा के दिन आसानी से कट गए थे। लड़का होने के बाद अशोक ने उसके भविष्य पर बहुत दिमाग़ खपाया। बेशक आगे और भी बच्चे होने थे, लेकिन यह पहला था। इसलिए सबसे ज़रूरी था कि इसके लिए एक सही नाम खोजा जाए। यह काम इतना आसान नहीं था। मसलन, ख़ुद उसका नाम अशोक एक महान नाम था। फिर, वह गाँव का मुखिया भी था और हेमिंग के दौरे पर उसने शानदार ढंग से अपनी ज़िम्मेदारी निभाई थी। उसने सुन रखा था कि एक महान सम्राट भी हुआ करता था अशोक के नाम से, हालाँकि वो यह नहीं जानता था कि उसने किया क्या या किस दौर में हुआ लेकिन बड़ा आदमी तो रहा ही होगा। इसके बावजूद उसके मन को एक बात ज़रूर सालती थी कि पालनपुर या आसपास के इलाक़ों से अशोक सिंह नाम का कोई फ़ौजी कभी नहीं हुआ। महेश एक अच्छा नाम हो सकता था पर अशोक को लगता था कि एक फ़ौजी पर यह नाम फबेगा नहीं। कुछ और बेहतर खोजा जाना चाहिए।

उसने दिमाग़ का घोड़ा अनदेखे मैदानों में दौड़ा दिया। आख़िर एक कोशिश तो करनी ही थी, कितना कुछ दाँव पर लगा हुआ था। इसका फल भी मिला। आख़िरकार एक नाम बरामद हुआ—पीताम्बर। उसे अचानक याद

आया था कि मुरादाबाद के उसके एक दूर के चचेरे भाई का नाम पीताम्बर है और वह फ़ौजी है। आजकल वह बरेली की बैरकों में रहता है। हो सकता है कि इस नाम के चलते वह भी उसी राह पर चल पड़े। योजना महत्त्वाकांक्षी थी लेकिन कम-से-कम नाम से लड़के की शुरुआत अच्छी हो रही थी।

अशोक को इस नाम के बारे में ज़्यादा नहीं पता था। उसे अपने ज्ञान की सीमाएँ भी पता थीं। इसलिए समझदारी का इस्तेमाल करते हुए उसने पंडित लक्ष्मीनारायण से सलाह लेने की सोची। यह नौजवान ब्राह्मण अपने बाक़ी धन्धों से बचे समय में पड़ोस के स्कूल में पढ़ाया करता था। अशोक उसके यहाँ पहुँचा तो पंडित अपने आँगन में एक पटिये पर साबुन के पानी में भीगे हुए कपड़े फींच रहे थे। दोनों के बीच राम राम हुई। फिर अशोक की लाई मिठाई को पंडित ने तुच्छ भाव से स्वीकार किया। मुखिया ने अपना सवाल पूछा। लक्ष्मीनारायण ने इत्मीनान से सुना और कपड़ा फींचता रहा, ताकि उसे इस बीच सोचने का मौक़ा भी मिल जाए। सोचने के मामले में वह अशोक से बेहतर था लेकिन उसकी दिमाग़ी क़ाबिलियत का इस्तेमाल ज़्यादातर पैसे कमाने के तरीक़ों में ही हुआ था। इस मामले में वह उस्ताद था। जनेऊ के नीचे उछलता उसका पेट इसकी गवाही देता था। लेकिन इनसानी दिमाग़ की भी एक सीमा होती है। मसलन, वेदों को पढ़ने-समझने का उसे अब तक उतना वक़्त नहीं मिल सका था। फिर भी वह काम भर का पढ़ा-लिखा था और अशोक के बताए नाम पीताम्बर से उसके दिमाग़ की घंटी बज गई। उसने कपड़े को थोड़ा और फींचा, हालाँकि उसकी ज़रूरत नहीं थी। इस बहाने उसने थोड़ा और समय ले लिया, फिर वही बोला जो एक पंडित बोलता है, "पीताम्बर वास्तव में एक महान नाम है," उसने ज़ोर देकर आगे कहा, "और इसका अर्थ होता है पीला वस्त्र।"

अशोक को इतना तो पता ही था, पर ब्राह्मण के कह देने से इसमें वज़न आ गया था। उसने विनम्रतापूर्वक कहा, "बहुत-बहुत कृपा आपकी।"

कपड़े धोते हुए पंडित बोला, "अरे कोई बात नहीं।"

इसके बाद दोनों के बीच लम्बी चुप्पी पसरी रही। बीच-बीच में कपड़ा फींचने की पट-पट आवाज़ आ रही थी।

"थोड़ा और कुछ बता देते तो...पीताम्बर किसी देवता को भी कहते हैं क्या?"

"बताते हैं," फींच रहे कपड़े के सफ़ेद वाले हिस्से को ग़ौर से देखते हुए लक्ष्मीनारायण ने मुंडी हिलाई।

"बड़ी कृपा," अशोक को राहत मिली।

लक्ष्मीनारायण ने तुरन्त जवाब नहीं दिया। पहले उसने दीवार के एक

कोने में पान थूका। वहाँ पहले से ही बड़ा सा कत्थई दाग़ था। उस पर एक और पतली-सी चमकदार लाल रेखा उभर आई, हालाँकि यह बहुत देर नहीं ठहरी। उसने ज़ोर से खखारा, फिर से थूका। तब मुँह ख़ाली करके बोला, "बताते हैं थोड़ी देर में, अभी भूख लगी है" और आगे जोड़ा, "और गर्मी भी बहुत है।"

जैसा कि पहले हमने इशारा किया, अशोक का दिमाग़ आम तौर से धीरे चलता था, लेकिन गुर्गों से पड़ी मार ने सबक़ का काम किया और कुछेक मामलों में उसके दिमाग़ की रफ़्तार सुधर गई थी। उसे इस स्थिति का पहले से अन्दाज़ा था। सो उसने अपनी धोती से कुछ आने निकाले और आगे बढ़ा दिये। पंडित ने सिक्कों को चुपचाप रख लिया।

अशोक ने फिर धीरे से कुछ आने सरकाए। सन्देश स्पष्ट था। वह और पैसे देने को तैयार था लेकिन पंडित के मुँह से काम की बात निकलने से पहले नहीं। पंडित को यह बात समझ में आ गई। उसने अशोक से कहा कि ईश्वर उसका भला करे। अशोक ने श्रद्धा में सिर झुका दिया।

पंडित ने अशोक से मिली दक्षिणा के हिसाब से अपने दिमाग़ को टटोला और काम भर के ज्ञानकण निकालकर बताया कि भगवान विष्णु का दूसरा नाम पीताम्बर है और पीताम्बर नाम का एक प्रतापी व्यक्ति कहीं का राजा हुआ था—शायद मणिपुर का—कई सौ साल पहले। लक्ष्मीनारायण अशोक को अच्छे से जानता था। सो उसने और ज़्यादा उत्साह दिखाते हुए कहा कि पीताम्बर नाम के लोग बड़े योद्धा निकलते हैं। अपने मन की इस बात से ख़ुश होकर अशोक ने पंडित को और दक्षिणा दे दी। उसने पूरे पवित्र मन से उसे स्वीकार कर लिया।

अपनी पत्नी के पास यह ख़बर लेकर वह घर पहुँचा। अशोक के मन में ख़ुशियाँ मनाने की तैयारियाँ चल रही थीं, जो उसकी औक़ात के हिसाब से नहीं, बल्कि पीताम्बर के शानदार भविष्य के नाम होनी थीं। उत्साह में अशोक ने इच्छा ज़ाहिर की कि समारोह में दुखी वैसे ही नाचेगी जैसा अंग्रेज़ के आने पर नाची थी। फिर सबके लिए भोज-भात होगा, अन्त में मिठाइयाँ इत्यादि भी होंगी और...

राधा का हाथ बीच में उठा तो अशोक की आवाज़ पटरी से उतर गई। नाम से तो वह सहमत थी लेकिन बाक़ी आयोजन से नहीं, ख़ासकर भव्य पार्टी के विचार से। अशोक के उत्साह का गुब्बारा उसने एक चुभते हुए सवाल से फोड़ दिया, "केवल दुखी को देखने के चक्कर में पैसा क्यों बरबाद करना?"

पालनपुर की दूसरी पत्नियों की तरह राधा भी दुखी के नाच और मर्दों

पर उसके प्रभाव से खार खाने लगी थी। उधर दुखी कुछ दिन के लिए लोकप्रियता का सुख लेने के बाद वहीं लौट गई थी जहाँ उसकी जगह थी।

पत्नी को ढाढ़स दिलाने के लिए अशोक ने कहा कि कुछ ख़र्च तो करना ही होगा, लेकिन बाद में लगान बढ़ाकर उसकी भरपाई कर लेंगे—ज़्यादा नहीं, एकदम मामूली।

"यह ज़मींदार को पसन्द नहीं आएगा और वैसे भी वह काफ़ी नहीं होगा," राधा ने पूरी समझदारी से जवाब दिया। उसे पढ़ना भले न आता हो, हिसाब ज़रूर आता था।

"फिर मैं क़र्ज़ा ले लूँगा," अशोक बोला, "इससे तो कोई दिक़्क़त नहीं होगी न, सब ऐसे ही करते हैं।"

"किससे क़र्ज़ा लोगे?"

"ज़मींदार से! अब तो हम दोस्त हैं।"

"आप कसम खाइए कि ऐसा कुछ भी नहीं करेंगे," आदतन अपना पेट थामे भड़की हुई राधा ने चेतावनी जारी की।

बड़े संकोच के साथ अशोक ने वादा कर दिया, पर कमज़ोर पलों में किये गए अनुचित वादों से बँधनेवाला शख़्स वह नहीं था। वो भी पत्नी के सामने। बेटे के जन्म का मामला था, इसके लिए तो वह किसी भी नियम को तोड़ने के लिए तैयार था। वह सीधे गवेन्द्र के पास गया।

जब पैसे की बात आती तब मेरे परदादा की तीसरी आँख खुल जाती थी। उनके पास एक बना-बनाया भाषण हुआ करता था जो हर किसी की ज़रूरत और परिस्थिति के हिसाब से दिया जाता था। अशोक गाँव का मुखिया ठहरा, सो उसकी औक़ात के हिसाब से उसका गर्मजोशी के साथ स्वागत किया गया। गवेन्द्र ने मुखिया की साख़ के अनुसार तुरन्त मामूली दर पर उधार देने की हामी भर दी। बड़े लोगों को वैसे भी एक-दूसरे की मदद करनी ही चाहिए और बेटे का जन्म तो ज़ोर-शोर से मनानेवाली चीज़ होती है। यह तो एकदम ज़रूरी है। ज़मींदार ने दलील दी—ये पैसा अगर मुखिया के पहले बेटे के जन्म या विवाह के ही काम न आया तो काहे का पैसा और काहे का ख़र्चा? बताइए! उन्होंने अशोक के कन्धे पर हाथ रखा। अशोक तो एक ताक़तवर ज़मींदार के साथ अपनी दोस्ती के इस ताज़ा सबूत से एकदम अभिभूत ही हो गया।

उसने बीस रुपये की माँग रखी। ज़मींदार ने काग़ज़ तैयार किया। उसमें दिखाया गया कि अशोक को 75 फ़ीसदी सूद पर 30 रुपये दिये गए हैं जबकि बताया कि सूद 25 फ़ीसदी है। अशोक को कुल मिलाकर मात्र 10 रुपया मिला, बाक़ी पिछला बकाया चुकाने में कट गया। अशोक को

क़ायदे से इस पर बात करनी चाहिए थी, चूँकि पार्टी कामयाब रही थी और उससे एक वादा भी किया गया था कि उसके ऊपर चढ़े क़र्ज़ का एक हिस्सा माफ़ कर दिया जाएगा। उसने यह सोचकर यह बात नहीं उठाई कि कहीं ज़मींदार बिगड़ न जाए और उसके साथ क़ायम हुआ ताज़ा-ताज़ा रिश्ता खट्टा न हो जाए। वह दस रुपये का क़र्ज़ा लेकर ख़ुशी-ख़ुशी लौटा, इस बात से अनभिज्ञ कि उसके ऊपर अब तीस रुपये का क़र्ज़ चढ़ चुका है जिसके लिए उसे कटाई के तुरन्त बाद बाईस रुपये का सूद चुकाना होगा।

इन पैसों से अशोक ने शॉल, मिठाई और गोलियाँ ख़रीदीं ताकि उसके साथी ठाकुर इस समारोह में अपनी राइफ़लों से धूम-धड़ाका मचा सकें।

पीताम्बर के जन्म के कुछ दिन बाद पंडित लक्ष्मीनारायण ने मामूली दक्षिणा के बदले उसे अपना आशीर्वाद दिया। इसके बाद समारोह का आयोजन हुआ। पीताम्बर का बाप गर्व से इतना मत्त था कि उसने ख़ूब सिक्के उड़ाये। ऐसे मौक़ों पर दिल खोलकर पैसे ख़र्च करना पीताम्बर के लिए शुभ होगा, यह बात उसकी कंजूस बीवी को समझ नहीं आती थी। आयोजन शानदार रहा, बस राधा का मन रखने के लिए दुखी को नाच के लिए नहीं कहा गया। इसमें मन रखने जैसा भी कुछ नहीं था, चूँकि दुखी कई महीने पेट से थी।

इस समारोह के कुछ महीने बाद गाँव में एक मुराव बच्चे का जन्म हुआ, जिसका नाम राजेश पड़ा। उसके जन्म पर किसी का ध्यान ही नहीं गया था। उसके माता-पिता साल-भर पहले ट्रेन से पालनपुर आए थे। पालनपुर में उनके कुछ चचेरे भाई-बन्धु रहते थे जिन्होंने यहाँ काम की सम्भावना गिनवाकर उन्हें ट्रेन से यहाँ बुला लिया था। वे आ तो गए थे पर उन्हें ज़्यादा उम्मीद नहीं थी। वे लोग मन मारकर पालनपुर में बस गए थे ये सोचकर कि यहाँ रहें या कहीं और, ज़िन्दगी तो दिन-रात खेतों में ही खट के गुज़ारनी है। यही होना था। इस दम्पती को अपनी कड़ी मेहनत पर बहुत नाज और सन्तोष था। इसके बावजूद केवल काम और मेहनत की ज़िन्दगी में ज़रूरी नहीं कि मन लग ही जाए। ऊब तो होती ही है।

उद्यमी मस्तिष्कों को चाहे कितनी ही ऊब हो, पर उन्हें एक हल्की-सी उम्मीद हमेशा प्रेरित करती रहती है। राजेश के पिता क़ाबिल और मेहनती मज़दूर थे। उन्हें अक्सर काम पर बुलाया जाता था। दूसरों के लिए काम करने के बाद वे अपने लिए भी कुछ काम करते थे। उनके मन में था कि एक मकान जैसा कुछ तो खड़ा कर ही लिया जाए। इसके बाद वहीं से कुछ अपनी भी खेती-किसानी शुरू की जाएगी। उन्हें बच्चों के सपने भी आते थे, ख़ासकर लड़कों के जो खेतों में उनका सहारा बनें। उनकी पत्नी

भी इस सपने में साझीदार थी। इस परिवार के ज़िन्दा रहने और कालान्तर में सम्पन्न होने में जिन सन्ततियों ने योगदान दिया, राजेश उनमें पहला था। माँ-बाप को तुरन्त आभास हो गया था कि बच्चा बाग़ी स्वभाव का है। उसका जन्म प्रसव की तय तारीख़ के बाद हुआ था, गोया इस दुनिया में आने से हिचकिचा रहा हो। पैदा होने के बाद वह रोया भी नहीं था। उसे रुलाने के लिए काफ़ी ठोंक-पीट करनी पड़ी।

पालनपुर के ज़्यादातर बच्चों की तरह वह भी पैदाइश के काफ़ी बाद तक अनाम ही रहा। भाग्य को यह तय करने का पर्याप्त समय दिया गया कि वह जिएगा भी या नहीं। उससे दस महीने पहले पैदा हुई एक बच्ची के मामले में कुछ तो अनदेखी और कुछ क़िस्मत के चलते उलटा हो चुका था। राजेश के जन्म के बाद ही उसके पिता काम पर चले गए और माँ ने अगले ही दिन पिता का हाथ बँटाना शुरू कर दिया। बच्चे को उसने उसकी जरा जीव दादी के पास छोड़ दिया। पिता को एक दिन की भी दिहाड़ी दाँव पर लगाना गवारा नहीं था और माँ को एक बछड़े की देखभाल करनी पड़ती थी क्योंकि परिवार की सारी कमाई उसी में लगा दी गई थी। अन्ततः एक दिन भाग्य ने जैसे मन बना लिया और बच्चे को उसका नाम मिला—राजेश। दिन-भर के काम की थकान के बावजूद माँ-बाप ने एक-दूसरे को गर्वपूर्वक देखा। वे अपनी थकान भूल गए। उन्हें लगा कि और बच्चे होने चाहिए। बच्चों की मौत की दर इतनी ज़्यादा थी कि विकल्पों की संख्या पर्याप्त रहनी ज़रूरी थी, भले ही जन्म देते समय माँ की जान ख़तरे में पड़ जाए। अगले एक दशक तक तक़रीबन हर साल राजेश को कोई भाई या बहन मिलती रही। कई बच भी गए।

जन्म पर ख़ुशी मनाने की रस्म मिठाई आदि तक ही सीमित रही क्योंकि राजेश के पिता को यही काफ़ी लगा। उनके पास वक़्त भी नहीं था और लापरवाही से ख़र्च करने को पैसे भी नहीं थे। इस तरह राजेश की ज़िन्दगी कमख़र्ची से शुरू हुई लेकिन प्यार ने उसे इतना मज़बूत बना दिया कि आगे आनेवाली ज़िन्दगी के उतार-चढ़ाव को झेल सके। इससे उसके बाग़ी स्वभाव को भी हवा मिली।

इस बीच पालनपुर के दूसरे तबक़ों में भी कई बच्चे जन्मे। मसलन, राजेश के कुछ महीने बाद दुखी ने अपने घर में अकेले ही एक लड़के को जन्म दिया। आदेश के मुताबिक़ उसने उसका नाम जॉर्ज रखा। वो मर भी सकती थी और कोई उसकी मदद को आगे नहीं आता : गाँव कुछ समय पहले अंग्रेज़ के सामने उसके नाच से ख़ुश हुआ था लेकिन यह बात पुरानी पड़ चुकी थी और अब उसे अपने ऊपर बीती को ख़ुद ही झेलना था।

उसके पास बच्चे को पालने के लिए संसाधन नहीं थे, सो मजबूरी में उसे अपने देवर से शादी करनी पड़ी। शादी के बिना उसका गर्भवती होना एक समस्या बन सकता था पर यह मुद्दा नहीं बना। कुल मिलाकर इस शादी में वह ख़ुश तो नहीं थी पर परेशान भी नहीं हुई। जॉर्ज को एक छोटी बहन भी मिली जो नाम रखे जाने से पहले ही चल बसी। फिर एक और बच्चा हुआ जिसका नाम पड़ा छोटे राम। दुखी के दूसरे पति की मौत से ठीक पहले उसे जुड़वाँ बच्चियों का गर्भ भी ठहरा था।

जॉर्ज के लिए घर में सुख के नाम पर कुछ ख़ास था नहीं और बाहर तो बदहाली ही थी। बच्ची के मरने के बाद ग़रीबी और बढ़ गई, हालाँकि घर में खानेवाला एक सदस्य कम हुआ था। छोटे राम की ज़िन्दगी बच गई थी लेकिन खाने का टोटा और बार-बार आनेवाली बीमारी ने उसे ठिंगना और कमज़ोर बना डाला। उसने इसकी भरपाई अपनी बदमाशियों से की। वह जान गया कि ईमानदारी से उसे कुछ नहीं मिलनेवाला। जॉर्ज की ख़ुशक़िस्मती रही कि दुनिया के तमाम और बच्चों की तरह उसे शादी करने के बजाय भाप का इंजन चलाना रास आया। इससे पालनपुर के ज़्यादातर लोगों के मुक़ाबले उसकी दुनिया का दायरा भी बड़ा हो गया। दुखी ने कभी भी हेमिंग के बारे में बुरा नहीं कहा था लेकिन जब भी वह अपने बेटे को देखती, दुखी हो जाती थी। जॉर्ज को हमेशा लगता था कि उसकी माँ के दुख के पीछे एक ऐसे अंग्रेज़ का हाथ है जो मोटा है और जिसका नाम हेमिंग है। इससे ज़्यादा वह कुछ नहीं जानता था।

पालनपुर, 1984

तो ये कहानी है जॉर्ज की! दुख की बात है कि काग़ज़ों में मेरे पुरखों की तसवीर निश्चित रूप से ख़ुश करनेवाली नहीं थी। इतना तो पक्का समझ आ गया कि मेरे पिता पालनपुर छोड़कर क्यों चले गए थे। यह भी एक अजीब अहसास था। मैंने अपने बड़े होने के वर्षों में अपने पिता का पारिवारिक पक्ष बहुत ज़्यादा नहीं जाना। मेरी माँ के पक्ष वाले यानी नाना-नानी बस दिखते हिन्दुस्तानी थे, वास्तव में लन्दन के थे। और वो गवेन्द्र, मेरा परदादा वाक़ई बदमाश आदमी था और इस वक़्त मैं जिस घर में रह रहा हूँ वह उसी के मकानों में से एक है। इस मकान का इस्तेमाल वह कभी-कभार ही करता था क्योंकि यह पालनपुर में है जहाँ रहना उसे पसन्द नहीं था। उसका कुछ और बचा भी है या नहीं? मैंने आसपास देखा। केवल हवा है, और कुछ नहीं। मैंने कन्धे उचका दिये। मैंने बकरे को कुछ खाने को दिया था

और उसकी मार से बाल-बाल बचा था। उस कोने से मुझे कुछ गन्दी बदबू सी आ रही थी। बहरहाल, स्कूल जाने का समय हो चुका था। स्मिता की मदद करनी थी।

वहाँ पहुँचा तो देखा वह क्लासरूम सजा रही थी। मैंने उसे फ़ोटो खिंचवाने को प्रेरित करने की कोशिश की पर उसने कहा कि बहुत काम बाक़ी है। मैं थोड़ा और ज़ोर लगाता पर अचानक बाबू आ धमका। हो सकता है वह पहले ही आ गया रहा हो और हमें देख रहा हो। कौन जाने।

उसने गर्व से कहा, "आप जो काम कहे थे, हम कर दिये हैं।"

"बढ़िया," लेंस से आँखें धीरे-धीरे हटाते हुए मैं बोला, "फ़ोटो दिखाओ!"

"वो तो हम स्टेशन पर ही छोड़ आए। लोग देखना चाह रहे थे। बहुत अच्छी फ़ोटो है। एक में तो रामपाल दाँत चियार रहा था। हम लोगों को ख़ूब हँसी आई।"

स्मिता को हँसी आ गई और मैंने साँस छोड़ते हुए हाथ बढ़ाया, "तार तो दे दो कम-से-कम।"

"वो भी हम स्टेशन पर छोड़ आए, लेकिन उसमें क्या लिखा है हम जानते हैं," वो बोला।

"तुम्हारे कहने का मतलब कि...?" अचानक याद आया कि यहाँ स्मिता भी है, और मैं ठंडा पड़ गया।

"बढ़िया, क्या लिखा है?"

"यू डम्बऐस। कमिंग सून। किसेज। पैट"

स्मिता ने पूछा, "आपके कोई दोस्त आ रहे हैं क्या? क्या करते हैं?"

"महिला है," बिना उत्साहित हुए मैंने कहा।

"ओह, हाँ हाँ, उन्होंने 'किसेज' लिखा था। आपकी मंगेतर हैं क्या?"

"नहीं, ऐसा नहीं है...मैं अब तक नहीं कह सकता...मैं अभी काफ़ी जवान हूँ।"

"पर आप इतने भी जवान नहीं हैं। और उन्होंने तो 'किसेज' लिखा है," स्मिता ने शरारती लहज़े में इस पर ज़ोर दिया।

स्मिता के साथ मेरी निकटता की सम्भावनाओं में डंडी मारनेवाले बाबू ने ऐन इसी मौक़े पर एक और चोट मारी, "पैट इनकी गर्लफ्रेंड है। उनको लगता है कि ये बेवक़ूफ़ हैं। डम्बऐस मतलब बेवक़ूफ़। डाकख़ाने में एक आदमी से हम पूछे थे, वही बताया।"

अचानक सन्नाटा छा गया। स्मिता मेरी तरफ़ अजीब नज़रों से देखने लगी। मैंने भी तय किया कि बाबू के हाथों मैं नहीं हार सकता, तो मैंने कहा, "हाँ, पैट क़रीबी दोस्त है," और धीरे-से प्रतिरोध किया, "डम्बऐस तो ऐसे ही आपस वाला मज़ाक़ है।"

इससे कोई भी सहमत नहीं हुआ। मैं ख़ुद भी 'आपसी मज़ाक़' वाली बात से सहमत नहीं होता। फिर भी मैंने अपनी इज़्ज़त बचाने की साहसिक कोशिश की थी।

मैंने कहा कि अब खेतों में जाकर काम देखने का वक़्त हो चला है। मैंने अपनी नई दोस्त को वहीं छोड़ दिया और बाबू को खींचते हुए साथ ले गया।

पहले हमने तसवीरें इकट्ठा करने की कोशिश की। क़िस्मत से कुछ बची रह गई थीं, हालाँकि रामपाल के दाँतों वाली उसमें नहीं थी जिस पर सबने मौज ली थी। हो सकता है कोई अकेले में हँसने के लिए उसे घर ले गया हो। तार वहीं ज़मीन पर पुराने पढ़े हुए मुड़े-तुड़े अखबार जैसा पड़ा था। बाबू ने उसका सन्देश एकदम सटीक मुझको बताया था।

हम लोग खेतों की ओर चल दिये। वहाँ पहुँचने पर लगा कि काम काफ़ी तेज़ी से आगे बढ़ रहा है। कुछ बीघे की सफ़ाई हो चुकी थी। सारी जंगली घास, पुराना कचरा और कुछ बड़े पत्थर हटाए जा चुके थे। अचानक मुझे किशन लाल की ग़ुस्से से भरी आवाज़ सुनाई दी। वह किसी पर चिल्ला रहे थे। मैं भागा-भागा देखने के लिए गया कि क्या चल रहा है। एक पत्थर पर बैठकर वे उन मज़दूरों को गाली दे रहे थे जो धीमे काम कर रहे थे। उनकी भाषा बहुत गन्दी थी। मैं कुछ बोलता, इससे पहले ही किशन लाल ने मुझे देख लिया और चिल्लाना बन्द करके स्वागत की मुद्रा में आ गए। मज़दूर उनकी नक़ल उतारने लगे, वे भी जिन्हें अभी-अभी डाँट पड़ी थी। फिर भी मुझे लगा कि कुछ तो बोलना ही चाहिए। मैं उन्हें कोने में ले गया ताकि अकेले में बात हो सके। पीछे-पीछे बाबू भी पहुँच गया, जिसके कान हर जगह लगे रहते हैं। मैंने किशन लाल को सख़्ती से कहा कि मेरे खेतों में गाली-वाली नहीं चलनी चाहिए। बात यहीं ख़त्म नहीं हुई।

वे अचम्भित से लगे, दुखी भी, लेकिन मेरी बात से सहमत नहीं हुए। उनका मानना था कि अगर समय से काम पूरा करना है तो ऐसे ही करवाना पड़ेगा। इन मज़दूरों को दिहाड़ी का पैसा मिलता है, ये ठेकेदार नहीं है। इसलिए अगर इनकी काम करने की चाल अलग-अलग रहेगी तो काम की गति पर असर पड़ेगा।

मैंने ज़ोर देकर कहा, "फिर भी, यह तरीक़ा ठीक नहीं है।" उन्हें यूनिवर्सिटी में सीखे प्रबन्धन के गुर बताते हुए मैं बोला, "आपको ख़ुद करके दिखाना होगा कि यह सम्भव है। जैसे इस तरह।"

मैंने खुरपी उठाई और घास खोद रहे मज़दूरों के बीच चला गया। बाबू वहीं किशन लाल के बग़ल में पत्थर पर बैठकर मेरा नया तरीक़ा देखने लगा। कुछ मिनट बाद गर्मी और आसपास की धूल व कीड़े-मकोड़ों से मेरा पसीना छूटने लगा। मेरे चक्कर में सबकी रफ़्तार धीमी पड़ गई। पालनपुर में मेरी प्रतिष्ठा ने दिनदहाड़े एक और गोता मार दिया। रणनीतिक प्रबन्धन का अपना प्रयोग मैंने वहीं छोड़ दिया और सबको घर जाने को कह दिया।

मज़दूरों के जाने के बाद एक पल को लगा कि मेरे लिए यह प्रसंग बड़ी शर्मिंदगी वाला बन चुका है। अब किसी तरह मुझे अपनी प्रतिष्ठा को बहाल करना

होगा। संयोग से, बाबू से चुप नहीं रहा गया और उसने बात शुरू कर दी। उसने किशन लाल से अपनी सहमति जताते हुए कहा कि उसे ख़ुद निरीक्षकों से लगातार डाँट पड़ती रही है। उसकी ग़लती जब-जब रही उसने इसे स्वीकारा, लेकिन तब नहीं जब उसने कोई ग़लती न की हो। मसलन, मैं उसे दिन-भर ख़ाली बैठे रहने के लिए डाँट सकता हूँ जैसा एक दिन पहले मैंने किया भी था, लेकिन किशन लाल को मैं इस बात पर नहीं डाँट सकता कि वह लोगों से कड़ी मेहनत करवा रहा है। इस खेत में वाक़ई बहुत काम किये जाने की ज़रूरत है।

किशन लाल मेरे दख़ल से उतना अपमानित नहीं हुआ था जितना मेरे रवैये से चिन्तित था। उसने बाबू से कहा, "इसके अलावा, जब तुम रामपाल के लिए काम करते थे तब तुम्हारे साथ भी ऐसा ही बरताव होता था। यहाँ पर सब कुछ ऐसे ही चलता है। लोग भी यही मानकर काम करते हैं।"

उनसे असहमत होना तो मुश्किल था पर किशन लाल की टिप्पणी ने मुझे मुद्दा बदलने का एक मौक़ा दे दिया था। मैंने कहा, "यहाँ हमेशा सब कुछ नहीं चल पाता। बीज केन्द्र के बग़ल वाला स्कूल ले लीजिए। कल जो लड़की आई है वह स्कूल की नई टीचर है। जानते हैं न, बाबू की चचेरी बहिन है। बताइए, वह कैसे चला पाएँगी स्कूल को?"

किशन लाल बोले, "स्कूल की बिल्डिंग तो ख़ाली पड़ी है, सड़-गल चुकी है।"

"बिलकुल, लेकिन उसके लिए आप उस लड़की को दोष नहीं दे सकते न। मैंने देखा वह वहाँ सफ़ाई कर रही थी।"

"हाँ, और ये उनकी बहुत मदद किये थे," बाबू ने टीप जोड़ दी। मुझे ग़ुस्सा आ गया।

किशन लाल ने कन्धे उचका दिये। "आप जानते हैं, इस स्कूल का यह हाल कैसे हुआ। एक नहीं, कई कारण हैं। ये सब उनके ख़ून में है।" फिर बड़े रहस्यमय ढंग से वे बोले, "और मेरी राय ये है कि अगर कोई वाक़ई बदलाव को लेकर ईमानदार है तो उसे चुनाव में जीतना चाहिए।"

मुझे समझ नहीं आया कि अचानक बाबू इस बात पर क्यों बिगड़ गया। उसने कहा कि जहाँ तक चुनाव की बात है, मुरावों को कोई हक़ नहीं है कि वे दूसरों को ज्ञान दें। इससे भी ज़्यादा अचरज की बात यह हुई कि यह सुनकर किशन लाल कुछ नहीं बोले और चुपचाप खेतों की ओर कुछ औज़ार लेने खिसक लिये। मैंने बाबू से ये चुनाव वाली बात समझने की कोशिश की लेकिन उसने विस्तार से कुछ नहीं बताया। ऐसा लग रहा था कि दोनों के बीच गुप्त समझौते जैसा कुछ है।

मैंने उन्हें वहीं छोड़ा, बाबू से कहा कि वह बैलों को ले जाकर मेरे यहाँ बाँध दे और रामपाल के घर निकल पड़ा। रामपाल के यहाँ जाने की वजह स्मिता ही थी। ब्रह्मचारी की योजना से बचाते हुए स्कूल को दोबारा ज़िन्दा करना था और

अधिकारियों से कुछ फ़ंड निकलवाना ज़रूरी था। इसके लिए रामपाल से बात करनी ज़रूरी थी। इसीलिए मैंने रामपाल से ज़ोर देकर कहा कि स्मिता के साथ मिलकर काम करना बहुत फ़ायदेमन्द रहेगा। पहले तो मुखिया को यह बात पसन्द नहीं आई, बल्कि वह काफ़ी खीजे हुए लग रहे थे पर मैंने जब पूरी योजना विस्तार से समझाई तो वे थोड़ा चौकस हुए। मैंने कुप्रबन्धन और भ्रष्टाचार को लेकर स्मिता की चिन्ताओं से उन्हें साफ़-साफ़ वाक़िफ़ करवा दिया। रामपाल ने चौड़े होकर कहा कि वे ख़ुद इस मामले को देखेंगे।

वे बोले, "स्वाभाविक है, फ़ंड का इस्तेमाल ग्राम पंचायत देखेगी। स्कूल हमारी प्राथमिकता में है, उम्मीद करिए कि यह प्रोजेक्ट पास हो ही जाएगा।"

मैंने ग्राम पंचायत के निर्णयों के साथ रहने का वादा किया। रामपाल ने बताया कि संयोग से कल ही ग्राम पंचायत की एक बैठक रखी गई है जिसमें बीडीओ भी आ रहे हैं। वही बीडीओ जिनसे चन्दौसी में मैं मिल चुका था। उन्हें तो पता ही होगा कि स्कूल के लिए सब्सिडी मिल सकती है या नहीं। कुछ भी हो, कम-से-कम स्कूल पर बात तो हो ही सकती है और उसकी अर्हता पर भी। रामपाल बोले कि ठीक दस बजे सवेरे बैठक शुरू हो जाएगी और मुझे उसमें आना चाहिए। अगर ग्राम पंचायत इस पर तैयार हो गई तो मेरे साथ मिलकर वे एडीओ को एक पत्र लिखेंगे। इस तरह अगले दिन बैठक के बाद हमने मिलने का तय कर लिया।

इस ज़बरदस्त समर्थन के लिए मैंने रामपाल का शुक्रिया अदा किया। निकलने से पहले मैंने किशन लाल और बाबू के बीच जो कुछ भी हुआ था, उन्हें बताना ज़रूरी समझा। वे इस बात पर हँस दिये और बताने लगे कि उनसे पहले एक चमार को गाँव का मुखिया चुना गया था। उस समय ठाकुरों और मुरावों के बीच जमकर मार हुई थी। वो आदमी अब दुनिया में नहीं है लेकिन गाँव के स्कूल को ख़त्म करने में अकेले उसी का हाथ था। वह बहुत बदमाश था। उसके पहले वाले मुखिया ने स्कूल को जितना फ़र्नीचर दिलवाया था वो सब लूट ले गया। उसने बहुत पैसा भी कमाया। एक शिक्षक जो स्कूल नहीं आता था, उसके वेतन का एक हिस्सा भी वो ले लेता था। यह उस अनुपस्थित शिक्षक के लिए भी मुफीद था। रामपाल ने यह नहीं बताया कि वह शिक्षक कोई और नहीं उनका भाई फूल सिंह है और सारी योजना उनके मित्र ब्रह्मचारी की बनाई हुई थी।

बीच में अचानक एक आवाज़ ने दख़ल दिया, "ऐसे शिक्षकों को तो डिग्री ही नहीं मिलनी चाहिए।"

यह रामपाल के बेटे हुकुम की आवाज़ थी, जो शिक्षा पर बहुत ठोस विचार रखता था।

"बिलकुल, बिलकुल," रामपाल ने उसकी बात में हाँ मिलाई, हालाँकि उनकी आँखें देखकर लग रहा था कि वे उसे खा ही जाएँगे।

मैंने टोका, "लेकिन इससे ये नहीं समझ आया कि किशन लाल चुप क्यों हो गए?"

मुखिया हँसकर बोले, "वो इसलिए क्योंकि उस भ्रष्टाचारी चमार से पहले गाँव का मुखिया एक भ्रष्टाचारी मुराव था। वो लोग भी अपने ढंग से गाँव को चलाए। उसी साल गाँव में सहकारी समिति शुरू हुई थी। और बड़ी दिक़्क़त आई थी। बहुत ज़्यादा।"

"मतलब सारे मुखिया भ्रष्ट ही होते हैं!" मैंने टिप्पणी की, "सत्ता भ्रष्ट बनाती है मेरे ख़याल से, इसका जाति से कोई लेना-देना नहीं होता।"

रामपाल बुरा मान गए, "माफ़ कीजिएगा हुज़ूर, हम केवल मुरावों और चमारों की बात कर रहे थे। हम एक ठाकुर हैं और हम भ्रष्ट नहीं हैं।"

मुझे हँसी आ रही थी पर मैंने दबा ली और उनसे विदा लेकर घर जाते वक़्त मेरा उत्साह थोड़ा ठंडा पड़ गया। दुनियादारी के लिहाज़ से सोचने पर मुझे एक व्यावहारिक बात यह समझ में आई कि रामपाल जितने उत्साह से सहयोग करने को तैयार हैं, इससे लगता है कि उन पर पैनी नज़र रखनी पड़ेगी। बाक़ी, मुझे ज़मीन पर लाने में मेरे पड़ोसी चुन्नी काम आए, जो अपने बच्चे का कान उमेठते हुए अचानक प्रकट हुए। वही बच्चा जिसने मेरे चाचा के घर की फ़र्श से कुछ उठाया था, जिस दिन मैं वहाँ पहुँचा था। राकेश नाम का यह लड़का डर के मारे मुरादाबाद भाग गया था और अब जाकर लौटा था। चुन्नी बोले कि राकेश को वे बहुत कड़ी सज़ा देंगे। मुझे बच्चे पर तरस आया, हालाँकि मन में तीसरे खोखे को बरामद करने की बेचैनी बनी हुई थी।

बाप ने पूछा, "बताओ, साहब के घर से जो चुराए हो वो तुम्हारे पास है या नहीं?"

"नहीं," दर्द से कराहते हुए लड़के ने कहा।

बाप ने थोड़ा और कान उमेठा और बोला, "सच कह रहे हो न?"

चुन्नी मेरी ओर मुड़कर आश्वस्त करने के लहजे में मुस्कराते हुए बोले, "ये अभी बताएगा।"

"इतना कठोर मत बनिए," मैंने मिन्नत की, "राकेश को पक्का अपने किये पर पछतावा होगा।"

"बिलकुल, पछताएगा ये," बाप बोला।

मैंने अनुरोध किया, "आपको इसे समझाना चाहिए।"

"हाँ, हाँ, मैं अच्छे से समझाऊँगा," चुन्नी मुझसे यह वादा करके चले गए। अब पता नहीं यह वादा राकेश के लिए बुरा साबित होनेवाला था या चुन्नी ही मेरी बात को नहीं समझे थे। या शायद दोनों ही बातें सही हो।

बहरहाल, अभी पर्याप्त उजाला था। मुझे अचानक कैप्टन की कही बात याद

आई। सोचा कैमरे के साथ दलितों के टोले का रुख़ किया जाए, कुछ बातचीत भी हो जाएगी। जैसे ही मैं टोले के पास पहुँचा, अक्सर मेरे पीछे-पीछे चलनेवाले छोटे से हुजूम ने मुझे विदा करते हुए ऐसे हाथ हिलाया गोया मैं कोई सरहद पार कर रहा हूँ। मुझे अहसास हुआ कि तब उनमें से कोई भी दलित नहीं था। पालनपुर आने के बाद शायद पहली बार मैंने ख़ुद को अकेले चलता हुआ पाया। मैंने कैमरा बाहर निकाल लिया। आश्चर्य, कि किसी ने इस पर कोई ध्यान ही नहीं दिया। आम तौर से गाँव में घूमते वक़्त लोग मुझे देखते रहते थे। यहाँ इस मामले में थोड़ी राहत लगी।

एक बार की बात है, मैंने किसी की खींची हुई किंशासा के एक बार की तसवीर देखी थी। एकदम परफ़ेक्ट फ़ोटो थी : एंगिल, कंट्रास्ट, सब कुछ के मामले में। फ़ोटो में एक शख़्स बार में बैठा सिगरेट पीते हुए सफ़ेद कपड़े पहने एक लड़की का नाच देख रहा था। फ़ोटो एकदम वास्तविक होने का आभास देती थी। इसके बावजूद, उस व्यक्ति और मेरे बीच कुछ भी समान नहीं था। न तो वह मुझसे बेहतर था, न बदतर। वह बस किसी दूसरी ही दुनिया का आदमी जान पड़ता था। फ़ोटोग्राफ़र ने केवल एक शॉट में सब कुछ बड़े शानदार तरीक़े से क़ैद कर लिया था और एक समूची दुनिया मेरे सामने लाकर रख दी थी। दलितों के बीच जाकर भी मुझे कुछ ऐसा ही अहसास हुआ। यह पालनपुर से अलग एक दुनिया थी। बेशक उससे कहीं ज़्यादा ग़रीब, लेकिन कुछ और भी था जो ज़ाहिर नहीं था। ऐसा नहीं कि यहाँ लोग कुछ असामान्य कर रहे थे। मर्द चुपचाप काम से लौट रहे थे, बच्चे खेल रहे थे, औरतें रात का खाना बना रही थीं। मैं एकदम से पकड़ नहीं पा रहा था कि इसे कैसे कहा जाए। तभी स्मिता सामने आकर खड़ी हो गई। "ये एक अलग दुनिया है, नहीं?" उसने कहा।

मैंने हामी भरी। उसने एक जवान लड़के से कुछ कहा और उसने हमें चाय पीने के लिए बुला लिया। उसकी झोंपड़ी में घुसने के लिए मुझे नीचे झुकना पड़ा। उसकी छत में छेद थे और फ़र्श सूखी मिट्टी की बनी थी। उसकी पत्नी चाय बना रही थी।

झोंपड़ी के भीतर पसरी भयावह ग़रीबी, चीथड़ों में घूमते बच्चे और उस पर से उनका आतिथ्य—यह सब देखकर मैं हिल गया था। मैंने उस जवान को पचास रुपये थमाते हुए कहा, "सही से इस्तेमाल करना इसका। कम-से-कम घर की छत ही बनवा लेना क्योंकि...।"

मैं वाक्य ख़त्म करता इससे पहले ही स्मिता भड़ककर खड़ी हो गई और बोली, "आप कौन होते हैं इन लोगों को बतानेवाले कि इन्हें क्या करना चाहिए? आप इन्हें पैसे दें तब भी?"

मैं सन्नाटे में आ गया। लेकिन वह बोलती रही, "आप कैसे जान सकते हैं कि इनके लिए क्या बेहतर है? रोज़ ये इसी ऊहापोह में रहता है कि अपने परिवार को रोटी खिला पाएगा या नहीं और आप कह रहे हैं कि छत बनवा लेना?"

फिर वो थोड़ा ठंडी हुई, "आपकी मंशा पर मैं शक नहीं जता रही हूँ, पर हक़ीक़त ये है कि हममें से किसी के पास भी आपके जैसा बढ़िया घर या नौकरी नहीं है। इस महँगे कैमरे की तो बात ही छोड़ दीजिए। उस पर से लोगों की नफ़रत ने जीना नरक कर रखा है। हमारी पीड़ा का कोई अन्त नहीं। आपको पता है, हमारे बच्चों के नाम दुखी और भूखन होते हैं। ये अगर पचास रुपया घर की छत बनवाने पर ख़र्च कर देगा तो इसकी ज़िन्दगी सुधर जाएगी उससे? ना! ये तब भी रोज़-रोज ऐसे ही मर-मर के जीएगा।"

मैंने थोड़ा-सावधानी से उसे टोका, "फिर ये कहाँ ख़र्च करेगा पैसा?"

"चाहे जहाँ करे," स्मिता ने सपाट जवाब दिया, "ये उससे मज़ा भी कर सकता है। मेरा मतलब शराब पीने से नहीं है, हम लोग वैसे भी उतना नहीं पीते। हो सकता है कि ये इससे खाने को कुछ ख़रीद ले और एक बार भरपेट खा ले। या पटाखे ही ख़रीद लाए। कम-से-कम कुछ मिनट के लिए तो इसकी ज़िन्दगी में ख़ुशी आएगी और पूरे टोले के लिए वह एक यादगार पल होगा। आपको बात समझ में आ रही है?"

मैंने चाय के कप के पीछे अपना चेहरा छुपाते हुए सिर हिलाया। मैं चुपचाप खड़ा हुआ, उस आदमी को शुक्रिया कहा और हम दोनों बाहर आ गए।

मुझे समझ आया कि दलित लोग मेहनती होते हैं। इन्हें सदियों से दबाया गया है। इसीलिए ये हमेशा से दबे-कुचले ही जीते आए हैं। इसके बावजूद, इनमें जिजीविषा की कमी नहीं है।

"दिलचस्प दौरा रहा," मैंने कहा, "ऐसा लगता है कि बाबू इन सबमें अपवाद है।"

"वो तो है। उसका मानना है कि हम दलितों को अपने ही दायरे में अपने तौर-तरीक़ों तक सीमित नहीं रहना चाहिए। हमें पूरे समुदाय में स्वीकार्यता मिलनी चाहिए। यही एक तरीक़ा है कि हम अपनी बदहाली से उबर पाएँगे। अपने में रह जाना काफ़ी नहीं है। वह चाहता है कि हम लोग भी एक बड़ी दुनिया का हिस्सा बनें, बराबरी से। यहाँ हर कोई उसकी इस बात से सहमत नहीं होता। इसीलिए वह आपके पास गया था।"

मतलब बाबू को साथ रखने का एक अर्थ यह भी है। यानी मैंने उसको नहीं, उसने मुझे चुना है।

"और आपको क्या लगता है?"

"उसकी और मेरी सोच एक जैसी है। इसीलिए मैं चाहती हूँ कि बच्चे अच्छी शिक्षा हासिल करें। हर बच्चा क्लासरूम में साथ बैठे। हो सकता है कि इससे वे एक-दूसरे को बेहतर ढंग से समझ पाएँ। दलितों के बीच हालाँकि उसका विरोध है। इसीलिए उसे शादी के लिए कोई लड़की नहीं मिल रही है, हालाँकि लड़का

वह बढ़िया है। मैंने एक लड़की खोजी है जो उसके जैसा सोचती है।"

"तब तो ठीक है। उम्मीद है सब ठीक ही होगा।"

मैंने जो कुछ भी देखा था, उसे जज़्ब करने में थोड़ा वक़्त लगेगा लेकिन अचानक याद आया कि कैप्टन तो दूसरी वजह से चाहते थे कि मैं दलितों के बीच जाऊँ। इसलिए मैंने तुरन्त बात बदल दी, "मेरा एक सवाल है, थोड़ा अलग : क्या बाबू जानता है कि मेरे चाचा को किसने मारा?"

स्मिता ने लम्बी साँस ली, "हम सबको पता है, लेकिन हमारा उससे कोई लेना-देना नहीं है। सिवाय नीतू आंटी के। आप ख़ुद पता लगा सकें तो बेहतर। चिन्ता की बात नहीं, बाबू इसमें आपकी मदद करेगा। इससे ज़्यादा मैं क्या कहूँ।"

ये बात मुझे हजम नहीं हुई कि बाबू मेरी मदद करेगा। स्मिता से विदा लेकर मैं वहाँ से निकल आया। दलित टोले से बाहर आते ही मैंने देखा कि मेरे पीछे चलनेवाली प्रशंसकों की भीड़ मुझे शक की निगाह से देख रही है। मैं शुरू से जानता था कि इस इलाक़े में ज़्यादा समय बिताना ठीक नहीं माना जाएगा। मैंने उनकी कोई परवाह नहीं की। सीधे सोने के लिए घर चला गया, यह मानकर कि चुन्नी अपने बेटे से पूछताछ करेगा और लड़का शायद खोखा चुराने की बात मान ले। कम-से-कम एक पहेली तो सुलझेगी।

अध्याय 13

पालनपुर, 1984

नींद आई ही थी कि टूट गई। न खटमल थे, न मच्छर। चुन्नी के घर से मेरे ऊपरवाले कमरे तक चीख़ने-चिल्लाने की आवाज़ें आ रही थीं। मैं उठकर छत पर गया। वहाँ से सब दिखाई और सुनाई पड़ रहा था। राकेश की शामत आई हुई थी। उसे केवल घर से भागने और मेरे यहाँ से कुछ चुराने के लिए सज़ा नहीं दी जा रही थी। जाने से पहले उसने घर से बीस रुपये भी चुराए थे। इसके लिए भी उसकी पिटाई होनेवाली थी। उसके माँ-बाप ने लड़के के दोनों हाथ एक मोटी-सी रस्सी से बाँधकर रस्सी को बरामदे की छत से बाँध दिया था। वे उसे वहाँ पूरी रात ऐसे ही बाँधकर छोड़ने की धमकी दे रहे थे। फिर दोनों अन्दर बैठ गए और लगातार बेटे पर चिल्लाते हुए बात करने लगे कि इसका क्या करना है। कोई घंटे-भर बाद चुन्नी ने अपनी पत्नी से कहा कि वह पूछताछ करे। माँ ने एक छड़ ली और उसे जमाते हुए एक-एक सवाल पूछती रही : कहाँ था वह इतने दिन? पैसे कहाँ हैं? मेरे घर से उसने क्या चुराया था? हर सवाल के बाद एक छड़। मुझे समझ नहीं आ रहा था बीच में पड़ना चाहिए या नहीं। फ़िलहाल शान्त रहना ही बेहतर है, मैंने सोचा। थोड़ी देर बाद चुन्नी की बीवी थक गई। उसने सवाल-जवाब के लिए पति को छड़ थमा दी। पति ने कुछ नहीं किया। इस चक्कर में मियाँ-बीवी में झगड़ा हो गया। चुन्नी की स्थिति हल्की हो गई। माँ ने फिर छड़ ली और बेटे से क़सम खिलवाने लगी कि आगे से वह ऐसा नहीं करेगा। लड़के ने वादा किया। मैं छत से नीचे आ गया इस उम्मीद में कि अब कुछ नहीं होगा।

चारपाई पर लेटा तो फिर से मारपीट की आवाज़ सुनाई पड़ी। लड़के के वादे पर मुहर लगाई जा रही थी। आख़िरकार पिटाई बन्द हुई। माँ-बाप ने बेटे को खोला और प्यार से खाना खाने को कहा। इंग्लैंड में अगर ऐसा कुछ होता तो लड़के की पिटाई के बजाय उसे खाना दिये बग़ैर सोने को भेज दिया जाता। पालनपुर में ऐसी कड़ी सज़ा की कल्पना करना मुश्किल था।

लड़के की पिटाई से मेरे काम का कुछ नहीं निकला। उसने इतनी सच्चाई से चीख़कर अपना जुर्म कुबूल किया था कि मेरे दिमाग़ में आगे कोई शंका नहीं रह गई। पता चला कि मेरे घर से उसने एक सुनहरा तारा चुराया था। सुनहरा मने सोने का बना हुआ नहीं। चुन्नी को हालाँकि इस बात का दुख था। वैसा तारा जो किसी पुलिसवाले या फ़ौजी की वर्दी में टँका होता है। चुन्नी को यही लगा था। इसमें कोई आश्चर्य की बात नहीं थी क्योंकि पुलिस ने मेरे घर की तलाशी कई बार ली थी। कुल मिलाकर मेरे पास दो ही खोखे रह गए जबकि गोली तीन बार चली थी। इनका मैं क्या करूँगा, मुझे नहीं पता था।

मैंने लेटे-लेटे करवट ली। हर तरफ़ शान्ति थी, लेकिन नींद उड़ चुकी थी। दिमाग़ में कई चीज़ें चल रही थीं। तीसरा खोखा तो था ही। पैट की कही बात भी अजीब थी। उसने ज़ोर देकर कहा था बिस्तर के पीछे देखने के लिए। अजीब बात है। आख़िर बार-बार वह ये बात क्यों कह रही थी? एयरपोर्ट से निकलते वक़्त, फिर तार में भी। मेरे निकलने तक तो उसने पिताजी के नोट्स भी शायद पूरे नहीं पढ़े थे और मुझसे ज़्यादा वह इस जगह को नहीं जानती रही होगी, लेकिन...

हाँ, उसने भूमिका ज़रूर पढ़ी थी। मैं भूमिका कभी नहीं पढ़ता। वह हमेशा पढ़ती है। यही मामला है। उसने हाथ से लिखा परिचय वाला हिस्सा पढ़ा होगा। मैंने काफ़ी तेज़ी से नोट्स निकाले और भूमिका खोली,

> पालनपुर में मैं जिस बिस्तर पर सोता था उसके पास एक छोटी-सी जगह है जहाँ कुछ छिपाया जा सकता है। वहाँ एक ईंट है जिसे आसानी से निकालकर वापस वहीं लगाया जा सकता है। किसी को इसका पता नहीं चलता। जब घर बन रहा था तब शायद इस छुपानेवाली जगह को बनाया गया रहा होगा, बाद में लोग इसे भूल गए होंगे। एक शाम संजोग से मुझे यह मिली थी। यूके जाने से पहले तक वहीं पर मैंने ये काग़ज़ छुपाकर रखे थे।

अब समझ आया। मैंने चारपाई हटाई। वह ईंट खोजने में मुझे कुछ ही मिनट लगे। वहाँ एक पैकेट रखा हुआ था जो एक भूरे काग़ज़ में काफ़ी करीने से लपेटा गया था। मैंने सोचा अगले दिन इसे आराम से देखा जाएगा। मैंने ईंट वापस वहीं लगाई और आराम से सो गया।

सबेरे तेज़ी से नाश्ता करने के बाद मैं चुन्नी से मिलने चला गया। उसने छोटा-सा सुनहरा तारा मुझे पकड़ाया। वह इस बात से दुखी था कि लड़के ने चोरी के बीस रुपये उड़ा दिये। मैंने उसके बारे में पूछा। पता चला उसे चुन्नी ने काम करने खेतों पर भेजा है। इसका मतलब कि चोट बहुत ज़्यादा नहीं आई थी।

चुन्नी बोले, "थोड़ा-सा लँगड़ा रहा है, बाक़ी हल्की-फुल्की चोट है, ठीक हो जाएगा।"

आश्वस्त होकर मैं घर लौटा। पिंक फ्लायड का 'मनी' बजाया और बीती रात बरामद हुए पैकेट को चेक करने लगा। बहुत काम का माल था उसमें। उस भूरे लिफ़ाफ़े में पिछले कई दशकों के हिसाब-ख़र्चे की बही बँधी हुई थीं। मेरे चाचा ने जितने भी गड़बड़ सौदे किये थे, सब एक-एक करके उसमें दर्ज थे। वो भी एकदम ताज़ा। आख़िरी वाली बही में इस साल की शुरुआत से लेकर मेरे चाचा की मौत से दो दिन पहले तक का हिसाब था। मैंने उसी से शुरू करने को सोचा। पालनपुर में ख़बरें आग की तरह फैलती हैं, इसलिए थोड़ा चौकस रहने की ज़रूरत थी। मैंने ध्यान से देखकर सारी खिड़कियाँ बन्द कर दीं और दरवाज़े पर साँकल लगा दी। फिर मैंने मोमबत्ती जलाई और उसे मेज़ पर टिकाकर खाता-बही में डूब गया। आख़िरकार, मुझे अपना काम मिल ही गया था।

लेकिन पालनपुर में आप काग़ज़ात देखने या फिर कुछ भी करने में थोड़ा समय अकेले में बिता सकें, ऐसा सोचना मूर्खता है। लोगों को आपकी चिन्ता होने लगती है। यह केवल जिज्ञासा का मसला नहीं है। वे वाक़ई आपकी भलाई के बारे में सोचते हैं। वे देखना चाहते हैं कि कहीं आपका गप करने का मन तो नहीं है। उन्हें ख़ुद गप करने के लिए माल चाहिए होता है, ताकि वे दूसरों से कटा हुआ न महसूस कर सकें। मैंने पढ़ना शुरू किया ही था कि थोड़ी देर बाद दरवाज़े पर किसी ने खटखटाया, जैसे कुछ रगड़ रहा हो। मैंने अन्दाज़ा लगाते हुए कहा, "बाबू, मैं कुछ काम कर रहा हूँ।"

"हम बाबू हैं।" उधर से आवाज़ आई।

"हाँ, पता है बाबू। बाद में मिलता हूँ, अभी व्यस्त हूँ।"

थोड़ा रुकने के बाद और ज़ोर से आवाज़ आई, लेकिन इस बार दरवाज़े पर नहीं शटर पर दस्तक दी जा रही थी। बाबू की आवाज़ घर में गूँज गई, "हम जान रहे हैं, आप व्यस्त नहीं हैं, कोई फ़ोटो देख रहे हैं।"

यह बात जितनी मामूली है, उतनी ही दिलचस्प है। बाबू के लिए व्यस्त रहने का मतलब है या तो आदमी खेत में हो या फिर रसोई में। लिखना या पढ़ना कोई काम नहीं माना जाता है। सच कहूँ तो यूके में भी ऐसे लोग हैं जो इस तरह सोचते हैं।

बहरहाल, आवाज़ से समझ में आया कि शटर में एक छेद है। लम्बी साँस लेकर मैं उठा, बाबू को भगाया और छेद को बन्द कर दिया और वापस बहीखाते में उलझ गया।

एक बात मुझे जल्द ही समझ में आ गई कि मेरे चाचा के बारे में यह अफ़वाह सही है कि यहाँ हर फटे में उनका हाथ था। बाक़ी और बहीखातों को देखकर समझ आया कि यह सब लम्बे समय से चल रहा था। ऐसा नहीं कि वे इस सबके केन्द्र में थे पर इतना ज़रूर है कि वे कई भ्रष्ट योजनाओं में शामिल थे। मेरे चाचा एक क़िस्म का गिरोह चला रहे थे जिसकी दिलचस्पी पालनपुर और पड़ोस

के गाँवों में पैसे से जुड़ी हर चीज़ में थी। जैसे, बीज, क़र्ज़ और खाद पर किसानों की सहकारी समिति से उनका हिस्सा बँधा था। कुछ पैसा वे अपने पास रखते थे और बाक़ी कुछ रहस्यमय लोगों को पहुँचा देते थे। वे लोग कुछ और गतिविधियों से आया पैसा उन्हें भेजते थे। जिस मुरादाबाद में भ्रष्टाचार की अनन्त सम्भावनाएँ दिख रही थीं। समय के साथ इन कामों में बदलाव भी आया था। कुछ पुराने काम ख़त्म हो गए थे और कुछ नये धन्धे उग आए थे : मसलन, सड़क का निर्माण, स्कूल या मन्दिर की मरम्मत और यहाँ तक चुनाव भी। पैसे वाले किसी भी काम में मेरे चाचा और उनके साथियों का रचनात्मक दिमाग़ बहुत तेज़ी से चलता था।

किसानों को दिया क़र्ज़ कुछ इस तरह से दर्ज था,

किसान अ बकाया राशि : 10,000 रुपये
इस साल बकाया राशि : क़र्ज़मुक्ति + ब्याज : 1,000 + 1,500 = 2,500
किसान अ की चुकाई रकम : 500 रुपया (दर्ज, और 1,000 रुपया जो दर्ज नहीं है)
नई बकाया राशि : 10,000 + (2,500 - 500) = 12,000

कितनी साफ़-सुथरी जुगत लगाई थी इन बेईमानों ने कि हर साल 10,000 के बकाया क़र्ज़ पर 1,000 रुपया उठा लेते थे। इस तरह क़र्ज़दार के ऊपर 20 फ़ीसदी सालाना की चक्रवृद्धि दर से उधारी बढ़ती जाती थी। इस तरह से जिस किसान ने ज़मींदारी के दौर में पचास रुपया क़र्ज़ा लिया होगा, वह आज भी क़र्ज़े में दबा पड़ा था। इसके नीचे एक और हिसाब था,

विविध 1,000 रुपया, 100 रुपया फीस, 250 ब को, 150 र को

इसका मतलब बचा हुआ 500 मेरे चाचा की जेब में—मने पूरी लूट का आधा हिस्सा।

'फीस' का मतलब होगा सहकारी समिति के प्रबन्धक को दिया गया पैसा, अगर यह मान लें कि उसने मेरे चाचा को बताया हो कि किसान ने 1,000 रुपये दिये थे। इससे पहले बही में स, ज जैसे अक्षर आए थे। आख़िर कौन थे ये लोग? चाचा तो दूसरे का पैसा खाते थे, लेकिन ये ब, र, आदि किसके नाम थे? इसके बारे में तो पता करना पड़ेगा।

कुछ हिसाब बड़ी रकम के भी थे, हालाँकि इनकी संख्या कम थी। जैसे,

बीज : चन्दौसी में बिक्री एक टन में से 800 किलो ख़रीद को निकाला,
शुद्ध 30,000 रुपया
5,000 रुपया ब, ड और प को फीस; 500 दो खाद निरीक्षकों को
मुरादाबाद ख़रीद, शुद्ध 1 लाख रुपया
10,000 फीस ब और ड को, 1,500 दो निरीक्षकों को

यह सब देखकर मैंने लम्बी साँस भरी। कई बार मैंने सुना था कि भारत के गाँवों में चलनेवाली सहकारी समितियाँ बीज और खाद की बिक्री में घपला करती हैं। ये सब तो हमेशा से चलता आया था, लेकिन मुझे ग़ुस्सा इसमें अपने चाचा के जुड़े होने पर आ रहा था।

इतना तो साफ़ था कि उनकी हत्या इन बहीखातों में दर्ज काम-धन्धों से ही किसी-न-किसी रूप में जुड़ी हुई है। कौन सा धन्धा, यह मायने नहीं रखता। सबके पीछे पैसे का ही खेल है। इसके अलावा इस हिसाब-किताब से मेरा जीवन भी एक अर्थ में आसान हो गया था : अगर मैं गाँव के लिए वाक़ई कुछ करना चाहता हूँ तो मेरे चाचा और उनके पूर्वजों ने गाँव का जितना नुक़सान किया है उसी के अनुसार मैं गाँव को पैसे दान कर सकता हूँ। बही के हिसाब से देखें तो इतना पैसा होगा ही, लेकिन है कहाँ? ये थोड़ा परेशान करनेवाली बात थी। मैं हर जगह देख चुका था। इन पुरानी दीवारों के बीच पैसे छुपाने के लिए बहुत ज़्यादा जगह की गुंजाइश नहीं थी। इन सबके अलावा, नीतू को छुड़ाने के लिए अगर और सबूतों की ज़रूरत होती तो भी इससे बहुत मदद मिलती। वह आसानी से बरी हो जाती। हालाँकि अगर तीसरा खोखा मिल गया तो उससे अच्छी कोई बात ही नहीं हो सकती।

यही सब सोच रहा था कि दरवाज़े पर ज़ोर से खटखटाने की आवाज़ हुई।

"अनिल साहब, घर पर हैं?"

"जी, हाँ।"

"सो रहे हैं क्या? हम रामपाल सिंह।"

"जी, बस अभी-अभी उठा हूँ।" मैंने कहा।

"बढ़िया है," रामपाल बोले, "असल में शटर वाला छेद किसी ने बन्द कर दिया है, तो हमें दिखाई नहीं दिया आप क्या कर रहे हैं, इसीलिए पूछे।"

"अच्छा?" मैंने पूछा, "थोड़ा काम है अभी, कुछ देर में आऊँ?"

"एडीओ वाली चिट्ठी बना लिये हैं न?"

"नहीं, अभी नहीं। तय तो हुआ था कि ग्राम पंचायत की बैठक के बाद ये काम करेंगे।"

"हाँ, हाँ, ठीक है। हमें पता चला कि आप कुछ ख़ास नहीं कर रहे तो सोचे पूछ लें, मेरे खेत में चलकर राइफ़ल के साथ मेरी फ़ोटो खींच देंगे एक?"

मैंने सोचा मामला लगे हाथ यहीं निपटा दिया जाए : "नहीं, वहाँ चलना तो मुश्किल है, यहीं खींच देता हूँ। इसके बाद थोड़ा आराम करूँगा। और आप ग्राम पंचायत की बैठक के लिए तैयार हो जाइए।"

आराम वाली बात रामपाल को समझ में आती थी। वे तैयार हो गए। उन्हें भीतर झाँकने का मौक़ा दिये बग़ैर मैं बाहर आया और 50 एमएम वाले लेंस से उनकी कई तसवीरें खींचीं। उन्होंने अपनी ली-एनफील्ड राइफ़ल को लेकर मुझे

छोटा-सा एक भाषण दिया। वह राइफ़ल उन्हें अपने दादा पीताम्बर से मिली थी। पुरानी थी। उसकी नली लकड़ी के ख़ूबसूरत केस से ढकी हुई थी, लेकिन लकड़ी कई जगहों से चरकी हुई थी। एक काम की जानकारी उनसे ये मिली कि उनकी राइफ़ल पहले थ्री नॉट थ्री थी, जिसे बाद में उन्होंने 22 बोर की कैलिबर में बदल दिया था, लेकिन मेरे चाचा वाली राइफ़ल जस-की-तस थी इसलिए वह ज़्यादा दिलचस्प होगी। रामपाल बड़े दिल के आदमी थे। उन्होंने मुझे अपनी राइफ़ल चलाने का न्योता दिया। मैंने 'बाद में कभी' कह के उन्हें किसी तरह टाला, यह ध्यान रखते हुए कि वे कहीं घर में न घुस आवें। बाद में लगा कि उनकी पेशकश मुझे बराबर स्वीकार कर लेनी चाहिए थी, शायद रहस्य और जल्दी खुल जाता।

दरवाज़े को मैंने ध्यान से बन्द किया और वापस बहीखाते में जुट गया। सारी किताबों में एक जैसा हिसाब दर्ज था, लेकिन अपनी मौत से पहले भरे गए आख़िरी पन्ने पर चाचा ने कुछ असामान्य-सी चीज़ लिखी थी।

प लोभी और आक्रामक होता जा रहा है। ख़तरनाक साबित हो सकता है। मुझे धमकी भी दी है। ब भी।

दिलचस्प था। कौन हैं ये प और ब?

एक अजीब सी आवाज़ आई। दिमाग़ फिर भटक गया। दरवाज़े पर खटखटाने जैसा कुछ नहीं था। लगा कोई रो रहा है। मैंने अनसुना कर दिया। आवाज़ तेज़ हुई, "अनिल साहब! अनिल साहब!"

इसके बाद शटर पर कुछ खरोंचने की आवाज़ आई। लगता है कि उस खिड़की में बना वह छेद पालनपुर में बहुत लोकप्रिय था।

एक कमज़ोर-सी आवाज़ आई, "कहाँ हैं आप, दिखाई नहीं दे रहे?"

"गोविन्दी, क्या हुआ?"

"हमारे पास खाने को कुछ नहीं है, ख़रीदने के लिए पैसा भी नहीं है।"

"मेरे पास भी नहीं है।"

मेरी कही इस बात को आसानी से पचाना मुश्किल था, लेकिन मोलभाव करना मेरी आदत है। मैंने कहा, "अपनी बेटी से क्यों नहीं कहते कि मेरे दोपहर के खाने के लिए कुछ रोटी बना दे, चाय बना दे और दो केले ला दे? उसके बाद मैं पैसे दे दूँगा।"

"हमको पहले पैसा चाहिए," गोविन्दी ने रोते हुए कहा।

"कितना?"

"पाँच रुपया," गोविन्दी ने अन्दाज़े से कहा।

ये तो बहुत ज़्यादा था, मैंने पूछा, "किसलिए?"

"आप हमको दो रुपया अलग से दे दीजिए, और खाने का तीन रुपया। मिला के पाँच हो जाएगा।"

मैं अपने चाचा द्वारा लूटे गए हज़ारों रुपयों के बारे में सोचने लगा। गोविन्दी से ही सही, प्रायश्चित्त शुरू किया जा सकता है। इसलिए भी क्योंकि गोविन्दी की चौकीदारी की नौकरी खाने में रिश्वत कांड के साथ राजेन्द्र प्रताप का नाम जुड़ा था। यह बात शुरू में ही मुझे पता चल गई थी। मैंने बाहर आकर बूढ़े को तीन रुपये दिये और कहा कि खाने के बाद दो रुपया और दे दूँगा। गोविन्दी ने रोना-धोना बन्द किया और पैसे लेकर अपनी बेटी को खाना बनाने की कहने के लिए तेज़ी से बीज केन्द्र चला गया।

थोड़ी देर में खाना आ गया। मैंने गोविन्दी को दो रुपये और दिये। उसने शुक्रिया कहने में कोई गर्मजोशी नहीं दिखाई। पालनपुर की आदत ऐसी नहीं है। इसके बाद मैंने सोचा कि छत पर चलकर अपने रोमियो जुलिएटा सिगार के साथ थोड़ा ध्यान लगा लिया जाए, जैसे आज से 130 साल पहले उदयवीर बीड़ी पिया करते थे। कुछ दिन बाद पैट भी आ जाएगी। फिर मेरी ज़िन्दगी बदल जाएगी। वो अलग नज़रिये से चीज़ों को देखेगी। स्मिता से भी मिलेगी। मेरे ख़याल से उसे भी वह अलग ढंग से ही देखेगी। आनेवाले राहत-भरे इन दिनों का मैं सबसे बेहतर इस्तेमाल आख़िर कैसे कर सकता हूँ?

पालनपुर के जैसे हालात थे, वह एक लन्दनवासी की कल्पना के मुक़ाबले बहुत जटिल थे। गाँव के भीतर ख़बरें वैसे ही फैलती थीं जैसी शहरों में फैलती हैं। मसलन, शटर का वह छेद! हर कोई इस छेद के बारे में जानता था गोया अनन्त काल से लोग इसमें झाँकते आए हों। मैं एक बार फिर से उस छेद का ठीक से मुआयना करने गया। उसके ठीक ऊपर एक खूँटी थी। याद आया कि बाबू जब पहली बार मेरे साथ इस घर में आया था तो सफ़ाई करने से पहले बिना इसकी ओर देखे हुए उसने अपना गमछा वहाँ टाँग दिया था। इसका मतलब कि उसे पहले से पता रहा होगा कि वहाँ कोई कील है। अगर बाबू को पता है, तो सबको पता होगा। मेरे चाचा को भी पता रहा होगा। हो सकता है कि कील के ठीक नीचे वह छेद उन्होंने ही बनाया हो। इसके दो मतलब निकलते थे। एक तो यह कि वे जानते थे कि लोग इसमें से उन्हें देखेंगे, सो उन्होंने जानबूझकर अपनी सहूलियत के मुताबिक़ लोगों को अपनी जासूसी करने दी। ज़ाहिर है गन्दे धन्धों में लिप्त आदमी ही ऐसी चालाकी करेगा। यदि कील से कुछ लटका नहीं है और छेद खुला है और लोग देख रहे हैं तो उनके पास कहने को कुछ होगा नहीं। इससे बेहतर गवाह किसी बेईमान आदमी के लिए और क्या हो सकता है। हुशियार आदमी।

दूसरा मतलब तो और दिलचस्प था। जिस दिन मैं यहाँ आया था कील से कुछ भी टँगा हुआ नहीं था। इससे यह सम्भावना बनती है कि जब मेरे चाचा की हत्या हुई उस वक़्त भी यहाँ कुछ नहीं लटक रहा होगा। ऐसे में छेद खुला रहा होगा। सम्भव है किसी ने अपराध होते देखा हो और जानता हो कि किसने हत्या की है।

बहुत मुमकिन है। इस पर तो सोचा जाना चाहिए।

सोचते-सोचते समय निकल गया। साढ़े नौ बज चुका था। ग्राम पंचायत की बैठक में जाना था। अभी-अभी ट्रेन की आवाज़ आई थी, मतलब बीडीओ भी पहुँच गए होंगे। मैं जब पुराने आम के पेड़ के पास पहुँचा तो देखा कि वहाँ कुछ ही लोग मौजूद थे, बीडीओ नहीं था। बाबू ख़ाली बैठा हुआ था। मैंने उससे कहा कि गाँव में जाकर पंचायत सदस्यों को बैठक की याद दिलवा दे। उसने इस पर एतराज़ जताया। इसलिए नहीं कि वह कर नहीं सकता था। उसका कहना था कि उसके पास तो मेरी नौकरी पहले से है ही पर उसका एक दोस्त है रोशन, जो बहुत शिद्दत से थोड़ी कमाई की तलाश में था। बाबू की टिप्पणी से मैं शर्मिंदा हो गया। पालनपुर आने के बाद एकाध बार मैंने रोशन अली को देखा था। ग़रीब लड़का था, देखने में बीमार और कमज़ोर लगता था। मुझे तो लगा था कि अब तक वह मर चुका होगा।

बाबू ने आहत होकर जवाब दिया, "कभी नहीं, मैं उसका ध्यान रखता हूँ।"

इस तरह समझ में आया कि अकेले मैं ही पालनपुर के लोगों की मदद नहीं कर रहा था। ज़्यादातर लोग जिस बाबू को नाकारा समझते हैं, वह एक ऐसे लड़के को ज़िन्दा रखे हुए है जिसको मैंने अनदेखा कर दिया था। सिर्फ़ इसलिए कि मैं अपनी ही दिक़्क़तों में फँसा हुआ था। यह मेरे लिए एक अच्छा सबक रहा। अब पीछे मुड़कर यहाँ बिताए अपने दिनों को देखता हूँ तो अपने पूर्वग्रहों पर मुझे शर्म आती है। मैंने कैसे सोच लिया कि मेरे यहाँ होने से पालनपुर के लोगों की मदद हो जाएगी। हम सभी अपने-अपने पूर्वग्रहों का बोझ लेकर चलते हैं तब भी जब हम सोचते हैं कि हमारे पास बिलकुल कम बोझ है। इसका मतलब यह नहीं कि पालनपुर में किसी ने मुझे इस्तेमाल नहीं किया था। बिलकुल, मेरा फ़ायदा उठाया गया था, पर इस्तेमाल हो जाना और सीधे किसी की मदद करना, दो अलहदा बातें हैं। इसके अलावा गाँव को लेकर मेरी समझ और नज़रिये में बहुत सपाटपन था। ऐसी तमाम चीज़ें यहाँ चल रही थीं जो मेरी पकड़ से बाहर थीं। दरअसल, अपने ख़ानदानी सम्बन्ध के बावजूद मैं कभी पालनपुर का हिस्सा रहा ही नहीं, अब यह बात चाहे मुझे अच्छी लगे या बुरी इससे क्या फ़र्क़ पड़ता है। ऐसी हालत में आप मदद करें भी कैसे? हक़ीक़त ये है कि इन दिनों के दौरान मैं तो बस एक उत्प्रेरक की भूमिका में बना रहा। आम तौर से जो तमाम सैलानी क़िस्म के लोग यह मानकर सन्तुष्ट हो जाते हैं कि उनका होना कहीं कोई फ़र्क़ डाल रहा है, मेरा होना इससे भी बहुत दूर की बात थी। मैं सही मायनों में उत्प्रेरक भी नहीं था क्योंकि उत्प्रेरक किसी क्रिया के होने के बाद यथावत बाहर निकल आता है, लेकिन मुझे पालनपुर के अनुभव ने बदल दिया था।

पंचायत की बैठक के लिए लोगों को बुलाने रोशन ही गया। इस बीच मैं थोड़ा

टहलने निकल गया। स्कूल के बाहर सवा दस बसे मुझे कुमार सिंह मिले। स्कूल ख़ाली था। स्मिता भी स्कूल में नहीं थी। मैंने उनसे कहा कि बैठक का समय हो गया है, जल्दी चलना चाहिए। उन्होंने आराम से जवाब दिया कि बैठक 'भारतीय समय' के हिसाब से ही शुरू होगी, और वैसे भी बीडीओ अभी नहीं आए हैं। रास्ते में सुन्दर सिंह नाम के एक और किसान मिल गए। उनके साथ हम लोग साढ़े दस बजे आम के पेड़ के पास पहुँचे। वहाँ केवल दो और लोग थे। वे बैठक में लोगों की दिलचस्पी न होने की शिकायत कर रहे थे। थोड़ी देर बातचीत के बाद हम लोगों ने सोचा कि अब लौट जाना चाहिए जब बीडीओ आ जाएँगे तब वापस पहुँच जाएँगे। तभी बीडीओ आ गए। ग्यारह बज चुके थे। सफ़ेद बालों वाले बीडीओ ने तुरन्त मुझे पहचान लिया और काफ़ी विनम्रता से मिले। रोशन को फिर से सबको बुलाने के लिए भेजा गया। लोग आए तो सबको चाय दी गई, उसके बाद साढ़े ग्यारह पर बैठक शुरू हुई। क़रीब दस लोग मौजूद थे बैठक में : भागपाल, सुन्दर सिंह, कुमार सिंह, किशन लाल, बसन्त, नन्दलाल और अन्य। बेशक बाबू भी था। बीडीओ ने बताया कि अगर गाँव वाले कुछ आर्थिक योगदान देने को अपनी तरफ़ से तैयार हों तो स्कूल की मरम्मत के लिए सरकार पैसा दे सकती है। इसके बाद बातचीत आगे बढ़ी। मौक़े का लाभ उठाकर ग्राम पंचायत ने फ़ैसला किया कि गाँव वालों से योगदान लिया ही जाना चाहिए। इसमें थोड़ा पेच था। मोटे तौर पर यह सहमति बनी कि हर परिवार कम-से-कम दस रुपया देगा। जिस परिवार के पास हल है उसे पन्द्रह रुपये देने होंगे और जो परिवार ग्राम पंचायत का सदस्य है उसे पच्चीस रुपये देने होंगे। सबके दबाव में मुखिया रामपाल को मन मार के अपनी ओर से सौ रुपये का वचन देना पड़ा, लेकिन इसके बाद थोड़ी देर तक वह चुप बैठे रहे जैसे किसी ने उनका आख़िरी बैल खोल लिया हो। इसके अलावा कोई बहस नहीं हुई। कुल मिलाकर मामला इतना था कि सबके योगदान से ढाई हज़ार रुपया जुट जाना चाहिए। मैंने पूछा कि क्या ग्राम पंचायत के जो सदस्य ग़रीब हैं वे पच्चीस रुपया दे पाएँगे, तो एक सदस्य ने इसका जवाब दिया कि ग़रीब होते तो सदस्य नहीं होते। मैंने अपनी तरफ़ से 2,500 रुपये देने का वचन दिया। लोगों ने शुक्रिया जताया। इसके अलावा एक और आय का स्रोत था एक बड़ा-सा पेड़, जिसे वहाँ पंचायती पेड़ कहते थे चूँकि उसके नीचे बैठकें होती थीं। इसे गिराया जाना था। पेड़ बूढ़ा हो चुका था। इसका दाम भी ढाई हज़ार आँका गया।

मुझे बहुत आश्चर्य हुआ और हँसी भी आई जब रामपाल ने कहा कि हिसाब-किताब की ज़िम्मेदारी मुझे लेनी चाहिए क्योंकि गाँव वालों को जाने किस कारण से उन पर भरोसा नहीं है। मैं सहमत तो हो गया, लेकिन एक शर्त पर कि इस योजना में कोई भी दिहाड़ी मज़दूर पालनपुर के बाहर से नहीं लाया जाएगा। मेरी पढ़ाई लेबर इकोनॉमिक्स में लन्दन स्कूल से हुई थी। बाज़ार कैसे ख़राब होता है,

इसके बारे में मैं अच्छे से जानता था। बाक़ी सब तो इस पर सहमत हो गए, पर रामपाल ने कहा कि कुछ कुशल राज मिस्त्रियों को तो बाहर से बुलवाना ही पड़ेगा क्योंकि गाँव में ऐसे लोग नहीं हैं। मैंने संकोच के साथ हामी भर दी क्योंकि बात सही लग रही थी। वैसे भी ये कुशल कारीगर गाँव की आर्थिकी को ज़्यादा प्रभावित नहीं करेंगे, न ही ईर्ष्या पैदा करेंगे। फिर मन में आया कि बाज़ार ख़राब होने के बारे में मेरा ख़याल क्या ऐसे ही था?

यह मुद्दा निपटने के बाद बीडीओ ने बताया कि सरकार का आदेश आया है कि हर ग्राम पंचायत में कम-से-कम एक महिला सदस्य होनी चाहिए। चूँकि पालनपुर की पंचायत में कोई मुस्लिम सदस्य भी नहीं, तो किसी ने बरकतिया को सदस्य बनाने का सुझाव दे डाला जो एक तेज़ महिला थी। रामपाल के लिहाज़ से भी यह नाम अच्छा था क्योंकि वह पढ़ी-लिखी नहीं थी। तुरन्त बरकतिया को बुलवा भेजा गया। बीडीओ ने उसे काफ़ी अस्पष्ट ढंग से उसका काम समझाया। बीच-बीच में बाक़ी सदस्यों के लगातार बोलने से और ज़्यादा भ्रम की स्थिति बन गई। बरकतिया को हालाँकि इस सबसे कोई फ़र्क़ नहीं पड़ा, वह तैयार हो गई और ग्राम पंचायत के रजिस्टर में उसने अपने अँगूठे का निशान मार दिया। अन्त में पंचायत ने तय किया कि शाम सात बजे ग्राम सभा बुलाई जाएगी ताकि स्कूल में ठीक-ठीक क्या-क्या काम किया जाना है, उस पर फ़ैसला हो सके। इस काम के लिए पूरे गाँव को बुलाया जाना था। इससे प्रस्ताव को कहीं ज़्यादा प्रासंगिक बनाने में मदद मिलती।

सब लोग अच्छे मूड में उठे। मुझे भी अच्छा लग रहा था। सब कुछ बड़े अच्छे से चला और गाँव वाले अपनी-अपनी हैसियत के हिसाब से योगदान देने को भी राजी हो गए थे। यह चन्दा दो दिन के भीतर इकट्ठा किया जाना था। बीडीओ का कहना था कि फंड का सरकारी हिस्सा सीडीओ, डीडीओ और अन्य अफ़सरों की मंज़ूरी के बाद ही एडीओ से आएगा। इसलिए गेंद अब गाँव के पाले में थी। मुझे उम्मीद बँधी कि स्कूल की मरम्मत होने के बाद जल्द ही स्मिता उसमें पढ़ा सकेगी। बहुत सही दिन बीता था आज का! बैठक के बाद सारे किसान अपने-अपने खेतों की तरफ़ निकल गए और बीडीओ गाँव का चक्कर लगाने निकल पड़े। फिर तीन बजे की ट्रेन से वे रवाना हो गए।

शाम सात बजे तक ज़्यादातर लोग अपने खेतों में ही थे। आठ बजे तक कुछ ही आ पाए थे, तो रामपाल और मैंने मिलकर तय किया कि बैठक नौ बजे शुरू की जाए। हमने रोशन को नौ बजे का समय बताने के लिए घर-घर भेजा। कोई पौने नौ के आसपास अचानक धूल भरी आँधी आ गई। मुझे लगा कि बैठक तो रद्द हो गई होगी, इसलिए मैंने रात का खाना खा लिया। दस बजे रामपाल ने दरवाज़ा खटखटाया और बोले कि लोग मेरा इन्तज़ार कर रहे हैं। यह तो सुखद आश्चर्य

था। मैं भागा-भागा बैठक में गया। मैंने देखा कि आठ-नौ गाँव वाले वहाँ पहले से मौजूद थे और बाक़ी आ रहे थे। अगले आधे घंटे हमने और इन्तज़ार किया। तब तक पचासेक लोग हो चुके थे। रामपाल को लगा कि अब शुरू करना चाहिए। लोग ख़ुद यह मान के सन्तुष्ट हो लेते हैं कि बैठक तो रद्द हो गई होगी या फिर देर से शुरू हुई होगी। इसलिए लोगों से पैसे के लिए हामी भरवाने के मुक़ाबले कहीं ज़्यादा चुनौतीपूर्ण उन्हें बैठक के लिए इकट्ठा करना होता है।

रामपाल शुरू ही करने जा रहे थे कि ब्रह्मचारी वहाँ आ गया। उसे देखकर मुझे बहुत खीज हुई। मैंने उसकी उम्मीद नहीं की थी। इसकी तो बिलकुल नहीं की थी कि ब्रह्मचारी को रामपाल स्कूल की मरम्मत के बारे में बोलने के लिए कह देंगे। मुझे ग़ुस्सा आ गया। मैंने कहा कि इस बातचीत में स्मिता को भी बुलाया जाना चाहिए। रामपाल ने बड़े सम्मानित ढंग से कहा कि स्मिता तो गाँव में अभी-अभी आई है इसलिए ग्राम सभा में उसको बुलाने का कोई अर्थ नहीं बनता।

मैं चिल्ला पड़ा, "लेकिन ब्रह्मचारी भी तो यहाँ के नहीं हैं, और न ही मैं!"

इस दलील पर किसी ने कान नहीं दिया। मैं चुप हो गया, यह सोचकर कि सारा मामला तो स्कूल के शुरू होने का ही है। अगर काम आगे बढ़ता है तो बोलने का क्या ही मतलब। ब्रह्मचारी ने बहुत ढंग से पवित्र धार्मिक ग्रंथों की अहमियत समझाते हुए इस बात पर ज़ोर दिया कि लड़कों को इन मामलों में शिक्षित करना क्यों ज़रूरी है।

रामपाल ने सवाल उठाया कि क्या मन्दिर को भी मरम्मत की ज़रूरत है। अचानक आए इस सवाल पर तो मैं हतप्रभ ही रह गया। लेकिन किसी तरह मैंने ख़ुद को रोके रखा।

रामपाल के सवाल पर ब्रह्मचारी ने एकदम सन्तों की मुद्रा में हामी भरी और कहा कि इससे ईश्वर ख़ुश होंगे और गाँव पर अपना आशीष बरसाएँगे। मन्दिर पर यदि थोड़ा धन लगा दिया जाए तो फ़सल के लिए यह बहुत फ़ायदेमन्द होगा और बड़ी बात कि आपदाओं को गाँव से दूर रखेगा। वहाँ मौजूद ग्राम पंचायत के सदस्यों ने ब्रह्मचारी की हाँ में हाँ मिला दी।

मुझे जल्द ही समझ में आ गया था कि गाँव वाले रामपाल और ब्रह्मचारी का विरोध नहीं करनेवाले हैं। ऐसा ही होता आया है और आज भी वही होगा। इसके बाद बहुत लम्बी बहस हुई पर मुझे अपने साथ मजबूती से खड़ा होता हुआ कोई नहीं दिखा। एक बार फिर मुझे महसूस हुआ कि लगातार आपत्ति उठाने का कोई मतलब नहीं है क्योंकि बहस से कुछ भी रचनात्मक नतीजा नहीं निकला। सब बोल रहे थे सुन कोई नहीं रहा था। फूल सिंह, नेत सिंह और भूरे सिंह ने बहुत लम्बा, भावनात्मक लेकिन बकवास भाषण दिया कि हमें सावधान रहने की ज़रूरत है। मुझे उम्मीद थी कि भटकी हुई बातचीत वापस स्मिता के स्कूल के मुद्दे पर आ

जाएगी, तभी रामपाल ने तालाब से मन्दिर तक जानेवाले रास्ते की बात छेड़ दी कि उसका कुछ पैसा लगाया जा सकता है। अबकी मैं ख़ुद को रोक नहीं सका। मुझे कहना पड़ा कि वह सड़क बन जाने से ख़ुद रामपाल को अपने खेतों तक जाने में आसानी हो जाएगी। वो बुरा मान गए और बात को बदलकर यह कहते हुए नाली पर ले आए कि उस सड़क का इस्तेमाल हर कोई कर सकेगा, पर निकासी भी ज़रूरी है। फिर से बहस छिड़ गई। धीरे-धीरे लोग इस बात पर राज़ी होते गए कि सबसे पहले पैसे का इस्तेमाल मन्दिर के लिए होना चाहिए, फिर सड़क के लिए। वो तो अन्त में भटनागर परिवार ने स्कूल का ज़िक्र छेड़ दिया, तब जाकर पंचायत के सदस्यों को याद आया कि तीसरा मुद्दा स्कूल का भी जोड़ा जाना चाहिए और यह भी, कि लड़कियों को स्कूल जाने की इजाज़त मिलनी चाहिए।

बहुत ग़ुस्से में मैंने 2,500 रुपये देने का अपना प्रस्ताव वापस लेने की धमकी दे डाली। पर रामपाल ने मुझे याद दिलाया कि मेरे योगदान की बात अब ग्राम पंचायत की बैठक की कार्यवाही में दर्ज की जा चुकी है और मैंने ही पंचायत के फ़ैसलों के आधार पर एडीओ को पत्र लिखने का वचन दिया था।

मजबूरी में मुझे सिर हिलाना पड़ा।

रात में मैं बहुत हताश महसूस कर रहा था। लग रहा था कि सब छोड़-छाड़ दिया जाए। केवल कुछ ही घंटे तो हुए थे बीडीओ को गए और मुझे लगा था कि बैठक काफ़ी शानदार हुई है। इतनी ही देर में मामला इतना गन्दा हो जाएगा, मुझे ऐसी उम्मीद नहीं थी। एक बैंकर होने के नाते मेरा गणित कह रहा था कि अब स्मिता के स्कूल के लिए कुछ नहीं बचनेवाला, लेकिन थोड़ा ठहरकर सोचने पर मुझे लगा कि एक और रास्ता बन सकता है। मैं अगर गाँव की ओर से पुराने पेड़ के बदले 2,000 रुपया एडवांस दे दूँ और कहूँ कि पेड़ कटकर बिकने के बाद मुझे उसकी भरपाई कर दी जाए, या नहीं भी, तो ऐसी स्थिति में गाँव की तरफ़ से पूरा योगदान मिलाकर सात हज़ार रुपये हो जाएगा। क़िस्मत ने अगर साथ दिया तो सरकार इसके हिसाब से कम-से-कम 20,000 का अनुदान दे सकती है, जैसा कि बीडीओ ने इशारा किया था। कुल मिलाकर इस 27,000 रुपये का अगर सावधानी से इस्तेमाल किया जाए तो स्कूल, मन्दिर और सड़क तीनों का काम हो जाएगा। यह बात तो माननी ही पड़ेगी कि नाली का काम ज़रूरी है। स्मिता की वजह से मुझे पक्षपाती नहीं होना चाहिए। हो सकता है उतना बुरा ना हो जितना मैं सोच रहा हूँ। कुल मिलाकर मुझे शायद यह बात स्वीकार करनी होगी कि ग्राम पंचायत की बनाई योजना के पीछे एक तर्क तो है। इसका एक सकारात्मक पहलू यह है कि इन तमाम कामों के चलते पालनपुरियों के बीच का टकराव शायद कम हो सकेगा और साथ ही एडीओ से इसकी मंजूरी मिलने की गुंजाइश भी क़ायम रहेगी।

अगले ही दिन मैंने प्रस्ताव तैयार किया, जिससे भी मिला उससे इसे साझा किया और पैसे व दस्तख़त जुटाने शुरू कर दिये। लोग प्रस्ताव से तो सहमत दिखे लेकिन पैसे देने के मामले में उतने राज़ी नहीं थे। सब पूछते, मुखिया रामपाल का 100 रुपया मिला कि नहीं। बड़ी हुज्जत के बाद कुछ लोगों से ही चन्दा जुट सका। मैं प्रस्ताव को लेकर सीधा रामपाल के पास गया और कहा कि उन्हें अपना योगदान जल्द से जल्द दे देना चाहिए। वे भी प्रस्ताव पर बात करने में ज़्यादा उत्सुक दिखे, पैसे पर नहीं।

उन्होंने जल्द ही चन्दा देने का वादा किया और इस बात पर निराशा जताने लगे कि पंचायत के सदस्य बहुत उत्साहित नहीं हैं। सदस्यों में अकेले बरकतिया ने ही अब तक पूरा चन्दा दिया था। उन्होंने बाक़ी सदस्यों से बात करने का वादा किया। मैंने कहा कि पैसा मिले न मिले, कम-से-कम सारे सदस्यों के दस्तख़त तो ले ही लिये जाएँ ताकि अगली सुबह तड़के चन्दौसी की गाड़ी पकड़ी जा सके। उन्होंने ख़ेद जताया कि दुर्भाग्य से अगले दिन उन्हें बाज़ार में कुछ काम है इसलिए वे दस्तख़त तो वहीं कर देंगे लेकिन मेरे साथ एडीओ के यहाँ नहीं चल पाएँगे। वे बाद की ट्रेन से आएँगे।

अध्याय 14

पालनपुर, 1984

अगली सुबह मैं किशन लाल के पास गया और उनसे एडीओ के यहाँ साथ चलने का अनुरोध किया। वैसे भी मेरे खेत का ज़्यादातर हिस्सा साफ़ हो ही चुका था, बचा-खुचा बाबू देख लेता। चूँकि रामपाल मुखिया गाँव में थे नहीं, तो मैं चाहता था कि कम-से-कम एक गवाह मेरे साथ रहे—कौन जाने क्या हो—और एक ऐसा आदमी जिसे हिन्दुस्तान के सरकारी कामकाज की जानकारी हो।

किशन लाल ने थोड़ा आनाकानी की पर मैंने उन्हें मना ही लिया और ज़ोर देकर कहा, "आप बस दो टिकट ख़रीद लीजिएगा और प्लेटफ़ॉर्म पर मेरा इन्तज़ार करिएगा। हो सकता है मुझे थोड़ी देर हो जाए।"

मैं उसके बाद गाँव का चक्कर लगाने निकल गया ताकि बचे हुए पंचायत सदस्यों के दस्तख़त और चन्दा जुटा सकूँ। रामपाल ने पैसे के मामले में तो नहीं पर मनोवैज्ञानिक स्तर पर काफ़ी प्रयास किया था, इसके बावजूद हक़ीक़त कुछ और ही थी। लोगों से पैसे और दस्तख़त लेना काफ़ी कठिन साबित हुआ। हर किसी को मनाने के लिए मुझे एक ठोस और छोटी दलील देनी पड़ रही थी ताकि एक बार में वह बात को समझ जाए। कुल मिलाकर मामला यह बना कि चन्दे के नाम पर 2,500 के बजाय मेरे पास महज़ 750 रुपये इकट्ठा हो सके। भटनागर परिवार ने अपना चन्दा दे दिया था लेकिन ज़्यादातर योगदान मुरावों और दलितों की ओर से ही आया था, हालाँकि उन्होंने भी सबकी तरह यह सवाल उठाया था कि जब मुखिया रामपाल ने ही पैसे नहीं दिये तो वे क्यों दें। मुझे इस स्थिति का पहले से अन्दाज़ा था। इसीलिए मैं पहले से अपनी जेब में पर्याप्त नकद लेकर निकला था ताकि ठाकुरों की कंजूसी की भरपाई कर सकूँ। बहसबाज़ी में समय बहुत जल्दी बीत गया। जब ट्रेन की सीटी सुनाई दी, उस वक़्त मैं गाँव के दूसरे छोर पर था। भागा-भागा मैं स्टेशन पहुँचा। वो तो एक व्यक्ति ने हाथ बढ़ाकर मुझे ऊपर खींच लिया वरना मेरी गाड़ी छूट ही जाती। वो कोई और था, किशन लाल तो दूसरे डिब्बे

में घबराया हुआ खिड़की से देख रहा था। मैं हाथ पकड़कर तेज़ी से अन्दर घुस गया।

"अरे वाह, क्या बात है बरखुरदार," कैप्टन की आवाज़ आई।

"गुड मॉर्निंग कैप्टन साहब," मैंने बिना उत्साह के अभिवादन किया, "बहुत शुक्रिया आपका मदद के लिए।"

कैप्टन ने अपना दायाँ हाथ इस अन्दाज़ में उठाया गोया कहना चाह रहे हों कि यह तो बहुत आम बात है। बाएँ हाथ से उन्होंने अपने सामने बैठे हुए आदमी को खिसकने के लिए और मुझे वहाँ बैठने को कहा।

"अरे, पता चला कि आप पालनपुर में निर्माण कार्यों में भी हाथ बँटा रहे हैं। आपसे इसकी उम्मीद तो नहीं की थी मैंने।"

मैंने खीज के साथ उन्हें देखा। वे भाँप भी गए, लेकिन सिर ऐसे हिलाया जैसे ये सब आम बातें हों। कहने लगे, "वो बीडीओ दरअसल मेरा दोस्त है। उसी ने यहाँ हुई बैठक के बारे में बताया था। आपको देखकर वह बहुत अचम्भित था लेकिन इस बात से ख़ुश था कि आप सहयोग करने को तैयार हैं पालनपुर में—वो क्या कहते हैं—इनफ्रास्ट्रक्चर डेवलपमेंट के काम में। बहुत अच्छी बात है ये तो। कोई और बता रहा था कि सरकारी अनुदान के लिए आज सुबह आप चन्दौसी जानेवाले हैं आवेदन करने के लिए, तभी मैं आपको प्लेटफ़ॉर्म पर ढूँढ़ रहा था। आपको देर हो रही थी और मुझे चिन्ता, कि आप पहुँच पाएँगे या नहीं।"

"आपका बहुत आभार, लेकिन गाँव में केवल एक प्रोजेक्ट की बात नहीं चल रही है। असल में कुल तीन प्रोजेक्ट हैं।"

कैप्टन ने सिर हिलाया और मुस्कराए, "हाँ, मालूम है। आप बहुत तेज़ और मेहनती आदमी हैं। गाँव के ग़रीब लोगों से इतनी जल्दी चन्दा जुटा लेने की बात मैंने पहले कभी नहीं सुनी थी।"

अब इन्हें कैसे ये बात पता चली? बीडीओ तो यह फ़ैसला होने से पहले ही चला गया था। मैंने पूछना ठीक नहीं समझा, सो चतुराई से जवाब देकर सोचा कि बात ख़त्म की जाए, "पालनपुर के लोग बहुत समझदार हैं कैप्टन, मैं नहीं। जो तीन प्रोजेक्ट हैं उनमें स्कूल की मरम्मत, सड़क का निर्माण और मन्दिर का जीर्णोद्धार शामिल है।"

कैप्टन ने अपनी भौंहें उचकाईं और मुस्कराए। पालनपुर की समझदारी पर बेशक उन्हें भरोसा नहीं रहा होगा। बोले, "वाह, क्या शानदार बात है—एक मन्दिर, एक स्कूल और एक सड़क, सब एक साथ। ऐसा तो पहले किसी ने सोचा ही नहीं था। मुरादाबाद तो छोड़िए, पूरे यूपी में ऐसा कभी नहीं हुआ है। बहुत अच्छी बात है। मुझे उम्मीद है कि ये प्रोजेक्ट जल्द ही पूरे हो जाएँगे। पालनपुर में हालाँकि सब काम बहुत धीरे-धीरे होता है, भले बाहर से पेशेवर राजमिस्त्री ही क्यों न बुलवा लिये जाएँ।"

मैंने निगाह कहीं और कर ली। निर्माण योजनाओं का यूँ अचानक छिड़ जाना आम बात नहीं थी। और वे सही कह रहे थे : बाहरी कारीगरों की बात तो हुई ही थी। रामपाल ने इस पर कुछ ज़्यादा ज़ोर दिया था, अब जब इस पर सोच रहा हूँ तो अजीब लग रहा है। मैं चैन से चुपचाप बैठना चाहता था पर कैप्टन बात करने के मूड में थे, "और बताइए, फ़ोटोग्राफ़ी का काम कैसा चल रहा है आपका? पता चला कि आप आख़िरकार दलितों के टोले में चले गए। कुछ मिला?"

मैंने अपने काम के बारे में उन्हें आश्वस्त किया और वे रोल दिखाये जिन्हें साफ़ करवाने मैं चन्दौसी ले जा रहा था। कैप्टन ख़ुश दिखे लेकिन उनकी आँखों में कुछ सन्देह था। मैं पूछे बग़ैर रह नहीं सका, "आप तो अन्तर्यामी हैं, आप हैं कौन?"

"बताया तो था आपको, मैं एक रिटायर्ड कैप्टन हूँ बस। हाँ, अब भी मैं सरकार के लिए कुछ काम करता हूँ। चलिए, चन्दौसी में आराम से बात होगी।"

मैंने कैप्टन की ओर देखा। चेहरे से हँसी ग़ायब हो गई थी। वे थोड़ा चिन्तित से लग रहे थे। चन्दौसी आने तक हम लोग चुपचाप बैठे रहे। वहाँ पहुँचकर हम चाय पीने लगे, किशन लाल बेचैनी में स्टेशन के बाहर हमारा इन्तज़ार कर रहा था। उसे थोड़ा लम्बा इन्तज़ार करना पड़ गया। कैप्टन ने बताया कि उन्हें सरकार की ओर से एक काम दिया गया है कि चन्दौसी और मुरादाबाद के बीच धन्धा चलानेवाले एक ख़तरनाक गिरोह को वे खोज निकालें और उसे सज़ा दिलवाएँ। यह गिरोह तमाम क़िस्म की आपराधिक हरकतों में लिप्त था और कैप्टन उसके ख़िलाफ़ सुबूत इकट्ठा कर रहे थे ताकि उस पर मुक़दमा चलाया जा सके। मेरे चाचा की हत्या इसी से जुड़ी हुई थी। उन्होंने ख़ेद जताया कि उन्होंने पहले यह बात मुझे नहीं बताई कि मेरे चाचा भी इसी गैंग के सदस्य थे।

यह बात तो पक्का सच होगी। मुझे तो इसका एक पक्का सुबूत भी हाथ लग गया था, लेकिन मैं कैप्टन को इसके बारे में मैंने फ़ैसला किया था कि नहीं बताऊँगा। कम-से-कम अभी तो नहीं। क्या जाने कैप्टन भी उसी गिरोह का आदमी हो। मैंने थोड़ा टटोलने के अन्दाज़ में पूछा, "इसका मतलब कि ये जो दलित औरत है नीतू, इसने हत्या नहीं की है। और आपको ये बात पता थी।"

कैप्टन हँस दिये। थोड़ा खोखली हँसी के साथ वे बोले, "हाँ भाई, जानता हूँ। कौन नहीं जानता, सबको पता है लेकिन इस बात को साबित करने का कोई तरीक़ा नहीं है कि उसने नहीं किया, जब तक कि..."

"जब तक कि, क्या?"

"जब तक कि हमें असली मुजरिम नहीं मिल जाता।"

मैंने पूछा, "मान लीजिए अगर उन गोलियों के खोखे मिल जाएँ जिनसे मेरे चाचा की हत्या हुई थी, तो यह मददगार होगा न?"

कैप्टन हल्का-सा मुस्कराए, "हाँ, लेकिन तब जब आपके चाचा की राइफ़ल

भी मिल जाए। मेरे ख़याल से हर चीज़ घर के भीतर अब भी है। कहीं क़ायदे से छुपाई गई है बस।"

"मैंने अच्छे से घर की तलाशी ली है, मुझे तो कुछ नहीं मिला।"

"खोखे को कौन खोजता है। पुलिस ने भी देखा होगा तो ध्यान नहीं दिया होगा। वो लोग तो"—कैप्टन ने अँगूठे से गिनने की मुद्रा बनाई—पैसा खोज रहे थे; (तर्जनी दिखाई) काग़ज़ खोज रहे थे और (मध्यमा दिखाई) राइफ़ल। इनमें से कुछ भी नहीं मिला। तब उन्होंने दावा किया कि बदले की आग में झुलस रही उस बूढ़ी महिला ने ही आपके चाचा के घर पर रखी राइफ़ल से उन्हें गोली मार दी। फिर राइफ़ल लेकर भाग गई और कहीं छुपा दी। विशुद्ध बकवास! कुछ लोग तो ये भी मानते हैं कि उसको पता है आपके चाचा पैसे कहाँ छुपाते थे।"

"मुझे तो कुछ नहीं मिला, क्या बोलूँ।"

मुझे लगा कि कैप्टन ने मेरी बात को गम्भीरता से नहीं लिया है। लेकिन वे बोले, "देखिए, अगर वह राइफ़ल आपके चाचा के घर पर या उसके आसपास कहीं बरामद हो जाती है—और ऐसी जगह पर जो नीतू की पहुँच से बाहर भी हो—और खोखे उस राइफ़ल के नहीं हुए, तब जाकर साबित हो पाएगा कि उसने हत्या नहीं की। लेकिन बात ये है कि हमें इसकी चिन्ता नहीं होनी चाहिए। मामला असली मुजरिम को खोजने का है और उस राइफ़ल को, जिससे आपके चाचा की हत्या हुई है।"

"और आप पक्के तौर पर कह सकते हैं कि वह राइफ़ल मेरे चाचा की नहीं थी?"

"लोगों का मानना है कि आपके चाचा के पास एक शानदार लेकिन बहुत पुरानी राइफ़ल हुआ करती थी। कई साल पहले उन्हें यह राइफ़ल कुछ अजीब और हिंसक हालात में मिली थी। उस दौर में कई झगड़े हुए थे और एक हत्या भी हुई थी। इसलिए बहुत गुंजाइश है कि जिन गोलियों से आपके चाचा की मौत हुई है वे इस बन्दूक़ में फिट ही न हो पाएँ। अगर ऐसा होगा तब बीकेएस को नीतू को छोड़ना पड़ेगा। इसका मतलब कि आप सही कह रहे थे, खोखे और राइफ़ल दोनों बरामद हो गए तो वे उपयोगी होंगे।"

मैंने कहा, "राइफ़ल तो नहीं मिली है मुझे, वैसे लोगों की दिलचस्पी एक पुरानी राइफ़ल में क्यों होनी चाहिए?"

"आप विश्वास नहीं करेंगे मेरा, पर आपके घर में कुछ पैसा और कुछ दिलचस्प काग़ज़ात भी कहीं-न-कहीं रखे होंगे। असल मामला पैसे का ही है। हाँ, कुछ लोग हैं इस इलाक़े में जो राइफ़ल में दिलचस्पी रखते हैं। हो सकता है आपको राइफ़ल मिल ही जाए। और ये भी सम्भव है कि खोखे आपको पहले ही मिल चुके हों।"

इतना कहकर वे मुस्करा दिये। मैं असहज हो गया।

मैंने उस मुस्कराहट को अनदेखा करते हुए कहा, "ठीक है, एक बार फिर से देख लूँगा, लेकिन तब तक और क्या किया जाए?"

“बस फ़ोटो खींचते रहिए, और क्या। और चूँकि आप निर्माण परियोजनाओं का हिसाब-किताब देख रहे हैं तो कम-से-कम इतना सुनिश्चित कर लीजिएगा कि जिनकी जेब से पैसा जा रहा है उसके बदले में उन्हें कुछ तो मिल ही जाए। और हाँ, चौकस रहिएगा।” उन्होंने चेतावनी दी।

फिर हम अपने-अपने रास्ते निकल गए। अब तो यह एकदम साफ़ होता जा रहा था कि मेरा इस्तेमाल किया जा रहा है। अच्छे काम के लिए या बुरे, पता नहीं। हो सकता है दोनों ही बातें हों। इस पहेली को मुझे सुलझाना ही होगा और सतर्क भी रहना होगा। अच्छा ही हुआ कि मैंने खोखे वाली बात अपने तक ही रखी।

किशन लाल स्टेशन के बाहर मेरा इन्तज़ार कर रहे थे और बहुत खीजे हुए थे कि इतना समय ख़राब हो गया। मैंने उन्हें ठंडा करने की कोशिश की और एडीओ वाली चिट्ठी टाइप करवाने हम सीधे कचहरी की तरफ़ चल दिये। वहाँ बैठा मोटा टाइपिस्ट देखने में कोई बहुत महत्त्वपूर्ण व्यक्ति लग रहा था। वह झक सफ़ेद धोती-कुर्ता पहने हुए था और उसकी मूँछें बहुत घनी थीं जो नीचे झूल गई थीं। उसकी मोटी उँगलियों को देखकर लगा कि रेमिंग्टन के पुराने टाइपराइटर के भीतर वह दो काग़ज़ों के बीच कार्बन लगाकर तीनों को एक साथ घुसा नहीं पाएगा, पर उसने ऐसा कर लिया। फिर मुझे लगा कि इन उँगलियों से उसे टाइपराइटर के सँकरे व छोटे-छोटे बटनों को दबाने में दिक़्क़त आएगी। यह भी उसने कर लिया। एक मूल प्रति और उसकी दो कार्बन प्रतियाँ बहुत अच्छी निकली थीं।

अब दस्तख़त करवाने के लिए रामपाल को खोजने की बारी थी। हमने देखा कि वे बाज़ार में एक बड़ी-सी प्लास्टिक की चादर ख़रीद रहे थे। बताने लगे कि उनका सबसे छोटा वाला बेटा जगपाल रात में बिस्तर गीला कर देता है। यह चादर उसके बिस्तर पर बिछा दी जाएगी, इससे बिस्तर गीला नहीं होगा। पिछले दिन चुन्नी और राकेश का जो नज़ारा मैंने देखा था, वो याद आ गया। लगा कि कुछ और घरों को भी शायद ऐसी चादरों की ज़रूरत होती होगी। रामपाल ने काग़ज़ों पर दस्तख़त किये और पंचायत के खाते में चन्दे का पैसा जमा करवाने के लिए हमें बैंक ले गए। यहाँ काम काफ़ी तेज़ी से हो गया। उन्होंने मुझसे एक काग़ज़ पर दस्तख़त करने को कहा जिससे मैं भी बाद में जब चाहे उस खाते से पैसा निकाल पाता। इससे उन्हें आसानी हो जाती कि बार-बार पैसा निकालने के लिए शहर नहीं आना पड़ता। बात तो व्यावहारिक लगी, मैंने दस्तख़त कर दिया। रामपाल को बाज़ार से होते हुए घर जल्दी लौटना था, तो वे हमारे साथ एडीओ के पास नहीं गए। वापस जाकर हमें उन्हें सब बातें बता देनी थी कि क्या-क्या हुआ।

रसीद, चिट्ठी और अपने उत्साह के साथ मैं और किशन लाल यूपी की सरकारी भूलभुलैया में रास्ता बनाते हुए अन्ततः एडीओ के दफ़्तर में पहुँचे। पता चला कि

वे हैं ही नहीं, थोड़ी देर में उनके आने के बाद आ जाएँगे। इस बीच बीडीओ से थोड़ी देर गपशप हुई। उन्होंने भरोसा दिलाया कि प्रस्ताव अपने पास पहुँचते ही वे उसे आगे बढ़ा देंगे। एडीओ पक्का प्रोजेक्ट को मंज़ूरी दे देंगे और कुछ ही दिनों के भीतर निर्माण का काम भी शुरू हो जाएगा। सुनने में तो यह बड़ा अच्छा लग रहा था, सो हमने घंटे-भर वहीं इन्तजार किया लेकिन एडीओ नहीं आए।

मैंने किशन लाल को वहीं बैठा दिया और स्टूडियो चला गया। उसके मालिक के साथ अब दोस्ताना रिश्ता बन रहा था। मैंने अपना ताज़ा रोल उसे थमाया तो उसने बड़ी ख़ुशी से मुझे ब्लैक एंड व्हाइट नेगेटिव डेवलप करनेवाला अपना पैटरसन का नया टैंक और केमिकल दिखाया। मेरे लिए यह शानदार ख़बर थी। अब तो मैं ख़ुद ही अपने रोल डेवलप कर सकता था, लेकिन प्रिंट निकालना अब भी सम्भव नहीं था क्योंकि उसके लिए एनलार्जर के साथ डार्क रूम की ज़रूरत होती है। मैंने उससे अपनी मशीन दिखाने को कहा। उसके पास सिगार के आकार का क्रोकस एनलार्जर था मध्यम फ़ॉर्मेट वाले नेगेटिव के लिए और 35 एमएम के लिए एक मेयोप्टा था। रूसी तकनीक का असर इतनी दूर यूपी तक आ चुका था। लेंस बहुत अच्छे थे, श्नाइडर क्रुज्नाय द्वारा निर्मित 105 एमएम और 50 एमएम के। मुझे आश्चर्य हुआ कि चन्दौसी के लोग अपने पारिवारिक चित्रों के लिए हैसल ब्लैड या ब्रोनिका जैसे मध्यम प्रारूपों वाले कैमरों का प्रयोग करते हैं लेकिन उसने बताया कि कोकसका प्रयोग ज़्यादा पुराने ब्रिटिश करेशॉ या सोहो गयना से लिये गए शॉट्स के लिए किया। मैंने सोचा कि अभी तो एडीओ को आने में समय होगा और वैसे भी किशन लाल वहाँ बैठे ही हैं, तो उससे मैंने कहा कि क्यों न मैं पहले वाली तसवीरों को दोबारा प्रिंट करने में उसकी मदद कर दूँ जो बाबू ने स्टेशन पर गुम कर दी थीं। वह राज़ी हो गया। हमने अच्छे से यह काम किया। उसकी मशीनें अच्छी थीं, मैंने पूछा कि मैं पैसे देता रहूँगा लेकिन क्या वह मुझे उनका इस्तेमाल करने देगा। इससे उस पर एक ग्राहक का बोझ भी कम हो जाएगा। उसके यहाँ ग्राहकों की बहुत भीड़ नहीं थी पर उसे बाहर जाकर फ़ोटो खींचने का शौक़ था। इसलिए वह राज़ी हो गया। मैंने अपनी तसवीरें लीं, केमिकल और पैटरसन भी ख़रीद लिया और वापस एडीओ के दफ़्तर चल दिया।

किशन लाल एकदम मूर्ति की तरह बैठा मेरा इन्तज़ार कर रहा था। पहुँचते ही बीडीओ ने बताया कि बदक़िस्मती से एडीओ अब दो दिन बाद ही दफ़्तर आ पाएँगे। कुछ ऐसी परिस्थितियाँ आ गई हैं जिन्हें टाला नहीं जा सकता। इसलिए मैं दो दिन बाद दोबारा आ जाऊँ। काग़ज़ात मैं बीडीओ के पास ही चाहे तो छोड़ दूँ ताकि एडीओ अगर औचक वहाँ पहुँच ही गए तो उनके आने पर सब कुछ पहले से तैयार मिले।

वापसी में किशन लाल से मेरी लम्बी बातचीत हुई। बात काफ़ी ठोस नुक्ते पर शुरू

हुई थी पर आगे थोड़ा तनावपूर्ण हो गई। उसने बताया कि चमारों के साथ मेरी संगत को मुराव लोग ठाकुरों की तरह बुरा नहीं मानते। वैसे तो चमार गन्दे-सन्दे रहते हैं, सुअर पालते हैं, और मैं तो बाबू के हाथ का दिया भी खा चुका था फिर भी मुरावों को इसे लेकर बहुत दिक़्क़त नहीं थी। इससे दरअसल दो तरह की अटकलें लगाने लगे थे लोग। यह बात बड़ी अजीब थी और स्वाभाविक भी कि किशन लाल इसे बहुत तेज़ी में बोल गए थे। दरअसल, लोग सोच रहे थे कि मैं बाबू की चचेरी बहन या रोशन की बीवी के चक्कर में हूँ। स्मिता पर तो मैंने कुछ कहना उचित नहीं समझा, लेकिन एक बात बेशक़ सच कही कि मुझे यह पता तक नहीं था कि रोशन शादीशुदा है। बाद में मैंने पता करने की कोशिश की थी कि ये बातें वाक़ई चल रही हैं या किशन लाल की दिमाग़ी ख़ुराफ़ात भर है। उसकी गहरी ईमानदारी के चलते फ़िलहाल तो मैंने मान लिया कि वो सच ही कह रहा होगा। हो सकता है यह बात ईर्ष्या से पैदा हुई हो, शायद इसलिए कि मैंने हाल ही में दो बैल ख़रीदे थे।

किशन लाल की दूसरी चिन्ता हालाँकि एक ठोस थी और उससे वह बहुत बेचैन था। वो यह कि दूसरों के पैसे को लेकर मैं सतर्क नहीं हूँ। मैंने मुरावों और दलितों से सड़क और मन्दिर के निर्माण के लिए चन्दा जुटाया है और इस तरह मैंने अनजाने में ठाकुरों की मदद कर दी है जिन्होंने अब तक एक पैसा ख़र्च नहीं किया। उसने पूछा कि क्या मैं इस बात को समझ पा रहा हूँ कि यह पैसा ग़रीबों के नहीं, अमीरों के काम ही आनेवाला है, वो भी भूख पंचायत सदस्यों के? अगर मुझे वाक़ई पैसे ख़र्च करने थे तो अपने खेतों पर करता जिस पर ज़्यादा ध्यान दिये जाने की ज़रूरत है। कम-से-कम उसी बहाने कुछ ग़रीब मज़दूरों को काम तो मिलता जो ज़्यादा उपयोगी होता या हो सकता है मुझे पैसे उड़ाना पसन्द हो लेकिन पालनपुर के किसान ऐसा नहीं कर सकते। वे तो बिना काम किये कुछ दिन ज़िन्दा रहने की हालत में भी नहीं हैं। और सबसे बड़ी बात ये कि ग़रीब किसान की जेब से अमीरों की तिज़ोरी नहीं भरनी चाहिए।

"बात तो सही है," मैंने सहमति जताई, "मतलब आप कम-से-कम इस बात से तो राज़ी हैं ही कि स्कूल की मरम्मत कराना उपयोगी होगा।"

"किसके लिए उपयोगी? यह काम उन राजमिस्त्रियों के हाथों में होगा जो बदमाश ठेकेदारों के लिए काम करते हैं।

किशन लाल एकदम कैप्टन की भाषा बोल रहा था। बाबू ने भी यही बात कही थी जब हम लोग अकरौली से पालनपुर पैदल आए थे। इन सबकी बातों में दम था। मैंने वादा किया जैसा कि कैप्टन ने भी आग्रह किया था, कि पैसे का सही-सही इस्तेमाल किया जाएगा। उसकी बातों को करना मुश्किल था, सो मैंने विषय ही बदल दिया। पालनपुर में किसी के बारे में पता करने का सबसे बढ़िया

तरीक़ा यह है कि उसके बारे में किसी और से पूछ लिया जाए। इस तर्ज पर मैंने किशन लाल से ठाकुर पीताम्बर नाम के रहस्यमय किरदार के बारे में पूछ लिया। उसने बताया कि वह बहुत दबंग मुखिया हुआ करते थे और फ़ौज में कर्नल रह चुके थे। इसीलिए गाँव में उनका एक अलग ही असर था। थोड़ा संकोच और शर्म के साथ किशन लाल ने बताया कि पीताम्बर लड़कियों के मामले में बदनाम थे। रामपाल और फूल सिंह उन्हीं के लड़के हैं। उसने बताया कि मेरे चाचा भी पीताम्बर मुखिया के साथ अक्सर बदनाम जगहों पर पैसे उड़ाते हुए पाए जाते थे। ऐसे घरों में जो भी जुर्म हो सकते थे, किशन लाल के मुताबिक़ पैसे की बरबादी उनमें सबसे भयावह थी।

पीताम्बर की मौत भी अजीब ही घटना रही। इस पर कोई बात नहीं करता। किशन लाल भी बहुत कुछ बतानेवाला नहीं था। लेकिन उसकी बातचीत से समझ आया कि मामला किसी बदनाम औरत से जुड़ा था जिसके चलते किसी शर्मनाक परिस्थिति में उनकी मृत्यु हुई।

फूल सिंह से किशन लाल की ज़्यादा सहानुभूति उसकी सुस्ती की वजह से। पढ़ाई-लिखाई के बावजूद फूल सिंह को देह और दिमाग़ से कमज़ोर माना जाता था। उससे अपेक्षा की गई थी कि वह फ़ौज में जाएगा लेकिन अपनी बेहतर शिक्षा के बावजूद वह नहीं जा सका। इतना तो मुझे पता ही था कि स्कूल में वह बाक़ायदा शिक्षक के पद पर नियुक्त था लेकिन पढ़ाता नहीं था। यह सोचकर मेरा डर थोड़ा बढ़ गया कि कहीं स्कूल की योजना खटाई में न पड़ जाए। किशन लाल ने बताया कि जब पीताम्बर की मौत हुई तभी यह साफ़ हो चुका था कि उसकी ज़मीन-जायदाद को सँभालने की क्षमता रामपाल में ही है। बाद में वह ख़ुद ही मुखिया बन गया। वैसे तो रामपाल को फ़ौज में जाने की इच्छा थी लेकिन परिस्थितियों ने उसका साथ नहीं दिया।

"तो क्या रामपाल भी पहले के प्रधानों जितना भ्रष्ट है, या ज़्यादा?"

किशन लाल ने कन्धे उचकाये, "कई प्रधान भ्रष्ट हुए हैं पर रामपाल के बारे में मैं क्या जानूँ। दूसरों से ज़्यादा तो नहीं होना चाहिए, कम-से-कम बहुत ज़्यादा तो नहीं।"

फिर उसने वही कह दिया जो मेरे मन में भी चल रहा था, "मुखिया बनने के बाद ये लोग नैतिकता भूल जाते हैं।"

बातचीत हुकुम पर आ गई। किशन लाल का कहना था कि हुकुम अपने चाचा फूल सिंह की तरह है, लेकिन थोड़ा ज़्यादा ईमानदार और दृढ़ संकल्प वाला। वह पढ़ने में कमज़ोर था तब भी शिक्षक बनने के लिए उसने पढ़ाई की। पालनपुर में ब्रह्मचारी और फूल सिंह के पैदा किये ख़राब माहौल के बावजूद लड़का पढ़ना-लिखना सीख गया था और रामपाल ने उससे बहुत उम्मीदें पाल रखी थीं।

"किस बात की उम्मीद?" मैंने पूछा।

"यही कि वह फ़ौज में जाएगा। रामपाल के कई दोस्त फ़ौज और पुलिस में हैं। हुकुम चाहता तो सार्जेंट के ओहदे तक पहुँच सकता था।"

मैं मुस्कराया, "बीकेएस भी रामपाल का दोस्त है क्या?"

"पक्की यारी है दोनों में। बीकेएस का बाप पालनपुर का ही था, लेकिन वो न तो ठाकुर था न मुराव...।"

किशन लाल अचानक चुप हो गया। मैंने रिक्त स्थान की पूर्ति की, "मने ख़तरनाक आदमी थे।"

मैंने उसे देखा। वो यह नहीं कहनेवाला था। मैंने थोड़ा और खोदा।

हल्की आवाज़ में हिचकिचाते हुए किशन लाल बोले, "बीकेएस के बाप का नाम था भुपाल। लोग कहते हैं कि मेरे पिताजी राजेश को उसी ने मारा था।"

कौन कहता है कि पालनपुर बोरिंग है? यूँ ही सरसरी तौर से लगाए उसके आरोप पर मैं चौंक उठा और पूछताछ जारी रखी। "क्यों किया होगा भुपाल ने ऐसा?"

"बहुत उलझी हुई कहानी है। असल में एक राइफ़ल थी जो कहीं ग़ायब हो गई थी और मेरे पिताजी ने उसको कुछ नुक़सान भी पहुँचाया था। इसके लिए उसने उनसे बदला लिया।"

मैंने थोड़ा और पैठने की कोशिश की लेकिन कोई लाभ नहीं हुआ। किशन लाल के मुताबिक़ उनके पिता वैसे तो बहुत मेहनती आदमी थे लेकिन उन्होंने कुछ ऐसे काम करने की कोशिश की जो उनके जैसे लोगों के लायक़ नहीं होते। उनकी महत्त्वाकांक्षाएँ उनके व्यक्तित्व के अनुकूल नहीं थीं। इसलिए भगवान ने उनके पिता को दंड दिया। भुपाल तो बस माध्यम था।

मैंने इसके बाद कुछ पूछना छोड़ दिया। हो सकता है पिताजी के काग़ज़ों से इन पुरानी घटनाओं पर कोई रोशनी पड़े। पालनपुर में ट्रेन से उतरते ही किशन लाल अपने खेतों की ओर निकल गए और मैं अपने खेतों को देखने चला आया। आश्चर्य! बाबू ने सारा काम कर दिया था। थोड़ी देर बाद पता चला कि मेरे बैल मेरे दरवाज़े पर ही बँधे हुए थे। यही सब देख के, इसके अलावा तीव्र कार्रवाई के एडीओ के वादे और स्टूडियो में बिताए समय से मेरा मन काफ़ी सन्तुष्ट था। मैंने सोचा, रामपाल और ब्रह्मचारी की नीयत पर बिना मतलब क्या शक करना। बाद में मैंने रामपाल के यहाँ जाकर उसको बता दिया कि दो दिन बाद मैं फिर चन्दौसी जाऊँगा ताकि प्रस्ताव को आगे बढ़ाया जा सके। उसके यहाँ से हम लोग राजिन्दर सिंह के यहाँ गए, जहाँ ब्रह्मचारी हरिद्वार के अपने एक साधु दोस्त के साथ आया हुआ था। वह प्राचीन पुस्तकों से कहानियाँ सुना रहा था और बीच-बीच में श्लोक भी पढ़ रहा था। बड़ी संख्या में परिजन और पड़ोसी बैठे सुन रहे थे। ऐसे ही साधारण और अहिंसक घटनाक्रम के बीच पूरी शाम काफ़ी सुखद गुज़री, बग़ैर किसी उत्तेजना

के, यहाँ तक कि सिगरेट के भी बग़ैर। यह पालनपुर का दूसरा पक्ष था।

इस सुन्दर शाम के बाद मुझे नींद नहीं आई। मैं पिताजी के काग़ज़ों में खो गया।

पालनपुर, 1914

अगले कुछ वर्षों तक समय बहुत सुगम तरीक़े से बीता। न तो रेलवे की कोई हड़ताल हुई, न ही प्रान्त में कोई असन्तोष भड़का। कोई सूखा नहीं पड़ा, कोई बीमारी-महामारी नहीं, न बाढ़ और न ही कोई अकाल। मोटे तौर पर कह सकते हैं कि यह सम्पन्नता और समृद्धि का दौर था। इसी के चलते ज़मींदार भी अपने दिये क़र्ज़ का सूद चुपचाप खाता रहा, उसने मूलधन की वसूली की कोई कोशिश नहीं की। साल-दर-साल बिना किसी दिक़्क़त के वह ब्याज इकट्ठा करके ख़ुश रहा।

बस एक क़र्ज़ ऐसा था जो गम्भीर मुद्दा बना। वह था दुखी को राधा से मिला कुछ आने का क़र्ज़, जब वह अंग्रेज़ के सामने नाची थी। राधा ने ज़ोर दिया कि उसे पूरे ब्याज के साथ क़र्ज़ चुकाना होगा। अशोक को यह बात रास नहीं आई थी, लिहाज़ा किसी-न-किसी बहाने वह इसकी वसूली को टालता रहा। उसके दिमाग़ में दरअसल बात यह थी कि यह पैसा क़ायदे से उसका ही है जो उसकी पत्नी ने दुखी को दिया था। इसलिए जो भी ब्याज आएगा वह उसकी पत्नी के पास चला जाएगा, उसे ख़ुद कोई लाभ नहीं होगा। यह प्रकारान्तर से दुखी के लिए एक सहारे जैसा था। दुखी इसी से बल पाकर राधा को इनकार कर रही थी।

हालात तब बदले जब दुखी के दूसरे पति की हत्या हो गई। संकर नस्ल के बेटे की पैदाइश के बाद पति की हत्या का मतलब यह निकाला गया कि दुखी ही मनहूस है। सहारा तो जाता ही रहा, बच्चों को पालने का भी कोई संसाधन उसके पास नहीं बचा। ऐसे में उसे पैसों की सख़्त ज़रूरत आन पड़ी। राधा के अलावा वह और कहाँ जाती। राधा का कहना था कि एक धर्मपरायण पत्नी के नाते ऐसे मामले उसने अपने पति के ज़िम्मे छोड़ रखे हैं, जो उससे ज़्यादा सक्षम है। राधा ने लगे हाथ दुखी को यह भी याद दिला दिया कि अब भी उसके ऊपर दो आना और उसके ब्याज का क़र्ज़ चढ़ा हुआ है और यह क़र्ज़ लगातार बढ़ता जा रहा है। फिर राधा ने यह भी कह दिया कि हेमिंग ने अगर दुखी से ब्याह नहीं किया तो इसके लिए उसको दोषी नहीं ठहराया जा सकता क्योंकि हर चीज़ पूरे योजनाबद्ध ढंग

से की गई थी। इसका मतलब निकलता है कि दुखी के काम में ही कहीं खोट रहा होगा। अब इस बात का दुख तो दुखी को भी था, पर उसने हेमिंग के साथ बिताई अपनी रातों को अपने जेहन से निकालने की पूरी कोशिश की थी क्योंकि उसके जीवन में वैसे भी अच्छे अनुभव बहुत ज़्यादा नहीं थे। दुखी ने थोड़ा चीख़-चिल्लाहट मचाई, माफ़ी माँगी और निकल गई। राधा ने उसके जाने के बाद अपने पति अशोक को हिदायत दी कि चाहे जो हो जाए, वह दुखी को उधार नहीं देगा। हाँ, अगर पैसा काट ही रहा हो तो वह राधा को दे सकता है, वह अपने और पीताम्बर के ऊपर अच्छे से ख़र्च कर सकती है। उसके बच्चे का बाप होने के नाते यह माँग अशोक को यदि नाजायज़ लगती हो, तो कम-से-कम जाकर ज़मींदार का क़र्ज़ा ही चुका आवे जो लगातार बढ़ता जा रहा है।

अपनी पत्नी की दलील से अशोक बहुत प्रभावित हुआ। पिता बन जाने के नाते उसे थोड़ा-सा अपराधबोध भी हुआ। उसने तय किया कि ज़मींदार गवेन्द्र के पास जाएगा। बात तो सही थी कि गवेन्द्र का दिया मामूली-सा क़र्ज़ पीताम्बर की तरह तेज़ी से बढ़ रहा था। उसने सोचा कि इसकी शिकायत क्यों न ख़ुद ज़मींदार से ही की जाए, जो उसका दोस्त भी था। गवेन्द्र ने अशोक का अभिवादन और स्वागत किया, लेकिन उसका रवैया दोस्ताना होने के बजाय थोड़ा अक्खड़ क़िस्म का था। शायद इसलिए कि उसके गुर्गे भी वहीं मौजूद थे। ज़मींदार ने अशोक से कहा कि उसे क़र्ज़ा चुकाने में देरी हो रही है, और चूँकि गवेन्द्र बहुत ख़याल रखनेवाले आदमी हैं इसलिए उन्होंने भी कभी इसे मुद्दा नहीं बनाया।

ज़मींदार अचानक फिर से दोस्ताना भाव में आ गया। उन्होंने मुखिया अशोक को अपनी बाँहों में भरकर कहा, "अरे भाई, तुम्हें लगता है क्या कि मैं तुम्हारे साथ कभी धोखा कर सकता हूँ?"

इस मुद्रा ने उनकी दोस्ती को और गाढ़ा कर दिया। अशोक एहसानमन्द और ख़ुश था। वह ज़मींदार की हर माँग से सहमत होकर घर लौट आया। राधा ने उसे याद दिलाया कि वह तो बिना कुछ किये ही ख़ाली हाथ लौट आया है। इस बात पर राधा ने अशोक पर ठीक-ठाक दबाव बना दिया। नतीजा यह हुआ कि कुछ दिन बाद दुखी जब उसके पास कुछ आने उधार माँगने आई, तब अशोक ने उसे इनकार करते हुए यह कहकर ज़मींदार गवेन्द्र के पास भेज दिया कि वह तो मेरे दोस्त और बड़े भाई जैसे हैं।

मजबूर होकर दुखी ज़मींदार के पास पहुँची। ज़मींदार रसूख़दार आदमी था लेकिन दुखी को बहुत मानता था। गोरे के सामने उसके प्रदर्शन पर ज़मींदार ने दुखी की काफ़ी बड़ाई की थी। आज भी पूरा गाँव उसका शुक्रगुज़ार बना

सही भी था कि सौदा एकदम जायज़ है : उसके पास धन है और दुखी के पास बदन। उसने बहुत आहत और दुखी होने की मुद्रा बना ली। फिर बोला—संकट में घिरे अपने जैसे इनसान के प्रति उसकी सहानुभूति, उसकी गहरी चिन्ता का इतना गन्दा मतलब कोई कैसे निकाल सकता है भला?

इस बात पर दुखी थोड़ा शान्त हुई। उसे लगा कि हो सकता है उसने ही ज़मींदार की नीयत पर ग़लत शक कर लिया हो। ज़मींदार बोलता रहा। उसकी आवाज़ थोड़ा फँसी हुई थी। उसने कहा कि क़र्ज़ के बदले दुखी को कुछ तो गिरवी रखना ही पड़ेगा।

दुखी को इसी घड़ी की चिन्ता सताए जा रही थी। वह जानती थी यह बात ज़रूर आएगी। बड़े संकोच से उसने हेमिंग की दी हुई छोटी-सी अँगूठी उतारी। इससे काम चल जाएगा? उसने पूछा।

मेरे दादा गवेन्द्र ने ग़ौर से अँगूठी को देखा। मुरादाबाद में इसका पन्द्रह से बीस रुपया तो मिल ही जाएगा। उन्होंने तेज़ी से हिसाब लगाया। अगर क़र्ज़ बहुत छोटा हुआ तो दुखी उसे चुका देगी और अँगूठी इनके हाथ से जाती रहेगी। क़र्ज़ ज़्यादा हुआ तो पैसे की बरबादी होगी। सब जोड़-जाड़ के ज़मींदार ने पाँच रुपये के क़र्ज़ की पेशकश की। इसमें फ़ायदा यह था कि रकम छोटी थी पर इतनी थी कि दुखी कभी उसे चुका नहीं पाएगी। उन्हें लगा कि यह सौदा एकदम सही है। उन्होंने क़र्ज़ के काग़ज़ तैयार किये। उसमें लिखा था कि दुखी ने अँगूठी गिरवी रखी है और उसके बदले उसे दस रुपया मिला है, फ़सल कटाई के बाद उसे सोलह रुपये चुकाने होंगे। दुखी को ज़मींदार ने बताया कि उसे आठ रुपये चुकाने होंगे और नहीं चुका पाई तो इसी दर के हिसाब से अगली कटाई के बाद उसके ऊपर पच्चीस रुपया साठ पैसे का बकाया हो जाएगा। चूँकि यह रकम अँगूठी की क़ीमत से ज़्यादा होगी, तो अँगूठी ज़मींदार की हो जाएगी।

गवेन्द्र वैसे तो छोटी से छोटी कारोबारी गुंजाइश का भी लाभ उठानेवाला ज़मींदार था लेकिन एक अँगूठी से मामूली सा मुनाफ़ा काटने के बजाय वह दुखी से मिलनेवाले क्षणिक सुख को भोगना ज़्यादा पसन्द करता। इसलिए उसने फिर से दाँव खेला। दुखी की आँखों में सीधे देखते हुए उसने दुखी के सामने वह अँगूठी और पाँच रुपये रख दिये। उसने पूछा कि उसे अँगूठी के बदले पाँच रुपया चाहिए या दोनों? इसके बाद वह चुप हो गया और दुखी के फ़ैसले का इन्तज़ार करने लगा।

दुखी अँगूठी के साथ लौट गई। वापसी में रास्ते भर वह एकदम नाक की सीध में मशीन की तरह चलती रही। अगर उसके दो बच्चे न होते और वह थोड़ा-सा भी आत्मघाती क़िस्म की होती तो उसी तालाब में छलाँग

हुआ है, लेकिन ज़मींदार का नाम उसके चाहनेवालों में सबसे पहला है। लिहाजा ज़मींदार को इस बात का दुख था कि दुखी को राधा से उधार लेना पड़ा था और अब उसे फिर से पैसों की ज़रूरत आन पड़ी है। ज़मींदार ने कहा कि उसके कठिन हालात को वह बहुत अच्छे से समझ रहा है, लेकिन इस स्थिति के लिए ख़ुद दुखी भी ज़िम्मेदार है क्योंकि हेमिंग के दौरे पर उसे जो ठीक-ठाक पैसे मिले थे उसने शायद लापरवाही से ख़र्च किया है। दुखी ने जब बताया कि उसे उस समय कोई पैसा नहीं मिला था, तब ज़मींदार ने आश्चर्य जताया कि उसे तो अशोक और उसके अपने आदमियों ने भरोसा दिलाया था कि पैसा सबको बराबर गया है। ज़मींदार ने कहा कि अशोक तो मेरे भाई जैसा है, वह मुझसे झूठ कैसे बोल सकता है? और भुपाल पर उसको वैसे भी पूरा भरोसा है। हाँ, दुखी बेशक थोड़े बदनाम है—हालाँकि इसकी वह हक़दार नहीं है—और यही बात उसके पक्ष में नहीं जाती। वैसे भी, वह एक ऐसे व्यक्ति को क़र्ज़ा कैसे दे पाएगा जो ख़ुद कह रहा है कि उसके पास अब कुछ भी नहीं बचा है?

इन बातों को सुनकर दुखी एकदम लाचार हो गई और हाथों में चेहरा छुपाकर रोने लगी। ज़मींदार को उसके ऊपर तरस आ गया। वह उसके क़रीब आया, काफ़ी क़रीब, और अपनी बाँह से उसके कंधों को घेर लिया। दुखी के प्यारे कान के पास मुँह ले जाकर वह फुसफुसाया, कि उसे फ़िलहाल यह भुला देना चाहिए कि गवेन्द्र एक ज़मींदार है। आख़िर वह भी तो एक मर्द है, एक अच्छा और समझदार इनसान, लेकिन ताली तो दोनों हाथ से बजती है। एक हाथ से दे, दूसरे से ले। क्या दुखी इस मर्द की ज़रूरत को समझ पा रही है, जो कभी-कभी बहुत अकेला महसूस करता है? और क्या वह भी अकेली नहीं है? फ़र्क़ बस इतना है कि ज़मींदार अब बूढ़ा हो चला है और किसी को बहुत नुक़सान पहुँचाने के लायक़ नहीं रह गया है। बहुत हुआ तो उसे बस थोड़ा-सा सुख मिल जाएगा, और क्या। और शायद बदले में वह दुखी को भी सुखी कर पाए।

दुखी एकदम से सकते में आ गई। उसे अचानक अहसास हुआ कि ज़मींदार के गुर्गे जो अब तक उसे घेरे खड़े थे, वहाँ नहीं हैं। उन्हें ज़मींदार ने इशारे से जाने को कह दिया है। अब वह इस बूढ़े के साथ कमरे में एकदम अकेली है और वह अपना शरीर उसकी देह पर ठेले जा रहा है। इसका होश पड़ते ही वह भड़की हुई बिल्ली की तरह उछलकर खड़ी हो गई और ग़ुस्से में उसने थूक दिया।

ज़मींदार को बाग़ियों से निपटना अच्छे से आता था। वह जानता था कि क़र्ज़दारों का ख़ून कैसे चूसा जाता है। फिर अपनी नज़र में वह बिलकुल

लगाकर जान दे देती जहाँ वह नहाया करती थी। उसने ऐसा कुछ भी नहीं किया। क़र्ज़ के पैसे से उसे थोड़ी-सी राहत मिली। ज़्यादा नहीं, बहुत थोड़ी। जॉर्ज ने उसकी आँखों में एक नये क़िस्म की उदासी महसूस की।

यह 1914 का वर्ष था जब पीताम्बर, राजेश और जॉर्ज सभी चार साल की उम्र के लपेटे में थे, हालाँकि किसी को उनकी सही-सही उम्र नहीं पता थी। पालनपुर की औसत ज़िन्दगी के मुक़ाबले तीनों काफ़ी चैन से जी रहे थे, लेकिन जल्द ही सब कुछ बदलनेवाला था क्योंकि किसी सनकी ने यूरोप में कहीं किसी आर्चड्यूक की हत्या कर दी थी।

बहुत जल्द यह ख़बर आग की तरह फैल गई कि अंग्रेज़ लोग दूसरे गोरों के संग लड़ाई लड़ रहे हैं। इसे सुनकर लोगों को बहुत हैरत हुई। जल्द ही गाँव वालों को इस लड़ाई का असर भी दिखने लगा। बुज़ुर्गों की एक बैठकी में अशोक ने बताया कि क़रीब एक लाख सिपाही अंग्रेज़ों की मदद के लिए बरेली से यूरोप के ठंडे प्रदेशों में गए हैं। उसने यह बात गवेन्द्र से सुन रखी थी और आती-जाती ट्रेनों में ठुँसे हुए उन फ़ौजियों को देखा भी था, जिन्हें जर्मनों के ख़िलाफ़ लड़ने से ज़्यादा ख़ौफ़ सात समुंदर पार जाने का था। एक लाख की संख्या शायद बढ़ा-चढ़ाकर कही गई थी। वैसे भी, पालनपुर के अधिकतर किसानों के लिए यह एक निरर्थक संख्या थी, लेकिन इससे उन्हें—और अशोक को भी—कम-से-कम समस्या की गम्भीरता का अन्दाज़ा लगाने में मदद ज़रूर मिली। भारत ने उस समय कुल दस लाख सिपाहियों को लड़ने भेजा था, जिनमें से अनेक कभी वापस नहीं आ सके।

पालनपुर के एक बुज़ुर्ग ने इस प्रसंग में एक दिलचस्प सवाल उठाया था जिसे ज़माने ने उतना महत्त्व नहीं दिया : आख़िर अंग्रेज़ों को हमारी ज़रूरत क्यों है? वे तो ख़ुद इतने ताक़तवर हैं। और अगर उनका दुश्मन उनसे ज़्यादा ताक़तवर है तो इसमें हम क्या कर लेंगे? अशोक को इस सवाल का जवाब नहीं पता था, सो तमाम चतुर नेताओं की तरह उसने इसे अनसुना कर दिया। और क्योंकि कोई इस सवाल का जवाब नहीं दे सका सो इसे एक तरफ़ कर दिया गया, कम-से-कम पालनपुर में। यही सवाल हालाँकि दूसरी जगहों पर भी कुछ लोगों ने उठाया, और कहीं ज़्यादा ताक़त से उठाया था। यह सवाल अंग्रेज़ी राज के ताबूत में दीमक की तरह ऐसा जा लगा कि कुछ साल बाद आख़िरकार उन्हें यहाँ से जाना ही पड़ा। ठीक वैसे ही जैसे बरसों बाद द्वितीय विश्वयुद्ध के समय अफ़्रीका से बेल्जियम और फ्रेंच का राज ख़त्म हो गया।

पहले विश्वयुद्ध ने भारत के ऊपर एक और गहरा निशान छोड़ा। इसका असर पालनपुर में भी पड़ा। युद्ध के मैदानों में तो जो मरे सो मरे, जो बंकरों

में छुपे रहकर बच गए वे जब लौटे तो अपने साथ एक ऐसी बीमारी को ले आए जिसने और लोगों की जान ली।

अपने खेत में या घर में बैठे-बिठाए मारे गए पालनपुरियों, उनकी ऐंठी हुई देह, काली पड़ चुकी चमड़ी और ट्रेनों से फेंकी गई अपमानित लाशों के बारे में सोचकर अशोक दहल उठा था और चिल्ला पड़ा था, 'एक लाख।'

यह संख्या भी अतिरंजित ही थी। स्पैनिश फ्लू से बहुत लोग मारे गए थे लेकिन इसकी कोई गिनती नहीं है। पालनपुर के लोगों के पास भी अपने यहाँ मारे गए लोगों का कोई हिसाब नहीं था। फिर एक दिन ऐसा आया जब फ्लू से लोगों की मौत होना बन्द हो गई। ट्रेनों से भयावह लाशों का फेंका जाना भी बन्द हो गया। एक अध्याय समाप्त हुआ हो जैसे, लेकिन पालनपुर के लोग आगे भी मरते रहे—पर सामान्य गति से और कुछ दूसरी वजहों से। ज़िन्दगी ऐसे ही आगे बढ़ती रही।

अध्याय 15

पालनपुर, 1984

सुबह नींद जल्दी खुल गई थी। नाश्ते के दौरान मैंने एक बार मन में ही सारी स्थितियों को खँगाला। याद किया कि स्कूल वाली चिट्ठी कल मैंने सही जगह पहुँचा ही दी थी, सो फ़िलहाल अब वहाँ और कुछ नहीं करना है। दो दिन में पैट भी आ जाएगी, तो हत्या की तहक़ीक़ात में उससे भी थोड़ी मदद मिल जाएगी। मैं जानता था कि वह मदद करेगी। उसको अक्सर वे चीज़ें दिख जाती हैं जो मैं नहीं देख पाता। बाक़ी सबूतों की बात बची, तो कैप्टन चाहता है कि मैं राइफ़ल और खोखों की तलाश करूँ। तीन में से दो खोखे तो मेरे पास हैं ही, बस पैसा और राइफ़ल अब तक नहीं मिल सका है। बहीखाता भी मिल गया है। कुल मिलाकर दिमाग़ इसी सबमें उलझा पड़ा था।

दिमाग़ को थोड़ा आराम देना ज़रूरी था। मैंने सोचा आज पूरा दिन अपने फ़ोटोग्राफ़ी प्रोजेक्ट में प्रकृति पर थोड़ा काम करते हैं, मसलन फूल, खेत, हो सके तो कुछ जंगली जानवर भी। इसलिए कैमरा लेकर अब गाँव में निकला जाए और जो चीज़ पसन्द आए उसकी फ़ोटो खींची जाए। किशन लाल और बाबू मेरे खेतों में लगे ही होंगे। उम्मीद है कि खेतों में एकाध नीलगाय भी टहलती हुई मिल जाएगी तो उनकी भी तसवीरें उतार लूँगा, थोड़ा दूर से ही सही क्योंकि वे ख़तरनाक होती हैं। यही सोच के मैंने नोवोफ्लेक्स का 400 एमएम वाला लेंस रख लिया। इस लेंस में पिस्टल ग्रिप होती है जो हल्का सा दबाने पर फोकस बदल देती है। यह काफ़ी तेज़ काम करता है। मैंने टैमरॉन का भी एक लेंस रख लिया। सब कुछ लादकर मैं निकल पड़ा। चलते हुए पाँच मिनट ही हुए होंगे, मैं गाँव से बाहर निकल ही रहा था कि पीछे से किसी के चीख़ने की तेज़ आवाज़ आई। पीछे मुड़ा तो ग़ुस्से में तमतमाया हुआ रामपाल का आठ साल का बेटा जगपाल एक खुरपी लिये दिखा। वह फ़िल्म में देखे किसी हीरो की नक़ल कर रहा था। मैंने

कैमरा तान के उसकी कुछ तसवीरें ले लीं। कुछ शॉट लेने के बाद जब मैंने कैमरा थोड़ा दाएँ घुमाया तो एक लड़की नज़र आई। जगपाल उसको धमका रहा था। कैमरा छाती पर लटकता हुआ छोड़कर मैं उधर भागा और लड़के के हाथ से बड़ी मुश्किल से खुरपी छीन पाया। उसने बहुत हुज्जत की और मुझे ख़ुद को सँभालना पड़ा क्योंकि खुरपी तेज़ हो सकती थी। पास खड़ी एक औरत को मैंने खुरपी थमा दी। दोनों बच्चे अब एक-दूसरे के बाल खींचने लगे। मैं चल दिया ये सोच के कि बाल खींचना फिर भी चलेगा। तभी दोबारा तेज़ आवाज़ें आने लगीं। मैं फिर से उधर भागा। खुरपी फिर से जगपाल के हाथ में थी! अबकी वह और ज़्यादा हिंसक दिख रहा था। अचानक लड़की की माँ वहाँ पहुँच गई। उसने जगपाल से खुरपी छीनी और उसे पीटने लगी। इससे लड़का और भड़क गया। वह पत्थर उठाकर मारने लगा और किसी तरह रोते-चिल्लाते गाली देते हुए वहाँ से भाग गया। मामला शान्त हुआ।

लगता है कि आज का दिन बुरा बीतना लिखा था। थोड़ा आगे जाने पर एक और भयावह नज़ारा दिखा। एक मुराव किसान मुल्लो पर उसका अपना ही बैल भड़का हुआ था। वह उसे उठाकर पटक ही देता पर मुल्लो पूरी ताक़त से उसके नथुने पकड़कर लटक गया। मुझे लगा कि मुल्लो बैल पर भारी पड़ रहा है। मैंने तुरन्त कुछ फ़ोटो ले लीं। फिर देखा कि दोनों उसी स्थिति में अटके पड़े हैं। अजीब क़िस्म का डरावना सन्तुलन था। मैंने फिर कैमरे को छोड़ा और उनके क़रीब पहुँचा। बैल के गले से बँधी रस्सी को सावधानी के साथ उठाकर मैंने एक पेड़ से बाँध दिया। इसके बाद मुल्लो अचानक उछला और एक डंडा लेकर बैल को बेरहमी से पीटने लगा। ऐसी कठिन स्थितियों की पालनपुरियों को आदत है। उनकी उदारता और सामान्य दयालु स्वभाव से कोई भी गच्चे में पड़ सकता है। ज़रूरत पड़ने पर वे बहुत बर्बर भी हो सकते हैं। वैसे मैं इस पर राय देनेवाला कौन होता हूँ। मेरे यहाँ बैंकिंग का माहौल भी तो ऐसा ही है, हालाँकि इस तरह से वहाँ हिंसा नहीं होती। फिर भी एक बैंकर की मुस्कान से किसी ग्राहक को क़तई यह नहीं मान लेना चाहिए कि वह उसका दोस्त है।

गेहूँ की कटाई का सीजन अपने चरम पर था। लोग व्यस्त थे। मेरे चाचा के खेतों के क़रीब मैंने देखा कि एक समूचा मुराव परिवार कटाई और मड़ाई में लगा हुआ है। इसके लिए गेहूँ के मोटे बंडलों को लकड़ी के एक तख़्ते पर मारा जाता है। यह तरीक़ा काफ़ी कारगर है। यह परिवार शायद सुबह से ही काम में लगा है। दोपहर का खाना उन्होंने यहीं खाया होगा। सूरज ढलने के बाद ये लोग घर जाएँगे। ये लोग जिस तरह से मड़ाई करते हैं, उससे धूल का गुबार उठ जाता है। सूरज की रोशनी के हिसाब से ये धूल अलग-अलग छटा की दिखती है। थोड़ा समय मैंने वहीं बिताया और नुक़सान में नहीं रहा। परिवार एक भैंस को वहाँ लेकर आया था। वह गाभिन थी। मेरा सौभाग्य था कि खुले आसमान

के नीचे सूरज की रोशनी में मैंने एक पाड़े को पैदा होते देखा।

पाड़े के जन्म के चक्कर में बहुत समय चला गया। मुझे लगा कि नीलगाय को शूट करने के हिसाब से अब काफ़ी देर हो चुकी है। बेहतर है कि वापस गाँव ही चला जाए। रास्ते में बीज केन्द्र पर गोविन्दी को खाने के लिए भी बोल दूँगा। उधर जाते वक़्त मेरी नजर पुलिस की महिन्द्रा जीप पर पड़ी जो स्कूल के बाहर खड़ी थी। देखते ही तुरन्त उसके टेढ़े झंडे से याद आया कि मैंने यह गाड़ी चन्दौसी थाने में देखी थी। आसपास कोई नहीं था, लेकिन स्कूल के भीतर से कुछ आवाज़ें आ रही थीं। मैं थोड़ा पास गया और बहुत सावधानी से कैमरा लगाकर देखने लगा, जैसे किसी टेलिस्कोप से देखा जाता है।

स्कूल के भीतर बीकेएस की स्मिता के साथ काफ़ी गरम बहस चल रही थी। वह पालनपुर में स्मिता के आने पर भड़का हुआ था और उसे धमकी दे रहा था। वे क्या बोल रहे थे टूटा-फूटा ही सुनाई दे पा रहा था।

"...मरम्मत...इस इमारत को मरम्मत की कोई ज़रूरत नहीं है। चमारों के बच्चों के लिए यही काफ़ी है..."

"...बच्चों की मदद की कोशिश...पढ़ना-लिखना..."

"चमारों को पढ़ाई-लिखाई की कोई ज़रूरत नहीं। दूसरे...और चमार अध्यापक से कौन पढ़ेगा?"

स्मिता बहुत साहस के साथ उसका जवाब दे रही थी लेकिन मैं देख रहा था कि वह डरी हुई है। वो बदमाश पुलिसवाला उसे धमका रहा था और कमरे में चक्कर लगाते हुए उसे धकेले जा रहा था। मैंने सोचा कि कुछ किया जाए, तभी अन्दाज़ा लगा कि मेरे सिवा कोई और भी है जो इस घटना को देख रहा है। दूरी के कारण मैं उस शख़्स को पहचान नहीं सका। मैंने पीछे क़दम खींचे और चुपके से इमारत के दूसरी तरफ़ गया। बड़ी घास और झाड़ियों के चलते मैं छुपा रहा। एक सही जगह पाकर मैं वहीं बैठ गया और भीतर देखने लगा। बहुत गरमागरम बहस छिड़ी हुई थी। मैं अपने टेलिलेंस से तसवीरें लेने लगा। कैमरा फ़ोटो लेते वक़्त आवाज़ कर रहा था लेकिन ग़नीमत है कि इतने हो-हल्ले में वह किसी को सुनाई नहीं दे रहा था। फ़ोटो लेते-लेते रोल ख़त्म हो गया। मैंने तेज़ी से दूसरा लोड किया। तभी मैंने देखा कि बीकेएस ने स्मिता को एक मेज़ की ओर धकेल दिया है और अपनी पैंट खोल रहा है। कैमरा नीचे रखकर मैं उधर दौड़ ही पड़ता, पर मुझसे पहले दूसरे वाले तमाशबीन ने बहुत तेज़ी से कमरे में प्रवेश किया। ऐसे में तसवीरें लेते रहने से बेहतर काम और नहीं हो सकता था, सो मैंने दोबारा फोकस सेट किया और अपने काम पर लग गया। अब जाकर साफ़-साफ़ दिखा—वो तीसरा आदमी रामपाल का बेटा हुकुम था, जिसने अपने बाप के मुताबिक़ बकवास चीज़ें पढ़ रखी थीं। आम तौर से वो कमज़ोर दिखता है, लेकिन यहाँ उसने बहुत फुर्ती

दिखाई, उसके हाथ में एक कमज़ोर-सा डंडा था। ज़ाहिर है, पालनपुर में लकड़ी का बहुत टोटा है। जो हाथ लगे वही गदा।

बीकेएस का पिछवाड़ा हुकुम की ओर था। उसे अचानक पीछे किसी के आने की आहट सुनाई दी और उसने झटके में मुड़ना चाहा पर पैरों में पैंट फँसी होने के चलते वह लड़खड़ा पड़ा। वह कुछ भी कर पाता, इससे पहले ही हुकुम ने काफ़ी तेज़ी से उसके सिर पर डंडा जमा दिया। डंडा टूट गया। बीकेएस गिरा तो नहीं पर सन्न रह गया। उसने हुकुम की ओर बढ़ना चाहा लेकिन अबकी बार फ़र्श पर गिर पड़ा। हुकुम ने स्मिता को खड़ा किया। स्मिता उसे नहीं रोकती तो वह बीकेएस को और मारता। बीकेएस खड़ा होने की कोशिश कर रहा था और उसकी उत्तेजना तेज़ी से बैठ रही थी। मेरा ध्यान इस बात पर गया कि बीकेएस जैसे तोंद वाले आदमी के लिए हल्की सी उत्तेजना ही काफ़ी होती होगी। मैंने लगे हाथ उस मौक़े पर भी कुछ तसवीरें ले लीं ताकि बाद में काम आएँ। अन्तत: वह खड़ा हो गया। उसने अपना बेल्ट कसा और हुकुम को पकड़कर एक घूँसा जड़ दिया। हुकुम गिर गया। स्मिता ग़ुस्से से बीकेएस पर लपकी पर उसने एक झटके में एक तरफ़ धकिया दिया। बीकेएस भड़का हुआ था। उसने हुकुम को एक लात और जमाई और घसीटते हुए अपनी गाड़ी तक ले गया। महिन्द्रा उसे लेकर निकल गई। मैं अन्त तक यह सोचकर फ़ोटो खींचता रहा कि बाद में सबूत के तौर पर ये काम आएँगी। तभी मेरे कन्धे पर किसी ने हाथ रखा। बाबू मेरे ठीक बग़ल में खड़ा था। उसने दुखी स्वर में कहा, "पुलिस अक्सर ऐसा करती है।"

"मैं इन तसवीरों को निकलवाऊँगा और बीकेएस को जेल भिजवा दूँगा," मैंने ग़ुस्से में कहा। हम दोनों स्मिता के पास दौड़े।

बाबू बोला, "सिर्फ़ मेरी माँ ही नहीं अब हुकुम को पुलिसवाले पर हमला करने के आरोप में जेल हो जाएगी। रामपाल का बेटा है तो क्या हुआ, ये लोग उसके लिए नरक कर देंगे।"

हम स्कूल के अन्दर गए। स्मिता लगातार रो रही थी। मुझे लगा था कि वह दौड़कर मेरे पास आएगी लेकिन वह बाबू को पकड़कर रोने लगी।

इस तरह पता चला कि हुकुम स्मिता का दोस्त है। दोनों मुरादाबाद में साथ पढ़े थे और दोनों का साझा सपना था कि गाँव में शिक्षा का स्तर ऊँचा उठाना है। अभी यह साफ़ नहीं था कि पालनपुर के इस पुराने स्कूल में बीकेएस क्या करने आया था। मुझे लगा कि शायद ट्रेन में फिर से डकैती पड़ी हो और वह स्कूल के पास छुपाया हुआ माल खोजने आया हो, क्योंकि ऐसा अक्सर होता था।

मैंने ज़ोर से कहा, "इस हरामी बीकेएस के बारे में मैंने पालनपुर में पहले से कुछ बातें सुन रखी हैं।"

"हाँ, सही कह रहे हैं," बाबू बोला, और उसने वही बात बताई जो किशन

लाल पहले बता चुका था, "हम सब लोग उसके बारे में अच्छे से जानते हैं। वह गाँव के एक और हरामी भुपाल और उसकी रंडी का पोता है। लोग कहते हैं कि डकैतों से उसकी बहुत पटती है। वो उनका दोस्त है।"

मेरा शक सही निकला। एक और परत खुली कि बीकेएस शायद इसलिए वहाँ आया होगा क्योंकि स्कूल की मरम्मत के चलते उसके डकैत दोस्तों के ग़ैरक़ानूनी धन्धों का ठिकाना छिन जाएगा।

मैंने ज़ोर देकर दुहराया, "यहाँ जो कुछ भी हुआ है सबका सबूत मेरे पास है। मैं ये सारी फ़ोटो साफ़ कराऊँगा और इसके सहारे हम लोग उससे निपट लेंगे।"

स्मिता ने भीगी आँखों से मुझे देखकर कहा, "स्टूडियो आपको कभी भी ये फ़ोटो नहीं देगा। उसका मालिक बहाना बना देगा कि कुछ गड़बड़ हो गई है और सारी फ़ोटो बरबाद हो गई हैं। उसके लिए इन्हें निकालना बहुत ख़तरनाक होगा। और आपके लिए भी।"

ये तो वाक़ई एक समस्या थी, पर इसका इलाज निकाला जा सकता था।

उसने आगे कहा, "अगर ये फ़ोटो वाक़ई निकल गईं तो इनसे बहुत मदद मिलेगी, पर आप इस सबके चक्कर में मत फँसिए। बस फ़ोटो निकलवाकर बाबू को पकड़ा दीजिएगा। उसको पता है कि क्या और कब करना है।"

वह शायद सही कह रही थी, लेकिन बाबू को लेकर उसका भरोसा थोड़ा ज़्यादा लग रहा था। फिर भी, कुछ तो किया ही जा सकता था। मैं बोला, "फ़िलहाल इन्हें छुपाकर रखते हैं, मैं इन्हें साफ़ करा लूँगा और किसी को पता भी नहीं चलेगा। फिर देखेंगे इनका क्या करना है।"

जैसी कि उम्मीद थी, रामपाल को पहले ही ख़बर हो चुकी थी कि उसके बेटे के साथ क्या हुआ है। उसके घर पर मची हलचल से ही अन्दाज़ा लग गया। मैंने बाहर से झाँका। वो पागलों की तरह हवा में अपनी राइफ़ल लहरा रहा था। घरवाले डर के मारे उससे दूर खड़े थे। वह सब पर एक साथ चिल्ला रहा था। एक स्वर में बीकेएस, हुकुम, चमार, स्कूल और जाने किस-किस के लिए उसके मुँह से गालियाँ निकल रही थीं। ब्रह्मचारी भी वहीं था और चिन्तित दिख रहा था। बेटी वीणा रोती हुई अपनी माँ को पकड़े एक कोने में खड़ी थी। बेचारी शकुन्तला एकदम टूटी हुई लग रही थी। इस समय कुछ बात करने का मतलब नहीं था, इसलिए मैं चुपचाप निकल आया।

वापस आते हुए पता चला कि महिपाल सिंह की छोटी बेटी मर गई। कुछ दिन पहले ही मैंने उसे देखा था, दस्त से उसका शरीर एकदम कमज़ोर पड़ चुका था। मुझे लगा था कि ठीक हो जाएगी पर ऐसा नहीं हुआ।

मैं घर लौटा और पिंक फ्लायड का 'द वॉल' बजा दिया। अजीब विडम्बना है। मैं एक ऐसी जगह पर था जहाँ बच्चों को अकेला छोड़ना ख़तरे से ख़ाली नहीं

था और उन्हें शिक्षा देना भी ज़रूरी था। यही सोचते हुए मैं चारपाई पर लेट गया और सिगार सुलगा लिया। सिगार से उस बकरे वाले कोने की दुर्गंध का असर थोड़ा कम हो जाता था और संगीत बकरे की आवाज़ से राहत दिलाता था। पूरा दिन बहुत भागमभाग में बीता। पालनपुर के बारे में मुझे जितना पता चलता जाता था, मैं कैप्टन और स्मिता की बात से उतना सहमत होता जाता था कि यह जगह मेरे लिए नहीं है। हाँ, कैप्टन से याद आया—अगर मुझे राइफ़ल मिल जाती है तो दो खोखों से ही बड़ी मदद हो जाएगी। फिर तीसरे की ज़रूरत नहीं होगी। उनके बार-बार कहने से तो यही लगता है कि मिलेगी तो मुझे ही, पर कहाँ?

मैं सिगार से उठते धुएँ के छल्लों को देख रहा था। कैप्टन ने कहा था दलितों से बात करने के लिए, मैंने की भी थी और कुछ बातें पता भी चली हैं। दूसरों से भी मैंने बात की है, मसलन रामपाल। उसके बेटे को तो बीकेएस ने जेल में डाल दिया, अब क्या करेगा वो? और ये ब्रह्मचारी किस गुंताड़े में लगा है?

मैंने सिगार से कुछ और कश खींचे। जिस कमरे में मेरे चाचा की हत्या हुई थी, मैं उसमें नहीं सोता था। मैंने अपना अड्डा दूसरे वाले में जमा लिया था। यही कमरा मेरा दफ़्तर बन चुका था। इसी कमरे में मेरी चारपाई के पीछे गुप्त ठिकाना था। एक तरह से यह मेहमानों की चारपाई थी। मैंने एक गहरा कश खींचा और अचानक दिमाग़ में कौंधा कि चाचा वाले कमरे का थोड़ा और क़रीब से मुआयना करना चाहिए। जिस चारपाई पर मैं लेटा था अगर उसके सिरहाने एक गुप्त ठिकाना है तो क्या यह मुमकिन नहीं है कि...

मैं उठ खड़ा हुआ। थोड़ी देर मैंने दूसरे कमरे को टटोला। ठिकाना मिल गया। मेरे वाले कमरे से कहीं बड़ी जगह यहाँ थी। उसमें एक पुरानी राइफ़ल थी, एक सीलबन्द बक्सा जिसमें शायद गोलियाँ हों, दो लाख नकद और थोड़ा-सा सोना। कुछ काग़ज़ात भी थे। ऐसा लग रहा था कि मुझे पहले से पता हो यहाँ क्या मिलेगा। मैंने कुछ देर सोचा, फिर सोना, नकद और काग़ज़ात को अपनेवाले कमरे के गुप्त स्थान में छुपा दिया। सब उसमें ठीक से समा गया। राइफ़ल बहुत ख़ूबसूरत थी। नली के इर्द-गिर्द लगी लकड़ी बेहतरीन पॉलिश की हुई थी और बेहद चिकनी थी। जो दो ख़ाली गोलियाँ मुझे मिली थीं उन्हें लगाकर मैंने जाँचा कि उसमें फिट हो रही हैं या नहीं। बन्दूक़ के हिसाब से वे काफ़ी छोटी निकलीं। रामपाल ने इस बारे में कुछ बात बताई थी, कि उसकी राइफ़ल कम कैलिबर की है। अब बात समझ में आई। मैंने राइफ़ल को उसकी जगह पर वापस रख दिया। अब क्या करना है, इसके बारे में विस्तार से सोचने की ज़रूरत थी।

बहुत कुछ साफ़ तो नहीं हो रहा था, पर मेरे पास कुछ ठोस तथ्य ज़रूर थे। फिर फ़ोटो का मामला भी था। बेहतर है कि उन्हें बाद में ही डेवलप किया जाए, जब अँधेरा हो और आसपास लोग नहीं हों।

बकरे के सामने थोड़ी सुरक्षित दूरी पर खड़े होकर मैंने नज़र दौड़ाई। इस पुराने मकान के भीतर मुझे अब तक संयोग से तीन ठिकाने बरामद हो चुके थे जहाँ चीज़ों को छुपाया जा सकता है—दो दीवारों और एक फ़र्नीचर में जो बची थी। क्या चौथा ठिकाना भी कहीं होगा? बिलकुल होना चाहिए, क्योंकि अब तक चाचा का वह सोना मुझे नहीं मिला था जिसके बारे में अफ़वाहें हैं। हो सकता है मकान के बाहर कहीं छुपाया गया हो, लेकिन ऐसा लगता नहीं है क्योंकि वे अपना माल अपने क़रीब ही रखते थे। ख़ुद को बचते-बचाते बकरे को मैंने थोड़ा-सा चारा दिया, फिर पिताजी के काग़ज़ात पढ़ने लगा।

पालनपुर 1917-1925

राजेश की ज़िन्दगी को कमख़र्ची का आदर्श कहा जा सकता था। बड़ा होते ही उससे अपेक्षा की गई कि वह अपने माता-पिता की मदद करेगा। जैसे-जैसे उम्र बढ़ती गई, उनकी माँगें भी बढ़ती गईं। एक तो मुरावों के अलावा दूसरी बिरादरी के बच्चों के साथ खेलना वर्जित था। दूसरे, मुरावों में भी खेलने को समय की बरबादी ही माना जाता था। उसे कुछ और काम करने थे जो ज़्यादा ज़रूरी थे। वह जब छोटा था तब उसे बस खाने और सोने को कहा जाता। बाद में उसने यह सीखा कि चीज़ों को बरबाद करने से कैसे बचें। उसे तो यह भी सीखना था कि ज़्यादा जोख़िम नहीं लेना चाहिए और स्थापित-प्रचलित व्यवस्था को लेकर सवाल नहीं करने चाहिए, लेकिन उसकी बाग़ी प्रवृत्ति के चलते माँ-बाप इस मामले में उसे दबा नहीं पाए। इसमें किसी को कोई शक नहीं था कि राजेश मेहनती है, लेकिन वह खुलेआम ताक़तवर को चुनौती देता था। उसके पिता जब भी कहते कि "चुप रहो, तुम्हें अपनी औक़ात पता होनी चाहिए," तो इस पर वह बहुत मज़बूती से एतराज़ जताता। इस तरह अपनी मुराव बिरादरी से उलट उसकी छवि एक ख़ुराफ़ाती और झगड़ालू लड़के की बन गई। उसे घर पर जब मार पड़ती थी तब वह अपने रोने की आवाज़ को दबा लेता था। इससे पड़ोसियों में यह सन्देश जाता कि उसे सामान्य डाँट-डपट पड़ी है। फिर वे उसके पिता की बड़ाई करते कि लड़के की इतनी बदमाशी के बावजूद वे कितने समझदार हैं कि सब कुछ चुपचाप सह रहे हैं।

राजेश के माता-पिता की चिन्ताओं को ज़्यादा अच्छे से समझने के लिए एक घटना को जानना बहुत ज़रूरी है जो परिवार के लिए बहुत घातक साबित हो सकती थी। एक दिन राजेश ने देखा कि पिता खेत पर नहीं हैं

तो चुपके से खेतों से घर भाग आया। एकदम सपाट चेहरा बनाकर उसने बहुत गम्भीरता से कहा कि खेत में भैंस की ज़रूरत है। बिना बहस के यह बात सच मान ली गई। वह भैंस लेकर निकल गया, लेकिन खेत में जाने के बजाय दूसरे बच्चों के साथ भैंस दौड़ में चला गया। वह भैंस परिवार की मुख्य सम्पत्ति थी और बरसों की देखभाल से खा-पीकर मोटी-तगड़ी हो गई थी। राजेश उसके ऊपर उछलकर चढ़ गया और उसे दौड़ में जोत दिया। दौड़ में पहले नम्बर पर आने के लिए पीताम्बर ने उसे धकेल दिया और वो नीचे गिर गया। राजेश के गिरने से भैंस पर वज़न कम हो गया, वह दूसरे स्थान पर आई। चूँकि भैंस को रोकने के लिए सवार ही नदारद था, सो भैंस नाक की सीध में दौड़ती चली गई। भैंस को जो रास्ता पता था वह उस पर पहुँच्र गई और आख़िरकार अपने ही खेत में जाकर रुकी, जहाँ राजेश के पिता काम कर रहे थे। दौड़ते-दौड़ते भैंस की हालत पतली हो चुकी थी। भैंस को छूते ही राजेश के पिता को समझ आ गया कि उसकी क़ीमती भैंस के ऊपर क्या बीती है। घर पर राजेश से उन्होंने सब कुछ उगलवा लिया। परिवार के भविष्य और आजीविका को दाँव पर लगाने के लिए राजेश को बेरहमी से दंड दिया गया। उसे आम तौर से मारपीट की आदत थी, लेकिन इस बार जुर्म के हिसाब से सज़ा मिली थी तो वह ख़ुद को चीख़ने-चिल्लाने से रोक नहीं पाया। उस रात पड़ोसियों का पर्याप्त मनोरंजन हुआ।

फिर उसकी ज़िन्दगी में एक और बुरा मोड़ आया, लेकिन इसमें उसकी कोई ग़लती नहीं थी। जब स्पैनिश फ्लू की महामारी फैलना शुरू हुई, अपने बाग़ी स्वभाव के चलते वह उसे झेल गया। उसके बाप इतनी क़िस्मतवाले नहीं थे। 1918 में एक दिन वे बुख़ार के बावजूद खेत जोतते हुए वहीं गिर पड़े। परिवार टुकड़ों को मोहताज हो गया। दूर के एक चचेरे भाई ने एकाध बार मदद की, लेकिन वह अपनी ही दिक़्क़तों में मसरूफ़ था और किसी पुराने क़र्ज़ के कारण उसके पास भी नकद की कमी थी। लिहाज़ा राजेश की माँ को अकेले घर की ज़िम्मेदारी उठानी पड़ी। वह इसके लिए तैयार नहीं थी। ज़्यादातर काम के लिए उसे राजेश पर ही निर्भर रहना पड़ता था। आठ साल की उम्र तक आते-आते राजेश के कमज़ोर कन्धों पर भारी ज़िम्मेदारी आन पड़ी। ऐसे हालात में आदमी सीखता तो बहुत जल्दी है लेकिन उससे ग़लतियाँ भी होती हैं।

ऐसी महज़ एक ग़लती उसने की थी, जो उसके पूरे परिवार को ही ले बैठती। राजेश को पता था कि जुआ खेलना बुरी बात है। उसे कई बार इसकी हिदायत दी जा चुकी थी, लेकिन चौपड़ का खेल उसे बहुत खींचता था। रेलवे की दो पटरियों के साझा मुहाने पर चौपड़ के खिलाड़ी अपने

सलाहकारों के संग अड्डा जमाते थे। वे बड़े क़रीने से कढ़ाई किया हुआ एक चौकोर कपड़ा फ़र्श पर बिछाते। फिर पासे की चाल और खिलाड़ियों की रणनीति के हिसाब से गोटियाँ एक खाने से दूसरे खाने में घूमती रहतीं। पासे और गोटियों को एक नक़्क़ाशीदार लकड़ी के सुन्दर से डिब्बे में रखा जाता था जिसकी देखभाल का ज़िम्मा एक खिलाड़ी के पास होता था। चौपड़ खेलनेवाले लोग आम तौर से ठाकुर बिरादरी के होते थे जिनके पास ज़मीन थी और खेलने की हैसियत भी थी। इस खेल में अक्सर मुराव बिरादरी का भुपाल भी भाग लेता था। उसकी भागीदारी को लड़के इसलिए बरदाश्त करते थे क्योंकि वह अक्सर हारनेवाले खिलाड़ियों को उधार दे देता था। वहाँ सबके लिए वह बैंक का काम करता था। खेल में डूबे हुए लड़के कभी चीख़ते-चिल्लाते, तो कभी आपस में झगड़ भी पड़ते। राजेश को यह सब बहुत आकर्षित करता था। दिमाग़ से तेज़ होने के नाते उसने देख-देखकर ही खेल में महारत हासिल कर ली थी और हमेशा खिलाड़ियों को घेरे हुए दर्शकों में शामिल होकर अपनी टिप्पणियों से उनका उत्साह बढ़ाता था। खेलनेवालों को उसका वहाँ जोंक की तरह चिपके रहना पसन्द नहीं आता था। उसे बार-बार धमकाया-भगाया जाता था। एक दिन उसे धमकाने के बजाय खिलाड़ियों ने उसे भी खेलने का न्योता दे डाला। राजेश को क़ायदे से पहले ही इस पर सतर्क हो जाना चाहिए था क्योंकि उस दिन भुपाल भी खेल रहा था। अब भी मुरावों के साथ भुपाल की खुलेआम दुश्मनी चलती थी। राजेश ने बिना कुछ सोचे-समझे खेलना शुरू कर दिया।

जब चार लोग चौपड़ खेलते हैं तो दो-दो की टीम बना लेते हैं। राजेश ने जो टीम बनाई वह भुपाल के ख़िलाफ़ थी। अपने साथ उसने एक ऐसे खिलाड़ी को रखा जो उसकी नज़र में अच्छा खेलता था, लेकिन अपने इस साथी की ग़लतियों से वह जल्द ही झल्ला गया। जब उसने देखा कि उसकी गोटियाँ ख़त्म होनेवाली हैं तो वह उखड़ गया।

उसे परेशान देखकर भुपाल बोला, "कोई बात नहीं, हमसे कुछ और ले लो।"

ये गोटियाँ भी जल्द ही ख़त्म हो गईं। ग़ुस्से में राजेश उठा और चल दिया। भुपाल उसके पीछे दौड़ा और उसे पकड़ लिया। भुपाल बोला, "मेरा पैसा कहाँ है लड़के?"

उसी पल राजेश को चौपड़ का खेल समझ में आ गया। दो बातें उसे पहले पता नहीं थीं। एक ये कि गोटियों का मतलब पैसा होता है। दूसरी, कि खिलाड़ी इसमें एक-दूसरे से बेईमानी भी कर सकते हैं। राजेश के सिर पर पाँच रुपया चढ़ चुका था। यह ज्ञान भुपाल ने उसकी बाँह मरोड़ते हुए

उसे दिया। यह सुनते ही बाक़ी खिलाड़ियों को लगा कि मौक़ा बढ़िया है, बहती गंगा में हाथ धो लेना चाहिए। सभी भुपाल के साथ मिलकर राजेश को पीटने लगे। राजेश की टीम का साथी भी इसमें शामिल था। वो कह रहा था कि उसे फँसाया गया है।

राजेश बुरी तरह ज़ख़्मी हो गया। अगले दिन क़र्ज़ चुकाने का वादा करके वह किसी तरह घर पहुँचा। उसकी माँ ने डाँटने-फटकारने के बाद अशोक मुखिया की यह बात बताई। अशोक को भुपाल से कोई सहानुभूति नहीं थी। उसे बदला लेने का यह सुनहरा मौक़ा दिखा। उसने गाँव के बुज़ुर्ग सरपंचों की बैठक बुला ली। यह तो साफ़ था कि राजेश को फँसाया गया था। भुपाल पहले भी ऐसा कइयों के साथ कर चुका था, जब उसने हारनेवाले खिलाड़ी को उधार दिया था। कुछ बड़े-बुज़ुर्ग भी उससे खुन्नस खाये पड़े थे। सारी बातें लेकर अशोक ज़मींदार के यहाँ गया। गवेन्द्र को एक बात बिलकुल पसन्द नहीं थी कि कोई बेईमानी करे और आपको पता भी न चलने दे। ज़मींदार के काम निपटाने के चक्कर में भुपाल एकाध पैसा अपनी अंटी में दबा ले जाए, इतना तो चलता था लेकिन यह मामला थोड़ा अलग था। ज़मींदार को यह भी अन्दाज़ा लग गया कि चौपड़ के इस खेल के बहाने वह भी कुछ पैसा बना सकता है। भविष्य में उसे इस खेल को क़ब्ज़ाना है, उसने सोचा। वह भुपाल को इस पर क़ब्ज़ा नहीं करने देगा। उसे तो सबक़ सिखाने की ज़रूरत है। इसी चक्कर में राजेश की जान बच गई। सुलह हुई। शर्त ये रही कि राजेश एक रुपया ज़मींदार को देगा और भुपाल को कुछ नहीं मिलेगा। और भुपाल उसे शान्ति से रहने देगा। इस फ़ैसले के बारे में अशोक ने सरपंचों को जाकर जानकारी दी। उस दिन एक सच्चे और निष्पक्ष पंच के रूप में अशोक की इज़्ज़त और बढ़ गई।

राजेश को इस प्रसंग में राहत तो मिली, लेकिन अशोक की यह बात उसे नागवार गुज़री कि ये मुराव इतना ग़रीब है कि अपना क़र्ज़ा नहीं चुका सकता। उसने क़सम खाई कि एक दिन वह भी इन घमंडी बूढ़ों जितना पैसेवाला बनेगा। दूसरा असन्तुष्ट पक्ष था भुपाल। कुछ दिन तो वह सोचता रहा कि क्या करना है, फिर उसने तय किया कि बदला तो लेना ही होगा—राजेश से नहीं तो उसके परिवार से ही सही।

थोड़े दिन बाद राजेश की माँ को घर में अकेला पाकर भुपाल भीतर घुस आया। उसने उसे ज़मीन पर गिराया और उसकी साड़ी उघाड़ दी। कुछ ही सेकंड बीते होंगे कि भुपाल को अपने पीछे बहुत तीखा दर्द उठा। दरअसल, राजेश को उसके एक दोस्त ने मौक़े पर ही चेता दिया था और वह घर पहुँच गया था। उसने चाकू भुपाल के हिलते हुए पिछवाड़े में घुसा

दिया था। ख़ून छोड़ता दर्द से बलबलाया हुआ भुपाल बहुत तेज़ी से सब मुरावों को गरियाते हुए बाहर भागा। किसी ने उससे सहानुभूति नहीं दिखाई। भुपाल को पता था कि ज़मींदार के बाक़ी गुर्गे उसकी मदद को आगे नहीं आएँगे क्योंकि ज़मींदार ने सख़्त निर्देश दे रखे थे।

कुछ साल ऐसे ही बीत गए। जुए की बुराई के बारे में उसने सबक़ काफ़ी पहले सीख लिया था, फिर भी वह बदला नहीं था। अबकी वह एक और कांड में फँस गया। इसमें उसकी जान जाते-जाते बची। दरअसल, पालनपुर में बन्दोबस्ती के नियम-क़ानून नहीं चलते थे। लिहाज़ा लोग यहाँ-वहाँ जहाँ कहीं मन करता, मकान खड़ा कर लेते थे। राजेश के परिवार ने गाँव की मुराव बस्ती के एकदम अन्त में मकान बनवाया था। उसके ठीक बग़ल वाला मकान मेरे चाचा सिपाही सिंह का था, जिन्हें सज़ा के रूप में पालनपुर में ही छोड़ दिया गया था। सिपाही ज़्यादातर समय ग़ायब ही रहते थे। गाँव वालों को शक रहता था कि चूँकि वे अवैध धन्धों में लिप्त रहते हैं, इसलिए या तो जेल में होंगे या फिर कहीं दारू पीकर पड़े होंगे। लोग मानते थे कि चूँकि राजेन्द्र सिंह भी शराब के चक्कर में ही निपट गए थे, इसलिए सिपाही का भी यही हश्र होगा या फिर उसकी हत्या हो जाएगी। ऐसे में सावित्री अपने बेटे, बहू, और इनकी दो बेटियों राधिका और मल्लिका के साथ बहुत ग़रीबी में जी रही थी। दोनों बेटियों की उम्र राजेश से कुछ ही ज़्यादा रही होगी। गवेन्द्र को गुज़रे कुछ समय हो चुका था। मरने के बाद उनके बेटे यानी मेरे पिता टीकम सिंह को 1923 में ज़मींदारी मिली थी। उन्हें जरगाँव में ही रहना पसन्द था। सिपाही को उन्होंने पालनपुर भेज दिया था और अपने इस चचेरे भाई के लिए उन्होंने कुछ भी नहीं किया था।

सिपाही जब घर से ग़ायब रहते, तब लता, मल्लिका और राधिका बहुत डरी हुई रहती थीं कि उनके भविष्य का क्या होगा। वे घर आते, तब भी वे डरी-सहमी रहतीं क्योंकि यह तय था कि शाम को वे दारू पीकर आएँगे और सबको एक लाइन से पीटेंगे। आम तौर पर वे अपनी पत्नी लता को ग रियाते रहते कि वह बेटा नहीं जन पा रही है। वह पलटकर जवाब दे देती थी कि एक बेटा पैदा तो हुआ था पर सिपाही ने दो साल की उम्र में ही बेचारे को पीट-पीटकर मार दिया। ऐसा कौन बाप करता है भला! यहीं से बहस हिंसक हो जाती और हंगामा खड़ा हो जाता।

राजेश की नज़रों में सिपाही के पास केवल एक अच्छी चीज़ थी। उसका नाम था मल्लिका। राजेश अपने पड़ोस की इन लड़कियों को हमेशा से देखता आया था लेकिन कभी किसी को ताड़ता नहीं था। एक दिन कहानी अचानक बदल गई। हुआ यों कि एक बन्दर राजेश का आम लेकर भाग गया। राजेश

उसके पीछे दौड़ा। बन्दर एक छत पर चढ़कर चुपचाप बैठ गया और आम का स्वाद लेने लगा। राजेश ने सोचा कि धीरे से ऊपर जाकर बन्दर को सबक़ सिखाया जाए। वह जैसे ही बन्दर पर हमला करनेवाला था, बन्दर ने उसे देख लिया और उछलकर भाग गया। राजेश ने नीचे झाँका, तो बन्दर के बजाय उसे एक ऐसी सुन्दर काया दिखी जैसी उसने ज़िन्दगी में कभी नहीं देखी थी। बन्दर और राजेश की उधम के बावजूद मल्लिका ने उसकी ओर ध्यान नहीं दिया था। उसने केवल बन्दर को देखा और अपने कामों में लगी रही। इस सुन्दर नज़ारे से स्तब्ध राजेश एकदम पत्थर की तरह वहीं जम गया। अचानक मल्लिका की नज़र ऊपर उठी और उसने राजेश को देखा। ऊपर से सूरज की रोशनी आँखों पर सीधी पड़ रही थी। वह चौंधिया गई और राजेश को इससे सँभलने का थोड़ा वक़्त मिल गया। उसने भी मुस्कराकर जवाब दिया। फिर उसे लगा कि रुसवाई होगी, तो उसने अपनी साड़ी का पल्लू सिर पर खींचा और भीतर भाग गई।

अगले दिन राजेश बन्दर का पीछा करने का बहाना बनाकर फिर से उसकी छत पर चढ़ आया। आँगन ख़ाली पड़ा था, लेकिन जल्द ही मल्लिका बाहर आ गई। राजेश ने उसे बोलते हुए सुना कि एक बरतन गन्दा रह गया है, वही धोना है। इस संयोग पर वह मुग्ध हो गया। उधर से मल्लिका की माँ की आवाज़ आई कि उस बरतन को माँजने की ज़रूरत नहीं है क्योंकि वह गन्दा नहीं है। इस पर भी राजेश को यही लगा कि उसकी क़िस्मत अच्छी है, जबकि यह मल्लिका की चतुराई थी। इसके बाद राजेश का मल्लिका की छत पर आना और उसकी आहट से मल्लिका का किसी-न-किसी बहाने बाहर आँगन में निकल आना एक सिलसिला बन गया। मल्लिका चाहती थी कि राजेश उसे देखे।

राजेश को लगा कि देखा-देखी बहुत हो गई अब कुछ प्रगाढ़ होना चाहिए। उस दिन राधिका और लता किसी रिश्तेदार के यहाँ गई हुई थीं। घर पर केवल सावित्री थी। राजेश को लगा कि सावित्री तो बूढ़ी है, इसलिए कोई फ़र्क़ नहीं पड़ता। वह पचास या इसके पार वालों को प्राचीन श्रेणी में रखता था। उस दिन राजेश की माँ और बच्चे भी कहीं व्यस्त थे। वह छत पर चढ़ा और इस बार आँगन में नीचे कूद गया। मल्लिका ने कोई आवाज़ नहीं की। उलटे वह राजेश को एक कोने में खींच ले गई। कुछ ऐसे मामले होते हैं जिनमें लड़कियों को तजुर्बा कम हो तब भी वे लड़कों से ज़्यादा ही जानती हैं। बस, वे बक-बक नहीं करती हैं। मर्दों और औरतों के बीच होनेवाली स्वाभाविक चीज़ों का राजेश को पहला अनुभव यहाँ मिला। उसे बहुत मज़ा आया। कार्यक्रम सम्पन्न होने के बाद वह उछलकर अपने घर

के लिए वापस बढ़ा। मल्लिका को इस बात पर ग़ुस्सा आ गया।

अगले दिन भी परिवार बाहर ही था। राजेश फिर से आँगन में कूद गया। अबकी इस बार राजेश जैसे ही चलने को हुआ, मल्लिका ने उसे पकड़कर खींच लिया। इस चक्कर में राजेश का सिर एक कड़ाही से टकरा गया। कड़ाही ढन्न की आवाज़ के साथ ज़मीन पर आ गिरी। घबराई हुई मल्लिका ने उसे धकेलकर बाहर निकाला। अपने कपड़े हाथ में लिये राजेश नंगे बदन छत पर वापस चढ़ गया। आवाज़ सुनकर सावित्री बाहर आई, लेकिन कमज़ोर नज़र के चलते उसे समझ में नहीं आया कि क्या हुआ है। फिर भी उसे लड़की पर शक हो ही गया। सावित्री ने सारी घटना सिपाही के सामने रख दी। इसके बाद सिपाही ने मल्लिका से इस बेरहमी के साथ पूछताछ की, कि उसकी जान जाते-जाते बची। फिर भी वह लगातार इस बात से इनकार करती रही कि उस दिन कुछ हुआ था। राजेश की सेहत के लिए यह ठीक ही रहा, वरना सिपाही उसके पूरे परिवार को गोली से उड़ा देता।

पालनपुर, 1984

राजेश की कहानी अब जाकर विस्तार से समझ आई। अपने पिता के चरित्र के बारे में किशन लाल की टिप्पणी का मतलब भी समझ में आ गया। रात काफ़ी हो चुकी थी। मैंने ध्यान से कान लगाकर सुना, बाहर सन्नाटा पसरा था। कोई नहीं था। मैंने दीवार के सारे छेदों को ढक दिया और धीरे से कैमरा खोलकर रोल बाहर निकाला। घुप्प अँधेरे में पैटरसन के भीतर फ़िल्म को मैंने लोड किया। दूसरा रोल भी डाला और ऊपर से टैंक को बन्द कर दिया। अब बत्ती की कोई ज़रूरत नहीं थी। मैंने मोमबत्तियाँ जला लीं। फिर टैंक को हिलाते हुए उसमें धीरे-धीरे पानी मिलाया हुआ रोडिनाल डाला। थोड़ी देर बाद उसे पानी से धोया, फिर स्टॉप बाथ में उझीलकर दोबारा धोया और फिक्सर में डाल दिया। दस मिनट बाद मैंने सब कुछ फिर से धोया। सब काम ठीक से हुआ। दोनों रोल सूख जाने पर नेगेटिव को प्लास्टिक की डिब्बियों में कसकर अपने गुप्त ठिकाने पर उन्हें छुपा दिया।

शीशे के सामने से गुज़रते हुए मैं अपने प्रतिबिम्ब को देखकर मुस्कराया। हर चीज़ अपनी जगह पर एकदम सेट थी, सही समय के इन्तज़ार में। अगले दिन बस चन्दौसी जाकर स्कूल का प्रोजेक्ट निपटाना था और समय पर वापस लौटकर पैट को भी लेना था। वह दोपहर की ट्रेन से आ रही थी। फ़िलहाल, सोने का समय हो चला था। मन में आया कि अजीब संयोग है, जहाँ मैं रह रहा हूँ—और जहाँ अभी सोने जाऊँगा—इसी जगह किशन लाल के बाप राजेश ने...।

अध्याय 16

पालनपुर, 1984

स्टेशन जाते वक़्त रास्ते में मैं रामपाल के यहाँ रुका। पिछली रात के मुक़ाबले फ़िलहाल वे शान्त थे लेकिन देख के लग रहा था कि रात-भर सोये नहीं हैं। मैंने उनकी बातें सुनीं। कुछ नया नहीं था। उनके दिमाग़ में अब भी बीकेएस, स्मिता और अपने बेटे को लेकर चिंगारी सुलग रही थी। हाँ, ग़ुस्सा थोड़ा कम हुआ था। उन्होंने मुझसे पूछा कि क्या मैं हुकुम की मदद करने के लिए कुछ कर सकता हूँ। मैंने कोई ठोस वादा नहीं किया, बस इतना कहा कि पहले मैं एडीओ के पास जमा स्कूल वाले प्रस्ताव का काम करूँगा, फिर देखता हूँ। निकलते हुए पीछे से किसी ने मुझे छुआ। वीणा थी। उसने भीगी आँखों से विनती की, "कुछ करिए, हुकुम बहुत भला लड़का है। इस घर में सबसे अच्छा। उसे जेल में नहीं होना चाहिए।"

मैंने जवाब दिया, "कुछ करता हूँ। वादा रहा, मैं कोशिश करूँगा। थोड़ा-सा वक़्त ज़रूर लगेगा।"

इस घटना से मैं थोड़ा हिल गया था। हुकुम वाक़ई उस घर का सबसे ईमानदार सदस्य था। रास्ते में बाबू मिल गया। वह मेरे खेत की तरफ़ जा रहा था।

"मुझे लगा स्मिता से एक बार मिल लेना चाहिए मुझे। वो स्कूल में है क्या? ठीक है?" मैंने बाबू से पूछा।

"उसको मैं देख रहा हूँ। कोई दिक़्क़त नहीं है।"

"ठीक है, लौटकर स्कूल में ही उससे मिलता हूँ फिर।"

बाबू ने भरोसा दिलाया, "ठीक है, वो वहीं मिलेगी।"

बाबू के भरोसे पर मुझे ज़्यादा भरोसा नहीं था। मैं आगे बढ़ा और समय पर मैं स्टेशन पहुँच गया। किशन लाल ने इस बार मेरे साथ चलने से साफ़ इनकार कर दिया था। उसके पास बहुत काम था। मेरे खेत का काम भी था। संयोग से कैप्टन आज ट्रेन में नहीं मिले। मुझे आश्चर्य नहीं हुआ। बाक़ी सवारियों में मेरा कोई ख़ास जाननेवाला था नहीं, तो मैं चुपचाप पिताजी के काग़ज़ पढ़ने लगा।

पालनपुर, 1925-1932

पालनपुर का एक नौजवान जहाँ अपनी जवानी की आनन्ददायी खोजें कर रहा था, वहीं दूसरा अपनी क़िस्मत में पहले से लिखे साथी के संग एक अलग ढंग का जीवन बिताने की तैयारी में जुटा था। जॉर्ज जब पन्द्रह के आसपास पहुँचा, तब दुखी ने ज़िन्दगी-भर की कमाई जुटाकर बरेली की दो टिकट ख़रीदी। वह आशा और निराशा के बीच झूल रही थी : रेलवे वाले उसके लड़के को नौकरी पर रखेंगे कि नहीं। एक रिश्तेदार ने अपने जाननेवाले एकाध स्टेशन मास्टरों से इस बारे में दरयाफ़्त की थी कि इसकी कितनी गुंजाइश है। आश्चर्य! पता चला था कि यह मुमकिन है। बस जॉर्ज को इसके लिए बरेली जाना होगा, नौकरी लग जाएगी।

दुखी बेटे के साथ बरेली तक गई। वह बहुत घबराई हुई थी। ट्रेन में उसे लग रहा था कि किसी दूसरी ही दुनिया में आ गई है। बरेली पहुँचकर तो और बुरा तजुर्बा हुआ। उसे लगा कि वह भीड़ में खो गई है। उसने तो कभी कल्पना भी नहीं की थी कि इतने सारे लोगों से भरी कोई ऐसी जगह भी हो सकती है। वह प्लेटफ़ॉर्म पर मूरत की तरह खड़ी हो गई। ट्रेन से उतरने के बाद उसे समझ ही नहीं आ रहा था कि करना क्या है। लोग आ-जा रहे थे और रास्ते में खड़े माँ-बेटे पर चिल्ला रहे थे। तब जॉर्ज ने ख़ुद को कड़ा किया और अपनी माँ का हाथ पकड़कर स्टेशन की ओर चल दिया, जिसकी इमारत पालनपुर के स्टेशन से कई गुना लम्बी और ऊँची थी। इसके आगे रास्ता आसान होता गया।

स्टेशन मास्टर के दफ़्तर में लोग थोड़ा रूखे थे, लेकिन ट्रेनिंग के लिए संकर नस्ल के लोगों का भी वहाँ टोटा था। स्टेशन मास्टर ने हेमिंग के दस्तख़त वाला पत्र देखा। अँगूठी पर उसने बहुत ध्यान नहीं दिया, जिससे दुखी को अजीब लगा। स्टेशन मास्टर ने अपने स्टाफ से जॉर्ज का ख़याल रखने को कहा। यहाँ तक कि दुखी के टिकट का पैसा भी उसने वापस दिला दिया। दुखी गर्व से भरी हुई पालनपुर की गाड़ी में बैठी, पर उसका मन बहुत भारी था। एक उम्मीद भी थी मन में कि एक न एक दिन जॉर्ज इंजन चलाते हुए पालनपुर ज़रूर वापस आएगा। यह कोई कम बड़ी उपलब्धि नहीं थी। घर पहुँचकर जब वह अँगूठी को निहार रही थी तो उसे भरोसा नहीं हो रहा था कि उसे इतना कुछ मिल चुका है।

जॉर्ज 1932 में बीस पार का था और अब सरकारी ट्रेन चालक बन चुका था। एक छोटे से प्रशिक्षण के बाद उसने हेल्पर के रूप में पूरे प्रान्त में कई इंजनों में कई मील नापे थे। उसके बाद अन्ततः मुरादाबाद में ही उसे

नौकरी पर रख लिया गया था। अब वह नियम से पालनपुर से गुज़रता था। वैसे तो आधिकारिक रूप से वह मुरादाबाद का निवासी था, लेकिन अब अपने गाँव की एक स्थायी पहचान और अहम नागरिक भी बन चुका था।

पालनपुर, 1984

एडीओ के दफ़्तर की लाइन में मेरा नम्बर पहला था और चमत्कार ही था कि वे समय से पहले दफ़्तर आ गए। बीडीओ ने मेरा बाक़ायदे परिचय करवाया और प्रोजेक्ट के बारे में सारी जानकारी एडीओ को दे दी। एडीओ चमड़े की कुर्सी पर बैठा हुआ था। काया से छरहरा और लम्बा लेकिन उसका पेट मोटा था गोया शरीर में अलग से जोड़ दिया गया हो। वह बीडीओ की तरह उतना उत्साहित नहीं दिखा। उसने सरसरी तौर से आवेदन को देखा और निराशा जताई कि वह अंग्रेज़ी में है। सीडीओ से उसने इसका हिन्दी में तर्जुमा कराने को कहा। मैंने उनसे कहा कि अगर इस दफ़्तर से इसका सरकारी अनुरोध चला जाए तो बेहतर होगा ताकि मैं वापस लेकर उन्हीं के पास आ सकूँ। इसके बाद तर्जुमे के लिए मैं सीडीओ के पास गया। यह एक लम्बी प्रक्रिया थी। इस बीच मुझे नोट्स पढ़ने का वक़्त मिल गया।

पालनपुर, 1926

पीताम्बर की ज़िन्दगी में भी नाटक कम नहीं थे। राधा ने उसे बचपन से ही बाप की ज़्यादतियों से बचाकर पाला था, लेकिन पीताम्बर को शुरू से अपनी ऊँची हैसियत का अन्दाज़ा था। उसे पता था कि किनके साथ खेलना है और किनके साथ नहीं, इसीलिए जॉर्ज और राजेश जल्द ही उसकी संगत से बाहर हो गए थे। उसकी नियति उसे अशोक जैसा बनने की ओर ठेल रही थी कि वह भी ज़मींदार के कठोर साये में पालनपुर पर राज करे। राधा के लिए यह ठीक था पर अशोक ऐसा नहीं चाहता था। उसके सपने कुछ और थे। इस चक्कर में एक बार उसने बहुत कड़ाई से अपनी पत्नी को उसके औरताना तरीक़ों के लिए झिड़का भी था। अशोक को पीताम्बर की कामयाबी पर दो कारणों से भरोसा था, हालाँकि दोनों अलहदा बातें थीं। पहला, उसे पक्का पता था कि पीताम्बर फ़ौजी बनेगा। वह कल्पना भी नहीं कर सकता था कि राधा इससे कुछ अलग सोचेगी। दूसरे, राधा फिर से पेट

से थी। अबकी लड़की होनेवाली थी जिसका नाम बाद में शोभा पड़ा। फिर उसे एक और लड़का हुआ, जो बहुत बीमार रहता था और राधा को उसका पूरा ध्यान रखना पड़ता था।

चारों ओर ख़बर फैली कि फ़ौज में भर्ती हो रही है। सबसे पहले यह बात जॉर्ज को बरेली में पता चली थी और उसी ने पालनपुर से गुज़रते हुए अपने गाँव वालों को इस बारे में बताया था। अशोक को लगा कि यह मौक़ा हाथ से नहीं जाने देना चाहिए। कुछ दिन बाद ही वह पीताम्बर को लेकर मुरादाबाद के भर्ती केन्द्र पर पहुँच गया। अशोक जितना तनाव में था, पीताम्बर उतना नहीं था। उसे कुछ घंटे क़तार में लगकर इन्तज़ार करना पड़ा। आख़िरकार 'भारतीय सेना' लिखे हुए एक बड़े से तम्बू में उसके जाने की बारी आई। प्रवेश द्वार पर वह रुका। उसे एक कोने की तरफ़ जाने को कहा गया जहाँ एक सख़्त सार्जेंट ने उसे कपड़े उतारने को कहा। उसने अपने कपड़े उतारे और बिना किसी आदेश के वहीं लगे एक ढेर पर सावधानी से रख दिये। इस पर उसकी सराहना हुई। फिर उसकी डॉक्टरी जाँच हुई। उसने बिना किसी नानुकुर के सारी जाँचें आसानी से होने दीं। इससे भी उसकी छवि अच्छी बनी। ख़ासकर इसलिए क्योंकि शारीरिक परीक्षण को वह आसानी से पास कर गया। हाँ, दिमाग़ी क्षमता वाली जाँच में उसने उतना असर नहीं डाला, लेकिन इसे उतना ज़रूरी समझा भी नहीं जाता था। भर्ती करनेवाले की राय थी कि सब ठीक-ठाक हो गया है लेकिन पीताम्बर इस इशारे को समझा ही नहीं। उसकी ग़फ़लत भी अच्छी छवि बनाने में अनजाने में उसके काम आ गई। सख़्त सार्जेंट ने थोड़ा नरम लहजे में कहा, "वेल डन, नौजवान।"

उसने पीताम्बर को बताया कि एक तार से उसे सूचित कर दिया जाएगा कि वह पास हुआ है या नहीं।

पीताम्बर ने यह सूचना अपने बाप को दी कि जल्द ही एक तार आएगा, लेकिन उसे अन्दाज़ा नहीं है कि परीक्षा कैसी गई है। दोनों बाप-बेटे पालनपुर की ट्रेन लेने स्टेशन चल दिये। पीताम्बर शान्त था अशोक बहुत परेशान और उस दिन के बाद से अशोक को ठीक से नींद नहीं आई। पीताम्बर की सेहत पर कोई असर नहीं पड़ा। वह चैन से सोता रहा।

जिस दिन तार आया, अशोक बेहोश होते-होते बचा। जॉर्ज ने इसकी ख़बर अपने छोटे सौतेले भाई छोटे राम को दी थी। छोटे राम को पहले लगा कि पीताम्बर को सूचना देनी चाहिए, फिर उसने कुछ सोचा और अशोक के पास दौड़ पड़ा। तार की ख़बर सुनते ही अशोक मुखिया ने छोटे राम को एक आना बख़्शीश पकड़ाई। उस वक़्त अशोक के हाथ काँप रहे थे। छोटे राम ने इसे देख लिया। लिहाज़ा स्टेशन की तरफ़ जा रहे अशोक के पीछे

वह चुपचाप लग लिया कि ख़ुशी की ख़बर है, शायद कुछ और मिल जाए। दोनों स्टेशन की तरफ़ लपके लेकिन वहाँ तार पहले ही खुल चुका था और कई लोगों के हाथ से गुज़रकर अब आख़िरकार अशोक के हाथ में पहुँचा। अशोक ने ग़ौर से उसे देखा और कुछ अन्दाज़ा लगाने की कोशिश की। तार रहस्यमय ही बना रहा। पालनपुर की ज़िन्दगी में यह एक दुर्लभ मौक़ा था जब अशोक सहित उस तार को छूनेवाले सारे लोगों को अपने अपढ़ होने पर अफ़सोस हुआ। सबने तय किया कि पंडित लक्ष्मीनारायण के गाँव लौटने का इन्तज़ार किया जाए। अशोक का मूड लोलक की तरह ख़ुशी और निराशा के बीच बहुत तेज़ी से झूल रहा था। उसके मुँह से निकला कि जब ज़रूरत होती है तब पंडित हमेशा नदारद मिलता है। फिर उसने पंडित को खोज लाने के लिए लोगों को भेजा। सब ख़ाली हाथ लौट आए। ईश्वर की शायद मर्ज़ी थी कि अशोक का ख़ून ज़्यादा न सूखे, पंडित अचानक जाने कहाँ से नमूदार हुआ। उसने तार को देखा। पूरी बात को समझने में उसे भी थोड़ा वक़्त लगा। तार छोटा ही था लेकिन उसमें अक्षर बहुत सारे थे। अन्त में वह चीख़ पड़ा। इस चीख़ में ख़ुशी थी, ख़ुशी के पीछे छुपी ईर्ष्या थी और गाँव के बेटे की उपलब्धि पर उपजा सामूहिक गर्वबोध भी था। पीताम्बर शान्त ही रहा। उसे इस बात पर आश्चर्य हो रहा था कि आज बाप को उसके ऊपर इतना लाड़ क्यों आ रहा है।

उस शाम अशोक ने छोटे राम को एक आना और दिया। फिर पूरे गाँव में बताशे बँटवाए। उसने लक्ष्मीनारायण पंडित को भी दक्षिणास्वरूप कुछ दिया, इसलिए नहीं कि पीताम्बर की शिक्षा में उसका कोई योगदान था बल्कि इसलिए कि उसने अच्छी ख़बर पढ़कर सुनाई थी। पंडित ने दक्षिणा लेते हुए इसके ठीक उलट दावा किया और एक छोटा-सा भाषण दे डाला।

थोड़े दिनों बाद पीताम्बर अपनी नई ज़िन्दगी को आज़माने गाँव से चला गया। उसे अपनी वर्दी, राइफ़ल, परेड, और मोटे तौर पर फ़ौजी ज़िन्दगी की हर बात अच्छी लगी। मालिकान अंग्रेज़ थे और पीताम्बर स्वभाव से बिलकुल भी बाग़ी नहीं था, इसलिए किसी भी चीज़ पर सवाल नहीं करता था। यही वह दौर था जब आर्थिक कारणों से फ़ौज की निचली क़तारों में अंग्रेज़ों की जगह हिन्दुस्तानियों को रखा जा रहा था। पीताम्बर को इससे कोई मतलब नहीं था। कभी-कभार वह इस पर चिन्ता ज़रूर ज़ाहिर करता कि इस बदलाव के बाद अनुशासन में गिरावट आई है लेकिन ये बात वो ऐसा ही सोचनेवाले अपने साथियों को ख़ुश करने के लिए कहता था। कुछ और फ़ौजी ऊपर की क़तारों में भी हिन्दुस्तानियों को भरे जाने की हिमायत

कर रहे थे। उन्हें विदेशी पसन्द नहीं थे। वह चाहता तो उनके साथ भी अपनी आवाज़ मिला सकता था, लेकिन वह एक अच्छा सिपाही था जिसे केवल आदेश बजाना आता था। आदेश देनेवाला कौन है उसे इससे कोई मतलब नहीं था। इसीलिए फ़ौज में उसका होना अंग्रेज़ों के लिहाज़ से बहुत अनुकूल था और उसे अच्छा समझा भी जाता था।

इधर पालनपुर में अशोक आसमान में उड़ रहा था। ख़ानदान से एक आदमी तो फ़ौज में गया, वह इसी से ख़ुश था। बदक़िस्मती बस इतनी थी कि अशोक और राधा की उम्मीद से उलट पीताम्बर अपने बूढ़े माँ-बाप को नियमित तो क्या, ज़रूरी कामों के लिए भी पैसे नहीं भेजता था। अशोक ने उसे माँ-बाप के प्रति कर्तव्य याद दिलवाने के लिए कुछ चिट्ठियाँ भी भेजीं। ये चिट्ठियाँ उसने चन्दौसी में एक पत्रलेखक से लिखवाई थीं। लेकिन कोई असर नहीं पड़ा।

पालनपुरिये पीताम्बर की वर्दी और राइफ़ल पर ही चर्चा करते रहते थे, हालाँकि उनमें से किसी ने अब तक उसे फ़ौजी वर्दी में देखा था, न राइफ़ल टाँगे हुए। अशोक गर्व से भरा पड़ा था। इतना ज़्यादा, कि इससे उसकी समझ पर परदा पड़ने लगा और इसका असर ज़मींदार के साथ उसके रिश्तों पर होने लगा। हक़ीक़त यह भी थी कि देश-भर में ज़मींदारों के ख़िलाफ़ असन्तोष बढ़ता जा रहा था। किसान सभा के विचार 1927 तक फैलने शुरू हो गए थे। पालनपुर तक भी यह बात पहुँची थी। राधा इस आन्दोलन के तो नहीं पर उसके विचारों के समर्थन में ज़रूर थी। उसने अपने पति को याद दिलाया कि बात उसके मुखिया होने या नहीं होने की नहीं है। असल बात ये है कि ज़मींदार ने उसका भी पैसा चूसा है और उसके आदमियों ने उसे मारा है। अब जबकि बेटा फ़ौज में है, तो वह टीकम सिंह को चुनौती दे सकता है। गवेन्द्र के मरने के बाद उस वक़्त तक मेरे पिता टीकम सिंह ज़मींदार बन चुके थे।

एक दिन अशोक ने लगान का धन ज़मींदार को देने से इनकार कर दिया। अशोक को भरोसा था कि सर्वशक्तिमान हिन्दुस्तानी फ़ौज की बन्दूक़ें—मने केवल एक बन्दूक़ ही सही—उसके साथ हैं। ज़मींदार ने जरगाँव से अपने गुंडे भिजवा दिये। अशोक ने उनका विरोध करने की कोशिश की पर जल्द ही उसे समझ आ गया कि पीताम्बर तो उसको बचाने के लिए वहाँ है ही नहीं और हिन्दुस्तानी फ़ौज की राइफ़लें अभी भी टीकम सिंह के साथ हैं। मुखिया को इस पर बहुत पीड़ा हुई। बाक़ी दर्द भुपाल ने अपने मालिक के आदेश पर उसका घर छितर-बितर करके दे दिया, छुपाया गया लगान का पैसा ले गया सो अलग।

ज़मींदार ने अन्ततः अपना प्रभुत्व स्थापित कर लिया था, हालाँकि इसकी क़ीमत उसे बड़ी चुकानी पड़ी। इस घटना के बाद पालनपुर में एक असन्तोष फैल गया। पालनपुर के जटिल सामाजिक ढाँचे के भीतर इसके चलते कई रंजिशें और हत्याएँ हुईं। दुखी पर इस सबका उतना फ़र्क़ नहीं पड़ा क्योंकि जॉर्ज उसे अक्सर कुछ पैसे दे दिया करता था जो परिवार की ज़रूरतों को पूरा करने के लिहाज़ से पर्याप्त थे।

इसके बावजूद, कुछ समय तक सभी इस ग़फ़लत में जीते रहे कि चीज़ें पटरी पर आ चुकी हैं।

पालनपुर, 1984

तर्जुमे की प्रति तैयार हो गई थी और उसके ऊपर सीडीओ की मुहर जगह-जगह छप चुकी थी। अब वह देखने में एक असरदार सरकारी काग़ज़ जान पड़ता था। उसके नीचे एडीओ के दस्तख़त हो गए और इसके ऊपर उसने एक आख़िरी मुँह मारी जो ठीक-ठाक बड़ी थी। उसने मुझे आश्वस्त किया कि सभी ज़रूरी मुद्दे लग चुकी हैं। हालाँकि अभी भी वह दस्तावेज़ सम्पूर्णता को नहीं पहुँचा था। इसे लेकर डीडीओ के पास जाना होगा। वह प्रोजेक्ट के विवरण देखेंगे और ज़रूरी कार्रवाई करने के आदेश के साथ इसे एडीओ को लौटाएँगे। मुझे जल्द से जल्द डीडीओ के पास जाने को कहा गया।

डीडीओ ने बड़े ग़ौर से काग़ज़ पर लगी मुहरों और हस्ताक्षरों को जाँचा। फिर उसने चपरासी को बुलाने की घंटी पर हाथ रखा—वकील अशोक कुमार की तरह हौले से नहीं, पूरी ताक़त के साथ उसे बजाया और चपरासी आया। डीडीओ ने एक अलमारी के ऊपर रखी एक बड़ी सी किताब को उतारने का इशारा किया। चपरासी ने एक स्टूल लिया। उसके ऊपर चढ़ा। बहुत संघर्ष करते हुए वह भारी किताब उसने उठाई और गिरने से बचते हुए किसी तरह अधिकारी की मेज़ पर लाकर पटक दी। पूरे कमरे में धूल का गुबार उठ गया और सबको छींक आ गई। ज़ाहिर है, बरसों से किसी ने इस किताब को नहीं छुआ था। डीडीओ ने उसे ऐसे खोला जैसे प्रवचन से पहले कैंटरबरी का आर्चबिशप बाइबल खोलता है। उसकी उँगलियाँ कई ख़ानों पर नाचीं और अचानक एक नाम के आगे रुकी : एडीओ। वहाँ एडीओ का नाम और दस्तख़त बना हुआ था। "दस्तख़त मिल नहीं रहा है," मेरी ओर शक से देखते हुए वह बोला।

मुझे इसकी उम्मीद नहीं थी। मैंने भी फ़ाइल को देखा। "अभी जो एडीओ हैं उनका यह नाम नहीं है," मैंने दलील दी, "आपको तो पता है। ये दस्तख़त भी

1975 का है, नौ साल पहले का। सरकारी अधिकारी एक ही पद पर कितने दिन बने रहते हैं?"

"चार से पाँच साल," डीडीओ बोला।

"मतलब कि ये पुराने एडीओ का दस्तख़त है। मिलेगा कैसे?"

"अब जो हो, लेकिन आगे बढ़ने से पहले इसको दुरुस्त करना होगा। इस मामले में मुझे क़ानूनी सलाह लेनी होगी।"

"पर इसमें कितना समय लगेगा? यूपी सरकार की फ़ाइलें गड़बड़ हैं इसके लिए मैं ज़िम्मेदार नहीं हूँ," मैं चीख़ा, "आप तो एडीओ को जानते हैं। इसी सड़क पर आगे वे बैठते हैं।"

डीडीओ ने अपनी आँखें बन्द कीं, अपने उभरे हुए पेट पर हाथ रखा और कुछ देर ध्यान करने के बाद ख़ुशामदी ढंग से बोले, "ये सब चलता रहेगा, काम भी आगे बढ़ता रहेगा। आप ग्राम पंचायत के खाते में जमा हुए पैसे की रसीद दिखाइए। इस तरह हमारा समय ख़राब नहीं होगा। इस काम को प्राथमिकता के आधार पर शुरू किया जाना चाहिए। ग्रामीण विकास के लिए यह बेहद महत्त्वपूर्ण है।"

संजोग से रसीद मेरे पास थी। उन्होंने कई बार उसे ग़ौर से देखा। मैं उनके अगले फंदे के इन्तज़ार में था। डीडीओ ने चुपचाप रसीद लौटा दी।

"यह पैसा भारतीय स्टेट बैंक के एक ख़ास खाते में जमा करना होगा। एक बार ये हो जाए, फिर ईडीओ उसे प्रमाणित करेंगे। उसके बाद आप शेष प्रक्रिया के लिए मेरे पास आइएगा।"

बुझे मन से मैं बैंक निकल गया। जब तक पैसा ख़ास खाते में जमा होता उतनी देर इन्तज़ार करने के बजाय मैं फिर से पुरानी कहानी में खो गया।

पालनपुर, 1930

इसी क्षीण से सन्तुलन में अगले कुछ साल गुज़रे। अशोक और राधा की सबसे बड़ी चिन्ता थी पीताम्बर की शादी। अशोक सोच रहा था कि फ़ौज में पीताम्बर की भर्ती और बरेली में तैनाती के चलते उसे किसी उच्च कुल की बहू मिलेगी ही। उसका यह सपना जल्द ही निराशा में बदल गया। पीताम्बर का ऊँचा ओहदा तो सराहनीय था लेकिन उसकी सामान्य पारिवारिक पृष्ठभूमि आड़े आ रही थी। लोग परिवार को देखकर नाक-भौं सिकोड़ लेते थे। कुछेक प्रतिष्ठित परिवारों के साथ बातचीत चली लेकिन कहीं पहुँची नहीं। एक परिवार था जिसकी लड़की का नाम गुलाबो था। पीताम्बर के माँ-बाप को लगा कि यहाँ उनकी दाल गल जाएगी। वो परिवार उनके दूर

के रिश्ते में भी था और मुरादाबाद शहर के बाहरी हिस्से में रहता था। शहर उस वक़्त छोटा था और उसका बाहरी इलाक़ा छिन्न-भिन्न ही था फिर भी शहर में ही माना जाता था। इससे गुलाबो का भाव अशोक और राधा की नज़र में काफ़ी बढ़ गया था—बाक़ी लड़कियों के मामले में भी यही हाल था—लेकिन गुलाबो के माँ-बाप पालनपुर के किसी परिवार में रिश्ता करने को तैयार नहीं थे, भले ही लड़का फ़ौजी हो। बातचीत किसी तरह आगे बढ़ी, लेकिन 'उचित' दहेज के सवाल पर आकर फँस गई। लड़के वालों के लिए 'उचित' की परिभाषा लड़की वालों के 'उचित' से एकदम उलट थी। फिर ऐसा गतिरोध क़ायम हुआ कि हफ़्तों गुज़र गए।

समस्या और बढ़ गई जब अशोक मुखिया की तबीयत बातचीत के बीच में ही बिगड़ गई। उसे अचानक कँपकँपी छूटी और हिलना-डुलना बन्द हो गया। घर में दाने तक का संकट आ गया। अशोक ने राधा को ज़मींदार के पास पैसे और अनाज के लिए भेजा। बड़ी मुश्किल से राधा को मुट्ठी-भर गेहूँ और कुछ पैसा मिला। अशोक के लिए हालाँकि अब बहुत देर हो चुकी थी। न पैसा काम आनेवाला था न अन्न। राधा ने पति के लिए अपने राशन में कोई कटौती नहीं की। कुल मिलाकर बस इतनी ही उम्मीद बची थी कि पीताम्बर कुछ पैसे भेज देगा। उसने वादा किया था।

वादा जब पूरा हुआ तब तक अशोक इस दुनिया में नहीं था। कुछ दिन पहले पैसे आ गए होते तो बूढ़ा अशोक बच जाता लेकिन पीताम्बर को अपनी लापरवाही का अहसास नहीं था। किसी ने अहसास कराया भी नहीं। पिता की मौत से हालाँकि दुखी वह भी था।

पालनपुर, 1984

ख़ास खाते में पैसा तो चला गया, लेकिन अभी इसे ईडीओ से प्रमाणित करवाया जाना बाक़ी था। मैं उसके दफ़्तर गया और वहाँ बैठकर इन्तज़ार करने लगा। यह इन्तज़ार काफ़ी लम्बा साबित हुआ।

पालनपुर, 1931

पालनपुर के लोग अभी अपने मुखिया की मौत की गमी में ही डूबे थे कि एक और कांड गाँव के मुहाने पर तबाही के लिए हाथ पसारे खड़ा था। जॉर्ज

चन्दौसी स्टेशन पर अपने इंजन पर चढ़ने के लिए एकदम तैयार खड़ा था। तभी उसे सूचना दी गई कि मुरादाबाद से वापसी में एक अतिरिक्त डिब्बा जोड़ा जाना है। उस कोच में एक वृद्ध और महत्त्वपूर्ण अंग्रेज़ आनेवाला है। मुरादाबाद में डिब्बा जोड़ने की औपचारिकताओं के लिए ज़रूरी काग़ज़ात चन्दौसी के स्टेशन मास्टर ने जॉर्ज को सुपुर्द कर दिये। जॉर्ज बहुत अच्छे से पढ़ नहीं पाता था लेकिन काम भर का उसने सीख लिया था। यह उसके काम आता था। उसने उन काग़ज़ों पर एक नज़र मारी और ट्रेन चूँकि खुलने ही वाली थी तो उसने एक कोने में उन्हें रखना चाहा। अचानक उसकी नज़र में कुछ आया। उसने फिर से काग़ज़ उठाकर देखे। बिलकुल सही पढ़ा उसने : कोई मिस्टर हेमिंग, उम्र उनसठ साल, अपनी जवान पत्नी के साथ ट्रेन से सफ़र करनेवाले हैं। उन्हें बरेली तक जाना है। जॉर्ज ने अचम्भे से उस काग़ज़ को देखा। क्या यह मुमकिन है? हेमिंग, उनसठ, बरेली...उसकी माँ ने एकाध बार हेमिंग का विवरण दिया था। कैसे पक्का किया जाए? उसने स्टेशन मास्टर से ही पूछ लिया, "कौन है ये आदमी?"

"कोई बूढ़ा अंग्रेज़ है जो पहले बरेली में रहता था। अपनी जवान पत्नी को भारत घुमाने लाया है। इस लाइन पर कुछ इमारतें उसी की देखरेख में बनी हैं। हमको बस इतना ही पता है। अब जल्दी करो वरना देरी हो जाएगी।"

जॉर्ज का दिल बहुत तेज़ धड़क रहा था। वह उछलकर इंजन में चढ़ा, एकाध बार सीटी बजाई, व्हील को हल्के से घुमाया क्योंकि अधिकारी अब भी देख रहा था, और चन्दौसी-मुरादाबाद मेल चल पड़ी। उसने रफ़्तार बढ़ा दी। ट्रेन जल्द ही पन्द्रह मील प्रति घंटे की गति पर आ गई। उसने एकाध बार सीटी और बजाई। अब कुछ देर तक उसे कुछ नहीं करना था। काग़ज़ पर उसने एक और निगाह मारी। साफ़-साफ़ लिखा था—'हेमिंग!' क्या किया जाए? थोड़ी देर तक वह सोचता रहा। अचानक दिमाग़ में कुछ कौंधा। उत्साह में उसने फिर से सीटी बजा दी। उसके दिमाग़ में जो योजना आई थी उसमें तीन चीज़ों का होना ज़रूरी था—थोड़ी-सी क़िस्मत, उसका अपना कौशल और राजेश की मदद। क्या वह साथ देगा? ज़रूरत तो छोटे राम की भी पड़ेगी, लेकिन उसे तो वो मना ही लेगा।

जरगाँव पहुँचने से पहले पटरी के पास ही छोटे राम दिखा। वह वहाँ अक्सर जॉर्ज का इन्तज़ार करता था। जॉर्ज ने हाथ बढ़ाकर अपने सौतेले छोटे भाई को ऊपर खींच लिया। उसने छोटे को सख़्त हिदायत दी, गति धीमी की और उसे कुदा दिया। जरगाँव आने ही वाला था। ट्रेन रुकी। जॉर्ज नीचे उतर गया। अपनी हथौड़ी लेकर वह इंजन का मुआयना करने लगा।

थोड़ा परेशान सी मुद्रा बनाकर उसने यहाँ-वहाँ ठोंका। फिर स्टेशन मास्टर से बोला कि एक हिस्से में कुछ लफड़ा है जिसे दुरुस्त करना होगा, पर ट्रेन चलती रहेगी, कोई ख़ास दिक़्क़त नहीं है। फिर उसने भरोसा दिलाते हुए ज़ोर देकर कहा, "अगर वाक़ई कुछ गम्भीर गड़बड़ी आ जाती है तो मुरादाबाद में ही मुझे मरम्मत करनी होगी।"

स्टेशन मास्टर बहुत आश्वस्त नहीं हुआ पर उसने हरी झंडी दे दी। ट्रेन थोड़ा ज़्यादा देर वहाँ रुक गई थी लेकिन इतना चलता था। ख़ुशी-ख़ुशी जॉर्ज ने गाड़ी चालू की। हेमिंग को अपने पापों की क़ीमत चुकानी ही होगी। मुरादाबाद में उसने अतिरिक्त कोच को साथ जोड़ा, ज़रूरी काग़ज़ात अधिकारी के सुपुर्द किये और उस ख़ास मेहमान को देखा। वह एक मोटा सा बूढ़ा अंग्रेज़ था और उसके बग़ल में एक जवान गोरी मेम थी। यही था, पक्का। अपने में ही मुस्कराते हुए जॉर्ज ने एक बार फिर इंजन को जाँचा-परखा कि सब कुछ सही है या नहीं, फिर चल दिया।

जरगाँव से ठीक पहले इंजन को नियंत्रित करनेवाले कुछ व्हील जॉर्ज ने बहुत तेज़ी से घुमा दिये। उसने कुछ लीवर भी आगे-पीछे खींचे। ट्रेन झटके मारने लगी। फिर जॉर्ज ने एक हैंडल को धकेला और इंजन के आगे से ज़बरदस्त धुआँ निकलने लगा। ट्रेन धीमी हो गई लेकिन किसी तरह जरगाँव स्टेशन तक पहुँच गई और थम गई। ट्रेन लगातार धुआँ उगले जा रही थी। उसके आसपास अच्छी-ख़ासी भीड़ इकट्ठा हो चुकी थी।

तमतमाया हुआ जॉर्ज बड़ी सी सरकारी हथौड़ी लेकर इंजन से नीचे कूदा। उसने यहाँ-वहाँ ठोंका-पीटा, पहियों के बीच में गया, वहाँ ठोंका, फिर बहुत निराश दिखता हुआ वापस आ गया। स्टेशन मास्टर भी घबराया हुआ था। वह जॉर्ज के पीछे-पीछे हो लिया लेकिन उसे समझ नहीं आ रहा था कि उसे क्या देखना चाहिए। इस चक्कर में उसके ऊपर तेल के छींटे पड़ गए, गरम पानी गिर गया और सुलगते हुए कोयले का एक टुकड़ा उसकी वर्दी पर पड़ गया जिससे उसमें छेद हो गया। इसके बावजूद वह जॉर्ज के पीछे बना रहा जबकि जॉर्ज ख़ुद बड़े आराम से मशीनों के उस जंजाल के बीच कुछ जाँचता रहा। आख़िरकार जॉर्ज उठ खड़ा हुआ। सन्देह की मुद्रा में उसने अपना मुँह फुलाया और पूरी ठसक के साथ फ़ैसला सुनाया, "खतम।"

स्टेशन मास्टर के सिर पर ख़ास सवारी का बोझ था। वह समझा नहीं। पूछा, "खतम मतलब?"

जॉर्ज ने एक शब्द में समझाया, "खतम मतलब खतम।"

स्टेशन मास्टर एकदम से हताश हो गया। उसे पता था कि जॉर्ज एक

ज़िम्मेदार ड्राइवर है। उसने उसकी बाँह पकड़ी और कहा, "तुम्हें ही कुछ करना होगा।"

"अब कुछ नहीं हो सकता," जॉर्ज ने जवाब दिया।

स्टेशन मास्टर लगा कि बस रो ही देगा, "कुछ तो करो...।"

"बशर्ते...," जॉर्ज कहते-कहते सन्देहपूर्वक कन्धे उचकाकर रुक गया।

"क्या?" स्टेशन मास्टर चिल्लाया।

जॉर्ज बोला, "ना, ये काम नहीं करेगा।"

स्टेशन मास्टर ने उसे पकड़कर झिंझोड़ दिया, "बशर्ते मने क्या? बताओगे?"

जॉर्ज ने अपनी ठुड्डी पर हाथ रखा और काफ़ी गहन चिन्तन की मुद्रा में आकर बोला, "मैं ठीक तो कर सकता हूँ लेकिन पहले कोयला और पानी निकालना होगा। मरम्मत के बाद मुझे कोयला भरकर दोबारा उसे सुलगाना होगा। उसमें किसी की मदद चाहिए होगी। फिर टंकी में पानी डालकर उसे गरम करना पड़ेगा। तब जाकर काम बनेगा। कम-से-कम नहीं तो दो-तीन घंटा लग ही जाएगा।"

"ठीक है," स्टेशन मास्टर की जान में जान आई। उसे लगा कि समस्या हल तो हो ही जाएगी और उसका ख़ास मेहमान किसी तरह अपनी मंजिल तक पहुँच जाएगा।

"मैं चाहता हूँ कि पहले सब लोग ट्रेन ख़ाली कर दें। बहुत ख़तरा है।"

"ओके," स्टेशन मास्टर ने हामी भरी।

"एक भी आदमी भीतर नहीं रहना चाहिए," जॉर्ज ने ज़ोर देकर कहा, "अंग्रेज़ अफ़सर तो बिलकुल भी नहीं।"

"ओके ओके," स्टेशन मास्टर ने उसे आश्वस्त किया।

"अब मैं कोयला और पानी निकालने जा रहा हूँ। इससे बहुत ज़्यादा धुआँ फैलेगा।"

"अच्छा, ठीक है, शुरू करो।"

एक बार हेमिंग सहित सारी सवारियाँ नीचे उतर गईं, फिर जॉर्ज ने ट्रेन में पानी और जले हुए कोयले को ख़ाली करनेवाला हिस्सा खोल दिया। सब कुछ एक साथ भरभराकर नीचे गिर पड़ा। इससे धुएँ का ऐसा गुबार उठा जिसने पूरे स्टेशन को ढक लिया।

जॉर्ज के कहे मुताबिक़ राजेश ओर छोटे राम सही समय का इन्तज़ार कर रहे थे। धुआँ उठते ही वे हेमिंग वाले कोच की तरफ़ दौड़े और उसमें घुसकर उन्होंने जो कुछ भी क़ीमती हाथ लगा, सब लपेट लिया। ऐसा करते वक़्त उन्होंने इस बात का ध्यान ज़रूर रखा कि सारे बैग और सूटकेस पहले

जैसे ही दिखें। इसी बीच राजेश के परिवार के कुछ लोग ट्रेन में घुस गए और कोयले के जितने बोरे उठा सके निकालकर ले गए।

जब धुआँ छँटा, सब कुछ पहले जैसा सामान्य हो चुका था, सिवाय पटरियों के बीच उग आए एक पहाड़ के, जो ट्रेन से गिरा जला हुआ कोयला था।

जॉर्ज अपने काम में बहुत व्यस्त था। हथौड़ी की मदद से ठोंक-पीटकर उसने कुछ नया जोड़ा और पुराने को इतना पीटा कि वह क्षतिग्रस्त दिखने लगे। इसके बाद उसने घोषणा की कि सब कुछ ठीक हो चुका है, बस दोबारा आग जलानी है और पानी को गरम करना है। जितनी देर में यह होगा, उतनी देर वह ख़ास मेहमान का मनोरंजन चौपड़ के खेल से करना चाहेगा, जिसमें राजेश और छोटे राम उसका साथ देंगे।

पालनपुर में संयोगवश ठहरने पर हेमिंग को कोई अफ़सोस नहीं था। उसे यह गाँव अच्छे से याद था। उसे ख़बर मिली कि मुखिया की मौत हो चुकी है और ज़मींदार उससे मिलने जरगाँव से नहीं आ पाएँगे। सच्चाई यह थी कि ज़मींदार बिना मदद के हेमिंग से बात करने को उत्सुक नहीं थे। हेमिंग ने दुखी के बारे में किसी से कुछ नहीं पूछा। उसे अन्दाज़ा था कि हालचाल पूछने पर उसे दुख ही होगा क्योंकि वह जानता था कि भारत के गाँवों में बूढ़ा होना कितना कष्टप्रद होता है। इसके अलावा, यह सवाल पूछने का एक ख़तरा यह भी था कि उसकी जवान पत्नी दुनिया-भर के सवाल दाग़ देती। इसलिए उसे इससे बचना ही बेहतर लगा।

हेमिंग ने जॉर्ज का न्योता सहर्ष स्वीकार कर लिया और राजेश के साथ जोड़ी बनाकर खेल सीखने का निश्चय किया। इस खेल में उसने सारे पैसे गँवा दिये जो उसकी जेब में थे, इस बात से बेख़बर कि ट्रेन में पड़ा बाक़ी का पैसा तो पहले ही चोरी हो चुका था।

इस डकैती की ख़बर चन्दौसी में लगी। जाँच के आदेश दिये गये। यह जाँच कभी पूरी नहीं हुई, पर राजेश, छोटे राम और जॉर्ज जो लगातार हेमिंग के साथ लगे हुए थे, उन्हें ख़ुद हेमिंग ने ही किसी भी तरह के सन्देह से बरी कर दिया।

जल्द ही दुखी ने अपने सारे क़र्ज़ चुका दिये। उसने लोगों को बताया कि सारा पैसा जॉर्ज ने दिया है। हफ़्ते भर बाद उसकी मौत हो गई। वह जीवन से थक गई थी, पर अपने बेटे को लेकर आश्वस्त थी। जहाँ तक राजेश और उसके परिवार की बात है, उनके पास पूरी सर्दी भर चलने लायक़ कोयला था और ख़र्च करने को थोड़े-बहुत पैसे भी थे।

पालनपुर, 1984

आख़िरकार ईडीओ ने मुझे बुलवाया। उन्होंने कई काग़ज़ों पर दस्तख़त किये और यह प्रमाणित किया कि एडीओ का नाम बिलकुल सही है। उसने मुझे चेताया कि पहले मैं टीडीओ के पास जाकर सारे काग़ज़ों पर उनसे मंज़ूरी ले लूँ, उसके बाद ही एफडीओ या जीडीओ के पास जाऊँ। मैं सारे काग़ज़ात बाक़ायदे दस्तख़त करवाकर एकदम मुस्तैदी से डीडीओ के पास गया लेकिन दुर्भाग्य से वह जा चुका था। उनके सचिव ने सारे काग़ज़ात को स्वेच्छा से ही सँभाल लिया ताकि अधिकारी के आने पर उसे दिखा सके। उसने यह भी बताया कि प्रस्ताव के साथ जो चिट्ठी जानी है उसे तैयार करने का काम उसी को दिया गया है, ताकि बिना किसी विलम्ब के प्रस्ताव को पहले एफडीओ और उसके बाद जीडीओ तक भेजा जा सके। मैंने इस शानदार प्रयास के लिए उसका बहुत-बहुत शुक्रिया अदा किया। उसने शुक्रिया स्वीकार करते हुए मुझे याद दिलाया कि पूरी प्रक्रिया के अन्त में एडीओ को एक बार इस पर दस्तख़त करने होंगे। उसके बाद फ़ाइल एचडीओ के पास भेजी जाएगी। इसके बावजूद उसने उम्मीद जताई कि काम महीने-भर के अन्दर शुरू हो जाएगा और उम्मीद है कि 15,000 रुपये का अनुदान स्वीकृत कर दिया जाए।

यह अच्छी ख़बर थी। मैं ख़ुशी-ख़ुशी पालनपुर के लिए निकल गया। जल्द ही प्रोजेक्ट को मंज़ूरी मिल जाएगी। पैट भी आ रही है। अब सब कुछ ठीक चल रहा है। ट्रेन में पढ़ने के लिए मुझे थोड़ा वक़्त भी मिल गया था।

पालनपुर, 1932

एक और साल बीत गया लेकिन पीताम्बर के करियर में कोई तरक़्क़ी नहीं हुई। किसी को इसका कोई गम भी नहीं था। पालनपुर में कोई नहीं जानता था कि करियर किस चिड़िया का नाम है और नौकरी में एक सीढ़ी भी होती है जिस पर चढ़ा जा सकता है। ख़ुद पीताम्बर को ही कोई फ़र्क़ नहीं पड़ता था। वह अपनी स्थिति से सन्तुष्ट था। अशोक की मौत के बाद उसने घर पर पहले के मुक़ाबले थोड़ा नियमित पैसा भेजना शुरू कर दिया था। सब कुछ ऐसे ही चलता रहता, अगर अंग्रेज़ों की वापसी की तेज़ हो चुकी प्रक्रिया में ऊपर के ख़ाली ओहदों पर हिन्दुस्तानियों की प्रोन्नति नहीं करनी पड़ती। पीताम्बर को इस बदलाव का लाभ मिला।

उसने 1930 में हुए नमक सत्याग्रह के दौरान देश-भर में उठे असहयोग आन्दोलन में अपनी क्षमता प्रदर्शित की थी। उसकी बटालियन को मेरठ में

क़ानून व्यवस्था क़ायम रखने के आदेश दिये गए थे। दंगों के फैलने से वह थोड़ा डरा हुआ था पर सभी भले मुलाजिमों की तरह वह अपने हाकिमों में यक़ीन करता था और उनके कहे आदेश का पालन करता था। इसलिए इस आन्दोलन के दौरान उसने अपने रास्ते में आनेवाले हर हाथ, पैर, खोपड़ी को विधिवत तोड़ा। उसे इसमें कोई मज़ा जैसा नहीं आया, वह बस अपनी ड्यूटी बजा रहा था। उसका प्रदर्शन बहुत अच्छा माना गया। इसके एवज में कुल चार साल की सेवा के बाद उसे अपना पहला तमगा हासिल हुआ। यह लांस नायक के ओहदे पर उसकी तरक़्क़ी का बिल्ला था। पीताम्बर को इस पर भी आश्चर्य हुआ था।

इस मौक़े पर उसे परिवार से मिलने गाँव जाने के लिए विशेष छुट्टी भी दी गई। उसके सम्मान में एक अभिभाषण भी हुआ जो काफ़ी सतर्कता से लिखा गया था। ऐसे सम्बोधन हमेशा रणनीतिक होते थे। अंग्रेज़ हमेशा कम वेतन वाले सिपाहियों को यह समझाने की कोशिश करते थे कि प्रोन्नति का तमगा और सम्मान हमेशा वेतन में इज़ाफ़े गुना ज़्यादा अहम होता है। पैसा तो एक फ़ौजी के लिए वैसे भी मामूली चीज़ है। फ़ौज में होना ही अपने-आपमें बड़ी बात है। इस तमगे के लिए पीताम्बर ने अभिभूत होकर अपने अधिकारी का दिल से शुक्रिया अदा किया और उससे लगभग कहने ही वाला था कि वेतन बढ़ाने की कोई ज़रूरत नहीं है पर किसानी की जड़ों ने उसे उस ढलान पर थाम लिया। उसे तमगा मिला, उसका वेतन भी बढ़ गया और अपवादस्वरूप छुट्टी भी मिल गई। उसने तीनों को स्वीकार कर लिया।

तीन दिन बाद अपने चमकते तमगे और दमकते सूरज की दोहरी गर्मी से पसीने में तरबतर पीताम्बर पालनपुर पहुँचा। वह वर्दी में आया था। लोगों पर इसका बहुत असर पड़ा। पालनपुरियों ने सबसे पहले बहुत सम्मान के साथ वह तमगा देखा, उसके बाद चुहचुहाते पसीनेवाले उस आदमी का चेहरा देखा। ऐसा लगता था कि यह आदमी कोई और है, निश्चित तौर पर जिसे ज्ञान प्राप्त हो चुका है। यह बदला हुआ पीताम्बर था। कम-से-कम लेफ़्टिनेंट या कमांडर तो हो ही गया होगा। क्या जाने जनरल ही बन गया हो। पीताम्बर ने पालनपुरियों को ख़ुद को लेफ़्टिनेंट कहने की छूट दे दी क्योंकि उससे ऊपर के ओहदों के बारे में वह ज़्यादा कुछ जानता नहीं था। शायद ही कोई रहा होगा जिसने पालनपुर के इस गौरव की सराहना न की हो। राजेश ने उससे पूछने का साहस किया कि क्या वह बिल्ले को छू सकता है। इस पर पीताम्बर ने उसे ऐसे घूरा जो किसी लांस नायक पर ही शोभा देता हो। गाँव के बाक़ी ठाकुरों को राजेश के इस सवाल पर झटका लगा और

उन्होंने उसे हिकारत के साथ देखा, कि इन गँवार मुरावों को खेती-किसानी के अलावा कुछ नहीं आता, बड़ी चीज़ों के लिए इनके मन में कोई इज़्ज़त है ही नहीं। बस इनसे मेहनत करवा लो, और किसी लायक़ ये नहीं हैं। राजेश को वहीं डाँट पड़ गई, पर पिटाई से वह बच गया क्योंकि लेफ़्टिनेंट पीताम्बर ने लोगों को ऐसा करने से रोक दिया था। इस घटना के कारण पीताम्बर की छवि एक उदार और बड़े दिलवाले आदमी की बन गई। छोटे राम ने वर्दी को छू लिया था। उसे बहुत मार पड़ी। ज़ाहिर है, पीताम्बर एक चमार के लिए तो क्या ही बोलता!

पीताम्बर और गुलाबो के रिश्ते की बातचीत अशोक की मौत के कारण बीच में ही रुक गई थी। परिवार तो परिवार, पूरा पालनपुर इससे आहत हुआ था। उन्हें यह अपनी बेइज़्ज़ती जान पड़ी थी। पीताम्बर के कमाये तमगे ने इसमें एक नई उम्मीद का अध्याय खोल दिया। इतना तो तय था कि अब गुलाबो के माता-पिता की सब शंकाएँ दूर हो गई होंगी।

अन्दाज़ा सही निकला। लांस नायक पीताम्बर अपनी माँ और चाचा के साथ तमगा जड़ी वर्दी पहनकर मुरादाबाद गया। नमस्ते बन्दगी और छिटपुट चर्चा के बीच पीताम्बर हर सम्भव मौक़े का इस्तेमाल दुलहन के परिवार को अपना तमगा दिखाने में कर रहा था, जो फ़ौजी गौरव का प्रतीक था। थोड़ी देर बाद वहाँ चुप्पी छा गई। गुलाबो का दूसरा चाचा जो कभी घी के एक कारख़ाने में क्लर्क हुआ करता था, उसकी उपलब्धियाँ इस तमगे के सामने फीकी पड़ गईं। दूर का एक चचेरा भाई जिसे सन्दिग्ध हालात में फ़ौज की नौकरी छोड़कर एक गन्ना मिल में चौकीदारी करनी पड़ी थी, उसका रंग भी इसके सामने फीका पड़ गया। बरेली में रहनेवाले एक तमगेदार फ़ौजी अफ़सर के लिए किसी का मकान शहर में होना भला क्या मायने रखता था। कुल मिलाकर एक तमगे ने गुलाबो के परिवार को ज़मीन पर ला पटका। उन्होंने ज़्यादा दहेज की माँग को स्वीकार कर लिया। महीने-भर बाद शादी हो गई। अबकी गुलाबो के परिवार को इसकी जल्दी थी क्योंकि उन्हें डर था इस बीच कहीं दूसरा तमगा मिल गया तो वे तो तबाह ही हो जाएँगे।

शादी का समारोह बहुत शानदार रहा। सब कुछ ठीक-ठाक गुज़रा जो आम तौर पर नहीं होता था। गाना बजा, खाना-पीना हुआ, लोग हँसे-नाचे। ज़मींदार टीकम सिंह भी आए और उन्होंने एक महत्त्वपूर्ण व्यक्ति के परिवार के साथ अपने रिश्ते सुधारने की रणनीति के तहत वर-वधू को आशीर्वाद दिया। सबने इसकी सराहना की। सभी इस बात से सहमत थे कि लांस नायक और मुरादाबाद से आई उसकी प्रतिष्ठित बहू की जोड़ी बहुत सुन्दर है। इस जोड़ी पर भाप के इंजन ने भी ख़ुशी ज़ाहिर की। समारोह के दौरान

जब ट्रेन गुज़री तब जॉर्ज ने इंजन की सीटी बजा दी, हालाँकि अपनी माँ की मौत से वह अब भी दुखी था। सबने जॉर्ज की इस सांकेतिक बधाई का ख़ुशी से स्वागत किया।

अगली सुबह पीताम्बर के लिए झटका साबित हुई। इसका गुलाबो से कोई लेना-देना नहीं था। उसे याद आया कि उसकी राइफ़ल ग़ायब है। बेचैन होकर वह उसे खोजने लगा। उसने पत्नी से मदद के लिए कहा, फिर पड़ोसियों से मदद माँगी। लेकिन जल्द ही साफ़ हो गया कि फ़ौज की वह बहुमूल्य राइफ़ल ग़ायब हो चुकी है।

पीताम्बर ने दिमाग़ ठंडा किया और याद करने लगा कि बीती रात क्या-क्या हुआ था। फ़ौज ने उसे शादी में राइफ़ल ले जाने की अनुमति दी थी। यह अनुमति अपवाद थी, इस बात को पीताम्बर ने बढ़ा-चढ़ाकर नहीं बल्कि ज़रूरत से कुछ ज़्यादा ही बढ़ा-चढ़ाकर बताया था क्योंकि वह एक पुरानी ली एनफील्ड थ्री नॉट थ्री बोल्ट ऐक्शन 'एमिली' राइफ़ल थी जिसे बरसों पहले कहीं ज़्यादा उन्नत 'स्मेली' से बदल दिया जाना चाहिए था। शादी में धूम-धड़ाके के लिए पीताम्बर ने थोड़ा ज़्यादा ही उदारता से राइफ़ल का इस्तेमाल किया था। न सिर्फ़ ख़ुद चलाई बल्कि दूसरों को भी चलाने को दी। समारोह के अन्त में एमिली एक से दूसरे हाथ होते हुए ठाकुरों के अलावा दूसरी बिरादरी के लोगों के पास भी गई थी, ख़ासकर राजेश और भुपाल के हाथ। भुपाल ने तो ताना भी मारा था कि अगर राजेश को राइफ़ल चलाने को दी जा सकती है तो फिर छोटे राम और जॉर्ज भी क्यों न एक-एक हाथ आज़मा लें। उसी वक़्त जॉर्ज की ट्रेन वहाँ से गुज़री थी। इस बात पर हर कोई हँस दिया था लेकिन राजेश ग़ुस्सा होकर वहाँ से निकल लिया था। जाते वक़्त उसने वहीं एक अँधेरे कोने में राइफ़ल छोड़ दी थी। उसने सबसे कहा था कि उसे चन्दौसी निकलना है इसलिए अब्र जाना होगा। इसके बाद क्या हुआ? यह पीताम्बर को याद नहीं आ रहा था।

वह अपने दिमाग़ पर ज़ोर डाल ही रहा था कि उसे गोली चलने की आवाज़ सुनाई दी। उसके ठीक बाद चीख़ने की आवाज़ आई। उसका तो दिल ही डूब गया। आवाज़ से उसने पहचान लिया कि यह उसी की राइफ़ल थी। और यह चीख़, वह क़सम खाकर बता सकता था कि पक्का...

राजेश स्टेशन के लिए काफ़ी पहले ही निकल गया था, जैसा कि सफ़र में उसकी आदत थी। वह स्टेशन नहीं पहुँच पाया। रास्ते में ही उसे पीछे से गोली मार दी गई। इसके बाद जैसी भगदड़ मची, ट्रेन के आने और गाँव वालों के घटनास्थल की ओर भागने के चक्कर में किसी ने कुछ नहीं देखा। आसपास कोई राइफ़ल नहीं थी। कोई हत्यारा नहीं था। बस एक शख़्स

ख़ून में लथपथ ज़मीन पर पड़ा हुआ था। जब तक पुलिस आती, स्टेशन मास्टर ने ट्रेन रोके रखी।

पिछली रात शादी का समारोह ख़त्म होने से पहले ही राजेश राइफ़ल छोड़कर चला गया था। इस मौक़े का फ़ायदा उठाकर भुपाल राइफ़ल लेकर रात के अँधेरे में रफ़ूचक्कर हो गया था। सुबह तक हर कोई इसके बारे में भूल चुका था। सबको बस इतना याद था कि अन्त में राजेश ने राइफ़ल चलाई थी, ख़ासकर भुपाल के तंज के बाद। मौक़ा-ए-वारदात पर बहुत तेज़ी से भीड़ जमा हो गई थी। भुपाल भी वहाँ मौजूद था। उसने दुख जताने में कोई कंजूसी नहीं बरती।

आख़िर पुलिस आई। वह हत्या पर कोई कार्रवाई करती उससे पहले ही पीताम्बर ने चोरी गई राइफ़ल की रिपोर्ट दर्ज करा दी। उसने लिखवाया कि राजेश नाम का एक मुराव आख़िरी बार उसके साथ देखा गया था और उसे चलानेवाला आख़िरी आदमी भी वही था। पुलिसवालों ने यह सब दर्ज कर लिया और फिर लाश की शिनाख़्त करने पहुँचे। उन्होंने देखा कि मारा गया शख़्स तो राजेश ही है। यानी चोरी का इकलौता सन्दिग्ध ही नहीं बचा। वहाँ भुपाल ने पुलिस को बताया कि उसने ट्रेन से राइफ़ल चलने की आवाज़ सुनी थी, जिसे जॉर्ज नाम का एक बदनाम आदमी चलाता है। उसे लगा कि ट्रेन की तरफ़ पुलिस का शक मोड़ देना समझदारी होगी। पुलिस ने इस बात का संज्ञान लिया, हालाँकि और किसी ने ऐसी शंका ज़ाहिर नहीं की थी। पुलिस को यह भी पता चला कि मारा गया आदमी उस सुबह ट्रेन से जानेवाला था।

इससे नये सन्दिग्ध के ख़िलाफ़ मामला मज़बूत बन गया। पुलिस राइफ़ल तो बरामद नहीं कर पाई लेकिन इस सूचना के आधार पर उसने जॉर्ज के ख़िलाफ़ एक पुख़्ता धारणा क़ायम कर ली, जिससे वह पहले कभी मिली भी नहीं थी लेकिन उसे इतना पता था कि वह आधा चमार है। चूँकि ट्रेन आने ही वाली थी, वे उसे पकड़ने चल पड़े।

कुछ मिनट के बाद जॉर्ज को ज़ोर-ज़बरदस्ती ट्रेन से उतार लिया गया। बावजूद इसके कि वह लगातार इनकार करता रहा। दो पुलिसवालों ने उसे हिरासत में ले लिया। उन्हें इस बात पर गर्व था कि उन्होंने हत्याकांड को इतनी जल्द सुलझा कर इंसाफ़ कर दिया है। इस केस के दूसरे पहलुओं को उन्होंने बड़ी सुविधा से दरकिनार कर डाला। मसलन, अगर राजेश को गोली पीठ में लगी थी और गोली ट्रेन से चली है तो इसका मतलब कि वह स्टेशन से उलटी दिशा में जा रहा होगा। यह भी समझना मुश्किल था कि राइफ़ल ट्रेन में कैसे पहुँची क्योंकि राइफ़ल जब चोरी हुई, वह ट्रेन

के आने का समय ही नहीं था। राइफ़ल अब तक बरामद भी नहीं हुई थी और किसी सवारी ने गोली चलने की आवाज़ भी नहीं सुनी थी। पुलिस के जाँच अधिकारियों ने इन सब नुक्तों को अनदेखा कर दिया। उनका मानना था कि ऐसी छोटी-छोटी बातों को इंसाफ़ की राह में नहीं आना चाहिए। आख़िरकार पुलिस के सामने जॉर्ज अपना मुँह खोल ही देगा, वे ऐसा मानते थे। बदक़िस्मती से जॉर्ज ने कभी जुर्म क़बूल नहीं किया। इस पर पुलिस ने माना कि ये चमार बहुत ढीठ होते हैं।

जॉर्ज को फिर भी जेल हुई। तीन दिन बाद उसे छोड़ दिया गया। भारतीय रेलवे का काम अपने ड्राइवरों के बग़ैर नहीं चल सकता था। रेलवे के एक बड़े अफ़सर ने जाँच की कमियों को उजागर करते हुए बहुत नाराज़गी दिखाई। मामला गोपनीय ही रखा गया।

पीताम्बर एक विवाहित पुरुष लेकिन एक राइफ़लरहित सिपाही के रूप में अपनी बैरक वापस लौटा। उसे इसकी सज़ा मिली और उससे एक नई बन्दूक़ ख़रीदवाई गई। भारतीय फ़ौज हमेशा लापरवाह सिपाहियों के बहाने पैसा बनाती थी। वह बन्दूक़ महँगी थी, लेकिन अच्छी बात ये थी कि वह नई राइफ़ल ली एनफील्ड की स्मेली थी।

पालनपुर ऐसी जगह नहीं है जहाँ आप कोई बात छुपा ले जाएँ। बेशक भुपाल को किसी ने राइफ़ल के साथ नहीं देखा था, लेकिन जाने कैसे उसके ख़िलाफ़ सन्देह फैलने लगा। क्या उसने किसी शाम दारू पीकर कुछ बक दिया था? क्या उसने किसी को धमकी दी थी? क्या किसी ने उसे देख लिया था? या फिर मुरावों को ही कुछ ख़बर लग गई थी? चाहे जो हो, एक बात तो तय थी कि हत्याकांड के बाद ज़मींदार और भुपाल के बीच बहुत तगड़ी झड़प हुई थी। इसके बाद इन दोनों और पीताम्बर के बीच झगड़ा हुआ। हाँ, राइफ़ल को न मिलना था, न वो मिली।

पालनपुर, 1984

जरगाँव पहुँचने से पहले ट्रेन की रफ़्तार कम हो गई थी। मैंने नोट्स नीचे रखे। वह राइफ़ल मुझे तो मिल ही चुकी थी। यही वह राइफ़ल थी जिसके पीछे सब लगे थे। कैप्टन ने सही कहा था कि यूपी के इस इलाक़े में कुछ लोग बिना वजह ही हथियारों से बेहद प्यार करते हैं। हो सकता है फूल सिंह और रामपाल को लगता हो कि यह बन्दूक़ उनकी है, इसलिए उन्होंने मेरे चाचा को मार दिया हो। काग़ज़ों में किशन लाल के बाप के बारे में बहुत कुछ था। तो क्या किशन लाल अपने बाप

की हत्या करनेवाली राइफ़ल को पाने के लिए मेरे चाचा की हत्या कर सकता है? लगता तो नहीं, पर मैं कैसे कह सकता हूँ?

शाम चार बजे मैं स्टेशन पहुँचा। पैट को एक घंटे बाद आना था, बीच का वक़्त था मेरे पास। मैं किशन लाल के पास चला गया जो मेरे खेतों में काम कर रहे थे। मेरे दिमाग में अब इतनी चीजें घूम रही थीं कि वास्तव में खेतीबाड़ी में मेरी दिलचस्पी कम होती जा रही थी। लेकिन किशन लाल उसे बहुत गम्भीरता से ले रहे थे। केवल इसीलिए मैं चुपचाप उन्हें सुनता रहा और वे बताते रहे कि उन्होंने कितना अच्छा काम किया है। मैंने उनका आभार जताया, उन्हें पैसे दिये और स्कूल वाले काम में प्रगति की सूचना देने रामपाल के यहाँ निकल पड़ा। वे अब शान्त थे। उनकी आँखों में वही बेचैनी थी जो सुबह मैंने वीणा में देखी थी। मैंने उन्हें थोड़ा ढाढ़स बँधाने की कोशिश की लेकिन क्योंकि तसवीरों के बारे में उन्हें मैं कुछ नहीं बता सकता था इसलिए मेरे खोखले शब्दों का कोई असर नहीं होना था। मैं लगातार बोले जा रहा था। तभी पैट की ट्रेन के आने की आवाज़ सुनाई दी। मैंने उनसे इजाज़त माँगी—रामपाल ने हालाँकि कोई प्रतिक्रिया नहीं दी—और स्टेशन की ओर दौड़ पड़ा।

खंड 3

वोल्वरहैम्पटन, तत्कालीन लन्दन, 1968-1984

जेन कभी सन्तुष्ट नहीं हुई। ऐसा उसके माँ-बाप कहते थे। कभी भी का मतलब तब से, जब उसे पैट के नाम से नहीं पुकारा जाता था। इस बात में थोड़ी सच्चाई थी। मसलन, उसे अपने पिता का रोज़-रोज़ बेमन से दफ़्तर जाना पसन्द नहीं था क्योंकि वहाँ का ग़ुस्सा वे घर आकर निकालते थे। उसकी माँ अपेक्षाकृत सन्तुष्ट थी, पर उनसे जेन को यह समस्या थी कि एक मकान में क़ैद रहकर साफ़-सफ़ाई, रसोई और मामूली संसाधनों में घर चलाने तक सीमित हो चुकी एक ज़िन्दगी भला इतनी सन्तोषी कैसे हो सकती है। फिर, किसी दिन घर में अगर कुछ ख़ास होता भी, जैसे किसी मेहमान के लिए रात्रिभोज आदि—हालाँकि ऐसा दुर्लभ ही होता था—तो महीना ख़त्म होते-होते घर चलाना एक कठिन चुनौती बन जाता था। इस परिवार की ज़िन्दगी में कुछ भी अगर हटकर हो जाता तो उसके पीछे कष्टकारी समय ज़रूर आता था। और इतवार की ऊब तो नाक़ाबिले बरदाश्त होती थी। खिड़कियों पर टँगे मटमैले परदे का एक कोना हल्के से उठाकर वह बाहर देखती कि क्या चल रहा है। गली अक्सर सूनी ही मिलती। वही धूसर आकाश के नीचे बने पुराने उबाऊ मकानों की क़तार। कभी ऐसा होता था कि सड़क के उस पार से एक और परदा उठता, एक पीला चेहरा नज़र आता, लेकिन फिर से वह उदास परदा अपनी जगह वापस आ जाता। बाद के दिनों में जब अनिल ने उसे सुझाया कि, वोल्वरहैम्पटन की होने के नाते उसे 'स्लेड इन क्लेम' देखनी चाहिए क्योंकि इसका संगीत अद्भुत था और स्लेड भी वहीं से आती है, तो उसे लगा था कि उसके कुछ दृश्यों की शूटिंग शायद उसी गली में हुई थी।

उसकी माँ ने एक दिन उससे कहा, "मुझे एक बात समझ नहीं आती। तुम जब यहाँ होती हो तो मुँह लटकाए रहती हो। जब क्लारा आंटी के पास जाती हो तब भी मुँह लटका लेती हो।"

जेन ने ऊपर देखा। उसकी क्लारा आंटी एक तुनकमिज़ाज बूढ़ी महिला थी जो उसे सीले हुए बिस्कुट दिया करती थी। पति की मौत के बाद उसे काफ़ी तवज्जो

मिल रही थी जिसमें उसे मज़ा भी आ रहा था, हालाँकि ऐसा नहीं था कि अपने पति को वो कोई ख़ास नापसन्द करती रही हों। उनका काफ़ी सम्मान भी था, हालाँकि वह काफ़ी कंजूस प्रवृत्ति की थीं लेकिन एक विधवा के लिए इतना तो माफ़ होता है। उनका घर भी पैट के माता-पिता के घर जैसा ही था, हालाँकि थोड़ा-सा छोटा और शायद ज़्यादा पुराना था।

पैट की चुप्पी का उसकी माँ के ऊपर कोई असर नहीं पड़ा, "...ज़ाहिर है वह बेचारी औरत ख़ुश नहीं रहती। लेकिन तुम अपनी दादी के यहाँ जाती हो तो तुम भी मुँह लटका लेती हो।"

जेन ने फिर से ऊपर देखा। उसकी दादी के पास उसके परिवार से ज़्यादा पैसा था और उसे पैसे बचाने में मज़ा आता था। दादी के पति बहुत दिन नहीं जिये थे। अंग्रेज़ी राज के दौरान वे भारत में तैनात थे। पत्नी ब्रिटेन में ही रहती थी। कम-से-कम पैसे के मामले में तो इस दम्पती का जीवन आरामदेह ही गुज़रा था। फिर उन्हें भारत में कोई बीमारी लगी और वे चल बसे। ख़बर पाने के बाद विधवा दादी ख़ूब रोईं लेकिन बाद में ठीक-ठाक एकमुश्त पैसा और जीवन-भर के लिए नियमित पेंशन मिलने से उनका दुख थोड़ा कम हो गया था। उतनी पेंशन अकेले उनके लिए तो पर्याप्त थी लेकिन बेटे का उससे कुछ नहीं होनेवाला था। एकमुश्त पैसे से उन्होंने एक पुराना मकान ख़रीद लिया था और रोकोको के भरसक पुराने फ़र्नीचर का एक सेट भी। अच्छी बात बस यह थी कि फ़र्नीचर अक्सर एक कपड़े से ढका रहता था ताकि किसी ज़रूरी मेहमान के आने तक उसे दाग़-धब्बों से बचाए रखा जा सके। जेन का परिवार हालाँकि इतना महत्त्वपूर्ण नहीं माना जाता था जिसके लिए वे कपड़े हटाए जाते। दादी के यहाँ जाना हालाँकि इतना बुरा अनुभव भी नहीं था। जेन ने भारत के बारे में जो कुछ भी जाना था, यहीं से जाना था। उसे यह पता नहीं था कि उसके दादा भारत में क्या काम करते थे। इससे कोई फ़र्क़ नहीं पड़ता था। उन्होंने एक पुराने लाइका रेंजफ़ाइंडर कैमरे से कुछ तसवीरें खींची थीं जो परछत्ती में पड़ी हुई थीं। सारी तसवीरें ब्लैक एंड व्हाइट थीं, लेकिन जेन को उन्हें देखने पर जगहों के रंग महसूस होते थे। सो, बचपन में ही उसने तय कर लिया था कि एक दिन वह इन जगहों पर ज़रूर जाएगी।

उसने कई बार दादी से सवाल पूछ-पूछकर भारत के बारे में कुछ और जानने की कोशिश भी की थी। दादी को ऐसे सवाल पसन्द नहीं आते थे क्योंकि उन्हें अपने पति की ज़िन्दगी के बारे में ज़्यादा पता नहीं था, और उन्हें उससे बहुत मतलब भी नहीं था, भले ही इसे स्वीकार करना उनके लिए कोई मुश्किल हो। इसीलिए उन्होंने जेन को परछत्ते में जाने दिया था कि बच्ची इसी बहाने व्यस्त रहेगी। वे नीचे से चिल्लाकर कहतीं, "देखना, वहाँ गन्दगी मत फैलाना।"

एक दिन उसने एक तसवीर दबा ली। उसमें उसके दादा एक नंग-धड़ंग हिन्दुस्तानी आदमी के साथ खड़े थे जिसके पैर पतले थे और सिर पर अजीबोग़रीब टोपी थी।

उनके पीछे एक सपाट मैदान था जिसमें कुछ पेड़ थे और कुछ भैंसें भी थीं जो दूर से भी हृष्ट-पुष्ट लग रही थीं। एक औरत भी थी साड़ी पहने हुए, जो जेन को बहुत आकर्षक लगी थी। एक दिन वह अपनी आँखों से साड़ी पहने हुए किसी औरत को देखेगी, उसने तभी तय कर लिया था। और वह ख़ुद भी साड़ी पहनेगी। ज़ाहिर है, ब्रिटेन में नहीं, भारत में, खुले आसमान तले। तभी माँ की आवाज़ आई, "जेन, मैं तुमसे बात कर रही हूँ। आख़िर तुम चाहती क्या हो?"

"मुझे भारत जाना है।"

माँ ने कन्धे उचका दिये। बेकार की बात! हिन्दुस्तान अब ब्रिटेन का उपनिवेश नहीं रह गया था। लिहाज़ा शादी के बाद जेन अगर वहाँ चली भी गई तो उसके पति का वहाँ कोई भविष्य नहीं होगा। वैसे भी वह जगह ख़तरनाक है और जेन जानती थी कि उसके दादा को क्या हुआ था। जहाँ तक सैर-सपाटे की बात है, तो जेन के माँ-बाप के पास इतने पैसे नहीं थे। मतलब कुल मिला के इस अध्याय को बन्द करने का एक ही रास्ता था, जो उसकी माँ ने कहा, "पागल मत बनो!"

जेन ने इस अध्याय को कभी बन्द नहीं किया। वह पढ़ने में अच्छी थी, तो माँ-बाप ने पढ़ाई जारी रखी और अन्ततः वह लन्दन चली गई जहाँ उसे अनिल मिला। लन्दन में वह कुछ दिन हरे कृष्ण बैंड से जुड़ी रही। उस बैंड की लड़कियाँ जेन को प्रभावित करती थीं। सफ़ेद कपड़े पहने हुए अपनी देह से मुक्त जान पड़तीं ये लड़कियाँ कभी अचानक नाचने लग जाती थीं तो कभी तम्बूरा बजाने लगती थीं। वे काफ़ी आनन्दित दिखती थीं, शायद कुछ ज़्यादा ही। इसी वजह से उसने कुछ समय के बाद वहाँ जाना छोड़ दिया। जेन यूनिवर्सिटी में समाजशास्त्र पढ़ती थी पर उसने प्राच्य अध्ययन विभाग की एक लड़की से दोस्ती गाँठ ली। उस सहेली ने जेन को अपने शोध समूह में आने का न्योता दिया जो एक नौजवान गुरु के निर्देशन में ध्यान पर रिसर्च कर रहा था। वहाँ जाने के कुछ दिनों बाद ही जेन का नाम पैट पड़ गया। दरअसल, वह सुगंधरा यानी पैटचूली का इत्र लगाती थी क्योंकि समूह में सभी को वह पसन्द था। इसी से उसका नया नाम पड़ा। उसका वज़न भी कुछ किलो घट गया था। उसके अंक भी कम आने लगे फिर भी वह पास होती रही। उसे ध्यान वाले सत्र पसन्द आते थे लेकिन कुछ बातें उसे असहज करती थीं। एक बार उसने अनिल को भी इसमें बुलाया था। वहाँ हर कोई शाकाहारी था, लेकिन अनिल ने सॉसेज या स्टीक माँग लिया। हर कोई इस पर चौंक गया था, पैट भी। उसे बहुत शर्मिंदगी उठानी पड़ी। बाद में इस घटना पर सोचते हुए उसे लगा कि नहीं, अनिल की बात में दम था। फिर एक दिन उसने अपने गुरु को हरे रंग की भड़कीली कावासाकी मोटरसाइकिल चलाते देखा। उसके बाद से ही उसने वहाँ जाना छोड़ दिया। आख़िर एक मोह-माया मुक्त गुरु कावासाकी कैसे चला सकता है! उसने अनिल को यह बात नहीं बताई पर इस अनुभव को अपनी निराशाओं के बहीखाते में चुपचाप डाल दिया था। न तो प्रवचन, न ही धूपबत्ती और

न आकाश की चमक को देखने जैसे अभ्यास उसे सन्तुष्ट कर सके। कुछ तो छूट रहा था। कोई तो कमी थी। और लोग उसे पैट क्यों कहते थे वहाँ? अब वो कैसे बताए सबको कि उसने फिर से नाम बदल लिया है?

पैट ने अपनी सहेली से सब कुछ साझा किया। सहेली ने उसे एक फ्रेंच महिला की लिखी किताब दिखाई जो भारत जाकर आ चुकी थी। परिचय में उसने लिखा था :

> मैंने शिव की अर्द्धांगिनी देवी को काठमांडू के झरने तले अपनी अँगिया कचारते देखा है; काली उनके बाल सँवार रही थीं...

ये हुई न बात! पैट ने तय किया कि वह ख़ुद भारत जाएगी और इसका प्रत्यक्ष अनुभव करेगी। उसकी सहेली ने इस पर हँसते हुए उसे आगे लिखा हुआ पढ़ाया :

> मेरी एक हज़ार एक गंधमयी रातों के वे शहरजादे, मुझे लगता था कि सब मेरे हैं, और मैंने सलमा-सितारे वाला उनका पल्लू पकड़ के उन्हें रोक लेना चाहा तो पाया कि क़ैद तितलियों की तरह वे फड़फड़ा रहे हैं। मैंने अपनी मुट्ठी खोल दी और उनमें कुछ नहीं बचा सिवाय धूल के।*

"फिर भी मैं जाऊँगी," पैट ने दृढ़तापूर्वक कहा। "और देखूँगी ख़ुद देवी को अपनी अँगिया धोते हुए, काठमांडू के झरने में न सही भारत की किसी नदी में ही।" फिर उसने तय किया पहले थोड़ी हिन्दी सीखनी है, हालाँकि कभी उसका हाथ हिन्दी में साफ़ नहीं हो सका।

अनिल ने जब उसे अपने चाचा के बारे में बताया, तब उसे लगा कि यही मौक़ा है। उसे संजीदगी से इस सफ़र की तैयारी शुरू कर देनी चाहिए। पैट लम्बे समय से अपनी थीसिस पर सोचती रही थी लेकिन विषय को लेकर वह आश्वस्त नहीं हो पा रही थी। जैसे भारत, उसके ग्रामीण परिवेश और औरतों को लेकर कुछ किया जा सकता है। संजोग से उसके एक प्रोफ़ेसर का सम्पर्क भारत में निकल आया। उन्होंने वहाँ के एक प्रतिष्ठित विद्वान प्रोफ़ेसर सुब्रमण्य सुब्रमनियन उर्फ़ सुब्बू से उसका परिचय करवा दिया। अब लग रहा था कि काम हो जाएगा। पैट मन से तैयार हो चुकी थी।

दिल्ली पहुँचने के बाद पैट का अनुभव मिला-जुला रहा। प्रोफ़ेसर मददगार निकले। उन्होंने काम साझा करने का संकेत भी दिया, लेकिन इस साझेदारी से उनका अर्थ था दोनों के बीच कुछ ज़्यादा ही निकटता। शहर उसे पसन्द आया था। जैसी उम्मीद थी वैसा ही निकला—हमेशा भीड़-भड़क्के वाला प्यारा शहर, अपनी सुगंध, रंगों, गर्मी, धूल और तमाम बातों में। वहाँ कुछ और छात्रों से उसकी भेंट हुई। इसने माहौल से

---

* एम. सर्फ रचित ला एंटीवॉयेज, मर्कुरे डी फ्रांस, 1974 से प्रेरित।

फुलने-मिलने में उसे मदद की। फिर जाकर उसने एक विषय चुना, 'ग्रामीण भारत में औरतों के रोज़गार के समक्ष समाजशास्त्रीय बाधाएँ : पालनपुर का अध्ययन'। अपने सुपरवाइज़र को उसने अपने काम करने का तरीक़ा बताया, फिर अपनी प्रस्थापना को ज़मीन पर जाँचने के लिए दिल्ली से अपने दोस्त के पास रवाना हो गई।

अध्याय 17

पालनपुर, 1984

मुझे लगा था कि वह एसी वाले डिब्बे से बाहर आएगी, लेकिन पैट अनारक्षित डिब्बे से निकली। हँसती-खिलखिलाती। ढेर सारा सामान लिये हुए। और कपड़े उसने ऐसे पहन रखे थे कि आसपास ठीक-ठाक माहौल बन गया। अचानक ढेर सारे लोग, बच्चे और औरतें प्लेटफ़ॉर्म पर इकट्ठा हो गए थे। शायद बाबू ने उन सबको बताया होगा। कुछ साल लन्दन और कुछ दिन दिल्ली में किताबी पढ़ाई के बाद पैट भी पूरी तैयारी के साथ भारत के गाँवों को खँगालने आई थी—हवा में उड़ते बाल, चूड़ियों से भरे हुए दोनों हाथ, लम्बा लहरदार बैगनी स्कर्ट और कानों में बड़े-बड़े झुमके।

उसने हाथ हिलाकर भीड़ का अभिवादन किया और ख़ुद को मेरी बाँहों में फेंक दिया। यहाँ के हिसाब से यह थोड़ा ज़्यादा था। मेरे ख़याल से बाद में पालनपुर में इस पर ठीक-ठाक टीका-टिप्पणी हुई होगी।

मैं अभी सँभल ही रहा था कि डिब्बे से आवाज़ आई, "बहुत अच्छी लेडी हैं। काफ़ी समझदार। और आपको बधाई हो, मैं जानता था कि आप कहीं एंगेज हैं, और नहीं तो कैसे।"

कैप्टन की ओर सधी हुई मुस्कान के साथ मैंने बाबू को पैट का कुछ सामान थमाया, कुछ ख़ुद उठाया और हम चल दिये। पीछे पूरा मेला चल रहा था। घर के पास पहुँचते ही मैंने उसे अपने बैल दिखाए लेकिन उसकी प्रतिक्रिया कुछ ख़ास उत्साहजनक नहीं रही। मैंने दरवाज़ा खोला, उसे भीतर आने को कहा, सामान के चक्कर में बाबू को हल्का सा भीतर आने दिया और बाक़ी को रोके रखा। बड़ी मुश्किल से बाबू को बाहर करके मैंने सैकड़ों जिज्ञासु निगाहों के सामने दरवाज़ा बन्द कर दिया।

"ओह, तो यहाँ सब कांड हुआ था, ऐं?"

उसने बड़े ग़ौर से चारों ओर निगाह दौड़ाई। बिस्तरे के पीछे वाले गुप्त ठिकानों

के बारे में मैंने जब उसे विस्तार से बताया तो मुस्कराई, फिर गाँव और यहाँ के लोगों के बारे में ढेर सारे सवाल पूछने लगी। मैं बोलता जाता था और वह बीच-बीच में रोककर मुझे चूम लेती, यह दिखाने के लिए कि इस बीच मुझसे दूरी उसे कितनी अखरी थी। घर में नलके का पानी न पाकर वह थोड़ा उदास हुई, फिर कहा कि गाँव की औरतों से बात करके वह इसका भी इन्तज़ाम कर लेगी। फिर उसने कूड़े-कचरे वाली बदबूदार जगह की शिकायत की, कि मैं उसकी सफ़ाई क्यों नहीं करता। मैंने बेचारगी जताई, हालाँकि उस बकरे से उसे उतना डर नहीं लगा। कुल मिलाकर घर उसे ठीक ही लगा। मैंने बीच में टोककर कहा कि एक बार उसे स्मिता से बात कर लेनी चाहिए।

पैट ने मुझे दिलचस्पी से देखा और बोली, "मने वो स्कूल वाली ख़ूबसूरत टीचर?"

"तुम्हें कैसे पता कि वो टीचर है और ये कैसे जान लिया तुमने कि वह ख़ूबसूरत भी है?" चौंकते हुए मैंने पूछा।

"वो ट्रेन में जो सज्जन मिले थे न, वो तुम्हें जानते हैं। उन्होंने ही बताया था। सिम्पल! शायद उसके संग कुछ बड़ी दिक़्क़त हो गई थी, बेचारी...उन्होंने यह भी बताया कि जल्द ही स्कूल चलने की स्थिति में आ जाएगा, सब उस लड़की की मेहनत का फल है। और तुम्हारी भी! लगता है तुम दोनों के बीच ठीक-ठाक बन रही है...।"

अजीब आदमी है वो कैप्टन, वाक़ई! मैंने जान-बूझकर इस पर कुछ नहीं कहा।

"मैंने सुना है कि तुमने स्कूल की सफ़ाई में भी उसका हाथ बँटाया था। कैप्टन को यह बात पसन्द नहीं आई। इसलिए नहीं कि वह सुन्दर है, इसलिए क्योंकि तुम अपने खेतों पर ध्यान नहीं दे रहे। और कि तुम एक मन्दिर और सड़क भी बनवा रहे हो। कैप्टन का कहना है कि सतर्क रहना, पैसा दाएँ-बाएँ हो सकता है। मैंने उनसे कह दिया कि उन्हें चिन्ता करने की ज़रूरत नहीं है, हिसाब-किताब के मामले में तुम्हारा कोई सानी नहीं।"

इन बातों पर मैंने चुप्पी साधे रखना ही उचित समझा। पैट ने मेरी ओर उँगली करते हुए कहा, "लेकिन उसे इस बात का आश्चर्य था कि तुमने उससे मेरा ज़िक्र कभी नहीं किया।"

इस बात पर मुझे थोड़ी शर्मिंदगी महसूस हुई, मैंने बात बदलने की कोशिश की। नहीं बदल सका तो थोड़ी सफ़ाई देने की कोशिश की।

पैट मुस्कराकर बोली, "सफ़ाई देने की ज़रूरत नहीं है। मैंने उन्हें तुम्हारे लजीले स्वभाव के बारे में बता दिया है, कि तुम ऐसी बातें अपने तक ही रखना पसन्द करते हो, ख़ासकर दूसरी औरतों के सामने। बस मुझे आश्चर्य इस

बात का हुआ कि रिटायर हो चुके एक कैप्टन के सामने भी तुमने अपना मुँह नहीं खोला।"

मैं हौले से मुस्कराया और पैट का सूटकेस-बक्सा आदि खोलने लगा।

"तुम भी ग़ज़ब करती हो, गिटार भी ले आई! कितना झंझट हुआ होगा।"

"क़तई नहीं," पैट बोली, "लोग बहुत भले हैं, सब मदद करते हैं। कैप्टन मुरादाबाद से एक घंटे पहले किसी स्टेशन पर चढ़े थे। जैसे ही उन्होंने मुझे गिटार लिये देखा, तुरन्त मेरे सामान के लिए जगह ख़ाली करवा के सब रखवा दिया। इसी के बाद हम लोगों की बातचीत शुरू हुई थी। तुम्हारे चाचा की हत्या के बारे में उन्हें पता है।"

बुरा हो उस कैप्टन का। ये भी ठीक ही है कि अब मुझे अपनी ओर से बहुत कुछ बताने की ज़रूरत नहीं। पैट ने मोर्चा सँभाल लिया था और बोले जा रही थी, "वैसे भी तुम्हें यहाँ की शामें लम्बी लगती हैं तो मैंने सोचा कुछ मनोरंजन का इन्तज़ाम कर दिया जाए। बशर्ते तुमने कुछ और जुगाड़ न कर लिया हो, कहीं और ज़्यादा मनोरंजक...।"

"यहाँ मनोरंजन के नाम पर बहुत कुछ नहीं है," मैंने रुखा-सा जवाब दिया, "तुम गाँव देखना चाहोगी?"

"बढ़िया आइडिया है, पर फ़िलहाल मेरे ख़याल से हमारे पास करने को कुछ और बेहतर काम है।"

पैट जैसी प्यारी महिला जब ख़ुद बोले तो आप मना नहीं कर सकते और सहर्ष बिछ जाते हैं। सो, हमने वे बेहतर काम निपटाए और घंटे-भर बाद पैट ने फ़ैसला सुनाया कि बाथरूम का नहीं है, ये वाक़ई एक समस्या है। उसने कन्धे उचकाते हुए कपड़े पहने और कहा, "कोई बात नहीं, मैं औरतों से पूछ लूँगी। चलते हैं।"

दरवाज़े से बाहर निकलते ही बाबू हमारे पीछे हो लिया। उसके साथ दर्जनों बच्चे और गाँववाले भी जाने कहाँ से निकल आए। किशन लाल खेतों में काम कर रहा था तो हमने सोचा पहले उससे चलकर मिल लिया जाए। उससे मिलकर हम लोग रामपाल के यहाँ गए। दुखी ग्राम प्रधान और उनकी पत्नी शकुन्तला को पैट ने कुछ अच्छे हिन्दी के शब्दों में दिलासा दी। उसने वीना से भी बात की और दोनों में अच्छी बनते दिखी। जगपाल से भी हम मिले लेकिन वह हमसे दूर-दूर ही बना रहा। लगता है उसे काफ़ी डाँट पड़ी थी। बाहर निकलते वक़्त पैट की आँखों में आँसू थे। "कितना उदास परिवार है। और कितना तनाव है! वो लड़की वीना भली है, मुझे उससे और बात करनी चाहिए थी। वो दुखी थी। और वो छोटा-सा लड़का..."

"जगपाल?"

"हाँ, वो तो एकदम डरा हुआ दिख रहा था। उसकी माँ भी बहुत ख़ुश

नहीं लग रही थी। क्या चक्कर है। इनका लड़का बस जेल से जल्दी बाहर आ जाए।"

बात करते-करते हम लोग खेत तक चले आए। पैट बहुत उत्साहित दिख रही थी। यहाँ के शान्त वातावरण के बारे में उसने बात की और गाँव देखने को कहने लगी। सो हम लोग घूमने निकल पड़े। हमारे पीछे-पीछे फिर से एक हुजूम चलने लगा। रास्ते में दुकान पड़ी। चमत्कार, कि वो खुली हुई थी। पैट ने कुछ सामान ख़रीदा। फिर हम लोग बीज केन्द्र पहुँचे। गोविन्दी को पहले ही बता दिया था कि हम लोग आ रहे हैं, तो उसने अपनी बेटी से चाय बनाने को कह दिया था। पैट ने भीतर जाकर उसके साथ चाय पी। गोविन्दी, बाबू और मेरे साथ कोई आधा गाँव बाहर ही खड़ा रहा। चाय पीकर पैट बाहर आई और बोली, "मैं स्कूल जाऊँगी। मेरे ख़याल से बग़ल में ही है। तुम साथ चलोगे अपनी दोस्त स्मिता से मिलवाने? वो शायद वहीं पर हैं। या यहीं रुककर चाय पीयोगे?"

मैंने कहा कि मैं घर जाकर थोड़ी देर पढ़ना पसन्द करूँगा। बाक़ी जनता ने पैट के पीछे-पीछे चलना चुना। रास्ते में अकेले लौटते वक़्त मुझे अचानक याद आया कि पैट का स्वागत करने के चक्कर में मैं दीवार के छेद को ढकना ही भूल गया था। यानी मेरे और पैट के बारे में गाँव वाले ज़रूरत से ज़्यादा जान रहे हैं। इस ख़याल को मैंने तुरन्त दिमाग़ से निकाला और जाकर एक पुराने कपड़े को वहाँ पर लटका दिया ताकि जो कुछ बचा-खुचा था, वो आगे भी बचा रहे।

पालनपुर 1932-33

गुलाबो मय गहना-गुरिया अपनी सास के कच्चे मकान में जम चुकी थी। उसके पति ने दहेज के पैसे से उस छोटे से मकान को जल्दी-जल्दी में थोड़ा दुरुस्त करवा दिया था। जल्द ही वहाँ काफ़ी आराम हो गया। वास्तव में, पालनपुर के सबसे अच्छे मकानों में वह रहा होगा।

गुलाबो अक्सर घर पर अकेली ही रहती थी। वह पतिव्रता औरत थी, लेकिन यही बात पक्के तौर पर पीताम्बर के बारे में कहना मुश्किल था। फिर भी शुक्र है कि उसका पति बीच-बीच में घर आता रहा और वह जल्द ही गर्भवती हो गई। लड़की थी। पीताम्बर ख़ुश हुआ। वह गुलाबो को देखकर मुस्कराया और पल-भर में दोनों ने एक और बच्चा करने का फ़ैसला ले लिया। क़रीब नौ महीने बाद गुलाबो को दूसरी बच्ची हुई। पीताम्बर के चेहरे की मुस्कराहट मद्धम पड़ गई। वह थोड़ा चिन्तित हुआ। पत्नी ने उसे उकसाया, तो वह पंडित लक्ष्मीनारायण पर कुछ पैसे ख़र्च करने को तैयार हो गया।

पंडित ने सहर्ष पीताम्बर की दक्षिणा स्वीकार की और बोला कि भगवान के काम में इतने से नहीं चलेगा, कम-से-कम एक रुपया तो और चढ़ाना होगा। पीताम्बर परेशान होकर पत्नी से मशविरा करने घर लौट गया। उसने कहा कि डॉक्टर के पास जाना चाहिए। मन मारकर पीताम्बर कुछ और पैसे गँवाने के लिए घर से निकल पड़ा।

पालनपुर के डॉक्टर प्रसाद ने वैज्ञानिक दलील रखी, "ये सब इसलिए हो रहा है क्योंकि तुम घर पर ज़्यादा नहीं ठहरते।" डॉ. प्रसाद जनता की भारी माँग पर डॉक्टर बने थे। क्योंकि वह दो हफ़्ते मुरादाबाद के एक अस्पताल में भर्ती हुए थे, और उसके बाद दो साल तक वहीं कंपाउंडरी कर रहे थे। डॉक्टर की बात सुनकर लांस नायक हैरत में पड़ गया। उसने अपनी पत्नी से डॉक्टर का निष्कर्ष साझा किया। गुलाबो ने तुरन्त डॉक्टर के मत से सहमति जताई। बहुत बाद में जाकर छोटे राम ने दावा किया कि गुलाबो ने डॉक्टर को थोड़ा घी देने के बदले पीताम्बर से ऐसा बोलने को कहा था। अब यह बात कितनी सच है, कितनी झूठ है कौन जाने पर गुलाबो ने मौक़े का लाभ उठाते हुए पति को बहुत चतुराई से कुछ ज़रूरी ज्ञान दे डाला। मसलन, कि पुरुष को अपनी पत्नी की भावनात्मक ज़रूरतों और दूसरे कामों की देखभाल के लिए घर पर क्यों रहना चाहिए, इस पर और अन्य निजी आवश्यकताओं पर एक लम्बी और ओजस्वी तकरीर गुलाबो ने की। यह सब सुनकर पीताम्बर एक साथ आश्चर्यचकित, ख़ुश, थका हुआ और चिन्तामग्न हो उठा। गुलाबो के कुशल निर्देशन में काफ़ी सोचने के बाद पीताम्बर इस नतीजे पर पहुँचा कि दो बेटियों के बाद एक बेटे का होना बहुत आवश्यक है और इसके लिए उसे जल्द से जल्द फ़ौज की नौकरी छोड़ देनी चाहिए। गुलाबो ने इस फ़ौजी के अहं में हल्का सा काँटा चुभोने का भी काम किया ये कह के, कि मुराव बिरादरी के राजेश की शादी तो उनसे कुछ ही महीने पहले हुई थी पर मरने से पहले वह एक लड़का दे गया जिसका नाम किशन लाल है। अगर वह ऐसा कर सकता है तो पीताम्बर और गुलाबो इतना तो कर ही सकते हैं। गुलाबो ने इसमें एक नुक्ता यह जोड़ा कि राजेश ऐसा इसलिए कर सका क्योंकि वह हर रात अपने घर पर होता था।

पीताम्बर मुँह लटकाए हुए अपने अफ़सर से बात करने सेना के कैम्प में लौटा। उन दिनों फ़ौज अपने योग्य सिपाहियों को अवकाश प्राप्ति पर ज़मीन दिया करती थी। भारत में ज़मीन काफ़ी थी और खेती के लिए हाथों की ज़रूरत भी थी। इसके अलावा, इस भले काम के पीछे एक क़िफ़ायती आर्थिक कारण भी था कि रिटायर होनेवाले फ़ौजियों को नियमित पेंशन देने

से कहीं सस्ता था कि उन्हें थोड़ी ज़मीन दे दी जाए।

अफ़सर ने रिकॉर्ड खँगालने के बाद कहा, "पालनपुर में थोड़ी ज़मीन ख़ाली पड़ी है। मैं पूरी कोशिश करूँगा कि तुम्हें इसका एक ठीक-ठाक टुकड़ा मिल जाए।"

पीताम्बर एक अच्छा सिपाही था। उसकी कमी अफ़सर को बेशक अखरती, लेकिन वह समझता था कि सिपाही चाहे कितना ही अच्छा क्यों न हो, सामान्य जीवन बिताना उसका स्वाभाविक अधिकार है।

लांस नायक ने अपने चीफ़ को शुक्रिया कहा और अपने जाने के बाद बटालियन के भविष्य को लेकर चिन्ता जताई।

"निश्चिन्त रहो," मुस्कराते हुए अफ़सर ने उसे आश्वस्त किया, "बटालियन अच्छे से चलती रहेगी।"

पीताम्बर को अहसास हुआ कि फ़ौज में उसकी उलटी गिनती अब शुरू हो चुकी है, तो उसने बहुत धीमे से पूछा, "हम अपनी राइफ़ल और पगड़ी रख सकते हैं क्या?"

चीफ़ ने मन-ही-मन में ली एनफील्ड थ्री नॉट थ्री बोल्ट ऐक्शन स्मेली का हिसाब लगाया कि वह कितने में जा सकती है। पीताम्बर ने 'एमिली' गन खोने के बाद यह ख़रीदी थी और इसे 22 बोर की कार्ट्रिज के हिसाब से ढाला गया था। हिसाब लगाकर अफ़सर ने इसकी मंज़ूरी दे दी लेकिन इसके बदले में पीताम्बर के सेवा लाभों में कुछ कटौती बनती थी। हो सकता है अफ़सर को इसका थोड़ा बुरा लगा हो, सो उसने पीताम्बर से पगड़ी को मुफ़्त में ही रख लेने को कहा। बाक़ी, परम्परा के हिसाब से पीताम्बर के सेवानिवृत्ति पैकेज में एक तमगा और जोड़ना बनता था। तो पीताम्बर का ओहदा बढ़कर लांस दफादार (सेवानिवृत्त) कर दिया गया।

फ़ौज छोड़कर महज़ एक नागरिक बनने के प्रार्थना पत्र पर दस्तख़त करते हुए पीताम्बर के मन में थोड़ा ख़ेद-भाव और एक अप्रत्याशित आशंका थी। फिर भी, इस मौक़े का जश्न मनाना तो बनता ही था। एक दोस्त ने सलाह दी कि उन्हें द परफ़्यूम्ड गार्डेन चलना चाहिए। उसने पीताम्बर को बताया कि वहाँ केवल औरतें रहती हैं और उन्हें अपने मेहमानों की सेवा-टहल करने के पचासों तरीक़े आते हैं। पीताम्बर ने पाया कि वाक़ई वे औरतें बहुत गुणी थीं। एक तो वे पीताम्बर के लतीफ़ों पर दिल खोल के हँसती थीं। उनके रहने से माहौल भी बहुत ख़ुशनुमा बन जाता था। वहाँ बैठ के जुआ खेलने पर हार जाने का भी बहुत बुरा नहीं लगता था। वे भीतर से बहुत मज़बूत भी थीं। मेहमानों के साथ शराबनोशी के बाद भी वे आश्चर्यजनक ढंग से सन्तुलित बनी रहती थीं। इसके बाद वे मेहमानों की ख़ास ज़रूरतों

का ख़याल भी रखती थीं, जैसा कि दोस्त ने पहले बताया था, हालाँकि उसके लिए कुछ पैसे ख़र्च करने होते थे। पीताम्बर ने न सिर्फ़ अपने ऊपर बल्कि दोस्त पर भी ख़र्च किया। यह अनुभव उसके लिए एक नई खोज जैसा था। वह अचानक ही एकदम ताज़ादम, स्फूर्त, मज़बूत और जादुई महसूस करने लगा। देर रात उन औरतों ने उसे थोड़ा और क़िस्मत आज़माने को उकसाया। उसके काफ़ी पैसे उड़ गए। अगली सुबह अफ़सर ने उसे एक काग़ज़ पर दस्तख़त करने को कहा जिसमें लिखा था कि वह 200 रुपये में अपनी पुरानी राइफ़ल ख़रीदना चाहता है। यह राशि उसके 600 रुपये के अनुदान में से काटी जानी थी। पिछली रात द परफ़्यूम्ड गार्डेन में उसने जिस तरह से पैसे लुटाए थे यह सोच के पहले तो उसे संकोच हुआ, पर उससे अपनी प्यारी राइफ़ल को छोड़ते नहीं बना। राइफ़ल के साथ जो 400 रुपये मिले उसमें से 300 से उसने उधारी निपटा दी।

अगले दिन पीताम्बर गाँव लौटा तो उसकी अंटी में फ़ौज का दूसरा तमगा, अपनी राइफ़ल, 100 रुपये और बीस बीघा ज़मीन थी, जिसका एक टुकड़ा उसके आधे कच्चे-आधे पक्के मकान के पास ही था। मकान को पूरा पक्का करवाने और दो बैलों सहित खेती के कुछ ज़रूरी औज़ार ख़रीदने के लिए 100 रुपये की रकम पर्याप्त थी।

इतनी धन-सम्पदा और उस पर से दूसरा तमगा पालनपुरियों पर असर डालने के लिए काफ़ी था। सबने आपसी सहमति से इस रिटायर्ड लांस दफादार को लेफ़्टिनेंट से कर्नल बना डाला। अबकी बिना चूँ किये पीताम्बर ने उनका दिया सम्मान स्वीकार कर लिया। इसके चलते उसके प्रति गुर्गों का व्यवहार भी बदल गया। आख़िर अब वह भी ज़मीन वाला बन चुका था। मतलब तकनीकी रूप से ज़मींदार नहीं चूँकि वह अंग्रेज़ों के लिए लगान नहीं वसूल सकता था, पर उसके पास एक बन्दूक़ तो थी ही।

अशोक के मरने के बाद से गाँव के मुखिया का पद ख़ाली पड़ा था। स्वाभाविक ही था कि पीताम्बर अपने पिता की जगह को सुशोभित करे। दो फ़ौजी तमगों, कर्नल के ओहदे, जाति और तजुर्बे के चलते पीताम्बर के प्रति गाँववालों के सम्मान के मद्देनज़र मुखिया के पद के लिए कोई चुनाव करवाने की ज़रूरत नहीं रह गई थी। कुछेक असहमत स्वर बेशक अब भी थे। मसलन, दो-तीन गाँववाले ऐसे थे जो पीताम्बर की उपलब्धियों की कोई ख़ास परवाह नहीं करते थे, लेकिन वे सब मुराव थे इसलिए कोई मायने नहीं रखते थे। उनका काम था मेहनत करना जो वे कर भी रहे थे। बचा छोटे राम, इकलौता दलित, तो गाँव के मामलों में उसकी राय का कोई मतलब नहीं था। कुल मिलाकर राजकाज के तंत्र में इस मामूली विपक्ष के

लिए कोई जगह नहीं थी। फिर भी आम राय बनाने के लिए प्रक्रिया के नाते गाँव के बुज़ुर्गों ने इस मामले में लक्ष्मीनारायण से राय माँगी। उसने वही राय दी जो सबकी मर्ज़ी थी। वह जानता था कि एतराज़ का कोई मतलब नहीं बनता।

पीताम्बर के पास ख़ुश होने के लिए एक और वजह थी। गुलाबो फिर से पेट से थी। पति के दिन-रात साथ होने का तो उसे सुख था ही, साथ में फ़ौजी तमगों, घर की पक्की दीवारों और बन्दूक़ के साथ अप्रत्याशित धन-सम्पदा भी उसके सुख का कारण थी। होनेवाले लड़के के नाम पर तत्काल दोनों में सहमति बन गई—फूल सिंह। डॉक्टर प्रसाद ने ख़बर सुनते ही मुहर मार दी थी कि अबकी लड़का होगा। कुछ महीने बाद यह बात सही निकली। इससे डॉक्टर की प्रतिष्ठा में और इज़ाफ़ा हो गया।

पीताम्बर ख़ुशक़िस्मत था, लेकिन बाक़ी पालनपुरियों की तरह उसके खाते में भी कुछ दुख लिखे थे जिन्हें वह झेल चुका था। उसकी दोनों बेटियाँ बुख़ार से चल बसी थीं। डॉक्टर प्रसाद ने पचास-पचास पैसे की दो औषधियाँ पीने को दी थीं लेकिन वे काम नहीं आईं। पीताम्बर ने बच्चियों को बचाने में कोई कसर नहीं छोड़ी थी। उसने पंडित से भी मदद माँगी थी। डॉक्टर से मिल रही तगड़ी प्रतिस्पर्धा के चक्कर में पंडित लक्ष्मीनारायण ने मात्र एक रुपये और एक थाली लड्डू के बदले बहुत सस्ते में पूजा की थी। बच्चियों पर दुआ का भी कोई असर नहीं हुआ। वे दिन गुलाबो और पीताम्बर के लिए बहुत दुख भरे थे। उनकी कुछ भैंसें मर गई थीं। लगातार पड़े सूखे, बेमौसम बारिश, कीड़ों और नीलगाय के प्रकोप से फ़सल भी तबाह हो गई थी। मुखिया होने के बावजूद पीताम्बर का दुख एक सामान्य गाँववाले की तरह ही था। एक के बाद एक पड़ी मार के चलते कोई भी हिम्मत हार जाता लेकिन पीताम्बर ने साहस का दामन नहीं छोड़ा। इसके पीछे उसकी थोड़ी-बहुत पूँजी की ताक़त ही थी जिससे वह सब झटके झेल ले गया। फिर फूल सिंह के बाद 1935 में उसे एक और लड़का हुआ। नाम पड़ा रामपाल, लेकिन प्रसव के दौरान गुलाबो चल बसी। इस दुख की घड़ी में भी पीताम्बर ने सबको भोज-भात का न्योता दिया। आयोजन महँगा पड़ा लेकिन उसे लगा था कि ऐसा करना ज़रूरी है। इससे कुछ दुख भी कटेगा। फिर इतने बड़े घर में ख़ुद को अकेला पाकर और अपने ऊपर आ पड़ी तमाम ज़िम्मेदारियों के चलते पीताम्बर ने अपनी बहन शोभा को बुलवा भेजा। वह पास के ही एक गाँव समस्तीपुर में एक कच्चे मकान में रहती थी। विधवा थी। बच्चा भी नहीं था। पीताम्बर ने एक बार कभी उसे थोड़े पैसे भिजवाए थे। उससे शोभा की ज़िन्दगी में कोई फ़र्क़ नहीं पड़ा था, पर पीताम्बर को

लगता था कि उसने बहन की अक्सर मदद की है। शोभा ने किसी तरह ख़ुद को ज़िन्दा रखा हुआ था।

कर्नल की भिजवाई बैलगाड़ी से शोभा एक रात पालनपुर पहुँची। उसे तो इस न्योते का ही सन्तोष था कि चलो, कम-से-कम अगले कुछ साल तक रहने-खाने की तो व्यवस्था हुई। उसने फूल सिंह और रामपाल का बहुत ख़याल रखा। दोनों उससे इतना जुड़ गए कि एकाकी जीवन काटने में कठिनाई महसूस कर रहे पीताम्बर ने अन्ततः दोबारा शादी करने का ख़याल ही छोड़ दिया। अब उसका जीवन शान्ति से गुज़र रहा था। एक ज़मींदार की हैसियत से वह रोज़ाना अपने खेतों में चल रहे काम का मुआयना करने के लिए जाता था। शारीरिक श्रम उसे अपनी प्रतिष्ठा से नीचे की चीज़ लगती थी। सो उसने खेतों में काम करने के लिए मज़दूर और एक देखनहार को रख छोड़ा था। मुखिया की हैसियत से उसे यह भी देखना होता था कि गाँव में क्या सब चल रहा है। फिर हर रात आम के पेड़ के नीचे गाँववालों के साथ वह दोस्ताना गप भी करता था। इस तरह रोज़मर्रा की ज़िन्दगी एक तय धुन में कट रही थी।

पीताम्बर की तयशुदा ज़िन्दगी में केवल एक चीज़ विचलन की तरह आती थी—मुरादाबाद के रहस्यमय दौरे। इसके बारे में पूछे जाने पर वह एकदम सख़्त चेहरा बना लेता और ज़बान सिल लेता था। मामला यह था कि गुलाबो की मौत के एकाध साल के भीतर उसने शहर में अपने पुराने दोस्तों से दोबारा सम्पर्क साध लिया था। एक साथ काम किये फ़ौजियों के बीच एकता बहुत तगड़ी होती है। पीताम्बर और उसके दोस्त एक-दूसरे के यहाँ एकाध बार आए-गए थे लेकिन अक्सर साथ में चाय-बिस्कुट, बीड़ी और कभी-कभार शराब पर बैठने के लिए वे मुरादाबाद में मिलना ही पसन्द करते थे। फिर एक दिन उन्हें पता चला कि मिस पद्मा नाम की एक महिला ने द परफ़्यूम्ड गार्डेन की एक शाखा मुरादाबाद में भी खोल ली है। इसके बाद से उनकी बैठकें वहीं होने लगीं। और अक्सर होने लगीं। इसका नतीजा यह हुआ कि उनकी जेब पहले से कहीं ज़्यादा ढीली होने लगी।

पालनपुर, 1984

पैट मुस्कराते हुए घर में घुसी, "स्मिता तो बहुत अच्छी लड़की है। और बहुत ख़ूबसूरत भी। तुम्हारी पसन्द वाक़ई बढ़िया है...।"

मैंने सपाट चेहरा बनाए रखा, वह थोड़ा और मुस्कराकर बोली, "...लेकिन

मुझे तो यह पहले से ही पता था। वैसे, ग्रामीण शिक्षा के प्रति तुम्हारा समर्पण क़ाबिले-तारीफ़ है।"

मैंने ख़ुद को विनम्र बनाए रखा।

"और अब मैं आ गई हूँ, तो अपने खेत हमेशा किशन लाल या बाबू के भरोसे छोड़े रखने की कोई ज़रूरत नहीं है। स्कूल की इमारत, शिक्षण सामग्री और बाक़ी चीज़ों में स्मिता की मदद का काम मैं देख लूँगी। हम लोग मिलकर काम करेंगे। महिलाएँ बच्चों का काम सँभालेंगी और मर्द बाक़ी ज़रूरी काम देखेंगे।"

उसने हँसते हुए मेरे बालों में हाथ फेरा। बात करते हुए उसने अपने बैग से दो टी-शर्ट निकाले, सीधे खिड़की की तरफ़ गई और मेरे लटकाए पुराने चीथड़ों को हटाकर उन्हें वहाँ लटका दिया। इसका मतलब था कि पालनपुर में बातें बहुत तेज़ी से फैल रही थीं।

फिर वो बोली, "मेरे ख़याल से हम लोगों के लिए ये बेहतर होगा। फिर हम जो कुछ भी करेंगे, उसका इकलौता गवाह यह बकरा होगा। उसे तो मैं झेल ही लूँगी।"

"और हम जो कुछ कहेंगे वो भी," मैंने जोड़ा, "लेकिन पहले कर लेते हैं।"

कुछ देर तक हम बातें करते रहे।

"स्मिता के साथ जो हुआ वह बहुत भयावह है। वह बहुत निराश थी। कह रही थी कि ऐसी चीज़ें अक्सर होती हैं। वो पुलिसवाला, बीकेएस, एकदम जानवर है।"

उसने मेरी तरफ़ देखा और साँस छोड़ते हुए बोली, "यह जगह वैसी नहीं है जैसा मैंने सोचा था। ज़्यादा उम्मीद नहीं है मुझे। कि है? स्मिता कह रही थी कि उसकी चाची नीतू और हुकुम को जेल से बाहर निकालने का तुम्हारे पास कोई जुगाड़ है?"

"हाँ," मैंने जवाब दिया, "एक योजना तो है जो शायद काम आ सके...।"

फिर मैंने विस्तार से बताया कि मेरे चाचा की राइफ़ल जो मुझे बरामद हुई थी, उससे साफ़ हो चुका है कि नीतू अपराधी नहीं है। ज़ाहिर है, जब तक वो तीसरी गोली चलानेवाली राइफ़ल मुझे नहीं मिलती, यह तकनीकी रूप से मुमकिन है कि किसी और राइफ़ल का इस्तेमाल किया गया रहा हो जो नीतू की हो, लेकिन ऐसा लगता नहीं है। फिर भी, कैप्टन सही कह रहा था कि सही हत्यारे और उसके इस्तेमाल किये राइफ़ल की तलाश ज़रूरी है, हालाँकि मेरे हिसाब से नीतू निर्दोष ही है। बदक़िस्मती से, मेरे पास दो ही खोखे हैं और हत्यारे का मुझे पता नहीं। फिर एक बात और परेशान कर रही है मुझे, कि कैप्टन देखने में तो सच्चा लगता है लेकिन क्या उस पर भरोसा किया जा सकता है? इसका कैसे पता लगाया जाए? थोड़ी देर सोचने के बाद पैट बोली, "हर कोई कहता है कि यहाँ भ्रष्टाचार बहुत ज़्यादा है। फिर भी कुछ तो ईमानदार लोग होंगे ही, जैसा सब जगह होता है। तुम्हें किसी ऐसे शख़्स से बात करनी चाहिए जो इस सबका हिस्सा न हो, मने जो अपने पेशेवर काम के चलते इसमें जुड़ा हो लेकिन उसका कोई हित न हो यहाँ। कोई

ऐसा व्यक्ति जिसका सीधे हत्या से कोई सम्बन्ध न हो।"

"कौन?"

"मैं बताती हूँ," उसने कहा, "तुम्हें उससे बात करनी चाहिए, वो अशोक कुमार। तुमने ही तो बताया था कि वो वकील है। तो वो सबको जानता ही होगा और हर बात उसे पता होगी।"

बिलकुल! अशोक कुमार बेशक ढीला-ढाला दिखता है लेकिन ईमानदार जान पड़ता है। इस आइडिया के लिए पैट को चूमना बनता था। फिर मैंने हुकुम वाली बात छेड़ी। इस मामले में तसवीरें काम आ सकती हैं लेकिन उनका इस्तेमाल सही समय पर किया जाना होगा। अभी तो उन्हें धुलवाया भी नहीं। इसकी योजना तो मेरे मन में एकदम साफ़ थी। इसमें पैट को मेरी मदद करनी होगी। मैंने उसे समझाया कि उसे क्या करना है। बस इतना कि स्टूडियो के मालिक को थोड़ा फँसाये रखना होगा, इस बीच मैं चुपके से फ़िल्मों के प्रिंट निकाल लूँगा। वह सुनते ही उत्साहित हो गई, "कल ही, पहले मैं स्मिता के साथ नहाने जाऊँगी। फिर हम दोनों चन्दौसी चलेंगे। फिर देखते हैं क्या होता है।"

मेरी आँखें मुँदने लगीं। बहुत थक चुका था। तभी पैट बोली, "एक बात ज़रूर कहूँगी कि बाबू की शादी में मदद करने के तुम्हारे फ़ैसले से मैं बहुत ख़ुश हूँ। मुझे नहीं पता था कि तुम लोगों की शादी-वादी भी करवाते हो। एक दिलचस्प आदमी के साथ रहने के यही सब फ़ायदे हैं, कि आप रोज़ उसके बारे में नई-नई चीज़ें जानते हैं।"

उसने अपनी देह को मेरे ऊपर छोड़ दिया और बोली, "वैसे बाबू की पसन्द के हिसाब से भी मैं ठीक ही रहूँगी, भले थोड़ी पतली हूँ। क्या ख़याल है तुम्हारा?"

मैं एकदम उनींदा हो चुका था, लेकिन पैट ने आख़िर जगा ही दिया।

अध्याय 18

पालनपुर, 1984

हम तड़के ही जाग गए। योजना के अनुसार पैट तालाब की ओर निकल गई। इसे लेकर मैं थोड़ा उत्सुक था, सो ख़ुद नहाने के बाद मैं चुपचाप तालाब के पास पहुँचा जिसमें स्मिता नहाती थी और बरसों पहले दुखी नहाया करती थी। अपने मन में यह सोचकर ही मुझे हँसी आ गई कि जब पैट ने डुबकी लगाई होगी तो आसपास कैसी भगदड़ मची होगी। मेरा ख़याल वाक़ई सही निकला। तालाब के आसपास मर्दों का एक असामान्य हुजूम नाच रहा था, जो कि आम था और जिस पर औरतें भड़क उठती थीं, भले वे नहा रही हों या नहीं। मैंने कैमरे में उस मेले को क़ैद किया और अपनी हँसी रोके रखी।

उम्मीदन पैट भड़की हुई लौटी, "एकदम जाहिल लोग हैं," वो बोली, "बीमार और कुंठित।"

मैंने मुंडी हिलाते हुए उसे ढाढ़स बँधाया।

"मैंने तुम्हें भी देखा था," उसने मुझे भी लपेट लिया, "उन सबके साथ तुम भी वहाँ थे। तुम सब इधर देख रहे थे। देखो, वो बकरा भी इधर ही झाँक रहा है," इतना कहते हुए उसने बेजुबान के ऊपर तौलिया फेंककर मारी।

मैंने कैमरे की ओर इशारा किया, "मैं तो ऐसे ही चला आया था लेकिन तुमने यहाँ आकर काफ़ी जिज्ञासाएँ जगा दी हैं। ये देखो मेरे पास सुबूत भी है।"

उसने ग़ुस्से में कन्धे उचका दिये। मैंने कहा, "लेकिन एक बात तो है, कि तुम जब बदन से चिपकी हुई साड़ी पहनती हो तो एकदम नाक़ाबिले बरदाश्त हो जाती हो।"

उसकी आँखों से अंगारे फूट रहे थे लेकिन इस बात पर वह हल्का सा मुस्करा दी, "चलें?"

स्मिता वाले कांड के नेगेटिव मैंने बहुत क़रीने से अपने बैकपैक में रख दिये ताकि मेरे हाथ ख़ाली रहें। हमने साइकिल से ही जाना तय किया। उसने आगे बैठने

को बोला तो मैं तुरन्त राज़ी हो गया। पीछे बैठकर मैं कम-से-कम नज़ारे तो देख सकूँगा और लगे हाथ कुछ तसवीरें भी ले लूँगा।

चन्दौसी की ओर बढ़ते हुए पैट थोड़ा आराम की मुद्रा में आ गई और खेतों के सौन्दर्य को निहारने लगी। लगता है पालनपुर उसे अब भा रहा था। मैं मुस्करा दिया। तालाब वाली घटना को भूलते हुए उसने कहा, "चाहे जो हो, लोग भले हैं। तुम ख़ुशक़िस्मत हो कि यहाँ तुम्हारा घर है। नहीं?"

मैंने कहा कि उसकी मौजूदगी इस सुन्दरता में चार चाँद लगा रही है। उसने हौले से शायद ना की मुद्रा में सिर हिलाया लेकिन हिन्दुस्तान में इसका मतलब हाँ भी हो सकता है, तो ज़रूरी नहीं कि उसने ना ही कहा हो।

उसकी गरदन वाक़ई बहुत छरहरी और सुन्दर थी। उसके नितम्बों का हिलना भी बहुत मादक लग रहा था। ऐसा लगता था कि वे मिलकर लेटा हुआ 8 का अंक बना रहे हों, जैसे इनफिनिटी का गणितीय चिह्न होता है यानी अनन्त का बोध।

"ऐसे मत देखो।"

"मैं तो पीछे बैठा हूँ, तुम आगे सड़क पर ध्यान लगाओ। तुम्हें कैसे पता कि मैं तुम्हें ही देख रहा हूँ?"

"अन्दाज़ा लग जाता है।"

उसका अन्दाज़ा बहुत सटीक होता था।

मैंने कहा, "जानती हो, मुझे कई बार ऐसा अहसास होता है कि तमाम मामलों में लड़कियाँ हम मर्दों से बहुत तेज़ होती हैं। तुम लोग अनन्त के भी आगे चलती हो। क्या शानदार बात है?"

उसने अपना दायाँ हाथ हवा में लहरा दिया। इतनी सारी चूड़ियाँ उसने पहन रखी थीं कि घंटी बजाने की ज़रूरत ही नहीं थी। वो बोली, "बेवक़ूफ़ी की बातें ना करो। हम ही अनन्त हैं। अब ये बताओ, किधर मुड़ना है।"

माहौल में मैं ऐसा खो गया था कि अन्दाज़ा ही नहीं हुआ कि एडीओ का दफ़्तर आ चुका है। मैं भीतर घुसा, पैट पीछे थी। एडीओ तो नहीं मिले, पर बीडीओ मौजूद थे। मेरी महिला मित्र को देखकर वे प्रभावित लगे और उन्होंने आश्वासन दिया कि स्कूल की मरम्मत का काम बहुत से बहुत महीने-भर के भीतर पूरा हो जाएगा, मन्दिर का भी, और सड़क का निर्माण भी दो महीने में हो जाएगा। बस कुछ प्रशासनिक औपचारिकताएँ पूरी करने की देरी है। इतने में बीडीओ पैट के साथ कुछ समय काटते हैं और मैं एडीओ की प्रतीक्षा कर सकता हूँ। इस बात पर पैट मुस्कराई और बीडीओ को निराश करते हुए बोली कि इस दौरान में वह बाज़ार घूम आना चाहेगी। हमने तय किया कि घंटे-भर बाद हम यहीं वापस मिलेंगे और फिर साथ में स्टूडियो चले चलेंगे और वहाँ अपनी योजना पर भाग्य आज़माएँगे। पैट के जाने के बाद अब करने को कुछ ख़ास था नहीं और बीडीओ

की दिलचस्पी मुझसे बात करने में नहीं दिख रही थी, तो मैं पिताजी के काग़ज़ों में डूब गया।

पालनपुर, 1937

एक दिन द परफ़्यूम्ड गार्डेन में अपने दौरे पर पीताम्बर को एक कलात्मक तजुर्बा हुआ जो बाद में बड़ा नुक़सानदायक साबित होनेवाला था। अपने नियमित मेहमानों के लिए एक ख़ास तोहफ़े और नई कारोबारी आज़माइश के तौर पर मिस पद्मा ने एक डांस शो रखा था जिसे उनकी तीन सबसे ऊर्जावान लड़कियाँ प्रस्तुत कर रही थीं। पीताम्बर इससे इतना प्रभावित हुआ कि अपना जाम हवा में उठाते हुए उसने क़सम खाई : एक न एक दिन मैं इन नर्तकियों को अपने मेहमानों के सामने यही शो करने के लिए बुलाऊँगा। हक़ीक़त में इन लड़कियों का नाच बाद के दिनों के बॉलीवुड के नाच-गाने के मुक़ाबले में बहुत ख़राब था। वे नाचते-नाचते सन्तुलन खो दे रही थीं, आपस में फूहड़ तरीक़े से हँसी-ठट्ठा कर रही थीं और आपस में इनके बीच तालमेल भी नहीं था। लेकिन पीताम्बर के लिए यही नृत्यशास्त्र का उत्कर्ष था और एक दिन यह सब उसका होगा। अपनी ख़ास ज़रूरतें पूरी हो जाने के बाद उसने पैसे चुकाए और कुछ अतिरिक्त भी ख़र्च दिये।

पीताम्बर को रिटायर हुए अब कुछ साल बीत चुके थे। उसकी माली हालत धीरे-धीरे बिगड़ रही थी। शोभा को इसका अन्दाज़ा हो गया था। उसने संकेत भी किया कि ऐयाशी वाले ख़र्चों को बन्द किया जाए या उनमें कटौती की जाए। पीताम्बर को यह बात रास नहीं आई थी। उसने जवाब दिया था कि वह तो एक-एक पैसे का हिसाब रखता है और समझदारी से ख़र्च करता है। शोभा ही लापरवाह है। क्या वह चाहेगी कि एक रिटायर कर्नल राजेश की तरह खेतों में मजूरी करे? यह तो घोर बेइज़्ज़ती होगी। वो यही चाहती है क्या?

शोभा वाक़ई ऐसा नहीं चाहती थी। उसने विनम्रता से इशारा किया कि जुआ खेलने के कारण पैसे का नुक़सान हुआ है। शोभा ने ऐसा कहते हुए मुरादाबाद के दौरे वाली बात दबा ली। इस पर पूर्व फ़ौजी फिर भड़क गया। अपने तजुर्बे से वह जानता कि पत्ते या चौपड़ खेलने में हुई हार और जीत मोटा-मोटी लम्बी दौड़ में मिलकर बराबर ही हो जाती हैं और कोई ख़ास नुक़सान नहीं होता। वैसे भी, वह गाँव का मुखिया होने के नाते भला-बुरा ज़्यादा समझता है। वास्तविकता यह थी कि अपने हिसाब-किताब को लेकर

चुप्पी मारे रखने के पीछे पीताम्बर की एक गुप्त वजह थी। दो महीने पहले ज़मींदार टीकम सिंह यानी मेरे पिता उसके पास एक आकर्षक प्रस्ताव लेकर आए थे। अंग्रेज़ों ने भारत में पक्की सड़कों का जाल फैलाने का फ़ैसला लिया था और एक ऐसी सड़क यहाँ भी बननी थी जो गाँवों को आपस में जोड़ देती। चूँकि अंग्रेज़ विकेन्द्रीकरण में पक्का भरोसा करते थे, तो उन्होंने ज़मींदारों को सूचना दी थी कि इस सड़क का फ़ंड स्थानीय अधिकरणों को उपलब्ध कराया जाएगा ताकि वे अपनी ज़रूरत के हिसाब से सड़कें चुन लें। ज़मींदारों से कहा गया था कि यह बात वे गाँव के मुखिया तक पहुँचा दें। फंड के ख़र्चों पर थोड़ी बन्दिशें बेशक थीं लेकिन काम होने के बाद ही ख़र्च की जाँच आदि की जानी थी। बाद का मतलब बहुत बाद में।

इस परियोजना को लेकर टीकम सिंह बहुत उत्साहित थे। उनके और पीताम्बर के बीच निर्माण कार्य में काम आनेवाली सामग्री की गुणवत्ता पर बात हुई और सौदा सुलटाया गया। यह तय पाया गया कि उच्च गुणवत्ता या उसके आसपास का काम रखते हुए भी इसमें काफ़ी कुछ बचाया जा सकता है। जो बचेगा, उसे माल के सप्लायर के साथ साझा कर लिया जाएगा। यही सबसे बुनियादी और असरदार तरीक़ा था। ज़मींदार जब हिसाब-किताब लगा रहा था तभी पीताम्बर को समझ आ गया था कि बँटवारे के बाद भी इसमें ठीक-ठाक फ़ायदा हो जाएगा।

इसके बाद टीकम ने नक़्शा खोला। उसमें समस्तीपुर, पीपली और पालनपुर का इलाक़ा दर्शाया गया था। इसमें सड़कें किधर भी बनाई जा सकती थीं। शॉर्टकट भी मारा जा सकता था।

"हम समझे नहीं," पीताम्बर बोला।

चतुर ज़मींदार ने नक़्शे पर उँगली रखी। ज़मींदार बोला, "सड़क तो हर गाँव से होकर गुज़रनी है ताकि सारे गाँव अकरौली से जुड़ जाएँ।"

टीकम सिंह ने पीताम्बर को सख़्त नज़रों से घूरा और बोला, "ज़रूरी है क्या?"

"फिर और कहाँ जाएगी?"

"ज़रूरी यह है कि पालनपुर में ठाकुरों वाला इलाक़ा सड़क से जुड़ जाए, बाक़ी कुछ इलाक़े ऐसे हो सकते हैं जहाँ सड़क की कोई ज़रूरत नहीं है।"

"जैसे मुरावों का टोला," पीताम्बर चीख़ा।

दोनों अकेले ही थे वहाँ, लेकिन इतने ज़ोर से अपनी गुप्त योजना को बोले जाने पर ज़मींदार चिढ़ गया। वो बोला, "मान लो कि पैसा कम पड़ जाए, तब ठाकुरों के टोले को पहले रखा जाएगा। अगर पैसा कम नहीं पड़ा, तब मुराव टोले से भी सड़क जा सकती है। ज़रूरत से ज़्यादा पैसा

हुआ तो गाँव के दक्षिण में चमारों की बस्ती को भी सड़क से जोड़ देंगे।"

पीताम्बर ने सन्तुष्ट होते हुए प्रस्ताव को मंज़ूरी दे दी। लगे हाथ उसे गाँव में पंचायत के सामने रखने के लिए एक बनी-बनाई दलील भी मिल चुकी थी। टीकम सिंह मुस्कराया। उसने समझाया कि पैसा ज़्यादा लोगों में बँटेगा। अगर रकम बड़ी हुई तो उसे पचाने के दोषी और ज़्यादा होंगे। यानी बाद में कभी बात खुली तो और भ्रम फैलेगा।

पीताम्बर को बात समझ आ गई। उसने बस सूचित करने के लिहाज़ से पैसे की कमी वाली दलील पंचायत के सामने रखी। वैसे भी पंचायत को बहुत विवरणों में जाने की ज़रूरत थी भी नहीं और पीताम्बर ने वादा भी कर दिया था कि सब बात सबके सामने खुले में होगी, कुछ भी छुपाया नहीं जाएगा। सारे काग़ज़ात सबको दिखाये जाएँगे। बैठक में थोड़ी हलचल रही लेकिन बाद में फ़ाइल के दोबारा परीक्षण वाला प्रस्ताव काम की बात लगी। मुरावों को भी लगा कि बीच में कुछ भी आपत्ति उठाना बेमतलब उँगली करना माना जाएगा। इसलिए भले अनिच्छा से, उन्होंने भी जाने दिया। दलितों से कोई मशविरा नहीं किया गया।

अन्ततः ईंट की सड़कों पर काम शुरू हो गया। ठेकेदार पीताम्बर और ज़मींदार दोनों का जाननेवाला था। उसने बताया कि पैसे कम पड़ रहे हैं इसलिए बहुत कोशिश करके थोड़ा हल्का माल भी लगा दिया जाए—जो फिर भी बेहतर होगा—तब भी सड़क पूरे गाँव से नहीं जा पाएगी। पंचायत बुलवाई गई। पहली वाली पंचायत में हलचल भर थी, अबकी बवाल हो गया। बाद में पालनपुरियों को पता चला कि पीपली से सड़क का काम अभी शुरू भी नहीं हुआ है और अकरौली वाली सड़क टूटने लगी है। मुराव इस पर इतना भड़क गए कि तनाव कम करने के लिए भुपाल को कुछ गुर्गों के साथ भेजना पड़ा।

घोटाला खुल चुका था लेकिन कोई पकड़ा नहीं गया। टीकम सिंह, पीताम्बर और कुछ दूसरे लोग भाग्यशाली निकले। इसी बीच आज़ादी का आन्दोलन ज़ोर पकड़ रहा था और योरप के हालात चिन्ताजनक बने हुए थे। अंग्रेज़ शासक मात्र एक सड़क के नाम पर संयुक्त प्रान्त ही नहीं, कहीं भी गाँववालों के साथ पंगा नहीं लेना चाहते थे।

इस तरह दो साल गुज़र गए। रुपये-पैसे के मामले में और मज़बूत हो चुका कर्नल पीताम्बर गाँव और खेतों की साज-सँभाल में लगा रहा। मुरादाबाद के दौरों को छोड़ दें तो आम तौर से वह समझदारी और विवेक के साथ गाँव को चलाता था। शोभा की छत्रच्छाया में फूल सिंह और रामपाल तमाम बीमारियों, हादसों, लड़ाई-झगड़ों, सर्पदंश, भैंसों के हमलों

जैसे सामान्य ग्रामीण ख़तरों के बीच पलकर बड़े हो गए। यह कोई कम बड़ी उपलब्धि नहीं थी।

उसी बीच भुपाल की पुरानी महिला मित्र गर्भवती हुई। यह उसके लिए एक झटका था। यह कुछ साल पहले हुआ होता तो वह मान लेता कि वह बच्चे का पिता नहीं है। पर अब नहीं। जवानी में ख़ूब खेली-खाई उसकी प्रेमिका उम्र बढ़ने के साथ काफ़ी वफ़ादार हो चली थी। बच्चा हुआ। बच्चा भी गया। भुपाल को लगा कि उसका जीवन बदल रहा है। इस अनचाहे बच्चे को अब किसी समाज से जुड़ा भी दिखाना था। भुपाल ने मुरावों से इस मौक़े पर बात की ताकि उसे बिरादरी किसी तरह वापस अपना ले। कहना आसान था लेकिन होना मुश्किल। उसने बहुत प्रलोभन दिया, कुछ ख़र्च भी किया, लेकिन विपक्षी मज़बूत निकले। उसने बिरादरी में तक़रीबन सबकी ठुकाई-पिटाई कभी न कभी की थी। इसके अलावा, बिरादरी से अपनी घर वापसी के लिए वह चिरौरी भी करता तो उसमें एक आक्रामकता रहती थी। अपने आक्रामक व्यवहार को वह काबू में नहीं कर पाता था। अन्त में भूपाल, उसकी प्रेमिका और नवजात को बिरादरी ने ठुकरा ही दिया। उन्हें मुरादाबाद जाकर बसना पड़ा। इस बच्चे का नाम पड़ा बीकेएस। इसके पीछे के कारण तो नहीं बताए जा सकते पर बाद में यही बच्चा चलकर पुलिसवाला बना।

भारत में यह दौर बड़े बदलावों का था। ये बदलाव ट्रेन के माध्यम से पालनपुर तक भी पहुँच चुके थे। भारतीय राष्ट्रीय कांग्रेस ने 1936 में बरेली में आचार्य नरेन्द्र देव की सदारत में एक सम्मेलन रखा। इसे जवाहरलाल नेहरू, एमएन रॉय, पुरुषोत्तम दास टंडन और रफी अहमद किदवई ने सम्बोधित किया। इन अहम लोगों में से कोई भी बरेली आते-जाते जरगाँव नहीं ठहरा। यहाँ से गुज़रा भी तो जरगाँव घर उनका ध्यान नहीं गया। जॉर्ज ने हालाँकि पालनपुरियों को बताया था कि चन्दौसी में उसने एक शख़्स को देखा था जो एक ट्रक से देश का दौरा कर रहा है। उसका नाम जुल्फिकार अली बुख़ारी है और उसने विधवा पुनर्विवाह और अस्पृश्यता पर लम्बे भाषण दिये हैं। गाँव और चन्दौसी के ज़्यादातर लोगों को यही लगा कि ये आदमी पागल है, लेकिन जॉर्ज जैसे छिटपुट कुछ लोगों को उसकी बात समझ भी आई थी। इसी बीच एक कविता जाने कहाँ से चर्चित हुई। पालनपुरियों का कला से क्या लेना-देना, फिर भी वे उससे प्रभावित दिखे। कुछ लोगों को तो वह कंठस्थ भी हो गई। इस कविता का नाम था 'आकाशवाणी'। किसी बंगाली कवि की लिखी हुई थी जिसका नाम टैगोर था। ये सब बिखरी हुई घटनाएँ मिलकर लोगों के दिलो-दिमाग़ पर असर डाल रही थीं। पालनपुर भी इसका अपवाद नहीं था।

इस कहानी से एक बात तो समझ में आई कि बाबू और किशन लाल ने बीकेएस के बारे में जो कुछ मुझे बताया था वह सही था। बीडीओ ने बताया कि एडीओ आ चुके हैं, तो मैंने पढ़ना बीच में रोक दिया था। एडीओ ने पहली बार वे सारे काग़ज़ात देखे जो दो दिन पहले मैं उनके लिए छोड़ गया था। वे सिर हिलाते रहे, फिर बोले कि वे हर एक के दिये योगदान की रसीद देखना चाहेंगे। रसीद बुक मैं पालनपुर में ही छोड़ आया था। मैंने कहा कि यह तो आन्तरिक मामला है, इसका उनसे क्या लेना-देना। मैंने यह भी पूछा कि अगला रोड़ा क्या आनेवाला है वह भी बता ही दें। वे मुस्कराए और बोले कि आगे कोई भी क़दम उठाने से पहले उन रसीदों को पेश करना पड़ेगा। इस पर थोड़ा गरमागरम पर व्यर्थ की बहस हो गई। मैंने साफ़ कह दिया कि अब रसीद दिखाने मैं पालनपुर से चलकर नहीं आनेवाला हूँ। एडीओ इस पर उखड़ गया। उसे इस काम में अपना कोई फ़ायदा नहीं दिख रहा था। उसने कहा कि यदि ऐसा है तो मुझे आईडीओ से मिलकर मामला सुलटा लेना चाहिए। और इतना कहकर उसने बैठक ख़त्म कर दी।

मैं गुस्से में अशोक कुमार के दफ़्तर चला गया। वे चुपचाप अपनी डेस्क पर बैठे थे। मुझे देखकर उन्हें ख़ुशी हुई। अब उनके ठीक सामने बैठकर कैप्टन के चरित्र के बारे में सीधे कोई सवाल पूछने में मुझे दिक़्क़त हो रही थी। मैंने गोलमोल बात की, लेकिन अशोक कुमार ने किसी तरह समझ लिया कि मैं क्या जानना चाहता हूँ।

"कैप्टन बहुत अच्छा आदमी है। उनकी निष्ठा पर सवाल नहीं है। वो तो एक साल तक निलम्बित भी रहे थे," अशोक कुमार ऐसे बोले, जैसे कि निलम्बित रहना ईमानदारी का पक्का तमगा हो।

मैंने कहा, "ये तो अच्छी बात है। तो आप पक्का हैं कि मैं उन पर भरोसा कर सकता हूँ?"

वकील ने मुझे देखा और मुस्कराते हुए बोले, "आप तो ख़ासकर कर सकते हैं। आख़िर आप दोनों का एक रिश्ता है।"

थोड़ा आश्चर्य से मैंने जवाब दिया, "हाँ, वो तो है ही, अक्सर हम लोग ट्रेन में मिल जाते हैं और उन्हें पालनपुर के बारे में काफ़ी जानकारी भी है।"

वकील फिर मुस्कराया, "जितना आपको लगता है उससे कहीं ज़्यादा। आप चाय लेंगे?"

मैंने मना किया और चल पड़ा। कैप्टन को लेकर अब रहस्य और गहरा हो गया था।

बाज़ार में पैट तुरन्त ही पकड़ में आ गई। वह चाहनेवालों से घिरी हुई थी। उसने ख़रीदारी निपटा ली थी और चाय पीते हुए एक बड़े से झोले के साथ मेरा इन्तज़ार

कर रही थी, जिसमें तमाम ऐसी चीज़ें भरी थीं जिनकी मुझे अब तक ज़रूरत नहीं पड़ी। मैंने भी साथ में चाय पी। चाय पीते हुए आसपास नज़र दौड़ाई तो अचानक कुछ देखकर मैं उछल पड़ा।

"क्या हुआ?" पैट ने चौंकते हुए पूछा।

"मैंने एक बकरी देखी, मेरी पहचानी हुई है।"

"मतलब?"

"अरे बकरी। मैं देख के आता हूँ, ख़ासकर उसे जो इसकी रस्सी थामे हुए है।"

मैं वहाँ पहुँचा तो बकरी नदारद थी।

"क्या कर रहे हो?"

"मैं केवल एक बकरी को जानता हूँ, मतलब पहचानता हूँ। अगर ये वही बकरी है इसका मतलब कि इसका मालिक इस समय मेरे खेत में काम नहीं कर रहा है।"

"क्या बके जा रहे हो?"

"मतलब कि बाब्रू मेरे खेत में नहीं है, यहीं बाज़ार में है। छोड़ो ख़ैर, स्टूडियो चलते हैं।"

अध्याय 19

पालनपुर, 1984

हमने सोचा था कि स्टूडियो के काम में अगर कामयाब होना है तो हमें यह दिखाना होगा कि हम साथ-साथ नहीं हैं। इसलिए पहले मैं जाऊँगा, थोड़ी देर बाद जब मैं और स्टूडियो वाला लैब में काम शुरू कर चुके होंगे पैट आएगी। यह नुस्खा काम कर गया। स्टूडियो वाले ने अपना डार्क रूम मुझे काम के लिए दे दिया और मदद करने को भी कहा। हमने एक साधारण से नेगेटिव की पहली शीट खोली ही थी कि बाहर से एक आवाज़ आई। वह नीचे गया। पैट की आवाज़ थी। वह दुनिया-भर के सवाल पूछे जा रही थी, उसके हुनर की तारीफ़ कर रही थी। फिर आख़िर में पैट ने उससे पूछा कि क्या वह फ़ोटो शूट के लिए उसके साथ चल सकता है। ज़ाहिर है, वह तुरन्त तैयार हो गया। उसने मुझसे पूछा कि क्या मैं कुछ देर अकेले काम कर सकता हूँ। मैंने छूटते ही कहा, हाँ, मुझे इसमें कोई दिक़्क़त नहीं है। वे दोनों निकल गए। अब यह लैब था और मैं। मैंने और पैट ने तय किया था कि नौ सबसे ज़्यादा खुलासा करनेवाली तसवीरों की दस-दस प्रतियाँ तैयार करेंगे। 18×24 इल्फ़ोर्ड बॉक्स की 100 शीटों में आख़िरी 10 शीटों का इस्तेमाल उन नेगेटिव के लिए किया जा सकता था, जिन्हें मैं पहले ही फ़ोटोग्राफ़र को दिखा चुका था। मियोप्टा पर जितना तेज़ हो सकता था, मैंने काम करना शुरू किया। तक़रीबन सब हो ही चुका था कि नीचे दुकान पर पैट और स्टूडियो मालिक के लौटने की आवाज़ें सुनाई दीं।

सीढ़ियों के नीचे से वो चिल्लाया, "हो गया?"

"बस, हो ही गया समझो," मैंने जवाब दिया, "निश्चिन्त रहो, मैं कर लूँगा।"

पैट की आवाज़ मुझे सुनाई दी लेकिन साफ़ नहीं हुआ कि वह क्या कह रही थी।

"ठीक है फिर," स्टूडियो वाले की आवाज़ आई, "तब तक मैं ग्राहक का ख़याल रखता हूँ।"

पता नहीं पैट का 'ख़याल रखने' से उसका क्या आशय था, सो मैं काफ़ी तेज़ी से आख़िरी प्रिंट्स की ओर बढ़ा, सबको धोया और क्रम से सब लगा दिया

ताकि विवादास्पद तसवीरें छुपाई जा सकें। फिर मैंने ध्यान से आसपास देखा। कोई सुबूत नहीं छूटा था। सारे नेगेटिव मैंने प्लास्टिक के बक्से में वापस रख दिये। बक्सा और वे नब्बे महत्त्वपूर्ण प्रिंट मैंने बैकपैक में डाले और लैब से निकल लिया। हाथों में दस अतिरिक्त प्रिंट थे जिनमें प्रकृति, ट्रेन, बीज केन्द्र, गोविन्दी और एक अंधे बुज़ुर्ग की तसवीरें थीं।

सीढ़ियों से नीचे आते ही मैंने सुना कि स्टूडियो मालिक पैट को एक फिक्स फोकल लेंस पर फोकल लेंथ बदलने के बारे में समझा रहा था। उस पेशेवर फ़ोटोग्राफ़र को यह सवाल खटका ही नहीं था। वह पूरा भाषण दिये पड़ा था। उसने कहा कि ऐसी बातों के लिए स्टूडियो से बेहतर जगह कल्लू हलवाई की दुकान है जहाँ दो लोग बैठकर कुछ खा-पी भी सकते हैं। निश्चित रूप से पैट उसे झेल ही रही थी। हमने तय किया था कि हम ऐसा दिखाएँगे जैसे एक-दूसरे को न जानते हों, लेकिन मेरे नीचे आते ही उसने चौंकते हुए कहा, "अरे, आपको तो मैं जानती हूँ। क्या आप भी चन्दौसी में छुट्टियाँ मना रहे हैं?"

स्टूडियो मालिक की हवा निकल गई, वह भी चौंककर बोला, "आप दोनों एक-दूसरे को जानते हैं?"

"हम लोग दिल्ली में मिले थे," मैंने जवाब दिया, "आपका बहुत धन्यवाद रहेगा कि आपने मुझे तसवीरें डेवलप करने का मौक़ा दिया। अच्छी निकली हैं। देखना चाहेंगी?" मैंने पैट से पूछा।

उसने जवाब दिया, "हाँ, बेशक। आइए चाय पीते हैं, वहीं बताइएगा कि आप यहाँ क्या कर रहे हैं।"

मैंने स्टूडियो वाले को अच्छे पैसे दिये। पैट ने भी उसका शुक्रिया अदा किया और उसने वादा किया कि जल्द ही वह उसकी तसवीरें बनाकर तैयार कर देगा। फिर हम लोग निकल गए।

वापसी में साइकिल पर पीछे बैठे हुए मैंने पैट को बताया कि एडीओ के दफ़्तर में कुछ नहीं हो सका। उसे भी निराशा हुई। हम लोग किसी और जुगाड़ के बारे में सोचने लगे। इससे तो आसान यह होगा कि अगर चाचा के छुपाए पैसे मिल जाते और उनका इस्तेमाल स्कूल की मरम्मत में हो जाता। इस बात पर हम दोनों सहमत हुए। फिर मैंने पैट को बताया कि तसवीरें अच्छी आई हैं। बीच में कहीं ठहरकर हमने वे तसवीरें देखीं।

"कितना दुखद है। बेचारी स्मिता। और ये कितना गन्दा आदमी है। मैं स्मिता से बात करके उसे थोड़ा ठीक करने की कोशिश करूँगी।"

"सही है," मैंने कहा, "और इतनी तसवीरें तो उस पुलिसवाले को जेल भेजने के लिए काफ़ी होंगी।"

"सम्भव है, लेकिन स्मिता सही कह रही थी कि हमें थोड़ा और सोच लेना

चाहिए। अभी तो ये तसवीरें छुपा दो कहीं, कल हम नीतू के बारे में कुछ देखते हैं। अगला काम यही है," पैट ने कहा।

मेरे दिमाग़ में बाज़ार में दिखी उस बकरी की उलझन अब तक थी। गाँव में प्रवेश करते ही सीधे मैं अपने खेतों पर गया। जैसी कि उम्मीद थी, बाबू वहाँ नहीं था। उसने कुछ काम तो किया था यह साफ़ दिख रहा था, लेकिन उसमें ज्यादा समय नहीं लगा होगा। मुझे ग़ुस्सा आ गया। मैंने पैट से कहा कि हमें उसके घर चलना चाहिए। वहीं उसको डपटूँगा। उसके यहाँ जाने की नौबत ही नहीं आई क्योंकि वह स्टेशन पर ही दिख गया। एक ट्रेन रुकी और वह अपनी बकरी के साथ नीचे उतरा।

मैंने पैट से कहा, "ये देखो, ये महाशय खेत में काम करने के बजाय बकरी को टहला रहे हैं।"

हमने साइकिल रोक दी। पैट दोनों ओर पैर करके खड़ी हो गई। उसने मेरी ओर प्यार से देखकर कहा, "हो सकता है बेचारा फिर से अपनी बकरी बेचने गया हो और इस बार भी न बिकी हो। सोचो, कितनी मार्मिक बात है ये।"

मैंने एतराज़ जताया, "मुझे तो लगता है कि इसकी दिलचस्पी बकरी बेचने में है ही नहीं। बेवक़ूफ़ है, इसको बेचने का सही तरीक़ा नहीं आता।"

उसने बहुत नजाकत से मेरी आँखों में देखा। अपने बाएँ हाथ से मेरे बाल सहलाते हुए बोली, "एक बैंकर के नाते तुम्हारी बात शायद सही हो सकती है। हो सकता है वह उसे बेचना न चाहता हो। ठीक वैसे ही जैसे तुम्हें अपने खेतों से कोई मतलब नहीं है। अब ऐसा करो कि उसे आधे दिन का पैसा दे दो और कुछ बोलना मत। यही ठीक रहेगा। वो अपनी शादी को लेकर वैसे ही परेशान है। और तुम्हें अगर वाक़ई फ़ोटोग्राफ़ी करनी होती तो बाबू की और उस पतले से पेड़ के पीछे दुबकी बकरी की तसवीर ज़रूर लेते।"

मैंने मजबूरी में कहा, "अच्छा ठीक है भाई। नहीं डाँटूँगा। चलो घर चलते हैं।"

घर पहुँचने पर पैट बोली कि अपने पी-एच.डी. पर्यवेक्षक के यहाँ आने से पहले वह गाँव की कुछ और औरतों से बात करना चाहेगी। मैं घर पर ही रुक गया। मैंने तसवीरें छुपा दीं, सिगार जलाई और पुराने पन्नों में डूब गया।

पालनपुर, 1942

पीताम्बर अपनी शानदार मूँछें छाँट रहा था। समय के साथ उसकी मूँछें पकने लगी थीं, फिर भी वह पूरी ठसक के साथ उन्हें सँवारे रखता था जो इतनी लम्बी और सीधी थीं कि गुरुत्वाकर्षण को चुनौती देती प्रतीत होती थीं। एक मुखिया की ताक़त और सत्ता का प्रतीक थीं ये मूँछें। ठीक वैसे ही जैसे 'स्मेली' ली-एनफ़ील्ड,

जो हल्के चटके हुए एक बेल्जियन शीशे के ऊपर बड़े क़रीने से रखी रहती थी। और उसकी लाल पगड़ी भी, जो इतनी कुशलता से बाँधी गई थी कि एक रोबदार फ़ौजी के क़द में एकाध इंच का इज़ाफ़ा करके उसे और डरावना बनाती थी। पगड़ी और राइफ़ल का तो अपना रोब था ही पर मूँछें केवल गर्वीली छवि का मामला नहीं थीं। मूँछें बाक़ी दोनों से निर्मित छवि में चार चाँद लगा देती थीं। संक्षेप में, मुखिया की मूँछें उसके ताज में जड़े हीरे के समान थीं।

हर सुबह इन्हें वह ख़ुद अपने हाथों से सँवारता था। इतनी अहम चीज़ को किसी मामूली हज्जाम के भरोसे नहीं छोड़ा जा सकता था। पीताम्बर अपने शीशे के सामने खड़ा होकर मूँछें छाँटता था। यह शीशा शायद इसी काम के लिए वहाँ टँगा हुआ था, हालाँकि शोभा भी कभी-कभार उससे छुप-छुपाकर इसका इस्तेमाल कर लेती थी।

बाहर बारिश हो रही थी। छत पर पानी गिरने की अच्छी-ख़ासी आवाज़ आ रही थी, लेकिन पीताम्बर के तेज़ कानों में बाहर मिट्टी की हल्की दीवार के पास से अपनी बहन के क़दमों की आहट पड़ गई। हल्के और तेज़ क़दमों की आवाज़ थी। वह भीगने से बचने के लिए काफ़ी तेज़ी से भीतर भागती आ रही थी, लेकिन उसके क़दम सधे हुए थे क्योंकि रास्ते में पड़नेवाले तमाम गड्ढों से भी ख़ुद को बचाना था। इतने साल साथ रह चुकने के बाद पीताम्बर को अपनी बहन की सधी हुई चाल में हल्का सा बदलाव भी पकड़ में आ जाता था। फ़िलहाल ऐसा लगता था कि वह अप्रत्याशित रूप से तेज़ चलकर आ रही है। कुछ तो जल्दीबाज़ी वाली बात थी उसमें। मुखिया थोड़ा चौकन्ना हुआ। फिर उसने लम्बी साँस ली, ख़ुद को सहज किया और अपने ज़रूरी काम में जुट गया पर कोई लाभ नहीं हुआ। इतनी मेहनत के बाद भी शीशे में नीचे की ओर झुकी मूँछ की छवि ही बरामद हुई।

शोभा ग़ुस्से में थी। बारिश में एक बार फिर गाँव की सड़कें खस्ताहाल हो गई थीं। सड़क योजना से कमाये पैसे को पीताम्बर अगर मकान आदि ठीक करने में लगाता तब भी एक बात होती लेकिन उसने ज़्यादातर पैसा मुरादाबाद में अवैध कामों में उड़ा दिया था। शोभा को सब ख़बर थी। पालनपुर के लोग जब ऐसी स्थिति में गड्ढे में फँसकर उसे घूरते थे तो उसे बहुत बुरा लगता था। हाल ही में भटनागर परिवार ने स्कूल की खस्ता हालत पर भी उसको खरी-खोटी सुनाई थी। शोभा मकान के दरवाज़े पर पहुँच चुकी थी, जो कभी पक्का हुआ करता था। भैंसों के बीच से गुज़रते हुए उसने छत में बने एक छेद से गिर रहे पानी से ख़ुद को बचाया। उस छेद को पैसे की

कमी के चलते बन्द नहीं किया जा सका था। इस बात पर वह और भड़क गई। काफ़ी तेज़ी से गलियारे में वह घुसी। भड़ाक से उसने दरवाज़ा खोला। पीताम्बर उछल पड़ा। उसके हाथ में जो कैंची थी वह चमड़ी में घुस गई और ख़ून निकल आया।

"क्या हुआ?" कटे चेहरे से ख़ून निकलने के बावजूद पीताम्बर ने काफ़ी शान्त स्वर में पूछा, "कोई दिक़्क़त है क्या?"

शोभा अशान्त थी। पीताम्बर ने जब तक चेहरे के उस हल्के से ज़ख़्म का इलाज किया, उतनी देर तक शोभा लगातार तमाम चीज़ों को लेकर शिकायत करती रही। वह चुपचाप सुनता रहा। कुल मिलाकर वह फूल सिंह की पढ़ाई-लिखाई और सड़कों की बुरी हालत को लेकर असन्तुष्ट थी।

पीताम्बर इन चीज़ों में दिमाग़ नहीं लगाता था। यह चमत्कार ही था कि फूल सिंह को पढ़ना-लिखना आ गया था। इस सबका श्रेय अकेले शोभा को जाता था, लेकिन पीताम्बर के लिए यह सामान्य बात थी। उसका हमेशा से मानना रहा था कि बच्चों की पढ़ाई-लिखाई और स्कूल का ज़िम्मा औरत का होता है। शोभा ने हालाँकि इस मामले में पीताम्बर पर काफ़ी दबाव डाला था। वह लगातार उससे कहती थी कि यह ठीक है कि गाँव का मुखिया होने के नाते, एक महत्त्वपूर्ण व्यक्ति, फ़ौज में कथित रूप से कर्नल और पैसेवाला ज़मींदार होने के नाते पीताम्बर यह नहीं चाहता कि उसके बच्चे दूसरों के बच्चों के साथ खेतों में काम करें या खेलें। लेकिन कम-से-कम एक स्कूल तो हो ही जहाँ बच्चों को ये सब करने की छूट हो। विशेष रूप से फूल सिंह को लेकर शोभा इस बात पर बहुत ज़ोर देती थी क्योंकि वह शोभा का लाड़ला था। रामपाल पढ़ने में उतना तेज़ नहीं था। घर में शान्ति बनाए रखने के लिए पीताम्बर अन्ततः स्कूल के मामले पर राज़ी हो गया था। इसका पालनपुर में शिक्षा के स्तर पर काफ़ी असर पड़ा। पीताम्बर ने पंचायत को स्कूल की मरम्मत करवाने, शिक्षकों की तनख़्वाह बढ़ाने और उनकी नियमित उपस्थिति सुनिश्चित करने को राज़ी कर लिया था। कुछ समय तक यह सब कुछ ठीक-ठाक चला। लेकिन बाद में गड़बड़ा गया। सड़क को लेकर भी शोभा ने बहुत कड़वी बातें पीताम्बर से कही थीं। अपने मन की भड़ास निकालकर शोभा हल्की हो जाती थी, हालाँकि उसे अच्छे से पता था कि सरकारी फ़ंड के बग़ैर यह काम सम्भव नहीं है।

शोभा के कमरे से जाने के बाद पीताम्बर अपनी ज़िन्दगी के बारे में सोचने लगा। वास्तव में हालत बहुत अच्छी नहीं थी। उसकी बहन का ग़ुस्सा उसे जायज़ लगा। इस ग़ुस्से को वह हर जगह पढ़ पा रहा था। दरअसल, गाँव में मौजूदा हालात को लेकर एक क़िस्म का असन्तोष व्याप्त था। शोभा

का ग़ुस्सा उसी की एक झलक था। पिछले चुनाव में पीताम्बर बेईमानी से जीता था और यह बात हर कोई जानता था। इसके अलावा अंग्रेज़ों को जानेवाले लगान को लेकर भी असन्तोष था और इसलिए ज़मींदार टीकम सिंह के ख़िलाफ़ भी लोगों में ग़ुस्सा था। पीताम्बर के लिए यह ठीक नहीं था कि टीकम सिंह उसके ख़िलाफ़ हो जाएँ। यह असन्तोष केवल गाँव तक सीमित नहीं रहा। जॉर्ज से ख़बरें मिलती रही थीं कि ख़ासकर बरेली और मुरादाबाद सहित दूसरे मुख्य स्टेशनों पर भी काफ़ी विरोध प्रदर्शन हुए हैं। ट्रेनों की संख्या उस बीच लगातार घटती जा रही थी। तमाम ट्रेनों के इंजन और डिब्बों को ब्रिटेन में मरम्मत के नाम पर कलकत्ता या बम्बई भेज दिया गया था। उनके लौटने की गुंजाइश कम थी। उनके चालक अपनी ट्रेनों के बग़ैर उदास और अकेले पड़े हुए थे। उन्होंने ही खुलासा किया था कि ये ट्रेनें और भारतीय सिपाही अब जंग में ब्रिटेन की मदद करने के लिए बाहर भेजे जा रहे हैं। जंग उसी देश के ख़िलाफ़ हो रही है जिसके साथ पिछली बार हुई लड़ाई में इतने सारे भारतीय सैनिक मारे गए थे।

कुछ बाहरी प्रभाव भी पालनपुर में काम कर रहे थे। मसलन, कुछ पालनपुरियों ने किसी डॉ. फारूकी को रेडियो पर सुन लिया था कि जर्मन लोग अंग्रेज़ों से इतने ज़्यादा ताक़तवर हैं कि हज़ार साल तक उन्हें हराते ही रहेंगे। हज़ार साल काफ़ी लम्बा समय था और अंग्रेज़ों के कहे से मेल नहीं खाता था। तो क्या अंग्रेज़ों पर भरोसा किया जाए? उनके कहे मुताबिक़ तो बरसों पहले ही उन्होंने जर्मनों को हरा दिया था, लेकिन यह बात तो ग़लत निकली। अबकी लोगों में खुलकर यह चर्चा होने लगी कि आख़िर इतने शक्तिशाली अंग्रेज़ों को भारतीय फ़ौजियों की मदद चाहिए ही क्यों।

बहरहाल, पालनुपर में ट्रेनों की कम आमद के चलते यहाँ लोगों की कमाई पर अप्रत्याशित ढंग से असर पड़ा। मसलन, रेलवे पटरियों के क़रीब स्थित धर्मशाला को कुछ उद्यमी डाकुओं ने अपनी लूट के माल का गोदाम बन लिया। दरअसल, डकैतों के ठिकाने पुलिस जानती थी। कभी-कभार उनके ठिकानों पर छापे भी पड़ते थे। छुपने के लिए उन्हें महफ़ूज़ जगह की ज़रूरत थी। तब डकैत पंडित लक्ष्मीनारायण के पास मदद के लिए पहुँचे जो दक्षिणा लेकर किसी की भी मदद करने को तैयार हो जाता था। उसने मामला सुलटा दिया। फिर डकैतों ने रेलवे पटरियों के किनारे और चन्दौसी से लेकर मुरादाबाद तक अपना कारोबार फैलाया। लूट का माल धर्मशाला में जमा होने लगा। दुर्भाग्य से जब ट्रेनों की आवाजाही कम पड़ी, तो धर्मशाला की ज़रूरत भी कम होने लगी। इससे लक्ष्मीनारायण के पास देवताओं को चढ़ाने के लिए दक्षिणा भी कम आने लगी।

पैट बहुत निराश होकर वापस आई। उसने कई औरतों से बात करने की कोशिश की थी। उस अंधे फ़ौजी की बीवी से भी तसवीरें मैंने ली थीं। बदक़िस्मती से पिछली रात फ़ौजी शराब के नशे में घर आया था और उसने लड़का न जन पाने के नाम पर पत्नी को ऐसा पीटा था कि डॉक्टर को बुलवाने की नौबत आन पड़ी थी। जब आपके मन में इनसान की छवि अच्छी होती है और अचानक आपको हिंसा, लोभ, पाखंड या बुराई के साक्ष्य मिलते हैं तो वैसे ही मन हताश हो जाता है। अगर औरतों की हालत बुरी थी तो बच्चे भी कोई ख़ास बेहतर स्थिति में नहीं थे। पैट को वीना से बात करनी थी, वह रामपाल मुखिया के यहाँ भी गई थी। वहाँ पहुँचकर पता चला कि जगपाल की मौत हो गई है। जिस लड़की को उसने एक दिन खुरपी से डराया था, उसी से उसकी फिर भिड़ंत हो गई थी। इस बार जगपाल ने उसे काफ़ी मार दिया था। इसके बाद अपने बाप की पिटाई के डर से वह इतना घबराया हुआ था कि उसने कोई कीटनाशक खा लिया। खाते ही वह गिर पड़ा, हालाँकि उसकी साँस अब भी चल रही थी। उसे अकरौली में डिस्पेंसरी तक ले जाने के लिए एक डनलप चाहिए थी। रामपाल की डनलप ख़राब पड़ी थी। उसने गाँव में घूम-घूमकर सबसे डनलप माँगी। दो घंटे बाद जाकर एक डनलप मिली, वे लड़के को ले चले। लड़का अभी बेहोश था। अकरौली पहुँचते-पहुँचते उसका शरीर ठंडा पड़ गया। पुलिस की पूछताछ और जाँच से बचने के चक्कर में वे तुरन्त पालनपुर लौटे और लड़के का आनन-फ़ानन अन्तिम संस्कार कर डाला। रामपाल का बेटा जगपाल कितना डरा हुआ रहा होगा, यह मैं समझ सकता हूँ। मैंने चुन्नी और उसकी पत्नी को अपने बेटे को पीटते देखा था। वैसे भी, जगपाल के मन में बाप का डर तो बचपन से ही रहा होगा चूँकि रामपाल को उसके लिए चन्दौसी से ख़ास प्लास्टिक की चादरें ख़रीदकर लानी पड़ती थीं। अब उसका एक लड़का जेल में था, और दूसरा जा चुका था। परिवार तबाह हो चुका था।

पैट स्मिता से भी मिलकर आई थी। नीतू के जेल से बाहर आते ही बाबू की शादी होनी थी, स्मिता उसी की तैयारियों में जुटी हुई थी। तैयारियों में हाथ बँटाने और कुछ ज़रूरी इन्तज़ामात पर बात करने के लिए उसने होनेवाली बहू की एक सहेली को अपने पास बुला लिया था। शादी में मदद करने और अच्छे मालिकान होने के नाते मुझे और पैट को भी बुलाया गया था।

इनके बीच में कुछ और मसलों पर भी बात हुई थी। पैट ने बताया कि उसने राइफ़ल वाली बात स्मिता को बता दी है। मैंने ग़ुस्से में उसे देखा, "इसका मतलब कि पूरा गाँव अब प्लेटफ़ॉर्म पर पहुँच जाएगा और मेरे शहर जाने को लेकर बातें बनाएगा।"

पैट ने इतना नहीं सोचा था। अब चाहे जो हो, देखा जाएगा।

सुबह पैट ने मुझे जगाया। बड़ी मुश्किल से मेरी नींद खुली। मैं तुरन्त निकलने की तैयारी में जुट गया। राइफ़ल को मैंने एक आयताकार बक्से में सफ़ाई से बन्द किया। देखकर कोई भी नहीं बता सकता था कि भीतर क्या है। किशन लाल को चन्दौसी में कुछ ज़रूरी काम था इसलिए वो भी साथ में चल रहा था, हालाँकि मैंने उससे चलने को नहीं कहा था। मैंने बाबू को भी नहीं बोला था क्योंकि वह अपनी शादी की तैयारियों में व्यस्त था। ज़्यादा चिन्ता की बात यह थी कि मैंने कैप्टन को अपनी योजना नहीं बताई थी। मैंने सोचा था कि उस पर अब भरोसा कर लिया जाना चाहिए, शायद कुछ सार्थक मदद मिल जाए। दुर्भाग्य से शहर की पिछली सारी यात्राएँ मैंने साइकिल से की थीं, ट्रेन से नहीं इसलिए उनसे मुलाक़ात ही नहीं हो सकी थी। बस एक उम्मीद थी कि आज ट्रेन में शायद उनसे मुलाक़ात हो जाए।

अध्याय 20

पालनपुर, 1984

स्टेशन पहुँचने पर सब कुछ सामान्य लगा। कोई ख़ास हंगामा नहीं था। स्मिता ने किसी को कुछ नहीं बताया था। किशन लाल वहीं हमारा इन्तज़ार कर रहे थे। बदक़िस्मती से कैप्टन ट्रेन में नहीं मिले। मैंने सोचा क्या करें, आगे जाएँ या नहीं। थोड़ा संकोच था लेकिन मैंने तय किया कि चला जाए। चन्दौसी पहुँचकर हम लोग सबसे पहले वकील के पास गए। उसे कई बातें बतानी थीं और कुछ मदद भी चाहिए थी। वकील ने तुरन्त भीतर बुलवा भेजा। किशन लाल बाहर ही बैठे रहे। उसे सामने ले जाना ठीक नहीं था। यह ख़तरनाक हो सकता था। मैंने अशोक कुमार को पहले ही बता दिया था कि मैं आ रहा हूँ, लेकिन आने की वजह नहीं बताई थी। मैंने चुपचाप बक्सा उनकी मेज़ पर रखा और खोल दिया। मेरे आने पर जो वकील बैठा ही रहा था, वह राइफ़ल देखते ही उछलकर खड़ा हुआ और भागकर उसने दरवाज़े की साँकल लगा दी।

उसने पूछा, "आपके चाचा वाली राइफ़ल है क्या?"

"हाँ, यही है, लेकिन उनके यहाँ जो खोखे मुझे बरामद हुए हैं वे इसके नहीं हैं।"

"बहुत पुरानी राइफ़ल है इसलिए इसमें कोई आश्चर्य नहीं होना चाहिए। इस राइफ़ल का एक इतिहास है। बेहतरीन राइफ़ल है, शानदार पीस।"

मैंने उसे बताया कि कैसे यह मुझे एक गुप्त जगह पर मिली थी और साथ में कुछ काग़ज़ात भी बरामद हुए थे। मैंने हिसाब-किताब वाली चाचा की काली नोटबुक भी उसे दिखाई। फिर मैंने कहा कि इन्हें लेकर मैं बीकेएस के पास जा रहा हूँ, तो क्या वह एक काग़ज़ पर यह लिखकर दस्तख़त कर देगा कि मैंने उसे पहले ये सब दिखा दिया है। उसने ध्यान से सुना, फिर बोला, "मुझे एक फ़ोन करना है, आप पाँच मिनट के लिए बाहर जा सकते हैं क्या? राइफ़ल यहीं छोड़ दीजिए।"

मैं बाहर चला आया। यहाँ देखा कि वकील के एक जूनियर की मदद से किशन लाल कुछ क़ानूनी काग़ज़ात का मुआयना करने में जुटा हुआ है। वह

पीपली में किसी ज़मीन के दामों पर बात कर रहा था। देखने में थोड़ा अजीब लगा। हो सकता है कि यह मेहनती किसान बचत के पैसे से कोई अच्छी ज़मीन ख़रीदने की फ़िराक़ में हो। मैं कुछ पूछ नहीं सका क्योंकि अशोक कुमार ने तभी भीतर बुला लिया, "तो आपकी योजना क्या है अभी?"

"मैं ये सब बीकेएस को दिखाना चाहता हूँ। मुझे लगता है कि ये सुबूत नीतू को निर्दोष साबित करने में काम आ सकते हैं।"

वकील बोला, "आपकी बात तकनीकी रूप से सही है लेकिन इस मामले को अंजाम तक पहुँचाने के लिए आपको किसी की मदद चाहिए होगी।"

"कैसी मदद?"

"वहाँ आपका एकदम अकेले जाना ठीक नहीं है। किसी ऐसे आदमी की मदद जो थोड़ा वज़न रखता हो।"

थोड़ी देर वह चुप रहा और चिन्तित लगा, फिर बोला, "आप एकदम अभी जा रहे हैं?"

"अभी तो नहीं, वो आदमी 11 बजे से पहले दफ़्तर नहीं आता। पहले मैं एडीओ के पास जाऊँगा, उसके बाद।"

"ओह, अच्छा, वो मन्दिर वाला प्रस्ताव।"

"मन्दिर नहीं, स्कूल वाला कुमार साहब।"

"हाँ-हाँ," वकील ने ज़्यादा सोचे बग़ैर सहमति जताई और बोला, "ठीक है, एडीओ के यहाँ से होकर बीकेएस के पास पहुँचिए, लेकिन सतर्क रहिएगा। हमको नहीं लगता कि हमारे काग़ज़ देने से आपका कुछ भला होगा, फिर भी आप चाहते हैं तो ठीक है।"

उसने सरकारी भाषा में एक छोटा-सा नोट लिखकर उस पर दस्तख़त किया और कई मुहरें मारकर मुझे थमाते हुए बोला, "ये रहा। हम देखते हैं अगर थाने में आपकी कुछ मदद हो जाए तो।"

मैंने संकोच से कहा, "हाँ, अगर आपको वाक़ई लगता है कि ये ठीक रहेगा।" शायद उसकी बात सही थी, इस काग़ज़ की ख़ास ज़रूरत नहीं पड़नी थी। फिर भी मैंने उसे जेब में डाला और कहा, "आप जज हैं, जो फ़ैसला करिए।"

"अरे नहीं साहब, हम तो वकील ठहरे," अशोक कुमार से ऐसी हाज़िरज़वाबी की उम्मीद मुझे नहीं थी। "लेकिन हम जज साहब को बता देंगे कि ये सब सामग्री हमने देखी है। आप ऐसा करिए ये नोटबुक यहीं छोड़ जाइए, बस कुछ अहम पन्नों की प्रति लेते जाइए साथ में।"

मैंने राइफ़ल वापस पैक की और निकल गया। किशन लाल ज़मीन के रजिस्टर में डूबा सपने देख रहा था। उसमें ख़लल डालते हुए मैं ज़बरन खींचकर उसे ले गया।

हम पहुँचे तो एडीओ आ चुका था। वह अपने डेस्क पर बैठा हुआ था और

असहज सा लग रहा था। उसके दोनों गाल किसी गाभिन बकरी के पेट की तरह दोनों तरफ़ फूले हुए थे। हमें देखते ही वह हरकत में आया। डेस्क के नीचे झुककर उसने कुछ टटोलते हुए प्लास्टिक की एक बाल्टी पकड़ी और उसमें पान की पीक थूका। फिर अपने लाल दाँत मेरे सामने चियारते हुए थोड़ा अनिश्चय से बोला, "स्वागत है।"

मैं इस बार सबके दस्तख़त वाली रसीद बुक लेकर पहुँचा था। एडीओ ने उसे देखा और बोला कि वह दुरुस्त है, और दुरुस्त तो होना ही था—आईडीओ ने मुझसे कहा था कि बिलकुल इसी की ज़रूरत थी। फिर भी उसने एक और माँग उठा दी : 'संग्रह शुल्क' की। पता चला कि इन रसीदों के अलावा गाँववालों से 10 प्रतिशत 'संग्रह शुल्क' भी लिया जाना होता है और उसे नकद में डेस्क पर जमा कराना होता है। मैंने पूछा कि क्या उसके बदले मुझे रसीद मिलेगी। उसने इशारा किया कि रसीद की कोई ज़रूरत नहीं है क्योंकि संग्रह शुल्क तो इस प्रक्रिया का तय हिस्सा है, बल्कि वास्तव में एक प्रथा है। इसके बाद एक अनावश्यक और व्यर्थ बहस हुई। अन्त में मैंने बात को समेटते हुए कहा कि केवल ज़बानी जमाख़र्च पर संग्रह शुल्क इकट्ठा करके देने का काम मैं नहीं कर सकता।

स्पष्टत: वह बहुत खीजा हुआ था, उसने अब सीधी बात कही, "कोई बात नहीं है, ऐसी परिस्थिति में प्रस्ताव सीधे जेडीओ के पास भेजा जाता है। जब तक संग्रह शुल्क जमा नहीं हो जाता आपको यहाँ आने की ज़रूरत नहीं है। बाक़ी आपको जेडीओ साहब समझा देंगे।"

मैंने सारे काग़ज़ात इकट्ठा किये और निकल लिया। बीडीओ यह देखकर हतप्रभ था।

लौटते वक़्त माहौल को हल्का करने के लिए मैंने किशन लाल से पूछा कि वकील के यहाँ वो क्या कर रहा था। वह साफ़ कुछ बताने से बचता रहा। मैंने भी ज़ोर नहीं डाला। हम लोगों में यही बात होती रही कि ग्राम पंचायत के प्रस्ताव को आगे बढ़ाने में कितनी अड़चनें आ रही हैं। ऐसा लगता है कि सही वक़्त पर काम करवानेवाला सही आदमी पकड़ में नहीं आ रहा। उस पर से मैं रिश्वत देने को तैयार नहीं हूँ। किशन लाल का कहना था कि ये सरकारी बाबू अकेले अपनी तनख़्वाह के दम पर कार, टीवी, टाइटन की घड़ी जैसी चीज़ें नहीं ख़रीद सकते, फिर भी ये ख़रीद लेते हैं। उसकी बात सही थी। उसका इशारा उनकी 'ऊपरी कमाई' की तरफ़ था, जैसा इस इलाक़े में कहने का चलन था।

मैंने उसे बाज़ार में ही छोड़ दिया कि वह खेती के कुछ ज़रूरी सामान ख़रीदकर पालनपुर चला जाएगा। वहाँ से मैं थाने निकला। रास्ते में डाकघर पड़ा, वहाँ पैट के पी-एच.डी. निर्देशक़ की ओर से एक तार आया हुआ था। पालनपुरियों की तरह मैंने भी तार को खोलकर पढ़ लिया। उसमें लिखा था कि अप्रत्याशित परिस्थितियों

के चलते प्रोफ़ेसर दो दिन बाद सुबह दस बजे की ट्रेन से यहाँ आएँगे।

थाने में पहुँचते ही सबसे पहले उलटी झंडी वाली महिन्द्रा जीप पर निगाह पड़ी। यानी बीकेएस आ चुका था। मैंने ड्यूटी अधिकारी को अपना नाम बताया। वह भीतर गया। बाहर आकर उसने कहा कि बीकेएस आज बहुत व्यस्त हैं और आज तो समय नहीं दे पाएँगे। मैंने सिर हिलाया और लौटने का नाटक करते हुए वहीं से चिल्लाया, "ठीक है, फिर ये राइफ़ल मैं सीधे जज के पास ही लिये जाता हूँ।"

अचानक किसी तूफान की तरह बीकेएस मेरे सामने आकर खड़ा हो गया। मुझे उम्मीद नहीं थी इतना मोटा आदमी इतनी फ़ुर्ती दिखा सकता है। "राइफ़ल? कौन सी राइफ़ल?"

"वही राइफ़ल जो मुझे चाचा के घर में मिली है," मैंने कहा, "और एक बहीखाता भी मिला है जिसमें सम्भावित अपराधी का नाम है। लेकिन पता चला कि आप बहुत मसरूफ़ हैं, तो कोई बात नहीं, मैं बाद में आ जाऊँगा। बाहर रिक्शा मेरा इन्तज़ार कर रहा है, अभी ज़िला जज के यहाँ जाना है।"

बीकेएस घबराया हुआ लग रहा था। वो बोला, "मुझे वो राइफ़ल दिखाओ। ये पुलिस केस है और राइफ़ल साक्ष्य है।"

"हाँ, मालूम है, इसीलिए मैं उसे जज को देने जा रहा हूँ। वैसे भी वे बाद में आपको ही सौंपेंगे। असल में मैंने उन्हें पहले ख़बर भिजवा दी थी अपने आने की, तो वे मेरा इन्तज़ार कर रहे होंगे। बहीखाते वाली किताब उन्हीं के पास है। आपके लिए तो मैं कुछ पन्ने लेकर आया था, बहुत दिलचस्प है। एक नज़र आपको देखना चाहिए। मैंने सोचा कि अच्छी ख़बर है तो आपको भी लगे हाथ बता दूँ।" काफ़ी विनम्रता से मैंने कहा, "और मेरे पास सुबूत भी है कि मैंने ये चीज़ें जमा करवा दी हैं।" मैंने उसे वकील वाला काग़ज़ दिखाया। बीकेएस ने मुझसे वह काग़ज़ लेकर उसे तोड़-मोड़कर फ़र्श पर फेंक दिया। अशोक कुमार ने सही कहा था, उसके दिये काग़ज़ का कोई मोल नहीं है।

"दिखाओ," बीकेएस गरजा।

राइफ़ल को सीने से लगाए हुए मैंने उसे प्रतियाँ पकड़ा दीं।

उसने एक नज़र सब देखा। मैंने उसे आख़िरी वाक्य दिखाया जिसमें लिखा था कि "पी अब लालची और आक्रामक हो रहा है। ख़तरनाक हो सकता है। मुझे धमकी भी दी है। बी को भी।"

मैंने ज़ोर देकर कहा, "ये सब कुछ और साथ में राइफ़ल साबित करते हैं कि नीतू बेकसूर है।"

"कौन नीतू?"

"वही औरत जिसे आप लॉक-अप में रखे हुए हैं मेरे चाचा की हत्या के आरोप में।"

"ओह, वो चमारिन। उसके बेटे का नाम बाबू है न? बी से शुरू होता है, तुम्हारे चाचा की किताब के हिसाब से। हो सकता है उसी ने मारा हो। ये चमारिन तो गिरफ़्तारी के दौरान भी अकड़ रही थी। कई बार तो हिंसक भी हुई है।"

मैंने नीतू की बात से ध्यान भटकाते हुए बाबू के मामले पर कहा, "मुझे वाक़ई शक है कि बेचारे ग़रीब बाबू को मेरे चाचा से इतने पैसे मिले होंगे। अगर ऐसा होता तो यह बात सबको मालूम होती। आपको नहीं लगता?"

"मुमकिन है।"

"बाबू और नीतू को मेरे चाचा की बन्दूक़ नहीं मिल सकती थी और दलितों के पास ख़ुद की बन्दूक़ तो होती नहीं है, ये आप भी अच्छे से जानते हैं। इसलिए आप ऐसा नहीं कह सकते कि बाबू या नीतू अपने यहाँ राइफ़ल रखे होंगे और मेरे चाचा के यहाँ लेकर आए होंगे। इतना तो अब पक्का है कि उन्हें ऐसे किसी व्यक्ति ने मारा है जिसके पास पहले से राइफ़ल होगी...।"

"अपना काम कैसे करना है ये हमको आपसे सीखने की ज़रूरत नहीं है," वो फिर गरजा।

मैंने सिर हिलाते हुए उसे शान्त करने की मंशा से कहा, "बेशक, फिर भी...।"

बीकेएस को मेरा लहज़ा पसन्द नहीं आया। उसने किताब पर एक नज़र दौड़ाई और कंजी आँखों से देखते हुए बोला, "मतलब आपके चाचा बदमाश थे।"

"पूरी तरह सहमत हूँ पर इसका मतलब यह नहीं है कि मैं भी बदमाश हूँ? लगता है आप नाराज़ हो गए हैं। कोई नहीं, ये सब मुझे जज के पास ले जाने दीजिए, यही बेहतर होगा।"

"इसकी कोई ज़रूरत नहीं है।"

मुझे लगा था कि इस बात पर बीकेएस और भड़केगा, हिंसक हो जाएगा, लेकिन वह तो मेरे कन्धे के पीछे देख रहा था। उसका मुँह बन्द हो चुका था और अचानक ही वह थोड़ा कम आक्रामक हो गया था।

"वाक़ई, कोई ज़रूरत नहीं है," मेरे पीछे से एक शान्त आवाज़ आई, "पुलिस सब देख-समझ लेगी।"

मैं भी उतना ही हतप्रभ था जितना पुलिस अधीक्षक। मेरे पीछे कैप्टन शान्त मुद्रा में खड़े थे। बीकेएस ने दावे के स्वर में कहा, "हम तो उस चमार औरत को छोड़ने ही वाले थे कि यह आदमी एक नया सुबूत लेकर आ गया।" इतना कहते हुए उसने फ़र्श पर गिरा वकील का लिखा काग़ज़ उठाया और डेस्क पर रखकर उसे सीधा करने लगा।

कैप्टन मेरी ओर मुड़ते हुए बोले, "इस नौजवान को मैं जानता हूँ। ये राजेन्द्र प्रताप के भतीजे हैं। आपको कुछ दिलचस्प बरामद हुआ है, ये कह रहे हैं?"

मैंने कोशिश की कि ख़ुद को चौंका हुआ न दिखाऊँ, "हलो कैप्टन, कैसे हैं आप?"

"मैं एकदम दुरुस्त हूँ, शुक्रिया। मैं यहीं से गुज़र रहा था तो सोचा कि अपने पुराने साथी बीकेएस से मिलता चलूँ।"

बीकेएस ख़ुश नहीं लग रहा था। उसने सन्तरी को चिल्लाकर आदेश दिया, "उस चमार औरत को ले आओ" और मेरी ओर मुड़कर बोला, "आप ये काग़ज़ात और राइफ़ल यहीं छोड़ जाइए।"

"बेशक," कैप्टन ने कहा।

कुछ ही मिनट में नीतू बाहर आ गई। वह इतनी कमज़ोर थी कि उसे सहारा देकर थाने से बाहर ले जाना पड़ा। कैप्टन के अचानक यहाँ आ जाने से मैं पहले ही हतप्रभ था। उस पर से सामने अपनी साइकिल पर बैठे बाबू, रोशन और अन्य दलितों को देखकर मैं एकदम से अवाक् रह गया।

कैप्टन फुसफुसाकर बोले, "आपको पहले मुझे बता देना चाहिए था कि आप ये करने जा रहे हैं। वो तो आपकी क़िस्मत रही कि मुझे ख़बर पहुँच गई। आगे से हमें बताए बग़ैर ऐसी कोई हरकत न कीजिएगा, वरना बहुत ख़तरा हो सकता है।"

मैंने दिमाग़ लगाते हुए कहा, "आपसे अशोक कुमार ने सम्पर्क किया होगा।"

"नहीं, मैं बाहर था, वे मुझ तक नहीं पहुँच सकते थे। हाँ, आपने ये सब अगर उन्हें दिखाया होगा तो पक्का उन्होंने मुझ तक पहुँचने की कोशिश ज़रूर की होगी, जो हो, बाद में मिलते हैं। आप नीतू को लेकर पालनपुर जाएँ। मुझे कुछ और काम निपटाने हैं।"

वे वापस थाने के भीतर चले गए।

अजीब बात है, मतलब कोई और मेरे यहाँ आने के बारे में जानता था और वह इतना महत्त्वपूर्ण रहा होगा कि उसके कहने से कैप्टन को आना पड़ गया। मैं तो हैरान था।

बहरहाल, किसी विजेता की तरह हम लौटे। मैं साइकिल धीरे-धीरे ही चला रहा था क्योंकि नीतू पीछे बैठी थी। बाबू उसे सहारा दिये साथ-साथ चल रहा था। वह जल्द ही थक गया। उसने कहा कि साइकिल वह चलाएगा और उसकी माँ को रोशन सँभाले रखेगा। अब बाबू अपनी माँ को पीछे बैठाए साइकिल चला रहा था और मैं उनके पीछे दौड़ा आ रहा था।

गाँव में हर कोई ख़ुश था। ख़ासकर स्मिता, जो स्कूल से अचानक बाहर निकली और अपनी चाची को लेने भागते हुए हमारी ओर आई। केवल मुखिया रामपाल ख़ुश नहीं दिख रहे थे। वे मुझे एक कोने में ले गए और बोले, "एक चमार के लिए इतना कुछ, और आपने राइफ़ल भी जमा करा दी। आपको पता है, वह मेरे ख़ानदान

के पास थी पहले? कोई नहीं, यही एहसान आप मेरे बेटे पर नहीं कर सकते थे?"

अब उनसे मैं फ़ोटो वाली अपनी योजना तो नहीं बता सकता था। और वैसे भी अब तक कोई ठोस योजना नहीं बनी थी, महज़ एक ख़याल था मोटा-मोटा। फिर भी, मैंने उनके ज़ख़्मों पर भरसक मरहम लगाने की कोशिश की मैंने उन्हें किसी तरह वापस घर भेजा और फिर अपने घर लौटकर आया।

मैं चारपाई पर थोड़ा लम्बा हुआ ही था कि बाबू भागा हुआ आया और चिल्लाया, "अनिल साहब, जल्दी चलिए।"

उसका यह बरताव असामान्य था सो मैं उछलकर खड़ा हुआ और पीछे-पीछे चल दिया। कई लोग बाहर बीज केन्द्र की ओर भागे जा रहे थे। बाबू ओझल हो चुका था। कुछ तो गड़बड़ थी। सबके पीछे-पीछे मैं भी वहाँ पहुँचा। तभी कुछ दूरी पर एक गाड़ी के हॉर्न की आवाज़ सुनाई दी। लोगों ने दौड़ना बन्द किया और सब रामपाल के मकान के पास इकट्ठा हो गए। ज़्यादा देर इन्तज़ार नहीं करना पड़ा। एक कोने से रामपाल की डनलप बाहर आती दिखी। फूल सिंह उसके ऊपर खड़ा होकर बैलों को बहुत बेरहमी से हाँक रहा था। उसके पीछे एक ट्रैक्टर था जो लगातार हॉर्न बजा रहा था। उसे मुराव बिरादरी का गंगा सहाय चला रहा था। पालनपुर ने पहली बार कोई ट्रैक्टर देखा था।

एक मिनट के लिए मुझे लगा कि जब पहली बार पालनपुर में ट्रेन आई होगी तब भी ऐसी ही भगदड़ मची होगी। फ़र्क़ बस इतना था कि भीड़ के बीच अबकी कोई ज़मींदार मौजूद नहीं था। बस गाँव का मुखिया रामपाल था जिसका मुँह इस नज़ारे पर खुला का खुला रह गया था और होंठों में फँसी बीड़ी नीचे गिर गई थी। उसकी आँखें एकटक इस नाटक को देख रही थीं। पूरे गाँव के सामने मुखिया की बेइज़्ज़ती हो रही थी। फूल सिंह चाहे जितनी तेज़ी से बैलों को हाँकता, वह ट्रैक्टर से आगे नहीं रह सकता था। बीज केन्द्र तक आते-आते ट्रैक्टर उससे आगे निकल गया। फिर ट्रैक्टर की रफ़्तार धीमी हुई और वह ठाकुरों के टोले से होकर निकला। गंगा सहाय कुछ दिखाने की कोशिश नहीं कर रहा था। दरअसल ट्रैक्टर ले जाने के लिए कोई और रास्ता था ही नहीं। मुरावों की बस्ती तक जानेवाला दूसरा रास्ता ट्रैक्टर के जाने लायक़ चौड़ा नहीं था। लिहाज़ा, किसी ज़माने में ज़मींदार के खेतों में बँटाई पर काम करके दो जून की रोटी जुटानेवाले एक ग़रीब मुराव के पोते गंगा सहाय ने आज ठाकुरों के घरों और बैलगाड़ियों के सामने से ट्रैक्टर निकाला। इस हिमाकत को भुलाना इतना आसान नहीं था ठाकुरों के लिए। दीवार पर लिखी इबारत एकदम साफ़ थी।

ट्रैक्टर बिलकुल नया नहीं था, ताज़ा मॉडल भी नहीं था। पुराना ज़ंग खाया था, फिर भी था तो ट्रैक्टर ही। गंगा सहाय ने पिछले वर्षों के दौरान अपने घर को कुशलतापूर्वक चलाया था। उसका कोई भाई नहीं था। पिता भी नहीं थे। एक

जनसांख्यिकीय दुर्घटना के चलते उसको अपने दादा की जायदाद विरासत में मिली थी, कुल अस्सी बीघा उपजाऊ ज़मीन। इतनी सम्पत्ति के साथ वह भी आसान ज़िन्दगी बिता सकता था, पर बाक़ी मुरावों की तरह उसने भी ख़ुद को खेतीबाड़ी में झोंक दिया, अक़्लमन्दी से कमख़र्च किया और बचाया हुआ पैसा समझदारी से निवेश किया। गन्ने की शुरुआती फ़सल से मिली नकदी से उसने मज़बूत गायें और भैंसें ख़रीदीं और उन्हें अच्छे से पाला। सर्दियों में कमाई बढ़ाने के लिए वह कोल्हू से गुड़ बनाता था। खेतीबाड़ी में नई तकनीक प्रयोग करने के मामले में वह सबसे आगे रहता था। पहले उसने पंपिंग सेट लिया, फिर थ्रेशर और आटा मिल, आज वह ट्रैक्टर लेकर आया था।

गंगा सहाय की सारी ज़मीन खेती के लायक़ नहीं थी। बीच-बीच में परती वाले टुकड़ों में बड़े-बड़े पत्थर और ठूँठ उगे हुए थे जिन्हें आज तक कोई भी साफ़ नहीं कर सका था। गंगा सहाय ट्रैक्टर लेकर सीधे घर पहुँचा, वहाँ उसने कुछ डिब्बे उतारे और सीधे खेतों की ओर निकल पड़ा। ज़ाहिर है, वह ट्रैक्टर का अधिकतम इस्तेमाल कर लेना चाहता था। पीछे-पीछे कुछ ठाकुर भी इस उम्मीद में निकल गए कि उसकी मेहनत पर पानी फिर जाए। उन्हें निराशा हाथ लगी। महज़ घंटे-भर के भीतर बड़े-बड़े रोड़े गंगा सहाय ने हटा दिये। वह लगातार काम में जुटा हुआ था। ज़ाहिर है, अभी काफ़ी देर तक उसे यह काम करना था। मैं वहाँ से चला आया। पीछे-पीछे रामपाल आ गए। बोले, "देखे अनिल साहब, लोग अपनी औक़ात से ऊपर उठ के काम करते हैं तो यही होता है।"

मैंने एतराज़ किया, "आपको तो ख़ुश होना चाहिए मुखिया होने के नाते, इससे गाँव की ही स्थिति सुधरेगी। जैसे पुराने ज़माने में ट्रेन के आने से सुधरी थी।"

"केवल गंगा सहाय इससे पैसा बनाएगा, बाक़ी हम सब उसकी क़ीमत चुकाएँगे। ये मुराव किसी की इज़्ज़त नहीं करते।"

उन्हें किलसता छोड़ मैं घर लौट गया। रास्ते में देखा कि किशन लाल अपने खेत की ओर जा रहे हैं। मैंने आवाज़ लगाई, "अरे, आप ट्रैक्टर देखने नहीं गए?"

"नहीं, अभी थोड़ी व्यस्तता है। ट्रैक्टर तो हमें भी ख़रीदना है लेकिन पहले कुछ और योजनाएँ हैं।"

"बढ़िया है," मैंने जवाब दिया।

"हाँ, खेती थोड़ी और बड़ी हो जाए पहले। काम फैलेगा तो क़िस्मत भी चमकेगी।"

उसकी बात प्रभावित करनेवाली थी। घर जा ही रहा था कि रास्ते में स्मिता मिल गई। उसके हाथ में एक जोड़ी औरतों के जूते थे। उसने बताया कि पैट से उसे कुछ काम है, वहीं जा रही है। उसकी चाची अभी आराम कर रही है। मेरी दिलचस्पी जगी तो मैंने और जानने की कोशिश की। पता चला कि पैट की जींस में

पालनपुर के मर्दों की ख़ास दिलचस्पी और ख़ासकर तालाब वाले कांड के चलते पैट अब अपने कपड़ों पर ध्यान दे रही है। उसने स्मिता को साड़ी पहनना सिखाने को कहा था। दिल्ली के कनॉट प्लेस से वह ढेर सारी साड़ियाँ ख़रीदकर लाई थी। चूँकि साड़ी के साथ उसके अडीडास के जूते नहीं जमते, तो स्मिता उसके लिए एक जोड़ी सैंडिल लेकर पहुँची थी। घर में चूँकि दो ही कमरे थे, तो दूसरे कमरे में मुझे जाना मना था, हाँ, घर में मैं ज़रूर रह सकता था।

स्मिता और पैट कमरे में कुछ बातें कर रही थीं। दिखाई तो नहीं दे रहा था लेकिन आवाज़ आ रही थी। शायद बाहर कुछ गाँववाले भी कान लगाए हुए थे। बकरा तो ख़ैर सब कुछ सुन ही रहा था।

"मैं साड़ी मोड़ती हूँ, तब तक इसे थामे रहो।"

"शिट्, ये तो बिखर रहा है।"

"ना ना, ऐसे नहीं।"

"ओह डियर, ये तो सरक गई।"

इसके बाद हँसी-ठिठोली की आवाज़ आई, फिर कुछ गम्भीर तकनीकी बातें होने लगीं।

"हाँ, पेट पर कितना ऊपर इसे पहनना है, नाभि दिखानी है या नहीं, यह सब आप ख़ुद तय करिए।"

मैंने बीच में चिल्लाकर टोका, "लेकिन थोड़ा-सा भी सरक गई तो तुम्हें बहुत ग़ुस्सा आ जाएगा।"

"हाँ, वो तो है," स्मिता ने गम्भीर स्वर में कहा।

मैंने और छेड़ा, "और निचले हिस्से को तुम ऊपर वाले अंगों की हरकत से भी सँभाल सकती हो।"

"तुम चुप रहने का क्या लोगे?"

"लेकिन वो सही कह रहे हैं," स्मिता हँसते हुए बोली।

"हाँ, चाहे कितना ही ख़याल रख लो, पर कपड़ों के साथ तो दाएँ-बाएँ हो ही जाता है।"

"स्वाभाविक है।"

थोड़ी देर तक यही सब चलता रहा। आख़िरकार वे तैयार हो गईं।

पैट कमरे से बाहर आई तो सच कहूँ मैं पूरी तरह आश्वस्त नहीं हुआ। वैसे तो पैट हमेशा बहुत प्यारी लगती है, लेकिन मुझको जिस तरह पक्का भरोसा था कि स्मिता जींस में उतनी अच्छी नहीं लगेगी वैसे ही यह भी महसूस हुआ कि साड़ी में पैट हमेशा की तरह सुन्दर नहीं लग रही है। अपनी कनखी से मेरा चेहरा देखकर ही उसने यह बात ताड़ ली। स्मिता भी समझ गई।

मैंने कहा, "बहुत शानदार, दोनों बहुत प्यारी लग रही हो। अब क्या प्लान है?"

"तुम्हें क्या लगता है कि ये सब हमने तुम्हारे लिए किया है? क़तई नहीं! हम लोग लेडीज नाइट पर बाहर जा रहे हैं।"

"ग़ज़ब, पालनपुर में लेडीज नाइट! मुझे भी आने की इजाज़त है?"

पैट ने स्मिता से पूछा, "क्या ख़याल है?"

उसने मुस्कराकर कहा, "वे विदेशी हैं, तो चलेगा।"

"चला जाए।"

पैट अपने दोनों हाथों से साड़ी की चुन्नटें थामे हुए थी ताकि उसके पैरों में वह न फँसे या ज़मीन पर लसरा न जाए। तरीक़ा तो व्यावहारिक था।

वो बोली, "ये सब मुझे एक लोकप्रिय गाना सिखाने जा रहे हैं। यह गाना 'उजाला' फ़िल्म से है—'या अल्लाह या अल्लाह दिल ले गई।' इसमें रामू नाम के एक भले लड़के की कहानी है जो बहुत ग़रीब है और बुरी संगत में पड़ जाता है।"

"अन्दाज़े से कहूँ, तो अन्त में ईमानदारी और प्यार की जीत होगी। बाज़ी लगा सकता हूँ कि इस फ़िल्म में एक लड़की भी होगी।"

पैट ने मुझे सन्देह से देखा और कन्धे उचका दिये, "तुम्हें ख़ुशी नहीं है कि हम लड़कियाँ यहाँ हैं?"

"बहुत ख़ुश हूँ।"

हम लोग गाँव को पार करके मुरावों की टोली में एक मकान में पहुँचे जहाँ कुछ औरतें एक अजीबोग़रीब खेल खेल रही थीं, बशर्ते इसे खेल कहा जा सके। इसमें यह पता करना था कि मियाँ और बीवी में से पहले कौन मरेगा। एक परची पर दोनों के नाम लिखने थे, उन्हें संख्याओं में बदलना था और कुछ सामान्य-सा गणित लगाकर एक ऐसी संख्या निकालनी थी जो तीन से विभाजित हो जाए। अगर भाग देने में शेष बचा तो उससे नतीजा तय होता। शून्य का मतलब जवाब स्पष्ट नहीं। अगर 1 बचता है तो आदमी पहले मरेगा और 2 बचता है तो औरत। मुझे कुछ समझ नहीं आया क्योंकि पालनपुर में हाल में हुई मौतों के मामले में जब मियाँ-बीवी के नाम के साथ खेल खेला गया तो हर बार जवाब सही निकला।

पैट भीतर गाना सीख रही थी, उसी बीच मैं सिगार पीने के लिए बाहर निकला। वहाँ चुन्नी मिल गया। मैंने उसे सिगार बढ़ाया। एकाध कश लेने के बाद वह खाँसने लगा। मैंने घबराकर उसे और पीने को मना किया। उसने बताया कि इसका सिगार से कोई लेना-देना नहीं है। खाँसी इसलिए आ रही है क्योंकि दिन में वह गन्ना चूसना भूल गया है। खाँसी बन्द होने के बाद हमारे बीच यह चर्चा चल पड़ी कि क्या पालनपुर में भी वेश्याएँ होती होंगी। चुन्नी का ख़याल था कि गाँवों में वे अक्सर नहीं पाई जाती हैं, लेकिन नाजायज़ रिश्ते ज़रूर होते हैं। यह नया ज्ञान लेकर मैंने सिगार ख़त्म की और भीतर चला गया। वहाँ अच्छी-ख़ासी बहस छिड़ी हुई थी। औरतें कह रही थीं कि 'कुछ लोग' भेदभाव करते हैं और लड़कियों के मुक़ाबले

लड़कों पर ज़्यादा ध्यान देते हैं। दो औरतों ने कहा कि लड़कियों का ध्यान लड़कों से ज़्यादा रखा जाता है क्योंकि एक न एक दिन उन्हें घर छोड़कर जाना होता है जबकि लड़कों को तो ज़िन्दगी-भर यहीं पालनपुर में रहकर मौज करनी है। एक औरत के विचार इस मामले में थोड़े आगे के थे। उसका कहना था कि लड़का और लड़की दोनों को बराबर प्यार और देखभाल की ज़रूरत होती है। उसका हालाँकि यह भी मानना था कि कम-से-कम एक लड़का तो होना ही चाहिए जो ज़मीन-जायदाद आदि की देखभाल कर सके। इसी कारण उसने और उसके पति ने इतना समय और पैसा—कुल छह सौ रुपये—अपने पहले लड़के के इलाज पर ख़र्च किये थे, हालाँकि वह बच नहीं सका था।

वहाँ से लौटते हुए मैं सोच रहा था कि इतनी उदासी के बीच भी ये लोग छोटी-छोटी चीज़ों में कैसे सुख ढूँढ़ लेते हैं। शायद लन्दन में भी ऐसा होता था, लेकिन पालनपुर इस मामले में उससे अलग था कि यहाँ बिना किसी आर्थिक सुरक्षा के लोग लगातार ग़रीबी में जीने को अभिशप्त थे।

अध्याय 21

पालनपुर, 1984

सुबह के साढ़े नौ बज चुके थे और पैट घबराई हुई थी, "तुम्हें पता है न, वो इतने बड़े प्रोफ़ेसर हैं, उनके तमाम पेपर छप चुके हैं। लन्दन स्कूल ऑफ़ इकोनॉमिक्स से पी-एच.डी. है उनकी, और भले ही पूरी ज़िन्दगी उनकी बम्बई और दिल्ली में कटी हो लेकिन इतना पक्का कह सकती हूँ कि वो ज़मीन से जुड़े हुए आदमी हैं। उन्हें ग्रामीण समाज के बारे में तो ज्ञान होगा ही, जबकि मेरी समस्या ये है कि उनकी प्रस्थापना के हिसाब से मुझे कुछ मिल नहीं रहा है।"

वो गाँव की औरतों के साथ अपनी प्रस्थापना पर लगातार चर्चा कर रही थी लेकिन उसे ख़ास कामयाबी नहीं मिली थी। शोध की प्रस्थापना हालाँकि बहुत आकर्षक थी और उसमें उसे विश्वास भी था। मूल प्रस्थापना यह थी—और यह पैट की उतनी नहीं थी जितनी ज़मीनी जड़ों वाले एलएसई में पढ़े उसके शोध निर्देशक़ की थी—कि भारतीय गाँवों की औरतें आर्थिक आज़ादी हासिल करने के लिए घर की चौहद्दी से बाहर निकलकर काम करना चाहती हैं लेकिन उनके पति ऐसा करने से उन्हें रोकते हैं। स्मिता भी इस बात का समर्थन करती थी, तो पैट को लगा था कि उसे एक केस तो मिल ही गया है। शुरुआती कुछ दिनों तक स्मिता से मुरादाबाद की उसकी समान विचार वाली दोस्तों की कहानियाँ सुन-सुन कर उसे लगा था कि शोध बिलकुल सही दिशा में जा रहा है। पैट इस विचार को ज़मीन पर जाँचना चाहती थी। स्मिता का कहना था कि रोज़गार की अवधारणा एक शहरी चीज़ है। हो सकता है कभी पालनपुर के लिए भी यह सही हो जाए लेकिन वह बहुत सुदूर भविष्य की बात है। पैट इसे अभी सच होते देखना चाहती थी। जल्द ही उसे पता लग गया कि स्मिता सही कह रही थी और यह जानकर उसे हताशा हुई कि पालनपुर की औरतें घर की चारदीवारी से बाहर निकलकर काम नहीं करना चाहती हैं। जो करती थीं, वे मजबूर थीं क्योंकि उनके पतियों को घर चलाने लायक़ कमाई नहीं मिल पाती थी। उनके हिसाब से बाहर के काम को छोड़ने से परिवार की सामाजिक प्रतिष्ठा में

इज़ाफ़ा होगा। इसके उलट जो काम नहीं करती थीं, अगर उन्हें ऐसा करने पर मजबूर किया जाता है तो इससे उनकी प्रतिष्ठा कम होगी। पैट उन्हें आर्थिक स्वतंत्रता से मिलनेवाली मुक्ति के बारे में ख़ूब समझाती थी। स्मिता हिन्दी में अनुवाद करके उसकी बात उन औरतों को बताती थी जिन्हें प्रश्नावली भरने को दी जाती थी। उन्हें वे बातें अजीब लगतीं। इस दलील पर पैट ने कई दिन ख़र्च किये थे। उसे थोड़ी-सी उम्मीद भटनागर परिवार में दिखाई दी थी, जहाँ महिलाएँ इस बात से सहमत थीं कि लड़कियों को पढ़-लिख जाना चाहिए ताकि रोज़गार का विकल्प खुला रहे। फिर भी वे मानते थे कि अगर लड़कियों को ऐसा विकल्प चुनना ही न पड़े तो बेहतर हो। पैट की अकादमिक महत्त्वाकांक्षाओं को ऐसे जवाबों से बहुत झटका लगा था। इसीलिए वह इस मसले पर अपने शोध निर्देशक से बात करना चाहती थी। उसे डर था कि उसने मुद्दे को ग़लत सिरे से पकड़ लिया है।

मैंने थोड़ा सावधानी से अपनी राय दी, "हो सकता है कि यह सिद्धान्त ही ग़लत हो।"

उसने मुझे अनसुना करते हुए कहा, "मुझे कोई और विषय चुन लेना चाहिए था, जैसे बटाई फ़सल वाला।"

"ये क्या है?"

उसने बिना दिमाग़ लगाए जवाब दिया, "मतलब एक किसान बटाई पर ज़मीन लेता है और फ़सल का एक हिस्सा ज़मीन मालिक को देता है।"

"तो इसमें रिसर्च करने जैसा क्या है?"

पैट ने थोड़ा खीजकर मेरी ओर देखा और बोली, "अभी ही ये सब बात करनी है? यह बहुत जटिल मामला है। इसका ताल्लुक़ 'कोज कंजक्चर' और 'कोऑपरेटिव कॉन्फ्लिक्स' से है।"

"किशन लाल और बाबू ने तो इन सबके बारे में कभी जिक्र ही नहीं किया।"

"आप यहाँ से चुपचाप कहीं जाकर अपना काम कर सकते हैं? मेरे पास बहुत काम है। और भारत को बेहतर कौन समझता है इस बारे में हम बाद में बहस कर लेंगे, लेकिन इतना ज़रूर कहूँगी कि प्रोफ़ेसर सुब्रमण्य सुब्रमनियन हम दोनों से कहीं बेहतर जानते हैं।"

एक बात मैंने ज़िन्दगी में सीखी है कि जब आपकी प्रेमिका इस तरह भड़के तो आपको चुप मारकर उस समय का सबसे बेहतर इस्तेमाल कर लेना चाहिए। मसलन, आप मछली मारने जा सकते हैं या दोस्तों के साथ मौज कर सकते हैं। पैट के ग़ुस्से ने मुझे ट्रेन के आने तक पिता के काग़ज़ थोड़ा और पढ़ लेने की मोहलत दे दी थी। वो अपने प्रोफ़ेसर सुब्रमनियन उर्फ़ सुब्बू के लिए चाय-नाश्ते का इन्तज़ाम करने चली गई। ट्रेन के सफ़र के बाद उन्हें आवभगत अच्छी ही महसूस होती। बाबू की मदद से उसने बीज केन्द्र में ही कुछ कुर्सियाँ और मेज़ लगा दी थीं। सुब्बू

को चूँकि गाँव में एकाध रात बितानी थी, तो गाँव के थोड़ा बाहर एक बड़ा-सा टेंट भी तान दिया गया था जिसमें अच्छा-ख़ासा बिस्तरा था। तैयारी पूरी थी।

पालनपुर, 1940-44

लक्ष्मीनारायण काफ़ी लम्बे समय से एक जवान लड़की के साथ रह रहा था। उसका नाम प्रीति था। उससे उसकी मुलाक़ात कहाँ और कैसे हुई थी, यह कोई नहीं जानता था। वह लड़की अनाथ थी लेकिन ख़ूबसूरत और होशियार थी। पंडित उसका ख़याल रखता था और प्रीति उसकी ज़रूरतों को पूरा करती थी, मतलब सारी ज़रूरतें। ऐसे में लक्ष्मीनारायण की ज़िन्दगी आसानी से कट जाती पर पीताम्बर और टीकम सिंह दोनों ही उसे नापसन्द करते थे। इससे उसकी कमाई कम हो गई थी। वैसे ही ट्रेनों की आवाजाही कम होने से धन्धे पर असर पड़ा था। इसके चलते एक वक़्त ऐसा आया जब प्रीति की इच्छाओं को पूरा करने के लिहाज़ से उसकी कमाई कम पड़ने लगी। तब दोनों ने मिलकर एक सहज लेकिन आकर्षक नुस्खा निकाला। नुस्खा यह था कि लक्ष्मीनारायण को बरसों की देखरेख से पाली हुई अपनी लड़की के लिए एक योग्य दूल्हा खोजना था। कि यह उसकी हृदयता थी, कि उस लड़की के लिए जिसे उसने बचाया था और सालों तक देखभाल भी की थी। लक्ष्मीनारायण सबको बताता था कि इस लड़की का बचपन कितना दुखद रहा है और उसने उसके लिए वह सब किया जो वह कर सकता था। यह कहानी वह इस तरह सुनाता कि पत्थर का दिल भी पिघल जाए। वह कहता है कि अब प्रीति की शादी करने का समय आ गया है। लक्ष्मीनारायण वैसे तो कभी नहीं चाहेगा कि वह उसे छोड़कर चली जाए, लेकिन उसे केवल इस बात का सन्तोष है कि लड़की सात्त्विक माहौल में पली-बढ़ी है तो अच्छी पत्नी बनेगी। जो भी लड़का इससे शादी करेगा वह क़िस्मतवाला ही होगा। बीच में वह विनम्रता से जोड़ देता कि दहेज देने का तो कोई सवाल ही नहीं है क्योंकि उनके पास देने के लिए कुछ भी नहीं है। प्रीति तो साधारण ज़िन्दगी की आदी है और लक्ष्मीनारायण ख़ुद एक सन्त आदमी है जो न्यूनतम में ही गुज़ारा करता है। फिर भी, दूल्हे का परिवार चाहे तो उसके मन्दिर के नाम पर कुछ दान-दक्षिणा दे सकता है। पालनपुर और उसके आसपास के अधिकतर लोग उसकी इस कहानी पर ख़ूब हँसते थे लेकिन दूर-दराज़ के गाँवों में यह कहानी पहुँच चुकी थी और इसका असर भी होता था। प्रीति के लिए लड़का मिल जाता और लक्ष्मीनारायण

कुछ दान लेकर लड़की को विदा कर देता। विदाई के वक़्त अपने पितानुमा संरक्षक से लिपटकर लड़की के रोने का नाटक बहुत मर्मस्पर्शी तरीक़े से खेला जाता।

विदाई के एकाध महीने बाद प्रीति वापस पालनपुर में पाई जाती। यह इस पर निर्भर करता था कि लड़के के परिवार की उदारता में कितनी तेज़ी से गिरावट आती है। लड़की वापस आकर आरोप लगाती कि उसके ससुराली उसको प्रताड़ित कर रहे थे और उसकी जान को वहाँ पर ख़तरा है। इसीलिए अपनी जान बचाने वह दोबारा लक्ष्मीनारायण की शरण में आई है। ज़ाहिर है, लड़की की वापसी के अगले ही दिन ससुराल वाले भी पालनपुर आ पहुँचते। ऐसे में लक्ष्मीनारायण बहुत कड़ाई के साथ उनसे पेश आता और शिकायत करता कि उसकी फूल सी बच्ची के साथ कितना बुरा बरताव किया गया है। ससुराल वाले कहते कि प्रीति के आने के बाद से ही उनके घर से कुछ गहने और हार नहीं मिल रहे हैं। इस बात पर पंडित भड़क उठता और कहता कि एक तो उसकी लड़की इतनी ख़राब हालत में तन पर केवल एक जोड़ी कपड़ा डाले लौटी है, उस पर से ऐसी बातें की जा रही हैं। वह नहीं जानता किस गहने और हार की बातें यहाँ हो रही हैं। ईश्वर रक्षा करे! यह लक्ष्मीनारायण और प्रीति की मिली-जुली साजिश होती थी। वह लड़के वाले पर निर्भर करता था कि वह इस कांड पर ग़ुस्सा हो या इसे पहेली मानकर लौट जाए। कुल मिलाकर सम्बन्ध यहीं ख़त्म हो जाता और लक्ष्मीनारायण के साथ प्रीति फिर से रहने लग जाती। वे तब तक आराम से साथ रहते जब तक पैसा होता। पैसे का संकट आते ही फिर से एक नये दूल्हे की तलाश शुरू हो जाती। इस सिलसिले में जैसे-जैसे दिन कटते जा रहे थे और प्रीति की उम्र बढ़ती जा रही थी, शिकार खोजने के लिए गाँव से दूर जाना पड़ रहा था। इसके बावजूद यह नुस्खा हर बार काम कर जाता था।

लक्ष्मीनारायण को भी अब महसूस हो रहा था कि वह बूढ़ा हो रहा है। उसे अपने शरीर से इसके संकेत मिलते थे और प्रीति की आँखें भी यही कहती थीं। पहले जब प्रीति ससुराल से कांड करके आती थी तो बहुत ताज़ादम दिखती थी। उसकी आँखों में चमक हुआ करती थी। उसे इस षड्यंत्र का हिस्सा होने में मज़ा आता था। वह अहसास अब चुक रहा था। वह अब भी हर बार आराम से लौट आती लेकिन फिर सोचती भी थी कि आख़िर ये सब उसे कहाँ लेकर जाएगा। अब उसे लक्ष्मीनारायण कम आकर्षित करता था। उलटे, अपने शिकार लड़कों के प्रति ज़्यादा खिंचाव महसूस होता था। लक्ष्मीनारायण को इस बात की भनक लग गई थी। उसने अचानक एक फ़ैसला किया और उस पर अमल भी कर डाला। नतीजतन प्रीति गर्भवती

हो गई और उन्हें एक लड़का मिला। लड़के का नाम रखा गया ब्रह्मचारी।

लेकिन प्रीति को अब भी नये दूल्हे की तलब लगी हुई थी। पालनपुर में उसका मन नहीं रम रहा था। उसने लक्ष्मीनारायण को एक बार फिर शिकार फँसाने को तैयार कर लिया। बड़े संकोच के साथ वह माना। उसके बाद ब्रह्मचारी को जरगाँव में एक रिश्तेदार के यहाँ भेज दिया गया और उसकी अनुपस्थिति में लड़के वाले आए और प्रीति की विदाई हो गई।

अबकी लड़का कुछ ज़्यादा ही आकर्षक निकला। सम्बन्ध की शुरुआत में तजुर्बे की कमी के चलते वह फिसलता रहा लेकिन प्रीति ने अपने सम्पन्न अनुभव से उसे सब सिखा दिया, उसके बाद वह एक अच्छा प्रेमी साबित हुआ। परिवार सम्पन्न था और सास भी बुरी नहीं थी। सेवा-टहल करने के लिए नौकर-चाकर भी थे और लक्ष्मीनारायण के मामूली मकान के मुक़ाबले यह घर भी ठीक-ठाक था। लक्ष्मीनारायण की तो हालत यह थी कि वह कपड़े धोने में इतनी आनाकानी नहीं करता था जितनी घर की टूटी छत बनवाने में उसे समस्या थी। कुल मिलाकर प्रीति ने बहुत सोच-समझकर तय किया कि अब यहीं टिक जाना है।

लक्ष्मीनारायण इसकी ख़बर मिलते ही सकते में आ गया। प्रीति को अपने और ब्रह्मचारी के प्रति उसके कर्तव्यों की याद दिलवाने के लिए उसने तत्काल ट्रेन पकड़ ली। रात के अँधेरे में वे चुपके से मिले। प्रीति ने साफ़ कह दिया कि अब वह अपने नये परिवार के प्रति समर्पित है। तुम्हारे बच्चे का क्या होगा? भड़कते हुए लक्ष्मीनारायण ने पूछा। प्रीति ने बताया कि वह फिर से गर्भवती है इसलिए अभी और ज़िम्मेदारियाँ आनेवाली हैं, फिर भी वह बीच-बीच में आ जाया करेगी। वैसे भी लक्ष्मीनारायण जैसे सन्त आदमी के होते हुए उसे चिन्ता करने की ज़रूरत क्या है। वह जानती है कि वे आदर्श पिता साबित होंगे। पिता वाली रोज़मर्रा की ज़िम्मेदारियाँ निभाने में लक्ष्मीनारायण की कोई दिलचस्पी नहीं थी। इसलिए इस बात पर वह भड़क गया और दोनों के बीच काफ़ी तेज़ बहस हो गई, जो अन्ततः झगड़े तक पहुँच गई। प्रीति लौटने को क़तई तैयार नहीं थी। इस पर पंडित का पारा सातवें आसमान पर पहुँच गया। उसने प्रीति को बहुत बुरी तरह मारा। उसकी एक आँख काली पड़ गई और कुछ हड्डियाँ भी टूट गईं। यही नहीं, पालनपुर लौटने से पहले उसने प्रीति के पहने हार और चूड़ियाँ भी उसके बदन से उतार के दबा लीं। उसे सन्तोष था कि भागते भूत की लँगोट ही सही, कुछ तो हाथ लगा। इस घटना के बाद प्रीति के ससुरालियों ने पुलिस में शिकायत दर्ज करवाई और पालनपुर जाकर पंडित को पकड़ने की अर्जी दी। प्रीति की काली आँख के चक्कर में सब कुछ सामने आ गया

था। सब कुछ का मतलब, प्रीति ने सच को अपने तरीक़े से तोड़-मरोड़कर परिवार को बता दिया था।

पुलिस लक्ष्मीनारायण के यहाँ पहुँची। वह ख़ूब रोया, चिल्लाया और ख़ुद को उसने इतना टूटा हुआ दिखाया कि पुलिसवाले भी हिल गए। उसने पलटकर लड़के के परिवार को ही दोषी ठहरा दिया। बदक़िस्मती से किसी ने उसे रेलवे स्टेशन पर लौटते वक़्त देख लिया था और पुलिस को ख़बर कर दी थी। प्रीति ने भी पुलिस को गवाही दी थी। इसलिए पुलिस ने घर की तलाशी ले डाली। हार और चूड़ियाँ घर से बरामद हो गईं। साक्ष्य मज़बूत थे, लिहाज़ा लक्ष्मीनारायण को तुरन्त हिरासत में ले लिया गया। क़ैद में ही उसकी मौत हो गई। ब्रह्मचारी जरगाँव वाले दूर के चचेरे भाई के यहाँ ही पलता-बढ़ता रहा जबकि प्रीति अपने दूसरे बच्चों में इतना मसरूफ़ थी कि उसने उधर कभी नहीं देखा।

पालनपुर, 1984

ट्रेन की सीटी बजी तो मैं सतर्क हो गया। दस बजकर पाँच मिनट हो चुके थे। स्टीम इंजन ख़रामा-ख़रामा स्टेशन की ओर बढ़ता चला आ रहा था गोया रुकने का उसका मन नहीं हो। अन्तत: वह रुका। पारिवारिक हादसे के कारण मुखिया रामपाल गाँव में आ रहे इस महत्त्वपूर्ण मेहमान की अगुवाई करने नहीं आ सके थे, हालाँकि पैट ने काफ़ी दबाव डाला था। लिहाज़ा, स्वागत समिति बहुत सीमित थी।

सूटधारी प्रोफ़ेसर सुब्रमण्य सुब्रमनियन पहले दरजे के डिब्बे से नमूदार हुए। उतरते ही उन्होंने सफ़र के बारे में शिकायत कर डाली। उनके डिब्बे में वैसे तो काफ़ी कम सवारियाँ थीं लेकिन आख़िरी के एक घंटे में उनकी बग़ल में एक पुराना फ़ौजी आकर बैठ गया था जो तमाम क़िस्म के ऊलजलूल सवाल पूछता रहा था। कुछ देर पहले ही वह ट्रेन से उतरा, तब जाकर प्रोफ़ेसर को दिमाग़ी शान्ति मिली लेकिन वह भी कुछ देर ही की थी। प्रोफ़ेसर ने सिर के ऊपर चमकता सूरज देखा। बोले कि बहुत गर्मी और धूल-धक्कड़ है। उनके नये जूतों में शायद धूल लग गई थी। जूते साफ़ करने के लिए वे नीचे झुके।

उनका औपचारिक स्वागत करने के लिए पैट ने उनके उठने का इन्तज़ार किया। फिर पूछा कि क्या वे कुछ अल्पाहार लेना चाहेंगे। मेहमान ने ख़ौफ़ में अपने हाथ खड़े कर दिये। इनकार करते हुए वे बोले कि अपने थर्मस में लाया पानी ही उनके लिए पर्याप्त है। फिर भी, उन्होंने एक बिस्कुट स्वीकार किया और बताने लगे कि जिस अनपेक्षित कारण से उन्हें आने में देरी हुई है बिलकुल उसी वजह

से उन्हें आज ही दोपहर तीन बजे की गाड़ी से रवाना होना होगा। इस बारे में वह कुछ और नहीं कर सकते।

"ओह," पैट चौंकी, "दुर्भाग्यपूर्ण है। मतलब ये तय है? मैं तो उम्मीद में थी कि आप रुकेंगे। हम लोगों ने टेंट का भी इन्तज़ाम कर दिया था। मेरे ख़याल से आपका रुकना ज़रूरी है। देखिए, मुझे कुछ दिलचस्प चीज़ें हाथ लगी हैं...।"

सुब्बू थोड़ा नाराज़ लगे, "हाँ भाई, पक्का है। मैंने बताया तो कि इसमें मैं कुछ नहीं कर सकता। कुछ ज़रूरी बात अगर करनी है आपको तो हम लोग बैठकर अभी कर सकते हैं। आप अपना काम दिखाइए।"

"मेरे कहने का मतलब यह नहीं था," हताश पैट ने कहा, "...आप बीज केन्द्र तक चलना चाहेंगे? वहाँ हमने एक मेज़...।"

प्रोफ़ेसर ने अपने जूतों को निहारा, फिर धूल-मिट्टी वाले रास्ते के दूसरे छोर पर स्थित बीज केन्द्र की दिशा में देखा और बोले, "वह मेज़ स्टेशन के वेटिंग रूम में नहीं लगाई जा सकती क्या?"

इस आग्रह पर थोड़ी अफ़रातफ़री मच गई। बाबू को बीज केन्द्र भेजा गया कुर्सियाँ और मेज़ लाने के लिए, इस बीच सुब्बू बेचैन होकर इन्तज़ार करते रहे। अन्तत: सब व्यवस्था यहीं जम गई। प्रोफ़ेसर ने एक कुर्सी पर बैठना स्वीकार किया, पैट के सामनेवाली नहीं बल्कि उसके ठीक बग़ल वाली, और बैठ गए।

मैंने निकल जाना ही बेहतर समझा। जितनी देर यह विद्वान सज्जन यहाँ रहेंगे कम-से-कम उतनी देर मैं अपने पिताजी के नोट्स के आख़िरी पन्ने निपटा लूँगा।

पालनपुर, 1955

पीताम्बर एक दिन मुरादाबाद से लौटा तो बहुत उत्साहित था। उसने काफ़ी मेहनत से फूल सिंह के लिए एक योग्य वधू खोज निकाली थी। रामपाल उम्र में छोटा था तो उसकी शादी बाद में हो सकती थी। ज़ाहिर है, फूल सिंह के लिए लड़कीवालों की कोई कमी नहीं थी। एक तो लड़के का बाप पूर्व फ़ौजी और गाँव का मुखिया ठहरा। दूसरे, फूल सिंह भले बहुत मेधावी छात्र न हो लेकिन उसे एक शिक्षक प्रशिक्षण कॉलेज में दाख़िला मिल गया था। नाम भी शानदार था—आइडियल एकेडमी। पढ़ाई के दौरान कॉलेज के शिक्षकों को नियमित मिठाई और नकद चढ़ावे का असर यह हुआ कि उसे अंग्रेज़ी और इतिहास में डिग्री मिल गई थी, हालाँकि उसके अंक इसकी तसदीक़ नहीं करते थे। जितनी लड़कियों के रिश्ते आए थे, उनमें पीताम्बर ने मीना नाम की एक लड़की को चुना था। मीना एक ठीक-ठाक सम्पन्न

ठाकुर परिवार से थी। दोनों परिवारों के बीच दूर का एक रिश्ता भी निकल आया था जिसके चलते दोनों को थोड़ी सहूलियत ही महसूस हुई। शुरुआती बातचीत तीसरे पक्ष की मध्यस्थता से हुई, जिसके बाद सीधे वर और वधू के परिवार सम्पर्क में आ गए। फिर फूल सिंह को लड़की के परिवार से मिलवाने ले जाया गया। फूल सिंह के चेहरे पर बहुत चमक तो नहीं थी, लेकिन इसे उसकी और उसके पिता की महान उपलब्धियों के मद्देनज़र उसका शर्मीलापन मानकर सराहना योग्य समझा गया। मीना के परिवार के लिए तो यह छोटी-सी मुलाक़ात ही काफ़ी थी पर पीताम्बर और शोभा ने फूल सिंह की पत्नी बननेवाली लड़की को बहुत ग़ौर से और बहुत देर तक देखा। लड़की सुन्दर थी, ठीक-ठाक लजीली थी और हृष्ट-पुष्ट भी थी। लगता है माँ-बाप ने उसे ठीक से खिलाया-पिलाया था। दो-चार हट्टे-कट्टे बच्चे तो जन ही देगी। उसकी बड़ी-बड़ी आँखें, गोरा रंग, गोल गाल और चिकने हाथ, हर चीज़ को ग़ौर से देखा गया। साड़ी के पल्लू से उसके बाल थोड़ा-सा ढके हुए थे, फिर भी जितना उजागर था उससे लगता था कि बाल मज़बूत और काले हैं। वह बहुत कम बोल रही थी। इसे भी लड़की का गुण माना गया। सारा मुआयना करने के बाद जब वर पक्ष सन्तुष्ट हो गया, तब लड़की को भीतर भेज दिया गया और दोनों परिवारों के बीच दहेज और बाक़ी व्यावहारिक चीज़ों पर बातचीत शुरू हुई। इस चक्कर में पीताम्बर को मुरादाबाद के कई चक्कर लगाने पड़े। आख़िरकार रिश्ता पक्का हो गया। ऐसा होता नहीं था, पर पीताम्बर के अनुरोध पर यह भी तय पाया गया कि शादी पालनपुर में होगी, मुरादाबाद में नहीं।

इसके पीछे एक ख़ास कारण था। मुरादाबाद के आख़िरी दौरे पर जब सारी बात पट गई, तो पीताम्बर ने शोभा को अकेले पालनपुर भेज दिया और ख़ुद किसी सरकारी काम का बहाना बनाकर शहर में ही रुक गया। शोभा ने भी अपने झूठे भाई की बात को मान लेने का नाटक किया और चुपचाप चली गई। इसके बाद पीताम्बर भागा-भागा द परफ़्यूम्ड गार्डेन पहुँचा। मिस पद्मा ने उसकी औपचारिक आवभगत करने की कोशिश की, पर पीताम्बर इन सबको अनदेखा करते हुए उस ख़ास आयोजन के इन्तज़ाम में लग गया जिसकी उसने लम्बे समय से पाल रखी थी। रिश्ते की बातचीत के मुक़ाबले आयोजन करवाने को लेकर हुई बातचीत कहीं ज़्यादा आसान रही, हालाँकि ख़र्चीली ज़्यादा निकली। अन्त में यहाँ भी सौदा पट गया। पीताम्बर के चेहरे पर मुस्कान तैर गई—इस आयोजन का असली आनन्द तो पालनपुर में ही है। उसने पालनपुर का अपना पता लिखकर इन्हें दे दिया।

आख़िरकार वह दिन आ ही गया जिसका पीताम्बर को इन्तज़ार था।

उसकी ज़िन्दगी का यह सबसे बड़ा दिन था, लेकिन दुर्भाग्य से यही उसका अन्तिम दिन भी साबित हुआ। उसकी मौत ऐसे परम सुख की अवस्था में हुई कि बरसों बाद तक पालनपुर के बूढ़े मनाते रहे कि काश उन्हें भी ऐसी ही मौत नसीब होती। उस शादी में सब कुछ भव्य था—पीताम्बर की राइफ़ल टाँगे एक शानदार घोड़े पर बैठे फूल सिंह की छवि से लेकर मेहँदी रची ख़ूबसूरत गुदगुदी हथेलियों वाली दुल्हन के आगमन तक, जो सांगोपांग कपड़ों से लदी हुई थी। दहेज में चमकदार गहनों के अलावा और बहुत कुछ ऐसा था जिसे देखकर पालनपुर के लोग ख़ासे प्रभावित हुए। खाना ज़ायक़ेदार था, और शायद इससे भी अहम यह कि उससे भरपूर था। गाँव का मुखिया होने के नाते पीताम्बर ने सबको न्योता दिया था। छोटू राम ने ज़रूर यह दावा करने की कोशिश की थी कि लड्डू कम पड़ गए हैं पर इसकी क़ीमत उसे कई दिनों तक बिस्तर में रहकर चुकानी पड़ी। शादी के बीच में ही उसे पेट में भयंकर मरोड़ उठा और कई बार उसे मैदान भागना पड़ा।

असली जलसा तो शाम को हुआ। डूबते सूरज की आभा में आती एक बैलगाड़ी और उस पर मिस पद्‌मा के साथ बैठी तीन नाचनेवाली लड़कियों का वह अद्‌भुत नज़ारा पूरी शादी पर भारी पड़ गया। गाँव-भर में किसी ने सपने में भी ऐसी ख़ूबसूरती की कल्पना नहीं की थी। और जब वे नाचीं, तो उनकी कला को देख पालनपुरिये दंग रह गए। उन्होंने सोचा कि पालनपुर तो क्या दिल्ली-बम्बई में भी ऐसी ख़ूबसूरती, ऐसी मादकता नहीं देखी गई होगी। गाँव की औरतें भी कनखियों से यह नज़ारा देख रही थीं। मर्द थोड़ा ज़्यादा बेशर्म थे।

अभी दिन नहीं बीता था। असली कांड होना अभी बाक़ी था। पीताम्बर को शादी से अब ज़्यादा लेना-देना नहीं था, वह तो नाच में ही मस्त होकर डूब चुका था। उसके भीतर आग लगी हुई थी। उसने चुपके से दो नाचनेवालियों को खेतों में बुलवा भेजा। उस समय छोटे राम लड्डुओं पर भिड़ा हुआ था। उसकी नज़र पड़ गई और वह इन तीनों के पीछे-पीछे चल दिया। छोटे राम के पीछे मुँह बाए कुछ गाँववाले भी लग गए। कुल मिलाकर एक अच्छा-ख़ासा हुजूम उस रात छरहरे पीताम्बर और मांसल नाचनेवालियों के बीच क्रीड़ा का साक्षी बना। दोनों लड़कियों में से एक को अचानक अहसास हुआ कि उन्हें देखा जा रहा है। वह ग़ुस्से में चिल्ला पड़ी। फिर भी वह उतनी घबराई हुई नहीं दिख रही थी जितना बुरा हाल पीताम्बर का था। घबराहट में दो-चार असन्तुलित धक्कों के बाद पीताम्बर के मुँह से जो दहाड़ निकली, उसमें दर्द और सुख दोनों का मिश्रण था। इस आवाज़ के बाद मुखिया का हिलना एकदम से बन्द हो गया। वह हमेशा के लिए ठंडा

पड़ गया। लड़कियाँ हड़बड़ाहट में अपने कपड़े समेटने लग गईं।

इसके बाद तो भगदड़ मच गई। शादी में आए मेहमान यहाँ-वहाँ भागने लगे। औरतें अपने पतियों के मना करने के बावजूद मौक़ा-ए-वारदात की ओर दौड़ पड़ीं। पीछे-पीछे उनके मर्द भी चले आए। सबके सामने पीताम्बर की नंग-धड़ंग देह पड़ी हुई थी। मर्द ग़ुस्से में चिल्लाए लेकिन किसी औरत ने अपनी आँख बन्द नहीं की। नशे में धुत्त कुछ मेहमानों ने अच्छा-ख़ासा हंगामा खड़ा कर दिया। उनकी शिकायत थी कि पार्टी बीच में क्यों रोक दी गई है। उधर कुछ लोग नाचनेवाली लड़कियों के पीछे पड़ गए। कुछ लोग उनकी इज़्ज़त बचाने में जुट गए। इस तरह मामला और बिगड़ गया।

फूल सिंह भी कुछ लोगों के साथ भागकर वहाँ पहुँच गया था। पिता को मृत देखकर वह एकदम से खड़ा रह गया। उसे सूझा ही नहीं कि क्या करना चाहिए। गहनों से लदी-फँदी मीना कुछ बाद में पहुँची। रामपाल वहीं पर था। उसने मामले को अपने हाथ में ले लिया और फूल सिंह से बोला, "हमें इसे सँभालना होगा और इन मूर्खों को लड़ने से रोकना होगा।" उसने लाश को कपड़े से ढक दिया।

पढ़ा-लिखा होने के बावजूद फूल सिंह का दिमाग़ तुरन्त काम नहीं करता था। उसका दिमाग़ अभी भी शादी पर अटका था और घटना के बाद भी वह चुपचाप चन्दौसी लौट आया था। उसे अन्दाज़ा ही नहीं था कि इस घटना के आगे चलकर क्या प्रभाव हो सकते हैं। वह दो दिन बाद ही अपने कॉलेज चला गया और इस तरह परिवार की कमान अपने आप रामपाल के हाथों में आ गई। रामपाल अब परिवार का मुखिया बन चुका था। शायद पत्नी के कहने पर फूल सिंह गाँव वापस आया। तब उसने अपने हिस्से पर दावा किया। वह भाई के ख़िलाफ़ चुनाव तक में खड़ा हो गया। इसका नतीजा यह हुआ कि दो भाइयों की लड़ाई के चक्कर में एक मुराव गाँव का मुखिया बन गया।

इस बात से भड़के रामपाल ने भाई का जीना नरक बना दिया। अब फूल सिंह चुपचाप घर पर पड़ा रहता था। कॉलेज से वह कुछ किताबें लाया था लेकिन पढ़ नहीं पाता था। कॉलेज में कुछ कक्षाएँ करने के प्रमाण के रूप में मिला एक अदद सर्टिफ़िकेट उसकी हाईस्कूल की डिग्री के नीचे बैठके में शेल्फ़ की सजावट बन चुका था। जिसे अच्छे दिनों में बाक़ायदे मढ़वाया गया था। फूल सिंह अब चाय पीता था, कभी-कभार शराब भी पीता था और बाक़ी ठाकुरों के साथ पत्ते खेलता था। बचे हुए समय में वह सोता रहता था। मेहनत से कमाई हुई डिग्री के साये में वह आराम और सम्मान का जीवन काट रहा था। सब कुछ ठीक चल रहा था।

रामपाल इससे सन्तुष्ट नहीं था। उसने गाँव के स्कूल में उसकी शिक्षक की नौकरी लगवा दी ताकि कुछ पैसे वह कमा सके। इस बीच मीना की मौत हो गई और फूल सिंह की शराबख़ोरी बढ़ गई। यहीं से उसे कारोबार का ख़याल आया। उसने स्टेशन के सामने एक अवैध शराब की दुकान खोलने का फ़ैसला किया और स्कूल जाना छोड़ दिया। रामपाल को इससे बहुत सन्तोष हुआ—आख़िरकार उसका भाई अब परिवार की कमाई में योगदान कर रहा था।

पालनपुर, 1984

पिताजी का लिखा यहाँ ख़त्म हुआ। अब समझ में आया कि पीताम्बर की इतनी बदनामी क्यों है। दोपहर के तीन बज चुके थे, तो मैंने सोचा कि स्टेशन चलकर पैट को देखा जाए।

अध्याय 22

पालनपुर, 1984

बस कुछ ही घंटों में पैट का अपने शोध निर्देशक से मोहभंग हो गया था। ज़ाहिर है, मैंने पैसे ख़र्च करके गोविन्दी से प्रोफ़ेसर के लिए जो खाना बनवाया था, वह खाने से उसने इनकार कर दिया। वह अपना खाना टिफ़िन में लेकर आया था। इसका फ़ायदा हालाँकि यह हुआ कि सुब्बू के लिए बनाया खाना बाबू को दे दिया गया और उसके पास से वह रोशन के पास पहुँच गया। अपने लाए चिकन सैंडविच खाते हुए प्रोफ़ेसर ने भारत में विकास की समस्याओं और अन्तर्जात वृद्धि की आवश्यकता पर ज़ोर देते हुए एक छोटा-सा भाषण दिया था।

प्रोफ़ेसर ने गाँव का दौरा करने से भी मना कर दिया था। चूँकि वह विशेषज्ञ है तो उसे पहले से पता था कि गाँव में क्या मिलेगा। उसे डर था कि पैदल चलने से उसके जूते शायद फट जाएँ। उसने कहा कि बेहतर होगा यदि वे औरतें उससे मिलने वहीं आ जाएँ जिनका इंटरव्यू पैट ने किया है। पता नहीं उनके पतियों ने जाने से मना किया या वे ख़ुद नहीं निकलीं, लेकिन कोई भी औरत वहाँ नहीं आ सकी। इस कारण से इंटरव्यू की गुंजाइश सीमित हो गई और निष्कर्ष यह निकला कि सामाजिक बदलाव की प्रक्रिया को दीर्घकालिक लक्ष्य के रूप में ही देखा जाना बेहतर है।

अन्ततः तीन बजे वाली ट्रेन की सीटी बजी। वह अभी दूर ही थी, लेकिन इस मनहूस प्रसंग के ख़त्म होने का संकेत इसमें ज़रूर मिल गया।

जाने से ठीक पहले सुब्बू ने अपने निष्कर्ष संक्षेप में बताए। उन्होंने कहा कि श्रमबल में औरतों की भागीदारी के बारे में मूल प्रस्थापना अब भी सही है, बस पालनपुर उसकी पुष्टि करनेवाला सही नमूना नहीं है क्योंकि वह पश्चिमी विचारों के प्रभाव में है। विदेशी सैलानियों ने आर्थिक सिद्धान्तों और उनके कार्यान्वयन की स्थितियों को खटाकर दिया है। उन्हें पक्का भरोसा था कि उनका सिद्धान्त पड़ोस के पीपली गाँव में या अन्य कहीं भी सही साबित हो सकता है। वे इस बात को

लेकर बहुत इच्छुक दिखे कि पैट उनके साथ फ़ील्डवर्क के लिए दूसरी उपयुक्त जगहें खोजने के लिए यात्राएँ करें। इस तरह वे दोनों इस मॉडल पर संग काम कर सकेंगे और विश्लेषण के और आयामों को जोड़ पाएँगे। पैट की इस पर क्या राय थी? उसने विनम्रता से जवाब दिया कि वह इस प्रस्ताव पर विचार करेगी पर अभी वह नहीं चल सकती।

मैंने इस पर अपना दिमाग़ भी लगाया। क्या वाक़ई पालनपुर पश्चिमी प्रभाव से प्रदूषित हो चुका है? गाँव में उपभोक्तावाद के बहुत कम संकेत मुझे दिखे। हाँ, कमख़र्ची की परम्परा अब भी यहाँ मज़बूत है। या कहें कि लोग अपनी क्रय शक्ति को अपनी सादा किसानी जीवनशैली से छुपाने के आदी हैं, जैसा कि किशन लाल ने एक बार मुझे समझाया था। यहाँ मैंने कोई फैंसी कपड़े, महँगी घड़ियाँ नहीं देखीं। रेडियो भी कम दिखते हैं। सिगरेट तो और कम है, केवल बीड़ी चलती है। महँगे बैग, जूते या चाँदी के पानी वाली लाइटर आदि तो यहाँ दिखती ही नहीं है। पैट बताती है कि दिल्ली की झुग्गियों में ये चीज़ें आम तौर से दिख जाती हैं। उसने वहाँ का दौरा किया था। तो क्या पश्चिमी आदतों को यहाँ लाने का दोषी हो गया? हाँ, मैंने कुछ सिगार कुछ लोगों में बाँटे थे, लेकिन वे अच्छे थे। मैं कुछ कैसेट और अपना टू-इन-वन भी छोड़ गया था, लेकिन मुझे शक है कि इन चीज़ों से मानसिकता के बदलने का कुछ लेना-देना होगा। कैमरे तो ख़ैर मैं वापस लेकर ही जाऊँगा, यहाँ छोड़ूँगा नहीं।

मैं मन में पक्का हो चला था कि ये प्रोफ़ेसर सुब्रमनियन उल्लू का पट्ठा है और पैट भी शायद इसी नतीजे पर पहुँच रही थी। हमने सोचा अब घर चलकर थोड़ा आराम कर लिया जाए। इसके बाद हम लोग कोई घंटा भर घर में पड़े रहे। अचानक पैट उठ खड़ी हुई।

"मैं एकदम से भूल ही गई थी। स्मिता कह रही थी कि बाबू के लिए जो लड़की उसने खोजी है उसका परिवार चाहता है कि ये शादी जल्द से जल्द हो जाए।"

"कौन है ये क़िस्मत वाली लड़की?"

"स्मिता ने मुझे ज़्यादा नहीं बताया है पर हमें शादी की रस्मों आदि की जानकारी तो पहले से होनी ही चाहिए। भूलो मत कि इस शादी के मुख्य प्रायोजक तुम ही हो।" उसने मुझे छेड़ा।

इस समय लगन का सीजन पूरे शबाब पर था। फूल सिंह के एक चचेरे भाई की शादी रुस्तमपुर की एक लड़की से हो रही थी। एक दिन पहले ही न्योता आया था और पैट के कहने पर हम लोगों ने जाना स्वीकार कर लिया था। पालनपुर से रुस्तमपुर क़रीब दस किलोमीटर दूर था। हम लोग बरात में शामिल होने के लिए साइकिल से निकले। लड़के का नाम देविंदर था। छह-सात ट्रैक्टरों, ट्राले और जीपों में लदकर बरात रुस्तमपुर पहुँची। शानदार आयोजन था। साथ में एक

ज़बरदस्त बैंड भी था और नाचने-गानेवालों की एक कम्पनी भी मँगवाई गई थी। शादी स्थल बहुत विशाल था। ठाकुर लोग अपने साथ राइफ़लें लेकर आए थे। गोलियाँ मुफ्त में मिल रही थीं, हालाँकि पाँच रुपये की एक थी ऐसा किसी ने मुझे बताया था। सब कुछ ठीक चल रहा था कि अचानक बवाल हो गया। पता चला कि द्वारचार के समय ही मामला शुरू हुआ था। देविंदर के ज़मींदार पिता बसन्त ने लड़कीवालों से पहले कहा था कि दहेज में उनकी कोई ख़ास माँग नहीं है। इसलिए द्वारचार के समय लड़कीवालों ने प्रथा के मुताबिक़ लड़केवालों को एक साइकिल, एक रेडियो, एक पलंग, दो कुर्सियाँ, एक छोटी मेज़, एक घड़ी, बिस्तर के किनारे रखे जानेवाले तीन लैंप, पाँच प्रेशर कुकर और दो सौ रुपये नकद राशि दे दी। बरात में कुछ लोगों को अन्दाज़ा था कि लड़कीवाले काफ़ी सम्पन्न हैं। उन्हें लगा कि ये तो बहुत कंजूसी वाली बात हुई। उन्होंने कहना शुरू कर दिया कि लड़की के परिवार के पास अस्सी बीघा ज़मीन, एक ट्रैक्टर, और गहनों का एक गुप्त ख़ज़ाना है। बसन्त ठाकुर उस समय तक काफ़ी पी चुका था। उसने ग़ुस्से में मुनादी कर दी कि लड़कीवालों ने अगर बिलकुल यहीं पर अभी बीस हज़ार रुपये नकद लाकर नहीं दिये तो बरात लौट जाएगी। फूल सिंह ने इस मामले में बसन्त का साथ दिया लेकिन उसका मानना था कि बरात नहीं लौटनी चाहिए। पहले रिश्ता करते वक़्त चूँकि बसन्त ने दहेज की बहुत परवाह नहीं की थी जो कुछ भी दहेज में मिला था सब उसकी सहमति से ही था, इसलिए लड़कीवालों को लगा कि मौक़ा देखकर बसन्त बेजा फ़ायदा उठाने की कोशिश कर रहा है। इस बात पर माहौल गरमा गया। बसन्त ने नाच कम्पनी के ख़राब गाजे-बाजे पर भी ताना मारा था हालाँकि वह कार्यक्रम कुछ दूरी पर हो रहा था। इस तनाव के बीच दोपहर का बना खाना ठंडा हो रहा था। भोर के साढ़े तीन बज गए। खाना अगर अब नहीं खाया जाता तो खाने लायक़ नहीं रहता, इसलिए बराती खाने को तैयार हो गए। इससे संकेत मिला कि बसन्त लगता है मान गया है। इस लेट-लतीफ़ डिनर के बाद पैट को दो घंटे के लिए नींद आ गई। बाक़ी हर कोई रात-भर पीता रहा और गप करता रहा। मैं जगा हुआ था। लोगों की बातचीत से पता चला कि फूल सिंह तमाम क़िस्म के अवैध धन्धों में लिप्त है, जैसे अवैध शराब की बिक्री, जुआ, आदि। लोग फुसफुसाते हुए उसके अफीम के धन्धे की बात भी कर रहे थे। इसका मतलब कि मेरे पिता के काग़ज़ों में सब सही लिखा था। लोग बता रहे थे कि पालनपुर में कभी जब शराब की दुकान खुलती थी तो उसमें एक लालटेन जला करती थी। अब तो वह सब ख़त्म हो चुका है। सुबह सात बजे मैंने पैट को जगाया। घर तक साइकिल चलाकर जाने की अब हिम्मत नहीं थी। सो हमने पालनपुर जा रहे एक डनलप के ऊपर साइकिल लाद दी। अब भी छिटपुट झगड़े हो रहे थे, लेकिन दहेज वाली बहस ख़त्म हो चुकी थी।

दोपहर में पैट गाँव का एक चक्कर लगाकर वापस आई। मैं अपनी किताब के प्रोजेक्ट पर भिड़ा हुआ था। पैट ने बताया कि वीना से उसकी बात हुई है।

"जानते हो, वह बहुत दिलचस्प लड़की है। थोड़ा मर्दाना ढंग है उसका, लेकिन बहुत प्यारी है। अपने भाइयों को लेकर वह बहुत परेशान है। अब जगपाल का तो कुछ नहीं किया जा सकता लेकिन मुझे लगता है कि किसी तरह अगर हुकुम को छुड़ा लिया जाए तो वीना पालनपुर को छोड़कर चली जाएगी। अभी वह परिवार को संकट के बीच में छोड़कर नहीं जाना चाहती।"

मैंने कहा, "अच्छी बात है, पर उसका भविष्य तो बहुत आसान दिखता है। उसके माँ-बाप ठीक-ठाक लड़का खोजकर उसकी शादी करवा ही देंगे।"

"ज़रूरी थोड़ी है कि ऐसा ही हो। लड़की बढ़िया है, सक्षम है और पिछले साल तक पढ़ाई कर रही थी। वह यहाँ बोर हो रही है। उसे एक अच्छी नौकरी चाहिए।"

"गृहिणी की नौकरी," मैंने टिप्पणी की।

"बस करो! गृहिणी नहीं, कुछ ऐसा जो सन्तोषजनक हो। मेरे ख़याल से वो कहीं बेहतर करेगी जितना तुम सोचते हो। उसने बल्कि बताया कि उसकी एक योजना है।"

"देख लेंगे," मैंने सन्देह के साथ बात ख़त्म की।

पैट को एक और ख़बर मिली थी। देविंदर का एक रिश्तेदार प्रताप यहीं पालनपुर में रहता था। उसने शादी का ख़र्चा निकालने के लिए दो भैंसें बेची थीं। यह सुनते ही मैंने कहा, "ये कैसे सम्भव हो सकता है? अब वो लोग अपने खेत कैसे जोतेंगे?"

"मेरे ख़याल से किराए पर ले आएँगे। उन्हें पैसे देने ही होंगे क्योंकि प्रताप का एक भतीजा जो शादी में गया था, वो दुल्हन के कुछ गहने चुरा लाया है।"

"क्या?"

"हाँ, यही हुआ है।"

"मैंने कहा था न कि पालनपुर में रोमांच की कोई कमी नहीं है। अब ऐसा करो, थोड़ा आराम कर लो। आज रात एक और बरात में जाना है और कल सुबह मुझे जेडीओ से मिलने भी जाना है।"

"अच्छा हाँ, मैं बताना भूल गई थी," पैट अपनी लटों को हिलाते हुए चीख़ी, "मैं भी स्मिता के साथ चन्दौसी जा रही हूँ। बाबू की शादी के लिए ख़रीदारी करनी है।"

"वाक़ई?"

"हाँ, सारी तैयारी हो चुकी है।"

पैट ने मेरे होंठों पर अपनी उँगली रखी और बोली, "कल मैं गाँव में गाना भी गाऊँगी।"

"हे भगवान!"

उसने मुझे ग़ुस्से से देखते हुए कहा, "हे भगवान मतलब क्या? इतनी दूर

ढोकर मैं अपना गिटार लाई हूँ। वो क्या बन्द ही पड़ा रहने दूँ? सबके लिए थोड़ा माहौल बदलेगा इसी बहाने।"

"और तुम गाओगी क्या? यहाँ हरमन्स हर्मिट्स या बीटल्स कोई नहीं जानता।"

वह तकिये के सहारे पीछे हुई और मुस्कराते हुए बोली, "इन तमाम शादियों, इन प्रेमकथाओं ने मुझे प्रेरित किया है। तुम भी जानते हो कि यहाँ हर कोई अपने लिए सही शख़्स को खोजने, उससे प्रेम करने और ऐसी ही चीज़ों के बारे में बात करता है। दरअसल ये लोग पालनपुर में वही बातें तो करते हैं जो बाक़ी जगहों पर भी इतनी ही अहम होती हैं।"

ये बात तो सही थी। इससे सहमत हुआ जा सकता था, हालाँकि रोमांचक प्रेम-प्रसंगों की गुंजाइश लन्दन के मुक़ाबले पालनपुर में कम थी।

"जब तुम नहा रही थी तब उस तनाव को मैं भी महसूस कर पा रहा था, ये बिलकुल सच है। फ़िज़ाओं में इश्क़ था। एक बहुत महीन सा अहसास।"

वह फिर मुस्कराई, "इतना भी महीन नहीं, लेकिन इससे पता चलता है कि दुनिया-भर में इश्क़ का दम जिस तरह घुटता है वैसा ही यहाँ भी है। नहीं? मैंने इसी थीम पर एक गीत चुना है, थोड़ा-बहुत फेरबदल के साथ।"

"कौन सा?"

"देख लेना," उसने मुझे चूमते हुए कहा।

इसके बाद जो सिलसिला शुरू हुआ कि मैं आगे और कोई सवाल नहीं पूछ पाया।

शाम को हम लोग पीपली में मुराव बिरादरी की एक शादी में गए। वहाँ न राइफ़लें थीं न गोलियाँ। बस एक छोटा-सा बैंड था और दूल्हा छोटे से घोड़े पर चढ़कर आया। दहेज हालाँकि पिछली वाली बरात से कहीं ज़्यादा था। रेडियो, घड़ी आदि सामान्य चीज़ों के अलावा नकद में 600 रुपये भी दिये गए। ठाकुरों की शादी में झगड़ा हुआ था। ये वाली शादी एकदम सुस्त थी। खाने के इन्तज़ार में कुछ बराती केवल समय काट रहे थे। मैंने किशन लाल को भी जुआ खेलते हुए देखा। वे लोग बीन्स के साथ खेल रहे थे और जितना मैं किशन लाल को भी जानता हूँ, उसके हिसाब से कह सकता हूँ कि बीन्स का मतलब पैसा नहीं था। शादी काफ़ी जल्दी ख़त्म हो गई क्योंकि हर किसी को अगले दिन काम पर जाना था।

अगली सुबह रेलवे प्लेटफ़ॉर्म पर स्मिता मिली। बहुत ख़ुश दिख रही थी। हुकुम को लेकर वह अब भी चिन्तित थी लेकिन उसने बड़ी समझदारी से समझाया कि हर सुखद पल का फ़ायदा ज़्यादा-से-ज़्यादा उठा लेना चाहिए। उसका कहना था कि हुकुम होता तो वह भी इस पर हाँ ही कहता। मैंने भी सहमति जताई और पूछा कि बाबू का क्या चक्कर है। उसने बताया, "बाबू के लिए हमने जो लड़की खोजी है वह हमारे साथ ही पढ़ी हुई है हालाँकि उसकी पढ़ाई पूरी नहीं हो सकी। फिर भी वह बहुत तेज़ है। बाबू से थोड़ा बड़ी होगी उम्र में, पर उससे कोई फ़र्क़ नहीं पड़ता।"

"ज़्यादा बड़ी है क्या?" मेरे पूछते ही पैट ने मेरे पंजे पर अपना पैर रख दिया।

"कुछ ही साल, पर इससे प्यार तो कम नहीं हो जाता, क्यों?" स्मिता ने पूछा।

"बेशक नहीं। और वह सुन्दर भी है क्या?" अब पैट मुझे बाँह में चिकोटी काट रही थी।

"सुन्दर तो नहीं कहेंगे लेकिन एक इनसान के बतौर तो सुन्दर है और बहुत प्यारी है।" स्मिता ने उत्साह से जवाब दिया।

"और शादी कब होनी है?" मैंने पूछा। पैट ने चिकोटी ढीली कर दी।

"बस दो दिन में। सब कुछ मोटा-मोटी तैयार है। फिर भी बहुत काम बाक़ी है। आप बाबू के साथ ज़्यादा सख़्त मत होइएगा प्लीज़, उसकी पूरी ज़िन्दगी पड़ी है अभी।"

मैंने मुस्कराते हुए वादा किया, पूरी कोशिश के साथ कि मेरी आँखें या ज़बान ऐसा कुछ न कह दें जिस पर बाद में मुझे पछतावा हो। वैसे भी पैट मेरे पंजे पर चढ़ी हुई थी कि ज़रूरत पड़ने पर दबा देगी। चन्दौसी में नये जूते, घड़ी, शर्ट और दुनिया-भर के ज़रूरी सामानों की ख़रीदारी के दौरान मैं दोनों के साथ कुछ देर तक रहा। शादी के बाद ये सब चीज़ें बाबू वैसे भी इस्तेमाल नहीं करनेवाला था। जब वे सौन्दर्य प्रसाधन और सिल्क के रूमाल बेचनेवाली दुकान में घुसीं, तो मैंने उन्हें अकेला छोड़ दिया। अभी जेडीओ के यहाँ जाना ज़रूरी था।

जेडीओ से बातचीत एक लिहाज़ से आँख खोलनेवाली रही। उन्होंने साफ़ शब्दों में बता दिया कि अगर सरकारी प्रक्रिया से चीज़ें चलती रहेंगी तो काम समय से शुरू नहीं हो पाएगा। इसके बजाय दूसरे तरीक़े ज़्यादा कारगर होंगे। उसने रिश्वत के लिए हाथ नहीं फैलाए। आदमी अनुभवी था, उसने सलाह दी कि मैं केडीओ से जाकर मिलूँ। सम्भव है कि वे क्रमवार ढंग से काम करते हुए मामले को रफ़्तार दे सकेंगे। क्रमवार का मतलब मुझे समझ नहीं आया, फिर भी मैं केडीओ के दफ़्तर के लिए चल पड़ा।

केडीओ सफ़ेद बालों वाले एक ख़ुशनुमा और दोस्ताना बुज़ुर्ग थे। उन्होंने समझाया कि अब तक नौकरशाही से निपटने में मुझे जितनी भी अड़चनें आई हैं वह दरअसल उस विशाल हिमखंड की ऊपरी सतह भर हैं जो ग्रामीण विकास को रोके हुए है। वे मेरी मदद करेंगे, ऐसा आश्वासन मिला। मुझे लगा कि चलो कोई तो मेरी भावनाओं को समझा। मैंने एक चाय पी और थोड़ी देर उनसे बातचीत करता रहा। मैंने उनसे पूछा कि आख़िर इलाक़े में क़ानून व्यवस्था से एडीओ ख़ुद क्यों नहीं निपट पा रहे हैं, तो उनका सीधा जवाब था कि चन्दौसी और मुरादाबाद में बन्दूक़ें बहुत हैं। फिर उन्होंने *इंडिया टुडे* में 30 सितम्बर, 1983 को छपा एक लेख दिखाया जिसमें कहा गया था कि यूपी में जिस भी अधिकारी ने भ्रष्टाचार से निपटने की कोशिश की उसका तबादला हो गया। बात तो सच थी। शायद सीडीओ

(या ईडीओ?) के यहाँ जब मैं गया था तो उनके पहले के अफ़सरों की सूची मैंने टँगी वहाँ देखी थी। बहुत जल्दी-जल्दी अफ़सर बदले गए थे। बात करते-करते केडीओ ने एक पत्र तैयार कर दिया। उसमें उन्होंने काम शुरू करने को लिखित मंज़ूरी दे दी। उन्होंने उस पर दस्तख़त किया, मुहर मारी, सील किया और चपरासी को बुलवाकर कहा कि इसे गाँव के मुखिया रामपाल के नाम भेज दे। यह चिट्ठी अगले दिन पालनपुर पहुँच जाएगी—भरोसा नहीं हो रहा था ऐसे काम पर!

प्लेटफ़ॉर्म पर स्मिता और पैट से मिलते हुए मैं बहुत उत्साहित था। स्मिता भी ख़ुश थी। पैट ने उसे तसवीरों के बारे में बता दिया था।

"ये तो बहुत अच्छी ख़बर है। हमें इसका फ़ायदा उठाना चाहिए।"

मैंने सहमति जताई, "लेकिन काफ़ी सावधानी के साथ सोचना होगा। केवल एक मौक़ा है हमारे पास। इसे हम बरबाद नहीं कर सकते।"

स्मिता ने संजीदगी से कहा, "मैं पक्का नहीं हूँ कि क्या करना है पर मैं बाबू से एक बार पूछूँगी उसकी क्या राय है।"

मैंने किसी तरह अपनी हँसी रोकी, उधर से पैट ने बहुत तेज़ चिकोटी काटी जिसका निशान पड़ गया था।

"शानदार आइडिया," मैंने किसी तरह गम्भीरता से जवाब दिया।

"लेकिन हम लोगों को शादी तक इन्तज़ार करना होगा। शादी बहुत ज़रूरी है। उसके बाद वह बाक़ी को देख लेगा।"

"हाँ, यही बेहतर होगा," मैंने सहमति जताई, "शादी का सारा सामान मिल गया?"

स्मिता ने ताली पीटते हुए कहा, "हाँ, सब ले आए हम लोग। मज़ा आ गया।"

मैंने एक-एक करके सारा सामान देख डाला। उसमें एक सिल्क की टाई भी थी। शायद बीडीओ या सीडीओ जब बाबू का स्वागत करने आएँ तब उसके पहनने के लिए ली गई हो। ख़रीदारी में दिलचस्पी दिखाने का यह अभ्यास मुझे लन्दन से ही है। जब हर शनिवार पैट ख़रीदारी के लिए सामान की लिस्ट बनाती थी तो मैं बहुत धैर्य से उसे देखता था और ऐसे दिखाता था जैसे मुझे उसमें बहुत गहरी दिलचस्पी हो। पैट बेवक़ूफ़ नहीं बनती थी, उसे मुझसे बस सही चीज़ें सुनने की उम्मीद रहती थी। इस तरह की परिस्थितियों में अर्जित किया हुआ कौशल काम आ ही जाता है।

वापस पालनपुर आकर हमने सबको याद दिलाया कि आज पैट गाना गाएगी। फिर हम घर आ गए। अभी दिन बचा हुआ था। घर पहुँचा तो देखा किशन लाल मेरा इन्तज़ार कर रहे थे।

"जल्दी चलिए, वो लोग हमारे मकान तोड़ रहे हैं।" किशन लाल बोले।

"किसके मकान?"

"मुराव टोली के मकान। हो सकता है चमारों के भी तोड़े जा रहे हों।"

रास्ते में किशन लाल ने पूरी कहानी बताई। फूल सिंह और उसका चचेरा भाई प्रताप सिंह यानी पालनपुर की बरात में गहने चुरानेवाले लड़के का चाचा, दोनों आज दिन-भर प्रताप सिंह का डीजल इंजन चलाकर एक तालाब ख़ाली करने में लगे हुए थे। उन्हें उससे काफ़ी सारी मछली निकलने की उम्मीद थी। यह सुनते ही मुझे तुरन्त अन्दाज़ा लग गया कि भैंसें बेचने से जो नुक़सान हुआ है, उसे प्रताप मछली बेचकर पाटना चाह रहा होगा। तालाब से निकला पानी शुरू में जब लोगों के खेतों में गया तो लोगों को अच्छा लगा कि मुफ्त में सिंचाई हो रही है। बाद में जब खेत भर गए तो सारा पानी बरबाद होने लगा। सारा पानी रास्ते से बहकर नीचे किशन लाल के घर की दीवार तक पहुँच गया था। मैंने फूल सिंह और प्रताप से बात की लेकिन वे मुझे सुनने को तैयार नहीं थे। उनका कहना था कि मुफ़्त का पानी है, मुराव चाहें तो उसका इस्तेमाल कर लें। अगर अपने घर बचाने हों तो वे चमारों के घरों तक भी पानी की धार को मोड़ सकते हैं। मुराव इसके लिए तैयार नहीं थे।

ठाकुर किसी की सुनने को तैयार नहीं थे। उधर पानी किशन लाल के घर तक पहुँचकर आगे की दीवार का एक हिस्सा तोड़ने के बाद चमारों की बस्ती में घुस चुका था। वहाँ भी कुछ मकानों में पानी भर रहा था, लेकिन उधर से शिकायत करनेवाला कोई नहीं था।

क़रीब सात-आठ घंटे से वे लोग तालाब को ख़ाली करने में जुटे हुए थे। सुबह काम चालू हुआ था जब मैं चन्दौसी गया था। पानी के स्तर को देखते हुए कहा जा सकता था कि पंप अभी आधी रात तक चलेगा। मेरा अन्दाज़ा था कि इंजन उतनी देर नहीं चल पाएगा, लेकिन रामपाल को पूरा भरोसा था। इस बीच बच्चे पूरी मौज में थे। वे तालाब के गन्दे पानी में कूद-कूदकर मछली पकड़ने की कोशिश में लगे हुए थे। चूँकि इस तबाही को रोकने के लिए कुछ नहीं किया जा सकता था तो मैंने चुपचाप इसकी तसवीरें लीं और तमाशबीन बना रहा।

अध्याय 23

पालनपुर, 1984

शाम को आम के पेड़ के नीचे अब तक का सबसे बड़ा जुटान हुआ। अपनी नई साड़ी में सजी पैट ने अपने साज़ पर सुर चढ़ाए। वह पूरी साड़ी लपेटकर आई थी ताकि सबका ध्यान उसके गाने पर रहे।

ब्रह्मचारी ने ज्ञान दिया, "इसको गिटार कहते हैं।"

किशन लाल ने पूछा, "लेकिन तबला कहाँ है?"

"उसकी कोई ज़रूरत नहीं है। ये पश्चिमी सितार है जिसमें हाथ से मारने पर तबले की आवाज़ भी निकलती है।"

बाबू ने चौंकते हुए कहा, "ये एक साथ दो बाजे बजाती है और साथ में गाती भी है।"

पैट ने खखारते हुए गाने की शुरुआत की,

मिसेज ब्राउन यू हैव गॉट ए लवली डॉटर।

किशन लाल ने कॉलेज में थोड़ी अंग्रेज़ी पढ़ी थी। उसने श्रोताओं पर एहसान करते हुए इसका अनुवाद किया,

आंटी, आपकी बेटी कितनी प्यारी।

अभी-अभी वहाँ पहुँची एक औरत चीख़कर बोली, "ये आंटी कौन है?"

किशन लाल बोला, "कोई भी हो उससे क्या," जैसे वह पैट को ख़ुश करना चाहता हो।

औरत बोली, "लेकिन उसकी बेटी प्यारी क्यों है?"

स्मिता ने जवाब दिया, "उसकी बड़ी-बड़ी आँखें और लम्बे बाल रहे होंगे।"

बाबू ने जोड़ा, "हो सकता है गोरी भी हो।"

फूल सिंह ने टिप्पणी की, "स्वाभाविक है। ये ब्राउन नाम ब्रिटेन में होता है।

वहाँ के लोग तो वैसे ही गोरे होते हैं।"

"हो सकता है दक्षिण भारतीय नाम हो। तब तो वो इतनी गोरी नहीं होगी। वैसे भी ब्राउन का अंग्रेज़ी में मतलब साँवला होता है।"

फूल सिंह फिर बोला, "और उसकी आँख भी मन्दाकिनी की तरह हरी रही होगी।" अवैध शराब का धन्धा बन्द होने के बाद से फूल सिंह अपना ज़्यादा समय सिनेमाहॉल में ही गुज़ारता था।

पैट ग़ुस्से में लग रही थी। उसने फिर से खखारा और सबका ध्यान खींचने के लिए गिटार के तार को छुआ।

किशन लाल ख़ुश होकर बोले, "सही कह रहे थे, ये तो तबले की तरह भी बजता है।" इसके बाद धीरे-धीरे सब शान्त हो गए और पैट ने फिर से गाना शुरू किया,

शी इज द शार्प, द शार्पेस्ट आइ एवर मेट।

किशन लाल ने अनुवाद किया, *इतनी स्मार्ट-सी लड़की कहीं नहीं।*

"तो वो स्मार्ट है?" रामपाल ने टोकते हुए कहा, "पक्का ये लड़की बवाल करवाएगी।"

"वो स्मार्ट क्यों नहीं हो सकती?" यह सवाल गोविन्दी की बिटिया ने पूछा। स्मिता के पालनपुर आने के बाद उसका झुकाव नारीवादी हो गया था।

गोविन्दी अपनी बिटिया को चुप करा रहे थे, तभी रामपाल ने टोका, "हाँ, स्मार्ट लड़कियाँ अपने पति को जवाब देती हैं।"

भटनागर परिवार के एक सदस्य ने ज़ोर देकर कहा, "बात बस इतनी-सी है कि यह लड़की पढ़ी-लिखी है।"

गोविन्दी बोले, "तो क्या हुआ, चाहे जो हो उसे अपनी नज़र नीची रखनी चाहिए और बात माननी चाहिए।"

पैट ने एक बार फिर सबको सख़्त निगाहों से देखा और सब चुप हो गए, लेकिन भीड़ असहज सवालों में फँस चुकी थी। इसके बावजूद पैट दो और लाइनें गाने में कामयाब हो गई,

वाइ डजंट शी लव मी?
शी टोल्ड मी सो एंड आइ ऐम सो वेरी सैड।

"हम कह रहे थे वो बवाल करवाएगी," ख़ुद को सही पाते हुए रामपाल ज़ोर से बोले।

"सब ईश्वर की मर्ज़ी है," ब्रह्मचारी ने कहा।

मल्लो ने कहा, "उसके बाप को पिटाई करनी चाहिए।"

चुन्नी ने सुझाया, "माँ भी कर सकती है।" ऐसे मामलों में चुन्नी पंचायत करना पसन्द करती थी।

एक व्यावहारिक आवाज़ आई, "वो उसके साथ चली क्यों नहीं जाती? प्यार तो होता रहेगा बाद में।"

बरसों से एक अदद पत्नी के इन्तज़ार में बेचैन हो चुके बाबू ने टोका, "अरे, वो चाहे तो उसे अगवा कर सकता है। बाद में लड़की को प्यार हो ही जाएगा।"

"वैसे, वह माँ से क्यों बात कर रहा है?" किशन लाल ने पूछा।

एक औरत बोली, "हो सकता है उसका बाप मर गया हो।"

यह कारण सबको एकदम सही लगा। इसी मौक़े का फ़ायदा उठाकर पैट ने दो और लाइनें छेड़ दीं,

शी सेड शी डज नॉट वान्ट माइ गिफ्ट्स एंड आइ कैन कीप देम।
बट आइ रियली वान्ट हर टु कीप देम।

बस यहीं पर जिज्ञासाओं की बाढ़ आ गई और उसे सँभालना मुश्किल हो गया।

रामपाल बोले, "अरे बाबा, ये दहेज ऐसे नहीं होता है, ग़लत है।"

खुले दिमाग़ की किसी मुखर औरत ने हस्तक्षेप किया, "विदेश में ऐसा ही होता होगा।"

"इसमें ऐसा कुछ बुरा भी नहीं है," मल्लो बोली, जिसके एक भी बेटा नहीं था, केवल बेटियाँ थीं।

फूल सिंह ने किसी ज़माने में अपने शिक्षक होने का सुबूत दिया, "मामला सुलटाने के लिए हम लोगों को किसी को वहाँ भेजना चाहिए।"

वह मेरी ओर मुड़ा, "सर साहब, आपको क्या लगता है? ठीक रहेगा? आप कहें तो हम जा सकते हैं।"

गोविन्दी जलन से बोला, "लेकिन लड़का पक्का बहुत अमीर रहा होगा।"

एक औरत पैट की ओर मुड़ी और उससे सवाल करने के लहज़े में पूछा, "लड़का अमीर है तो लड़की को दिक़्क़त क्या है उससे?"

पैट अब बेचैन हो चुकी थी। उसने जल्दबाज़ी में कुछ और पंक्तियाँ गाईं,

स्टिल शी इज सो लवली दैट,
ईवेन इन ए क्राउड, आइ वुड नोटिस हर
एंड आइ वुड गो डाउन ऑन माई नीज़

एक ठाकुर औरत बोली, "अगर इतना ही अमीर है कि दूसरे रास्ते से दहेज देने को तैयार है तो घर के बाहर खड़ा क्या कर रहा है?"

यहीं पर पैट ने गाना अचानक बन्द कर दिया। इस असाधारण संगीत सभा

का आनन्द ले रहे श्रोतागण चौंक गए। अन्त में पैट ने गिटार पर तेज़ी से एक हाथ मारा था। शायद वहाँ बैठे लोगों को एक झापड़ रसीद करने के मूड में रही होगी।

हमारे निकलने से पहले ब्रह्मचारी बोला, "मेरा विचार यह है कि इसके भीतर वाला तबला बुरा नहीं है फिर भी हम चाहेंगे कि तबला अलग से ही बजाया जाए तो बेहतर।"

मैं पैट के साथ घर जाना चाहता था लेकिन फूल सिंह की योजना कुछ और थी। वह बोला, "सर साहब, आप तालाब देखने चलना चाहेंगे?"

मैं उसके पीछे चल दिया। घुप्प अँधेरा हो चुका था। ज़्यादा दिखाई नहीं दे रहा था, फिर भी अन्दाज़े से कहा जा सकता था कि मटमैले पानी में कुछ मछलियाँ फड़फड़ा रही थीं। फूल सिंह भीतर गया और फिसलकर एक मछली पर जा गिरा। उसने जितना सम्भव था उतनी मछलियाँ एक बाल्टी में निकाल लीं। रामपाल मिट्टी तेल की ढिबरी से उसे रोशनी दिखाता रहा। उसने बताया कि उन्होंने डीजल पर 34 रुपये ख़र्च किये थे और कम-से-कम 10 किलो मछली तो निकल ही जाएगी। क़रीब 15 रुपये की मछली वे बेच देंगे, जो बचेगी उसे घर में बना लेंगे। इसका मतलब कि कुल मिलाकर उनकी यह कवायद न केवल आर्थिक बल्कि सामाजिक घाटे वाली भी निकली। एक तो पानी बरबाद हुआ, दूसरे एक दीवार गिर गई, चमार बस्ती में कुछ घर डूब गए और आगे कुछ समय तक तालाब में मछलियाँ नहीं होंगी क्योंकि पानी बहुत कम होगा। फूल सिंह बाल्टी लिये सावधानी से बाहर निकल आया। उसे लगा कि कीचड़ में अभी और मछलियाँ बची होनी चाहिए। उसने बाल्टी ख़ाली करके बाबू को दे दी और बोला, "जाओ, बची-खुची भी ले आओ।"

बाबू ने मना कर दिया। उसका कहना था कि पानी बहुत गन्दा है, कीचड़ भरा हुआ है और उसमें औरतों का पेशाब भी होगा। यह बात मैंने बाद में पैट को बताई थी। बाबू बोला कि वह भले चमार है लेकिन इसका मतलब यह नहीं कि गाँव के सारे गन्दे काम वह करेगा। बिलकुल यही बात उसने मुझसे भी कही थी जब मैंने अपने कमरे का गन्दा कोना साफ़ करने को कहा था। कुछ मछली के लोभ में ब्रह्मचारी भी तालाब पर आ चुका था। वह बाबू से नाराज़ लग रहा था। उसने वहीं समाज में सबकी अपनी-अपनी तय भूमिका को निभाने पर एक छोटा-मोटा भाषण दे डाला। फिर यह शिकायत करने लगा कि नहाने के काम आनेवाली बाल्टी को मछली भरने में इस्तेमाल नहीं किया जाना चाहिए। फूल सिंह ने बाल्टी ख़ाली करके अन्त में अच्छे से धोने के लिए बाबू को थमा दी। ब्रह्मचारी बोला कि बाबू के धोने के बाद वह बाल्टी को गंगाजल से शुद्ध करेगा।

मैं घर पहुँचा तो पैट सो चुकी थी। मेरे ख़याल से यह ठीक ही था।

अगले दिन सुबह-सुबह बाबू ने दरवाज़ा खटखटाया।

"बहुत ख़ुश दिख रहे हो," उसके चेहरे पर मेरा ध्यान गया, "कल की बाढ़ में तुम्हारा घर बचा या नहीं?"

"ना, एक दीवार गिर गई," बेपरवाही से उसने कहा।

"ये तो बहुत बुरा हुआ," मैंने कहा।

जिस तरह बहता पानी दीवार को बहा ले गया रहा होगा वैसे ही बाबू ने भी बाढ़ की बात को हवा में उड़ा दिया।

"फिर भी तुम ख़ुश हो," मैंने आश्चर्य जताया।

उसने अपने पेट की तरफ़ इशारा किया। उसका पेट देखने में वैसा ही लग रहा था जैसा उस दिन चन्दौसी में हलवाई की दुकान पर हो गया था।

बाबू ने खुलासा किया, "वो लोग नीचे कुछ मछली छोड़ गए थे, हमने बाल्टी लेकर भीतर जाने से इसीलिए मना कर दिया था। हमको वो लोग बदले में मछली नहीं, केवल एक रुपया देते।"

उसकी चतुराई से मैं प्रभावित हुआ, "तुम तो काफ़ी चालाक निकले। काफ़ी बच गई थी क्या?"

सकुचाने की असफल कोशिश करते हुए बाबू बोला, "इतनी थी कि हम रोशन को भी बुला लिये। वो भी भरपेट खाया।"

मैं मुस्कराया। सन्तोष हुआ कि सब कुछ अभी ख़त्म नहीं हुआ था।

"कुछ घर भी ले गया हूँ। उन्हें शादी में हम बनाएँगे।"

हो सकता है बाबू को लेकर मेरी सोच ग़लत रही हो। अपने हालात को सँभालने के मामले में तो वह काफ़ी समझदार है।

दिन में रामपाल और प्रताप मिल गए। वे उदास दिख रहे थे। वे इस बात से परेशान थे कि उस दिन रामपाल के आलू के खेत में पानी लगाने के लिए इंजन नहीं मिल रहा था। रामपाल के खेत गाँव से थोड़ा बाहर पड़ते हैं सो पिछले दिन मुफ्त की सिंचाई का लाभ रामपाल नहीं उठा पाया था। प्रताप का इंजन दम तोड़ चुका था। तालाब ख़ाली करने पर पहले ही इतना ख़र्चा हो चुका था, अब इंजन बनवाने में भी पैसा लगना था।

घर वापस आया तो देखा कि पैट सामान बाँध रही है।

"क्या कर रही हो?" मैंने पूछा।

"दिख नहीं रहा क्या? पैक कर रही हूँ।" जवाब मिला।

"वो तो दिख ही रहा है, पर क्यों?"

"क्योंकि ये जगह मेरे लिए नहीं है।"

इसके बाद तो उसकी आँखों से गंगा-जमुना बहने लगी। वह आधा चिल्ला रही थी, आधा रो रही थी। आख़िरकार उसने मन की भड़ास निकाली,

"मैंने यहाँ इस सबकी उम्मीद नहीं की थी। मेरा रिसर्च का विषय ठीक नहीं है

और वह प्रोफ़ेसर मेरे साथ सिर्फ़ सोना चाहता है। इन लोगों को मेरा संगीत पसन्द नहीं है। मुझे इनका पसन्द आता है लेकिन मैं समझ नहीं पाती। स्मिता अच्छी लड़की है लेकिन हम दोनों बहुत अलग हैं...और मैं साड़ी में कितनी बुरी दिखती हूँ।"

इसके बाद हमारे बीच लम्बी बातचीत हुई। विशुद्ध बातचीत, और कुछ नहीं। अन्त में पैट ने कहा कि वह पालनपुर की थोड़ी-सी मिट्टी अपने साथ ले जाना चाहती है। जिस जगह पर उसने अन्तत: एक साड़ी पहनी और गंधमयी रातें गुज़ारीं—जैसा बरसों पहले एक सहेली ने उसे एक किताब में दिखाया था—वहाँ की स्मृतियों को सँजोना तो बनता है।

"मैं नहीं जानता तुम किस किताब की बात कर रही हो, लेकिन तुम्हारी बात मैं समझ पा रहा हूँ," मैंने सहमति जताई।

वह मुस्कराई, "और जहाँ तक गंधमयी रातों वाली बात है, तो प्लीज़ उस बकरे से निजात पाओ और घर छोड़ने से पहले वो गंधाता कोना साफ़ करवा देना।"

"तो क्या मैं भी चलूँ?" मैंने उससे पूछा।

"ये तुम ख़ुद तय करो," उसने मेरी आँखों में झाँकते हुए जवाब दिया। "लेकिन यहाँ से जाओ, उससे पहले तुम्हें एक बार दलितों की बस्ती में ज़रूर हो आना चाहिए। मेरे ख़याल से थोड़ा और विस्तार से उसे खँगालना चाहिए। बाबू और स्मिता ने तुम्हें न्योता दिया ही है।"

शायद वह सही कह रही थी। मैंने कभी संजीदगी से उस बस्ती को नहीं खँगाला था।

उसने कहा कि मेरे आने तक वह लन्दन में मेरा इन्तज़ार करेगी बशर्ते कि मैं बाद में जाकर उससे मिलना चाहूँगा लेकिन यहाँ से बाबू की शादी निपटाकर ही जाएगी। बीच में वह वीना से मिलकर थोड़ा और बात करना चाहेगी। शायद इससे उसे अच्छा महसूस हो। इसके अलावा वह स्कूल के बच्चों के मामले में स्मिता की मदद भी करेगी।

फिर उसने कहा, "इस बीच तुम खेतों में जाकर फ़ोटो क्यों नहीं खींच लेते?"

कैमरा लेकर हम दोनों साथ ही घर से निकले। बाबू को इस समय परेशान करना ठीक नहीं था फिर भी मैं कामधाम का जायज़ा लेने के लिए उसके यहाँ चला गया। नीतू की रिहाई के ठीक बाद शादी रखने का ख़याल सही साबित हुआ था। इससे उस बूढ़ी औरत को एक उद्देश्य मिल गया था। बीती रात उसने भी भरपेट खाना खाया होगा। उस समय वह स्मिता की माँ के साथ मिलकर घर की सफ़ाई करते हुए कुछ गुनगुना भी रही थी। बाबू जाने कौन से अजूबे काम में व्यस्त था। एक रिक्शे के सामने बैठकर वह उसमें रस्सी और लकड़ी के टुकड़े लगा रहा था।

"ये क्या हो रहा है? तुम्हारे पास रिक्शा भी है, मुझे नहीं पता था।"

"यह मेरा नहीं है, चचेरे भाई का है जो चन्दौसी में इसे चलाता है। अरे वही

जो एक बार आपको और किशन लाल को ले गया था। हम एक सरप्राइज तैयार कर रहे हैं।"

"बताओ बताओ!"

"अभी नहीं, सरप्राइज है!"

उसकी बकरी वहीं खड़ी घास चबाने में जुटी हुई थी। बकरी के साथ चन्दौसी में उसकी गुप्त घुमाई अभी तक मुझे याद थी। उसकी ओर इशारा करके मैंने पूछा :

"इसका तो कुछ नहीं हुआ न?"

बाबू, बड़े गर्व के साथ मेरी ओर देखा और बोला, "अरे, एक ख़रीदार मिल गया है। यह बिक चुकी है।"

"वाक़ई?"

"जी बिलकुल।"

अजीब बात थी। रहस्यमय ख़रीदार और सरप्राइज दोनों एक साथ! मैंने कुछ तसवीरें उतारने के बाद बाबू को वहीं छोड़ा और किशन लाल के घर की ओर चल दिया। वे अपनी टूटी हुई दीवार की मरम्मत करने में व्यस्त थे। शायद इस काम में उन्हें पूरा दिन लग जाए, ऐसा उन्होंने बताया और मेरे खेतों में काम न कर पाने का ख़ेद जताया। फिर थोड़ा उलाहना देते हुए कहा कि मैं खेतों पर उतना ध्यान नहीं दे रहा हूँ जितना देना चाहिए। मैंने 18 एमएम के लेंस से टूटी हुई दीवार और ख़ाली तालाब की तसवीरें लीं, फिर सोचा कि गाँव के बाहर सूखी हुई नदी से मिट्टी लाने में उसकी मदद कर दी जाए। अपने खेत तो बाद में देख लूँगा।

मिट्टी ढोकर लाना बड़ा मेहनत वाला काम निकला। वापसी में हमारे बीच कोई बात नहीं हुई। पालनपुर में घुसते वक़्त हमने देखा कि कुछ लोग ख़ाली तालाब में से निकल रहे हैं। एकाध के हाथ में फावड़ा है। ज़ाहिर है, कुछ पूछने की ज़रूरत नहीं थी कि क्या हुआ रहा होगा। बाद में ख़बर मिली कि महेंदर पाल का लड़का रात में गुज़र गया था।

ठाकुर टोले के पास से गुज़रते हुए बैलगाड़ी बाढ़ वाले कीचड़ में धँस गई। गड्ढा गहरा धँसा था। निकालने में काफ़ी मेहनत लगी। आसपास कुछ लोग बैठे हुए थे जो हमें देख रहे थे और तरह-तरह की सलाह दे रहे थे। ऐसा नहीं है कि उन्हें सहानुभूति नहीं रही होगी, लेकिन सीधी बात थी कि यह काम किसी और का नहीं था। किशन लाल को भी इससे कोई फ़र्क़ नहीं पड़ा, बल्कि बीच-बीच में वह उनके साथ हँस-बोल भी रहा था। एक ख़ास क़िस्म का व्यक्तिवाद था यहाँ जो सब में स्वीकार भी था। गाड़ी के गड्ढे से निकलने के ठीक पहले मैंने इस दृश्य की भी कुछ तसवीरें लीं।

इसके बाद मैं रामपाल के पास गया। मुझसे पहले पैट वहाँ वीना से बात करने आई थी। इसी बीच रामपाल से मिलने के लिए अकरौली से तीन लोग आ गए थे

जिसके कारण वह चली गई थी। मैं वहीं रुका रहा। एक सच्चे पालनपुरी का धर्म निभाते हुए मैंने पूछा कि क्या चल रहा है।

मेहमान अच्छे कपड़े पहने हुए थे। उनमें एक डॉक्टर था। वे लोग अपनी एक लड़की के लिए रिश्ता खोज रहे थे। इलाक़े में अच्छे ठाकुर परिवारों का पता करते हुए उन्हें हुकुम के एक शिक्षक से उसके बारे में ख़बर मिली थी, तो वे यहाँ चले आए थे। लड़के की पारिवारिक पृष्ठभूमि उन्हें जम गई थी। मैं जब वहाँ पहुँचा तब रामपाल ने हज़ार रुपये रस्म के तौर पर उनसे लिये ही थे। रामपाल अफ़सोस जता रहा था कि हुकुम की मुलाक़ात लड़की के परिवार से नहीं हो पाई क्योंकि वह किसी काम से बाहर गया हुआ है। वह इतना आश्वस्त होकर यह बात कह रहा था कि मुझे आश्चर्य हुआ कि कहीं लगातार हुए पारिवारिक हादसों के चलते हक़ीक़त से उसकी पकड़ तो नहीं छूट गई है। लड़कीवालों के जाने के बाद उत्साहित रामपाल ने वीना से कहा कि अगली बारी उसकी है। वो बोला, "तुम्हारे साथ दिक़्क़त ये है कि तुम स्मार्ट हो। जैसे गाने में वो लड़की थी, वैसे ही। इसलिए लड़का तैयार करना मुश्किल होगा, फिर भी हम कोशिश करेंगे।"

वीना ने एतराज़ से कहा, "असली समस्या ये है कि जगपाल मर चुका है और हुकुम जेल में है।"

"चुप," रामपाल चीख़ा।

वह मुझसे मुख़ातिब हुआ और हुकुम के बारे में जल्द से जल्द कुछ करने को कहा ताकि लड़कीवालों को सच्चाई की कोई ख़बर न लग सके। मेरे हिसाब से तो मेहमानों से ऐसी बातें छुपाना समझदारी वाली बात नहीं थी, पर मैं क्या कहता। इसके बाद मुखिया सीधे काम की बात पर आया। उसने केडीओ का भेजा हुआ पत्र मुझे थमाया जो कुछ देर पहले ही मिला था। यह तो चमत्कार ही था। परियोजना मंज़ूर हो गई थी और फ़ंड भी पंचायत के खाते में आ चुका था। मैंने पढ़ना शुरू किया...

"ये क्या?"

अध्याय 24

पालनपुर, 1984

इस पत्र को पढ़कर कम-से-कम इतना तो पक्का हो ही गया कि भारतीय मूल का होने और पालनपुर का ताज़ा तजुर्बा सँजो लेने के बावजूद मैं लगातार साधारण-सी बात समझने में नाकाम हो जाता हूँ और बार-बार भोली उम्मीदों का शिकार हो जाता हूँ। बड़ी ईमानदारी से मैं मानकर चल रहा था कि केडीओ पालनपुर के स्कूल को मदद करने की सदिच्छा रखते हैं। शायद रखते हों और व्यवस्थागत मजबूरियों ने उन्हें बाँध रखा हो लेकिन कोई चिट्ठी का ग़लत अर्थ लगा ही ले तो क्या किया जा सकता है। अचानक मुझे उनका कहा 'क्रमवार' तरीक़ा कौंधा और इसका मतलब भी समझ में आ गया।

चिट्ठी में साफ़ लिखा था कि परियोजना मंज़ूर कर ली गई है और पैसा पंचायत के बैंक खाते में जल्द ही पहुँच जाएगा। बदक़िस्मती से सरकार की ओर से आनेवाला यह पैसा मात्र पाँच हज़ार रुपये होगा क्योंकि हाल ही में 15000 तक का पूर्ववर्ती नियम संशोधित कर दिया गया है। तो सबसे पहली बुरी ख़बर यह थी। दूसरी यह थी कि सरकारी अनुदान बाद में आएगा और ग्राम सभा की प्राथमिकता के आधार पर एक बार काम शुरू हो जाने के बाद पैसा दिया जाएगा। प्राथमिकता का मतलब साफ़ था कि पहले मन्दिर, फिर सड़क और सबसे अन्त में स्कूल का नम्बर आना है। अन्त में इस योजना का श्रम वाला हिस्सा—इसमें पेशेवर कारीगरों को बढ़ा दिया गया था और रोज़ाना की मज़दूरी साढ़े नौ रुपया तय कर दी गई थी। इस तरह प्रशासन ने हमें प्रोत्साहित किया था कि हम जल्द-से-जल्द मन्दिर का काम शुरू कर दें।

इतना ही नहीं, चिट्ठी में लिखा गया था कि मन्दिर का शिलान्यास करने के लिए एक सार्वजनिक समारोह रखा जाए और उसमें स्थानीय सांसद को बुलाया जाए। ज़ाहिर है यह आनेवाले चुनावों के मद्देनज़र था, हालाँकि पत्र में इसका कोई ज़िक्र नहीं किया गया था। इसके लिए बाक़ायदे एक तारीख़ भी सुझाई गई थी क्योंकि नेताजी यानी यहाँ के सांसद उसी दिन उपलब्ध रहेंगे और कार्यक्रम में

आकर वे ग्रामीण विकास के प्रति अपनी कटिबद्धता को जताना चाहेंगे। चिट्ठी में पूछा गया था कि क्या कोई ऐसा योग्य ग़रीब ग्रामीण खोजा जा सकता है जिसे 600 रुपये का क़र्ज़ दिया जा सके, क्योंकि नेताजी अपने दलित एवं अल्पसंख्यक सशक्तीकरण कोष से यह राशि व्यय करने की मंशा रखते हैं। इस सारी व्यवस्था को अन्तिम रूप देने के लिए एडीओ चाहेंगे कि अगली सुबह मुखिया रामपाल सिंह और श्री अनिल सिंह उनसे दफ़्तर में मिलने आवें। शिलान्यास कार्यक्रम के लिए जो तारीख़ सुझाई गई थी, वह महज़ तीन दिन बाद थी।

चिट्ठी पढ़कर मेरा दिमाग़ ख़राब हो गया। मैंने कहा कि ये तो पूरा घपला है। सबसे पहली बात तो ये है कि निर्माण में लगनेवाले पैसे की पहली किस्त मेरे दिये पैसे की होगी। दूसरे, बाक़ी पैसा मुख्यत: मुरावों और दलितों और साथ ही भटनागर परिवार का दिया होगा, जिनकी पहली प्राथमिकता मन्दिर और सड़क नहीं स्कूल है। तीसरी बात, मैंने जो एडवांस दिया था उसे पंचायत वाले पुराने पेड़ की बिक्री से लौटाया जाना था। जहाँ तक मुझे जानकारी है, पेड़ अब भी जस-का-तस खड़ा है और उसके सौदे या कटाई के बारे में कोई क़दम नहीं उठाया गया है। चौथी बात, स्कूल की मरम्मत अगर जल्द नहीं की गई तो उसकी छत गिर सकती है। और अन्तिम बात, ज़्यादा मज़दूरी वाले पेशेवर कारीगरों को गाँव में बुलाने से एक नया बखेड़ा खड़ा हो सकता है।

रामपाल एकदम शान्त बना रहा। उसने पूरी गम्भीरता से याद दिलाया कि अपना योगदान तो मैंने लिखित में ख़ुद ही दिया था। यह बात वह मुझसे एक बार पहले भी कह चुका था। उसने यह भी याद दिलाया कि मैंने ग्राम सभा के फ़ैसले के साथ सहमति जताने की बात भी कही थी। यानी अगर मैं इस फ़ैसले से अब असहमत हूँ तो यह मेरी समस्या है, उसकी नहीं। उसने कहा कि पंचायत वाले पेड़ का मामला देख लिया जाएगा, कोई जल्दी नहीं है क्योंकि पेड़ अब भी हरा है। इसके अलावा, वह पेड़ इस गाँव का एक अहम हिस्सा है और उस पर बन्दर भी बसते हैं। ये सब बातें रामपाल इतनी गम्भीरता के साथ कैसे कह रहा था, यह अपने-आपमें एक चमत्कार था। उसने इस बात पर भी ख़ेद जताया कि इतने सारे लोग भगवान के घर को लेकर लापरवाह हैं। यह तो बहुत शर्मिंदगी वाली बात है और इस बारे में वह ब्रह्मचारी से बात करेगा। अन्त में उसने मुझे समझाया कि पेशेवर कारीगरों के लिए साढ़े नौ रुपये की मज़दूरी केवल दिहाड़ी नहीं है बल्कि उसमें दूसरे शुल्क भी जुड़े हुए हैं जो ठेकेदार से सम्बन्धित हैं।

"दूसरे शुल्क, मतलब रिश्वत?" मैंने मासूमियत से पूछा।

"हमारा मतलब है 'अन्य शुल्क'। दरअसल वो ठेकेदार केडीओ साहब का चचेरा भाई है और एडीओ का भी जाननेवाला है। हम भी उसे निजी रूप से जानते हैं।" मुखिया ने स्पष्ट कहा।

मैं सोच रहा था कि अब क्या करूँ—क्या एडीओ के पास मुझे इसके साथ जाना होगा? बुलावा तो दोनों को था।

मैंने संकोच के साथ चलने को हाँ कर दी, लेकिन इतना संकेत ज़रूर दिया कि साल-भर में भी अनुदान आ जाए तो बड़े चमत्कार वाली बात होगी। इस बीच सड़क और स्कूल के लिए जिन गाँव वालों ने पैसे दिये हैं वे बेचैन हो जाएँगे। उनका पैसा अगर दूसरों की जेब में जाता रहा तो यह बहुत बुरा होगा और इसके चलते रामपाल अगला चुनाव हार भी सकता है।

इस बात पर भी मुखिया शान्त बना रहा। उसने कहा कि नेताजी ग़रीब को जो क़र्ज़ देकर उसकी मदद करेंगे, इसी बहाने उसकी छवि भी ग़रीबों के बीच बेहतर हो जाएगी! चुनाव के लिहाज़ से उसकी यह दलील अच्छी थी।

"तो आपकी नज़र में सबसे ग़रीब कौन है?" मैंने पूछा।

"रोशन है, और कौन!" उसने जवाब दिया और बोला, "आप जरा जाकर उसको यहाँ पर ला सकते हैं?"

मैं रोशन के घर गया। थोड़े बड़े लेकिन कच्चे मकानों के बीच दुबकी हुई एक मरियल-सी झोंपड़ी में वह रहता था। उसकी बीवी का नाम सकीना था। किशन लाल ने बताया था कि कुछ लोग ऐसी बातें करते हैं कि मेरी नज़र उसके ऊपर है। सकीना ने बहुत कमज़ोर आवाज़ में बताया कि रोशन बीमार है और उनके पास दवा-दारू के पैसे नहीं हैं। बाबू ने कुछ मदद की कोशिश की थी पर पैसे उसके पास भी काफ़ी नहीं थे। सकीना एकदम हताश थी और कुछ कहने की स्थिति में नहीं दिख रही थी। मैंने सान्त्वना देते हुए विदा लेना ही बेहतर समझा, लेकिन रोशन किसी तरह उठ खड़ा हुआ। उसने कहा कि वह मेरे साथ चलेगा। हम लोग धीरे-धीरे चल पड़े। यह सोचना ही भयावह था कि ये आदमी इस अँधेरे झोंपड़े में एक दिन अकेले ऐसे ही मर जाएगा और आसपास कोई इसकी परवाह करनेवाला नहीं होगा।

रामपाल के घर पहुँचने पर उसने रोशन को बताया कि उसे सरकारी लोन के लिए चुना गया है। बीमारी और कमज़ोरी के बावजूद रोशन ने इससे साफ़ इनकार कर दिया। बड़ी मुश्किल से वो बरसों पुराने एक क़र्ज़ से हाल ही में मुक्त हुआ था। एक बार फिर वही जोखिम वह नहीं लेना चाहता था। लेकिन उसके एतराज़ पर किसी ने कान नहीं दिया। एक बेवक़ूफ़ अनपढ़ मुसलमान के इनकार के चलते पालनपुर में नेताजी के दौरे पर पानी नहीं फेरा जा सकता। रोशन की बहुत मान-मनौवल की गई, डाँटा-फटकारा गया, भाषण पिलाया गया। इस सबके बावजूद वह लोन नहीं लेने पर अड़ा रहा।

मामला फँस चुका था। अब रोशन नहीं तो और कौन हो सकता है। बाबू तो काम में लगा ही हुआ है मेरे साथ और वैसे भी उसकी शादी होनेवाली है।

और भी ग़रीब थे गाँव में, लेकिन वे रोशन से बेहतर स्थिति में थे। मैंने सुझाव दिया कि फ़िलहाल इस मामले को यहीं छोड़ दिया जाए, सुबह देखा जाएगा।

निराश मन से मैं स्कूल से होते हुए निकला। इतना तो तय था कि जिस भ्रष्ट तरीक़े से यह प्रक्रिया चल रही थी, स्कूल के लिए अन्त में एक कौड़ी नहीं बचनेवाली है। अब मुझे ही सीधे कोई मदद करने का रास्ता निकालना होगा। शादी को अब कुछ ही घंटे बचे थे। स्मिता स्कूल में थी और बच्चों को पढ़ा रही थी। पैट उसकी मदद कर रही थी। टूटी हुई छत के नीचे कोई दर्जन-भर बच्चे बैठे थे और ध्यान से सुन रहे थे। मैंने ध्यान से किताबों पर ग़ौर किया। वे सब अंग्रेज़ी में एक वाक्य रट रहे थे जिसका अर्थ था कि मैं छह कमरों वाले एक घर में रहता हूँ। यह सुनकर मूड और ख़राब हो गया पर स्मिता मुस्करा रही थी। वह बोली,

"बच्चों की प्रगति बढ़िया है। बस स्कूल की इमारत बन जाए, तो मज़ा आ जाएगा।"

उस वक़्त उसे दुखी करने की मेरी कोई इच्छा नहीं थी, न हिम्मत। मैंने सोचा फ़िलहाल इसे सपनों में ही खोये रहने दिया जाए और उससे शादी के इन्तज़ाम आदि के बारे में पूछने लगा।

"हाँ, आयोजन ठीक-ठाक रहेगा, खाने-पीने की कोई कमी नहीं होगी। और एक सरप्राइज भी है देखिएगा। बाबू उसमें लगा हुआ है।"

मैंने इस बात पर सन्तोष जताया और घर निकल गया। पैट मेरे साथ ही आई। उसने पैकिंग पूरी की। मैंने भी उसकी थोड़ी मदद की। माहौल थोड़ा हल्का हुआ ही था कि दरवाज़े पर किसी ने तेज़ दस्तक दी।

बाहर से मुखिया की आवाज़ आई, "हम रामपाल! आप घर पर हैं?" उसके चिल्लाने से लग रहा था कि काम-धाम में लगकर उसने अपनी चिन्ताओं से थोड़ी मुक्ति पा ली है।

"और हम, बाबू।"

दोनों का साथ होना दुनिया का सातवाँ अजूबा था। मुझे लगा कुछ गड़बड़ ज़रूर है। मैंने दरवाज़ा खोला। रामपाल बोले, "सब व्यवस्था हो गई।"

"पर 180 रुपये से ज़्यादा एक पैसा नहीं," बाबू ने ज़ोर देकर कहा।

"लोन के लिए?" मैंने पूछा।

"नहीं, बकरी के लिए।"

मुझे कुछ समझ में नहीं आ रहा था। मैंने अबूझ ढंग से पैट की तरफ़ देखा। उसे भी मेरे जितना ही समझ में आया था। रामपाल ने समझाया :

"देखिए, ऐसा है कि हम रोशन को मनाने गए थे कि रास्ते में बाबू मिल गया।"

बाबू ने बिना किसी के कुछ पूछे स्पष्टीकरण दिया, "मैं रोशन से कुछ बात करना चाहता था।"

"हमने रोशन से पूछा कि लोन के लिए वह हाँ करने का क्या लेगा।"

बाबू बोला, "और मैंने उसको बोल दिया था कि पैसा मत लेना।"

"एकदम सही...," रामपाल बात को जोड़ते हुए बोला।

"उसके बदले में बकरी माँग ले, उसका फ़ायदा होगा," बाबू ने तेज़ी से जोड़ा।

"आपके कहने का मतलब है कि उसे पैसा देने के बजाय बकरी दी जाएगी?" मैंने पूछा।

"हाँ, लेकिन क़र्ज़ के तौर पर," रामपाल ने स्पष्ट किया, "लेकिन एक बकरी का क़र्ज़ा उसके ऊपर 180 रुपये से ज़्यादा नहीं होगा। यही सही दाम है।"

"जी," बाबू ने हुँकारी भरी, "एक बकरी का इतना ठीक है।"

"थोड़ा ज़्यादा हो सकता है, लेकिन...," रामपाल बोला।

"एकदम नहीं, मेरे पास इतने में ही एक ख़रीदार पक्का है," बाबू ने ज़ोर देकर कहा।

मैंने बात को समेटा, "ठीक है, ठीक है। मतलब सौदा यह हुआ है कि 600 रुपये के नकद क़र्ज़ की जगह रोशन तीन अच्छी बकरियाँ लेगा और बाक़ी के 60 रुपये नकद में? इसके लिए लेकिन नेताजी को तैयार करना पड़ेगा।"

"इसमें कोई दिक़्क़त नहीं आएगी," रामपाल ने आश्वस्त किया। धनवान और ताक़तवर लोगों को मनाने के तरीक़े उसे ख़ूब आते थे।

उनके जाने के बाद पैट मेरी ओर देखकर बोली, "मुझे दाल में कुछ काला लग रहा है।"

"मुझे भी, लेकिन कर ही क्या सकते हैं?"

वह मुस्कराई, "मैं समझती हूँ, लेकिन एक छोटी-सी शुरुआत तो की ही जा सकती है।"

"जैसे?"

"जैसे, उस जगह की सफ़ाई करके उस जानवर से मुक्ति पाना। आज सुबह उसने मुझे सींग मारने की कोशिश की।"

"अभी नहीं। शादी के लिए तैयार हो जाना चाहिए। और तुम अच्छी लग रही हो।"

"पर मैं अभी तैयार नहीं हुई हूँ।"

"पता नहीं तैयार होने से तुम्हारा क्या मतलब रहता है, तुम हमेशा ही सुन्दर दिखती हो।"

"अच्छा ठीक है, अभी जाओ। मुझे कपड़े बदलने में समय लगेगा।"

मैंने सोचा कि रामपाल के घर वापस चला जाए और लोन वाले मुद्दे पर थोड़ी और बात की जाए। जैसे ही मैं उसके दरवाज़े पर पहुँचा, ब्रह्मचारी और रामपाल के बात करने की आवाज़ आई। मैं जानता था कि वे मिलनेवाले हैं इसलिए इसमें

कोई अचरज वाली बात नहीं थी। मैं भीतर घुसने ही वाला था कि कान में ऐसी बात पड़ी जिसे सुनकर मैं वहीं खड़ा रह गया :

"समाज टूट रहा है। सोचिए, उस हरामजादे भुपाल के लड़के बीकेएस ने मेरे बेटे को जेल में डाल दिया। अच्छा-ख़ासा रिश्ता आया था हुकुम के लिए। केवल उस बीकेएस के कारण अब हमको उन्हें पैसा लौटाना पड़ जाएगा। उस पर से गंगा सहाय ट्रैक्टर ले लिया है और चुनाव सिर पर है। अगर कुछ गड़बड़ हुई अबकी तो फिर से कोई मुराव जीत जाएगा।"

ब्रह्मचारी ने सहमति जताई, "हाँ, यह तो बहुत बुरा होगा। हाँ, किसी चमार के मुखिया बनने से तो बेहतर ही है, फिर भी ग़लत होगा।"

रामपाल ग़ुस्से में बोला, "पहले से ही एक चमार टीचर हमारे यहाँ है। याद है कैसे बाबू उस दिन तालाब से बची हुई मछली निकालने से मना कर दिया था। बोल रहा था तालाब गन्दा है। हम बता रहे हैं तालाब नहीं, ये समाज गन्दा हो चुका है।"

"हाँ, समाज के स्तम्भ टूटकर गिर रहे हैं," ब्रह्मचारी बोला।

"आपको कोई तरीक़ा निकालना चाहिए जिससे लोगों का दिमाग़ होश में आवे और वे हमारे परम्परा और मूल्यों का पालन कर सकें। उन्हें सच्चाई समझनी ही होगी।"

"जी, सत्यवचन, सत्यवचन...," ऐसा लगा कि ब्रह्मचारी किन्हीं ख़यालों में खोया हुआ था और रामपाल ने बीच में टोक दिया हो।

"आप सोच क्या रहे हैं?"

"जी, सत्यवचन। हमें एक जुलूस निकालना चाहिए।"

"जलसा?"

ब्रह्मचारी ने उत्साह में ताली पीटते हुए कहा, "नेताजी के शिलान्यास के ठीक बाद यह कार्यक्रम रखा जाएगा। एक पवित्र नन्दी बैल जुलूस की अगुवाई करेगा। मैंने दक्षिण में देखा है कि कैसे एक पवित्र बैल सत्य का उद्घाटन कर देता है।"

"बहुत उत्तम विचार," रामपाल ने हुँकारी भरी।

ब्रह्मचारी घाघ स्वर में बोला, "मैं अपने जाननेवाले एक ब्राह्मण को आने को कहूँगा। आप भी उन्हें जानते होंगे, वही साधु जो हरिद्वार से महीना भर पहले आए थे और हमें कहानियाँ सुना रहे थे। उनके पास एक नन्दी है। हाँ, उसमें थोड़ा ख़र्चा आएगा...।"

"स्वाभाविक है," रामपाल ने कहा, "छोटा-मोटा ख़र्चा तो देख लिया जाएगा। प्रोजेक्ट के पैसे में से ही दे देंगे। आख़िर यह काम भी तो गाँव के विकास के लिए ही किया जा रहा है।"

"हाँ, सड़क और स्कूल भी, भले ही इनमें थोड़ा विलम्ब क्यों न हो रहा हो," पंडित ने श्रद्धापूर्वक जोड़ा।

"जी, बिलकुल!" रामपाल ने सहमति जताई और एक सन्तुष्ट ठहाका लगाया।

मैंने उनकी काफ़ी बातें तो सुन ही ली थीं इसलिए सोचा कि अब चुपके से वापस निकल लिया जाए ताकि किसी को मेरे आने का पता न चले। तभी किसी युवा स्वर ने पीछे से कान में फुसफुसाकर कहा, "अब आप समझे कि हम इस घर में क्यों नहीं रहना चाहते?"

वीना थी, जो चुपके से मेरे पीछे आकर खड़ी हो गई थी। वह उदास दिख रही थी। बोली :

"अब हमसे नहीं रहा जा रहा, पता नहीं कितने दिन हम यहाँ पर टिक पाएँगे।"

"लेकिन करोगी क्या?"

"हम अपना ख़याल ख़ुद रख सकते हैं, एक प्लान है मेरे पास," उसकी आवाज़ में विद्रोह था, बोला, "बस हुकुम एक बार जेल से बाहर आ जाए, इसी उम्मीद में हैं।"

उस शाम हम लोग बाबू की शादी में गए। वैसे तो पैट की वापसी से मैं थोड़ा उदास और परेशान था फिर भी वहाँ काफ़ी मज़ा आया। छोटा-सा साधारण आयोजन था। दुल्हन दिन में ही आ चुकी थी। वह स्मिता और उसकी माँ के साथ रुकी हुई थी। उसका परिवार बहुत बड़ा नहीं था—केवल एक चचेरा भाई था जो उसके साथ आया था। एक छोटा-सा बैंड भी बुलाया गया था जिसने ठीक-ठाक ही बजाया था। बाबू ख़ूब सजी-धजी एक अजीबोग़रीब सवारी पर बैठकर निकला। यह उसके चचेरे भाई का वही रिक्शा था जो काफ़ी मनोरंजक ढंग से तमाम जुगाड़ करके सजाया गया था। काफ़ी मौलिक और रंग-बिरंगी सवारी थी। बाबू उसके ऊपर बैठा हुआ था। मैंने उसकी कई तसवीरें लीं। बाबू खड़ा होकर नाचने लगा तो सवारी का एक पहिया छिटककर दूर जा गिरा। उसकी भी फ़ोटो मैंने ली। बाबू लड़खड़ाकर नीचे गिर गया था। वो तो स्मिता भागकर वहाँ पहुँच गई और उसने सँभाल लिया। सब कुछ ठीक रहा। बाबू को कुछ तोहफ़े भी मिले थे—कुछ नकदी, एक साइकिल, एक रेडियो, एक घड़ी, सुन्दर टाई और रूमाल, जो पैट और स्मिता ने उसके लिए ख़रीदे थे। दो प्रेशर कुकर भी उपहार में मिले थे। भोजन शानदार था। उम्मीद के मुताबिक़ मछली थी, और बकरे का मीट भी था। अब जाकर समझ आया कि उसकी बकरी का वो रहस्यमय ख़रीदार मैं ही तो था। शादी में मैंने जो पैसे लगाए थे, बकरी की क़ीमत यानी 180 रुपया उसी का हिस्सा था। पैट ने आँख मारते हुए कहा :

"गोश्त तो शानदार है। पैसा चुकाओगे तो स्वाद आएगा ही। थोड़ा और लो।"

मैंने मुस्कराते हुए थोड़ा और ले लिया। हर किसी ने ख़ूब मज़ा किया और छककर खाया। बाद में सुनाई पड़ा कि शादी में देसी शराब भी चली थी, हालाँकि मेरे रहते हुए किसी ने नहीं पी थी।

अगली सुबह मैं पैट को लेकर चन्दौसी निकला। वहाँ से उसे दिल्ली की ट्रेन

पकड़नी थी, फिर दिल्ली से लन्दन के लिए हवाई जहाज़ लेना था। रामपाल अगली ट्रेन से आ रहा था। उसके साथ मुझे एडीओ से मिलने जाना था। पैट उदास थी लेकिन मन से मज़बूत दिख रही थी। ट्रेन के आते ही मैंने उसका सामान चढ़वाया। उसने हाथ हिलाया। मेरा ध्यान गया कि कुछ कमी लग रही है। अचानक अहसास हुआ, "अरे, तुम्हारी चूड़ियाँ," मैं चिल्लाया, "लगता है भूल गई।"

वह मेरी ओर देखकर मुस्कराई, "उसकी अब और ज़रूरत नहीं पड़ेगी मुझे, मैंने उसे बाबू की पत्नी को दे दिया। नेकलेस भी। वह बहुत ख़ुश हुई थी।"

मैं भी मुस्करा दिया। "मिलते हैं जल्द, पैट।"

"भूल जाओ पैट को, आज से मैं फिर से जेन हूँ।"

ट्रेन छूट गई। मैं पलटा। सामने कैप्टन खड़े थे।

"बहुत प्यारी महिला है। तो चलकर चाय पी जाए, नौजवान?"

"कैप्टन, एक दिन आएगा जब मैं आपके अचानक प्रकट होने पर हैरत करना छोड़ दूँगा।"

कैप्टन मुस्कराए, "मुझे पता है आप एडीओ से मिलने जा रहे हैं। सोचा कि उससे पहले थोड़ी बात हो जाए आपसे।"

मैंने सोचा कि अब इनसे खुल ही जाना चाहिए। अब इस शख़्स की ईमानदारी पर सन्देह करना ठीक नहीं। मैंने कहा, "जी बेशक, शायद आप कुछ मदद कर सकें।"

फिर उनसे मैंने अपनी समस्या विस्तार से बताई : अपने चाचा की किताब में लिखे नामों को पहचानना मेरे लिए मुश्किल था। सबसे बड़ी बात कि मुझे तीसरा खोखा नहीं मिला था अब तक। कैप्टन इस बात पर चौंका और हँसने लगा, "मतलब आप कह रहे हैं कि अब तक आप तीसरे खोखे को खोज रहे थे? अद्‌भुत!"

मुझे थोड़ी खीज हुई। मैंने कहा, "कोई बात नहीं, आप जानते हैं तो आप ही बता दीजिए वो कहाँ है।"

"हाँ भाई, मैं जानता हूँ। बल्कि कहिए एक अच्छा-ख़ासा अन्दाज़ा है मुझे, फिर भी वह मुझे मिल नहीं पाया। उसे पाने के लिए कोई ठीक-ठाक बहाना चाहिए होगा और फ़िलहाल मेरे पास ऐसा कुछ है नहीं। पर क्या जाने आप ही मुझे थाल सजाकर सौंप दें।"

मैं इस बात पर चिढ़ गया, "क्या मतलब है इसका? अगर आप जानते हैं कि कहाँ है तो चलिए ले आया जाए।"

कैप्टन ने आँखों में देखते हुए मुस्कराकर कहा, "यह काम थोड़ा मुश्किल है बरखुरदार। पर ये बताओ, पालनपुर में बहुत जल्द कोई बड़ा जुलूस निकलनेवाला है न?"

"जी, आपको तो पता ही होगा।"

"सवाल का मतलब समझो। मेरे ख़याल से जितने ज़्यादा लोगों को बुलाया

जा सके बुला लेना चाहिए। इस गन्दगी को साफ़ करने का वक़्त अब आ गया है। नेताजी वहाँ होंगे, मैं रहूँगा, और माफ़ करना लेकिन वहाँ बीकेएस भी होगा और आपको सलाह है कि उसको लेकर ज़्यादा नानुकुर नहीं करेंगे। रामपाल को भी बोलिए कि उसके नाम पर एतराज़ न करे। उसका होना बहुत ज़रूरी है। पुलिस की ज़रूरत पड़ सकती है हम लोगों को।"

"जी, ठीक है," मैंने कहा, "आप बेहतर जानते हैं क्या करना है।"

कैप्टन ने तुरन्त इसका जवाब नहीं दिया। वे फिर से मुस्कराए, "मैं बेशक जानता हूँ मैं क्या कर रहा हूँ। मेरे ऊपर के अफ़सरों ने ये सब करने को कहा है और मेरा कुछ निजी हित भी है इसमें। कभी-कभार हर पक्ष का एक जगह आ जुटना ही बेहतर होता है। परस्पर सम्पर्क से कुछ अच्छे नतीजे निकल आते हैं।"

उन्होंने मेरे कन्धे के ऊपर उचककर देखा और बोले, "अब जाइए, रामपाल आ रहा है। एडीओ के साथ बैठक में कहीं देर न हो जाए।"

"वह हमेशा देर से ही आता है।"

"आज नहीं होगा।"

मैं रामपाल के साथ एडीओ के दफ़्तर पहुँचा। वह हमारा इन्तज़ार कर रहा था। मिलते ही उसने ग्रामीण विकास के महत्त्व पर लम्बा भाषण झाड़ना शुरू कर दिया।

"और," अपने चश्मे के ऊपर से झाँकते हुए एडीओ बोला, "नेताजी 600 रुपये का एक लोन भी सहयोग के रूप में देनेवाले हैं। आपने ग़रीब लाभार्थी की पहचान कर ली है क्या?"

मैंने कहा, "हाँ, एक आदमी है लेकिन वह लोन नहीं लेना चाहता।"

यह सुनते ही एडीओ अपनी आरामकुर्सी पर पीछे की ओर झुक गया और अपने दोनों हाथ उसने अपने फूले हुए पेट पर बाँध लिये, "ऐसी परिस्थितियों में तो शायद हम आगे न बढ़ पाएँ। यह तो गाँव के लिए बुरा होगा और"—रामपाल की तरफ़ देखते हुए वह बोला, "मुखिया के लिए भी। सबसे बुरी बात यह होगी कि नेताजी की भावनाएँ आहत होंगी।"

मैंने टोका, "सुनिए, रोशन नकदी क़र्ज़ नहीं चाहता है। उसकी जगह आप अगर उसे बकरियाँ दे देंगे तो काम बन जाएगा।"

एडीओ ने अपनी बाँहें खोल दीं, मुस्कराया और बोला, "ओह, फिर तो ये सम्भव है। 600 रुपये का मतलब दो-तीन बकरी होनी चाहिए।"

"ज़्यादा," मैंने प्रतिवाद किया, "150 रुपये प्रति बकरी के हिसाब से चार बकरियाँ हुईं।"

रामपाल ने बात को काटा, "आजकल बकरी का दाम 180 रुपया चल रहा है।"

अन्त में इस बात पर सहमति बनी कि नेताजी 180 रुपये वाली तीन बकरियाँ लेकर आएँगे यानी कुल मिलाकर 540 रुपये की बकरी हुई। इसमें 10 प्रतिशत

शुल्क लगेगा, तो मिलाकर हुआ 594 रुपया और छह रुपया बच जाएगा, जो नेताजी नकद में रोशन को दे देंगे। बकरियाँ एक अच्छे विक्रेता से ख़रीदी जाएँगी जो संयोग से एडीओ का जाननेवाला है। नेताजी ट्रेन से आएँगे। उनके साथ कुछ और अहम मेहमान होंगे। चूँकि वे व्यस्त हैं तो शिलान्यास के तुरन्त बाद निकल जाएँगे। नेताजी की इस उदारता के बदले में यदि रामपाल ठीक-ठाक अभिनन्दन कार्यक्रम और भोजन रखवा सकें तो और बढ़िया होगा।

ये सब निपट जाने के बाद मैंने रामपाल को वापस पालनपुर जाने को कहा और ख़ुद अशोक कुमार के यहाँ निकल गया। अशोक कुमार ने उछलते हुए पूछा, "मने आप आख़िर तैयार हो ही गए अपनी जायदाद बेचने के लिए?"

"जी, मेरा प्रोजेक्ट पूरा हो चुका है। आपने कहा था कि आपके पास एक ख़रीदार है। क्या वह अब भी लेना चाहेगा?"

"हाँ हाँ, बिलकुल लेना चाहेंगे, लेकिन। वह आपकी ज़मीन के बारे में जानता है कि उसका रखरखाव ठीक नहीं है। खेतीबाड़ी के मामले में सही तरीक़ों को लेकर वह थोड़ा सख़्त है।"

"मेरे ख़याल से इस वजह से ज़मीन का दाम गिर सकता है?"

"ज़्यादा नहीं, मामूली ही," उसने स्वीकार किया।

बिक्री की एक तारीख़ पक्की हुई। मेरी वापसी के दिन ही सौदा होना था। यह भी तय हुआ कि मैं मकान की सफ़ाई करके उसको रँगवा-पुतवा दूँगा ताकि उसका दाम बढ़ सके।

मैं पालनपुर लौटा तो हुकुम के लिए रिश्ता लेकर आए वे तीन व्यक्ति अचानक मुझसे टकरा गए। वे भड़के हुए थे। समझने में देरी नहीं लगी कि उन्होंने रामपाल से अपने दिये पैसे वापस माँगे होंगे और रामपाल नहीं दे पाया होगा। मुझे लगा कि मुखिया के पास जाने का यह सही वक़्त नहीं है। मैं बीकेएस वाली तसवीरें लाने के लिए सीधे घर चला गया। वे तसवीरें मैंने इस उम्मीद में स्मिता को थमा दीं कि वह उनका कुछ-न-कुछ बेहतर इस्तेमाल ज़रूर करेगी। या हो सकता है शादी के बाद बाबू को ही अक़्ल आ जाए कि इनका क्या करना है।

अध्याय 25

पालनपुर, 1984

मकान अब बिक ही जाएगा, यह पक्का था, लिहाज़ा अगले दिन उठते ही मैं साफ़-सफ़ाई में जुट गया। बकरे पर लम्बे समय से बाबू की नज़र थी। तो उसकी रस्सी मैंने उसे पकड़ा दी। बकरे ने छूटते ही बाबू को खींचकर पटक दिया। बाबू किसी तरह ख़ुद को उसके सींगों से बचाकर भाग खड़ा हुआ। बकरा उसके पीछे-पीछे भागा। बकरे वाली जगह से कचरा हटाने में बहुत समय लग गया। कई साल से वह बकरा वहीं बँधा था। उसके पहले और बकरे भी वहाँ रह चुके थे। इतनी भयावह बदबू से मेरा पाला ज़िन्दगी में पहली बार पड़ा था। फिर भी किसी तरह उस जगह को साफ़ करने में मैं कामयाब हुआ। दोपहर में मैंने सिगार जलाई और दोनों कैमरे लेकर बाहर निकला। एक में 135 एमएम और दूसरे में 18 एमएम का लेंस था। अब तक मैंने जितनी तसवीरें खींची थीं उनका एक मोटा-मोटी अन्दाज़ा मुझे था। मैं जानता था कि कौन सी जगहें या लोग अभी छूटे हुए हैं। उनकी तसवीरें खींचना बाक़ी था। इसी बहाने मैं गाँव के उन कोनों में पहुँच गया जहाँ से अब तक अपरिचित रहा था। यह एक दिलचस्प यात्रा रही। लौटते में मैं स्कूल गया पर स्मिता वहाँ नहीं थी।

घर आकर मैंने दिन की दूसरी रोमियो जूलिएटा जलाई। यह दुर्लभ था, इसीलिए यहाँ इसका ज़िक्र किये दे रहा हूँ। सिगार जलाकर सोचने लगा कि मैं तो जल्द ही चला जाऊँगा लेकिन काम अभी भी आगे नहीं बढ़ा है। बेशक नीतू रिहा हो गई थी लेकिन मुझे अब तक नहीं पता कि मेरे चाचा की हत्या किसने की है। कैप्टन को अन्दाज़ा है लेकिन तीसरी गोली बरामद करने के लिए उसको एक बहाना चाहिए। इसका क्या मतलब हो सकता है? वह खोखा कहीं और कैसे हो सकता है? और हुकुम को जेल से कैसे निकाला जाए? मेरा अन्तिम हथियार यानी वे तसवीरें अब बाबू के पास हैं। स्मिता, पैट और कैप्टन तक को लगता है कि यह अच्छी बात है लेकिन मुझे जाने क्यों लगता है कि यह एक ख़तरनाक मामला है। ज़ाहिर है, बहुत सारी चीज़ें मेरे हाथ में नहीं थीं।

इसीलिए अपना ध्यान बँटाने के लिए मैंने सोचा कि थोड़ी मेहनत कर ली जाए। घर में चारों ओर मैंने निगाह दौड़ाई। फ़िलहाल मुझे घर के रंग-रोगन के लिए पेंट चाहिए था और बकरे वाले कोने की सफ़ाई के दौरान कई बाल्टी पेंट रखा मिला था। इसलिए अब कोई बहाना नहीं चलेगा। मुझे काम शुरू करना होगा।

एक पुराने पेचकस की मदद से मैंने पीले पेंट वाली बाल्टी खोली...और मुझे अपनी आँखों पर विश्वास नहीं हुआ। पेंट के भीतर प्लास्टिक का एक झोला था जिसमें सिक्के, गहने और नोटों की गड्डियाँ भरी हुई थीं। मुझे सहसा हँसी आ गई यह सोचकर कि इस अध्याय की एक पहेली तो मैंने सुलझा ली। अपने दिवंगत चाचा के लिए मन में सराहना भी पैदा हुई, कि जिस घर की खिड़कियों में छेद हो और भीतर मामूली-सा फ़र्नीचर, वहाँ इस शख़्स ने चार-चार गुप्त ठिकाने बरसों से बना रखे थे जो किसी को नहीं मिले। अपना सारा ख़ज़ाना उन्होंने उस बदबूदार कोने में छुपा रखा था जिसकी रखवाली एक गन्दा डरावना बकरा कर रहा था। ज़ाहिर है, उसके पास डर के मारे कोई नहीं फटकता। क्या ग़ज़ब का नुस्खा है! पर मेरा दिमाग़ भी देखिए, ये तो अगाथा क्रिस्टीना हरक्यूल पोइरोट निकला कि मैंने राजेन्द्र प्रताप की लूट का सामान बरामद कर लिया! लन्दन जाकर पैट को ज़रूर बताऊँगा मैं पालनपुर का कोलम्बो था, ज़िला मुरादाबाद का शर्लाक होम्स। मैंने सावधानी से दरवाज़े भीतर से बन्द किये और खिड़कियों के सूराखों को ढक दिया ताकि कोई भीतर न देख पाए। इसके बाद मैंने प्लास्टिक की गठरी खोली। अच्छा-ख़ासा माल भरा पड़ा था, लेकिन करना क्या है इसका? मैंने तुरन्त तय किया कि पहले तो सब कुछ दीवार में बने खाने में छुपा देता हूँ। इतना करने के बाद मैंने दरवाज़े और खिड़कियाँ खोलीं और लगातार सोचते हुए कमरे की रँगाई शुरू की। इसी बीच समझ में आ गया कि इस माल का क्या करना है।

रँगाई ख़त्म करने के बाद मैं इतना उत्साहित था कि लग रहा था आकाश पर भी चढ़ाई कर सकता हूँ। मैं स्कूल की तरफ़ निकला। स्मिता लौट चुकी थी। सच कहूँ तो उससे मैंने थोड़ा फ़्लर्ट भी किया। स्मिता मुस्कराकर बोली, "आपको मैं ख़ूबसूरत दिखती हूँ। आपका शुक्रिया जर्रानवाजी के लिए, लेकिन ये बताएँ कि अगर हम आपके साथ ब्रिटेन चल दिये तब क्या होगा?"

"बिलकुल, चल सकती हो," मुझे समझ नहीं आया कि क्या जवाब दूँ।

"देखिए, आप ही बताए थे कि वहाँ हमेशा बादल छाये रहते हैं और ठंड पड़ती है। जब पानी बरसता है तो हर कोई शिकायत करता है। यहाँ तो धूप रहती है। जब पानी बरसता है तो लोग ख़ुश होते हैं और बच्चे यहाँ-वहाँ भागे फिरते हैं।"

"वहाँ भी हम लोग कभी-कभार मौज करते हैं," मैंने कहा।

"लेकिन वैसा नहीं जैसा हम लोग यहाँ करते हैं। और वैसे भी, आप मेरे कारण थोड़ा शर्मिंदा तो होंगे ही वहाँ, जैसे मैं यहाँ आपके होने के कारण होती हूँ।

आप मुझे पसन्द हैं, लेकिन आपकी दुनिया अलग है। सोचकर देखिए, क्या आप हमेशा मेरे साथ यहाँ पर रह पाएँगे? चल ही नहीं पाएगा। पैट बहुत प्यारी और सुन्दर लड़की है, आपको उसके साथ होना चाहिए।"

मैंने बात बदलने की कोशिश की, "अब वह पैट नहीं, जेन कहलाना पसन्द करती है।"

"अरे वाह, हम लोगों ने इस बारे में बात की थी। मतलब दोबारा जेन बनने के बारे में।"

ये लड़कियाँ आपस में क्या बातें करती हैं इसका अन्दाज़ा लड़के कभी नहीं लगा सकते। वैसे, स्मिता ठीक ही कह रही थी। यहाँ हो या लन्दन, मेरी और उसकी ज़िन्दगी साथ होने में कोई फ़र्क़ नहीं है। अचानक मेरे रूमानी ख़यालों पर एक स्वस्थ ब्रेक लग गया।

"इसके अलावा," स्मिता बोलती रही, "ये हमारी अपनी लड़ाई है। पहले ही हम आपसे ये बात कह चुके हैं। इसे हम लोग अपने तरीक़े से लड़ेंगे। भले ही कुछ छोटी-मोटी लड़ाइयाँ हम हार जाएँ लेकिन संघर्ष करते रहेंगे और शायद अन्त में जीत हमारी ही हो। अगर हार भी गए—और हार तो होनी ही है—तो भी वह हमारी ही हार होगी। वक़्त लगेगा।"

मैंने थोड़ा सन्देह से पूछा, "हार भी हो सकती है, इस स्थिति में, उन तसवीरों को लेकर तुम्हें बाबू पर भरोसा है न?"

उसने मुस्कराकर कहा, "आप देख लीजिएगा, उसे जो करना होगा अपने तरीक़े से ही करेगा। हो सकता है वो हार जाए, हो सकता है नहीं भी। भरोसा रखिए।"

यहीं पर मैंने तुरन्त फ़ैसला ले लिया। "भरोसा तो तुम्हें भी है," मैं बोला, "और मेरा वादा है कि तुम्हारे स्कूल के लिए तुम्हें पैसा पक्का मिल जाएगा।"

उसने निराशा में कहा, "पर कैसे, हमें समझ नहीं आ रहा। सब कुछ तो मन्दिर पर ही ख़र्च हो जाना है, कुछ बचेगा कहाँ।"

"मैं बैंकर हूँ, पैसा कैसे लाना है ये मुझसे बेहतर कोई नहीं जानता। देखना, मैं कुछ-न-कुछ इन्तज़ाम ज़रूर कर दूँगा और तुम्हें नियमित क़िस्तें मिलती रहेंगी जिसका इस्तेमाल तुम अपनी मर्ज़ी से स्कूल के लिए कर सकती हो।"

उसने अनिश्चय में मुझे देखा, "पता नहीं कहाँ से आएगा ये पैसा, लेकिन जितना हम आपको जानते हैं उस हिसाब से कह सकते हैं कि आपकी बातों में सच्चाई होगी। हम आपका शुक्रिया अदा करना चाहते हैं लेकिन वास्तव में आप लोगों को हमारा धन्यवाद देना चाहिए।"

अगले ही दिन मैं भागकर चन्दौसी गया और अशोक कुमार से मिला। हमने मेरे आइडिया पर बात की। अन्त में वे मुस्कराकर बोले, "आपकी गर्लफ्रेंड कैप्टन से कह रही थी कि रुपये-पैसे के मामले में आपका कोई जोड़ नहीं है।"

"अब देखिए, मैं पक्का तो नहीं कह सकता...।"

"नहीं, वो सही कह रही थीं। आपकी योजना अच्छी है।"

मैंने विनम्र बने रहने की कोशिश की, "तो ठीक है न फिर?"

"हो जाएगा," वकील ने कहा, "मेरी राय है कि आप अगले सोमवार आकर काग़ज़ात पर दस्तख़त कर दीजिए और सारी सम्पत्ति ट्रांसफ़र कर दीजिए। आपकी प्रॉपर्टी का ख़रीदार भी यहीं रहेगा उस दिन, तो हम लोग एक ही दिन में सब निपटा लेंगे। अब आपने मकान रँगवा दिया है तो मैं मोलभाव की कोशिश करूँगा ताकि आपको उसकी कुछ ज़्यादा क़ीमत मिल जाए।"

कुछ दिन बाद पूरा पालनपुर आयोजन के लिए कमर कस चुका था। पूरा पालनपुर, हर आदमी नहीं—जैसे बाबू अपने सिर पर सिल्क का ख़ूबसूरत लाल स्कार्फ़ बाँधे, नई घड़ी पहने और नये रेडियो को फुल वॉल्यूम पर बजाते हुए किसी बिगड़ैल बच्चे की तरह अपनी नई साइकिल से फुटानी हुआ पड़ा था। सिर पर बँधा उसका स्कॉर्फ़ देख के लग रहा था जैसे ख़राब ढंग से कोई साफ़ा बाँध दिया गया हो। बाक़ी गाँव हालाँकि बेचैनी से मेहमानों की प्रतीक्षा कर रहा था। मैंने भी उसमें हिस्सा लेना ही बेहतर समझा था, भले ही यह आयोजन प्रोजेक्ट के मामूली बजट पर एक अनावश्यक बोझ जैसा था। चूँकि कैप्टन को ऐसा लगता था कि इस मौक़े पर कुछ असामान्य घटनेवाला है तो मैंने भीड़ के बीच आने से पहले अपने कैमरे लटका लिये थे और दोनों खोखे अपनी जेब में सरका लिये थे। हो सकता है काम ही आ जाएँ। स्मिता को जो तसवीरें मैंने दी थीं उनके बारे में कोई ख़बर नहीं थी। मैंने सोचा कि अब इस मामले को क़िस्मत के भरोसे छोड़ देना ही बेहतर होगा।

सबसे पहले सीडीओ आए। चूँकि चुनावी मौसम था तो उन्होंने पालनपुर वालों को ग्राम पंचायत के चुनाव में वोट देने के तरीक़े पर एक छोटा-सा भाषण दे डाला। स्थानीय निवासियों के छोटे से हुजूम के सामने उन्होंने कहा कि वोट देने का तरीक़ा बहुत आसान है। बैलेट पेपर पर ढेर सारे नाम लिखे होंगे और हर एक के आगे एक चौकोर बक्सा बना होगा। गाँववाले जिसको भी अपना अगला मुखिया चुनना चाहें, उसके नाम के आगे के चौकोर बक्से को भरकर काला कर दें। पालनपुर में तो फ़िलहाल मौजूदा सरपंच रामपाल हैं और मुराव बिरादरी के राजेश दूसरे प्रतिद्वंद्वी हैं। और भी हो सकते हैं अगर किसी की दिलचस्पी हो। अभी तक तो सीडीओ सरकारी नियम के हिसाब से बोल रहा था। इसके बाद उसने कहा कि वर्तमान मुखिया के अलावा दूसरे नामों को जो भी चुनें वे उन नामों की दूसरी तरफ़ एक और निशान बना दें। नये मुखिया के लिए यह नियम है। हर कोई चुपचाप सुनता रहा। कुछ लोगों ने प्रक्रिया पर सवाल उठाया पर उनकी दलीलें ठोस नहीं थीं और सीडीओ सरकारी भाषा में बात कर रहा था।

जैसा कि स्मिता ने कहा था कि यह मेरी लड़ाई नहीं है, तो मैंने इस सबसे ख़ुद को बाहर रखने का फ़ैसला किया।

तभी न जाने कहाँ से साधू टपक पड़ा। पिछली बार उसे मैंने देखा था, इसलिए उसका चेहरा तो याद था लेकिन बहुत ग़ौर से उस पर मेरा ध्यान नहीं गया था। अबकी मैंने बहुत ग़ौर से देखा। सबसे पहले तो मेरी नज़र उसकी भेदती हुई आँखों, ज़बरदस्त तरीक़े से रँगे हुए माथे और दो हिस्सों में बँटी हुई लम्बी दाढ़ी पर गई जिनके बीच से तुलसी की ढेर सारी मालाएँ झाँक रही थीं। देखकर लगता था कि कोई पहुँचा हुआ आदमी है। उसने एक लम्बा सा केसरिया चोला पहन रखा था जो बेलौस उसकी पतली देह पर लटका हुआ था। उसका बैल अपने मालिक से भी ज़्यादा प्रभावशाली था। बेहद तगड़ा था, ख़ूबसूरत सज-धज से भरपूर, रँगे हुए सींग और उसके गले में एक घंटी लटकी हुई थी। ब्रह्मचारी ने बहुत सम्मान के साथ दोनों का स्वागत किया।

इस बीच ट्रेन आ गई। नेताजी नीचे उतरे। पीछे-पीछे पूरा अमला चला आ रहा था—एडीओ, बीडीओ, डीडीओ, ईडीओ, कैप्टन, तमाम दूसरी शख़्सियतें और तीन बकरियाँ भी। बकरियाँ कमज़ोर लग रही थीं। एक लँगड़ा रही थी, दूसरी की शायद एक आँख नहीं थी और तीसरी ज़रूरत से ज़्यादा दुबली थी। फिर भी इनकी कुछ क़ीमत तो थी ही। बीकेएस भी अपनी जीप से आ गया था। जीप उसने पंचायत वाले पुराने पेड़ के पास छोड़ दी थी। उसके पास एक राइफ़ल थी जो मेरे चाचा वाली ली-एनफ़ील्ड जैसी दिखती थी लेकिन ज़्यादा आधुनिक थी। उसे वह गर्व से लटकाए हुए था। पालनपुर के तमाम ठाकुर लोग भी राइफ़लें लेकर पहुँचे थे।

ख़ास मेहमानों के लिए स्टेशन पर ही खाने-पीने का इन्तज़ाम किया गया था। सबने बहुत सन्तोष के साथ उसे ग्रहण किया। नेताजी बहुत सम्मान के साथ शकुन्तला की गूँथी माला पहनने के लिए झुके। इसके बाद उन्होंने दलितों और अल्पसंख्यकों के सशक्तीकरण के लिए बनाए अपने कोष के महत्त्व पर एक भाषण दिया और रोशन को उनके सामने धकेलकर लाया गया। नेताजी के एक सहयोगी ने उसे तीन बकरियाँ थमाईं और जाने को कहा। लेकिन रोशन ने छह रुपये नकद के वादे की याद दिलाकर नेताजी का ज़ायका ख़राब कर दिया। झुँझलाए हुए नेताजी ने अपनी जेब टटोली जहाँ से एक रुपये का सिक्का बरामद हुआ। उन्होंने अपने सहयोगी को सिक्का थमा दिया और बाक़ी रकम जोड़ने को कहा। दुर्भाग्य से सहयोगी के पास भी नकदी नहीं थी। एडीओ, बीडीओ, सीडीओ, डीडीओ, ईडीओ, एफडीओ, जीडीओ और एचडीओ (ये आख़िरी तीनों कार से आए थे) किसी की जेब से एक पैसा भी नकद नहीं निकला। आख़िरकार मैंने पाँच रुपये का नोट निकालकर आगे बढ़ाया। तब जाकर रोशन वहाँ से हटने को राजी हुआ, हालाँकि लँगड़ाती बकरियों

के कारण वह धीरे-धीरे ही वापस गया। इस देरी के चक्कर में नेताजी झल्ला गए। उनके पास और भी काम थे। उसी दिन उन्हें महिलाओं के सशक्तीकरण के लिए भी जाना था। इसलिए हम लोग जल्दी-जल्दी मन्दिर की ओर बढ़े। रामपाल नेताजी के सबसे क़रीब था। वह सबको, मुझे भी, धकेलते हुए आगे बढ़ा। हम मन्दिर पहुँचे जहाँ ब्रह्मचारी, साधू और उनका बैल हमारा इन्तज़ार कर रहे थे।

बाक़ायदा पूजा-अर्चना के साथ शिलान्यास का कार्यक्रम सम्पन्न हुआ। फिर नेताजी ने एक लम्बा भाषण दिया जो ख़त्म होने का नाम नहीं ले रहा था, हालाँकि उन्हें बहुत जल्दी थी। बाक़ी लोगों ने भी बहुत प्रभावशाली शब्द कहे और एक-दूसरे की उपलब्धियों के लिए आपस में शुभकामनाएँ बाँटीं। अन्त में जब ब्रह्मचारी मंच पर बोलने आया, तो हर कोई चुपचाप उसे सुनने बैठ गया,

मित्रो,

आज का दिन पालनपुर के लिए बहुत पावन है। नक्षत्रों की अवस्था शुभ है और रवि ने धर्म के गृह में प्रवेश किया है। आइए, हम सभी मिलकर कश्यप को प्रणाम करें, जो अन्धकार के शत्रु और सभी पापों के नाशक़ हैं।

आज मैं आपके पास प्रज्ञास्त्र लेकर आया हूँ। यह एक ऐसा चमत्कारिक अस्त्र है जो लोगों की चेतना को वापस लाता है। जिस तरह द्रोणाचार्य ने धृष्टद्युम्न के सम्मोहनास्त्र के प्रभाव में भ्रमित हुई अपनी सेना को जगाने में अपने प्रज्ञास्त्र का प्रयोग किया था, उसी तरह मैं भी आज पालनपुर में यह प्रज्ञास्त्र आपके ऊपर छोड़ रहा हूँ ताकि आपकी आँखें खुलें और दिल-दिमाग़ में हरकत हो।

आप लोग स्वयं को देखो, राम राज्य के बारे में सोचो और फिर यह सोचो कि पालनपुर उसकी तुलना में कैसा दिखता है। चोरी, झगड़े, जुआ, व्यभिचार, तुम लोग इन्हीं सब चीज़ों में अपना ज़्यादातर समय गँवा रहे हो। पिता और पुत्र एक दूसरे के ख़ून के प्यासे हैं। भाई-भाई के बीच नफ़रत और बँटवारा है। तुम्हारे खेतों में गाँजा पैदा हो रहा है और तुम रेलवे की पटरी पर बैठकर चौपड़ खेलने में व्यस्त हो। दारू की नदी बह रही है। जहाँ देखो बन्दरों का राज है।

और औरतों के बारे में तो क्या ही कहा जाए। वे तो अपने पति और ससुरालवालों का सम्मान करना ही भूल गई हैं। पतिव्रता से लेकर सती सावित्री तक सब कुछ भुला दिया। करवा चौथ के दिन औरतें बिस्कुट खाती रहती हैं। कुछ तो घूँघट निकाले बग़ैर ही खुलेआम घूमने लगी हैं। पालनपुर में जब मेरी नज़र किसी बच्चे पर पड़ती है तो मैं सोचता रह जाता हूँ कि इसकी माँ का पति ही इसका बाप है या कोई और।

लेकिन मित्रो, मुझे सबसे ज़्यादा पीड़ा इस बात की होती है कि आप लोग वर्णाश्रम धर्म भूल गए हैं, जिस पर हमारी सामाजिक व्यवस्था टिकी हुई है। आज हालत यह हो गई है कि एक ठाकुर के हाथ में तलवार या लाठी के बजाय हल है। सदियों से जो परम्परा चली आई थी वह अब टूट चुकी है। हालत यह है कि मुराव अब अपने बच्चों के लिए अपनी गाय का दूध बचाने या उसका घी-दही बनाने के बजाय दूध बेच रहे हैं। नाई आज बढ़ई बन चुका है और बढ़ई लुहार बन चुका है। ग़नीमत है कि अभी कसाई नहीं बना। उलटी हालत हो गई है—ब्राह्मण विजातीय बना दिया गया है जबकि रंक ही राजा बना बैठा है। हर तरफ़ अफ़रा-तफ़री मची है। हर कोई वर्णाश्रम धर्म और परम्परा को भूल चुका है।

यहाँ तक कि अछूत भी अपना रास्ता भूल चुके हैं। क्या गांधी ने नहीं कहा था कि हरिजन तो भगवान की सन्तान हैं। बिला शक़, सफ़ाई का काम एक आध्यात्मिक अनुभव है। जिस तरह एक पंडित रोज़ पूजा करने से पहले अपना मन्दिर साफ़ करता है उसी तरह एक हरिजन पूरे गाँव को मन्दिर मानकर उसकी सफ़ाई करता है। एक हरिजन और एक मन्दिर का महंत एक ही जैसा काम और पूजा करते हैं। लेकिन आज अपना कर्तव्य भूलकर हरिजन चपरासी का काम कर रहे हैं, गनीमत है अभी क्लर्क नहीं बने हैं। कुछ तो शिक्षक भी बनने का सपना देख रहे हैं। एक ने तो इतना दुस्साहस जुटा लिया है कि वह गाँव का मुखिया बनने की कोशिश में लगा है। देखिए, कितना भ्रम है, कितना भ्रष्टाचार और अराजकता व्याप्त है!

"वाह, वाह," बीच में रामपाल ने टोका और ताली बजा दी।

हर किसी ने रामपाल को ऐसे देखा जैसे किसी को उसका यह करना पसन्द नहीं आया हो। सबकी प्रतिक्रिया देखकर रामपाल एक बार खाँसकर चुप हो गया।

अचानक ब्रह्मचारी की नाक पर एक काग़ज़ का गोला आकर लगा। वह अवाक् रह गया। पल-भर के लिए वह भूल ही गया कि उसको कहना क्या है। काग़ज़ का गोला लुढ़ककर बीडीओ के पैरों के पास पहुँच गया। उसने उसे खोला। उस पर जो लिखा हुआ था उसे बीडीओ ने सस्वर पढ़ दिया,

पोथी पढ़ि पढ़ि जग मुआ पंडित भया न कोय
ढाई आखर प्रेम का पढ़े सो पंडित होय

लोगों में खुसुर-फुसुर होने लगी। कोई दबी जुबान से हँस रहा था तो कोई आपत्ति जता रहा था। मुझे बात समझ में नहीं आई, तो मैंने स्मिता से फुसफुसाकर पूछा, "इसका मतलब क्या है?"

वह बोली, "यह एक लोकप्रिय दोहा है। इसका मतलब है कि दिल से कहा गया प्यार का ढाई अक्षर बड़े-बड़े ग्रंथों से कहीं ज़्यादा बड़ा होता है।"

एक भटनागर ने हस्तक्षेप किया, "कुछ लोग ढाई का मतलब शतरंज में घोड़े की चाल से भी लगाते हैं। मने प्यार किया तो डरना क्या।"

"आप घोड़े को भूल जाइए," स्मिता बोली, "मूल बात यह है कि जब दो लोग प्रेम में होते हैं तो वे मिलकर दो से ज़्यादा हो जाते हैं क्योंकि प्रेम कभी पूर्ण नहीं होता। इसका मतलब दो से तीन नहीं लगाइएगा।"

इस बीच ब्रह्मचारी को समझ में आ गया कि कोई उसकी मौज ले रहा है। वो चिल्लाया, "किसने लिखा है ये?"

"कबीर," किसी की आवाज़ आई।

"कौन कबीर?" ब्रह्मचारी ग़ुस्से में चीख़ा, "हिम्मत है तो सामने आकर दिखाए।"

अब इस पर कोई क्या कहता! कबीर तो पन्द्रहवीं सदी में ही गुज़र गए थे। ब्रह्मचारी ने अपनी सुलगती हुई आँखों से भीड़ का मुआयना किया, लेकिन दोषी को पकड़ नहीं पाया। हताश होकर उसने अपने भाषण को पकड़ा :

आप पालनपुर के लोग कलियुग के नन्दी की तरह एक पैर पर खड़े हैं।

> मित्रो, ये तो हालत है आज, लगता है कि पालनपुर में कलियुग आ गया है, एकदम अन्धेर। आप लोग वेदों के प्राचीन ज्ञान, महाभारत के वैभव, वर्णाश्रम धर्म की परम्परा, मनु के सिद्धान्त और कामसूत्र के सुख को पूरी तरह भूल चुके हैं।
>
> लेकिन आज आपके सामने अवसर है एक नई शुरुआत करने का, ताकि आप अँधेरे को छोड़कर प्रकाश की तरफ़ यात्रा शुरू कर सकें।
>
> इसके लिए आपको राम राज्य में विश्वास करना होगा। जिस तरह खेतों में आपकी नज़र हल पर रहती है और आपके हाथ एकदम सीधी दिशा में हेंगते रहते हैं वैसे ही अपनी दृष्टि राम राज्य पर रखना और कर्तव्यपथ से अडिग मत होना। अपने पुरखों को, अपने पवित्र ग्रंथों को और भगवान राम को भूल मत जाना। चाहे ठाकुर हो, मुराव हो या चमार, सबको अपना मित्र समझो। हर किसी को उसका पावन कर्तव्य करने दो और याद रखना कि हर कोई भगवान का ही बनाया हुआ है। यह भी याद रखना कि इस मातृभूमि पर पैदा हुआ हर व्यक्ति एक नस्ल, एक भाषा और एक ही संस्कृति से सम्बन्ध रखता है।
>
> और अब मित्रो, मैं आपको सतयुग की वापसी का उत्सव मनाने के लिए आमंत्रित करता हूँ। हम सब पवित्र नन्दी आशीष के पीछे-पीछे गाँव की परिक्रमा करेंगे। ये वही नन्दी हैं जिन्होंने रावण को चेताया था कि

उसका शैतानी साम्राज्य एक दिन नष्ट हो जाएगा। अगर आपको संस्कृत आती है, तो आप जानते होंगे कि नन्दी बैल धर्म और कर्तव्य का प्रतीक होता है। सतयुग में नन्दी अपने चारों पाँवों पर खड़े होते हैं पर जैसे-जैसे युग बीतते जाते हैं उनका एक पैर कम होता जाता है। अन्तत: कलियुग में वे केवल एक पाँव पर खड़े रह जाते हैं। इसलिए हल्का-सा झटका भी आपको असन्तुलित कर देता है और आप धूल चाटने लगते हैं। इसलिए आइए वापस अपने पैरों पर हम खड़े हों। आइए, हम आशीष से प्रेरणा लें और सतयुग की दोबारा स्थापना करें।

सबसे आगे बैठे ठाकुरों ने पूरे उत्साह में ताली बजाई। शुरुआत रामपाल ने की, फिर दूसरे ठाकुरों की तालियाँ जुड़ती चली गईं। ब्रह्मचारी ने झुककर सबका अभिवादन किया। भाषण के दौरान नेताजी जो कई बार अपनी टाइटन घड़ी में समय देख चुके थे, वे एडीओ के कान में कुछ फुसफुसाए। एडीओ पलटकर बीडीओ के कान में कुछ फुसफुसाया। फुसफुसाने का यह सिलसिला रामपाल तक गया। उसके तुरन्त बाद मुखिया ने खड़े होकर परिक्रमा शुरू करने का संकेत दिया। ब्रह्मचारी की योजना गाँव की परिक्रमा एक छोटे रास्ते से करने की थी जिसमें स्कूल और मुरावों की टोली नहीं पड़ती थी। इसके अलावा, गाँव के दक्षिणी छोर पर बसे दलितों के टोले में भी जाने की ज़रूरत नहीं थी, हालाँकि मुराव और दलित दोनों ही जुलूस का हिस्सा थे। स्मिता एक सुन्दर सी लाल साड़ी पहनकर आई थी। वह भी परिक्रमा का हिस्सा थी। अकेला बाबू ही इस पूरे आयोजन से असहमत दिख रहा था। अपनी शादी के नशे में वह अब भी ऐसा डूबा था कि एकदम बच्चे की तरह बरताव कर रहा था और फेरी के आगे-आगे अपनी साइकिल से आड़े-तिरछे चक्कर मार रहा था। उसके गले से लटका रेडियो बहुत तेज़ आवाज़ में बज रहा था पर इस ऐतिहासिक पदयात्रा के कोलाहल को भेद नहीं पा रहा था। एक तो रामपाल के बुलवाए बैंड के ड्रमों और तालियों की आवाज़ थी, साथ में लोग भी धार्मिक नारे, मंत्र और भक्ति गीत गाते हुए चल रहे थे। सब कुछ आपस में मिला-जुला हुआ था। पूरा जुलूस गजब के उत्साह में था। सबको मिठाई बाँटी जा रही थी। लेकिन मुझे इस पूरे माहौल में कुछ गड़बड़ी की बू आ रही थी।

पदयात्रा आगे बढ़ती जा रही थी। बाबू कभी आगे तो कभी पीछे अपनी साइकिल से चक्कर मार रहा था। उसके साइकिल चलाने का तरीक़ा बहुत भरोसा नहीं जगाता था। उस पर से उसका लाल साफ़ा बार-बार सिर पर से फिसल जा रहा था। इस चक्कर में कई बार वह पवित्र बैल को छूकर निकल चुका था जिसके चक्कर में साधू से डाँट भी खा चुका था। उसके बार-बार रास्ता काटने से बैल भी बेचैन हो रहा था।

हम लोग जैसे ही जल चुके शराब के ठेके के पास पहुँचे, बाबू साइकिल से लड़खड़ा गया और सीधे जाकर बैल से टकराते हुए ज़मीन पर गिर पड़ा। उसके गिरते ही दर्जनों तसवीरें उसकी जेब से निकलकर बाहर आ गईं और जलसे के बीच यहाँ-वहाँ फैल गईं। बैल भड़क गया, ऊपर से बाबू का लाल साफ़ा खुलकर हवा में उसके सामने लहरा गया। अचानक उसने अपने खुरों से ज़मीन को खोदना शुरू किया और फुफकारने लगा। किसी की नज़र बैल पर नहीं थी। हर कोई तसवीरें देखने में लगा हुआ था। पदयात्रा ठहर गई थी और गाजे-बाजे बन्द हो गए थे। लोग तसवीरें देखकर एक दूसरे को दिखा रहे थे और टिप्पणी कर रहे थे। दुबला-पतला साधू अकेले बैल को शान्त कराने में लगा हुआ था लेकिन बैल मानने को तैयार नहीं था। बैल ने अपना सिर नीचे झुकाया, तो बाबू का लहराता हुआ लाल साफ़ा आकर उसके मुँह पर पड़ गया और बैल की आँखें ढक गईं। इसके बाद तो बैल पगला उठा और उसने इधर-उधर हमला शुरू कर दिया। लोग ख़ुद को बचाने के लिए आड़ खोजने लगे, हालाँकि जिसके हाथ में जो तसवीर लगी थी सब उसे थामे पड़े थे।

बीकेएस को तत्काल अन्दाज़ा हो गया था कि उसका बलात्कारी चेहरा अब जनता के सामने बेपर्द हो चुका है। आम तौर से इससे बहुत फ़र्क़ नहीं पड़ता लेकिन गाँव वालों के सामने इस तरह से बात का खुलना थोड़ा ज़्यादा था। लोगों को अचानक स्मिता से सहानुभूति हो आई थी और हुकुम से भी, जिसने हिम्मत के साथ उसे बचाने की कोशिश की थी। कुछ जयादा क़रीबी तसवीरों को देखकर कुछ लोग हँस भी रहे थे और बीकेएस सब देख-सुन रहा था। वह हँसी का पात्र बन चुका था पर उसे डर था। उस गुस्से का जो लोगों में अब धीरे-धीरे आक्रोश भी फैल रहा था। वह भागकर जुलूस के अन्त में पहुँचा और उसने स्मिता की बाँह पकड़कर अपनी महिन्द्रा जीप की तरफ़ उसे खींचा। बैल काफ़ी दूर बाबू का पीछा कर रहा था। बाबू अपनी जान बचाने के लिए भाग रहा था और बैल के पीछे-पीछे उसे शान्त कराने के लिए साधू भागा जा रहा था। मैं बीकेएस और स्मिता के पीछे दौड़ पड़ा। बीकेएस ने स्मिता को पंचायत वाले पुराने पेड़ के पीछे खींचा। इस चक्कर में उसकी साड़ी का एक सिरा जीप के मुड़े हुए झंडे में जाकर फँस गया और फट गया। बीकेएस ने उसे ज़मीन पर धकेल दिया। स्मिता हाथ-पैर मारे जा रही थी। बीकेएस ने अपनी राइफ़ल निकालकर स्मिता पर तान दी, "चमार कहीं की, मैं तेरी जान ले लूँगा।"

मैं पेड़ के पास पहुँच चुका था। स्मिता ज़मीन पर गिरी हुई लगातार रो और छटपटा रही थी।

"रुक जाओ, गोली मत चलाना," मैंने कहा।

राइफ़ल मेरी ओर मुड़ गई, "नीच विदेशी कहीं के, तुम भी आ जाओ।"

छाती पर बन्दूक़ तनी हो तो आपको आदेश मानना पड़ रहा है। बीकेएस ने राइफ़ल लोड की। एक पुराना खोखा उसमें से नीचे आ गिरा। "बताओ, पहले कौन मरेगा?" बीकेएस चिल्लाया।

वह ग़ुस्से से इतना उबल रहा था कि उसे अपने आसपास बढ़ता हुआ कोलाहल और मदद के लिए बाबू की चीख़-पुकार सुनाई नहीं दी। शोर लगातार बढ़ता जा रहा था। अचानक बाबू भागते हुए वहीं आ गया। भड़का हुआ बैल उसके पीछे था। तभी जीप में फँसी हुई स्मिता की साड़ी में बाबू का पैर फँस गया और वह वहीं लटपटाकर गिर पड़ा। मुँह पर पड़े साफ़े के चलते अंधा हुआ बैल इससे बेपरवाह बिलकुल सीधी दिशा में बढ़ता रहा। तब जाकर बीकेएस को अन्दाज़ा हुआ कि क्या हो रहा है। उसकी आँखों में ख़ौफ़ मुझे साफ़ नज़र आ रहा था। उसने आनन-फ़ानन में पलटकर बैल की ओर राइफ़ल मोड़ दी। लेकिन अब देर हो चुकी थी। पगलाए बैल ने सींग के एक वार से उसे पंचायत के पेड़ में ले जाकर झोंक दिया। हड्डी टूटने और मांस फटने की भयावह आवाज़ों के साथ बीकेएस पेड़ से नत्थी हो गया।

सामने खड़े पेड़ के चलते बैल की गति थमी और वह थोड़ा शान्त हुआ। तभी साधू वहाँ पहुँच गया। उसने बैल की लगाम अपने हाथ में ले ली। बैल ठंडा होकर अपने मालिक के बगल में चुपचाप खड़ा हो गया। पीछे-पीछे ब्रह्मचारी भी पहुँचा। उसकी साँस उखड़ी हुई थी। उसने जैसे ही नज़ारा देखा, उसके तो होश ही उड़ गए। "ओह आशीष! सत्य के उद्घाटक। सत्य सामने आ गया। पवित्र नन्दी ने आख़िर सच को सामने ला ही दिया।"

"चुप हरामख़ोर," रामपाल चिल्लाया। वह नहीं चाहता था कि पूरा सच बाहर आए।

साधू को दोनों से कोई मतलब नहीं था। वह इस बात से चिन्तित था कि उसके बैल को कोई चोट तो नहीं आई है। ख़ासकर उसके पैरों को। उधर बीकेएस बुरी तरह ज़ख़्मी होकर दर्द से कराह रहा था। तब तक कैप्टन और उनके साथ पालनपुर के बाक़ी लोग भी वहाँ पहुँच गए। दिलचस्प था कि नेताजी, एडीओ, बीडीओ सहित बाक़ी मेहमान उस भीड़ में नहीं थे। उसी बीच स्टेशन पर एक ट्रेन आकर रुकी थी और वे लोग अपनी व्यस्तता के बहाने उसमें चढ़ चुके थे। कैप्टन ने नीचे झुककर ज़मीन से कुछ उठाया और मुझे दिखाया। वह बीकेएस की राइफ़ल से निकला पुराना खोखा था। कैप्टन बोले, "मैंने कहा था न, कि मुझे अन्दाज़ा है तीसरा खोखा कहाँ है, लेकिन मुझे इसे पाने के लिए एक बहाना चाहिए था। ये रही तीसरी गोली!"

"मैं...मैं समझा नहीं," मैं बोला, "मतलब बीकेएस ने हत्या की है? पक्का?"

कैप्टन ने सिर हिलाया, "हर कोई इस बात को जानता है। बाबू ने उसे उस रात देखा था और गाँव में उसका पीछा भी किया था।"

इसका मतलब कि पालनपुर के लोग सब कुछ जानते हुए भी बाहरी आदमी से कुछ बातें छुपाए रखते हैं। कैप्टन ने अपनी हथेली फैलाते हुए कहा, "रुकिये, कुछ दिखाता हूँ। आपके पास बाक़ी दोनों गोलियों के खोखे हैं न?"

मैंने उन्हें दोनों थमा दिये। कैप्टन ने तीसरा उनके बग़ल में रखा और तीनों पर एक छोटी-सी खरोंच दिखाई। तीनों पर एक जैसी खरोंच थी, बीच में से थोड़ा हटकर। "देखा, इसका मतलब कि तीनों गोलियाँ एक ही राइफ़ल से चली थीं।"

उन्होंने बीकेएस की राइफ़ल खोली और तीनों खोखों को उसमें फिट करके भी दिखा दिया।

वे बोले, "जब राइफ़ल को लोड किया जाता है तो पुराना खोखा अपने आप बाहर निकल आता है। अगर आपके चाचा के घर में दो खोखे बरामद हुए तो इसका मतलब था कि तीसरा खोखा अब भी राइफ़ल के भीतर ही पड़ा हुआ है। पूरी सम्भावना थी इसकी। पुरानी ली-एनफ़ील्ड राइफ़ल में तो ऐसा होता ही था लेकिन इस नई वाली की तो यह विशेषता है। इसे अनदेखा नहीं किया जा सकता। इसी की मुझे उम्मीद भी थी।"

कैप्टन रामपाल के पास गए और उसके कन्धे पर हाथ रखकर कहा, "निश्चिन्त रहिए, हुकुम जल्द ही बाहर आ जाएगा।"

स्मिता मेरे बग़ल में खड़ी थी। वह अब भी हिल रही थी लेकिन उसके चेहरे पर सन्तोष था। वो बोली, "देखे आप? बाबू ने कर दिखाया। सब उसी के कारण हुआ है। है न अद्‌भुत लड़का?"

लेकिन बाबू उस वक़्त इस घटना का नायक दूर-दूर से भी नहीं लग रहा था। गिरने के कारण उसका चेहरा ज़ख़्मी हो गया था। उसका रेडियो टुकड़े-टुकड़े हो चुका था और घड़ी भी मरम्मत माँग रही थी। लेकिन मैं स्मिता की बात से सहमत था कि बाबू ने तसवीरों का एकदम सही इस्तेमाल किया। स्मिता ख़ुशी से उछलकर खड़ी हुई और उसने बाबू को गले लगा लिया। रोशन बोला कि बाबू में भविष्य के ग्राम प्रधान की सारी ख़ूबियाँ मौजूद हैं, क्यों न वो चुनाव लड़ जाए इस बार? बाबू इस बात पर चुप रहा, पर उसकी आँखों में मुझे एक चमक ज़रूर दिखी।

अगले दिन मुझे निकलना था। सामान पैक हो चुका था। आख़िरी समय में विचार आया कि बहीखाते वाली किताब पुलिस को थमा दी जाए क्या। फिर मैंने तय किया कि नहीं, ऐसा नहीं करना है। आख़िर एक किताब तो वकील को मैंने सौंप ही दी है। न्याय के लिए क़ानूनी लड़ाई में सुबूत के तौर पर उतना ही पर्याप्त होगा। पालनपुरियों के ख़िलाफ़ बाक़ी के सुबूत जमा करने का कोई फ़ायदा नहीं है। मैंने चुपचाप सारे काग़ज़ात अपने झोले में रख लिये और निकल पड़ा। स्टेशन पर तमाम लोग मुझे विदा कहने के लिए आए हुए थे लेकिन किशन लाल कहीं नहीं दिख रहा था। रामपाल भी नहीं था। उसका दुख अभी कम नहीं हुआ था, भले

ही हुकुम जल्दी रिहा होनेवाला था। मैं जानता था वह क्यों नहीं आया। दरअसल, उस दिन जलसे में हुए कोहराम के बीच वीना उसका फ़ायदा उठाकर घर से भाग गई थी। कोई नहीं जानता था वह कहाँ गई है। उसने बस इतना लिख छोड़ा था घर पर कि माता-पिता निश्चिन्त रहें, उसको कुछ नहीं होगा लेकिन हुकुम के छूटकर आने पर मौजूद न होने का अफ़सोस उसे ज़रूर रहेगा।

तभी फूल सिंह मुझे कोने में लेकर गया और बोला, "सर साहब, हमारा भाई इसलिए भी दुखी है क्योंकि हुकुम अब फ़ौज में नहीं जा सकेगा। एक बार जेल जाने के बाद आदमी फ़ौज में नहीं जा सकता। और दूसरा बेटा तो है नहीं, जगपाल जा ही चुका है। उन्हें बड़ी उम्मीद थी कि परिवार से कोई-न-कोई फ़ौज में जाएगा।"

"हाँ," मैंने सहानुभूति जताई, "वैसे, अब आप क्या करेंगे?"

"हम तो शराब का ठेका फिर से खोल लेंगे। उसमें धन्धा बढ़िया चलता है। और अब हमें बीकेएस को हिस्सा भी नहीं देना होगा।"

मैंने सिर हिलाया और अच्छे कारोबार की शुभकामनाएँ दीं।

तभी बाबू आ गया। वह बड़े शान से मेरे दोनों बैलों को हाँककर लाया था। वे बैल मैंने उसे दे दिये थे ताकि वह बँटाई पर कुछ खेती-वेती कर ले। साथ में स्मिता भी आई थी। हमेशा की तरह मुस्कराती हुई, लेकिन हमारे बीच कहने को अब कुछ नहीं बचा था। सारी ज़रूरी बातें हमने पहले ही कर ली थीं। रोशन नदारद था। उसकी एक बकरी बीमार हो गई थी, उसी में फँसा हुआ था। बाक़ी मल्लो, चुन्नी और ढेर सारे लोग मुझे विदा करने आए थे। फिर भी, किशन लाल की ग़ैर-मौजूदगी मुझे अखर रही थी। सबको विदा कहकर मैं ट्रेन पर चढ़ा और चन्दौसी निकल गया।

चन्दौसी में ट्रेन से उतरते ही एक परिचित आवाज़ सुनाई दी, "नमस्ते अनिल अंकल।"

"अरे, वीना!" मैं चौंक गया, "यहाँ क्या कर रही हो?"

जिस ट्रेन से मैं उतरा था वह उसमें चढ़ रही थी। ट्रेन को बरेली तक जाना था। उसने एक छोटा-सा सूटकेस लिया हुआ था। वह मुस्कराई, और थोड़ा उदासी लेकिन उम्मीद के साथ बोली, "कल गाँव से निकलना आसान था इसलिए हम निकल आए थे क्योंकि किसी का ध्यान नहीं जाता। रात में हम स्कूल की एक सहेली के साथ ठहरे थे। अब बरेली जा रहे हैं।"

"और वहाँ जाकर क्या करोगी?"

"हम एयर फोर्स ज्वाइन करेंगे," उसने कहा, "अब लड़कियों की भर्ती भी हो रही है। और आप तो जानते ही हैं, हम ठाकुर हैं।"

ट्रेन छूट रही थी। मैंने हाथ हिलाकर उसे विदा किया। अशोक कुमार से मिलना था और वक़्त कम था। मैं जल्दी से उनके दफ़्तर गया और उन्हें सारी नकदी, जेवर और सोना सौंप दिया ताकि स्कूल चलाने के लिए वे इससे एक संस्था का गठन

कर दें। इसमें से छोटा-सा हिस्सा वे ख़ुद रख लेंगे जिसे ग्राम पंचायत के संकल्प के अनुसार सड़क निर्माण में योगदान के लिए दिया जा सके। बाक़ी का पैसा वे स्मिता को क़िस्तों में देते रहेंगे जिसे वह अपने मन मुताबिक़ ख़र्च करती रहेगी।

हम लोग काग़ज़ात का काम निपटा ही रहे थे कि एक चपरासी ने आकर सूचना दी कि मेरी ज़मीन का ख़रीदार आ गया है।

"उन्हें अन्दर भेजो," अशोक कुमार ने कहा।

जो आदमी भीतर आया, वह किशन लाल था। मैं एकदम से झटका खा गया। वकील से पलटकर मैंने पूछा, "आपने कभी बताया नहीं...।"

"क्यों बताएँगे?" उसने कहा, "अपने क्लाइंट की गोपनीयता का ख़याल रखना हमारा काम है। चाहे आप हों या कोई और।"

अब बहुत कुछ कहने-सुनने को रह नहीं गया था, हालाँकि एक बात ज़रूर अखर रही थी कि इतने दिन से मैं उस ज़मीन को उपजाऊ बनाने के लिए किशन लाल को पैसे चुका रहा था जिसे वह मुझसे ख़रीदने जा रहा था। मैंने उसे हर काम का ठीक-ठाक पैसा दिया था। बहरहाल, हम लोगों ने काग़ज़ात पर दस्तख़त किये। उम्मीद थी कि किशन लाल मेरे साथ ही चलेगा, पर अशोक कुमार बोले, "किशन लाल जी, अभी एक काम और बाक़ी है। सिंह साहब का उससे कोई लेना-देना नहीं है। मेरे ख़याल से दूसरी पार्टी भी आ चुकी है।" स्पष्ट था कि किशन लाल ठीक-ठाक सौदे कर रहा था। वहाँ से निकलते हुए हमने एक दूसरे से भविष्य में शायद कभी मिलने का एक वादा किया। तभी किशन लाल ने अपनी जेब से बीजों की एक पोटली निकाली और बोला, "अनिल साहब, पालनपुर में खेतीबाड़ी के बारे में आप इतना कुछ जो सीखे हैं, हो सकता है अपने देश में भी ये सब आज़माना चाहें। इसलिए ये बीज अपने साथ ले जाइए। बहुत बढ़िया बीज हैं। आपको शुरुआत करने में आसानी होगी।"

मैंने उन्हें शुक्रिया कहा और बदले में भारतीय उपमहाद्वीप में कृषि पर लिखी वे दो किताबें उन्हें भेंट कीं जो मैं लन्दन से लेकर आया था। ज़ाहिर है, हम दोनों के लिए यह रहस्य ही था कि हम अपने-अपने तोहफ़ों का क्या करेंगे पर ये तो दुनिया का चलन है। इसीलिए तो आदमी की भावनाएँ ज़्यादा मायने रखती हैं, भेंट में दिया उपहार नहीं।

अशोक कुमार बहुत भरोसेमन्द और मददगार साबित हुए थे। अब स्मिता के स्कूल का भविष्य उनके हाथों में था। उन्होंने मुझसे सब कुछ ठीक से निपटा देने का वादा किया और मैंने उन पर विश्वास ज़ाहिर किया कि वे मुझे निराश नहीं करेंगे। उन्होंने भी बदले में भरोसा दिलाया।

वकील के कमरे से निकलते ही देखा कि बाहर प्रतीक्षा कक्ष में रामपाल मौजूद हैं। वे थोड़ा शर्मिंदा दिख रहे थे। अन्दाज़े से कह सकता था कि वे किशन लाल

को कुछ ज़मीन बेचने के लिए वहाँ आए थे ताकि उससे मिले पैसे से हुकुम के लिए रिश्ता लेकर आए परिवार का उधार चुका सकें। मैंने कुछ पूछा नहीं। हमारे बीच केवल नमस्ते-बन्दगी ही हुई, लेकिन मुझे अहसास हुआ कि गाँव की गलियों में बन्दूक़ के साथ वाली उनकी छवि बाद में बहुत याद आएगी।

वीना और किशन लाल की उम्मीदों के बारे में सोचते हुए मैं स्टेशन के लिए निकला। ट्रेन नियत समय से एक घंटे की देरी से आनेवाली थी। मेरे पास काफ़ी समय था। रास्ते में मैं स्टूडियो पर रुका और फ़ोटोग्राफ़र से पैट की तसवीरें लीं।

स्टूडियो वाले ने कहा, "बहुत अच्छी लेडी थीं। उनका नाम पैट था न?"

"नहीं, जेन था।"

"सच में?"

"आप जानते हैं, अगर कोई लड़की ग़लत नाम बताए तो समझ जाइए कि कुछ गड़बड़ है और उसे भूल जाने में ही भलाई है। आख़िर विश्वास भी कोई चीज़ होती है कि नहीं।"

बेचारे स्टूडियो वाले को चिन्ता में छोड़कर मैं निकल लिया।

स्टेशन के वेटिंग रूम में मैं तसवीरें देखते हुए कॉफ़ी पी रहा था कि पीछे से एक परिचित आवाज़ आई, "बरखुरदार, मैं भी आ सकता हूँ क्या?"

"अरे कैप्टन?" मैंने आश्चर्य से पूछा, "आप कहीं पुरानी दिल्ली के प्लेटफ़ॉर्म पर भी तो ऐसे ही प्रकट नहीं होनेवाले हैं?"

उन्होंने भरोसा दिलाया कि ऐसा नहीं होगा। फिर थोड़ी देर हमने बात की। मैंने पूछा, "एक बात अब तक समझ नहीं आई, कि उस शराब के ठेके का क्या मामला है?"

कैप्टन मुस्कराए, "बीकेएस को लगता था कि उसके साझेदार उसे धोखा दे रहे हैं। वह उन्हें सबक़ सिखाना चाहता था। मेरा ख़याल है कि वह आग लगाना तो नहीं चाहता होगा। बहुत सम्भव है कि एक चेतावनी देने के लिए ऐसा किया गया हो, उससे ज़्यादा कुछ नहीं है। ऐसा बाबू का मानना है।"

"आप बाबू को अच्छे से जानते हैं न?"

"हाँ भाई हाँ, वो मेरे रिश्ते में आता है।"

यह बात पचाने में मुझे थोड़ा समय लगा। कैप्टन थोड़ी देर मौन रहे, चाय पीते रहे, फिर बोले, "आप मेरे ऊपर एक एहसान कर सकते हैं क्या?"

"जी, बताइए न।"

"वो जो अपने चाचा के घर पर आपको बहीखाते वाली किताबें मिली हैं उन्हें नष्ट कर दीजिए। एक प्रति जो पुलिस के पास है, वही काफ़ी है। दरअसल, उसमें पालनपुर के बाहर के कुछ स्थापित प्रतिष्ठानों का भी ज़िक्र है। इसलिए अकेले उसके आधार पर पुलिस के लिए पालनपुर के लोगों की पहचान करना मुश्किल

होगा। जितनी ज़्यादा किताबें होंगी, यह पहचान उतनी आसान हो जाएगी। मेरे ख़याल से इसकी कोई ज़रूरत नहीं है।"

मैंने मुस्कराते हुए अपने सामान पर हाथ फेरा और कहा, "इसको लेकर निश्चिन्त रहिए आप। मेरे पास सब सुरक्षित है और आपको भरोसा दिलाता हूँ कि मैं और गहरे तहक़ीक़ात नहीं करूँगा, न उसकी कोई ज़रूरत है।"

ट्रेन आ चुकी थी। मैंने कहा, "अच्छा लगा कि आप मुझे विदा करने यहाँ तक आए।"

"एक रिश्तेदार के लिए इतना तो करना बनता ही है।"

फिर एक रहस्य!

"मतलब, आप क्या कहना चाहते हैं?"

उन्होंने अपनी जेब से एक छोटी-सी अँगूठी निकाली और बोले, "स्मिता के दादा जॉर्ज ने यह अँगूठी कुछ समय पहले मुझे दी थी ताकि यह परिवार में ही बनी रहे। तब से मैं हमेशा इसको अपने पास रखता हूँ। आपके ख़ानदान ने कई पाप किये थे, लेकिन उसी की वजह से हमारी मुलाक़ात भी हुई और हम लोगों ने एक अच्छा काम मिलकर किया। मेरे ख़याल से अब सब कुछ निपट चुका है।"

"मतलब आप भी..."

कैप्टन ने बेधती नज़रों से मुझे देखा, "कहते हैं कि दुखी बहुत सुन्दर थी और उसी की सुन्दरता स्मिता को विरासत में मिली है। लेकिन दुखी की एक और बेटी थी बबली। वह अब किसी को याद नहीं है। बबली भी बहुत सुन्दर थी। उसकी कभी शादी नहीं हुई लेकिन आपके एक पुरखे ने उसके साथ ग़लत काम किया था। उससे उसे एक लड़का हुआ। प्रसव के दौरान उसकी मौत हो गई थी। वह लड़का बच गया और बड़ा होकर फ़ौज में गया।" इसके बाद कैप्टन मुस्करा दिये। हमने हाथ मिलाकर एक-दूसरे को विदा किया।

दो दिन बाद हीथ्रो एयरपोर्ट पर जेन मेरा इन्तज़ार करती मिली। सबसे पहले मेरी नज़र उसकी नई हेयरस्टाइल पर पड़ी। उसने बाल छोटे कर लिये थे और वे उसके ऊपर फब रहे थे। वह और सुन्दर लग रही थी।

उपसंहार

पालनपुर, 1 जनवरी 1993

आदरणीय अनिल अंकल,

आपको शायद याद न हो लेकिन हम लोग दस साल पहले मेरे माता-पिता के घर पर पालनपुर में मिले थे। आपने एक कप चाय पी थी और मेरे पिता को पचास रुपये दिये थे। मेरी माँ ने उससे मेरे लिए पेंसिल और नोटबुक ख़रीदी थी। तब हम दस साल के थे।

यह चिट्ठी आपको यह बताने के लिए लिख रहा हूँ कि हमारी स्कूल टीचर स्मिता जी गुज़र गई हैं। हम दलितों के लिए वे आदर्श थीं और हम लोगों को उनकी कमी बहुत अखर रही है।

स्मिता जी के बारे में आपको थोड़ा और बताना चाहूँगा। वे भले एक प्रशिक्षित शिक्षक थीं लेकिन कभी शिक्षा विभाग से उन्हें नियुक्ति नहीं मिली थी। उन्होंने बस सुन रखा था कि पालनपुर गाँव का स्कूल बुरी हालत में है। तभी उन्होंने उसके लिए कुछ करने का तय किया। शिक्षा विभाग को कोई अन्दाज़ा नहीं था कि वहाँ क्या चल रहा है इसलिए किसी ने उसमें कोई दख़ल नहीं दिया। स्मिता जी बहुत तेज़ थीं। उन्होंने अपना दिल-दिमाग़ सब बच्चों को पढ़ाने में झोंक दिया था। हमें ये सब बात अच्छे से पता है क्योंकि हम कई साल उनके छात्र रहे, उसके बाद चन्दौसी के सेकंडरी स्कूल में गए। हम लोग स्मिता जी को बहुत मानते थे। उनसे प्रेरणा लेकर हमने बहुत मेहनत की। वो नहीं होतीं तो आज हम अपने पिता की तरह चन्दौसी में कुली का काम कर रहे होते। मेरी ही तरह पालनपुर के बाक़ी बच्चे, लड़के और लड़कियाँ भी स्मिता जी के ऋणी हैं।

स्मिता जी की ज़िद थी कि वह हम दलितों के साथ हमारी बस्ती में ही रहेंगी। इसके चक्कर में दुर्भाग्य से वे बीमार पड़ गईं। ज़्यादातर समय वे बीमार ही रहती थीं। फिर भी स्कूल आकर हम लोगों को पढ़ाती थीं। अभी कुछ हफ़्ते पहले उन्हें मलेरिया हो गया था। हम लोगों ने बहुत कोशिश की लेकिन हमारे पास उतने पैसे नहीं

थे। अन्त में हम लोगों ने उन्हें जिला अस्पताल में भर्ती करवाया। वहीं पिछले महीने 6 दिसम्बर को उनका निधन हो गया।

स्मिता जी हमारी ज़िन्दगी में नई उम्मीद लेकर आई थीं, लेकिन हमें डर है कि वह उम्मीद अब बुझ जाएगी। हर दसेक साल पर पालनपुर में जो मशहूर अर्थशास्त्री और मानवशास्त्री सर्वे करते हैं, उसमें शायद ही स्मिता जी की मौजूदगी कहीं दर्ज हो। अगला सर्वे संयोग से इसी साल होना है। हमें पता चला है कि इस बार बेल्जियम के एक उपन्यासकार भी टीम में आ रहे हैं।

दस साल पहले पालनपुर में जब आप आए थे, तब आपको लेकर बातों और गप का एक अन्तहीन सिलसिला चला। उस समय हम दलित लोग हालाँकि बहुत हँसी-मज़ाक़ करने की स्थिति में नहीं थे। नीतू के जेल जाने के बाद दलितों ने संगठित होकर एक भूमिगत प्रतिरोध जैसा शुरू किया था। वे जानते थे कि पुलिस और अदालत के सामने उनकी नहीं सुनी जाएगी, तो वे लोग इंसाफ़ के लिए दूसरे तरीक़ों पर निर्भर हो गए। हर शाम अँधेरा होने पर दलितों की बैठक होती थी और उनमें से कुछ लोग लम्बे समय तक हमारे संरक्षक रहे कैप्टन जोतीराम के सम्पर्क में भी थे। इसीलिए उनको सब बात पता होती थी। वे आपसे भी बात करना चाहते थे लेकिन उन्हें पक्का नहीं था कि आप पर भरोसा किया जा सकता है या नहीं, और वैसे भी कैप्टन जोतीराम ने ऐसा करने से मना किया था। उन्होंने दलितों को कहा था कि आपका मामला वे ख़ुद देखेंगे। इसके बावजूद, हम लोगों ने बाबू से आपके साथ दोस्ती करने को कहा और सब कुछ इसी के हिसाब से हुआ।

उस समय स्मिता का पालनपुर में आना कोई संयोग नहीं था। कैप्टन जोतीराम ने उसे पालनपुर जाकर प्रतिरोध में शामिल होने को कहा था। स्कूल में बीकेएस के साथ उसकी मुलाक़ात भी कोई संयोग नहीं थी। एक तरह से कहिए तो वह बीकेएस को फँसाने के लिए बिछाया गया एक जाल था। उस सुबह बाबू के अलावा कई और दलित भी स्कूल के पास छुपे हुए थे। हम भी वहीं थे। हम लोग जानते थे कि स्मिता को बीकेएस छेड़ने की कोशिश करेगा। हमारी योजना थी कि वहीं मौक़े पर बीकेएस को पीटकर उसकी जान ले लेंगे, लेकिन अचानक आपके वहाँ पर आ जाने के कारण पूरी योजना चौपट हो गई। ये बात अलग है कि बाद में उसको अपने कर्मों की सज़ा मिली। बैल के हमले के बावजूद बीकेएस चमत्कारिक ढंग से ज़िन्दा बच गया था। उसके बाद उसके ऊपर मुकदमा चला। वकील अशोक कुमार ने सुनवाई के दौरान शानदार भाषण दिया था जिसके चलते बीकेएस को उम्र क़ैद की सज़ा हुई।

पालनपुर में आपके कुछ दोस्तों की ख़बर भी मैं आपको देना चाहूँगा। इनमें कुछ लोग अच्छे हैं, कुछ नहीं। रामपाल अब बूढ़े हो चुके हैं और संन्यासी का जीवन बिता रहे हैं। उनके भाई फूल सिंह की शराब वाली दुकान पंचायत ने बन्द

करवा दी थी। उसके बाद वे मछली बेचने लगे। इतना ही नहीं, वे सरकारी राशन गल्ले की दुकान के मैनेजर भी बन गए। रामपाल की बिटिया वीना हेलिकॉप्टर की पायलट बन गई है। किशन लाल और गंगा सहाय अब भी जमकर खेती करते हैं और उपज के मामले में दोनों के बीच होड़ लगी रहती है। मुरावों से प्रेरित होकर अब पालनपुर के कई किसान, यहाँ तक कि कुछ ठाकुर भी अब साल में कई फ़सलें उगा रहे हैं और उनकी ज़िन्दगी पहले से बेहतर हुई है।

लेकिन सामाजिक वातावरण यहाँ अब तक नहीं सुधरा है। याद है आपको वो जलसा, जब मन्दिर का शिलान्यास हुआ था? उस पंडित के ऊपर हम लोगों ने ही काग़ज़ का गोला फेंका था। बड़ा ख़तरनाक काम था लेकिन शुक्र है कि किसी की नज़र नहीं पड़ी। उस पर जो लिखा था, स्मिता जी ने हम लोगों को कुछ दिन पहले ही स्कूल में समझाया था। हम लोगों को उस जुलूस से नफ़रत थी। इधर के वर्षों में उत्तर प्रदेश में इस तरह बहुत से आयोजन हुए हैं। पिछले ही महीने कुछ कट्टरपंथियों ने अयोध्या में बाबरी मस्जिद गिरा दी थी—उसी दिन जिस दिन स्मिता जी का निधन हुआ। आपने तो सुना ही होगा। पालनपुर में फिर भी थोड़ा अमन-चैन है लेकिन कब तक रहेगा, ये कोई नहीं जानता।

आपको बताना भूल गया कि बाबू ज़िन्दा है और मजे से है। आपके जाने के बाद वो गाँव का प्रधान चुना गया था। जब आप आए थे, उस साल 1984 में वो पहली बार चुनाव लड़ा था। उसे सबसे ज़्यादा वोट मिले थे, लेकिन कई वोट वैध नहीं थे क्योंकि जिस अधिकारी ने नियम-क़ायदे समझाये थे उसने ही ग़लत बताया था। या हो सकता है हम लोगों ने ही ग़लत समझ लिया हो। उस साल रामपाल दोबारा चुने गए थे। बाबू 1989 में जीता, जब ठाकुर ही ठाकुर के ख़िलाफ़ लड़ गए। रामपाल तो मन्दिर बनवाने से कभी आगे नहीं बढ़ पाए लेकिन बाबू ने सड़क बनवाने की बहुत कोशिश की। उसने सबको सड़क के मामले पर साथ लेने की कोशिश की लेकिन बदक़िस्मती से सड़क का काम पूरा नहीं हो पाया। दक्षिण से आनेवाली सड़क का हिस्सा ठाकुरों के टोले की तरफ़ पश्चिम में मुड़ गया जबकि उत्तर वाला हिस्सा उससे जुड़ने के बजाय मुरावों के टोले की ओर पूरब में चला गया।

अनिल अंकल, आपके पूर्वजों के हाथों हम दलित लोगों की बहुत दुर्गति हुई है। सबसे ज़्यादा जवाबदेही उन्हीं की बनती है। लेकिन आप उनसे अलग हैं। आप हमारे आदमी हैं। इसीलिए अगले महीने होनेवाली अपनी शादी का न्योता हम आपको भेज रहे हैं। अपनी होनेवाली बहू से आप अच्छे से परिचित हैं—रोशन की बेटी हफसा। हफसा भी स्मिता जी की ही पढ़ाई हुई है। उसने दसवीं तक की पढ़ाई की है। हम दोनों ने एक साथ मुरादाबाद में एक मीडिया हाउस गंगा-जमना एक्सप्रेस में नौकरी शुरू की है।

आप हमारी शादी में आएँगे तो हम लोगों को बहुत अच्छा लगेगा। दस साल पहले रोशन को नेताजी से जो तीन बकरियाँ मिली थीं सब बहुत कमज़ोर निकलीं, लेकिन भला हो आपके बकरे का कि तीनों ने बहुत सारे बच्चे दिये। आपका बकरा बहुत तगड़ा था। बाबू भी उसको कभी-कभार सँभाल नहीं पाता था। हफसा ने सारी बकरियों का बहुत ख़याल रखा। आज उसके पास स्वस्थ बकरियों का एक अच्छा-ख़ासा झुंड है। आप आएँगे तो शादी में आपको स्वादिष्ट मीट खिलाया जाएगा।

पैट आंटी को मेरा हलो बोलिएगा। सम्भव हो तो उनको भी साथ ले आइएगा। उस आम के पेड़ के नीचे उनका गाया गाना हम लोगों को आज तक याद है। और आपके पीठ पीछे जब वो आपकी नकल उतारती थीं तो हम लोगों को बहुत मज़ा आता था।

जीतन राम

आभार

हम उन सभी लोगों के आभारी हैं जिन्होंने पालनपुर के निवासियों पर 1983 में लिखी डायरी को इस किताब तक पहुँचाने में किसी-न-किसी रूप में अपना योगदान दिया। पांडुलिपि पर सहयोगात्मक टिप्पणियों के लिए हम विशेष रूप से वीना बावेजा, बेला भाटिया, अबिनाश दास चौधरी, डेनिएल म्यूली, पियरे निकोलस, वर्षा पोद्दार, तेज प्रकाश, अदिति प्रिया, नरेश शर्मा और आया ताकेतोमी के शुक्रगुज़ार हैं। हम मददगार सुझावों के लिए सुहेल अकबर, हेलेन एंदोक, मिखाइल कास्तनहेरा, बेनॉइट डेस्कैम्प्स, एडी फ्रैन्सन, अनोमिता गोस्वामी, लिसा हॉब्स, समीर झाझा, राजी जयरामन, अपर्णा जॉन, ऋतिका खेड़ा, पुजिता कृष्णन, मातंगी कुमार, शरण मामिदिपुडी, उड्रिएल मर्नाट, बेनॉइट मोरो, नील मुखर्जी, वंदना प्रसाद, केजांग पेंज़ोर, थिएरी पिक्वेट, सिमर पुनीत, मारिया राल्हा, पियरे रेगिबो, टॉम रिचर्डसन, केट रॉकेट, मेल्बा रुजिका, कनिका शर्मा, इंदिरा उन्नी और अनुमेहा यादव के भी आभारी हैं।

इस किताब के पूरा होते-होते एक दिलचस्प घटना घटी थी। हम लोग अन्तिम समय में इस द्वंद्व में थे कि इस उपन्यास में 'पालनपुर' का नाम इस्तेमाल किया जाए या नहीं। हम लोगों को डर था कि पालनपुर के कुछ लोग कहीं बुरा न मान जाएँ और अपने गाँव को बदनाम करने का दोषी हमें न ठहराएँ। यह सवाल इसलिए भी मौजूँ था क्योंकि पालनपुर में अपने शोधकार्य के दौरान हम लोग कुछ समय गुज़ार चुके थे। सवाल यह था कि एक शोध सामग्री के 'पात्रों' की सहमति लिये बग़ैर उसे एक उपन्यास में ढाल देने को क्या कोई एथिक्स कमेटी मंज़ूरी देती?

आदर्श स्थिति तो यह होती कि हम पालनपुर जाते और वहाँ के अपने दोस्तों से इस बारे में राय-मशविरा कर लेते, पर अफ़सोस कि समय कम था। अच्छी बात यह थी कि पालनपुर में अब तक मोबाइल फ़ोन पहुँच चुका था, तो हमने किशन लाल को फ़ोन लगाया। वे अब भी पालनपुर

में ही रहते हैं। वे पूरा मामला तुरन्त समझ गए। उन्होंने इस मामले पर एक बैठक बुलाने की बात हमसे कही। अपनी ज़बान रखते हुए अगले ही दिन उन्होंने हमें कॉल किया। उन्होंने बताया कि उनसे हम तक चार बिन्दुओं को पहुँचाने के लिए कहा गया है।

पहला, गाँव का नाम उपन्यास में पालनपुर ही रहना चाहिए। दूसरे, अच्छा हो चाहे बुरा, कोई भी तथ्य छुपाया नहीं जाना चाहिए। तीसरा, उपन्यास का हिन्दी में अनुवाद किया जाना चाहिए ताकि वहाँ के लोग पढ़ सकें। चौथी बात, पालनपुर के कुछ लोगों को उम्मीद है कि उनका नाम किताब में आएगा, इसलिए वे चाहते हैं कि एक वॉट्सएप नम्बर उन्हें दिया जाए ताकि उस पर किताब के लिए वे अपनी तसवीरें भेज सकें।

लिहाज़ा, हमने किताब में गाँव का नाम नहीं बदला। पालनपुर के हमारे सबसे अच्छे दोस्त, जैसे किशन लाल, बाबू और रोशन के नाम जस के तस रहे। बाक़ी सबके नाम बदल दिये गए।

बाबू और रोशन अब इस दुनिया में नहीं हैं, लेकिन उनके कुछ समकालीन जो इस उपन्यास की प्रेरणा थे, आज भी जीवित हैं। हमने उनसे पुस्तक के लिए अपनी एक सामूहिक फ़ोटो भेजने की दरख़्वास्त की थी। नीचे वही फ़ोटो है। इनके साहस, ज्ञान और हास्यबोध को हमारा सलाम।

किशन लाल (बीच में), मित्र पाल, उदयवीर, शकुन्तला, जहूरन और पालनपुर के अन्य लोग जो 1984 में युवा थे, साथ में उनके बच्चे और बच्चों के बच्चे।

(फ़ोटो सौजन्य—अफ़ज़ल अहमद)